Note de l'éditeur

L'éditeur tient à spécifier que cette nouvelle édition en format compact a été revue et mise à jour par l'auteur et l'éditeur. Ainsi, des ajustements mineurs ont été effectués depuis l'édition originale publiée en grand format.

Il est aussi à noter que chacun des tomes de cette saga peut être lu indépendamment sans entrave à la compréhension.

À l'ombre du clocher

DU MÊME AUTEUR

Saga LE PETIT MONDE DE SAINT-ANSELME :

Tome I, *Le petit monde de Saint-Anselme, chronique des années 30*, roman, Montréal, Guérin, 2003.
Tome II, *L'enracinement, chronique des années 50*, roman, Montréal, Guérin, 2004.
Tome III, *Le temps des épreuves, chronique des années 80*, roman, Montréal, Guérin, 2005.
Tome IV, *Les héritiers, chronique de l'an 2000*, roman, Montréal, Guérin, 2006.

Saga LA POUSSIÈRE DU TEMPS :

Tome I, *Rue de la glacière*, roman, Montréal, Hurtubise HMH, 2005 ; Hurtubise compact, 2008.
Tome II, *Rue Notre-Dame*, roman, Montréal, Hurtubise HMH, 2005 ; Hurtubise compact, 2008.
Tome III, *Sur le boulevard*, roman, Montréal, Hurtubise HMH, 2006 ; Hurtubise compact, 2008.
Tome IV, *Au bout de la route*, roman, Montréal, Hurtubise HMH, 2006 ; Hurtubise compact, 2008.

Saga À L'OMBRE DU CLOCHER :

Tome I, *Les années folles*, roman, Montréal, Hurtubise HMH, 2006 ;
Tome II, *Le fils de Gabrielle*, roman, Montréal, Hurtubise HMH, 2007 ; Hurtubise compact, 2010.
Tome IV, *Au rythme des saisons*, roman, Montréal, Hurtubise HMH, 2008 ; Hurtubise compact, 2010.

Saga CHÈRE LAURETTE :

Tome I, *Des rêves plein la tête*, roman, Montréal, Hurtubise HMH, 2008.
Tome II, *À l'écoute du temps*, roman, Montréal, Hurtubise HMH, 2008.
Tome III, *Le retour*, roman, Montréal, Hurtubise HMH, 2009.
Tome IV, *La fuite du temps*, roman, Montréal, Hurtubise, 2009.

Saga UN BONHEUR SI FRAGILE :

Tome I, *L'engagement*, roman, Montréal, Hurtubise, 2009.
Tome II, *Le drame*, roman, Montréal, Hurtubise, 2010.
Tome III, *Les épreuves*, roman, Montréal, Hurtubise, 2010.

Michel David

À l'ombre du clocher

Tome III

Les amours interdites

Hurtubise

Catalogage avant publication de Bibliothèque et Archives nationales du Québec et Bibliothèque et Archives Canada

David, Michel, 1944-

À l'ombre du clocher

2e éd.

Sommaire : t. 1. Les années folles — t. 2. Le fils de Gabrielle — t. 3. Les amours interdites — t. 4. Au rythme des saisons.

ISBN 978-2-89647-280-2 (v. 1)
ISBN 978-2-89647-281-9 (v. 2)
ISBN 978-2-89647-282-6 (v. 3)
ISBN 978-2-89647-283-3 (v. 4)

I. Titre. II. Titre : Les années folles. III. Titre : Le fils de Gabrielle. IV. Titre : Les amours interdites. V. Titre : Au rythme des saisons.

PS8557.A797A62 2010   C843'.6   C2010-940167-0
PS9557.A797A62 2010

Les Éditions Hurtubise bénéficient du soutien financier des institutions suivantes pour leurs activités d'édition :

– Conseil des Arts du Canada
– Gouvernement du Canada par l'entremise du Programme d'aide au développement de l'industrie de l'édition (PADIÉ)
– Société de développement des entreprises culturelles au Québec (SODEC)
– Gouvernement du Québec par l'entremise du programme de crédit d'impôt pour l'édition de livres

Illustration de la couverture : Marc Lalumière (Polygone Studio)
Maquette de la couverture : René St-Amand
Mise en pages : Andréa Joseph [pagexpress@videotron.ca]

Copyright © 2010, Éditions Hurtubise inc.
ISBN : 978-2-89428-282-6

Dépôt légal : 2e trimestre 2010
Bibliothèque et Archives nationales du Québec
Bibliothèque et Archives du Canada

Diffusion-distribution au Canada :
Distribution HMH
1815, avenue De Lorimier
Montréal (Québec) H2K 3W6
www.distributionhmh.com

Diffusion-distrubution en Europe :
Librairie du Québec/DNM
30, rue Gay-Lussac
75005 Paris FRANCE
www.librairieduquebec.fr

Imprimé au Canada
www.editionshurtubise.com

Écoutez dans le silence
Le murmure assourdissant
De la voix de notre enfance
Que plus jamais nul n'entend.

Yves Duteil

Les principaux personnages

LA PAROISSE

Philippe Savard: curé de Saint-Jacques, un grand prêtre osseux âgé d'une cinquantaine d'années.

Robert Lanthier: jeune vicaire.

Clémence Savard: ménagère et sœur du curé, une grande femme sèche.

Joseph Meunier: bedeau.

LE VILLAGE

Côme Crevier: garagiste et maire de Saint-Jacques-de-la-Rive.

Carl Boudreau: propriétaire de la fromagerie.

Elphège Turcotte: ancien bedeau, âgé de quatre-vingt-six ans.

Hervé Loiselle: gérant du magasin de semences et d'engrais

LA CAMPAGNE

La famille Veilleux

Jérôme Veilleux: cultivateur de soixante et un ans.

Colette Veilleux: épouse de Jérôme, âgée de cinquante-neuf ans. Elle est la mère de Carole et d'André.

André Veilleux: cultivateur de trente-six ans.

Lise Veilleux: épouse d'André et mère d'Hélène (quinze ans) et de Paul (treize ans).

Jean-Paul Veilleux: propriétaire du magasin général du village, âgé de cinquante-six ans.

Claudette Veilleux: épouse de Jean-Paul (née Hamel) et mère de Lucie (vingt-deux ans) et de René (vingt ans).

La famille Hamel

Georges Hamel: cultivateur de soixante-dix-sept ans.

Rita Hamel: épouse de Georges, âgée de soixante-quatorze ans et mère de Claudette Veilleux.

La famille Tremblay

Gérald Tremblay: cultivateur de soixante et un ans.

Cécile Tremblay: épouse de Gérald et mère d'Élise (trente-neuf ans) et de Bertrand (trente-sept ans).

Clément et **Céline Tremblay**: cultivateurs retraités de soixante-six ans et parents de Françoise, Louis et Jean.

La famille Fournier

Gabrielle Fournier: veuve de Germain Fournier et mère d'Étienne.

Étienne Fournier: cultivateur et ébéniste âgé de quarante-quatre ans.

Françoise Fournier: épouse d'Étienne (née Tremblay) et mère de Gilles (vingt-deux ans) et de Catherine (dix-neuf ans).

Chapitre 1

Le visiteur

Assis au bout de la table de cuisine, Côme Crevier, l'air mécontent, mâchouillait depuis un bon moment un morceau de bœuf que venait de lui servir sa femme Madeleine. Finalement, le maire de Saint-Jacques-de-la-Rive avala avec effort la viande filandreuse.

— Veux-tu ben me dire quelle sorte de viande ce maudit Comtois-là t'a vendue ? demanda-t-il, rageur. C'est pas mangeable !

— Elle est pas si pire que ça, protesta calmement sa femme. T'es peut-être tombé sur un morceau plein de nerfs. Donne-moi ton assiette ; il en reste dans le chaudron.

— Laisse faire, j'ai plus faim, dit son mari en repoussant son assiette dans un accès de mauvaise humeur.

Dépourvu de cou, la grosse tête ronde à demi chauve de l'homme de soixante-trois ans paraissait plantée directement au centre de deux épaules massives. Le ventre avantageux qu'il poussait devant lui proclamait qu'il était un solide mangeur. Par ailleurs, il était doté d'un caractère explosif que même son ambition démesurée ne parvenait pas toujours à tempérer. Lorsque ses petits yeux noirs calculateurs fixaient un interlocuteur, ce dernier avait tendance à se demander ce qu'il avait fait d'incorrect.

Un bruit à l'extérieur lui fit lever la tête. Il aperçut alors son fils Alain en train de traverser à grandes enjambées la cour séparant le garage de la maison. À vingt-cinq ans, le jeune homme secondait efficacement son père dans l'exploitation du garage familial depuis près de dix ans.

— Bon, barnak! Qu'est-ce qui se passe encore? s'exclama le petit homme. Pas moyen de dîner tranquille!

La tête frisée du fils apparut à la fenêtre puis la porte de la cuisine fut poussée.

— Attention à mon plancher, le prévint sa mère. Puis, ferme la porte; c'est pas chaud.

Le jeune homme s'arrêta sur le paillasson et fit mine de ne pas faire un pas de plus.

— P'pa, il y a quelqu'un qui vous demande au garage, se contenta-t-il de dire.

— C'est qui? Tu lui as pas dit que j'étais en train de dîner?

— Un nommé Loiselle.

— Qu'est-ce qu'il veut? Si c'est pour faire réparer son char, t'as juste à t'en occuper.

— Il m'a dit que c'est au maire qu'il veut parler, pas au garagiste.

— Midi et demi, calvaire! Tu parles d'une heure pour déranger le monde! C'est à croire que ça mange pas ce monde-là! Bon. C'est correct. Dis-lui que j'arrive.

Deux minutes plus tard, Côme endossa son épaisse chemise à carreaux, sortit de la maison et traversa la cour. Quand il pénétra dans la petite pièce qui lui tenait lieu de bureau, il se retrouva en présence d'un homme d'une quarantaine d'années au visage mince barré d'une fine moustache. Sa mise soignée et, surtout, son porte-documents en cuir noir mirent immédiatement le garagiste sur ses gardes. L'inconnu avait tout l'air d'un représentant de commerce.

— Si c'est pour me vendre quelque chose, j'aime autant vous dire que vous perdez votre temps, dit-il sur un ton rogue avant de se laisser tomber sur la chaise placée derrière son bureau encombré de divers papiers.

— Non, non, ne craignez rien, fit le visiteur en lui tendant la main. Je suis pas un vendeur. Disons que je serais plutôt un acheteur. Comme je l'ai dit tout à l'heure à votre garçon, c'est pas le garagiste que je viens voir, mais le maire.

— Bon. C'est correct. Assoyez-vous, proposa Côme, sur un ton radouci. Qu'est-ce que je peux faire pour vous, monsieur ?

— Fabien Loiselle, de Saint-Georges, en Beauce. Il y a une vingtaine d'années, mon père a parti un commerce de semences. J'ai pris la relève avec mes deux frères et on a ajouté des engrais, de la moulée et des produits chimiques à notre commerce, Loiselle et frères. Moi, je m'occupe surtout de notre commerce de Saint-Georges. Mon frère Paul dirige celui de Hull et on a décidé d'en ouvrir un troisième entre Sorel et Drummondville, que mon frère Hervé va gérer.

— Ça a l'air de ben rouler pour vous autres, on dirait, commenta le maire, envieux.

— On n'a pas à se plaindre. Depuis deux jours, je regarde dans votre coin. J'ai eu le temps d'aller à Pierreville, où le maire Joyal m'a offert un beau terrain proche de la fromagerie.

Côme Crevier eut une grimace significative en entendant son visiteur nommer le maire de la municipalité voisine, mais Fabien Loiselle ne sembla pas le remarquer.

— C'est sûr que Pierreville a ben plus à offrir que nous autres. C'est une grosse municipalité.

— C'est pas le plus important, répliqua Loiselle. Je suis aussi allé voir quelques emplacements intéressants à Saint-Gérard, à côté.

— Si je comprends ben, vous avez encore rien trouvé à votre goût, à moins que ce soit les offres des maires qui étaient pas assez belles pour vous, ajouta Crevier en fixant son visiteur d'un œil calculateur.

— Non, monsieur le maire, protesta l'homme d'affaires qui avait bien compris le sous-entendu. Je demande ni faveur spéciale ni passe-droit pour m'installer quelque part, même si mon commerce va créer quelques emplois. À dire vrai, je pense avoir trouvé le terrain qu'il me faut.

— Où ça ?

— Ici, juste à côté de votre garage. En revenant de Saint-Gérard, hier après-midi, je me suis arrêté à la sortie du pont. Il me semble que le terrain face à la sortie serait une bonne place, à la condition que le propriétaire en demande un prix raisonnable, évidemment.

Il y eut un bref silence dans la petite pièce encombrée. Côme Crevier jeta un coup d'œil par la fenêtre au moment où une camionnette rouge couverte de boue s'arrêtait près de la pompe à essence.

— Pour le terrain, vous avez frappé à la bonne porte, finit-il par dire prudemment. Les dix arpents de terre qui sont en face du pont sont à moi.

— J'en aurais pas besoin d'autant, affirma Loiselle en levant une main. Mille pieds me suffiraient largement pour mon entrepôt, mon silo et mon magasin.

— Je comprends, dit le maire, mais c'est un terrain mauditement ben placé que vous voulez avoir. Avec le temps, il peut pas faire autrement que de prendre de la valeur.

Loiselle ne cilla pas. De toute évidence, il avait déjà négocié l'achat de terrains auparavant et savait comment s'y prendre avec un vendeur un peu retors.

— Vous savez, monsieur le maire, votre terrain ou celui de Félix Lacasse, à l'autre bout du pont, à Saint-

Gérard, ça a pas beaucoup d'importance pour moi. Si ça se trouve, je serais peut-être même mieux de l'autre côté de la rivière. Comme ça, je serais juste un peu plus près de Nicolet.

— Attendez. Prenez pas le mors aux dents si vite, fit le garagiste, soudain alarmé par la perspective de perdre un acheteur pour un terrain dont il ne savait que faire.

Le garagiste était encore plus alléché par une affaire qui serait portée à son crédit de maire de Saint-Jacques-de-la-Rive. À la limite, avoir attiré un nouveau commerce dans la petite municipalité pouvait assurer sa réélection l'année suivante.

— Attendez, répéta-t-il. Vous savez même pas combien j'en demande. Avant de parler de prix, vous avez ben une petite heure à me donner pour que je vous montre Saint-Jacques?

— Je suis pas à une heure près, consentit l'homme d'affaires en se levant.

— Je vais vous faire faire une petite visite de la paroisse, même si les chemins sont pas ben beaux à la fin du mois de mars! Mon garçon peut s'occuper tout seul du garage.

— Je voudrais tout de même pas trop vous déranger, monsieur le maire.

— Ben non. Ça me fait plaisir, dit le garagiste en se levant à son tour. Venez.

Les deux hommes sortirent du garage. Côme Crevier fit signe au visiteur de monter dans la grosse Chrysler bleue stationnée sur le côté du bâtiment. Le conducteur fit démarrer son véhicule et prit à gauche en quittant la cour du garage.

— Comme vous avez pu le voir, c'est mon garage qui est à la limite du village de Saint-Jacques-de-la-Rive. Si vous achetez mon terrain, vous serez juste à la sortie. Ça a plus beaucoup d'importance maintenant que les cinq milles de route sont asphaltés entre Pierreville et chez nous. Pour nous autres, cette route-là, c'est le rang Saint-Edmond, le premier rang de la paroisse et il longe la Saint-François.

La Chrysler dépassa une dizaine de petites maisons à un étage réparties des deux côtés de la route. Puis la voiture se mit à rouler au pas et finit par s'arrêter un peu plus loin, le long du trottoir, devant un édifice neuf en brique beige pourvu de larges fenêtres.

— Venez, monsieur Loiselle, dit-il au visiteur. Je vais pouvoir mieux vous montrer en marchant.

Le maire descendit de son véhicule et rejoignit bientôt l'homme d'affaires sur le trottoir.

— On est devant notre nouvelle école. Elle a été bâtie l'année passée. Elle est juste en face de la fromagerie Boudreau. Les Boudreau sont là depuis quarante ans. La deuxième maison à côté, c'est notre Caisse populaire. On l'a installée dans une vieille maison qui a été achetée pour une bouchée de pain.

Les deux hommes firent encore quelques pas avant de s'arrêter de nouveau.

— Ici, vous avez l'hôtel de ville. On l'a construit il y a une dizaine d'années en prenant un morceau du terrain du parc municipal qui est à côté. C'est l'ancien terrain du couvent qui a passé au feu en 1943.

Trois cents pieds plus loin, Côme fit une halte devant la vieille église en brique rouge, séparée du presbytère par un large espace de terrain où une neige grisâtre finissait de fondre. Le presbytère, un imposant immeuble en brique d'un étage, était ceinturé par une large galerie blanche.

— Le cimetière paroissial est derrière l'église. Et il reste encore une bonne bande de terrain avant d'arriver à la rivière, derrière, expliqua le maire. Le chemin qui s'ouvre en face, c'est le rang Sainte-Marie. Sur le coin, c'est notre marchand général, Jean-Paul Veilleux. Quand il a acheté le commerce de la vieille Hélèna Pouliot, il y a une vingtaine d'années, c'était juste une petite épicerie. À cette heure, c'est devenu un vrai magasin général. Vous pouvez acheter là aussi ben du manger que des matériaux de construction. Et je peux vous dire que Veilleux est pas plus cher que le gros magasin Murray de Pierreville.

Fabien Loiselle scruta durant un long moment la grosse maison jaune aux ouvertures rouges. Le grand entrepôt situé à l'arrière avait l'air bien tenu.

— Si vous dépassez chez Veilleux, il y a juste quatre petites maisons bâties en face du presbytère avant d'arriver à la fin du village. Après ça, plus loin sur la route, vous allez trouver sur votre gauche les rangs des Orties et du Petit-Brûlé. Avant d'arriver au pont, vous avez dû croiser les rangs Saint-Pierre et Saint-Paul. Comme ça, vous avez une bonne idée de Saint-Jacques-de-la-Rive.

— Est-ce que vous pouvez me montrer un des rangs? demanda Loiselle, curieux.

— Certain. Mais je vous avertis. Il y a juste Saint-Edmond qui est asphalté. Quand le printemps arrive, les chemins sont pas ben beaux.

— C'est pas grave, monsieur le maire. C'est partout pareil.

— Bon. Si c'est comme ça, je vais vous montrer le rang Sainte-Marie, celui qui s'ouvre en face de l'église. Avec Saint-Edmond, c'est le rang le plus ancien de la paroisse. Au bout, il y a un petit chemin de traverse qui permet de revenir par le rang des Orties.

Les deux hommes remontèrent dans la Chrysler qui s'engagea en cahotant dans le rang Sainte-Marie. Les amortisseurs de la lourde voiture étaient soumis à rude épreuve par les profondes ornières de la route étroite. Après un large virage, une première maison grise passablement délabrée apparut sur la droite. De vieux instruments aratoires rouillés encombraient la cour de la petite ferme.

— Les Tougas, se contenta de dire le maire. C'est une façon de parler, ajouta-t-il. Les parents sont morts il y a une douzaine d'années et leur Émile, un vieux garçon d'une cinquantaine d'années, vit là, tout seul.

— Ça a l'air d'une ferme abandonnée, dit Loiselle en jetant un coup d'œil aux bâtiments mal entretenus.

— Non. L'Émile reste là, mais il entretient rien. En face, il y a les Comeau et les Gariépy, deux grosses familles. À côté de chez Tougas, c'est la terre de Louis Tremblay.

Loiselle regarda en passant la belle maison blanche à un étage égayée par des ouvertures peintes en vert forêt. Les bâtiments bien tenus avaient probablement été chaulés l'automne précédent et leurs portes étaient ornées de losanges verts et blancs. La maison voisine, celle d'Étienne Fournier, était identique. Elle ne se distinguait que par ses ouvertures rouge vin.

— Les cultivateurs ont l'air d'être fiers dans le rang, fit remarquer le visiteur. On a juste à voir leur maison et leurs bâtiments pour s'en rendre compte. À l'exception peut-être de cette maison-là, ajouta-t-il au moment où la Chrysler passait devant la maison voisine de celle des Fournier.

— Ici, ça se comprend un peu, précisa le maire. Les Hamel ont plus de soixante-quinze ans. Ils arrivent plus à entretenir. Vous seriez venus il y a une quinzaine d'années, vous vous seriez aperçus qu'ils étaient aussi fiers que les autres. Tenez, regardez la maison de Bertrand Tremblay, leur voisin, ajouta le maire.

— Parent avec les Tremblay de la maison de tout à l'heure?

— Ils sont cousins. Vous me direz pas que sa maison est pas aussi belle que les autres?

— C'est sûr.

— En face, les Beaulieu sont là depuis une quarantaine d'années si je me trompe pas. Du bon monde sans histoire.

— On dirait qu'on arrive bientôt au bout du rang, fit remarquer le Beauceron.

— Presque. Les deux dernières terres quasiment en face l'une de l'autre appartiennent à Jérôme et André Veilleux, le frère et le neveu du propriétaire du magasin général, et à Adrien Desjardins.

Ce disant, le garagiste avait presque immobilisé sa voiture en face de la grande maison des Veilleux pour mieux faire apprécier à son compagnon la beauté du site.

— À mon goût, c'est le plus beau rang de Saint-Jacques, dit le maire, après un bref moment de silence. Regardez. C'est plat comme ma main. C'est de la bonne terre facile à cultiver. Chaque cultivateur est propriétaire d'un bois au bout de sa terre. Vous avez des arbres partout. Un arpent plus loin, vous avez le petit chemin de traverse, mais on le prendra pas pour revenir par le rang des Orties parce qu'on risque de se prendre. Les fossés doivent déborder tellement la neige fond vite depuis une semaine.

Le maire de Saint-Jacques-de-la-Rive s'engagea dans la cour des Veilleux et fit demi-tour. Le silence retomba dans la voiture. Les deux hommes semblèrent s'absorber dans de profondes pensées jusqu'au moment où la Chrysler arriva en face de l'église et tourna à droite pour aller s'immobiliser quelques instants plus tard devant le garage, près du véhicule de Loiselle.

— Vous venez prendre un café à la maison? offrit le maire après être descendu de son véhicule.

— Avec plaisir.

— Puis, qu'est-ce que vous pensez de Saint-Jacques? demanda-t-il avec une légère trace d'inquiétude dans la voix.

— C'est une belle place, répondit l'autre sans trop se compromettre.

— Êtes-vous toujours intéressé par mon terrain? fit Côme en ouvrant la porte de cuisine pour laisser entrer son visiteur.

— Ça dépend toujours du prix que vous allez en demander.

— Vous savez, vous avez pas vu Saint-Jacques dans le meilleur temps de l'année. Vous seriez venu dans deux mois, je suis certain que vous auriez trouvé ça pas mal plus beau... Madeleine, on prendrait ben une tasse de café, ajouta le maire à l'intention de la petite femme replète qui venait de pénétrer dans la pièce.

L'invité salua Madeleine Crevier et prit place à la table de cuisine, en face du garagiste. La maîtresse de maison, souriante, servit deux tasses de café et déposa au centre de la table une assiette de biscuits au gingembre avant de se retirer avec discrétion dans la pièce voisine.

Moins d'une demi-heure plus tard, les deux hommes étaient tombés d'accord sur un prix fort convenable pour le terrain convoité et on se donna rendez-vous chez le vieux notaire Beaubien, à Pierreville, le mardi suivant pour signer le contrat d'achat.

— Comme ça, je peux déjà annoncer aux gens de Saint-Jacques que Loiselle et frères s'en vient s'installer chez nous?

— Je pense que oui, répondit l'homme d'affaires avec un mince sourire. Jusqu'à aujourd'hui, mes frères ont jamais refusé une de mes ententes.

— Et quand est-ce que vous pensez commencer la construction de vos bâtiments? demanda le maire en accompagnant son invité jusqu'à la porte.

— Si on peut signer le contrat la semaine prochaine, on devrait être capables de commencer avant la fin du mois d'avril. Je vous laisse ma carte au cas où vous auriez besoin de me contacter, ajouta Loiselle en tirant une carte d'affaires d'une poche de son veston.

Les deux hommes se serrèrent la main et le visiteur sortit. Planté devant la fenêtre de la cuisine, Côme Crevier le regarda traverser la cour du garage et monter à bord de sa voiture. En pénétrant dans la cuisine, sa femme le surprit en train de se frotter les mains de contentement.

— On dirait bien que tu viens de faire une bonne affaire, avança-t-elle en s'emparant des deux tasses de café vides demeurées sur la table.

— Qu'est-ce qui te fait dire ça? demanda son mari sur un ton bourru.

— Ton air.

— Qu'est-ce qu'il a mon air?

— T'as l'air du chat qui vient de croquer une souris.

— J'ai fait une bonne affaire et le gars qui vient de partir en a fait une bonne, lui aussi. Je lui ai vendu le terrain d'à côté pour un bon prix.

— Il va se bâtir une maison?

— Ça, je le sais pas, admit le maire. Tout ce que je sais, c'est qu'il l'a d'abord acheté pour construire un silo et des bâtiments pour vendre des semences, de l'engrais et des produits chimiques. Ça se peut qu'il décide de se construire une maison. Il va ben falloir que son frère reste quelque part.

— Son frère?

— Ben oui, fit-il, un peu agacé. Lui, c'est le plus vieux des frères Loiselle. Ils ont déjà deux magasins, un en

Beauce et un autre à Hull. D'après ce qu'il m'a dit, c'est son frère le plus jeune, Hervé, qui va s'occuper de leur troisième magasin, ici, à Saint-Jacques... Bon ! Qu'est-ce qu'il veut encore ? s'exclama le garagiste sur un ton impatient en désignant Alain qui se dirigeait vers la maison.

Le père s'empara de sa casquette, prêt à sortir lorsque son fils entra.

— P'pa, dit le jeune homme sur un ton excédé, il faut que vous veniez raisonner le père Beaulieu.

— Qu'est-ce qu'il veut encore, le vieux fatigant ? C'est pas encore son bazou qui marche pas ?

— Non. Son char est correct, p'pa. Ça fait une demi-heure que j'essaie de lui faire comprendre le bon sens, mais il est complètement bouché.

— Qu'est-ce qu'il y a ?

— Il y a qu'Émile Tougas, le brillant, lui a faire croire qu'il ferait mieux de remplacer l'antigel dans le radiateur de sa Chevrolet par du lait. Il lui a dit que son moteur roulerait ben plus doux avec ça.

— Hein ! Arrête donc ! fit son père, stupéfait.

— Je vous le dis, p'pa. Et l'autre innocent croit ça dur comme fer et il veut pas en démordre. C'est tout juste s'il nous accuse pas de refuser de mettre du lait dans les radiateurs pour pouvoir faire plus de réparations sur les chars de la paroisse.

— Ah ben ! J'aurai tout entendu ! s'exclama Côme Crevier en proie à un fou rire incontrôlable. Ce maudit niaiseux-là a pas vu que l'autre riait de lui. Il lui a déjà fait croire, il y a deux ans, qu'il fallait qu'il remplace l'air d'été par de l'air d'hiver dans ses *tires*.

— Je le sais ben, p'pa. Il me croit pas pantoute quand je lui explique que ça se fait pas.

— Attends. Je vais aller lui dire deux mots, fit son père en sortant de la maison.

Deux ans auparavant, Alcide Beaulieu avait réalisé un vieux rêve en achetant une Chevrolet 1955 usagée dont la teinte brune se mariait fort bien avec les taches de rouille qui s'étaient emparées, depuis longtemps, de sa carrosserie. À soixante-cinq ans, le cultivateur avait appris, plutôt mal que bien, à conduire son véhicule qu'il avait baptisé «Cocotte» avec une belle simplicité. Or, «Cocotte» lui rendait bien mal tout l'amour qu'il lui portait et, bien souvent, elle n'en faisait qu'à sa tête. Lorsque les habitants de Saint-Jacques-de-la-Rive apercevaient le petit homme sec cramponné de toutes ses forces à son volant, ils s'arrangeaient pour se mettre prudemment à l'abri. La vue de cette grosse voiture zigzaguant sur la route malgré les jurons hurlés par son conducteur avait de quoi donner le frisson aux plus braves.

Le pire provenait sûrement du fait que, conscient de son incompétence en mécanique, le propriétaire de «Cocotte» écoutait tous les avis qui lui étaient offerts gratuitement, même les plus farfelus. Inutile de préciser que les farceurs de la paroisse s'en donnaient à cœur joie chaque fois que l'occasion se présentait, et Émile Tougas n'était pas le dernier à se moquer de ce vieux voisin trop crédule.

Côme Crevier entra dans son garage et alla directement vers le petit homme à l'abondante chevelure blanche en train de vider le cendrier de sa Chevrolet dans l'une des poubelles de l'endroit.

— Salut, Alcide. Il paraît qu'on t'a dit qu'il fallait mettre du lait dans ton radiateur?

— Ouais. J'ai trouvé que ça avait ben du bon sens, répondit ce dernier en repoussant sur sa tête sa vieille casquette en cuir.

— Pas de problème. On peut te faire ça tout de suite, si tu veux.

— Ah! Il me semblait ben aussi que ça se faisait. Ton gars voulait pas pantoute, ajouta le vieux cultivateur sur un ton de reproche en désignant du menton Alain qui se tenait à l'écart.

— Je le sais; il me l'a dit. Il veut pas le faire parce que le lait va cailler tout de suite à cause de la chaleur du moteur et ton char va sentir mauvais en barnak! Mais inquiète-toi pas. Il sentira pas mauvais ben longtemps. Tu feras pas un mille avec avant que le moteur soit brûlé.

— Hein!

— Il y a pas d'huile dans le lait, Alcide. Un moteur, ça lui prend de l'huile pour le faire marcher. Mais c'est pas grave. On va te faire la job tout de suite, si c'est ce que tu veux… Alain, va me chercher deux gallons de lait chez Veilleux, dit le père en se tournant vers son fils occupé à ranger des outils sur l'établi installé au fond du garage.

— Attends! Attends! s'écria Alcide. Il y a pas le feu, sacrifice! À ben y penser, j'ai pas le temps de faire faire ça cet après-midi. Je reviendrai la semaine prochaine.

— Quand tu voudras, Alcide, fit le garagiste, bon prince.

Le cultivateur monta à bord de sa Chevrolet et quitta prestement le garage.

— Pendant que tu finis de remonter le moteur du tracteur de Tremblay, je vais aller faire un tour au magasin général, dit Côme à son fils. Je devrais être revenu dans quelques minutes.

— Pas de problème, p'pa.

Lorsque le maire de Saint-Jacques-de-la-Rive monta dans sa Chrysler en cette fin d'après-midi de mars, le mercure avait chuté et une petite neige folle s'était mise à tomber doucement.

— Ça va être la dernière de l'année, prédit-il en mettant ses essuie-glaces en marche.

Le lourd véhicule bleu s'engagea lentement dans le rang Saint-Edmond et roula vers l'église située à moins d'un demi-mille du garage. Le conducteur fit faire demi-tour à sa voiture dans le stationnement de l'église avant de venir s'immobiliser devant le magasin général de Jean-Paul Veilleux. Côme monta les trois marches de l'escalier qui conduisait à la porte de l'endroit et y pénétra au moment même où on allumait les néons pour éclairer la grande pièce.

Si la vieille Hélèna Pouliot était revenue visiter son ancienne épicerie, elle ne l'aurait jamais reconnue. Jean-Paul Veilleux et sa femme Claudette avaient consacré les vingt dernières années à la transformer en entreprise prospère. La petite épicerie obscure était devenue, au fil des années, un commerce florissant. Tous les murs étaient couverts de rayonnages croulant sous les produits les plus divers. Près des deux tiers d'entre eux étaient des aliments, tandis que l'autre tiers se composait de quincaillerie et de gallons de peinture. Au fond de la pièce, une porte communiquait avec une annexe de près de soixante pieds de longueur où s'entassaient des matériaux de construction variés. Les propriétaires avaient installé un long comptoir et une caisse enregistreuse près de la porte d'entrée où Claudette et sa fille Lucie servaient la clientèle. Jean-Paul était le plus souvent dans l'entrepôt où, avec l'aide de son fils René, il rangeait les produits et préparait les livraisons.

Côme esquissa un sourire en apercevant la jolie Lucie en train d'installer un nouveau ruban de papier dans la caisse enregistreuse. L'aînée de Jean-Paul Veilleux et de Claudette Hamel avait hérité de sa mère son épaisse chevelure châtain, ses yeux bleus, ses allures libres et, surtout, ses airs aguicheurs et son petit rire de gorge auxquels bien peu d'hommes de la paroisse demeuraient insensibles. Il se dégageait de la jeune fille de vingt-deux ans une sensualité troublante.

— Ton père est ici ? demanda le maire en s'arrêtant devant le comptoir.

— Il est dans l'entrepôt, monsieur Crevier. Voulez-vous que je l'appelle ?

— Non. Laisse faire, ma belle fille, je vais aller le retrouver.

Le maire se dirigea vers la porte vitrée située au fond du magasin. En l'ouvrant, il aperçut le propriétaire au fond de l'entrepôt. Le commerçant tirait derrière lui une voiturette remplie de tuyaux en boitant.

Le fils cadet d'Ernest Veilleux ne s'était jamais tout à fait remis de la blessure à une jambe subie durant la dernière guerre. Même si elle datait de plus de vingt ans, elle le faisait encore souffrir quand le temps devenait très humide ou lorsqu'il demeurait trop longtemps debout. À cinquante-six ans, l'époux de Claudette Hamel n'était guère plus gras que lorsqu'il était jeune homme. Par contre, son front s'était largement dégarni et ses lunettes à monture de corne lui donnaient un air plutôt sévère.

— Bonjour, Côme. T'as besoin de quelque chose ? demanda le marchand général en apercevant le maire qui venait vers lui.

— Non. Je venais juste t'apprendre une nouvelle. C'est une bonne nouvelle autant pour la paroisse que pour toi.

— Tiens, ça tomberait ben, laissa tomber Jean-Paul, sans donner plus d'explications.

— Imagine-toi donc que je viens de vendre un de mes terrains à un nommé Loiselle de la Beauce.

— Qu'est-ce qu'il va faire avec ça ? Il est pas mal loin de chez eux. Est-ce qu'il a l'intention de venir cultiver dans la paroisse ?

— Pantoute. Tu connais pas Loiselle et frères ?

— Non.

— Ils ont déjà deux magasins dans la province. Imagine-toi donc que leur troisième magasin va être ici, à côté de mon garage.

— Ils vendent quoi ? demanda Veilleux, soudainement inquiet.

— Inquiète-toi pas. Loiselle vend des semences, de l'engrais et des produits chimiques, toutes des affaires que tu tiens pas. Si ça fait mal à quelqu'un, ce sera juste à Murray, à Pierreville.

— T'es ben sûr qu'il vend pas autre chose ?

— Certain, mentit le maire qui avait oublié de s'assurer de la chose auprès de Fabien Loiselle.

— Si c'est ça, c'est toute une bonne nouvelle pour la paroisse, concéda le marchand.

— Pas juste pour la paroisse, reprit Crevier. C'est surtout pas mal bon pour toi. Les Loiselle vont faire construire un silo, un entrepôt et un magasin. Ils vont commencer à bâtir dans deux ou trois semaines. Si tu leur fais des bons prix, tu vas être capable de leur vendre tous les matériaux dont ils vont avoir besoin. J'aimerais être à ta place en maudit, moi.

— Tu peux être sûr que je vais leur faire des bons prix. En attendant, je suis certain que t'as pas fait une trop mauvaise affaire, toi non plus, en leur vendant ton terrain. Pas vrai, Côme ?

— En tout cas, je le leur ai pas donné, affirma le maire en affichant un large sourire. Bon. Je retourne au garage. J'étais juste venu te dire ça pour que tu laisses pas passer ta chance. Je te donne la carte des Loiselle au cas où tu voudrais leur téléphoner pour leur faire des prix sur les matériaux de construction avant qu'ils passent des contrats avec Murray ou avec un autre.

— Merci, Côme. Je l'oublierai pas.

Côme quitta le magasin général tout content de lui. Mais son contentement était bien peu de chose comparé au plaisir éprouvé par Jean-Paul Veilleux. S'il avait été plus intime avec le garagiste, ce dernier lui aurait probablement confié qu'il sortait d'une dispute familiale dont les éclats n'avaient heureusement pas franchi les murs de la maison puisque la porte de communication entre celle-ci et le magasin était toujours soigneusement fermée.

À l'heure du dîner, au moment où les Veilleux passaient à table, le téléphone avait sonné. Comme Claudette était occupée à servir les siens, Lucie avait pris la communication. Lorsqu'elle avait raccroché quelques minutes plus tard, la jeune fille avait la mine sombre.

— Qu'est-ce qui se passe ? lui avait demandé sa mère.

— Rien. C'était Jocelyne Poupart.

— S'il y a rien, qu'est-ce que t'as à faire cette face d'enterrement ? Vous vous êtes chicanées ?

— Bien non, m'man. Jocelyne a passé trois jours à Montréal à chercher un logement. On voulait se présenter pour être hôtesses à l'Expo.

— C'est quoi, cette affaire-là ? avait demandé Jean-Paul en s'interrompant soudainement de manger pour dévisager sa fille.

— Jocelyne cherchait un appartement à Montréal parce qu'elle a entendu dire qu'ils avaient besoin d'autres hôtesses pour l'Expo 67. On voulait se faire engager, mais il paraît qu'il y a eu plus que mille filles qui se sont présentées quand ils en ont engagé l'automne passé. Ça fait qu'il paraît qu'ils ont déjà toute une liste d'attente.

— Tout ça sans nous en avoir parlé! s'était écrié son père. On est des étrangers, je suppose?

— Mais non, p'pa. De toute façon, ça a servi à rien. Jocelyne m'a dit qu'ils ont même pas voulu prendre nos noms comme remplaçantes. Même si on avait pu être engagées, on n'aurait pas pu trouver un appartement libre à un prix abordable à Montréal. Jocelyne et son oncle ont cherché partout. En plus, il paraît que les propriétaires ont tous bien trop augmenté les loyers.

— T'avais pas pensé à ta cousine France? lui avait demandé sa mère.

— Voyons, m'man. France reste dans un petit quatre appartements. Elle aurait pas pu nous garder toutes les deux pendant six mois.

— Cette Expo-là est en train de rendre tout le monde fou! avait explosé Jean-Paul. C'est tout de même pas la fin du monde, cette affaire-là! À les entendre, ils attendent des millions de personnes pour voir leurs maudits pavillons qui sont pas regardables.

— Peut-être, p'pa, mais c'est impressionnant, était intervenu son fils René. On rit pas. Ils ont même fait une île en charroyant de la terre. J'ai vu à la télévision Habitat 67 qu'ils ont construit…

— Si tu parles des cubes en ciment qu'ils nous ont montrés, l'avait coupé sa mère, c'est tellement laid cette affaire-là que jamais personne va vouloir rester là-dedans.

— En tout cas, le métro est beau en sacrifice, s'était enthousiasmé le cadet. Vous auriez dû venir l'essayer avec mon oncle André, l'automne passé, quand ils l'ont inauguré. Ça va vite sans bon sens. Et le tunnel Lafontaine? Ça, c'est à couper le souffle. On n'attend plus sur le pont Jacques-Cartier pour entrer à Montréal, à cette heure. On peut passer en dessous du fleuve.

— Moi, ces nouvelles patentes-là, ça me fait peur, avait conclu sa mère en réprimant un frisson.

À quarante-neuf ans, Claudette Veilleux avait pris un peu de poids, mais elle était demeurée la jolie femme pleine de cette vitalité qui avait tant inquiété les femmes mariées de Saint-Jacques-de-la-Rive quand elle était jeune fille.

— Quand il faudra payer toutes ces folies-là avec nos impôts, avait dit le père, il y en a qui vont retomber sur terre. Si ça se trouve, vous allez encore payer pour les idées de grandeur de Drapeau dans vingt ans.

— Mais le maire Drapeau a dit qu'il va y avoir un tirage de cent mille piastres tous les mois l'année prochaine pour aider à payer ça, avait avancé Lucie.

— Parle donc avec ta tête ! s'était emporté son père. C'est pas un tirage qui va payer tout ça. En tout cas, c'est pas ça le problème. Est-ce que je peux savoir qui t'a mis dans la tête l'idée de devenir hôtesse ?

— Personne.

— Si je comprends ben, tu serais partie comme ça, sans nous prévenir ?

— J'ai vingt-deux ans, p'pa. J'ai le droit de faire ce que je veux, avait protesté la jeune fille qui commençait à prendre la mouche.

— Et ton ouvrage ici ?

— Vous auriez facilement trouvé quelqu'un dans la paroisse pour prendre ma place.

— Et c'est comme ça que t'allais nous remercier pour tout ce qu'on a fait pour toi depuis que t'es au monde !

— C'était pas un crime ! s'était écrié à son tour la jeune fille. Je partais pas au bout du monde. J'avais juste le goût d'aller travailler quatre ou cinq mois à Montréal pour profiter de l'Expo !

— Une vraie tête folle ! avait déclaré Jean-Paul Veilleux sur un ton méprisant en se levant de table, laissant devant lui une assiette à moitié pleine.

Bouleversé par ce qu'il considérait surtout comme un manque de confiance de la part de sa fille, l'homme était sorti de la cuisine et était retourné à l'entrepôt où il avait passé le reste de l'après-midi à remâcher avec rancœur l'ingratitude des enfants.

Restée dans la cuisine avec son frère et sa mère, Lucie n'avait pu s'empêcher de dire :

— Pourquoi il fait un drame avec une affaire comme ça ? J'ai plus quinze ans, maudit ! Je suis capable de me débrouiller toute seule.

— C'est ton père, avait dit Claudette. Il voudrait pas qu'il t'arrive quelque chose.

— Je veux bien croire, mais en me couvant comme il fait, il m'étouffe. Il pense tout de même pas que je vais rester ici jusqu'à soixante ans !

— Pour moi, le meilleur moyen de partir d'ici, était intervenu René en ricanant, c'est encore de te trouver un gars assez bête pour te marier.

— Toi, le comique, laisse-moi tranquille, avait répliqué sa sœur de mauvaise humeur.

Chapitre 2

Des changements

En ce premier lundi d'avril, le ciel était couvert depuis le début de la matinée et un petit vent d'est soufflait en rafales. De la fumée s'échappait de la cheminée de la cabane à sucre des Fournier où Françoise s'activait à faire bouillir l'eau d'érable récoltée la veille. Un tracteur s'arrêta devant la porte et, un instant plus tard, Étienne pénétra dans les lieux en frappant ses bottes l'une contre l'autre pour en faire tomber la neige.

Le cultivateur bossu portait une vieille canadienne grise et une tuque noire. Quand il enleva cette dernière, il libéra une épaisse chevelure châtain clair collée aux tempes par la sueur. Étienne n'avait guère changé avec les années. N'eût été de ses tempes argentées, il ressemblait encore beaucoup au jeune homme qui avait fait la cour à Françoise Tremblay dans les années 1940. Il avait conservé le même visage aux traits taillés à coups de serpe et les mêmes larges épaules.

À son entrée, sa femme tourna vers lui son visage ovale aux traits délicats de madone à peine marqué par quelques rides et toujours éclairé par deux grands yeux bruns pétillants.

— T'as l'air pas mal essoufflé! Est-ce que c'est parce que tu vieillis? se moqua-t-elle gentiment.

— Pas plus vite que toi, répliqua Étienne en lui adressant une grimace après avoir déboutonné sa canadienne. Non, le temps s'adoucit et j'ai même l'impression qu'on va avoir de la pluie dans la soirée. La neige fond trop vite et j'ai pas pu sortir du sentier avec le tracteur pour faire la tournée des chaudières. J'ai marché avec de la neige jusqu'aux genoux. En tout cas, j'aurais pu laisser faire. Ça a pratiquement pas coulé de la journée. J'ai ramené juste un fond de baril.

— Bon. Qu'est-ce qu'on fait ? On laisse éteindre le poêle ?

— C'est ça et on rentre. De toute façon, c'est presque l'heure d'aller faire le train. On reviendra demain, au commencement de l'après-midi.

— J'ai l'impression que c'est presque la fin de la saison des sucres, dit Françoise en endossant son manteau pendant que son mari jetait du gros sel dans le poêle pour éteindre les flammes.

— En tout cas, on aura fait une vingtaine de gallons de sirop cette année. C'est déjà pas mal pour une petite érablière comme la nôtre.

Étienne ferma la porte de la cabane en bois à l'aide d'un gros cadenas avant de grimper sur le vieux tracteur Massey-Ferguson qu'il fit démarrer. Sa femme monta sur la petite plate-forme fixée à l'arrière du véhicule que son mari avait débarrassée du baril dans lequel il déversait l'eau d'érable contenue dans les chaudières suspendues à chacun des chalumeaux.

— Tiens-toi ben ! cria-t-il à Françoise avant d'embrayer.

Le tracteur se mit lentement en marche au moment même où les premières gouttes de pluie commençaient à tomber dans le jour déclinant. Françoise resserra son étreinte sur le garde-fou de la plate-forme, le regard fixé sur la bosse qui déparait le haut du large dos de son mari.

En vingt-trois ans de vie conjugale, elle n'avait jamais regretté d'avoir épousé celui qu'on appelait «le bossu» ou «le fils du pendu» à Saint-Jacques-de-la-Rive. Ses parents l'avaient laissée entièrement libre de son choix à l'époque et n'avaient jamais tenté de la détourner de leur voisin. Elle leur en savait gré encore aujourd'hui parce qu'elle était persuadée qu'elle n'aurait jamais pu trouver un meilleur mari et un meilleur père pour ses enfants que cet homme travailleur, chaleureux et doux. Tout au long de leur vie à deux, il avait fait en sorte de rendre son existence agréable. Il était resté l'homme prévenant et plein d'humour de leurs fréquentations, ce qui n'était pas rien.

Bien sûr, elle avait connu les affres de l'inquiétude quand elle était enceinte de Gilles, leur fils aîné. Allait-il naître bossu? La difformité du père était-elle héréditaire? Cette angoisse avait été bien pire que les souffrances de l'enfantement. Lorsque le docteur Bélanger lui avait tendu un fils en parfaite santé, elle en avait pleuré de soulagement. Elle avait vécu le même calvaire trois ans plus tard, à la naissance de Catherine. Grâce à Dieu, leurs deux enfants n'avaient pas hérité de cette infirmité. À ces deux occasions, Étienne n'avait rien dit, mais il était bien évident qu'il redoutait, comme elle, d'avoir engendré des êtres difformes.

Le tracteur sortit en cahotant du petit bois. La couverture de neige dans les champs s'amenuisait chaque jour davantage. Çà et là, des îlots de terre et des mares d'eau de fonte apparaissaient. Le conducteur s'engagea sur le chemin boueux longeant ses champs à l'extrémité desquels se dressaient les bâtiments de sa ferme. Il contourna lentement l'étable et vint s'arrêter près de la grange.

— Je pense avoir le temps de boire une tasse de café avant de faire mon train, dit-il à sa femme en l'aidant à descendre de la plate-forme après avoir éteint le moteur du tracteur.

Tous les deux se dirigèrent à pied vers la maison blanche à un étage, aux ouvertures rouge vin. Ils dépassèrent la remise attenante à la maison et gravirent les trois marches qui conduisaient à la cuisine d'été. Ils laissèrent leurs bottes sur le paillasson avant de pénétrer dans la cuisine d'hiver où une jeune fille svelte à l'épaisse chevelure châtain clair était plongée dans la lecture d'un roman tout en écoutant une chanson des Baronnets que la radio diffusait à tue-tête. À la vue du visage ouvert aux pommettes hautes, Étienne ne put que constater, encore une fois, combien sa fille ressemblait à sa grand-mère paternelle, qu'il n'avait pas revue depuis près de vingt-quatre ans.

Françoise se dirigea immédiatement vers l'appareil posé sur le comptoir et baissa le volume.

— Ma foi du bon Dieu, Catherine Fournier, cherches-tu à devenir sourde? s'écria-t-elle.

— La musique était pas si forte que ça, m'man, protesta la jeune fille. Vous, vous aimez écouter *Chez Miville* et les chansons de Michel Louvain; moi, j'aime le *hit-parade* à CJMS. C'est pas pire. Pas vrai, p'pa? fit-elle en tournant vers son père son petit visage mutin où brillaient des yeux bleus malicieux.

— Laisse faire ton père, la reprit sa mère en jetant un coup d'œil à la cuisinière électrique sur laquelle rien ne cuisait. Je t'avais demandé d'éplucher les patates! Tu l'as pas fait!

— Il est juste quatre heures, m'man. J'allais le faire.

— T'es en train de devenir comme Rose-Aimée Turcotte avec tes maudits romans, lui reprocha Françoise. La vie, c'est pas un roman d'amour!

La jeune fille de dix-neuf ans protesta en s'entendant comparée à la vieille femme décédée l'année précédente. Elle se souvenait à quel point on méprisait cette énorme octogénaire laide qu'on voyait tous les jours assise sur sa galerie en train de lire.

— Exagérez pas, m'man. J'ai passé l'après-midi à repasser tout le linge. Je venais juste d'arrêter. Je voulais me reposer une petite demi-heure avant de m'occuper du souper.

— C'est correct, concéda Françoise, regrettant déjà ses remontrances. Est-ce que ta tante Francine a rapporté le patron Vogue que je lui avais prêté?

— Non. Elle est pas venue. Mais monsieur le curé a téléphoné vers deux heures. Il voulait parler à p'pa. Je lui ai dit que si c'était pour se confesser, je faisais ça aussi bien que p'pa.

— Catherine Fournier! s'exclama sa mère, en prenant un air outragé. J'espère que t'as pas été assez effrontée pour dire ça à monsieur le curé.

— Bien non, m'man. Je disais ça pour vous faire étriver.

— Bon. Est-ce que je vais finir par savoir ce que voulait monsieur le curé? lui demanda son père, avec un rien d'impatience dans la voix.

— Il a dit qu'il aimerait faire une réunion spéciale du conseil de fabrique à sept heures, ce soir.

— À soir! Veux-tu ben me dire ce qui est si pressant? demanda Étienne, intrigué.

— Tu devrais le savoir, dit Françoise, surprise. C'est toi le président de la fabrique, non? D'habitude, c'est toi qui annonces les réunions.

— J'ai pas la moindre idée pourquoi il veut une réunion. Il a dû se passer quelque chose d'important que je sais pas. Pour te dire la vérité, je me serais ben passé d'aller courir au village après le souper pour une réunion. J'ai ben plus le goût de m'écraser devant la télévision et de regarder le match de hockey entre Toronto et Montréal. Si ça se trouve, je vais manquer les deux premières périodes.

— En tout cas, je peux toujours aller vous remplacer à la cabane pour faire bouillir durant la soirée, offrit leur fille.

— Ce sera pas nécessaire, intervint sa mère. Ça a presque pas coulé aujourd'hui.

— Ah! J'allais oublier, p'pa, reprit Catherine, mon oncle Louis a dit qu'il vous prendrait en passant pour aller à la réunion.

Étienne n'ajouta rien. Il se contenta de prendre la tasse de café que lui tendait Françoise. Son beau-frère et voisin, Louis Tremblay, était marguillier, lui aussi. Il serait condamné, comme lui, à négliger son loisir préféré : s'installer confortablement devant son téléviseur pour regarder *La Soirée du hockey* à Radio-Canada.

Un peu après six heures trente, on frappa à la porte. Françoise ouvrit à son frère.

— Entre. Étienne finit de se changer. Il arrive.

Le cultivateur de quarante-deux ans pénétra dans la cuisine, mais ne quitta pas le paillasson. Il était difficile de reconnaître dans ce petit homme rondelet à la calvitie précoce le jeune déserteur qui avait vécu aux États-Unis une dizaine d'années avant de revenir s'établir sur la ferme paternelle. En 1955, il avait épousé Francine, l'une des six filles d'Antoine Jeté, un cultivateur de Saint-Bonaventure.

— Tiens. Francine m'a demandé de te rapporter ça, dit Louis en tendant un patron Vogue à sa sœur. Elle te remercie.

— Ça lui tentait pas de venir veiller avec moi pendant que tu serais à la réunion ?

— Elle serait ben venue, mais le petit a l'air de couver une grippe. Elle a pas voulu prendre de chance.

— Dis-moi pas qu'il est encore malade ! s'exclama Françoise.

— Ben non. Tu la connais. C'est juste une précaution.

⁓

Françoise eut beaucoup de mal à s'empêcher de formuler une critique sur la manière dont était élevé « leur » Pascal. Elle savait depuis longtemps que la moindre remarque à ce sujet serait mal acceptée. Et elle n'était pas la seule à désapprouver cette façon d'élever un enfant dans de la ouate. Plus d'une fois, Céline Tremblay avait mis sa bru en garde contre ce qu'elle appelait du « couvage d'enfant », mais Francine s'était rebiffée à chaque occasion. Clément avait fini par inciter sa femme à ne plus s'en mêler.

— On est rendus à soixante-six ans, la mère, lui avait-il dit. On leur a laissé la terre et on s'est installés au village pour les laisser libres de vivre leur vie comme ils l'entendaient. Si ça leur tente d'élever leur petit comme ça, qu'ils le fassent.

— Leur petit ! Leur petit ! C'est vite dit, ça, avait répliqué Céline, amère.

En s'exprimant ainsi, elle faisait référence au fait que le petit Pascal, âgé de cinq ans, n'était pas réellement l'enfant de son fils. Durant plusieurs années, le jeune ménage avait tenté d'avoir un enfant sans aucun succès. Francine n'arrivait pas à mener une grossesse à terme malgré toutes les précautions prises. En désespoir de cause, le couple avait consulté un gynécologue de Montréal qui avait confirmé que la jeune femme ne pourrait jamais avoir d'enfant. Le coup était d'autant plus difficile à accepter que toutes les sœurs de Francine étaient mères de plusieurs rejetons. La grande et forte femme avait très mal encaissé le choc et elle avait souffert d'une longue dépression.

Quatre ans auparavant, peu de temps avant son décès, Thérèse Tremblay avait réussi à mettre fin au drame. La vieille dame de quatre-vingt-sept ans avait suggéré à son petit-fils et à sa femme d'adopter un enfant. Un mois plus tard, le hasard avait voulu qu'une méningite doublée d'une infection rénale frappe le bébé d'une cousine de Francine, mère de dix enfants. Le médecin traitant ne lui donnait que quelques jours à vivre à moins qu'on lui dispense des soins très coûteux. Comme Bernard et Jeanne Pellerin, agriculteurs à Saint-Paul-d'Abbotsford, étaient particulièrement pauvres, ils ne voyaient pas comment ils parviendraient à assumer les frais médicaux et hospitaliers exigés par l'état de leur dernier-né.

Francine vit là une occasion unique d'avoir enfin un enfant à elle. Elle se précipita chez les Pellerin en compagnie de Louis et proposa, sans fausse honte, d'adopter leur bébé malade âgé d'à peine six mois. Les Tremblay promirent de procurer à ce dernier les meilleurs soins. Déchirés devant ce choix inhumain, la cousine et son mari mirent deux jours avant de se décider à leur céder leur fils nommé Pascal. Ce jour-là, les nouveaux parents vinrent prendre possession de l'enfant et le conduisirent sans tarder à l'Hôtel-Dieu de Québec. Durant plusieurs semaines, Francine ne quitta pas le chevet du petit malade qui, contre toute attente, se remit sans séquelles de ses maladies.

Ce fut ainsi que Pascal fit son entrée dans la famille Tremblay. Il devint rapidement un véritable trésor aux yeux de ses nouveaux parents. Francine dorlota sans retenue l'enfant qu'elle avait tant attendu tellement elle avait craint de le voir emporté par la maladie. Avec les années, à la stupéfaction générale, l'enfant à l'épaisse toison frisée se mit même à ressembler physiquement à ses parents adoptifs. L'unique reproche qu'on pouvait faire à l'épouse de Louis Tremblay, c'était de surprotéger un enfant en parfaite santé.

— On y va? demanda Étienne en sortant enfin de la salle de bain où il avait tenté de discipliner ses cheveux châtains avec de l'eau. As-tu une idée de ce que veut le curé Marceau, toi?

— Pas la moindre. Il a téléphoné lui-même cet après-midi et il a rien dit à Francine.

Une fois dehors, les deux hommes s'aperçurent qu'une pluie abondante s'était mise à tomber et s'empressèrent de monter à bord de la petite Toyota orangée de Louis Tremblay.

— Veux-tu ben me dire, Louis, quand est-ce que tu vas t'acheter un vrai char? demanda Étienne à son beau-frère pour le taquiner pendant que ce dernier mettait sa voiture en marche. C'est un vrai suppositoire d'autobus, ta bébelle japonaise.

— Ma Toyota est peut-être pas grosse, mais elle me conduit là où je veux. En plus, c'est vraiment pas le temps de parler d'un autre char avec ce que va me coûter mon tracteur. Les Crevier sont en train de me monter un beau compte. Ils travaillent sur le moteur depuis trois jours.

Quelques minutes plus tard, le conducteur arriva à l'extrémité du rang Sainte-Marie, effectua l'arrêt obligatoire et poursuivit tout droit, dans le stationnement de l'église. L'endroit était déjà occupé par deux autres voitures. En ouvrant la portière, Louis dressa l'oreille.

— Entends-tu? demanda-t-il à son beau-frère. J'ai comme l'impression que les glaces ont lâché sur la rivière.

Malgré la forte pluie qui tombait, Étienne s'arrêta un instant et tendit l'oreille. En effet, un sourd grondement provenant de la rivière qui coulait à quelques centaines de pieds derrière l'église se faisait entendre.

— Je pense que t'as raison, confirma Étienne. Pour moi, ça signifie la fin des sucres. Je me souviens pas d'une année où ça a coulé ben longtemps après que les glaces soient parties sur la rivière.

Louis acquiesça et les deux hommes accélérèrent le pas en direction du presbytère. Ils montèrent la dizaine de marches menant à la porte principale de l'édifice en brique rouge et sonnèrent. La veuve Lévesque, la vieille ménagère du curé, vint leur ouvrir.

— Bonsoir, madame Lévesque, la salua Étienne. Je suppose qu'on est les derniers arrivés.

— Oui, mais il y a pas de presse, le rassura la petite dame avec un large sourire. Monsieur le curé est occupé au téléphone depuis quelques minutes. Les autres marguilliers sont déjà dans la salle de réunion et ils vous attendent.

Les deux hommes retirèrent leurs couvre-chaussures et suivirent la servante dans une pièce du presbytère que le curé précédent avait transformée en petite salle de réunion. Ils saluèrent Adrien Desjardins, Jean-Paul Veilleux et Carl Boudreau en train de discuter avec le jeune abbé Lanthier.

— Êtes-vous au courant de ce qui se passe, monsieur l'abbé? demanda Étienne au jeune homme de taille moyenne et à l'air affable qui s'était levé à l'entrée des deux hommes pour leur serrer la main.

— Un peu, mais je vais laisser monsieur le curé vous apprendre les nouvelles, si ça vous fait rien, dit le vicaire en souriant.

Robert Lanthier n'était en poste dans la paroisse que depuis deux mois, mais son entregent, ses manières courtoises et son sens de l'humour lui avaient immédiatement attiré la sympathie des habitants de Saint-Jacques-de-la-Rive. Le jeune prêtre avait à peine trente ans. Son visage aux traits réguliers et son regard franc plaisaient aux paroissiens. Ces derniers s'entendaient pour dire que leur nouveau vicaire était surtout d'un commerce agréable.

La porte du bureau du curé Marceau claqua et, un instant plus tard, le vieux prêtre pénétra dans la pièce. Aussitôt, le vicaire se retira sur un sourire après avoir salué son supérieur de la tête.

— Excusez mon retard, dit le curé d'une faible voix avant de s'asseoir au bout de la table.

Édouard Marceau avait un peu plus de soixante-cinq ans, mais il paraissait beaucoup plus âgé. C'était un petit homme mince dont les traits creusés disaient assez le mauvais état de santé. On lui avait donné la cure de Saint-Jacques-de-la-Rive en 1962. Durant ces cinq dernières années, les fidèles de la paroisse avaient appris à apprécier ce prêtre à la voix douce, effacé mais toujours disponible.

— Je m'excuse aussi de vous avoir dérangés en pleine période des sucres, dit-il à ses marguilliers, mais cette réunion était urgente.

Personne ne souffla mot autour de la table, attendant avec une impatience mal déguisée de connaître l'objet de la rencontre.

— Voilà. Monseigneur Pichette m'a fait savoir ce matin qu'il me relevait de mes fonctions de curé de Saint-Jacques-de-la-Rive pour me confier la charge d'aumônier de la prison de Drummondville.

— Vous êtes pas sérieux, monsieur le curé! s'exclama Louis.

— Avez-vous une idée pourquoi monseigneur a décidé ça? demanda Jean-Paul Veilleux.

— Je pense que mon âge et ma santé ont joué un rôle important dans sa décision. En tout cas, j'ai pas demandé un changement de ministère, si c'est ce que vous imaginez. Monseigneur a dû croire qu'une tâche d'aumônier serait beaucoup moins exigeante.

— Quand est-ce que vous devez partir? demanda Étienne.

— Après-demain.

— Si vite que ça? fit Carl Boudreau, le fromager.

— Je pense que monseigneur veut que mon remplaçant soit ici pour officier durant la semaine sainte, ce qui est plein de bon sens.

— On va vous regretter ben gros, monsieur le curé, dit Étienne.

Tous les marguilliers assis autour de la table approuvèrent chaleureusement la déclaration du président de la fabrique.

— J'aimerais qu'on fasse pas trop de bruit autour de mon départ, souhaita le vieux prêtre. Pas de fête, pas de célébration. Ça me mettrait mal à l'aise et ça dérangerait les gens. Je préférerais que les paroissiens consacrent leurs énergies à bien recevoir mon remplaçant.

— Est-ce que vous savez qui c'est? demanda Adrien Desjardins de sa grosse voix bourrue.

— Non, Adrien. Le secrétaire de monseigneur m'a dit qu'il s'agissait d'un prêtre du diocèse de Montréal qui vient de passer dans notre diocèse.

— Ça se fait des affaires comme ça? demanda Boudreau.

— Rarement. Mais il se peut qu'un prêtre demande à changer de diocèse et que son évêque accepte.

— Il arrive quand, monsieur le curé ?

— D'après ce que j'ai pu comprendre, avant la fin de la semaine. En attendant son arrivée, l'abbé Lanthier est fort capable d'assurer le service dans la paroisse.

Durant quelques minutes encore, les marguilliers discutèrent avec leur curé et lui exprimèrent leurs regrets de le voir les quitter. Ce dernier en vint à leur dire qu'il avait l'intention de partir dès le lendemain après-midi.

À leur sortie du presbytère, les cinq hommes se rassemblèrent brièvement dans le stationnement et convinrent d'annoncer par téléphone le départ de leur curé aux paroissiens et de donner rendez-vous devant l'église à tous ceux qui pourraient se libérer le lendemain après-midi.

La chaîne téléphonique lancée par les marguilliers fonctionna à merveille et, dès le début de l'après-midi, le lendemain, une foule importante de paroissiens se rassembla devant le presbytère, sous un ciel plombé. Les enfants de l'école du village, guidés par les enseignantes, envahirent, comme les adultes, le stationnement de l'église et chahutèrent un peu.

Pendant qu'on attendait l'apparition du curé Marceau, on discuta de la débâcle des glaces sur la rivière et de la piètre quantité de sirop d'érable qu'on était parvenu à faire bouillir à cause de la trop brève saison. Certains cultivateurs affirmèrent qu'ils allaient continuer quelques jours parce qu'ils croyaient qu'on allait avoir encore des gelées pendant la nuit. D'autres soutinrent que la montée de sève avait déjà commencé et rendait toute eau d'érable non comestible.

Soudain, le silence tomba sur la foule. Les marguilliers et l'abbé Lanthier apparurent sur la galerie du presbytère en compagnie du curé Marceau, plus pâle que jamais. Tout le monde se mit à applaudir.

— Je pense, monsieur le curé, que les paroissiens aimeraient que vous leur disiez quelques mots, dit le vicaire à l'oreille de son supérieur.

— Je me sens la gorge pas mal serrée pour parler, parvint à dire le curé.

— Faites un effort, monsieur le curé. Ils seraient bien déçus que vous partiez sans rien leur dire. Ils sont venus vous dire au revoir.

Debout sur la dernière marche de l'escalier, le curé Marceau remercia les gens de s'être déplacés pour venir le saluer une dernière fois avant son départ et leur promit de ne pas les oublier dans ses prières. Ensuite, il se dirigea lentement vers sa voiture stationnée près du presbytère en serrant les multiples mains qu'on lui tendait. Sur un dernier sourire, il monta à bord de son véhicule et quitta Saint-Jacques-de-la-Rive. La foule se dispersa peu à peu dans un murmure et l'abbé Lanthier rentra dans le presbytère, précédé par la ménagère, profondément émue par le départ du prêtre qu'elle avait servi durant les cinq dernières années.

Pour leur part, la plupart des paroissiens considéraient que le curé Marceau venait de quitter la paroisse aussi doucement qu'il l'avait dirigée. Tous espéraient que son successeur serait fait du même moule.

Chapitre 3

Une bien mauvaise surprise

Même si le printemps semblait vouloir se faire tirer l'oreille en ce début d'avril 1967, le soleil finit tout de même par s'installer dès le lendemain du départ du curé Marceau. La neige se mit à fondre de plus en plus rapidement pour la plus grande joie des enfants de Saint-Jacques-de-la-Rive qui en avaient assez des sports d'hiver. D'ailleurs, la patinoire extérieure du parc municipal n'offrait plus qu'une vaste mare que le soleil allait finir par assécher.

Dans la même semaine, une Pontiac noire s'arrêta dans l'allée asphaltée le long du presbytère. Un grand prêtre dégingandé en descendit. L'homme, âgé d'une cinquantaine d'années, avait les épaules étroites et un peu voûtées. Son long visage jaunâtre était doté d'une bouche aux lèvres minces et d'un nez aquilin assez important sur lequel étaient perchées des lunettes à monture métallique. Avant de s'éloigner du véhicule, il se pencha à l'intérieur pour y prendre un chapeau noir qu'il déposa bien droit sur ses cheveux gris fer soigneusement peignés.

— Descends-tu ? demanda-t-il à la personne assise sur la banquette arrière.

Il n'y eut pas de réponse, mais un instant plus tard, la portière arrière de la voiture livra le passage à une grande femme sèche dont les cheveux gris étaient coiffés en un chignon sévère. Le prêtre et sa passagère gravirent lentement les marches conduisant à l'entrée principale du presbytère. Lorsque la ménagère vint ouvrir, l'ecclésiastique laissa entrer la grande femme avant de pénétrer à son tour dans le couloir.

— Je suis le curé Savard, se présenta-t-il à Angèle Lévesque en enlevant son chapeau. Voici ma sœur, Clémence.

— Bonjour, monsieur le curé. Bonjour, madame, dit la veuve Lévesque. Vous êtes les bienvenus. Si vous voulez bien entrer.

— Où est le vicaire? demanda Philippe Savard en enlevant son manteau et en le tendant à la servante.

— Il est à l'école du village, monsieur le curé. Il prépare les enfants à leur première communion.

— Bon. Voulez-vous nous faire visiter le presbytère? Je le rencontrerai quand il rentrera.

En quelques minutes, le nouveau curé de Saint-Jacques-de-la-Rive et sa sœur avaient fait le tour de la maison. Ils avaient écouté les explications de la ménagère sans ouvrir la bouche une seule fois. Cette dernière était un peu mal à l'aise en présence de ces deux personnes aussi peu chaleureuses l'une que l'autre. Elle ne parvenait pas à déterminer le rôle et la place occupés par la sœur du nouveau curé de la paroisse. Était-elle une visiteuse d'un jour ou avait-elle l'intention de venir passer quelque temps dans la nouvelle cure de son frère? Rien dans son comportement ne l'indiquait. Finalement, de retour dans le salon, le curé Savard annonça à la servante:

— Je vais aller jeter un coup d'œil à l'église. Pendant ce temps, madame, voulez-vous faire visiter votre cuisine à ma sœur?

— Bien sûr, monsieur le curé.

Lorsque Philippe Savard revint quelques minutes plus tard, il s'installa sans façon dans l'ancien bureau du curé

Marceau, au rez-de-chaussée. L'ecclésiastique souleva légèrement le rideau masquant l'une des deux grandes fenêtres de la pièce pour regarder, durant un bref moment, les petites maisons et le magasin général situés de l'autre côté de la route. Ensuite, il s'assit derrière le bureau et se mit en devoir d'inventorier rapidement le contenu des tiroirs du grand meuble en chêne blond qui trônait au centre de la pièce. Il jeta aussi un coup d'œil aux dossiers rangés dans un vieux classeur métallique beige placé dans un coin de la pièce. Un bref coup frappé à la porte détourna son attention du registre paroissial qu'il était en train de consulter.

— Entrez.

Clémence Savard pénétra dans le bureau et referma la porte derrière elle.

— Tes bagages sont déjà dans ta chambre et j'ai déposé les miens dans une des chambres au bout du couloir.

— Parfait. As-tu parlé à la ménagère ?

— Non. Je te laisse ça, fit-elle en esquissant un mince sourire.

— Bon. Demande-lui de venir me voir.

Clémence sortit et, un instant après, la veuve Lévesque vint frapper à la porte du bureau. Le curé Savard la pria d'entrer et de refermer la porte derrière elle. Il se tenait debout devant la fenêtre qui donnait sur la rue du village et semblait regarder du côté du magasin général de Jean-Paul Veilleux.

— Assoyez-vous, madame Lévesque, dit-il abruptement à la ménagère.

Cette dernière obtempéra tout en cherchant à deviner la raison de cette entrevue.

— Bon. J'irai pas par quatre chemins, madame. Vous étiez la ménagère de mon prédécesseur et je suis certain que vous étiez une excellente cuisinière et une très bonne ménagère.

— Merci, monsieur le curé.

— Le problème, madame, c'est que ma sœur est ma ménagère depuis près de dix ans. Elle connaît mes goûts et mes manies.

— Ah bon !

— Je suis habitué à son ordinaire, vous comprenez ?

Le visage d'Angèle vira lentement au rouge à mesure qu'elle réalisait la portée de ce qu'elle venait d'entendre.

— Est-ce que ça veut dire, monsieur le curé, que vous me mettez dehors ?

— Non, madame. Ce que j'essaie de vous faire comprendre, c'est que j'ai pas besoin de vos services au presbytère. À partir d'aujourd'hui, vous êtes libre de vous chercher un emploi ailleurs.

— Ah bien ! Si je m'attendais à ça ! dit la veuve, stupéfaite d'être congédiée aussi brutalement.

— Avant de partir, vous voudrez bien me dire le montant des gages qui vous sont dus, poursuivit le prêtre, sans la moindre trace de sympathie dans la voix.

— Vous pouvez y compter, monsieur le curé, répondit la ménagère, debout, déjà prête à quitter la pièce.

Les dents serrées, elle sortit et monta directement à sa chambre où elle s'activa fébrilement à jeter dans ses deux valises toutes ses possessions. Quand elle eut fini, elle descendit au salon d'où elle téléphona à un neveu résidant à Pierreville pour lui demander de venir la chercher. Moins de trente minutes plus tard, un jeune homme arborant une petite moustache blonde arrêta sa voiture derrière la Pontiac du curé Savard et aida sa tante à transporter ses valises.

Lorsque l'abbé Lanthier rentra au presbytère un peu après quatre heures, il eut la surprise de voir une femme aux joues creuses en train d'épousseter le salon.

— Madame Lévesque est-elle malade ? demanda-t-il à l'inconnue.

— Non. Elle est partie, répondit l'autre en jetant un regard désapprobateur à sa tenue de *clergyman*.

— Où est-elle partie, si c'est pas indiscret ? demanda le jeune prêtre en arborant son sourire le plus enjôleur.

— J'en ai aucune idée. Je suis la nouvelle ménagère. Je suis la sœur du curé Savard, répliqua la femme, l'air toujours aussi revêche.

— Ah ! Notre nouveau curé est arrivé.

— Oui. Et il vous attend dans son bureau.

— Merci.

Le jeune vicaire alla frapper à la porte du bureau du curé qui le pria d'entrer. À la vue de ce grand prêtre osseux et voûté à la mine lugubre, Robert Lanthier eut l'impression de se retrouver en face d'un grand corbeau.

— Assoyez-vous, l'abbé. J'en ai pas pour longtemps. Je suppose que vous avez déjà rencontré ma sœur Clémence. C'est une excellente personne qui sait tenir un intérieur à la perfection.

— J'en doute pas, monsieur le curé, fit l'abbé avec amabilité.

— Je suis Philippe Savard. Saint-Jacques-de-la-Rive est ma troisième cure. C'est vous dire qu'il y a pas grand-chose que j'ignore dans l'administration d'une paroisse. J'ai eu jusqu'à trois vicaires dans une paroisse de l'est de Montréal.

Robert Lanthier hocha la tête en signe de compréhension.

— Je vous demande pas de précision sur votre personne puisque j'ai lu très attentivement votre dossier à l'évêché, poursuivit le curé en gardant fixés sur son subordonné ses petits yeux noirs qui ne cillaient pas derrière les verres de ses lunettes. Vous en êtes à votre seconde paroisse et il semble que vous ayez la réputation d'être un prêtre dynamique et capable. Tant mieux. J'ai besoin d'être secondé par quelqu'un qui a pas les deux pieds dans la même bottine.

— Merci, monsieur le curé, finit par dire l'abbé, tout de même un peu estomaqué par l'accueil glacial de son nouveau supérieur.

— Si j'ai bien compris l'ancienne ménagère, vous êtes en train de préparer des enfants à leur première communion à l'école du village?

— Oui.

— Vous y êtes allé comme ça, habillé comme un pasteur protestant?

— Oui.

— Dorénavant, j'aimerais que vous réserviez cette tenue uniquement pour vos sorties. Quand vous exercerez votre ministère dans la paroisse, vous voudrez bien porter votre soutane, signe distinctif de votre mission.

— Mais je porte toujours mon collet romain, se défendit le jeune prêtre.

— Discutez pas, l'abbé. Faites ce que je vous dis. Bon. Je vous retiens pas. J'ai à faire. Un dernier mot avant que vous me quittiez. Demain, c'est Jeudi saint. Je suppose que le curé Marceau avait prévu une cérémonie demain soir?

— Oui.

— Parfait, je verrai avec vous le partage des tâches ce soir, après avoir rencontré les marguilliers.

Sur ces mots, Philippe Savard ouvrit le dossier posé devant lui. Le vicaire sortit de l'entrevue plutôt secoué. Sur quel genre de curé était-il tombé? En supplément, il y avait sa sœur qui ne semblait pas plus aimable. La vie promettait d'être agréable avec ces deux-là!

Après le souper, Étienne Fournier fit encore une fois quelques frais de toilette.

— Si j'étais jalouse, se moqua Françoise, je croirais que tu t'es trouvé une blonde au village. C'est le deuxième soir que tu sors cette semaine.

— Si tu t'imagines que j'irais m'encombrer d'une autre femme quand j'ai à en supporter une haïssable depuis vingt-trois ans, tu te trompes, Françoise Tremblay.

— Pauvre toi ! T'es bien à plaindre, ajouta sa femme en aplatissant une pointe du col de la chemise blanche de son mari qui rebiquait.

— Blague à part, c'est pas en sortant comme ça que je vais finir la table de cuisine de madame Turgeon. Ça fait presque six semaines qu'elle attend après.

— À ta place, je m'inquiéterais pas trop, le rassura Françoise en souriant. Elle sait que tu travailles le bois seulement le soir et que personne fait d'aussi beaux meubles que toi.

En effet, le talent d'ébéniste d'Étienne était connu jusqu'à Sorel et Nicolet, et des clients n'arrêtaient pas de lui commander toutes sortes de meubles depuis une vingtaine d'années.

— Notre Gilles était aussi bon que moi, répliqua Étienne en laissant percer malgré lui son regret de ne pas avoir à ses côtés son grand fils de vingt-deux ans.

— Voyons, Étienne, le réprimanda doucement sa femme en l'aidant à endosser son manteau. Tu vas pas encore revenir là-dessus. Gilles a choisi de devenir prêtre. On n'était pas pour l'empêcher d'aller au séminaire. Il va être ordonné dans deux ans.

— Je sais tout ça, dit Étienne, mais rien empêche que j'aurais ben mieux aimé qu'il reste avec nous autres sur la terre. Il m'aurait aidé à cultiver et il avait un don pour le bois. Il y a des fois que je me dis qu'on n'aurait peut-être pas dû écouter le curé quand il nous a encouragés à lui faire faire son cours classique.

— Ça sert à rien de revenir sur le passé, déclara Françoise sur un ton définitif. Ce qui est fait est fait.

— Bon. J'y vais. Ton frère doit se demander ce que je niaise.

Le cultivateur s'arrêta un bref moment chez son beau-frère Louis. Sa belle-sœur Francine, assise à table, montrait à Pascal comment colorier. Elle se leva pour venir lui tendre la joue et demander des nouvelles de Françoise et de Catherine.

C'était une maîtresse femme bien en chair qui dépassait son mari d'une demi-tête. Dans la famille, elle jouissait de la réputation d'une personne qui ne mettait jamais de gants blancs pour dire ce qu'elle avait à dire, même si c'était parfois assez blessant.

Louis était prêt à partir. Les deux hommes montèrent dans le vieille Dodge d'Étienne et prirent la direction du village.

— J'ai ben hâte de voir la tête de notre nouveau curé, dit Louis au moment où la voiture s'arrêtait dans le stationnement de l'église.

— Moi aussi, reconnut Étienne. J'ai trouvé qu'il avait un ton de voix assez cassant quand il m'a téléphoné un peu avant l'heure du souper.

— Qu'est-ce qu'il t'a dit ? fit l'autre, curieux.

— Rien de spécial. Il m'a juste dit qu'il voulait voir tous les marguilliers à soir. Rien de plus.

Ils escaladèrent l'escalier du presbytère et sonnèrent à la porte. Étienne sursauta légèrement en voyant une grande femme maigre leur ouvrir.

— Monsieur le curé vous attend dans la salle de réunion, se contenta-t-elle de dire sèchement sans se donner la peine de répondre à leur bonsoir.

Pendant qu'elle marchait devant eux, Louis adressa une grimace à son beau-frère après avoir désigné leur hôtesse de la tête. Les trois autres marguilliers de la paroisse étaient déjà arrivés, mais, contrairement à leur habitude, ils étaient silencieux, apparemment mal à l'aise devant le grand prêtre à l'air austère déjà assis à une extrémité de la table. De toute évidence, on n'attendait que leur arrivée pour commencer. Philippe Savard ne dit pas un mot à l'entrée des deux nouveaux arrivants. Il se contenta d'attendre qu'ils aient enlevé leurs manteaux et pris place à la table avant de se présenter.

— Bonsoir, messieurs. Je suis Philippe Savard, le nouveau curé de Saint-Jacques-de-la-Rive. Je pense pas avoir à vous expliquer les devoirs de votre charge. Si je me fie à ce que j'ai lu dans les registres laissés par mon prédécesseur, la plupart d'entre vous en êtes à votre deuxième et même à votre troisième mandat.

Personne ne dit un mot. Chacun attendait la suite en dévisageant le prêtre dont les cheveux gris étaient soigneusement peignés sur le côté. Pas le moindre sourire n'était encore venu adoucir ses traits ascétiques.

— J'ai examiné notre église cet après-midi et j'aurai sûrement quelques remontrances à faire à notre bedeau sur la propreté des lieux.

Les marguilliers se jetèrent des regards pleins de surprise. Joseph Meunier n'allait sûrement pas apprécier d'être sermonné par un curé qui venait d'arriver au village. Depuis qu'il avait repris les fonctions d'Elphège Turcotte, devenu trop vieux, il avait travaillé sans relâche à l'entretien de l'église paroissiale.

— En plus, vous avez sûrement remarqué que j'ai remplacé l'ancienne ménagère par ma sœur Clémence qui a une longue expérience de la tenue d'un presbytère et…

Cette dernière déclaration fut de trop. Étienne, pourtant reconnu pour son calme, perdit patience au point d'interrompre le nouveau curé de la paroisse.

— Un instant, monsieur le curé !

— Oui ? fit le prêtre, en tournant la tête en direction de celui qui venait de lui couper la parole.

— Je suis le président de la fabrique.

— C'est vous, Étienne Fournier ? se contenta de demander Philippe Savard sans que son visage jaunâtre n'exprime la moindre sympathie.

— En plein ça. J'aimerais d'abord vous faire remarquer que c'est à la fabrique d'engager ou de renvoyer la ménagère.

— Quand une personne convient pas...

— Quand une personne fait pas l'affaire, le curé doit en parler aux marguilliers qui décident de ce qu'il faut faire, poursuivit Étienne sans manifester la moindre trace de crainte.

— De toute façon, je pense pas que c'était le cas de madame Lévesque, reprit Jean-Paul Veilleux en fixant le nouveau curé sans ciller. Elle a été engagée par la fabrique il y a une quinzaine d'années et elle a servi deux autres curés avant le départ du curé Marceau.

Pour la première fois, un petit sourire déplaisant éclaira les traits du nouveau curé de Saint-Jacques-de-la-Rive.

— À présent, je pense que c'est trop tard pour faire machine arrière, annonça-t-il avec un rien de sarcasme. Elle est déjà partie avec ses affaires depuis cet après-midi.

— La prochaine fois que vous aurez ce genre d'idée-là, monsieur le curé, fit Adrien Desjardins d'une voix furieuse, on aimerait ben être prévenus avant.

Philippe Savard fit comme s'il n'avait rien entendu et reprit la parole.

— J'ai eu aussi le temps de jeter un coup d'œil aux habits sacerdotaux dans la sacristie. La plupart sont en mauvais état et ont besoin d'être réparés.

— Le conseil examinera votre demande à sa prochaine réunion statutaire à la fin d'avril, monsieur le curé, dit Étienne.

— Pour le produit des quêtes du dimanche, ça m'a semblé bien peu.

— De ça aussi, on pourra discuter. Est-ce qu'il y a autre chose?

— Non. Je pense que ce sera tout pour ce soir, déclara sèchement Philippe Savard en se levant.

— Oh! Avant de partir, monsieur le curé, j'aimerais vous rappeler que les réunions du conseil de fabrique sont convoquées par son président. C'est ce qui s'est toujours fait dans notre paroisse.

— Mais il y a des urgences, voulut discuter le prêtre.

— Avec tout le respect que je vous dois, monsieur le curé, dit fermement le cultivateur, je vous rappelle que, habituellement, le curé appelle le président qui décide si ça vaut la peine de déranger tous les marguilliers ou si ça peut attendre.

Philippe Savard quitta la salle de réunion sur un bonsoir très sec et les marguilliers revêtirent leurs manteaux avant de sortir du presbytère les uns après les autres. À l'extérieur, Carl Boudreau, muet durant toute la réunion, laissa éclater sa mauvaise humeur.

— Voulez-vous ben me dire sur quel maudit air bête on est tombés, Jésus-Christ?

— Je sais pas d'où il sort, mais il est mieux de changer de poil s'il veut que je reste marguillier, reprit Adrien sur un ton tout aussi rageur.

— Tu parles d'un énergumène, laissa tomber Jean-Paul Veilleux. Il est pas dans la place depuis une journée qu'il est déjà en train de tout mettre à l'envers.

— On va le calmer, nous autres, promit Louis.

— On va surtout se calmer, dit son beau-frère sur un ton apaisant. Il peut pas être aussi déplaisant que ça. Avec le temps, il va s'habituer à nous autres.

— Ouais, mais en attendant, il a sacré dehors cette pauvre madame Lévesque, reprit Adrien Desjardins.

— C'est ben triste, fit le président, mais comme il l'a dit lui-même, il est maintenant trop tard pour revenir là-dessus. Mais que sa sœur s'essaie pas de nous faire une coche mal taillée, je vous garantis qu'elle va trouver à qui parler! promit-il en montant dans sa voiture en compagnie de Louis.

De retour à la maison quelques minutes plus tard, Étienne eut à satisfaire la curiosité de sa femme.

— Puis, de quoi il a l'air, notre nouveau curé? lui demanda-t-elle pendant qu'il enlevait son manteau.

— Un ben drôle d'oiseau, déclara son mari.

Il lui raconta la réunion qui venait d'avoir lieu, en n'oubliant pas de mentionner qu'elle s'était terminée plutôt abruptement.

— Eh bien! Ça promet, déclara Françoise en retournant s'asseoir au salon. T'arrives juste à temps pour regarder *Rue des pignons*. Ça commence. Viens te reposer un peu avant qu'on aille se coucher. T'as l'air d'en avoir besoin.

⁓

Dès le lendemain, la nouvelle de l'arrivée du remplaçant du curé Marceau se répandit dans toute la paroisse et, à la messe du matin, il y eut deux fois plus de personnes âgées pour voir la tête du curé Savard.

— Il a une tête de carême, déclara le vieux Elphège Turcotte qui habitait toujours dans la petite maison blanche située en face de l'église.

— Avec lui, on va pas rire tous les jours, renchérit la veuve Boisvert, la commère du coin.

— Est-ce que quelqu'un sait qui est la grande femme habillée en noir qui était assise dans le premier banc? demanda Céline Tremblay en s'immisçant dans le petit groupe qui s'était formé sur le parvis de l'église.

— Je la connais pas, fit Cyprien Coulombe, mais il me semble l'avoir vue se glisser dans la sacristie à la fin de la messe.

— Est-ce que ça voudrait dire qu'elle connaît notre nouveau curé?

— On finira bien par le savoir, répliqua Annette Boisvert.

En fait, toute la paroisse apprit le jour même que le curé Savard avait congédié la veuve Lévesque pour la remplacer par sa sœur, qui avait l'air aussi agréable que lui. Cela fut loin de créer une bonne impression. Malgré tout, de très nombreux fidèles assistèrent aux cérémonies religieuses du Jeudi et du Vendredi saints.

Le dimanche de Pâques, l'église de Saint-Jacques-de-la-Rive se remplit de fidèles mis de bonne humeur autant par la fin du carême que par le temps doux qui s'était enfin installé. Ce matin-là, le ciel n'était parsemé que de quelques petits nuages et la plupart des gens en avaient profité pour troquer leurs lourds manteaux d'hiver contre des vêtements plus légers. Après la grand-messe, on se réunit à la sortie de l'église pour échanger les dernières nouvelles.

— Côme Crevier m'a dit hier qu'il a signé le contrat de vente de son terrain aux Loiselle de la Beauce la semaine passée, annonça Ludger Brault, du rang des Orties.

— Même que des matériaux ont déjà été apportés sur le terrain, reprit son voisin. Je les ai vus en venant à la messe.

— Dis-moi pas qu'on va avoir une affaire qui va donner de l'ouvrage à nos gars? intervint Alcide Beaulieu en se mêlant au groupe de six hommes rassemblés au pied des marches menant au parvis de l'église.

— Il va peut-être y avoir de l'ouvrage pour un de tes cinq gars, mon Alcide, dit Brault.

— On peut pas tous avoir la chance du garçon de Gilbert Comeau, fit Jean-Paul Veilleux.

— Quelle chance? lui demanda Elphège Turcotte.

— Vous êtes pas au courant, le père? Il paraît qu'il a acheté un billet de *Sweepstakes* le mois passé. On raconte partout qu'il aurait gagné un maudit bon montant.

— Arrête donc!

— Je vous le dis. C'est son père lui-même qui m'en a parlé.

— C'est ben beau, ça, mais personne sait exactement combien il a gagné, le coupa Carl Boudreau. Tu sais aussi ben que moi que les Comeau sont ben capables de nous monter un bateau juste pour faire parler d'eux autres.

— Je suis pas sûr de ça, dit Jean-Paul.

— En tout cas, si le gars de Comeau a gagné pas mal d'argent, il va être fou comme un balai, déclara le vieux Elphège.

— Pourquoi tu dis ça, Tit-Phège? lui demanda Clément Tremblay, qui venait d'arriver.

— Ben, tu sais aussi ben que moi que le jeune a jamais eu une maudite cenne dans ses poches et il est pas mal tête folle. Si c'est vrai qu'il a gagné quelque chose, cet argent-là lui durera pas longtemps, tu peux me croire.

— Cet argent-là aurait ben fait l'affaire des parents de ma femme, intervint Jean-Paul.

— Pourquoi ? demanda le fromager.

— Comme ils ont jamais pu se payer de l'aide pour travailler leur terre, ils sont obligés de faire encan samedi prochain. Mon beau-père m'a dit avant la messe qu'ils ont trouvé à vendre leur terre.

— Une ben belle terre que j'aurais ben aimé avoir les moyens d'acheter pour un de mes gars, dit avec regret Alcide Beaulieu dont la ferme était située juste en face de celle de Georges Hamel.

— C'est vrai, reconnut le commerçant, mais le beau-père est rendu à soixante-dix-sept ans. Ça fait longtemps qu'il aurait dû lâcher, mais il se décidait pas. Si son Charles était revenu de la guerre, ça aurait été toute une autre paire de manches.

— Pourquoi le père Hamel fait encan ? demanda Jérôme Veilleux à son frère. Le nouveau propriétaire a pas voulu acheter son quota de lait et ses bêtes ? Qu'est-ce qu'il va faire ? Juste de la culture ?

— Non. Il m'a dit que c'est un gars de la ville qui a acheté son bien. Il a juste acheté la maison, la terre et les bâtiments. Les meubles et le roulant l'intéressaient pas.

Les hommes présents se regardèrent, surpris qu'un citadin vienne acheter une si belle ferme dans le rang Sainte-Marie. Qu'allait-il en faire ? S'il ne voulait pas la cultiver, ce serait de la bonne terre bêtement gaspillée.

Par ailleurs, fait étrange, personne ne sentit le besoin de parler du nouveau curé. Il y avait comme une sorte d'accord tacite de lui laisser une chance de faire disparaître l'impression défavorable qu'il avait suscitée le jour de son arrivée.

Chapitre 4

Les voisins

Au volant de sa vieille Ford grise, Jérôme Veilleux s'arrêta un instant près de la maison pour laisser descendre sa femme avant de poursuivre son chemin jusqu'à l'ancienne écurie transformée en garage au milieu des années 1950. Hélène et Paul, ses petits-enfants, apparurent sur la galerie de la grande maison recouverte de clins d'aluminium blanc l'année précédente.

— Vous dînez pas, les jeunes ? leur demanda-t-il avant d'entrer.

— C'est pas encore prêt, grand-père, répondit Hélène, une adolescente de quinze ans montée en graine. On attend. M'man nous a dit que ce sera pas prêt avant encore une bonne demi-heure.

— Vous voyez ben que vous auriez dû venir à la grand-messe avec nous autres plutôt que d'aller à la messe de neuf heures avec votre père et votre mère, les taquina Jérôme. Vous auriez pu dormir plus longtemps.

— Voyons, grand-père, vous connaissez m'man, fit remarquer Paul. Elle nous aurait réveillés pareil à l'heure du train.

L'homme râblé à la chevelure grise clairsemée se contenta de secouer la tête et entra dans la maison. Il enleva son manteau et retira sa cravate avant de s'asseoir dans sa chaise berçante et d'allumer sa première cigarette de la journée.

— C'est pas encore ben chaud pour un jour de Pâques, laissa-t-il tomber.

— On a vu pire, beau-père, répondit sa bru, Lise, occupée à dresser le couvert.

Pendant un long moment, Jérôme se contenta de regarder aller et venir entre la table et la cuisinière électrique la femme mince et élancée aux traits assez durs. Finalement, il se décida à aborder la question, sachant fort bien que la nouvelle ne ferait pas plaisir à son fils plongé dans la lecture de *La Patrie*. Ce dernier n'avait même pas levé la tête à l'entrée de son père dans la maison.

— Avez-vous eu le temps de jaser un peu avec le monde à la fin de la première messe ? demanda-t-il à André et à sa femme.

— Non. On est sortis les premiers de l'église et on avait plus le goût de venir déjeuner que de jaser, répondit son fils en levant les yeux de son journal. Pourquoi vous demandez ça, p'pa ?

À trente-six ans, André Veilleux était un petit homme sec qui avait hérité du caractère bouillant de son grand-père Ernest, décédé plusieurs années auparavant.

— Je me demandais si vous saviez que les Hamel ont vendu leur terre la semaine passée.

De saisissement, André Veilleux en laissa tomber son journal.

— C'est pas vrai, calvaire ! Venez pas me dire qu'ils nous ont fait ça !

— On le dirait, reprit son père, peu surpris par l'explosion de colère de son fils. Ils font même encan samedi prochain.

— À qui ils ont vendu ? Pas à Bertrand Tremblay, j'espère ? demanda Lise, sur un ton tranchant.

— Le vieux maudit ! s'écria André, plein de hargne, en pensant à son voisin. Ça fait deux ans que je lui fais des

64

offres pour lui acheter sa terre un bon prix. Je lui en ai même parlé le mois passé au magasin général. Il m'a répondu qu'il était pas encore prêt à vendre.

— Attends que j'en parle à la Claudette, reprit sa femme, les mains sur les hanches, l'air mauvais. Ta tante va savoir ce que je pense de ses parents.

— Voulez-vous bien vous calmer tous les deux! ordonna sèchement Colette, qui venait de quitter sa chambre en finissant d'attacher son tablier.

La petite femme au maigre chignon poivre et sel avait pris son air le plus sévère pour ramener son fils et sa bru à la raison.

— C'est pas la faute de Claudette et de Jean-Paul si Georges et Rita Hamel ont mieux aimé vendre à du monde de la ville. Ils sont pas fous. Ils ont dû avoir un meilleur prix pour leur terre que ce que tu leur offrais, André.

— De toute façon, on parle pour rien dire. On n'avait pas les moyens d'acheter, laissa tomber Jérôme en éteignant sa cigarette.

— On va pas recommencer cette discussion-là, p'pa, fit son fils en haussant la voix. Je vous l'ai dit cent fois que le temps des petites terres où on produisait juste ce qu'il nous fallait est passé depuis longtemps. À cette heure, une ferme, c'est une affaire spécialisée. Si on veut pas crever de faim, il faut grossir.

— Oui, oui, je connais la chanson, répliqua son père sur le même ton. Mais oublie pas, mon garçon, que t'es pas tout seul. On est associés. Moi, les dettes, ça m'énerve et ça m'empêche de dormir. Ta mère et moi, on n'a pas travaillé toute notre vie pour finir tout nus dans le chemin. Il y a une limite à avoir les yeux plus grands que la panse. Les dettes, il faut être capables de les rembourser.

André jeta un regard excédé à sa femme qui se contenta de hausser les épaules avec l'air de dire que son beau-père ne comprendrait jamais.

L'un et l'autre oubliaient un peu trop facilement que Jérôme Veilleux travaillait cette terre depuis plus de quarante ans et qu'il n'avait pas eu la chance, lui, d'aller étudier à Saint-Hyacinthe, à l'école d'agriculture. Il n'avait même pas eu le temps de suivre les cours donnés à l'époque par l'Union catholique des cultivateurs.

Son fils était revenu avec son diplôme, la tête remplie de projets. On lui avait expliqué en long et en large comment une terre devait être exploitée pour être rentable. Il fallait investir dans le matériel aratoire et ne pas hésiter à emprunter pour acheter de nouvelles terres. Plus on voyait grand, mieux c'était. On lui avait seriné que l'avenir appartiendrait à ceux qui auraient le courage de se spécialiser et de se moderniser. Avoir quelques vaches, quelques porcs et une douzaine de poules ne suffisait plus. Il fallait s'orienter vers la production laitière, maraîchère ou céréalière et trouver des débouchés pour ses produits. On avait beaucoup insisté sur l'existence de nouveaux programmes gouvernementaux pour appuyer les cultivateurs ambitieux. Et l'ambition, ce n'était pas ce qui manquait au jeune Veilleux.

Le hasard avait voulu que l'année suivante, le jeune agriculteur rencontrât Lise Lemay, de Saint-Gérard. Cette fille dure au travail et aussi ambitieuse que lui plut tellement à André qu'il l'épousa en mai 1951. Le jeune couple avait accepté de demeurer avec Jérôme et Colette sur leur terre du rang Sainte-Marie. À la naissance d'Hélène, Jérôme avait proposé à son fils et à sa bru de devenir des associés à part entière. Venant à peine d'atteindre la cinquantaine, le père voyait s'ouvrir devant lui de nombreuses années de travail commun. Il projetait alors de se retirer à soixante-cinq ans et d'aller s'établir au village, avec Colette.

— P'pa, la Caisse nous aurait prêté le montant qu'il nous fallait à un tout petit intérêt.

— T'oublies qu'on n'a même pas encore fini de rembourser le tracteur qu'on a acheté il y a deux ans.

— On est loin d'être rendus à la limite de notre crédit. Vous avez lu comme moi le dernier numéro de *Terre de chez nous*. Johnson a l'air de vouloir tenir les promesses qu'il a faites aux cultivateurs quand il s'est fait élire l'année passée. Personne va crier à l'injustice quand le gouvernement va faire voter l'assurance-récolte avant l'été, je vous le garantis. Tout le monde profite de l'assurance-hospitalisation depuis 1961. Le gouvernement a trouvé le temps de faire Hydro-Québec et la SGF en 1963, et le régime des rentes, l'année passée... Ben, il est temps que nous autres, les cultivateurs, on ait aussi quelque chose.

— Tu t'occupes trop de ce qui se dit aux réunions de l'UCC, affirma son père. Quand on sera mal pris, c'est pas eux autres qui vont venir nous sortir du trou. Même si ça fait pas ton affaire que le père de ta tante Claudette ait vendu sa terre à quelqu'un de la ville, on ira jeter un coup d'œil sur ce qu'il va vendre à son encan, samedi prochain.

— Vous irez sans moi, p'pa. J'ai pas de temps à perdre. Tout le matériel du père Hamel est vieux comme la lune. Tout ce qui m'intéresserait, ce serait quelques-unes de ses vaches, mais vous voulez pas qu'on achète un autre quota de lait.

— Bon. Assez discuté, déclara Colette en apportant sur la table un plat de pommes de terre fumantes. Le jambon est coupé. Lise, appelle donc les enfants, dit-elle en se tournant vers sa bru. Vous autres, les hommes, approchez et arrêtez de parler d'ouvrage au moins pendant le dîner de Pâques.

Jérôme et son fils prirent silencieusement place à table pendant que Paul et Hélène rentraient dans la maison.

— Traînez-vous pas les pieds, fit leur mère. On sort cet après-midi.

— Vous allez quelque part ? demanda sa belle-mère.

— Ma sœur Ginette nous a invités à aller passer l'après-midi. Votre fille Carole viendra pas vous voir le jour de Pâques, madame Veilleux ?

— Ça me surprendrait, répondit Colette. Elle est supposée monter à Montréal avec une amie cet après-midi. Elles veulent aller essayer le métro et, en même temps, elles veulent s'acheter un passeport pour l'Expo.

— Si elle achète ce passeport-là, est-ce que ça veut dire que votre fille veut passer l'été à Montréal ?

— Non, mais elle m'a dit qu'elle voulait y aller presque tous les jours pendant ses vacances. Il paraît que ce passeport-là coûte juste vingt piastres et que tu peux le faire étamper dans chacun des pavillons. Je sais pas ce que ça va lui donner de faire ça, mais c'est son goût.

— En tout cas, vous pouvez rester à souper chez ta sœur si ça vous tente, offrit Jérôme. Je suis encore capable de faire le train tout seul.

— Non. On restera pas à souper, p'pa, déclara son fils. On va être revenus vers quatre heures et demie. Attendez-moi pour commencer. Saint-François-du-Lac, c'est pas ben loin.

Une fois la cuisine rangée et André et sa famille partis, Jérôme alla rejoindre Colette dans leur chambre. Il avait besoin de se reposer. À son entrée dans la pièce, sa femme remarqua son air soucieux et tenta de le rassurer.

— Arrête donc de t'en faire avec les idées de grandeur d'André. Il est jeune ; il va finir par se calmer.

— On dirait qu'il voit pas toutes les dépenses qu'on a avec ses idées modernes. Si ça continue, on n'aura jamais une maudite cenne de côté. Avec lui, c'est rendu qu'il faut faire venir le vétérinaire pour un oui ou pour un non. Avant, on aidait nos vaches à vêler et il y avait pas de problème. À cette heure, on dirait qu'il y a juste le vétérinaire qui est capable de faire ça. La même chose pour l'agronome qui vient analyser le sol avant qu'on sème quelque chose. Puis, il y a l'inséminateur qui vient s'occuper des vaches. En plus, il faut qu'on fasse calculer la quantité de gras dans le lait… Ça finit plus.

— Notre garçon fait ce que les autres cultivateurs font, rétorqua doucement Colette.

— Ça, c'est pas vrai, poursuivit son mari. Nos voisins s'embarquent pas dans toutes les nouvelles modes qui passent.

— À mon avis, Gérald Tremblay se laisserait bien tenter, reprit Colette, mais son Bertrand doit le retenir. Lui, on le connaît assez pour savoir qu'il est pas trop porté sur la dépense.

— Pour ça, c'est pas Bertrand qui dépenserait une cenne pour rien, dit Jérôme en riant, juste avant de s'étendre aux côtés de sa femme.

⁓

Depuis quatre générations, la ferme des Veilleux était voisine de celle des Tremblay. Au début du siècle, Ernest Veilleux et Eugène Tremblay s'étaient boudés pendant près de trente ans pour une histoire de fille. Puis Céline Veilleux avait épousé Clément Tremblay en 1923, ce qui tissa des liens étroits entre les deux familles sans toutefois que les deux pères ne fassent la paix.

Jérôme Veilleux et Gérald Tremblay, devenus beaux-frères, avaient repris chacun l'exploitation de la ferme de leur famille quelques années plus tard. Ils avaient toujours entretenu des relations qui, sans être très chaleureuses, étaient demeurées de bon voisinage. Cependant, tout semblait être en voie de changer avec la génération montante. André Veilleux et Bertrand Tremblay étaient aussi ambitieux l'un que l'autre. Depuis qu'ils étaient, l'un comme l'autre, associés avec leur père pour exploiter la ferme familiale, ils se livraient une lutte sourde et rivalisaient sans cesse pour faire de leur ferme la plus belle et la plus prospère du rang.

À soixante ans, Gérald et Cécile Tremblay n'étaient pas encore prêts à céder leur bien à leur fils de trente-sept ans, même si leur fille Élise désirait les héberger dans son grand appartement de la rue Principale, à Pierreville. La célibataire de trente-neuf ans, caissière à la Caisse populaire de la municipalité voisine, rêvait d'accueillir ses parents chez elle. Pour sa part, Bertrand n'avait qu'une hâte, celle de diriger seul la ferme. Avec l'âge, son apparence physique s'était calquée sur celle de son père. Aussi grand et aussi gros que ce dernier, les durs travaux de la terre ne le rebutaient pas cependant. Contrairement au patriarche, personne n'était obligé de lui pousser dans le dos pour le faire travailler.

C'était surtout un solitaire peu bavard qui ne s'intéressait qu'à une chose : l'argent. Il n'avait malheureusement pas hérité de la jovialité de son père ni de la générosité de sa mère. Depuis longtemps, son entourage avait remarqué que rien ne le mettait plus en colère qu'une dépense, même minime, si elle était injustifiée. Le moindre gaspillage le faisait sortir de ses gonds. Bref, en un mot comme en cent, il était d'une rare avarice.

Au village, on chuchotait avec une certaine méchanceté que s'il n'avait jamais fréquenté une jeune fille, c'était parce qu'il ne voulait pas être obligé de dépenser un sou pour lui offrir une sortie. Comme le disait la veuve Boisvert, la pire commère du village :

— Le garçon de Gérald couperait une cenne en quatre s'il le pouvait.

Quoi qu'il en soit, Bertrand Tremblay se satisfasait de son ambition débordante et jusqu'à ce jour, il avait toujours été assez bien servi par la chance. Il en avait eu une autre preuve quelques jours auparavant.

~

Ce matin-là, il revenait du rang Saint-Edmond où il était allé livrer des piquets de cèdre quand il avait aperçu la Cadillac noire d'Antoine Lambert sortir de la cour de son voisin, Georges Hamel. La voiture de l'encanteur était aussi célèbre que son large chapeau de cow-boy et sa voix tonitruante.

Arrivé à la maison, le jeune cultivateur s'empressa d'informer ses parents de la nouvelle.

— Je viens de voir Antoine Lambert sortir de chez les Hamel.

— T'es sûr de ça ? fit sa mère en cessant d'essuyer la poêle qu'elle venait de laver. J'ai parlé à Rita dimanche passé, elle m'a jamais parlé d'encan.

— Est-ce que ça voudrait dire que les Hamel se préparent à tout vendre ? demanda le fils, soudainement inquiet.

— C'est ben possible. Ils ont l'âge et il y a personne pour les aider, répondit son père que la nouvelle ne surprenait pas outre mesure.

— Avez-vous pensé, p'pa, que les Veilleux pourraient essayer d'acheter leur terre à l'encan ?

— Pourquoi pas, s'ils en ont les moyens ?

— Ben, voyons donc, p'pa, s'emporta Bertrand. Moi, je suis pas intéressé pantoute à voir nos terres entourées par celles des Veilleux. On aurait l'air de quoi?

— Si ça se fait, on pourra pas y faire grand-chose, déclara sa mère avec une évidente sagesse.

— Les Hamel font peut-être encan juste pour vendre leur machinerie et leurs vaches, supposa Gérald. Il y a rien qui dit que la terre et la maison sont à vendre. Ils ont peut-être décidé de rester dans le rang jusqu'à la fin de leurs jours.

— Si la terre est à vendre, p'pa, je vais lui faire une offre qui va l'intéresser, le père Hamel, reprit le jeune cultivateur avec une lueur d'espoir. Je vais tout de suite aller le voir. On sait jamais. Il y a peut-être encore rien de décidé.

Durant tout l'échange, Bertrand avait conservé son manteau. Il sortit sans perdre un instant et monta dans sa camionnette rouge couverte de boue.

— T'aurais pu y aller avec lui, fit remarquer Cécile à son mari dès qu'elle entendit claquer la porte. Après tout, la terre est encore à nous autres.

— Il y a rien qui presse encore, répliqua Gérald avec flegme en s'assoyant dans sa chaise berçante avec un plaisir évident. Il va juste s'informer. Il a pas besoin de moi pour faire ça.

◦~◦

Rita Hamel accueillit avec un sourire de bienvenue son jeune voisin et l'invita à aller rejoindre son mari en train de réparer une sertisseuse dans la cuisine d'été. La vieille dame de soixante-quinze ans était encore très alerte pour son âge.

— Dis à mon mari d'arrêter une couple de minutes et de venir boire une tasse de café avec toi, dit-elle à Bertrand avant qu'il ne referme derrière lui la porte de la cuisine d'hiver.

Bertrand Tremblay trouva son vieux voisin affairé au-dessus d'une longue table en bois recouverte de vieux journaux sur lesquels reposaient la carcasse d'une sertisseuse et d'innombrables boulons, vis, écrous et petits tuyaux. L'homme était voûté, mais semblait encore solide. Il tourna vers le jeune homme un visage tout ridé, éclairé par un sourire.

— Tiens, de la visite! s'exclama le vieil homme en déposant son tournevis. As-tu besoin de quelque chose?

— Non, monsieur Hamel. Je suis juste arrêté pour prendre de vos nouvelles.

— Ah ben! C'est pas courant, ça! fit Georges Hamel avec un certain humour.

Il y eut un bref silence gêné entre les deux hommes avant que Bertrand reprenne la parole.

— En fait, monsieur Hamel, j'ai vu l'encanteur partir de chez vous tout à l'heure et je me suis demandé si vous étiez pas en train de vous préparer à tout vendre.

— Sais-tu que je te trouve pas mal curieux, mon Bertrand, se moqua gentiment le vieillard.

— Je vous demande ça juste parce que je suis intéressé, répliqua le jeune cultivateur en rougissant légèrement.

— Il y a pas de mal à demander, le rassura Georges Hamel. Pour te dire la vérité, c'est plus avancé que ça. La terre et la maison sont déjà vendues. Mon acheteur m'a signé une promesse la semaine passée. Il est supposé venir me chercher à soir pour passer chez le notaire.

— Ça vous a pas tenté de nous en parler avant? demanda Bertrand en essayant tant bien que mal de cacher sa déception. Vous deviez ben vous douter qu'on aurait été pas mal intéressés par votre terre.

— Je m'en doute. T'aurais été intéressé et André Veilleux aussi. Puis là, j'aurais été pogné entre vous deux et vous auriez fini par me reprocher de profiter de vous autres en demandant trop cher pour ma terre.

— Ben non, monsieur Hamel, protesta vivement le jeune cultivateur.

Le seul fait de savoir qu'André Veilleux n'était pas l'acheteur soulagea instantanément Bertrand.

— C'est ce qui serait arrivé, reprit le vieillard. Avec mon acheteur, il y aura pas de problème. D'abord, il m'a donné un bon prix et avec l'encan que je vais faire la semaine prochaine, on devrait en avoir assez pour aller vivre tranquilles avec notre fille Adrienne, à Nicolet.

— Ça vous a pas tenté de vendre juste votre terre et de garder votre maison ?

— Pantoute. J'aurais pas été capable de voir ma terre cultivée par un autre pendant que je me serais bercé sur la galerie à rien faire.

La porte de la cuisine d'été s'ouvrit.

— Dis donc, Bertrand Tremblay, ça a tout l'air que t'es pas capable de faire une commission, toi, fit la voix de Rita dans le dos du jeune homme. Je t'ai demandé de dire à mon mari qu'une tasse de café vous attendait dans la cuisine. Grouillez-vous avant que ce soit froid.

— On arrive, dit Georges en poussant devant lui son jeune voisin.

Tout sourire, la vieille dame vint s'asseoir en compagnie des deux hommes après avoir déposé sur la table de cuisine trois tasses de café.

— Je veux pas être indiscret, reprit Bertrand, mais est-ce que c'est un cultivateur de la paroisse ?

— Non. C'est un nommé Martineau, de Montréal.

— C'est pas un cultivateur? demanda Bertrand, surpris.

— Non. Il m'a dit qu'il était comptable.

— Qu'est-ce qu'il va faire avec une terre?

— Ça, il me l'a pas dit. Si j'ai ben compris, il veut faire de la maison son chalet d'été. Je serais ben surpris qu'il ait l'intention de cultiver quelque chose.

— S'il fait ça, il va laisser de la bonne terre à rien faire. C'est un vrai gaspillage! s'emporta instinctivement le jeune homme.

— Ça me regarde pas, répliqua Georges un peu sèchement. Il a ben le droit de faire ce qu'il veut de son bien.

Il y eut dans la cuisine un bref silence. Bertrand réfléchissait. Finalement, il se décida à parler avant que le malaise ne s'installe.

— Pensez-vous, monsieur Hamel, que votre Martineau pourrait être intéressé à me louer votre terre? Pour lui, ce serait de l'argent facilement gagné, non?

— Je sais pas. Il faudrait que tu lui en parles toi-même.

— Vous avez ben raison. Mais je voudrais pas qu'un autre vienne lui proposer ça avant moi, vous comprenez?

— Je te comprends ben, mais là, tu me mets un peu mal à l'aise. J'en ai pas parlé à André et c'est le neveu de ma fille. S'il apprend que je t'ai donné la préférence, il va m'haïr à mort.

— Oubliez pas, monsieur Hamel, que j'ai été le premier à venir vous voir, renchérit Bertrand. En échange de ce service-là, je suis prêt à acheter vos cinq vaches à un prix raisonnable cette semaine. Comme ça, vous aurez pas à les passer par l'encan et à risquer de pas avoir grand-chose pour.

— C'est sûr que c'est un pensez-y-bien, reconnut le vieillard en se grattant la tête en signe d'indécision.

— On devrait accepter son offre, suggéra doucement sa femme. Au fond, tu dois rien à André.

— C'est correct, se décida le septuagénaire. Viens faire un tour vers six heures à soir, il y a des bonnes chances que tu tombes sur Lucien Martineau. Il a dit qu'il serait ici à cette heure-là, même si le rendez-vous chez le notaire Beaubien est juste à huit heures. On l'a invité à souper avec nous autres.

Bertrand quitta les Hamel sur la promesse de revenir quelques heures plus tard pour rencontrer leur acheteur. Il allait s'arranger pour que son train soit fini à cette heure-là. Il aurait alors tout son temps pour négocier. Un vif sentiment d'excitation entremêlé de fierté s'empara de lui. Content, il fit l'annonce de son projet dès son retour à la maison.

— T'as promis d'acheter ses cinq vaches! s'exclama son père. Mais t'es malade! Où est-ce qu'on va les mettre?

— Voyons, p'pa. Vous savez ben qu'on a assez de place dans l'étable.

— Qu'est-ce qu'on va faire avec les veaux?

— On va leur trouver de la place. Ben mal pris, on pourra toujours construire d'autres ports durant l'été. Avez-vous pensé que ça va nous faire vingt-cinq vaches? Un maudit beau troupeau! Et le plus beau, c'est qu'on sera même pas obligés d'acheter un autre quota de lait.

— C'est de l'argent en maudit pareil! protesta son père, le regard dur.

— C'est vrai, p'pa, mais on va en avoir pour notre argent parce que j'ai ben dit au voisin que j'achèterais ses vaches seulement à condition que j'arrive à louer sa terre.

— Acheter! Louer! s'exclama son père. C'est ben beau louer, mais ça va coûter, ça aussi, et ça va surtout être pas mal d'ouvrage en plus.

— On a les moyens d'offrir un prix raisonnable à ce nouveau voisin-là, déclara Cécile qui, pour une fois, partageait l'avis de son fils.

— D'autant qu'il doit pas connaître grand-chose au prix qu'on donne pour louer une terre, ajouta Bertrand avec un petit sourire rusé.

— Ça, mon gars, je te le conseille pas, trancha sèchement sa mère. Si t'essaies de le voler en louant sa terre en bas du prix cette année, tu peux être certain qu'il te la louera plus jamais. Si c'est un comptable, comme tu dis, il doit pas être si nono que ça. Fais bien attention à ce que tu vas faire. Dis-toi bien qu'André Veilleux va finir par savoir le prix que t'auras payé et il se gênera pas pour dire partout que t'as arrangé celui qui a acheté la terre des Hamel. L'année prochaine, ce sera lui qui aura cette terre-là. Tu pourras faire un « X » dessus pour longtemps, je te le garantis.

— C'est ben beau tout ça, finit par dire Gérald, mais on va faire quoi avec toute cette terre-là si on la loue ?

— J'ai pensé qu'on pourrait semer de l'orge et de l'avoine. La terre du père Hamel est une bonne terre. Ça devrait pousser en masse si on a un bon été.

— Ouais ! On verra. Là, on est en train d'atteler la charrue devant les bœufs. On sait même pas si l'acheteur du père Hamel va vouloir te la louer.

À la fin de l'après-midi, Bertrand fit son train très tôt avec l'aide de son père. Après une toilette rapide, il était fin prêt à partir.

— Tu veux pas manger avant d'aller chez les Hamel ? lui proposa sa mère.

— Le souper attendra, m'man, fit le jeune homme en endossant un coupe-vent léger. Je serai pas long à revenir.

— Tu vas être juste à temps, lui fit remarquer son père, debout devant l'une des fenêtres de la cuisine. Je viens de voir arriver un char gris chez le voisin. Pour moi, c'est son acheteur.

Quelques minutes plus tard, Georges Hamel pria le jeune cultivateur d'entrer. La table était mise et, de toute évidence, les Hamel et leur invité s'apprêtaient à passer à table. Le vieillard présenta sans plus attendre son jeune voisin à Lucien Martineau qui se leva pour lui serrer la main.

L'homme avait une quarantaine d'années. Il était de taille moyenne et vêtu sans recherche. Derrière des lunettes à monture de corne, ses yeux bruns étudièrent un bref moment le nouvel arrivant avant d'esquisser un sourire assez chaleureux.

— Je veux pas vous déranger et vous obliger à manger froid, commença Bertrand.

— T'as juste à passer à table avec nous autres, offrit Rita. J'en ai facilement pour quatre.

— Merci, madame Hamel, mais mon souper m'attend sur la table à la maison. J'étais juste arrêté en passant saluer mon nouveau voisin et lui demander s'il serait intéressé à me louer la terre qu'il va acheter.

Pris de court, le citadin jeta un regard surpris à Georges Hamel.

— Je le sais pas trop. J'ai pas pensé à ça, finit-il par avouer sur un ton un peu embarrassé.

— Vous savez, c'est pas bête ce qu'il vous propose, intervint le vieil homme. Vous, c'est surtout la maison et peut-être les bâtiments qui vous intéressent. Cultiver le reste de ma terre empêcherait qu'elle soit envahie par la mauvaise herbe et, de toute façon, vous vous en servirez pas… à moins que vous vouliez la cultiver vous-même, ben entendu.

— Non. Je connais rien à ça, se défendit Martineau en passant une main dans sa mince chevelure poivre et sel.

Il fallut moins de dix minutes à Bertrand pour persuader son nouveau voisin de lui louer à un prix fort raisonnable la terre qu'il s'apprêtait à acheter. Les deux hommes se quittèrent sur une poignée de main et la promesse du jeune cultivateur de venir lui régler la location dès son emménagement dans la maison, au début du mois de mai.

La semaine suivante, le soleil se mit vraiment de la partie pour assécher les champs encore détrempés par l'eau de fonte. Après tout, on était à la mi-avril et les arbres commençaient à arborer leurs premières feuilles d'un vert tendre. En quelques jours, le niveau de l'eau des fossés baissa considérablement et la rivière Saint-François retrouva presque son débit normal. Déjà, certains cultivateurs, impatients de sortir leurs vaches de l'étable, avaient entrepris de faire l'inspection de leurs clôtures. Ils avaient déposé des rouleaux de fil de fer barbelé et des piquets de cèdre dans une voiture tirée par leur tracteur. On les voyait dans leurs champs en train de réparer à grands coups de masse les clôtures endommagées par la neige et le dégel.

La veille de l'encan, Jérôme crut voir Bertrand en train de réparer une clôture dans l'un des champs de Georges Hamel alors qu'il revenait de jeter des déchets dans ce qu'il appelait la décharge, un petit lopin abandonné situé au bout de sa terre. De retour à la grange, il ne put s'empêcher d'en faire la remarque à son fils.

— Je pensais jamais que le Bertrand deviendrait aussi serviable. Je viens de le voir en train de réparer la clôture du père Hamel.

André s'arrêta net, soupçonnant tout de suite les visées hautement intéressées du fils des Tremblay.

— Ça doit cacher quelque chose, cette affaire-là. Moi, j'ai jamais vu Bertrand Tremblay faire quelque chose pour rien. Il a pourtant pas acheté la terre, on l'aurait su.

— Mais il pourrait l'avoir louée, par exemple, poursuivit son père.

— Ah ben, calvaire! J'y avais pas pensé à celle-là! explosa le jeune cultivateur, soudainement dépité de ne pas avoir eu l'idée le premier. Mais ça a pas de sens! Il faudrait qu'il l'ait louée au nouveau propriétaire. Comment il aurait fait pour le rencontrer? raisonna-t-il à haute voix.

— Tu devrais demander à ta mère d'appeler Rita. Elle va le lui dire si c'est ça qui est arrivé. Comme ça, on va être fixés.

À l'heure du repas, Colette confirma l'appréhension de son fils: toute la terre des Hamel avait été louée par leur voisin la semaine précédente. André fut si enragé en apprenant cette nouvelle qu'il en perdit l'appétit. Il sortit de table et quitta la maison en faisant claquer la porte derrière lui.

En guise de consolation, son père lui proposa d'acheter les deux seules Jersey qui appartenaient au maigre troupeau des Hamel si leur prix ne montait pas trop haut à l'encan.

— Au moins, ça nous fera toujours une couple de vaches de plus que Tremblay, accepta son fils à contrecœur en affichant un air dégoûté.

⁓

Le lendemain, le soleil était dissimulé sous une bonne épaisseur de nuages. Comme promis, André refusa d'accompagner son père à l'encan.

— Je vous laisse lui acheter ses Jersey, p'pa. Moi, j'aime autant pas voir la face de Bertrand Tremblay. Il va être là, c'est sûr.

Dès huit heures du matin, un bon nombre de véhicules étaient stationnés des deux côtés de la route. Antoine Lambert, l'encanteur, avait pris soin de faire tendre une chaîne à l'entrée de la cour pour éviter que les visiteurs y stationnent leur voiture.

À l'arrivée de Jérôme, la cour de la ferme était encombrée par tous les vieux appareils aratoires de Georges Hamel. De plus, les aides de l'encanteur avaient disposé sur la large galerie de la maison le mobilier de trois chambres à coucher. Les portes du garage, de la grange et de l'étable étaient largement ouvertes parce qu'on y avait laissé un certain nombre d'objets dont les propriétaires étaient disposés à se débarrasser.

Çà et là, de petits groupes de curieux de Saint-Jacques-de-la-Rive et des villages avoisinants circulaient dans les bâtiments et entre les différents appareils à la recherche d'un objet ou d'un outil utile qu'ils pourraient se procurer à bas prix. La plupart ne venaient pourtant que pour avoir l'occasion de parler avec des voisins et se faire une idée de la somme totale que les Hamel pourraient tirer de tout leur « barda ».

— À mon avis, il y a ben plus d'écornifleux que d'acheteurs, dit le vieux Elphège Turcotte à Clément Tremblay qui avait emmené dans sa voiture son vieux voisin du village.

— D'après vous, le père, à quelle catégorie vous appartenez ? demanda Clément avec un sourire moqueur.

— Les écornifleux, mon Clément. Il manquerait plus qu'à quatre-vingt-six ans, je me mette à acheter des cossins. Déjà que la maison en est pleine. Ma sœur Rose-Aimée en a tellement ramassé de son vivant que je sais plus où mettre les pieds. Ce serait ben de l'ouvrage de m'en débarrasser et j'ai plus les capacités d'avant. J'ai tellement travaillé dans ma vie…

Clément eut du mal à réprimer un sourire en entendant l'ex-bedeau de Saint-Jacques-de-la-Rive parler de travail. S'il était une notion à laquelle Rose-Aimée Turcotte et son frère, surnommé Tit-Phège, étaient étrangers, c'était bien au travail. L'un et l'autre avaient passé leur vie à paresser et à se plaindre. Rose-Aimée avait toujours été une énorme dame un peu moustachue au visage orné de grosses verrues assez repoussantes. Elle avait vécu dans le monde imaginaire des romans d'amour qu'elle lisait et relisait, s'imaginant être courtisée par tous les hommes qui osaient lever les yeux sur elle. Cette perpétuelle rêverie ne l'aidait pas plus à bien tenir sa maison qu'à développer ses talents de cuisinière.

Au début des années 1940, le curé de l'époque avait offert l'emploi de bedeau à Elphège, dont la laideur était comparable à celle de sa sœur. Les Turcotte avaient alors vendu la petite terre laissée en héritage par leurs parents et étaient venus s'établir dans la maison blanche construite en face du presbytère. Inutile de préciser que le nouveau bedeau de la paroisse en avait fait le moins possible durant la dizaine d'années où il avait rempli sa charge, au grand dam d'Amélie Provost. La ménagère du presbytère à l'époque avait dû très souvent user de ruses pour le forcer à exécuter la moindre tâche.

Clément fut distrait de ses pensées par l'arrivée de son fils Louis en compagnie de son gendre, Étienne Fournier. Après un échange de salutations, les quatre hommes s'avancèrent vers Gérald Tremblay qui venait de sortir de la grange avec Alcide Beaulieu.

— Cherches-tu quelque chose en particulier? demanda Clément à son frère.

— Non. Les affaires du père Hamel sont un peu trop vieilles à mon goût, ajouta le gros homme en baissant la voix. Et toi ?

— Rien. Je suis venu avec Tit-Phège parce qu'on n'avait rien à faire à matin. Tu connais Céline. Si elle me voit à traîner dans la maison, elle se dépêche de me trouver de l'ouvrage.

— T'es ben chanceux d'être à la retraite, fit Gérald. Tu peux être certain que quand je vais laisser la terre à Bertrand, je vais me payer du bon temps, moi aussi. Toi, Étienne, avais-tu dans l'idée d'acheter quelque chose ?

— J'aurais peut-être acheté son rotoculteur, admit le bossu, mais il est tellement rouillé que je pense que je vais laisser faire.

— Naturellement, les meubles t'intéressent pas, se moqua Tit-Phège Turcotte. T'en fais des ben plus beaux.

— Les *sets* de chambre sont en bon état, mais j'en aurais pas l'usage, se défendit Étienne, toujours aussi modeste.

À ce moment-là, l'encanteur parut sur la galerie et emboucha son porte-voix pour être bien entendu de tous les visiteurs qui se rassemblèrent en un clin d'œil devant lui. Antoine Lambert repoussa vers l'arrière son grand chapeau de cow-boy et consulta un long moment la liste des objets qu'on lui avait demandé de mettre en vente.

— Dis donc, Clément, d'après toi, il a quel âge, Lambert ? lui demanda son beau-frère, Jérôme Veilleux, qui venait de se glisser derrière lui dans le groupe.

— Une bonne soixantaine, il me semble.

— Sacrifice, ça doit être payant d'être encanteur. Il a l'air d'avoir encore engraissé cet hiver.

— Il doit ben peser ses trois cents livres. Je suis sûr qu'il a la peau claire à ben des places, plaisanta Clément.

— Gras de même, on comprend qu'il soit obligé de se traîner en grosse Cadillac, reprit Jérôme.

— As-tu quelque chose en vue ? s'informa Clément.

— À te dire la vérité, j'aurais pas haï acheter la terre du père Hamel. André lui a demandé ben des fois de nous avertir quand il serait prêt à la vendre. Il a aimé mieux la laisser à un gars de la ville. Après, on a pensé louer la terre, mais il faut croire qu'on n'a pas été assez vite parce que ton neveu Bertrand l'avait déjà louée.

— On peut pas dire que vous êtes ben chanceux, compatit Clément.

— Là, je pense que je vais juste essayer d'acheter une ou deux vaches pour calmer André. Si leur prix est abordable, ben sûr.

— Pauvre Jérôme, je pense que tu t'es dérangé pour rien, intervint Gérald. Bertrand lui a déjà acheté ses cinq vaches. Elles font pas partie de l'encan.

— Bout de viarge ! jura Jérôme. Si je comprends ben, ton gars a ramassé tout ce qui était intéressant !

Gérald souleva les épaules en signe d'impuissance et Jérôme, visiblement amer, décida de quitter les lieux sans plus attendre.

— On dirait ben que Jérôme et son garçon vont vous en vouloir un bon bout de temps, prédit Clément en s'adressant à Gérald.

— Si ça avait dépendu juste de moi, j'aurais pas loué la terre et je me serais pas embarrassé de cinq autres vaches. Mais tu connais les jeunes ; ils ont tous les yeux plus grands que la panse. Il faut grossir absolument, à les entendre et...

La voix tonitruante de l'encanteur s'éleva de nouveau et couvrit toutes les conversations. Solidement planté sur ses jambes, Antoine Lambert s'adressa à la petite foule et débuta la mise aux enchères en présentant une vieille moissonneuse qui avait connu des jours meilleurs.

Ce soir-là, le rendement probable de l'encan fut l'objet de nombreuses conjectures dans plusieurs foyers de Saint-Jacques-de-la-Rive. De plus, chaque départ de la paroisse était un événement marquant dont on pouvait parler longtemps.

— D'après moi, ç'a été une ben bonne journée pour les Hamel, assura Gérald Tremblay en se mettant à table. Il leur restait presque plus rien à vendre quand l'encanteur est parti. J'ai l'impression qu'il leur reste juste quelques cossins. Georges est même parvenu à vendre ce qui lui restait de foin à un certain Bérubé de Saint-Gérard. Même son vieux tracteur tout déglingué a été acheté. Émile Tougas m'a dit qu'il le prenait pour les pièces.

— Vous pensez que la journée a été payante pour eux autres? demanda Bertrand, toujours intéressé quand il s'agissait d'argent.

— Ça devrait. Ben sûr, il faut qu'il paye l'encanteur, mais c'est de l'argent ben placé. Il faut pas oublier qu'Antoine Lambert est responsable des promesses d'achat et que c'est à lui à s'organiser pour se faire payer par ceux qui lui ont fait des chèques. Le père Hamel m'a dit que lui, il aura juste à encaisser le chèque que Lambert va venir lui donner la semaine prochaine. C'est pas mal moins de trouble comme ça. Lui et sa femme vont pouvoir partir sans avoir à se casser la tête.

Chapitre 5

Une nouvelle politique

À la fin du mois d'avril, plusieurs journées pluvieuses retardèrent les travaux de la terre. Impatients de labourer, les cultivateurs guettaient l'embellie en préparant leur machinerie. Dans la plupart des maisons, les femmes s'étaient lancées dans le grand ménage du printemps aussitôt qu'elles avaient été capables de laisser les fenêtres ouvertes.

— Pourquoi il faut laver les plafonds et les murs à ce temps-ci de l'année ? se plaignit Catherine en remplissant son seau d'eau chaude.

— Parce qu'on a chauffé tout l'hiver et parce que ton père fume.

— Voyons, m'man ! protesta la jeune fille. On n'est plus au temps où on chauffait avec un poêle à bois. Il me semble que le chauffage à l'huile est pas mal plus propre.

— Laisse faire, la rabroua sa mère. Si tu veux voir à quel point ça a besoin d'être lavé, t'as juste à passer un linge dans les fenêtres. Tu vas voir que c'est pas un luxe.

Catherine laissa échapper un soupir d'exaspération avant de reprendre son travail. Le geste sûr, sa mère avait entrepris de monter sur une chaise pour nettoyer le plafond.

— J'aimerais ça suivre des cours de coiffure ou de maquillage, lança Catherine pour meubler le silence.

Louisette Pépin m'a dit qu'il va y en avoir dans la nouvelle grosse école qu'ils vont ouvrir à Nicolet. Si c'est vrai, je veux y aller. Je veux pas passer ma vie à faire le ménage et la cuisine, moi.

— Ton amie devait parler des cours annoncés dans le journal la semaine passée. Mais ils viennent juste de commencer à la bâtir, reprit Françoise. Quant à savoir ce qu'il va y avoir dans cette école-là, il va falloir aller à la réunion de la commission scolaire, mercredi prochain. Conrad Langlois a fait passer un papier comme quoi la réunion allait être importante.

— Je vais y aller, même si j'haïs ça passer des heures à écouter parler, dit Catherine sur un ton décidé. Il y a pas juste Gilles qui a le droit de se faire instruire. Moi aussi, je veux sortir de Saint-Jacques.

— Va pas dire ça devant ton père ; ça va lui faire de la peine pour rien, la mit en garde sa mère. On dirait que t'as hâte de nous laisser tout seuls, ton père et moi.

La jeune fille se rendit compte qu'elle venait de peiner involontairement sa mère. Le remords qu'elle ressentit lui fit se mordre les lèvres.

— Bien non, m'man. Je veux pas partir. Je suis bien ici, avec p'pa et vous. Je veux juste pouvoir être indépendante et faire ce que j'aimerais.

— Je comprends ça, fit Françoise en s'efforçant de sourire. Si t'as une chance de suivre ce cours-là, tu peux être certaine que ton père et moi, on va t'encourager.

La mère de famille connaissait trop bien sa fille pour ne pas se rendre compte qu'elle était tentée de faire sa vie ailleurs. Était-ce à dire qu'aucun de ses deux enfants ne prendrait la relève, qu'elle se retrouverait seule avec son mari sur leur terre ?

Au village, le lieu de rassemblement des retraités s'était déplacé du garage de Côme Crevier au terrain voisin où une demi-douzaine d'ouvriers avaient entrepris la construction du magasin et de l'entrepôt des Loiselle. Quelle que soit l'heure du jour, on pouvait voir plusieurs hommes âgés commenter avec des airs de connaisseurs le degré d'avancement des travaux.

Cet avant-midi-là, quelques-uns s'étaient regroupés à la limite du terrain du maire pour mieux suivre le travail effectué par les ouvriers.

— Ça va être grand en barnak, ce magasin-là, déclara Côme Crevier qui venait de se mêler aux curieux.

— Puis l'entrepôt fera pas pitié non plus, rétorqua quelqu'un, impressionné par la taille du bâtiment qui prenait forme.

— Moi, dit Léon Lafleur, un cultivateur du rang Saint-Pierre, je me méfierais à la place de Veilleux. Je serais pas surpris pantoute que Loiselle se mette à concurrencer son magasin général.

— Pars pas ce bruit-là, Léon, fit le garagiste. Les Loiselle vendent des semences, de l'engrais et des produits chimiques, pas autre chose. S'ils avaient voulu nuire à Jean-Paul Veilleux, ils auraient pas acheté presque tous les matériaux pour se construire à son magasin.

— Ça vient de chez Veilleux tout ça ? demanda un nommé Laforge.

— Presque tout, affirma le maire.

— Cré maudit ! Le Jean-Paul doit être gras dur après avoir vendu tout ça. Qu'est-ce qu'il va faire avec tout cet argent-là ?

— Tu lui demanderas, si tu veux le savoir, le rembarra Côme avant de tourner les talons en direction de la porte de son garage devant laquelle Louis Tremblay venait de stationner sa Toyota orangée.

Déjà, son fils, Alain, sortait du bâtiment pour aller à la rencontre du cultivateur.

— J'ai pas des bonnes nouvelles pour vous, monsieur Tremblay, lui annonça le jeune mécanicien en s'essuyant les mains avec un vieux chiffon maculé de graisse qu'il enfouit ensuite à moitié dans la poche arrière de son pantalon.

— Qu'est-ce qui se passe?

— Venez voir.

À ce moment-là, Côme arriva derrière les deux hommes.

— Mon pauvre Louis, j'ai ben peur que ton vieux tracteur soit fini, dit-il à son client.

— Arrête donc! C'est pas vrai! s'exclama le cultivateur, catastrophé. Qu'est-ce qu'il a? Il a pas quinze cents heures d'usure!

— D'après moi, monsieur Tremblay, votre tracteur a pas mal plus d'usure que ça. Je suis sûr que le cadran a été reculé ou a arrêté de marcher depuis un bon bout de temps.

— Ouais, approuva Côme. Mon gars a raison. Ton moteur est brûlé. Il y a rien à faire.

— Mais j'ai pas les moyens pantoute de me payer un tracteur neuf! En même temps, il m'en faut un au plus sacrant pour travailler. Je te dis que je suis pogné en pas pour rire!

Il y eut un long silence dans le garage.

— Comme ça, il y a plus rien à faire avec mon tracteur? demanda Louis Tremblay, quêtant un encouragement quelconque chez le garagiste et son fils.

— Rien pantoute, monsieur Tremblay, dit Alain sur un ton assuré. Ce serait pas honnête de continuer à travailler dessus et de vous faire dépenser de l'argent pour rien quand je sais qu'il marchera plus.

— Maudit batèche! Tu parles d'une malchance!

— Sais-tu, Louis, qu'il y aurait peut-être quelque chose que tu pourrais faire en attendant d'avoir les moyens de t'en acheter un neuf, intervint le maire, l'air songeur.

— Quoi?

— J'ai entendu dire qu'Émile Tougas a acheté le vieux tracteur du père Hamel à l'encan. Tougas a un tracteur presque neuf. Je suis prêt à te gager qu'il a pas besoin de celui qu'il vient d'acheter. À ta place, j'irais le voir pour savoir s'il te le louerait pas.

— Tu connais l'Émile, fit Louis. Il a jamais été ben voisineux. Je pense que je lui parle pas une fois par année. Il vit tout seul, comme un vrai sauvage, au bout du rang.

— Moi, je te dis ça pour te rendre service, rétorqua Côme. Tu fais ce que tu veux. Alain va te ramener ton tracteur chez vous cet après-midi.

— Merci. Tu me diras ce que je te dois, dit Louis en sortant du garage.

Quelques minutes plus tard, le cultivateur s'engagea dans le rang Sainte-Marie au volant de sa Toyota. Après le long virage, il aperçut sur sa droite la vieille maison grise couverte de bardeaux dont la cour était encombrée d'instruments aratoires rouillés et de vieilles carcasses de voitures. Un rideau défraîchi retomba brusquement devant une fenêtre couverte de poussière quand il s'arrêta dans la cour, près de la galerie aux marches de guingois. Une porte s'ouvrit sur le côté de la maison et un homme à la chevelure hirsute en sortit. Il était mal rasé et les bretelles de son pantalon battaient sur ses cuisses. Il attendit que son voisin descende de sa voiture.

— Qu'est-ce qui t'arrive? demanda-t-il à Louis sans la moindre trace d'aménité.

— Ben. J'ai un problème avec mon tracteur. Son moteur est brûlé.

— Puis?

— Je me demandais si tu me louerais pas un de tes tracteurs. J'ai appris que t'avais acheté celui du père Hamel à l'encan.

— Louer cette vieille affaire-là? T'es pas sérieux?

— À te dire la vérité, avoua piteusement son voisin, je suis pas mal pogné. J'ai pas l'argent pour m'en acheter un autre. Tu le sais comme moi: sans tracteur, on peut pas faire grand-chose sur une terre.

Émile se gratta la tête en jetant un coup d'œil vers le vieux John Deer stationné près de la maison. Il regarda ensuite son voisin pendant un bref moment.

— Écoute, finit-il par dire à son visiteur en hésitant. J'ai acheté ce vieux tracteur-là à Hamel pour les pièces. Le mien est aussi un John Deer, mais lui, il est presque neuf. J'ai payé le vieux deux cent cinquante piastres. Pour te rendre service, je peux ben te le laisser à ce prix-là, mais à condition que tu me le rapportes quand il sera fini. Il y a des pièces qui vont m'être utiles pour réparer le mien quand il brisera.

— Est-ce qu'il roule ben? demanda Louis.

— D'après moi, il devrait être capable de faire usage encore une année ou deux.

— T'es ben *smatt*, Émile. Je vais aller te faire un chèque et je reviens le chercher.

— Ben non. Tu restes à côté. Pars avec et tu me laisseras ton chèque quand tu viendras chercher ton char. Il y a pas de presse.

C'est ainsi que Francine et le petit Pascal virent arriver Louis conduisant le vieux tracteur vert et jaune passablement rouillé qui avait appartenu à Georges Hamel.

Le second samedi de mai, il faisait un temps superbe. Un chaud soleil brillait dans un ciel sans nuage et les hirondelles s'affairaient déjà à la construction de leur nid. Les vaches ruminaient dans les champs. Un peu avant midi, Étienne Fournier rentra à la maison en arborant une mine satisfaite.

— J'ai fini de changer les planches pourries de l'étable, dit-il à Françoise en se lavant les mains au lavabo de la cuisine. Lundi, s'il fait beau, on va être bons pour ramasser les roches dans le champ. En fin de compte, je serai pas en retard pour labourer et pour étendre le fumier comme l'année passée.

— S'il continue à faire aussi beau, fit sa femme, Catherine va me donner un coup de main et on va s'occuper des plates-bandes. J'ai des fleurs partout dans la cuisine d'été qui attendent d'être transplantées. Quand ce sera fait, on pourra s'installer là pour prendre nos repas quand il fera trop chaud.

Après le dîner, Françoise vit son mari par la fenêtre de la cuisine se diriger vers leur vieille Dodge stationnée près de la remise. Durant un moment, elle cessa de laver la vaisselle, attentive aux gestes d'Étienne.

— Qu'est-ce qu'il y a, m'man? Ça vous tente plus de faire la vaisselle? demanda Catherine qui attendait, le linge à la main, que sa mère continue à lui tendre les assiettes fraîchement nettoyées.

— Non, c'est pas ça. Je regarde ton père en train de mettre des outils dans la valise du char. J'ai l'impression qu'il s'en va s'occuper du lot de ton grand-père.

Catherine tendit le cou en direction de la remise et vit son père déposer la tondeuse dans le coffre de la voiture. Sa mère sembla prendre une décision subite. Elle s'essuya les mains sur son tablier et sortit sur la galerie.

— Étienne, attends-moi ! cria-t-elle à son mari. J'y vais avec toi.

— Moi aussi, j'y vais, déclara la jeune fille à sa mère en enlevant son tablier.

Sa mère revint vers la cuisine en faisant de même. D'un signe de la main, elle invita Catherine à la suivre dans la cuisine d'été.

— Apporte les deux pots de crocus. Moi, je vais prendre des jonquilles. On va les apporter au cimetière.

Lorsque Françoise employait le mot « cimetière » pour parler de l'endroit où avait été enterré son beau-père en 1944, c'était une façon de parler. Germain Fournier n'avait pas eu droit à la terre consacrée du cimetière paroissial de Saint-Jacques-de-la-Rive parce qu'il s'était pendu dans sa grange le matin du jour de l'An. En la circonstance, le curé Ménard avait fait preuve de charité chrétienne en incitant le conseil de fabrique de l'époque à céder à la famille Fournier un petit lot en bordure du cimetière. Même si le corps avait été enterré de l'autre côté de la clôture de fer forgé qui ceinturait le cimetière, il était si près des autres paroissiens décédés qu'on pouvait avoir l'impression que le suicidé n'avait pas été entièrement rejeté par la communauté.

Chaque année, les Fournier ne se contentaient pas d'aller fleurir le lot familial où avaient été inhumés les grands-parents d'Étienne ainsi que sa sœur Berthe décédée à dix-huit ans. Étienne allait aussi s'occuper personnellement du lot où son père reposait, délaissé par Joseph Meunier, le bedeau, parce qu'il était hors des limites du cimetière.

Étienne arrêta la voiture près de la galerie.

— Vous voulez aller porter des fleurs sur la tombe de grand-mère Tremblay ? demanda-t-il à sa femme et à sa fille en les voyant monter dans le véhicule avec leurs fleurs.

— Tu sais bien que mon père et ma mère ont dû déjà s'en occuper, fit Françoise. Ils restent en face du presbytère et ils ont juste ça à faire. On veut aller t'aider à nettoyer le lot de ton père, lui expliqua sa femme en prenant place à ses côtés. On pourrait laisser les crocus en passant sur la tombe de tes grands-parents et de ta sœur.

Étienne ne dit rien, mais il était évident qu'il était heureux que sa femme et sa fille aient pensé aux deux lots occupés par les Fournier. Quelques minutes plus tard, le bossu arrêta son véhicule dans le stationnement de l'église. Il tira du coffre une magnifique croix sculptée sur laquelle était gravée : «À la mémoire de Germain Fournier – 1892-1944 – Paix à son âme». Interdite durant un moment, sa femme ne put s'empêcher de s'exclamer :

— Mais elle est bien belle ! Quand est-ce que t'as fait ça ?

— Cet hiver. J'ai pensé qu'il était temps de remplacer la petite croix en bois que j'ai installée là en 1944.

— J'en connais dans la paroisse qui vont venir te voir pour que tu leur en fasses une aussi belle pour leur lot.

— J'en ferai pas une autre. Je suis ben prêt à leur faire tous les meubles qu'ils veulent, mais ça, j'en ferai pas, affirma Étienne avec force. Bon. On y va. Je vais aller planter la croix avec ma masse. Je reviendrai chercher le reste tout à l'heure, ajouta-t-il avant de se mettre en marche vers le cimetière situé derrière l'église.

Le quadragénaire ouvrit la porte de la petite clôture en fer forgé et emprunta l'allée centrale du cimetière, suivi de loin par sa femme et sa fille.

— On te rejoint dans cinq minutes, dit Françoise à son mari en s'arrêtant devant le lot des Fournier dans l'intention d'y planter des fleurs.

Étienne fit un signe de tête pour indiquer qu'il l'avait entendue et poursuivit son chemin jusqu'au fond du cimetière, là où une seconde porte permettait d'avoir accès à un terrain vague d'une longueur d'environ deux cents pieds qui donnait sur la rivière.

À l'arrière du presbytère, Clémence Savard, qui s'était penchée pour enlever une pierre dans le jardin qu'elle était occupée à sarcler, se releva brusquement en entendant des voix en provenance du cimetière voisin. Catherine sursauta en apercevant soudainement la grande femme osseuse au visage jaunâtre.

— Mon Dieu! Voulez-vous bien me dire qui c'est cet épouvantail-là? demanda-t-elle à voix basse à sa mère qui venait de s'agenouiller pour planter les premiers crocus.

Françoise tourna la tête en direction du presbytère et aperçut Clémence qui la fixait avec curiosité.

— C'est la sœur de monsieur le curé. C'est sa cuisinière.

— Maigre comme elle est, elle doit pas être fameuse comme cuisinière, fit remarquer la jeune fille. J'espère que la mère de p'pa ressemblait pas à ça.

— Va jamais faire ce genre de remarque-là devant ton père, Catherine, la mit en garde sa mère sur un ton sévère. Je t'ai déjà dit qu'il fallait pas parler de grand-mère Fournier devant lui.

— Je suis pas folle, m'man. Ça fait longtemps que j'ai compris ça.

— Pour ton information, la mère de ton père ressemblait pas pantoute à ça. Je pense même qu'on pouvait dire que c'était une belle femme.

— Ah oui?

— Il y a une vingtaine d'années, en tout cas. À cette heure, j'ai aucune idée de quoi elle peut avoir l'air. Bon. Aide-moi plutôt à planter les crocus au lieu de jacasser à tort et à travers.

Françoise avait toujours cherché à parler le moins possible de Gabrielle Fournier à ses enfants. C'était un sujet tabou qu'on n'abordait pas chez les Fournier. Quand les enfants, plus jeunes, posaient des questions sur leur grand-mère paternelle, leur mère se contentait de leur dire qu'elle demeurait très loin, et qu'un jour elle viendrait peut-être les voir. Quelques années plus tard, excédée par la curiosité de Gilles et de sa sœur, elle leur avait expliqué que leur grand-mère, ancienne cuisinière du curé de la paroisse, avait été très malade quand leur grand-père s'était suicidé, au point de partir en coupant tous les ponts derrière elle. Dès lors, il n'en avait plus été question.

Évidemment, Françoise s'était bien gardée de leur dire que Gabrielle Fournier avait, au fil des ans, poussé son mari au désespoir jusqu'à ce qu'il commette l'irréparable. Elle ne leur avait pas dit non plus que leur grand-mère avait toujours négligé leur père et qu'elle s'était empressée de disparaître de Saint-Jacques-de-la-Rive lorsqu'elle avait appris que tous les biens de son défunt mari revenaient à son fils plutôt qu'à elle. En fait, les Fournier n'avaient jamais eu de nouvelles d'elle depuis son départ en janvier 1944.

Pendant que Françoise songeait à tout cela, elle n'avait pas vu Clémence Savard se diriger vers l'escalier à l'arrière du presbytère pour mieux voir où s'en allait le bossu qui portait une croix. Lorsqu'elle le vit ouvrir la porte au fond du cimetière pour s'engager dans le terrain vague qui le bordait, elle entra précipitamment dans le presbytère et alla prévenir son frère en train de travailler dans son bureau.

Un instant plus tard, le curé Savard sortit sur la galerie arrière pour regarder ce que faisait l'homme à l'extérieur du cimetière. Sa mauvaise vue ne lui permit pas d'identifier l'individu. Par contre, il aperçut les deux femmes qui venaient de le rejoindre. Agacé d'être dérangé dans la rédaction de son sermon dominical, le prêtre descendit rapidement l'escalier et gagna le cimetière à grandes enjambées. Avant même d'arriver près de la clôture, il reconnut, dans le bossu, le président de la fabrique paroissiale.

— Est-ce que je peux vous demander ce que vous faites là? leur demanda-t-il, l'œil sévère derrière ses lunettes.

Les deux femmes sursautèrent en entendant la voix tonnante du grand ecclésiastique au teint bilieux. Étienne se contenta de déposer la pelle qu'il avait utilisée pour creuser un trou dans lequel enfouir le pied de la croix qu'il avait appuyée sur la clôture en attendant de pouvoir la planter.

— Bonjour monsieur le curé, répondit-il poliment. On est en train de nettoyer le lot où mon père a été enterré.

Philippe Savard fixa son marguillier durant un bref moment pour s'assurer qu'il ne se moquait pas de lui.

— Je suppose que c'est une farce que vous faites, dit-il, l'air mauvais. Vous êtes en dehors du cimetière. Il peut pas avoir été enterré là!

Le visage des trois Fournier se ferma.

— Mon père est enterré là depuis 1944 parce qu'il s'est suicidé. Il pouvait pas être enterré dans le cimetière.

— Mais s'il est enterré là, il est tout de même sur un terrain de la fabrique. Il a pas d'affaire là, dit le curé, plein d'assurance.

— Oui, je sais. Quand c'est arrivé, le curé Ménard a permis à la fabrique de me vendre un petit lot sur ce terrain-là.

— Cette affaire-là a pas d'allure, rétorqua le curé avec hauteur. Le cimetière est déjà plein. Si je me rappelle bien, j'ai lu dans les notes du curé Marceau qu'il était prévu de l'agrandir l'automne prochain parce qu'il y a plus de lots à vendre. À ce moment-là, j'ai bien peur que vous soyez obligé de faire enterrer votre père ailleurs, sinon il va se retrouver dans le cimetière avec les bons catholiques, et c'est pas sa place.

— Voyons donc, monsieur le curé! protesta Catherine que le grand prêtre n'intimidait pas du tout.

— Vous aurez pas le choix, conclut abruptement le prêtre en ne tenant aucun compte de la jeune fille.

— Une minute! dit sèchement Étienne. Ce terrain-là, je l'ai payé et personne va venir y mettre les pieds sans que je le veuille. Si le cimetière doit être agrandi, il contournera mon lot!

— Est-ce que vous menaceriez votre curé, monsieur Fournier? demanda Philippe Savard, l'air mauvais.

— Non, mais je me laisserai pas non plus menacer par personne.

— On verra ce qui arrivera, conclut le curé de Saint-Jacques-de-la-Rive. L'évêché a le bras long et si l'évêque exige de faire exhumer votre père, ça va être fait.

Sur ces mots, l'ecclésiastique tourna les talons et regagna son presbytère où sa sœur, dissimulée derrière les rideaux de l'une des fenêtres de la cuisine, l'attendait.

— Un vrai corbeau! ne put s'empêcher de dire Catherine en fixant le dos du prêtre décharné.

— Catherine, sois polie. C'est notre curé, lui ordonna sa mère sans trop de conviction.

— C'est peut-être notre curé, m'man, mais je l'aime pas, répliqua la jeune fille sur un ton vindicatif.

Étienne avait repris sa pelle sans formuler le moindre commentaire sur l'accrochage qu'il venait d'avoir avec le nouvel occupant de la cure de la paroisse. Sa femme et sa fille se tournèrent vers lui et le regardèrent planter avec soin la nouvelle croix destinée à la sépulture de son père.

Le mercredi suivant marquait déjà la mi-mai. Il faisait un temps magnifique et une petite brise charriait toutes sortes d'effluves. Un peu avant sept heures, ce soir-là, le calme du village n'était troublé que par une poignée de jeunes qui chahutaient dans le petit parc municipal. Quelques personnes, la plupart âgées, entraient dans l'église pour la récitation quotidienne du chapelet durant le mois de Marie. Le curé Savard, campé sur le parvis du temple, jetait des regards mécontents vers le parc voisin. La plupart de ses paroissiens étaient demeurés sourds à toutes ses incitations à venir réciter le chapelet à l'église.

— L'abbé, on dirait bien que vous avez pas très bien fait votre travail avec les jeunes de l'école, reprocha-t-il à son vicaire qui venait d'apparaître à ses côtés. Il y en a même pas une demi-douzaine dans l'église.

— Il faut croire, monsieur le curé, que les enfants sont demeurés aussi sourds à mes invitations que leurs parents aux vôtres, rétorqua Robert Lanthier sans se laisser démonter.

Le jeune vicaire faisait allusion aux invitations pressantes formulées par le curé à la messe du dimanche précédent.

— À moins que nos paroissiens préfèrent rester à la maison pour réciter le chapelet en famille avec le cardinal Léger, à la radio, conclut l'abbé.

Son supérieur, visiblement furieux, entra dans l'église pour présider la cérémonie religieuse. Quelques minutes plus tard, des voitures se mirent à affluer dans le rang Saint-Edmond. La plupart se rangèrent le long des trottoirs et dans la cour de l'école du village. Ce soir-là, les portes du petit bâtiment d'un étage en brique beige étaient grandes ouvertes et, peu à peu, des gens se rassemblaient devant l'édifice, apparemment peu pressés d'entrer dans la salle tant il faisait beau.

André et Lise Veilleux s'approchèrent de leur oncle Jean-Paul en train de discuter avec le maire Crevier, au pied des marches conduisant à la porte d'entrée.

— Vous avez appris la nouvelle? demanda le commerçant en apercevant son neveu et sa femme.

— Non, répondirent-ils d'une même voix.

— Antoine Lambert est mort dimanche matin.

— Première nouvelle, fit le petit cultivateur nerveux avec indifférence.

— Je sais pas si vous vous en doutez, mais les parents de votre tante Claudette sont mal pris en sacrifice.

— Comment ça?

— Ben, ils vont être obligés d'attendre que la succession se règle pour toucher l'argent que leur a rapporté leur encan de samedi passé.

— Tout est gelé, expliqua le maire. Il paraît que c'est la loi.

— Ils ont tout de même l'argent de la vente de leur terre et celui de leurs vaches, fit remarquer Lise sur un ton acide.

Il était évident au ton qu'elle avait employé qu'elle n'avait pas du tout pardonné aux Hamel d'avoir favorisé les gens de la ville et les Tremblay à leur détriment.

— Est-ce que ça va les empêcher de partir? demanda André à son oncle, avec l'espoir que ce délai perturbe les plans de Bertrand Tremblay.

— Non. Les papiers ont été passés chez le notaire pour la vente de la terre. Ils vont partir à la fin du mois, comme prévu.

À quelques pas de là, Françoise racontait à voix basse à son père et à sa mère la scène déplaisante que son mari avait eue avec le nouveau curé.

— Mais il est bien bête, ce prêtre-là ! s'exclama Céline. Comme si c'était des choses à dire à ce pauvre Étienne.

— C'est vrai, reconnut Clément. Il me semble que c'est déjà assez dur pour lui que son père soit enterré en dehors du cimetière sans que le curé vienne en rajouter… Mais vous autres, qu'est-ce que vous venez faire à la réunion de la commission scolaire ? Vous avez plus d'enfant à l'école.

— La même chose que vous, p'pa, répliqua sa fille en souriant. On avait envie de se changer les idées et de voir du monde. En plus, Catherine voulait savoir s'il y avait des chances qu'elle puisse suivre des cours de coiffure l'automne prochain dans la nouvelle école, à Nicolet.

À côté, Louis s'entretenait avec Étienne, Adrien Desjardins et Alcide Beaulieu. Tous les quatre avaient commencé le matin même à ramasser les pierres que le dégel avait ramenées à la surface dans leurs champs.

— Cette année, c'est effrayant comment il y en a, déclara Alcide en serrant sa ceinture d'un cran. Les enfants m'ont aidé et on en a ramassé deux pleines voitures qu'on est allé domper dans la décharge. On dirait que les pierres poussent mieux que l'avoine dans mon champ.

— C'est pareil pour moi, affirma Desjardins.

— Chez nous, ça a été moins pire que les années passées, reconnut Étienne. Pendant que ma femme conduisait le tracteur, ma fille et moi, on en a ramassé juste un bon voyage. Ça fait que demain, si le beau temps se maintient, je vais commencer à étendre le fumier.

— Tiens ! Conrad Langlois vient d'entrer, fit Desjardins en désignant de la tête un homme assez corpulent qui venait de passer la porte.

Le cultivateur du rang Saint-Pierre, président de la commission scolaire de Saint-Jacques-de-la-Rive, avait fait des frais de toilette pour cette réunion. Il avait revêtu son costume du dimanche et, malgré la chaleur de cette belle soirée de mai, il portait une cravate.

— Qui c'est le grand maigre qui est avec lui ? demanda Beaulieu.

— Je le connais pas, mais je pense qu'on est mieux d'y aller si on veut que ça finisse, cette réunion-là, répondit Étienne.

La plupart des gens demeurés à l'extérieur durent se faire la même réflexion parce qu'un bon nombre d'entre eux se dirigea vers la porte du gymnase de l'école où une centaine de chaises avaient été placées en rangées. Le concierge de l'école avait aussi disposé une longue table à l'avant du gymnase derrière laquelle les commissaires Henri Gendron et Paulin Lessard avaient déjà pris place. Conrad Langlois et l'homme qui l'accompagnait se joignirent à eux pendant que les habitants de Saint-Jacques-de-la-Rive s'installaient dans la salle en discutant. Évidemment, les deux premières rangées de chaises demeurèrent inoccupées, comme si les personnes présentes avaient craint d'être prises à partie par les hommes cantonnés derrière la table.

Lorsque tout le monde eut pris place dans la salle, Conrad Langlois se leva pour réciter la courte prière qui marquait toujours le début de chacune des réunions de la commission scolaire. L'assistance fit le signe de la croix et s'assit en échangeant des commentaires.

Le président frappa du plat de la main une ou deux fois sur la table pour obtenir un silence tout relatif.

— Bonsoir, salua-t-il. Avant de commencer la réunion, j'aimerais vous présenter monsieur Adrien Gratton, directeur général de la nouvelle régionale Des Chutes. Il aura des explications à vous donner dans quelques minutes.

Les gens présents dans la salle se mirent à chuchoter. Ils se demandaient ce qu'était cette régionale Des Chutes.

— Tout d'abord, poursuivit le président de la commission scolaire locale, je dois vous rappeler que le gouvernement Lesage a créé en 1964 un ministère de l'Éducation. Le ministre Paul-Gérin Lajoie avait prévenu tout le monde que son ministère allait moderniser l'éducation au Québec et qu'il y aurait des changements importants.

D'autres murmures se firent entendre en provenance de la salle.

— Nous, à Saint-Jacques, on n'a pas eu à se plaindre parce que c'est grâce à cette politique-là que l'école du village où on est réunis ce soir a été bâtie. Si on n'avait pas eu de subsides, on serait encore pognés avec notre petite école en bois. Il y a eu d'autres changements aussi. Je sais que nous autres, ça nous a pas dérangés, mais presque tous les frères et toutes les sœurs qui enseignaient ont été remplacés par des laïcs.

— Ça a pas été ce que Lesage a fait de plus brillant, dit à haute voix Jean-Claude Martel, un ex-commissaire. Quand c'était des sœurs qui faisaient l'école, ça nous coûtait pas mal moins cher en taxes scolaires.

— Des taxes scolaires comme il y en avait il y a dix ans, il faut en faire son deuil, reprit le président de la commission scolaire d'une voix plus forte. C'est du passé ; ça reviendra plus. L'éducation moderne coûte cher, il y a pas à sortir de là. On va essayer de faire des économies, mais on fera pas de miracles. Je vais laisser la parole à monsieur Gratton qui est mieux placé que moi pour vous expliquer les changements importants qui s'en viennent.

Le directeur général de la régionale Des Chutes se leva lentement et un sourire chaleureux vint éclairer son long visage mince. Après avoir salué l'assistance, il se mit en devoir d'expliquer sa présence à Saint-Jacques-de-la-Rive ce soir-là.

— Tout d'abord, je dois vous préciser que la commission scolaire de Saint-Jacques-de-la-Rive n'existe plus depuis le 1er mai dernier. Par décision du ministère de l'Éducation, les commissions scolaires de Saint-Jacques, Saint-Gérard, Saint-François, Pierreville, Sainte-Monique et Nicolet forment maintenant une régionale appelée Des Chutes.

Des protestations s'élevèrent immédiatement dans l'assemblée. Adrien Gratton leva une main pour faire signe qu'il voulait poursuivre.

— Pour la première année de la régionale, on va conserver les commissaires élus. L'an prochain, leur nombre sera réduit de moitié. Cette innovation vous apporte deux excellentes nouvelles. Tout d'abord, vous conservez votre école du village dont les frais de construction et d'entretien seront partagés par toutes les municipalités faisant partie de la régionale. En plus, il y a des subventions importantes versées par le gouvernement qui est prêt à dépenser sans compter pour l'instruction de nos jeunes.

Quelques timides applaudissements saluèrent la nouvelle.

— Ensuite, je vous annonce que le gouvernement de l'Union nationale dirigé par Daniel Johnson a accepté de poursuivre les transformations dans le monde de l'éducation entreprises par Jean Lesage et les libéraux. Ça, ça veut dire que nous allons entreprendre dès la fin du mois la construction d'une grande polyvalente pouvant accueillir jusqu'à deux mille cinq cents élèves à Nicolet. Elle devrait être prête dès le début du mois d'octobre prochain.

— C'est quoi une polyvalente? demanda Françoise après avoir levé la main.

— Madame, c'est une école secondaire moderne dans laquelle on enseignera aussi bien les matières académiques que des métiers comme la soudure, la cuisine, la coiffure, la mécanique automobile, la menuiserie, et j'en passe.

— C'est ben beau, cette affaire-là, fit Alcide Beaulieu sans demander le droit de parole, mais comment nos enfants vont pouvoir aller là ? On est à une douzaine de milles de Nicolet.

— J'allais y arriver, monsieur, dit patiemment le directeur général sans élever la voix. La régionale a aussi pour mandat de mettre sur pied un système d'autobus scolaires qui vont transporter les jeunes d'âge à fréquenter le cours secondaire, matin et soir, de chez eux à la polyvalente. Ils vont faire la tournée des rangs, cinq jours par semaine.

— Mais ça va nous coûter les yeux de la tête en taxes scolaires ! s'indigna la veuve Boisvert.

— Pas tant que ça, voulut la rassurer Gratton. N'oubliez pas, madame, que les coûts sont partagés entre tous les contribuables des municipalités.

— Et pour les plus jeunes ? s'informa une jeune mère du rang des Orties.

— Pour eux aussi, il y a quelques changements. D'abord, je vous apprends peut-être que toutes les écoles de rang de la province disparaissent à la fin de l'année scolaire.

— Bien voyons donc ! Où est-ce que nos enfants vont aller à l'école ?

— À l'école du village, madame.

— Mais c'est bien trop loin pour eux, protesta la jeune femme.

— C'est exact pour certains, reconnut le directeur général. C'est pour ça que nous aurons aussi des autobus scolaires pour les enfants qui auront à marcher un mille et plus pour aller à l'école du village.

Durant près d'une heure, l'homme eut à fournir des explications aux gens rassemblés dans le gymnase. Il dut les répéter deux et même trois fois.

— Et ça va donner quoi, tout ce «barda»? demanda Martel.

— Des jeunes mieux préparés à affronter les exigences de la vie moderne, monsieur. Bon. Il commence à se faire tard, conclut Adrien Gratton. J'espère avoir répondu convenablement à vos questions.

La salve d'applaudissements de l'assemblée lui fit comprendre qu'on avait apprécié ses efforts. Conrad Langlois en profita aussitôt pour annoncer la fin de la réunion. Les gens se levèrent et quittèrent la salle dans un brouhaha de chaises déplacées et de conversations. À l'extérieur, plusieurs groupes se formèrent durant quelques instants, le temps d'échanger des impressions sur ce qu'on venait d'apprendre avant de rentrer à la maison. Quand Conrad Langlois sortit à son tour de la salle, Elphège Turcotte ne rata pas une si belle occasion de l'asticoter.

— Sais-tu, mon Conrad, on dirait que tu viens de perdre ta fiole, le nargua l'octogénaire en faisant un clin d'œil à Clément Tremblay, debout à ses côtés.

— Pourquoi vous dites ça, monsieur Turcotte?

— Parce que t'es plus pantoute président de commission scolaire. À cette heure, t'es juste un petit commissaire comme les autres.

L'ex-président de la commission scolaire de Saint-Jacques-de-la-Rive devint tout rouge, incapable de trouver une répartie cinglante.

— Remarque, poursuivit Tit-Phège, ça va avoir un ben gros avantage pour toi. Tu vas pouvoir enlever cette maudite cravate qui a l'air de t'étrangler. T'es tout rouge.

Les rires fusèrent derrière un Conrad Langlois qui s'esquiva en douce en se dirigeant vers sa voiture.

Dans la Dodge verte des Fournier, Catherine, assise sur la banquette arrière, garda le silence un moment avant de déclarer à ses parents avec une évidente satisfaction :

— Louisette s'était pas trompée. La nouvelle école va bien donner des cours de coiffure l'automne prochain. Je vais pouvoir m'inscrire.

— C'est quoi, cette idée-là ? demanda son père qui en entendait parler pour la première fois.

— Je veux devenir coiffeuse, p'pa. J'ai besoin de suivre des cours.

— Mais j'ai les moyens de te faire vivre, protesta-t-il en lui jetant un coup d'œil dans le rétroviseur.

— Je le sais, p'pa, mais avoir un métier pour une fille, c'est une bonne affaire, vous trouvez pas ?

— Je suis pas sûr de ça, Catherine.

— La polyvalente est même pas construite, temporisa Françoise. Il y a pas mal d'eau qui va couler sous les ponts avant que les cours commencent.

Le silence revint dans l'habitacle, mais il était évident qu'il n'allait pas être facile d'amener la jeune fille à changer d'idée.

Chapitre 6

L'arrivée des citadins

Le mois de mai s'acheva sur quelques journées maussades gâchées par la pluie et le vent. Étienne avait eu beaucoup de difficulté à terminer ses labours de printemps tellement le tracteur et la machinerie avançaient péniblement dans les champs boueux. En attendant le retour du beau temps, il s'enfermait chaque jour dans la remise transformée en atelier et travaillait à la fabrication de meubles.

— Au moins, toute cette pluie-là est bonne pour mes fleurs et mon jardin, affirma Françoise qui venait, lors d'un bref répit, de mettre en terre ses derniers plants de tomate avec l'aide de sa fille.

— Et pour le gazon aussi, ajouta son mari en entrant derrière elle dans la cuisine d'été. Il me semble pousser juste à le regarder.

— Il y a aussi un autre avantage à toute cette pluie-là, intervint Catherine. La senteur de fumier est disparue. S'il y a une odeur qui me tombe sur le cœur, c'est bien celle-là.

— Tu fais toute une fille de cultivateur, toi, plaisanta son père.

— C'est pas parce que je suis venue au monde sur une terre que je suis obligée d'aimer cette odeur-là, se défendit la jeune fille.

— Pendant que j'y pense, ajouta Étienne. J'ai vu un camion arriver chez les Hamel tout à l'heure. Pour moi, ils sont en train de charger leurs affaires. Il faudrait ben aller les saluer avant qu'ils partent. Ils ont toujours été nos voisins depuis que je suis au monde.

Comme il venait de se remettre à pleuvoir, les Fournier et leur fille montèrent dans leur vieille Dodge pour aller saluer une dernière fois Georges et Rita Hamel. À leur arrivée dans la cour des voisins, ils virent Rita transportant une boîte vers le camion de son gendre, Jean-Paul Veilleux.

— Si ça a de l'allure qu'une femme de son âge s'éreinte à porter des boîtes! s'exclama Françoise en descendant rapidement de la camionnette. Qu'est-ce que vous faites là, madame Hamel? lui demanda-t-elle en se dirigeant précipitamment vers sa vieille voisine pour lui enlever des mains la boîte qu'elle portait.

— On part, Françoise. Il faut bien ramasser nos affaires.

— Vous avez pas d'aide?

— Oui. On a Jean-Paul et René. Ils s'en viennent avec un bureau.

En effet, Jean-Paul Veilleux et son fils sortaient à l'instant de la maison en portant une vieille commode. Ils étaient suivis de près par Georges, chargé d'un coffre en bois.

— Attendez, monsieur Hamel, fit Étienne en allant au-devant de l'homme. Je vais vous le transporter.

— On est venus pour vous donner un coup de main, mentit Françoise. Ensemble, ça va être moins long pour charger.

— Voyons donc! protesta Georges sans trop de conviction. Vous avez déjà votre tâche à faire à la maison.

— Ben non, monsieur Hamel, dit Étienne. Avec cette pluie-là, on peut pas faire grand-chose dehors. On a tout le temps de vous aider.

Deux heures plus tard, le chargement du camion était terminé. René tint absolument à aider sa cousine Catherine à balayer la maison maintenant vide pendant que leurs parents prenaient quelques instants de repos sur la galerie avec les Hamel. La pluie fine ne semblait pas près de finir et une légère brume s'élevait maintenant des champs voisins.

Le jeune homme de vingt ans amusait Catherine avec ses pitreries. Cette dernière le connaissait bien parce qu'elle l'avait côtoyé durant plusieurs années à l'école du village. Elle n'avait jamais particulièrement apprécié ce grand garçon aux cheveux noirs bouclés qui se donnait des airs de don Juan. Après ses heures de travail au magasin général de son père, René aimait aller traîner devant l'hôtel Traversy, à Pierreville, et ne détestait pas afficher ses conquêtes, assis au volant de la vieille Plymouth qu'il s'était procurée l'année précédente au garage des Crevier.

— Une chance qu'on vous a eus, déclara Rita, reconnaissante. C'est dans des occasions comme celle-là qu'on s'aperçoit qu'on n'est plus tout jeunes. On veut bien, mais on est plus capables.

— Comme vous voyez, madame Hamel, ça s'est fait pas mal vite.

— Ça, on peut le dire. Au commencement de la semaine, Claudette est venue pendant deux jours avec Lucie pour nous aider à tout emballer.

— Aujourd'hui, elles sont restées au magasin mais Jean-Paul et René sont arrivés de bonne heure avec le *truck* pour tout embarquer, expliqua Georges. On avait d'abord pensé engager les Provencher, qui font des déménagements, mais avec ce qui est arrivé à notre encanteur, on a décidé de faire plus attention à notre argent.

— Il faut pas vous inquiéter pour l'argent, monsieur Hamel, voulut le rassurer Étienne. Vous allez ben finir par le toucher quand la succession va être réglée.

— Il paraît que ça se fera pas aussi vite que ça. J'ai parlé à sa veuve pas plus tard qu'hier pour lui donner notre nouvelle adresse chez notre fille à Nicolet. Elle m'a dit qu'il y a des chèques qui ont rebondi.

— Mais, beau-père, l'encanteur garantissait le paiement de ce qu'il a vendu, intervint Jean-Paul.

— Madame Langlois m'a dit que son notaire lui a appris que ce serait peut-être à nous autres de poursuivre ceux qui ont fait des chèques sans provision.

— On s'énervera pas avec ça, reprit sa femme. C'est pas comme si le chèque des Martineau qui ont acheté notre terre avait pas eu assez de fonds. C'est pas une fortune que l'encanteur nous doit après tout.

Georges opina de la tête, mais restait songeur. Constatant que la pluie avait cessé, les Fournier prirent congé de leurs voisins quelques minutes plus tard, après leur avoir souhaité tout le bonheur qu'ils méritaient.

— As-tu remarqué? demanda Françoise à son mari au moment où ils entraient dans leur cuisine. André est passé devant chez Hamel tout à l'heure. Il nous a bien vus en train de charger le *truck*, mais il se serait pas arrêté pour une terre pour aider son oncle et son cousin.

— Tu connais André Veilleux. Mon idée est qu'il a pas pardonné aux Hamel d'avoir loué leur terre à ton cousin.

Le lendemain après-midi, le ciel était encore nuageux, mais la pluie avait cessé. Il y avait même, de temps à autre, quelques éclaircies. Alors que Catherine sortait du poulailler où elle venait de ramasser les œufs, elle vit une voiture rouge vin s'arrêter sur la route, près de la boîte aux lettres. Ce n'était pas la voiture d'Armand Lecours, le facteur. Elle aperçut soudain son frère Gilles en train de sortir sa valise du coffre du véhicule. Le jeune homme remercia le conducteur et prit la direction de la maison.

— Qu'est-ce que t'as fait de ta soutane ? lui demanda Catherine en se précipitant vers son frère qu'elle n'avait pas revu depuis le mois de janvier précédent.

Gilles ressemblait de façon frappante à son père. Il avait peut-être le dos droit, mais possédait une voix profonde et une chevelure châtain clair identiques à celles d'Étienne. L'un et l'autre avaient le même visage à la mâchoire volontaire et aux traits accusés.

— On n'est pas obligé de la porter en dehors des murs du séminaire, tu sauras, répliqua le jeune homme de vingt-deux ans en embrassant sa sœur sur les deux joues avant de poursuivre sa route vers la maison.

— T'arrives pour les vacances ?

— Comme tu vois. Et je peux te dire que j'avais pas mal hâte. Les études de théologie sont pas ce qu'il y a de plus drôle. Où sont m'man et p'pa ?

— M'man est en haut en train de nettoyer ta chambre. Elle t'attendait à la fin de la semaine. P'pa, lui, doit être dans l'étable.

Les deux jeunes gens entrèrent dans la maison et Gilles appela sa mère qui s'empressa de descendre au rez-de-chaussée pour venir l'embrasser.

— Mon Dieu ! Mais ils te nourrissent pas au séminaire ! s'écria Françoise en voyant son fils. T'as les deux joues collées ensemble tellement t'es maigre !

— C'est vrai qu'il a l'air d'une vraie chenille à poil, se moqua Catherine en adressant une grimace à son frère.

Ce dernier la menaça d'une taloche.

— M'man, dit le jeune homme en riant, vous me dites ça chaque fois que vous me voyez. Il faudrait pas que le cuisinier du séminaire vous entende. Il se vante partout qu'il arrête pas de nous gâter.

— Je sais pas avec quoi il vous gâte, votre cuisinier, mais ça a pas l'air de te réussir bien gros. Comment t'es arrivé jusqu'à la maison ? J'ai pas entendu de char entrer dans la cour.

— C'est le père d'un confrère qui m'a laissé devant la maison. Pour m'accommoder, il a fait un petit détour avant de s'en aller à Sorel.

— Tu lui as pas offert de venir boire quelque chose ?

— Oui, mais il avait pas le temps de s'arrêter.

— Bon. En tout cas, ta chambre est prête. T'as juste à aller défaire ta valise en attendant le dîner.

Le jeune homme monta à l'étage et rangea ses affaires pendant que sa mère et sa sœur dressaient la table pour le repas. Quand Étienne rentra, il découvrit son fils debout près de la porte. Immédiatement, les traits du bossu s'éclairèrent d'un large sourire. De toute évidence, son fils lui avait manqué. Depuis plusieurs jours, il guettait son retour du séminaire.

— Tu viens passer l'été avec nous autres, dit-il en entraînant son fils vers la table sur laquelle Catherine venait de déposer du rôti de porc et des pommes de terre.

— Oui. Je vous dis que j'avais hâte.

— Dis-moi pas que tu t'es ennuyé de nous autres ? se moqua sa sœur. C'est nouveau, ça, un curé qui a du cœur.

— Catherine ! fit sa mère.

— Je me suis ennuyé de vous autres, du travail du bois et aussi de l'ouvrage à faire sur la terre. Qu'est-ce que vous êtes en train de fabriquer, p'pa ?

Étienne savait que cette question viendrait assez tôt à la bouche de son fils. Ils avaient ce goût du bois en commun. Si le premier était doté d'un réel don pour la confection de meubles, le second n'était pas dénué de talent dans ce domaine, loin de là.

— Un mobilier de cuisine complet, encore une fois pour Murray. Je le fais à mes moments perdus. Comme il mouille pas mal depuis une semaine, j'ai eu le temps de l'avancer.

— Pour Murray lui-même ou pour vendre dans son magasin ? demanda son fils.

— Ça fait ben longtemps que je me bâdre plus de savoir ça. L'important, c'est qu'il me donne un bon prix pour les meubles que je lui fais. Si ça te tente, t'as juste à venir me rejoindre dans l'atelier après le dîner.

— Ce sera pas trop long, p'pa, dit le jeune homme en se glissant derrière la table, à sa place habituelle. Si vous voulez me prêter votre auto, je vais juste prendre une heure après le repas pour aller faire ma visite de courtoisie à monsieur le curé, comme chaque fois que je reviens dans la paroisse. Après ça, je change de vêtements et je vous rejoins.

— J'ai complètement oublié de te le dire quand t'as appelé il y a deux semaines, intervint sa mère. Le curé Marceau est parti. On a un nouveau curé depuis le début du mois d'avril.

Gilles, qui allait porter à sa bouche un morceau de porc, déposa sa fourchette de saisissement. Le bon curé Marceau avait été à l'origine de sa vocation. C'était lui qui l'avait incité à entreprendre son cours classique. À l'époque, le brave homme était parvenu à convaincre ses parents de se priver pour donner un prêtre à la paroisse. Ensuite, il l'avait attentivement suivi tout au long de ses études et n'avait jamais été avare d'encouragements.

— Où monseigneur l'a-t-il envoyé ? demanda le jeune homme, ému.

— Il l'a nommé aumônier à la prison de Drummondville, répondit son père

— Qui l'a remplacé?

— Le curé Savard.

— Quel genre de prêtre c'est?

Catherine allait ouvrir la bouche quand sa mère lui fit
signe de se taire.

— Tu te feras toi-même ton idée, s'empressa de
répondre Françoise. On a aussi un jeune vicaire que t'as
encore jamais vu. Il s'appelle Robert Lanthier. C'est un
prêtre bien aimable qui a le tour avec les jeunes. Il est
moderne. Il se promène sans soutane des fois.

— Il est pas obligé de porter la soutane tout le temps,
m'man.

— Je le sais, mais ça fait drôle de le voir en habit.

Pendant tout l'échange, Étienne ne prononça pas un
mot. À la fin du repas, il se contenta de déposer devant
son fils les clés de la Dodge avant de retourner à son
atelier.

— Je te dis qu'il y en a qui sont chanceux, dit Catherine sur un ton envieux. Il suffit qu'ils mettent les pieds
dans la maison pour avoir le droit de conduire le char.

— C'est peut-être parce que tu conduis mal, lui fit
remarquer son frère, narquois.

— Je conduis mal parce qu'on me laisse pas conduire
assez souvent.

— T'as pas ton permis.

— La belle affaire. Ça fait des années que je conduis
le tracteur. Je suis prête à le passer n'importe quand,
rétorqua la jeune fille avec humeur.

— On est pas pour recommencer cette discussion-là,
gronda sa mère en se mettant à desservir la table. Ton
père t'a dit cent fois que c'était pas la place d'une fille de

chauffer un char. C'est une affaire d'homme. Il a peur que t'aies un accident, Catherine.

— Toute une excuse ! Quand il a besoin de moi pour chauffer le tracteur, là, il a pas peur que j'en aie un. Je deviens tout d'un coup assez bonne.

— Moi, je conduis pas, dit Françoise en se donnant en exemple. Ça m'empêche pas de vivre.

— Aïe, m'man ! On est en 1967, pas en 1920. Il y a partout des femmes qui conduisent.

⁓

Comme prévu, Gilles se présenta au presbytère de Saint-Jacques-de-la-Rive autour de deux heures. Avant de sonner à la porte, il passa ses doigts dans son épaisse chevelure et vérifia la position de sa cravate. Il sursauta légèrement quand il aperçut la très maigre femme vêtue d'une robe noire qui lui ouvrit à la place de madame Lévesque.

— Oui ? demanda la nouvelle ménagère sur un ton peu avenant.

— Bonjour, madame. Est-ce que je pourrais voir monsieur le curé ?

— Je vais voir s'il peut vous recevoir.

Clémence jeta au jeune homme un regard méfiant avant de le faire entrer dans la petite salle d'attente. Deux minutes plus tard, la porte de la pièce s'ouvrit sur un Philippe Savard qui examina sans ciller son visiteur avant de l'inviter à le suivre. Il lui indiqua une chaise et se glissa derrière son bureau où il s'assit dans le fauteuil recouvert de cuir rouge vin.

— Qu'est-ce que je peux faire pour toi ? demanda le nouveau curé de Saint-Jacques-de-la-Rive en cachant mal que cette visite l'importunait.

— Je suis Gilles Fournier du rang Sainte-Marie, le garçon d'Étienne Fournier. Je suis séminariste à Nicolet. Je venais juste vous saluer en passant.

— C'est bien poli de ta part.

— Si jamais je peux vous rendre service durant le temps des vacances, ça me fera plaisir de le faire, dit aimablement le jeune homme, tout de même assez mal à l'aise devant un accueil aussi froid.

— Je pense pas qu'on aura besoin de toi cet été, dit abruptement le prêtre en quittant le fauteuil où il venait de s'asseoir. L'abbé Lanthier est là pour me seconder.

Le séminariste se contenta de hocher la tête avant de se lever à son tour et de suivre son hôte qui venait de lui ouvrir la porte de son bureau.

— Ah! J'y pense. Tu pourrais peut-être faire quelque chose pour ta paroisse, se ravisa-t-il. J'aimerais que tu parles à ton père. J'ai vu que la sépulture de ton grand-père était située juste au bout du cimetière.

— Elle est à l'extérieur, monsieur le curé.

— Oui, je le sais. Je suis pas aveugle. Mais c'est un embarras. Je comprends pas qu'un de mes prédécesseurs ait accepté une affaire comme celle-là.

— Mon grand-père est enterré dans un lot qui appartient à ma famille. Mon père l'a acheté à la fabrique et personne a jamais rien trouvé à redire à cet arrangement-là, monsieur le curé.

— Bien. Tu vois. Moi, je trouve à y redire. Qu'est-ce qu'on va faire quand on va agrandir notre cimetière à la fin de l'été?

— En avez-vous parlé à mon père?

— Oui. Il est têtu. Même si je comprends que son infirmité lui a sûrement aigri le caractère, il devrait…

Le visage de Gilles pâlit subitement sous le coup d'une fureur qu'il eut du mal à contenir.

— Vous m'excuserez, monsieur le curé, dit-il sèchement au prêtre qui lui faisait face, mais j'ai beaucoup de travail qui m'attend chez mes parents.

Le jeune homme passa devant le curé Savard sans le saluer et sortit du presbytère, en proie à une colère noire. Avant de faire démarrer la Dodge familiale, il dut prendre quelques instants pour retrouver son calme. Puis il s'arrêta une dizaine de minutes chez ses grands-parents Tremblay qui demeuraient presque en face du presbytère, à quelques centaines de pieds du magasin général. Il ne les avait pas vus depuis plusieurs mois et avait hâte d'avoir de leurs nouvelles.

À son retour à la maison, Gilles s'empressa de monter à l'étage pour changer de vêtements. Lorsqu'il descendit au rez-de-chaussée, il trouva sa mère et sa sœur occupées à plier des vêtements qui avaient été lavés le matin même.

— Puis, comment aimes-tu notre nouveau curé? lui demanda Catherine.

— Il est spécial…

— N'en parle pas trop à ton père, le prévint Françoise. Je pense qu'il l'aime pas beaucoup.

— Je le comprends. À dire vrai, m'man, moi non plus, je l'aime pas. Il est aimable comme une porte de prison, cet homme-là.

— De quoi vous avez parlé?

— De pas grand-chose. D'abord, il m'a dit qu'il avait pas besoin de moi pour l'aider cet été. Puis…

— Puis quoi? interrogea sa sœur, qui avait remarqué son hésitation.

— Il m'a surtout demandé de parler à p'pa pour le lot de grand-père. Il voudrait que la sépulture soit changée de place.

— Qu'est-ce que tu lui as répondu? lui demanda sa mère sans plus attendre.

— Que p'pa était dans son droit.

— T'as bien fait. C'est ce que ton père lui a répondu quand on est allés entretenir le lot au début du mois.

— En tout cas, j'en dirai pas un mot à p'pa, annonça sagement le séminariste. Ça servirait à rien de jeter de l'huile sur le feu.

Trois jours plus tard, les Fournier étaient occupés à renchausser leurs plants de fraises quand un gros camion noir précédé par une Chrysler grise s'arrêta près de l'ancienne maison des Hamel.

— Tiens, on dirait que nos nouveaux voisins viennent s'installer, déclara Françoise en essuyant la sueur qui perlait sur son front.

— Même si les Hamel ont jamais été ben dérangeants, fit Étienne en se remettant au travail, ceux-là risquent de l'être encore moins.

— Pourquoi vous dites ça ? demanda Gilles.

— P'pa dit ça parce que les Martineau viennent de Montréal. Ils ont loué leur terre à Bertrand Tremblay. Tout ce qui les intéresse, c'est la maison. Elle va leur servir de chalet.

— Ce sera pas ben bon pour une vieille maison comme ça d'être habitée juste une couple de mois par année, fit remarquer Étienne. Il va falloir qu'elle soit chauffée pendant l'hiver.

— Sans parler du risque de se faire voler, compléta Françoise. On a beau vivre à la campagne, c'est pas tout du bon monde. On a des voleurs ici comme ailleurs.

Le camion de déménagement quitta la ferme voisine un peu avant midi, mais l'endroit ressembla à une ruche toute la journée. Un homme et deux femmes ne cessèrent pas d'entrer et de sortir de la maison jusqu'à l'heure du souper.

Lorsque le soleil commença à baisser à l'horizon, les Fournier s'assirent sur leur galerie pour prendre le frais après une dure journée de travail. Une petite brise agréable venait de se lever et aucun n'avait envie de s'enfermer dans la maison pour regarder la télévision, même si Radio-Canada présentait en reprise les cérémonies d'ouverture d'Expo 67.

— On dirait qu'on va avoir de la visite dans pas grand temps, annonça soudainement Catherine, curieuse de connaître les gens qui allaient habiter la maison voisine.

Quelques instants plus tard, les Martineau entrèrent dans la cour des Fournier et s'approchèrent de leur galerie. Toute la famille se leva pour accueillir les visiteurs.

— Bonsoir, fit l'homme. On voudrait pas vous déranger. On voulait juste vous faire une petite visite de courtoisie. Nous sommes vos nouveaux voisins.

— Bienvenue à Saint-Jacques, dit Françoise avec un large sourire. Vous avez devant vous la famille Fournier au grand complet. Je m'appelle Françoise. Le pauvre vieillard que vous avez devant vous, c'est mon mari Étienne et, à côté, ce sont nos enfants, Catherine et Gilles.

— Vous avez aussi devant vous tous les Martineau, dit en riant Lucien Martineau en repoussant ses lunettes à monture de corne qui avaient légèrement glissé sur son nez. Je m'appelle Lucien. Je vous présente ma femme Laure et ma fille Danielle.

Laure était une femme de taille moyenne dont la figure ronde et agréable était encadrée par des cheveux bruns très courts. Elle avait un sourire communicatif et des yeux bruns très vifs. Sa fille était plus menue, mais elle tenait de son père une épaisse chevelure noire et une figure mince aux pommettes saillantes éclairée par d'étonnants yeux gris.

Il y eut un échange de poignées de mains entre toutes les personnes présentes avant que Françoise demande à ses enfants d'aller chercher des chaises pour les visiteurs.

— On sera pas trop longtemps, déclara Lucien en s'assoyant. Le grand air et le déménagement nous ont pas mal vidés.

— Une bonne tasse de café va vous remonter un peu, déclara Françoise, toujours accueillante. Catherine, va donc nous préparer ça avec ta nouvelle voisine et profitez-en pour faire connaissance, dit-elle à sa fille qui entraîna Danielle à sa suite dans la maison.

— Vous vous sentez pas trop perdus à Saint-Jacques? demanda Étienne en allumant sa pipe.

— Pas trop, répondit Laure. On est venus visiter la région deux ou trois fois avant de se décider à acheter.

— Vous connaissiez Saint-Jacques-de-la-Rive avant?

— Non. Une de mes cousines habite juste en face d'une des filles de monsieur et madame Hamel, à Nicolet. Quand elle lui a dit que ses parents cherchaient à vendre leur ferme pour venir rester avec elle, elle nous a téléphoné parce qu'elle savait que nous cherchions une maison de campagne.

— Vous avez eu la main heureuse, déclara Françoise. La maison des Hamel est peut-être pas bien jeune, mais elle a toujours été bien entretenue.

— C'est pour ça qu'on l'a achetée, dit Lucien après avoir remercié Catherine qui venait de lui tendre une tasse de café. Je suis comptable agréé et j'ai seulement un mois de vacances cet été, mais j'ai bien l'intention de venir le passer au grand air. Là, je prends une semaine pour l'installation et la peinture. Mes trois autres semaines sont en août.

— Mais nous autres, on est ici pour tout l'été, ajouta sa femme. Aujourd'hui, on a transporté tous les meubles dont mon mari a hérité de sa mère il y a deux ans. Ça va faire du bien ; ils encombraient notre sous-sol depuis ce temps-là. Ils vont nous être bien utiles pour meubler la maison ici.

— Je suis pas certain d'avoir eu une bien bonne idée en achetant cette maison-là, reprit le comptable en faisant un clin d'œil à Étienne. Maintenant, je vais passer presque tout l'été à me faire à manger et à nettoyer la maison en ville après ma journée d'ouvrage pendant que mesdames vont se prélasser au soleil. J'aurai le droit de les rejoindre seulement la fin de semaine.

— C'était à toi d'y penser avant, répondit Danielle à son père. À part ça, je trouve que tu y vas fort en parlant de se prélasser au soleil quand m'man et moi, on va peinturer la maison pendant les grosses chaleurs.

— Si vous restez ici toutes seules, comment vous allez vous débrouiller pour faire vos commissions ? demanda Catherine à la jeune fille.

— On ira à Pierreville ou à Sorel.

— Pierreville est à cinq milles et Sorel est encore plus loin que ça.

— Mais j'ai mon auto, déclara la jeune fille. Je vais servir de chauffeur à ma mère quand elle aura besoin de quelque chose.

— T'es bien chanceuse, toi. Ton père t'a laissée avoir ton permis de conduire, rétorqua Catherine en lançant à son père un regard lourd de reproches.

— C'est peut-être parce que je suis plus vieille que toi. J'ai vingt et un ans. Si ça te tente de venir à l'Expo avec moi, on pourra s'organiser pour aller y faire un tour.

Pendant cet échange entre les deux jeunes filles, Gilles n'avait pas quitté des yeux la nouvelle voisine dont le regard semblait le fasciner. Quelques minutes plus tard, les Martineau prirent congé, non sans avoir invité les Fournier à leur rendre visite un soir, lorsqu'ils se seraient bien installés.

— J'ai ben de la misère à m'habituer à entendre un enfant dire « tu » à ses parents, dit Étienne en aidant les siens à rapporter les chaises dans la cuisine, après le départ des voisins.

— C'est pas nécessairement impoli, lui fit remarquer sa femme qui l'approuvait secrètement.

— Ça fait rien. Ça me rend mal à l'aise. Si j'avais osé dire « tu » à ma mère, j'aurais reçu une claque sur une oreille pour m'apprendre à vivre.

Catherine allait répliquer quelque chose, mais se ravisa au dernier moment, préférant la sagesse à la franchise.

— Si vous êtes pour regarder Réal Giguère à la télé, je pense que je vais aller écouter le *hit-parade* dans ma chambre, se contenta-t-elle de dire quelques instants plus tard quand les tasses dans lesquelles le café avait été servi eurent été lavées.

⁓

Une semaine plus tard, Gustave Favreau arriva, comme à son habitude, très tôt sur le chantier qu'il dirigeait sur le terrain voisin du garage de Côme Crevier. L'entrepreneur de Pierreville achevait la construction du magasin des Loiselle et l'entrepôt situé derrière était déjà à moitié érigé. Son équipe de six hommes avait bien travaillé durant les six dernières semaines.

Ce lundi matin-là, aucun de ses ouvriers n'était encore arrivé, mais ils n'allaient plus tarder à se présenter puisqu'il était près de sept heures. Au moment où l'entrepreneur approchait du magasin, il entendit un bruit de pas à l'intérieur du bâtiment inachevé. Il se hâta, bien décidé à chasser l'intrus de son chantier. En poussant la porte, il aperçut un inconnu au fond de la grande pièce encore encombrée de toutes sortes de matériaux de construction et de quelques outils.

— Qu'est-ce que tu fais là, toi ? lui demanda Favreau qui sembla sursauter au son de sa propre voix.

— Je regarde, répondit l'homme sans manifester la moindre crainte.

— T'as pas d'affaire ici-dedans, déclara sèchement l'entrepreneur. Va voir ailleurs.

L'inconnu, âgé d'environ vingt-cinq ans, était un petit homme un peu rondelet au sourire enjôleur. Il était rasé de près et ses cheveux bruns étaient soigneusement coiffés. Il portait un pantalon noir et une chemise blanche à manches courtes.

— J'ai bien peur que vous vous trompiez, répliqua le jeune homme en s'approchant. Vous êtes monsieur Favreau, je suppose ?

— Oui.

— Hervé Loiselle, dit-il en lui tendant la main. Je pense que vous avez fait affaire avec mon frère Fabien, pas vrai ?

— Oui.

— Je suis le troisième frère Loiselle de Loiselle et frères. Je vais être le gérant du magasin que vous êtes en train de bâtir. Comme vous avez promis que tout serait fini pour la troisième semaine de juin, je viens m'installer pour me trouver des employés et passer mes premières commandes de manière à pouvoir commencer aussitôt que vous aurez fini votre travail.

— Je devrais pas avoir de retard, assura Favreau en esquissant un début de sourire. On a ben eu quelques jours de pluie, mais j'ai mis mes ouvriers à l'ouvrage en dedans. Ça nous a pas retardés.

— Tant mieux. Je suis venu de bonne heure ce matin pour pas les retarder, moi non plus. Si vous avez des explications à demander, vous pourrez me rejoindre à l'hôtel Traversy, à Pierreville. J'ai pris une chambre là en attendant de trouver mieux.

— À Pierreville, vous allez facilement pouvoir vous trouver un appartement, fit Favreau.

— Je pense que j'aimerais mieux me trouver quelque chose à Saint-Jacques-de-la-Rive. Ce serait plus proche pour travailler.

— Là, je peux pas vous dire si vous allez trouver quelque chose ici, au village.

Sur ces mots, deux camionnettes pénétrèrent sur le chantier et une demi-douzaine d'ouvriers en descendirent, prêts à commencer leur journée de travail.

— Bon. Je vous laisse travailler. Bonne journée! dit Hervé Loiselle en se dirigeant vers le garage des Crevier devant lequel il avait laissé sa Pontiac brune.

Chapitre 7

Le début des vacances

La canicule s'installa sur la région au début de la troisième semaine de juin. Dès le mardi avant-midi, le mercure dépassa largement 80 ^{0}F. Une chaleur humide tomba sur les gens et les bêtes comme une chape de plomb, rendant tout travail pénible. L'air semblait onduler dans les champs et les stridulations des insectes étaient assourdissantes. Pas un souffle de vent ne venait rafraîchir la lourde atmosphère. Les vaches, le plus souvent regroupées à l'ombre des arbres bordant les champs, ruminaient paisiblement.

Au village, les enfants vivaient les derniers jours de l'année scolaire. Par les fenêtres grandes ouvertes de l'école, on pouvait entendre leurs cris excités et les éclats de voix des enseignantes à bout de patience. Insensible en apparence à cette chaleur intenable, Philippe Savard, coiffé d'un béret et vêtu de sa lourde soutane noire, faisait ce qu'il appelait sa «marche de santé» en arpentant le trottoir du village. Le curé marchait, voûté, en jetant des coups d'œil à gauche et à droite, comme pour s'assurer que tout répondait au bon ordre et à la morale. Quand il passa devant la galerie de la petite maison blanche où Clément Tremblay somnolait depuis quelques instants, le prêtre se contenta d'un sec salut de la tête adressé à Céline qui tricotait aux côtés de son mari.

— Clément, tu cognes des clous. Tu ferais bien mieux d'aller t'étendre sur le lit.

— Je dors pas pantoute, se défendit le sexagénaire en s'efforçant de garder les yeux ouverts.

— Si tu dors pas, c'est bien imité, se moqua sa femme. Tu viens de manquer notre curé. Tu l'as même pas vu.

— Ça en fait une affaire! Du monde avenant comme ça, j'aime autant pas trop en voir.

Deux maisons plus loin, le curé Savard venait d'intercepter Hervé Loiselle qui se dirigeait vers sa voiture stationnée devant la maison de la veuve Boisvert. Poli, le jeune homme avait soulevé son chapeau en apercevant le grand homme maigre qui s'était immobilisé sur le trottoir entre lui et sa voiture. Dissimulée derrière sa porte moustiquaire, Georgette Boisvert guettait pour savoir ce que le curé de la paroisse allait trouver à dire à son nouveau pensionnaire.

— Restez-vous dans la paroisse? demanda-t-il au jeune homme.

— Depuis deux jours seulement, monsieur l'abbé.

— Monsieur le curé, le reprit le prêtre.

— Monsieur le curé, répéta Hervé.

— Qu'est-ce que vous faites à Saint-Jacques? Vous avez pas l'air d'un cultivateur.

— Je suis un des propriétaires du magasin de semences et d'engrais qui vient d'ouvrir à côté du garage Crevier.

— Et où est-ce que vous restez?

— Ici. Chez madame Boisvert.

— Chez une femme seule? fit semblant de s'étonner le prêtre en affichant une mine réprobatrice.

Le claquement d'une porte moustiquaire évita à Hervé d'avoir à répondre au blâme à peine voilé du prêtre.

— Monsieur Loiselle, on vous demande au magasin. Il paraît que c'est urgent, dit Georgette, l'air mauvais.

Inquiétez-vous pas. Je vais continuer à répondre pour vous à l'enquête de monsieur le curé.

— Merci, madame Boisvert, fit le jeune homme, soulagé. Vous m'excuserez, monsieur le curé, je dois y aller, ajouta-t-il en se tournant poliment vers Philippe Savard.

Si le curé de Saint-Jacques-de-la-Rive ne connaissait pas Georgette Boisvert, il allait apprendre à ses dépens qu'il avait en face de lui une redoutable commère à la langue acérée. Debout sur sa galerie, les mains sur ses fortes hanches, elle haussa le ton.

— Puis, monsieur le curé, est-ce qu'il y a autre chose que vous aimeriez savoir sur mon pensionnaire ?

— Ma bonne dame, si j'ai d'autres questions à lui poser, c'est à lui que je m'adresserai, répondit l'ecclésiastique avec la même agressivité.

— En tout cas, si vos questions me concernent, gênez-vous pas pour venir me voir. Je suis encore capable de vous répondre.

— Merci, madame. Je m'en souviendrai.

Philippe Savard poursuivit sa promenade jusqu'au coin du rang Sainte-Marie et fit quelques pas de plus pour mieux juger de l'importance de l'entrepôt de Jean-Paul Veilleux. Le hasard voulut qu'au même moment Lucie sorte du magasin général de ses parents dans l'intention d'arroser les fleurs plantées dans deux énormes bacs installés de chaque côté de l'escalier. L'abbé Lanthier sortit derrière elle, chargé d'un petit sac contenant des emplettes. Il s'arrêta pour échanger quelques mots avec elle. La jeune fille, incapable de s'empêcher de prendre des airs aguichants, eut un petit rire de gorge. Elle ne semblait pas se rendre compte qu'elle pouvait être troublante dans sa petite robe jaune un peu décolletée.

Lorsque l'abbé prit congé de la paroissienne, il se retrouva nez à nez avec son supérieur qui le scrutait derrière ses lunettes à monture d'acier. Lucie, son arrosoir à la main, se contenta d'assister à la rencontre des deux ecclésiastiques.

— Bonjour, monsieur le curé. Je vous avais pas vu, dit Robert Lanthier, aucunement embarrassé.

— Eh bien, moi, je vous avais vu, l'abbé, rétorqua l'autre, toujours aussi peu aimable.

— Je viens d'aller acheter quelques petits cadeaux pour les meilleurs élèves aux cours de religion. Il me reste à les emballer.

— Je vous retiens pas, l'abbé, conclut sèchement Philipe Savard.

Robert Lanthier s'esquiva sur un dernier signe discret de la main adressé à Lucie et traversa la route en direction du presbytère. L'air sévère, le curé n'avait pas bronché et il attendit que son subordonné se soit éloigné pour s'adresser à la jeune fille.

— Vous êtes mademoiselle Veilleux, la fille d'un de mes marguilliers ?

— Oui, monsieur le curé, fit la jeune fille en s'approchant du prêtre.

Celui-ci l'examina avec un air désapprobateur.

— Mademoiselle, j'aimerais que vous vous habilliez de façon un peu plus convenable.

Lucie pâlit sous le reproche.

— Mais, monsieur le curé, ma robe est bien correcte.

— Non, elle est pas correcte, comme vous dites, mademoiselle. Elle laisse voir des choses qu'une honnête fille montre pas en public. D'ailleurs, ma cuisinière me l'avait déjà fait remarquer. Attention, mademoiselle Veilleux. Malheur à celui par qui le scandale arrive !

Sur ces mots, le curé reprit sa promenade en direction de son presbytère. Folle de rage, Lucie rentra dans le magasin général qu'elle traversa sans s'arrêter jusqu'à ce qu'elle se retrouve dans l'appartement que la famille occupait.

— Je l'haïs, lui! Je l'haïs! hurla-t-elle en entrant dans la cuisine où sa mère achevait de couper des légumes pour le dîner.

— Bon. Qu'est-ce qui t'arrive encore? lui demanda Claudette.

— Le curé. Il vient presque de me traiter de putain.

De saisissement, Claudette échappa son couteau sur la table.

— Qu'est-ce que tu racontes là?

— Le curé vient de me dire que ma robe était trop courte et que je provoquais un scandale parce que je montrais des choses qu'une honnête fille montre pas.

Claudette examina la robe de sa fille. C'était une robe d'été sans manches bien ordinaire, ni plus courte ni plus longue que celles que les jeunes filles à la mode portaient. Elle ne voyait vraiment pas ce qu'elle avait de scandaleux.

— Il paraît que sa sœur lui avait déjà fait remarquer que j'étais pas mal écourtichée, ragea Lucie. Ils sont tous les deux pareils. Des vrais corbeaux! C'est bien simple, j'ai presque envie de plus aller à la messe.

Sagement, Claudette laissa quelques minutes à sa fille pour se calmer avant de la raisonner.

— Bon. Ça va faire. C'est pas la fin du monde si ta robe fait pas l'affaire de monsieur le curé. Ta robe est correcte et t'as pas affaire à la changer. À cette heure, va chercher les hommes pour dîner.

Quand Jean-Paul et René se furent attablés, Claudette demanda à Lucie de raconter à son père la rencontre désagréable qu'elle avait eue avec le curé Savard. Le marchand général écouta toute l'histoire sans interrompre sa fille. À la fin, il se contenta de dire:

— Bon, là, je trouve qu'il y a un peu fort. Il y a une réunion du conseil de fabrique mardi prochain. Je vais lui mettre les points sur les «i». Il y a tout de même des limites à être déplaisant. Je sais pas d'où il sort ce prêtre-là, mais on n'a pas dû pleurer quand il est parti.

Ce soir-là, Gilles était occupé à vernir une chaise devant la remise qui servait d'atelier lorsqu'un bruit de voiture lui fit lever la tête. Il vit la Ford bleue d'Alain Crevier tourner chez les Martineau. Le jeune séminariste s'arrêta un instant de travailler pour fixer la maison voisine. Quelques minutes plus tard, il aperçut Danielle monter à bord de la voiture en compagnie du fils du garagiste.

— Sacrifice! s'exclama son père dans son dos. On dirait ben que le beau Alain a pas perdu de temps pour se placer les pieds.

Gilles se contenta de hocher la tête avant de se remettre au travail sous le regard inquisiteur de son père. Étienne était vaguement inquiet. Depuis son retour à la maison, son fils n'était plus le jeune homme enjoué qu'il avait été. Quelque chose semblait le préoccuper. Il n'avait pas son allant coutumier.

— Est-ce que c'est moi qui me fais des idées ou ben Gilles a changé? avait-il fini par demander à sa femme quelques jours après le retour de son fils.

— Moi aussi, je l'ai remarqué, avait avoué Françoise. On dirait que quelque chose le travaille.

— Je voudrais ben savoir quoi.

— Attends, lui avait sagement conseillé sa femme. Il finira bien par nous le dire.

Malgré tout, le cultivateur cherchait à connaître la cause du changement de comportement de son fils qui, dans deux ans, allait être ordonné prêtre. Le premier prêtre produit par la paroisse depuis plus de quarante ans, comme l'avait clamé le bon curé Marceau. Peut-être était-il tout simplement fatigué, songea Étienne ce soir-là. Après tout, il ne s'était pas reposé une seule journée après avoir étudié toute l'année. Il avait peut-être besoin de vacances.

— Si le cœur t'en dit, lui proposa-t-il avant de rentrer dans la remise, tu pourrais prendre une journée ou deux pour aller quelque part.

— Pour faire quoi, p'pa ?

— Pour te reposer un peu. Par exemple, tu pourrais prendre la Dodge et aller visiter l'Expo. Tout le monde dit que c'est ben beau. Tu pourrais même amener ta sœur.

— Merci, p'pa, mais je me sens pas fatigué. J'aime ça travailler sur la terre et jouer à l'ébéniste. Mais je dis pas que j'en profiterai pas au mois de juillet pour aller à Montréal voir les pavillons de l'Expo. Si Catherine veut venir, je l'emmènerai.

⁓

La fin de semaine suivante, Louis et Francine Tremblay reçurent des visiteurs dont ils se seraient bien passés.

Le dimanche après-midi, le petit homme gras venait de quitter sa chambre où il avait fait une courte sieste quand son attention fut attirée par le bruit d'une voiture qui entrait dans la cour de sa ferme. Il alla jusqu'à la porte moustiquaire et fixa la vieille Oldsmobile 1956 noire qui venait de s'immobiliser près de la maison.

— Ah ben, cibole! jura-t-il en apercevant Bernard et Jeanne Pellerin qu'il n'avait pas vus depuis cinq ans.

Sans perdre un instant, il alla réveiller sa femme qui faisait une sieste avec le petit Pascal dans la chambre de l'enfant.

— Francine, lève-toi, lui commanda-t-il en la secouant doucement par l'épaule.

— Quoi? Qu'est-ce qu'il y a?

— On a de la visite.

— Qui ça?

— Les Pellerin.

— Les Pellerin! répéta sa femme, abasourdie. Il manquait plus que ça!

Depuis qu'il avait recueilli le petit malade, le couple avait évité avec soin tout contact avec cette cousine dotée d'une famille nombreuse. On ne tenait pas à lui montrer à quel point son onzième bébé était devenu un petit garçon plein de santé. Les parents naturels de l'enfant demeuraient loin et Jeanne Pellerin s'était limitée durant les cinq dernières années à prendre des nouvelles par téléphone une ou deux fois par année. Et c'était très bien ainsi.

— Va leur ouvrir! Reste pas planté là comme une chandelle, chuchota Francine à son mari pour ne pas réveiller le petit qui dormait à ses côtés. J'arrive.

Louis s'empressa de descendre au rez-de-chaussée pour aller accueillir la cousine de sa femme et son mari.

Bernard Pellerin était déjà à demi chauve et un peu bedonnant, contrairement à sa Jeanne qui, au début de la quarantaine comme son époux, était demeurée une petite femme très maigre et assez nerveuse. À voir leur vieille voiture, ils ne semblaient pas beaucoup plus riches que cinq ans auparavant.

— Tu parles de la visite rare! s'efforça de dire Louis après leur avoir ouvert la porte, en feignant un plaisir qu'il était loin de ressentir. Entrez, entrez. Francine s'en vient.

— On est venus visiter mon frère à Sorel, expliqua Bernard en pénétrant dans la cuisine d'été. On s'est dit que ce serait pas une mauvaise idée de venir vous dire un petit bonjour en passant.

— Vous avez bien fait, dit Francine à mi-voix en descendant l'escalier. Si ça vous fait rien, on va aller se bercer et jaser sur la galerie. Je voudrais pas réveiller le petit. Il dort en haut.

L'hôtesse entraîna les visiteurs à l'extérieur pendant que son mari allait chercher des rafraîchissements dans le réfrigérateur. Avec une animation feinte, Louis s'informa de la santé des nombreux enfants du couple et du rendement de leur petite ferme. Pendant que les Pellerin le renseignaient avec force détails, Francine, angoissée, ne cessait de se demander ce qu'ils venaient faire exactement à Saint-Jacques-de-la-Rive, à près de cent milles de Saint-Paul-d'Abbotsford. Elle se doutait bien qu'ils mouraient d'envie de voir le petit Pascal et que c'était l'unique raison qui les avait poussés à leur rendre visite. Après avoir atermoyé le plus longtemps possible, elle dut se résigner à aller chercher Pascal.

— Je vais aller réveiller le petit. Si je le fais pas, je vais avoir toutes les misères du monde à le coucher à soir, dit-elle aux visiteurs.

Aux sourires qui accueillirent cette annonce, son appréhension se confirma. Elle sortit de la maison quelques instants plus tard en poussant devant elle un petit bonhomme joufflu mal réveillé.

— Viens dire bonjour à mon oncle et à ma tante, mon trésor, dit sa mère adoptive en passant ses doigts dans la chevelure bouclée de l'enfant.

Pascal resta collé à Francine et dit un timide «bonjour» aux visiteurs pendant que ces derniers le dévoraient des yeux. Quelques minutes plus tard, l'hôtesse invita du bout des lèvres sa cousine et son mari à souper. À son grand soulagement, ces derniers refusèrent l'invitation en prétextant que leurs enfants étaient seuls depuis assez longtemps à la maison et qu'ils devaient reprendre la route assez tôt pour aider les aînés à faire le train.

Au moment de partir, Jeanne ne put s'empêcher de s'approcher de son fils et de quêter un baiser.

— Est-ce que tu donnes un bec à ta tante avant qu'elle parte? demanda-t-elle, les yeux dans l'eau.

Le petit garçon hésita un moment et il fallut que Francine le pousse légèrement vers elle pour qu'il consente à déposer un baiser sur sa joue. Quand Jeanne et Bernard montèrent à bord de leur véhicule, Pascal, debout entre ses parents adoptifs, leur fit un signe de la main.

Après leur départ, Francine entraîna le bambin dans la cuisine où elle lui servit une petite collation avant de venir rejoindre son mari demeuré à l'extérieur, assis sur la galerie dans sa chaise berçante.

— Veux-tu bien me dire pourquoi ils sont venus? J'aime pas ça pantoute. C'était pas pour nous voir, certain! Si je me souviens bien, la dernière fois qu'ils ont mis les pieds à Saint-Jacques, c'est l'année de notre mariage.

Louis, le front barré par un pli soucieux, la regarda et se contenta de lever les épaules avant de laisser tomber:

— J'imagine qu'ils ont voulu jeter un coup d'œil au petit. Après tout, c'est leur garçon.

— Non, Louis Tremblay! C'est notre garçon à nous autres! s'emporta sa femme, les dents serrées. C'est moi qui l'ai soigné quand il était malade, cet enfant-là! On l'a nourri, habillé et élevé comme s'il était le nôtre. Ils nous l'ont donné parce qu'ils avaient pas les moyens de le faire soigner. Ils sont mieux de pas l'oublier ! Il y a personne qui va venir nous l'arracher.

— Bon. C'est correct ! tenta de la calmer Louis. Énerve-toi pas de même. Personne parle de venir te voler ton gars. Ils sont juste arrêtés en passant, un point c'est toute !

Malgré tout, les jours suivants, il fut bien évident que cette visite avait bouleversé Francine et semé l'inquiétude chez cette femme en apparence si solide. Elle sursautait chaque fois qu'une voiture passait sur la route devant la maison, craignant une autre visite de sa cousine.

⁓

Après la grand-messe, le dimanche suivant, Louis prit son beau-frère à part au moment où il quittait l'église.

— Étienne, attends-moi une minute. J'ai deux mots à te dire.

Intrigué par le comportement du frère de sa femme, le bossu fit signe à Françoise et à ses deux enfants de poursuivre sans lui leur chemin jusqu'à la voiture.

— J'ai reçu un coup de téléphone de notre curé hier soir, dit Louis. Pour moi, il sait pas que t'es mon beau-frère.

— Qu'est-ce qu'il voulait ?

— Il voulait me parler de ton lot au bout du cimetière.

— En dehors du cimetière, précisa Étienne, le visage soudainement assombri.

— Il voudrait que les marguilliers s'unissent pour demander à l'évêché de prendre des mesures légales pour t'exproprier de ton lot. Selon lui, il y aura même pas besoin d'aller en cour tellement c'est évident que ton lot nuit au prolongement du cimetière. Il dit que ça va être facile de prouver que les marguilliers qui te l'ont vendu avaient pas le droit de le faire.

— Et toi, qu'est-ce que t'en penses?

— Je pense que c'est un méchant malade! s'emporta Louis. Et les autres marguilliers pensent comme moi et refusent de se mêler de ça.

— Parfait! Je te remercie de m'en avoir parlé. On va régler ça à la réunion de mardi soir.

Le visage fermé, Étienne retourna à sa voiture et rentra chez lui avec les siens sans desserrer les dents. L'unique information que Françoise parvint à lui arracher cette journée-là fut que le nouveau curé essayait encore de lui faire renoncer à son lot.

— Mais il est bien détestable, cet homme-là! s'exclama sa femme. Qu'est-ce que tu vas faire?

— Je vais y penser. J'ai le temps jusqu'à la réunion du conseil, après-demain.

Le mardi soir, un peu avant huit heures, les marguilliers de la paroisse de Saint-Jacques-de-la-Rive entrèrent au presbytère les uns après les autres. Clémence Savard, le visage impassible, les accueillit tous avec un sec «bonsoir» et se contenta de les conduire à la petite salle de réunion.

— Monsieur le curé est occupé dans son bureau avec une paroissienne. Il sera pas long, dit la ménagère avant de refermer la porte derrière elle.

— Aïe! On va ouvrir les fenêtres, baptême! s'exclama Carl Boudreau en se dirigeant vers l'une des fenêtres de la pièce. On étouffe ici-dedans.

— T'as raison, l'approuva Adrien Desjardins en ouvrant déjà une seconde fenêtre. Il me semble que l'autre air bête aurait pu penser à faire aérer la salle avant qu'on arrive.

Jean-Paul Veilleux eut un petit rire en adressant un clin d'œil à Étienne et à Louis.

— C'était voulu, Carl, chuchota-t-il. Notre *nouveau* curé veut pas que nos secrets soient colportés partout.

— Arrête donc, toi, fit le fromager, se demandant un court moment si son confrère était sérieux.

— Est-ce qu'on a un gros ordre du jour, Étienne? demanda Desjardins en se laissant tomber sur une chaise. Ce serait le *fun* si on pouvait finir de bonne heure.

— Ça devrait pas être trop long, le rassura le président du conseil de fabrique. Mais ça dépend toujours si monsieur le curé apporte d'autres points.

— Où est l'abbé Lanthier? demanda Louis. D'habitude, on le trouve toujours dans la salle avant la réunion.

— J'ai entendu dire qu'il est en vacances dans sa famille pour deux semaines, répondit Jean-Paul.

La porte de la salle s'ouvrit au même moment sur un Philippe Savard aussi peu souriant que d'habitude.

— Bonsoir, messieurs, dit-il, cérémonieux, avant de déposer au bout de la table une chemise cartonnée beige. Nous allons faire une courte prière pour que Dieu vienne éclairer nos délibérations.

Après avoir fait le signe de la croix, les six hommes prirent place autour de la grande table en chêne. Étienne sortit de la poche intérieure de son veston gris une feuille sur laquelle l'ordre du jour avait été noté.

— Le premier point touche la décoration de l'autel, déclara-t-il. Madame Boisvert m'a téléphoné la semaine passée pour me dire qu'elle avait plus le temps de s'occuper de l'autel. Depuis plusieurs années, elle fournit les fleurs, et elle lave et empèse le linge de l'autel ; tout ça gratuitement. Je l'ai remerciée pour son dévouement au nom du conseil.

— On la remplacera, laissa tomber le grand prêtre en retirant ses verres pour les nettoyer avec un large mouchoir blanc qu'il venait de tirer de l'une de ses poches.

— Ce sera pas si facile, dit Louis. Du monde prêt à donner gratuitement de leur temps pour la paroisse, il y en a pas tant que ça.

— Je demanderai au bedeau de s'en occuper.

— Ça me surprendrait que Jos soit capable d'entretenir la nappe d'autel et je le vois mal en train de quêter des fleurs à travers la paroisse, intervint Boudreau.

— Si les marguilliers sont pas capables de régler le problème, je vais m'en charger moi-même, trancha Philippe Savard sur un ton excédé.

— Très bien, monsieur le curé. On vous laisse ça entre les mains, déclara Étienne en notant quelque chose sur sa feuille.

Il y eut un bref silence dans la pièce avant que le président ne reprenne la parole.

— Le deuxième point, c'est justement Joseph Meunier. Joseph est notre bedeau depuis six ans. Il a jamais eu d'augmentation de salaire. On lui donne pas grand-chose et il a besoin de vivre comme tout le monde. Il a pas assez de sa pension de vieillesse et du petit montant qu'on lui donne.

— Il y a des priorités bien plus importantes que le traitement versé au bedeau, déclara sèchement le curé Savard.

— Peut-être, mais on a besoin du bedeau pour entretenir l'église et le cimetière, dit Jean-Paul Veilleux, agacé. Il faut pas oublier que le père Meunier travaille sept jours sur sept et cinquante-deux semaines par année. Il est aussi fossoyeur. C'est pas le genre d'homme qu'on peut remplacer facilement.

— De toute façon, c'est au conseil de décider s'il mérite une augmentation, commença Étienne.

— Ou si la paroisse a les moyens de lui en accorder une, le coupa le curé d'une voix tranchante.

— C'est ça, confirma le président d'une voix neutre.

— Est-ce qu'il t'a dit quelle augmentation il aimerait avoir? demanda Desjardins en s'adressant à Étienne.

— Deux cent cinquante piastres par année.

— Il y va pas avec le dos de la cuillère, commenta le prêtre en arborant un air scandalisé.

— Il faut tenir compte qu'il a le même salaire depuis six ans, précisa Jean-Paul. Le coût de la vie a augmenté pour lui comme pour tout le monde.

— Est-ce qu'on a les moyens de lui donner autant? demanda Desjardins.

— Si on fait un calcul rapide ça fait comme une piastre par année par famille, répondit Étienne. C'est pas la fin du monde.

— Est-ce qu'on passe au vote? fit Boudreau en jetant un coup d'œil à sa montre.

On vota à main levée. Seul le curé Savard s'opposa à une augmentation du traitement de son bedeau.

— Est-ce qu'on a fini? reprit Boudreau, déjà prêt à se lever.

— Pour moi, oui, répondit Étienne en repliant la feuille de l'ordre du jour. À moins que monsieur le curé ait quelque chose à ajouter.

— J'aurais deux points à discuter avant que la réunion soit levée, dit Philippe Savard en fixant ses marguilliers d'un air mécontent.

Étienne déplia docilement sa feuille pour noter les points à ajouter à l'ordre du jour.

— Tout d'abord, j'aimerais qu'on fasse quelque chose pour le parc à côté de l'église.

— Qu'est-ce qu'il y a là? demanda Louis.

— Je sais pas comment certains parents éduquent leurs enfants, mais il y a des jeunes qui traînent là jusqu'à minuit le soir. De la fenêtre de ma chambre, je les entends crier et rire. Plus grave, il y a ce que les gens de Saint-Jacques appellent la plage, en face du garage, près du pont. En plein jour, je vois là des filles et des garçons qui se baignent ensemble, sans aucune surveillance.

— Ce serait peut-être pire si ça se passait en pleine nuit, monsieur le curé, voulut plaisanter Desjardins.

Cette remarque lui attira un regard furieux du prêtre.

— Il faut faire quelque chose, reprit le prêtre en se gourmant.

— J'ai bien peur, monsieur le curé, que la fabrique ait rien à voir là-dedans, dit Étienne sur un ton posé. Il va falloir que vous alliez en parler au maire Crevier. Il va vous dire ce que la municipalité peut faire pour régler ces deux problèmes-là.

Des murmures approbateurs se firent entendre autour de la table.

— Est-ce qu'on peut connaître le second point dont vous voulez qu'on discute?

— Oui. Cette semaine, j'ai eu le temps de jeter un coup d'œil sur les terrains appartenant à la paroisse. Si j'ai bien vu, à part les terrains où sont construits l'église et le presbytère, la paroisse ne possède que le terrain du cimetière et toute la bande de terre allant du cimetière jusqu'à la rivière.

— C'est en plein ça, fit Étienne qui voyait bien où l'ecclésiastique voulait en venir. Est-ce que vous aviez une idée en tête quand vous avez regardé le cadastre, monsieur le curé?

— Évidemment. Je pensais au prolongement du cimetière prévu pour le début de l'automne.

— Ah bon !

— Je continue à croire que le lot qui a été vendu par la fabrique…

— Un instant, monsieur le curé, l'interrompit le président du conseil sans élever la voix. Je sens que je vous gêne quand vous parlez de ça.

— Pas du tout, dit fortement Philippe Savard. J'ai même commencé à sonder les membres de la fabrique à ce sujet et…

— Je pense que vous m'avez mal compris. Le lot m'appartient parce que je l'ai payé. Je vous le dis tout de suite : j'accepterai jamais que vous déplaciez mon père parce qu'il nuit à l'agrandissement du cimetière. Quand on a parlé d'agrandir le cimetière l'hiver passé avec le curé Marceau, il avait été entendu qu'on contournerait mon petit lot.

— C'était l'avis de mon prédécesseur, pas le mien, dit Philippe Savard en élevant la voix.

— Si c'est comme ça, reprit Étienne, je démissionne de mon poste de marguillier. De cette façon-là, vous serez plus à l'aise pour en discuter.

Sur ces mots, le président de la fabrique se leva lentement tout en repliant sa feuille de notes.

— Un instant, intervint Louis. Je sais pas si vous le savez, monsieur le curé, mais je suis le beau-frère d'Étienne. Je suis pas d'accord avec votre idée. Je démissionne moi aussi. Je sens que je serai pas ben utile à la paroisse en restant marguillier.

— Vous êtes libres de démissionner l'un et l'autre, répliqua le curé avec hauteur. La paroisse manque sûrement pas d'hommes prêts à prendre la relève.

Desjardins, Boudreau et Veilleux se jetèrent des regards catastrophés au moment où le petit homme un peu chauve quittait la table. Puis Jean-Paul Veilleux se leva à son tour.

— Vous m'excuserez, mais je pense que vous allez avoir à me remplacer moi aussi.

— Ben voyons donc ! s'exclama Boudreau.

— Torrieu ! ne put s'empêcher de jurer Desjardins.

— Je vais être direct, monsieur le curé, poursuivit le marchand général en regardant le prêtre d'un air résolu. Moi, je démissionne autant pour l'histoire du lot d'Étienne Fournier que parce que j'aime pas pantoute votre façon de traiter les gens. Ici, à Saint-Jacques, on a toujours été gâtés par des curés aimables à qui on pouvait parler sans craindre d'être rabroués. L'époque où les curés menaient tout le monde par le bout du nez et à la baguette, c'est passé ce temps-là.

— Personne est indispensable, se contenta de dire le curé d'une voix blanche.

Le visage blême, Philippe Savard vit les trois hommes quitter la pièce en même temps, sans même prendre la peine de le saluer. La séance fut levée immédiatement après leur sortie. Desjardins et Boudreau se retrouvèrent à l'extérieur, tout désorientés.

— Veux-tu ben me dire, calvaire, ce qui est arrivé à soir ? jura Boudreau.

— À mon avis, notre curé a tiré un peu trop sur la corde, lui expliqua Desjardins.

— Ben là, on a l'air fin. Il va falloir remplacer trois marguilliers d'un seul coup.

— Ça, c'est le problème du curé, dit Desjardins en montant dans sa camionnette.

Ce soir-là, Étienne, fatigué, retrouva Françoise devant le téléviseur.

— Les enfants sont déjà couchés ? demanda-t-il.

— Non. Catherine écoute sa musique de sauvage dans sa chambre et Gilles est encore dans la remise en train de sabler quelque chose. Ta réunion s'est bien passée ?

— Mal. J'ai démissionné. Je suis plus marguillier, dit Étienne en s'assoyant dans son fauteuil préféré après avoir retiré sa cravate.

— Qu'est-ce que notre curé t'a encore fait pour que tu lâches ?

— Rien de spécial. Il est encore revenu sur le lot où est mon père. C'était une fois de trop.

— Ça a dû le surprendre.

— Il y a pire. Ton frère a démissionné en même temps que moi parce qu'il était mon beau-frère et parce qu'il trouvait que le curé insistait un peu trop.

— Puis ?

— Puis, ça a été au tour de ton oncle de démissionner.

— Pour la même raison ?

— Oui, mais en plus, il a lâché parce qu'il trouve que le curé a pas le tour avec le monde de la paroisse. Ton oncle lui a dit en pleine face qu'il aime pas sa façon d'agir.

— Qu'est-ce que monsieur le curé a dit ?

— Il a dit que personne était indispensable.

— Et la fabrique dans tout ça ?

— Le curé Savard va être obligé de se trouver trois autres marguilliers, fit Étienne sur un ton neutre en allumant sa pipe. C'est pas la fin du monde.

Évidemment, dès le lendemain, la nouvelle de la démission des trois marguilliers fit le tour de la paroisse et en moins d'une matinée, tous les habitants furent au courant des causes du départ d'Étienne, de Louis et de Jean-Paul. Deux jours plus tard, le maire vit la Pontiac noire du curé Savard s'arrêter devant le poste d'essence de son garage. Son fils Alain s'empressa d'aller faire le plein de la voiture.

— Est-ce que monsieur le maire est ici ? demanda le prêtre.

— Oui, monsieur le curé. Il est dans son bureau.

— Parfait. J'ai à lui parler.

Sur ce, Philippe Savard se dirigea vers le garage et vint frapper à la porte du minuscule bureau de Côme Crevier, qui le reçut avec bonne humeur

— Qu'est-ce que je peux faire pour vous, monsieur le curé ?

— Je venais vous parler de deux graves problèmes : celui du parc municipal et celui de la plage, en face de votre garage.

— De quels problèmes vous parlez, monsieur le curé ? demanda le garagiste, surpris.

La grosse tête à demi chauve du sexagénaire s'avança vers le prêtre, comme pour mieux entendre ce qu'il avait à lui dire.

— Le parc est bruyant jusqu'à tard chaque soir. Il se passe là des affaires pas correctes, j'en suis sûr, expliqua l'ecclésiastique, les lèvres pincées.

— Ah oui ?

— C'est comme la plage. Vous êtes bien placé pour le voir vous-même, monsieur le maire. C'est juste en face de chez vous. Vous devez vous apercevoir que les filles qui viennent là avec des garçons sont presque nues.

— Elles sont en costume de bain, monsieur le curé, précisa le maire.

— Ce sont des tenues indécentes.

— Et ?

— Et il faut que vous fassiez quelque chose. C'est votre responsabilité de maire de voir au bon ordre et à la moralité dans cette municipalité.

Si Philippe Savard avait été un peu plus psychologue, il se serait rendu compte que son vis-à-vis était, à ce moment précis, sur le point d'exploser.

— Bon ! On va mettre tout de suite les choses au point, monsieur le curé, dit Côme en se maîtrisant difficilement. Tout d'abord, le parc a été construit par les gens de la paroisse pour retenir les jeunes ici, pour éviter qu'ils aillent traîner à Pierreville. Ça se peut qu'ils s'amusent un peu tard le soir, mais vous êtes le premier à venir vous en plaindre. En plus, je comprends pas comment ils peuvent vous déranger tant que ça ; il y a l'église entre le parc et le presbytère. Pour la plage, je peux pas vous dire si les filles viennent à moitié habillées, mais ça me surprendrait pas mal qu'elles mettent un manteau d'hiver pour aller se tremper dans la rivière. Malheureusement, la municipalité a pas d'argent pour payer un gardien pour surveiller la place. Il me semble que vous devez ben vous douter que si des jeunes avaient des intentions pas trop catholiques, ils viendraient pas à la plage en plein jour.

— Alors si j'ai bien compris, vous êtes décidé à rien faire, dit le curé avec hauteur, nullement ébranlé par la réplique cinglante du maire.

— On le dirait ben, monsieur le curé, rétorqua Côme à bout de patience. Mais si vous avez envie d'aller vous asseoir dans le parc ou sur le bord de la plage pour surveiller les jeunes, gênez-vous pas.

Philippe Savard quitta le bureau du garagiste sur un salut sec de la tête et monta à bord de sa Pontiac après avoir payé son essence.

Chapitre 8

Les premières récoltes

Dès le début de juillet, il fut évident que la récolte de fraises allait être exceptionnelle. Gorgés de soleil, les petits fruits rouges ressemblaient à une multitude de rubis au milieu des feuilles vertes des plants de fraisiers. Si ce premier don de la nature, au début de l'été, réjouissait la plupart des cultivateurs de Saint-Jacques-de-la-Rive, il était un sérieux sujet de préoccupation tant pour André Veilleux que pour son voisin, Bertrand Tremblay. L'un et l'autre se vantaient d'être les plus gros producteurs de fraises de la municipalité et il leur fallait, en toute priorité, trouver assez de cueilleurs dans la paroisse pour ne pas laisser pourrir les fraises dans leurs champs. Évidemment, pour y arriver, ils se livraient une dure concurrence.

Dès le début de la troisième semaine de juin, André commença à étendre du paillis entre les rangs de ses fraisiers.

— Commence tout de suite à faire des téléphones pour trouver assez de jeunes pour les fraises, ordonna-t-il à sa femme.

— Combien t'en veux ?

— Autant que tu pourras en trouver. On va ramasser pas mal de fraises cette année. Je pense ben qu'on va en avoir trop pour le marché. Il va falloir faire du porte-à-porte.

— Combien tu vas donner aux jeunes? C'est la première question que les parents vont me poser.

— Cinq cennes le casseau.

— Hein! s'étonna Lise. C'est deux cennes de plus que l'année passée.

— Tu donnes trop, intervint Jérôme, assis en face de son fils. Ça va gâter les enfants.

— Ben non, p'pa. Vous connaissez Tremblay. Lui, il offrira jamais plus que trois cennes. Ça fait qu'on va avoir tous les enfants de la paroisse qu'on va vouloir.

— Et ça va te donner quoi de lui faire ce coup-là? lui demanda sa mère.

— C'est juste pour lui montrer que j'ai pas oublié le coup de cochon qu'il m'a fait avec les Hamel, dit le petit homme, rancunier.

Colette se contenta de secouer la tête en affichant un air réprobateur.

Lorsque le temps de la récolte arriva, André laissa à son père et à son fils Paul le soin de traire les vaches et de les nourrir et partit dès six heures faire la tournée de ramassage de ses jeunes cueilleurs au volant de son camion International. À son retour, moins d'une heure plus tard, une vingtaine d'enfants et d'adolescents excités descendirent du véhicule.

— Ton déjeuner t'attend sur la table, lui dit sa femme. Pendant que tu manges, Hélène et ta mère vont venir m'aider à installer et à surveiller les jeunes dans le champ. Paul a déjà transporté des piles de casseaux au bout de chaque rangée. On va pouvoir commencer tout de suite.

C'est ainsi que les Veilleux s'organisèrent dès le premier jour de la cueillette. Paul et les femmes de la maison supervisaient leurs travailleurs tout en cueillant eux-mêmes tandis que Jérôme et André effectuaient des livraisons ou vendaient leurs produits en faisant du porte-à-porte autant à Sorel qu'à Pierreville et à Nicolet.

Pendant ce temps, les affaires allaient beaucoup moins bien chez leurs voisins. Cécile n'avait pas attendu que son mari ou son fils Bertrand lui disent d'engager des cueilleurs. Elle avait téléphoné aux parents des jeunes qui étaient venus travailler à leur ferme l'année précédente. Comme il avait été convenu, elle offrit trois cents le « casseau » et quatre cents aux meilleurs cueilleurs. Dans la majorité des cas, on lui promit d'être là le premier jour de la récolte.

Cette double tarification était une idée de Bertrand pour couper l'herbe sous le pied de leur compétiteur. Le jeune cultivateur était persuadé que les Veilleux n'offriraient pas plus que trois cents pour chaque contenant de fraises cueillies.

Une fois ce problème réglé, aucun membre de la famille Tremblay ne se préoccupa plus des cueilleurs. Ils en avaient déjà plein les bras avec Constant Bélanger, communément appelé Tit-Beu.

Au début juin, Bertrand s'était finalement rendu compte qu'il avait surestimé sa capacité de travail et surtout celle de son père. La culture des terres louées aux Martineau et l'entretien d'un troupeau de vingt-cinq vaches représentaient un surcroît de travail auquel les deux hommes étaient incapables de faire face. Après bien des hésitations, le jeune cultivateur s'était résigné à accepter la solution de ses parents, soit celle d'engager un journalier.

Mais où trouver un bon homme solide, prêt à travailler de l'aube au crépuscule ? Cécile passa de nombreux coups de fil à des connaissances et à des parents. Partout, on lui répondait que les bons «hommes engagés» avaient tous trouvé du travail depuis le début du printemps.

Après plusieurs jours de recherches infructueuses, la chance finit tout de même par lui sourire. Un vieil oncle de Saint-François-du-Lac la mit en communication avec un ami qui vendait sa terre et qui ne savait pas quoi faire avec un journalier qui travaillait chez lui depuis une douzaine d'années. Le jour même, Bertrand se rendit chez l'homme et en revint, à la fin de l'avant-midi, en compagnie de Constant Bélanger.

L'homme de taille moyenne était âgé d'une trentaine d'années. Son apparence était pour le moins surprenante. Au premier coup d'œil, on était beaucoup moins frappé par ses larges épaules et ses bras musclés que par ses épais favoris et sa coiffure à la Elvis Presley. À tout moment d'ailleurs, il vérifiait du bout des doigts le «coq» noir et brillant de Brylcream qui retombait sur son front étroit. Inutile de préciser que Bertrand n'avait pas accordé un instant d'attention à la coiffure du journalier. Son hésitation à l'engager avait été davantage causée par la vue de la grosse tête ronde de l'homme, son air légèrement abruti et son regard inexpressif.

Son patron dut se rendre compte de la fâcheuse impression que son «homme engagé» faisait sur le visiteur parce qu'il l'envoya chercher quelque chose dans la grange afin de parler plus librement.

— C'est sûr qu'il a pas inventé le bouton à quatre trous, admit le vieil homme en gloussant, mais c'est un bon travaillant. Il est fort comme un bœuf. C'est pour ça que tout le monde dans la paroisse l'a toujours appelé Tit-Beu. Quand on prend le temps de ben lui expliquer ce qu'on veut qu'il fasse, il y a pas à s'inquiéter, il va le faire.

— On peut lui faire confiance ? demanda Bertrand. Il cherchera pas à voler dans la maison aussitôt qu'on aura le dos tourné ?

— Il est avec moi depuis treize ans, assura le cultivateur. Il m'a jamais volé une cenne noire. C'est un bon diable. Il est peut-être un peu lent de la comprenure, mais il ferait pas de mal à une mouche… Bon. C'est ben beau tout ça, mais je suis pas son père. Il a toujours travaillé pour moi depuis qu'il est sorti de sa famille d'accueil. C'est pour ça que j'essaie de lui trouver de l'ouvrage avant de partir. Mais je peux pas le forcer à aller travailler chez vous, mon garçon. Parle-lui. S'il veut y aller, il est libre de partir.

Bertrand n'eut pas à utiliser des trésors d'éloquence pour persuader Tit-Beu de l'accompagner à Saint-Jacques-de-la-Rive. En quelques minutes, les maigres bagages du nouvel employé avaient été déposés dans la benne du camion et il était monté à ses côtés, dans la cabine. À son arrivée, Cécile lui avait assigné une des chambres inoccupées à l'étage et on était passé à table. Dès ce premier repas, Constant réserva quelques surprises à ses nouveaux employeurs. Tout d'abord, on s'aperçut tout de suite que le journalier pouvait ingurgiter une quantité phénoménale de nourriture.

— Sacrifice ! s'était exclamé Gérald, lui-même considéré comme un gros mangeur. Si on le laisse faire, il va nous mettre dans le chemin. J'ai jamais vu quelqu'un manger autant… Et il est même pas gros.

L'autre désagréable surprise fut de constater qu'il y avait une incompatibilité absolue entre toute machine pourvue d'un moteur à essence et Tit-Beu.

Le jour même de son arrivée, au début de l'après-midi, Bertrand lui demanda d'aller chercher une charrette avec le tracteur derrière l'ancienne étable des Hamel. Quelques minutes plus tard, le cultivateur, inquiet de ne pas le voir revenir, se dirigea à pied vers la ferme voisine. Au moment où il arrivait devant la maison des Martineau, il vit le tracteur plonger dans le fossé, à la sortie de la cour de la ferme. L'employé fut projeté sur le bord de la route. Bertrand se précipita vers lui pour lui venir en aide, mais Tit-Beu avait déjà eu le temps de se relever. Il n'avait apparemment pas la moindre égratignure.

— Sacrement! Comment t'as fait ton compte pour faire ça? lui hurla le jeune cultivateur, hors de lui.

— Je sais pas. Il est parti tout seul.

Au même moment, Gérald, qui avait entendu son fils hurler, se précipita vers l'endroit de l'accident.

— Bon. Va chercher le *truck* dans le garage, commanda Bertrand de mauvaise humeur à son nouvel employé. Les clés sont dessus. On va en avoir besoin pour sortir le tracteur de là.

— Laisse faire, je vais y aller, dit son père, un peu essoufflé, en arrivant sur les lieux. Tu sais pas chauffer un tracteur? demanda-t-il à Tit-Beu.

— Non, monsieur Tremblay, admit piteusement le journalier en passant une main dans sa chevelure pour en vérifier l'ordonnance.

— Maudit! Nous v'là ben avancés! ragea Bertrand. On est pognés avec un engagé qui sait pas se servir d'un tracteur.

— Calme-toi. On lui trouvera ben d'autres choses à faire, lui dit son père en faisant signe à Constant Bélanger de le suivre.

En fait, après quelques jours, on se rendit compte que Tit-Beu valait son pesant d'or malgré tout. Il suffisait de lui expliquer lentement ce qu'on attendait de lui pour le voir travailler avec une ardeur extraordinaire jusqu'à l'heure du repas. Il n'abandonnait jamais une tâche et semblait avoir à cœur de plaire à ses nouveaux employeurs. Très vite, Cécile l'adopta et se mit à le protéger quand Bertrand «ambitionnait sur le pain béni», comme elle le disait.

— Laisse-le souffler un peu, ordonnait-elle parfois à son fils. C'est pas une machine.

Puis le temps de cueillir les fraises arriva, sans toutefois apporter son lot attendu de cueilleurs. Les Tremblay se rendirent rapidement compte qu'ils devraient non seulement payer cinq cents le «casseau» pour le travail accompli, mais également qu'ils allaient être obligés d'aller recruter de nouveaux cueilleurs jusqu'à Saint-Gérard et Pierreville pour éviter de perdre trop de fruits.

En cette occasion, Tit-Beu devint un atout non négligeable. Son acharnement au travail servit d'exemple aux jeunes qui essayaient de l'égaler. De plus, quand les adolescents devenaient un peu trop indisciplinés, il suffisait qu'il leur fasse les gros yeux pour qu'ils se calment immédiatement.

Le beau temps se poursuivit durant la seconde semaine de juillet. Les fermiers de Saint-Jacques se réjouissaient de la chaleur sèche qui régnait sur la région depuis le début du mois. «Un vrai temps pour faire les foins», disaient-ils en poussant un soupir de satisfaction. La première coupe de la saison promettait d'être abondante, ce qui était loin de leur déplaire.

Chez les Fournier, on s'entendit pour se répartir le travail, comme on le faisait chaque année, en cette importante période de l'été. Françoise demeurait à la maison pour faire des confitures avec les fraises invendues pendant que son mari et ses deux enfants se chargeaient du foin à engranger. Ce dernier fut coupé en une matinée. On chargerait les deux premières voitures l'après-midi même.

— Avec la chaleur qu'il fait dehors, se plaignit Catherine en s'essuyant le front, on va y goûter après dîner, dans le champ.

— Plains-toi pas, ma fille, la réprimanda sa mère. T'as pas connu les foins du temps de ma jeunesse. On travaillait de la barre du jour au coucher du soleil et tout se faisait au bout de la fourche. Je sais pas si tu le sais, mais à la fin de la journée, ça prenait tout notre petit change pour nous rendre à notre lit tellement on était vidés. Pas vrai, Étienne?

— Ouais. À cette heure, le gros ouvrage est fait avec de la machinerie. Aujourd'hui, t'as une machine qui coupe le foin et qui te le place en belles rangées ben droites. Après, t'en as une autre qui ramasse le foin et l'attache en belles balles. On n'a même pas à lever les balles, le lance-balles les garroche au fond de la voiture. On ramène la voiture pleine avec le tracteur et on installe le monte-balles. On a juste à placer les balles dans le haut de la grange.

— Mon père aurait été aux oiseaux s'il avait eu des patentes comme ça pour travailler, conclut Françoise.

— Il faut tout de même lever les balles et les mettre sur le monte-balles, fit remarquer la jeune fille.

— Si tu trouves ça trop fatigant, dit son frère, t'as juste à venir prendre ma place dans le haut de la grange pour placer les balles.

— Laisse faire, toi. Tu serais bien trop content, répliqua sa sœur.

Évidemment, la première coupe du foin ne se fit pas sans l'obligation de fournir un travail épuisant. Catherine conduisit le tracteur, alla chercher les voitures pleines demeurées dans le champ et aida son père à placer les balles de foin sur le monte-balles. Gilles, installé dans l'ouverture du fenil, attrapait les balles que son père et sa sœur, debout sur la charge de foin, déposaient sur la courroie d'entraînement. Le soleil tapait dur sur la tôle du toit de la grange et il régnait une chaleur infernale à l'intérieur du fenil. Heureusement, trois jours suffirent pour mettre tout le foin à l'abri.

— J'ai parlé à Bertrand tout à l'heure, dit Étienne. Il a l'air ben content de sa récolte. Il avait un champ de plus cette année. Il paraît qu'il a loué le haut de l'ancienne grange des Hamel pour l'entreposer. C'est déjà plein.

— En tout cas, nous autres, p'pa, le fenil est déjà plus qu'à moitié plein, intervint son fils Gilles.

— C'est parfait. Si on a une deuxième coupe au mois d'août aussi bonne que celle qu'on vient d'avoir, on va être corrects pour l'année. D'après Bertrand, Louis a encore des problèmes avec l'ancien tracteur des Hamel.

— Au fond, il faudrait bien qu'il s'en achète un neuf, fit remarquer Françoise.

— Tu connais ton frère. S'il en achète pas un, c'est qu'il a pas les moyens. Je vais l'appeler après le dîner pour lui offrir le nôtre un ou deux jours, le temps de rentrer son foin. À mon avis, ce beau temps-là durera pas éternellement.

Le 24 juillet après-midi, les Veilleux terminèrent eux aussi leurs foins. Pendant que Jérôme, son fils et son petit-fils entraient les dernières balles dans le fenil, les femmes avaient fait le train. Pour la première fois depuis huit jours, on put souper tôt et se reposer toute la soirée. Vers dix heures, les adultes quittèrent la galerie sur lequel ils avaient veillé pour venir regarder les informations télévisées à Radio-Canada.

À l'instant où André alluma l'appareil, Gaétan Montreuil, de Radio-Canada, commentait des images filmées durant l'après-midi.

— Ils font tout un chiard avec la visite de De Gaulle! s'exclama André en voyant le président de la France assis à l'arrière d'une Cadillac rutilante roulant sur le Chemin du Roy pavoisé de fleurdelysés.

— Regarde Johnson assis à côté de lui. Il est fier comme un pape, ajouta son père en ricanant.

«Au début de la soirée, continua le lecteur de nouvelles, le président Charles de Gaulle, venu inaugurer officiellement le pavillon de la France à Expo 67, s'est adressé à une foule estimée à plus de vingt mille personnes rassemblées en face de l'hôtel de ville de Montréal. Il a prononcé une courte allocution qu'il a terminée par une phrase qui a semé la frénésie chez les Montréalais rassemblés sur les lieux.»

À ce moment précis, des images montrèrent le général français debout à la galerie de l'hôtel de ville en compagnie du maire de Montréal. Charles de Gaulle, les bras en l'air, s'écriait de façon théâtrale: «Vive le Québec! Vive le Québec libre!», déclenchant une véritable folie dans la foule.

Comme un bon nombre de Québécois, les Veilleux attachèrent peu d'importance à cette phrase. Par contre, le lendemain, cette déclaration souleva une telle levée de boucliers dans tout le Canada que le premier ministre Pearson annula la visite protocolaire du président français à Ottawa. L'incident diplomatique était assez important pour que Charles de Gaulle décide de rentrer à Paris. Durant près d'une semaine, il ne fut plus question que de cette phrase dans tous les médias ainsi que des maigres excuses présentées par l'Élysée.

— Est-ce qu'ils achèvent de nous faire suer avec ça, finit par s'écrier Jérôme, excédé. Drapeau et Johnson reçoivent du monde chaque jour pour l'Expo, il serait à peu près temps qu'ils parlent d'autre chose, non?

— C'est l'été, dit Colette. Il faut croire qu'ils ont pas d'autres nouvelles intéressantes.

Chapitre 9

Un drôle de mois d'août

Depuis la démission de ses trois marguilliers au début du mois de juillet, le curé Savard avait poussé dans le dos des deux personnes demeurées en poste pour qu'elles contactent des hommes de la paroisse capables de prendre la relève. La fabrique devait prendre des décisions qui auraient des répercussions importantes sur le budget de la paroisse de Saint-Jacques-de-la-Rive. Il fallait un conseil complet pour pouvoir agir en toute légalité.

Malgré l'urgence de la situation, Carl Boudreau et Adrien Desjardins n'avaient pas déployé un zèle excessif dans leurs recherches. Le fromager et le cultivateur avaient énormément de travail et, surtout, peu de goût pour faire du démarchage.

Finalement, le curé Savard, excédé, perdit patience et exigea que les deux hommes lui remettent une liste d'une demi-douzaine de paroissiens aptes, selon eux, à participer au conseil. Il se fit fort de s'attaquer lui-même au problème.

— Après tout, être marguillier est un honneur, dit-il à sa sœur Clémence. Je connais pas une paroisse où les hommes sont pas flattés quand on leur propose d'être sur le conseil de fabrique.

Il faut croire que le monde avait bien changé depuis la dernière fois où Philippe Savard avait eu à combler un poste parce qu'aucun des six hommes approchés ne se montra intéressé à se dévouer pour la paroisse. Le prêtre eut droit à toutes les excuses, allant du surplus de travail au piètre état de santé. Bref, après deux jours consacrés à contacter par téléphone les candidats potentiels, il lui fallut se résigner à faire une sortie fracassante, en chaire, le dimanche suivant.

En cette occasion, il taxa d'égoïsme et d'indifférence le comportement des hommes qui refusaient de consacrer quelques heures par mois à l'administration financière de leur paroisse. Selon lui, c'était une honte qu'aucune paroisse du diocèse n'avait jamais connue. Saint-Jacques-de-la-Rive allait être la risée de toutes les paroisses voisines quand on apprendrait que personne ne voulait être marguillier. Pour dire vrai, le pasteur avait été à deux doigts de promettre les flammes de l'enfer à ces ingrats qui refusaient de remercier Dieu pour toutes ses bontés en lui accordant un peu de leur temps.

Pourtant, ce sermon ne lui apporta aucun bénévole. Personne ne se présenta au presbytère les jours suivants pour soumettre sa candidature. Au lieu d'examiner son comportement, le curé affirma que cet état de fait était dû au monde de plus en plus matérialiste dans lequel on vivait. Selon lui, l'être humain ne s'intéressait plus qu'à l'argent et n'avait plus une minute à consacrer à Dieu.

En fait, si les postes n'étaient pas comblés avant la fin de l'été, Philippe Savard devrait expliquer à l'évêché pourquoi il ne parvenait pas à compléter son conseil de fabrique. Tout ça pourrait devenir plutôt délicat et lui attirer des remontrances assez désagréables de la part de son évêque. Il devait absolument régler ce problème. Sa réputation en dépendait.

Le premier vendredi du mois d'août, après le déjeuner, Françoise incita Gilles et Catherine à prendre une journée de congé.

— Pourquoi vous iriez pas passer la journée à l'Expo, demain ? offrit-elle à ses deux enfants.

— Oui, vous devriez en profiter, reprit leur père. Les foins sont rentrés et il y a rien de pressant à faire.

— Ça me tente pas beaucoup de dépenser de l'argent pour ça, dit Gilles, qui n'avait qu'une pauvre allocation hebdomadaire versée par ses parents.

— On va vous donner ce qu'il faut, trancha Françoise en adressant un regard significatif à son mari. Après tout, on sait qu'on vous donne pas grand-chose pour tout l'ouvrage que vous faites.

— Pourquoi vous viendriez pas avec nous autres ? demanda Catherine.

— J'aime pas aller à Montréal. Ça m'étouffe, dit Françoise. J'aime pas non plus les foules et d'après ce qu'on voit à la télévision, c'est noir de monde à l'Expo. Votre père est comme moi. On aime mieux rester tranquilles à la maison.

— On pourrait peut-être y aller avec Danielle ? suggéra Catherine à son frère. Elle m'a offert bien des fois d'y aller avec elle. Elle m'a dit que depuis le commencement de l'été, elle y est allée trois ou quatre fois avec Alain.

— Si elle y est allée si souvent, pourquoi elle voudrait venir avec nous autres ?

— Parce qu'elle aime ça.

— Ça me dérange pas qu'elle vienne, répondit Gilles. Si tu l'invites, dis-lui qu'on va partir de bonne heure demain avant-midi.

La jeune voisine accepta immédiatement l'invitation et proposa même de les emmener dans sa voiture, ce que

Gilles refusa, préférant conduire lui-même la vieille Dodge verte de son père.

Le lendemain matin, sa sœur et la jeune fille montèrent à bord de la voiture familiale et Gilles prit la direction de Montréal. Le jeune séminariste n'avait aperçu Danielle que de loin en loin depuis le début de l'été. Elle était le plus souvent en compagnie d'Alain Crevier. Il trouvait sa voisine extrêmement séduisante avec ses yeux gris et sa chevelure noire attachée en queue de cheval. À ses yeux, elle possédait une aisance et un rire des plus charmants. Peu habitué à fréquenter des jeunes filles, il se sentait emprunté en sa présence. Chaque fois qu'elle était venue à la ferme pour voir sa sœur, il s'était rapidement esquivé, ne sachant trop quoi lui dire.

Pendant tout le trajet, le conducteur se contenta d'écouter d'une oreille distraite ses deux passagères parler de choses et d'autres. Aux approches du pont Jacques-Cartier, il ne porta réellement attention à leurs propos que lorsque Danielle leur suggéra de visiter d'abord le pavillon des États-Unis – une sorte de dôme géodésique traversé par un monorail – ainsi que ceux de la Chine et de la France qui étaient, à ses yeux, les plus intéressants.

— On pourrait ensuite aller voir quelques pavillons thématiques avant d'aller à La Ronde où il y a toutes sortes de jeux. Vous allez voir que le tour en monorail vaut la peine, ajouta-t-elle avec un enthousiasme communicatif.

— Où est-ce qu'on paie ? demanda Gilles après avoir stationné la voiture.

— Là, à l'entrée, fit Danielle en lui montrant une série de guichets devant lesquels des files d'attente s'étaient formées. Moi, j'ai déjà mon passeport pour la saison. Vous autres, vous allez avoir un passeport pour la journée.

Arrivés sur le site de l'exposition un peu avant midi, les trois jeunes passèrent l'après-midi à visiter. Même si l'attente pour pénétrer dans la plupart des pavillons était longue, il n'en resta pas moins que les Fournier furent enchantés par tout ce qu'ils voyaient et découvraient.

Peu à peu, Gilles se sentit plus à l'aise avec Danielle dont il appréciait l'humour et la bonne humeur. La jeune fille lui apprit que ses vacances se terminaient à la fin du mois. Elle devait entrer au service de son père à titre de secrétaire au début de septembre.

— Il ne faut pas vous fier à son air, dit-elle à ses compagnons en esquissant une grimace. Mon père est bien gentil en apparence, mais comme patron, il est sévère. Après mon cours de secrétariat, j'ai fait un stage d'un mois à son bureau et je sais de quoi je parle. Avec lui, on rit pas. Il faut se tenir le corps raide et les oreilles molles, je vous le garantis, ajouta-t-elle en riant.

Un éclat de rire salua sa mimique.

— Il t'a tout de même payé une auto, lui fit remarquer Catherine, envieuse.

— C'est là où tu te trompes. C'est sa vieille voiture. Il me la prête. Elle sera à moi seulement quand je la lui aurai payée. Si tu penses qu'il me gâte parce que je suis fille unique…

— Mais tu fais rien de l'été quand même, lui fit remarquer Catherine.

— Comment ça, rien ? T'oublies que je travaille pas à son bureau cet été parce qu'il a été entendu que j'aidais ma mère à emménager dans notre nouvelle maison de campagne et à tout peinturer. Les semaines que j'ai passées à Saint-Jacques ont pas été des vacances.

Pendant cet échange, Gilles se garda bien d'intervenir, trop occupé à apprécier la vivacité et la joie de vivre de la jeune fille au teint hâlé qui ne semblait pas du tout remarquer son admiration à peine voilée. Après un souper rapide pris sur le pouce, les trois jeunes se dirigèrent vers

La Ronde pour s'amuser une heure ou deux dans les manèges avant de rentrer à Saint-Jacques-de-la-Rive.

Un peu plus tard, Catherine et Danielle quittèrent Gilles pour se rendre aux toilettes. Durant leur absence, le jeune homme en profita pour se reposer sur un banc à proximité des toilettes publiques où elles venaient de disparaître et allumer une cigarette. Il venait à peine de s'asseoir que son attention fut attirée par un homme qu'il apercevait de profil à quelque distance. De loin, cette silhouette lui sembla familière. L'homme de taille moyenne avait des cheveux bruns ondulés... Soudain, il tourna la tête et Gilles reconnut Robert Lanthier.

Le vicaire était habillé d'un jean et d'une chemisette, et portait des verres fumés pour se protéger du soleil encore éblouissant en cette fin de journée.

Le séminariste se leva et se dirigea vers celui à qui il avait parlé en quelques occasions depuis le début de ses vacances chez ses parents. Il le trouvait très sympathique et le plaignait secrètement d'avoir à supporter le curé Savard, même si le jeune prêtre ne s'en était jamais plaint ouvertement. À mi-chemin entre l'abbé Lanthier et le banc qu'il venait de quitter, Gilles songea brusquement aux deux filles qui risquaient de le chercher s'il s'éloignait trop et il s'arrêta un bref moment pour jeter un coup d'œil derrière lui afin de vérifier qu'elles ne sortaient pas des toilettes au même moment. Quand il tourna de nouveau la tête vers le vicaire, il ne fit qu'un pas dans sa direction avant de se figer. Une jeune femme venait de s'approcher du prêtre et ce dernier lui prenait la main pour l'entraîner avec lui vers un manège.

— C'est pas Lucie Veilleux là-bas? demanda Catherine qui venait d'apparaître à ses côtés.

Son frère, encore trop abasourdi par ce qu'il venait de voir, ne répondit rien. Il se contenta de fixer le couple qui s'éloignait. Robert Lanthier, qui ignorait avoir été vu par des paroissiens, tenait maintenant sa compagne par la taille.

— Mais c'est l'abbé Lanthier qui est avec elle ! s'exclama Catherine, choquée par ce qu'elle voyait. As-tu vu ? Il l'a embrassée dans le cou !

Gilles, un peu pâle, se tourna vers sa sœur.

— Parle pas de ça à personne, lui ordonna-t-il. Surtout pas à Danielle. Si elle raconte ça à quelqu'un de la paroisse, ça va se savoir tout de suite.

Catherine n'eut pas le temps de répliquer. Danielle les rejoignit et Gilles prit soin d'entraîner les deux jeunes filles dans la direction opposée à celle prise par le vicaire et Lucie Veilleux. Vers neuf heures, tous les trois décidèrent d'un commun accord de rentrer à Saint-Jacques-de-la-Rive.

Après avoir déposé leur voisine chez elle, Gilles parvint à persuader sa jeune sœur de ne rien dire à personne de la scène dont ils avaient été témoins sur le site de l'Expo.

— C'est pas à nous autres de colporter ça, dit-il à Catherine. Si ça doit se savoir, ça se saura.

— En tout cas, j'aimerais pas être dans la peau de Lucie, conclut la jeune fille en descendant de l'auto devant la porte du garage. Tu imagines ce qui va se dire dans la paroisse quand quelqu'un va s'ouvrir la trappe ?

Cette visite à l'Expo 67 n'eut pas les retombées positives sur leur fils tant espérées par Étienne et Françoise. Les jours suivants, le jeune séminariste devint encore plus morose et moins communicatif qu'avant sa journée de congé. Le plus souvent, il disparaissait après le souper sans aucune explication et marchait durant de longues minutes dans le rang Sainte-Marie, les mains enfoncées dans ses poches.

— Veux-tu ben me dire ce qui se passe? finit par demander Étienne à sa femme.

— On va bien finir par le savoir un jour, répondit Françoise, tout de même passablement inquiète du comportement anormal de son Gilles.

La mère aurait probablement compris le tourment qui le rongeait si elle avait pu voir son fils aux côtés de Danielle Martineau ce soir-là.

La jeune voisine avait remarqué les allées et venues solitaires du jeune homme et, curieuse, s'était décidée à le rejoindre sur la route après avoir vérifié que personne chez les Fournier ne regardait de ce côté. Un rapide coup de brosse à ses cheveux et un peu de rouge à ses lèvres avaient suffi. Elle s'était précipitée sur la route, les épaules couvertes d'une mince veste parce que le temps commençait à être plus frais le soir.

— Est-ce que je peux marcher avec toi? avait-elle innocemment demandé au jeune homme qui venait de s'arrêter en entendant des pas derrière lui.

— Bien sûr, avait-il répondu sans manifester trop d'enthousiasme.

Durant quelques minutes, ils se remémorèrent les meilleurs moments de leur visite à Montréal avant que Gilles ne demande:

— Est-ce que le beau Alain t'a oubliée ou bien il travaille tard au garage?

— Ni l'un ni l'autre. Je lui ai dit que ça suffisait. C'est juste un ami. C'est vrai que toi, les filles t'intéressent pas. Tu vas devenir prêtre.

— C'est ça, le problème.

— Le problème ?

Durant quelques instants, les deux jeunes gens continuèrent à marcher sans dire un mot. Le jeune homme semblait balancer entre le silence et l'aveu. Puis, soudain, la digue qui l'empêchait de parler depuis des mois se rompit.

— Le problème, c'est que j'ai changé d'idée.

— Écoute, je veux pas me mêler de tes affaires, se défendit Danielle qui, intuitivement, se rendait compte qu'il lui en coûtait beaucoup de parler.

— Non. Ça me fait rien de t'en parler. Ça fait des mois que je sais que j'ai pas la vocation. Ça m'empêche de dormir. Je pense plus qu'à ça. Mais comment dire ça à mes parents qui se sont sacrifiés pour payer mes études ? Ils sont si fiers à l'idée que je vais devenir prêtre. Je veux pas leur faire de la peine et, en même temps, je veux pas rentrer au séminaire à la fin du mois.

— Pourquoi tu te contentes pas tout simplement de leur dire ? demanda Danielle avec beaucoup de bon sens. Ils te mangeront pas. Ils vont comprendre que t'as pu changer d'idée. Il me semble que t'es pas le premier à qui ça arrive.

— Facile à dire…

— À ta place, c'est ce soir que je leur dirais tout. Après ça, tu vas être soulagé. Qu'est-ce que t'as l'intention de faire si tu retournes pas au séminaire ? demanda Danielle en s'efforçant de mettre une joyeuse animation dans sa voix pour le détourner de ses sombres pensées.

Gilles lui expliqua qu'il aimerait prendre la relève de son père à la ferme et, surtout, continuer à travailler le bois avec lui. Durant ses études, il s'était ennuyé des siens et du mode de vie à la ferme. Il appartenait à cet univers et ne voulait plus vraiment le quitter. Avant de rentrer chez lui, il invita la jeune fille à venir voir dans quelques jours les meubles que son père et lui fabriquaient dans l'atelier.

De retour à la maison, Gilles retrouva son père et sa mère assis à la table de cuisine, en train de lire *La Presse*. Il avait le cœur serré à la pensée de la peine qu'il allait leur causer. Comment allaient-ils réagir à la nouvelle qu'il ne retournerait pas au séminaire ? Ils allaient sûrement lui reprocher sa légèreté et lui rappeler toutes les privations qu'ils s'étaient imposées pour lui permettre d'étudier.

La gorge sèche, il s'assit près de son père et attendit que ce dernier lève les yeux de son journal, intrigué par son comportement. Déjà, sa mère, guidée par son intuition, avait deviné qu'il se passait quelque chose et retirait les lunettes qu'elle n'utilisait que pour lire.

— Ça fait longtemps que je veux vous dire quelque chose, dit le jeune homme à voix basse en se passant nerveusement la main dans les cheveux.

— Qu'est-ce qu'il y a qui va pas ? demanda Françoise, un peu angoissée.

— Je pense que je retournerai pas au séminaire.

— Pourquoi ? se contenta de demander son père.

— Parce que j'ai pas la vocation. Ça fait des mois que j'essaie de comprendre ce qui m'arrive. J'ai tout simplement plus le goût de devenir prêtre. Je sais que ça vous fait de quoi et que vous avez fait pas mal de sacrifices pour que je devienne prêtre, mais je suis certain que c'est pas ma place.

— Il y a personne qui va te forcer à devenir prêtre, laissa tomber Étienne, tout de même un peu abasourdi par la nouvelle.

— C'est vrai ce que dit ton père, approuva sa mère. C'est décevant, mais c'est pas la fin du monde.

— Je t'aurais ben dit d'aller en parler au curé, mais le curé qu'on a est pas parlable, reprit son père. T'as ben réfléchi à ce que tu veux faire ?

— Oui, p'pa. J'aimerais ça rester ici et vous aider. J'aime la terre et le bois. Si vous pensez qu'il y a pas assez d'ouvrage pour nous deux ici, je vais me trouver une place en ville, dans une ébénisterie.

En entendant ces paroles, Étienne se revit à vingt ans, à l'époque où il promettait à sa sœur Berthe de se trouver un emploi en ville chez un ébéniste pour échapper à l'atmosphère étouffante qui régnait chez ses parents. Le père de famille n'eut même pas besoin de consulter sa femme du regard.

— Si tu veux rester avec nous autres, il y a de la place et de l'ouvrage pour nous deux.

— À part ça, on est bien contents de t'avoir, reprit sa mère en l'embrassant sur une joue.

En se mettant au lit ce soir-là, Françoise ne put s'empêcher de dire à son mari :

— On s'était pas trompés ! Il nous cachait bien quelque chose.

— C'est ça qui le travaillait, fit Étienne. C'est décevant, mais on va s'en remettre. Après tout, ses études vont peut-être servir à quelque chose.

— Je me demande…, commença Françoise en se glissant sous les couvertures.

— Tu te demandes quoi ?

— Je me demande s'il y a pas une fille en dessous de tout ça ?

— Qu'est-ce que ça changerait ? fit Étienne, philosophe.

— Pas grand-chose, j'en ai bien peur, conclut sa femme.

À l'étage, Gilles se mit au lit le cœur léger, soulagé au-delà de toute expression. Au moment de s'endormir, il eut une pensée pour Danielle qui l'avait poussé à tout avouer le soir même. Grâce à son insistance, il se couchait heureux, plein de confiance, prêt à aborder une nouvelle vie.

Chapitre 10

Une conduite dangereuse

Après une seule journée de pluie, le soleil revint et chassa l'humidité poisseuse qui avait régné durant près de deux semaines, pour le plus grand soulagement des gens de la région. Août tirait déjà à sa fin et les jeunes de Saint-Jacques-de-la-Rive ne perdaient pas une occasion d'aller se baigner à la plage ou de s'amuser au parc municipal. Les avertissements sévères proférés par le curé Savard du haut de sa chaire, le dimanche, ne semblaient pas intimider ses paroissiens.

Le journalier des Tremblay n'était pas le dernier à profiter de la plage. Moins d'une semaine fut nécessaire à Tit-Beu pour sortir du rang Sainte-Marie et s'acclimater à son nouvel environnement. Il prit rapidement l'habitude de disparaître de la maison après avoir avalé la dernière bouchée de son souper pour aller traîner devant le magasin général. Avant de partir à pied pour le village, il enfilait une chemise propre et coiffait soigneusement son «coq» devant le miroir suspendu au-dessus du lavabo de la salle de bain.

Constant n'était pas le client le plus bruyant de Jean-Paul Veilleux. Il achetait invariablement un Pepsi et un sac de croustilles avant d'aller s'asseoir à l'écart, au bout de la grande galerie qui ornait la devanture du magasin général.

Les premiers jours, aucun adolescent de la paroisse n'avait osé lui adresser la parole. On avait été aussi intimidé par la grosse tête au regard inexpressif de Tit-Beu que par ses bras à la musculature impressionnante. Puis, peu à peu, on s'habitua à sa présence et on se mit à l'appeler « Elvis » à cause de sa coiffure, surnom qui semblait le flatter. Cependant, comme l'homme était plus âgé qu'eux, les jeunes se limitaient à le tolérer à titre de spectateur de leurs fanfaronnades et de leurs jeux sans toutefois l'intégrer à leur groupe. De toute évidence, la situation ne déplaisait pas au journalier. Par ailleurs, quand des hommes plus âgés se réunissaient devant le magasin, il continuait à se tenir à l'écart, apparemment peu intéressé par leurs conversations qu'il aurait été bien incapable de suivre.

Un soir, Alain Crevier le croisa alors qu'il marchait dans le rang Sainte-Marie, en direction du village. Comme il faisait chaud, le mécanicien le fit monter à bord de sa Ford bleue. Tous les deux avaient à peu près le même âge.

— Pourquoi tu t'achètes pas un char ? lui demanda-t-il. Ce serait ben moins fatigant pour toi pour venir au village après ta journée d'ouvrage.

— Je sais pas conduire. C'est trop cher, répondit Constant en tournant sa grosse tête vers le conducteur.

Il y eut un court moment de silence entre les deux hommes avant que le fils du maire reprenne la parole.

— Si c'est comme ça, tu serais peut-être ben mieux avec une moto. Ça coûte moins cher et c'est plus facile à conduire. En plus, tu te ferais remarquer pas ordinaire par les filles de la paroisse. Il y a juste Pierre-Paul Landry qui en a une à Saint-Jacques. Chaque fois que je le vois, il a une nouvelle fille assise derrière lui.

— Ah oui ?

— En tout cas, si jamais ça t'intéresse, on en a une à vendre de seconde main au garage. Elle est comme neuve et elle a juste vingt mille milles. Si tu la veux, il faudrait pas que tu traînes trop. J'ai l'impression qu'elle va partir vite. Mon père en demande pas cher.

Cette proposition inattendue sembla plonger le journalier dans un abîme d'indécision. Quand Alain arrêta son véhicule devant le magasin général pour laisser descendre son passager, ce dernier lui demanda :

— Combien il coûte ton bicycle à gaz ?

— Il me semble que mon père en veut quatre cents piastres.

Tit-Beu referma la portière et se dirigea vers le magasin général sans se retourner.

Le lendemain soir, Alain s'apprêtait à quitter le garage quand il vit arriver l'employé des Tremblay, les mains enfouies profondément dans ses poches.

— Viens-tu voir la moto ? lui demanda le jeune homme.

— Ouais.

Le mécanicien l'entraîna à l'intérieur et lui montra une moto noire en assez bon état munie d'un large pare-brise arrondi. Il la fit démarrer pour en faire entendre le moteur à Tit-Beu.

— Écoute. C'est pas ben ben compliqué. La transmission est automatique. Ça, c'est la poignée du gaz ; t'as juste à la tourner pour accélérer. Ça, ce sont les *brakes*. Monte en arrière de moi. Je vais te la faire essayer.

L'ouvrier agricole monta maladroitement derrière Alain qui mit doucement les gaz. La moto assez bruyante sortit du garage et son conducteur se contenta de faire le tour du stationnement avant de venir s'arrêter devant les pompes à essence.

— Puis, qu'est-ce que t'en dis ?

— Je l'achète, annonça Tit-Beu, dont les yeux brillaient de convoitise.

Il ne chercha même pas à discuter le prix demandé par les Crevier.

— Le mieux, dit Alain, c'est que je garde ta moto. Demain, je vais la vérifier de A à Z et je vais remplir le réservoir de gaz. Comme tu sais pas encore t'en servir, je vais te l'apporter chez les Tremblay demain après-midi. Comme ça, tu pourras t'exercer dans la cour après ton ouvrage tant que tu seras pas prêt à prendre le chemin.

Un peu déçu de ne pas rentrer chez les Tremblay sur la moto qu'il venait de payer comptant avec des petites coupures tirées de son vieux porte-monnaie, Constant accepta tout de même l'arrangement. À son retour à la maison, tout fier de son achat, il apprit aux Tremblay qu'il venait d'acheter une moto qu'il recevrait le lendemain. Il en était tellement content que Gérald et Cécile le félicitèrent.

— Ça dérange pas personne que t'aies une moto, le prévint Bertrand. Mais je t'avertis, il est pas question que tu t'en serves pour aller chercher les vaches à l'heure du train. Ça, c'est des plans pour les rendre nerveuses. Quand elles s'énervent, elles donnent moins de lait.

Le lendemain après-midi, après le train, Cécile annonça à leur employé qu'Alain Crevier était venu livrer sa moto. Il l'avait rangée près de la remise. Sans perdre un instant, Tit-Beu se dirigea vers la remise et fit lentement le tour de son acquisition que le garagiste s'était donné la peine d'astiquer. Debout sur la galerie, Gérald, Cécile et Bertrand le regardèrent enfourcher sa moto qui reposait toujours sur sa béquille. L'ouvrier fit démarrer le moteur. Le bruit était doux, comme le grondement d'une bête tenue en laisse.

— Qu'est-ce que t'attends pour l'essayer? lui cria Bertrand, un peu jaloux.

Constant hocha sa grosse tête, releva la béquille sur laquelle reposait la moto et, les deux jambes tendues de chaque côté par crainte de tomber, il ouvrit un peu les gaz. L'engin fit une brusque embardée vers l'avant, manquant déséquilibrer son conducteur qui freina sèchement. Il répéta l'expérience avec plus de douceur, ce qui le conduisit jusqu'au pied de l'escalier menant à la cuisine.

— Bon. Viens manger, Tit-Beu, lui ordonna Cécile. Tu t'amuseras avec ta bébelle après le souper. Vous autres aussi, dit-elle à l'intention de son mari et de son fils. J'ai pas envie de faire la vaisselle à huit heures.

Tit-Beu obtempéra et vint prendre place à table, tout excité.

— Tu vas te casser la gueule avec cette patente-là, prédit Gérald. Il y a rien pour te protéger si tu tombes avec ça. D'après moi, tu serais ben mieux de demander au petit Landry de venir te montrer à la conduire.

Le grand et gros homme était un peu inquiet pour son employé. Il se rappelait combien il avait été maladroit avec le tracteur et n'aimait pas du tout ce qu'il venait de voir.

— Je suis capable d'apprendre tout seul, se contenta de répondre Constant.

— Fais ce que tu veux, t'es libre, intervint Cécile en s'assoyant devant son assiette, après avoir déposé des épis de maïs et une assiette de tranches de jambon au centre de la table.

Après le repas, Gérald et Bertrand sortirent fumer sur la galerie pendant que Tit-Beu allait faire, comme chaque soir, un brin de toilette. Quelques minutes plus tard, le père et le fils le virent quitter la maison soigneusement coiffé et vêtu d'une chemise blanche dont les manches avaient été roulées sur ses bras musculeux. Avant d'enfourcher sa moto, il prit soin de vérifier du bout des doigts si son «coq» était bien en place.

— Fais au moins le tour de la cour une couple de fois avant de prendre le chemin avec ton engin, lui conseilla Gérald en élevant assez la voix pour se faire entendre par-dessus le bruit du moteur.

L'ouvrier agricole fit signe de la tête qu'il avait bien entendu et effectua un premier tour de la cour, les jambes toujours tendues de chaque côté de sa moto par crainte de tomber. Au second tour, beaucoup plus assuré, il accéléra légèrement et posa ses pieds sur les repose-pieds. Il semblait capable de tenir une ligne à peu près droite.

Les deux hommes, demeurés prudemment sur la galerie, applaudirent le motocycliste pour l'encourager. Ce dernier se lança résolument dans un dernier tour de la cour, bien décidé, après cela, à aller se faire admirer par les jeunes du village au guidon de sa machine.

Tit-Beu venait d'accélérer quand le vieux berger allemand de la ferme, qui ne bougeait pratiquement que pour venir manger, décida, on ne sait pourquoi, de participer à la fête. La bête s'élança soudain en jappant vers le motocycliste qui, surpris, se mit à zigzaguer dans la cour en lâchant un chapelet de blasphèmes.

— Il va se tuer, ce maudit fou-là! cria Gérald en se précipitant en bas de la galerie. Rex! Rex! Couché! hurla-t-il à la bête pour l'inciter à cesser son manège.

Pendant ce temps, la moto, dont le conducteur avait perdu le contrôle, traversa la cour et disparut de la vue des spectateurs sur le côté de l'étable, suivie de près par le chien.

Le père et le fils réalisèrent soudain qu'ils n'entendaient plus le moteur de la moto. Ils quittèrent la galerie et s'élancèrent vers l'étable pour voir où était passé Tit-

Beu et sa monture. Ils n'eurent pas à chercher très long-temps. Dès qu'ils passèrent le coin du bâtiment, ils aper-çurent la moto qui était allée se planter dans le tas de fumier. Son conducteur, dégoulinant, tentait tant bien que mal de reprendre ses esprits, assis au milieu d'une flaque d'un liquide innommable. Le plus drôle était peut-être de le voir passer une main couverte de fumier dans sa cheve-lure pour vérifier si son «coq» avait souffert de sa chute.

— Christ de Christ de Christ de chien! jurait-il, fou de rage. Si je te pogne, mon calvaire, je t'étripe!

À la vue de ce spectacle, Bertrand et son père furent en proie à une véritable crise de fou rire et eurent toutes les peines du monde à retrouver leur sérieux.

— Es-tu blessé? demanda Gérald en faisant un effort considérable pour se montrer compatissant.

— Non. Je suis correct, monsieur Tremblay, répondit l'autre en tentant de se remettre debout. C'est la faute de ce Christ de chien!

— Laisse faire le chien, lui ordonna Gérald. Penses-tu être capable de tirer ta moto de là tout seul?

— Oui, répondit l'autre en parvenant enfin à se remettre debout.

Le père et le fils assistèrent, goguenards, à la sortie de la moto de l'imposant tas de fumier. Le conducteur et sa monture firent ensuite une rentrée peu glorieuse dans la cour de la ferme. L'un et l'autre étaient couverts de fumier et embaumaient furieusement. Cécile, venue voir ce qui se passait, vit l'ouvrier apparaître en poussant sa machine.

— Mon Dieu! s'exclama-t-elle en portant une main à son visage.

Après s'être assurée qu'il n'était pas blessé, la sexagé-naire ordonna à Tit-Beu de se nettoyer soigneusement avec le boyau d'arrosage installé près de la remise.

— Toi, Bertrand, dit-elle à son fils en se tournant vers lui, va lui chercher du linge propre dans sa chambre. Il est pas question qu'il salisse mes planchers et qu'il m'apporte cette senteur-là dans la maison. Il se changera dans la remise.

Il fallut deux soirées complètes de travail à Constant pour nettoyer à fond sa moto. Cette expérience traumatisante le marqua assez pour qu'il songe à aller attacher le chien chaque fois qu'il avait à enfourcher sa moto. Par ailleurs, il faut reconnaître que même s'il parvint à maîtriser son véhicule après quelques soirées d'entraînement, le pauvre Tit-Beu ne fut jamais un motocycliste bravache et sûr de lui. La vitesse et les acrobaties n'étaient pas son lot, loin de là. Les filles de Saint-Jacques-de-la-Rive, sentant probablement à quel point il était crispé et mal à l'aise au guidon de son engin, n'acceptèrent pas ses invitations à monter derrière lui. S'il avait acheté sa moto pour devenir populaire auprès des filles et faire leur conquête, c'était raté. À la limite, il aurait pu aisément parcourir les cinq milles qui le séparaient de Pierreville, mais se familiariser avec un autre milieu ne semblait pas l'intéresser le moins du monde.

Au milieu de la dernière semaine du mois d'août, Hélène Veilleux était en train de récolter les dernières tomates dans le jardin familial quand son attention fut attirée par des meuglements incessants en provenance du champ où les voisins envoyaient paître leurs bêtes. À son entrée dans la cuisine où sa mère était occupée à stériliser les pots dans lesquels le ketchup rouge en préparation serait conservé, l'adolescente ne put s'empêcher d'en faire la remarque.

— Je sais pas ce qu'une vache des Tremblay a, mais elle arrête pas de se plaindre.

— Est-ce que t'as vu quelqu'un en train de s'en occuper? lui demanda sa grand-mère qui touillait le mélange en train de bouillir sur la cuisinière électrique.

— S'il y a quelqu'un, je l'ai pas vu.

— Ça nous regarde pas, laissa tomber Lise sur un ton vindicatif. Ils veulent avoir bien des vaches, ils ont juste à s'en occuper comme du monde.

Comme son mari, la grande femme n'avait pas encore digéré que leur voisin leur ait coupé l'herbe sous le pied le printemps précédent en louant la terre des Hamel et en achetant ses vaches. Colette ne tint aucun compte de la remarque mesquine de sa bru. Elle s'essuya les mains sur son tablier et téléphona à sa voisine, pour lui dire qu'il se passait probablement quelque chose avec l'une de ses vaches.

Cécile intercepta Tit-Beu au moment où il sortait du caveau dans lequel il débarrassait des pommes de terre de leurs germes depuis le début de l'avant-midi.

— Va dire aux hommes qu'il y a quelque chose de pas correct avec une de nos vaches, dans le clos.

Sans dire un mot, l'ouvrier agricole se dirigea vers l'ancienne ferme des Hamel où Bertrand et son père travaillaient au bout du dernier champ, en bordure du boisé.

— OK. Tu peux retourner t'occuper des patates, dit Gérald à l'employé. Je vais aller voir ce qui se passe.

Le père laissa son fils sur place et, au volant du tracteur, se dirigea vers le champ où les vaches paissaient. Le cultivateur aperçut tout de suite sa meilleure Jersey étendue seule, à l'écart, meuglant sans arrêt. Il l'appela: elle ne bougea pas. Il tenta ensuite de la forcer à se relever: peine perdue. À bout de ressources, le cultivateur rentra à la maison et téléphona à Alexandre Jodoin, le vétérinaire, qui promit de passer avant midi. Il ne retourna pas travailler tout de suite avec Bertrand, prenant plutôt soin d'apporter de l'eau et du fourrage à la bête malade.

Quand il apprit à son fils qu'il venait de téléphoner au vétérinaire, Bertrand s'emporta.

— Sacrement, encore des dépenses! Le mois passé, ce maudit vétérinaire-là nous a coûté deux cents piastres. Si ça continue, c'est toute notre paye de lait qui va y passer.

— Aimes-tu mieux perdre notre Jersey? lui demanda sèchement son père.

— Non, mais…

— Dans ce cas-là, il y a pas autre chose à faire, le rembarra sèchement Gérald

Une heure plus tard, Jodoin descendit de sa camionnette. L'homme à la grosse moustache poivre et sel ne se donna pas la peine de saluer Bertrand qu'il n'aimait pas particulièrement.

— Où est-ce qu'elle est? demanda-t-il à Gérald.

— Viens avec moi, l'invita ce dernier.

Sur place, le vétérinaire remarqua tout de suite qu'une bave verdâtre maculait le mufle de la bête toujours étendue à l'écart du reste du troupeau. Il l'ausculta rapidement.

— Elle a rien de brisé, déclara-t-il. On dirait qu'elle s'est empoisonnée en mangeant quelque chose. Je vais lui faire une piqûre qui va la soulager. Elle devrait être assez forte pour se relever à la fin de l'après-midi quand tu vas faire ton train. Oublie pas de jeter son lait à cause de sa piqûre.

— Qu'est-ce qu'elle a bien pu manger de pas correct? demanda le cultivateur.

— Va donc savoir, fit Jodoin.

Après avoir piqué la bête, le vétérinaire quitta la ferme. À l'heure de la traite, la bête demeura cependant incapable de se relever et Gérald décida d'attendre quelques heures supplémentaires avant d'avertir le vétérinaire.

— Dites-moi pas qu'on va la perdre ! s'écria Bertrand avec mauvaise humeur en nettoyant les bidons de lait. Il manquerait plus que ça. Elle nous aura même pas donné un veau !

— Énerve-toi pas, fit son père. On va la laisser passer la nuit là où elle est. On verra ben demain matin.

— Facile à dire. On l'a payée huit cents piastres, cette maudite vache-là.

Le soir, avant de se mettre au lit, Bertrand alla jeter un coup d'œil à la bête malade. Elle n'avait pas bougé d'un pouce de l'endroit où il l'avait vue la dernière fois, mais elle ne meuglait plus et bougeait à peine la tête.

— Puis ? lui demanda son père.

— Elle a pas l'air mieux qu'avant sa piqûre. Jodoin connaît rien. Il est juste bon à nous envoyer ses comptes.

Le lendemain, Tit-Beu se leva, comme chaque matin, à la barre du jour et alla chercher les vaches dans le champ pour les ramener vers l'étable pour la traite du matin. Pendant ce temps, Gérald et Bertrand lavèrent les seaux.

— Je pense que votre vache est morte dans le champ, dit-il à Gérald en faisant entrer les premières vaches dans l'étable. En plus, il y en a une autre qui m'a pas l'air ben forte. Elle a pas été capable de se relever, elle non plus.

— Ben voyons donc, sacrement ! jura Bertrand en abandonnant son travail. Voulez-vous ben me dire ce qui se passe ? Commencez sans moi. Je vais aller voir ce qu'elle a.

Sur ces mots, il quitta l'étable en coup de vent, monta sur le tracteur et se dirigea vers le champ. Constant ne s'était pas trompé. La vache malade était bien morte. De plus, une seconde bête semblait exactement dans le même état que l'autre, la veille. Une bave verdâtre s'échappait aussi de son mufle.

Le jeune cultivateur revint à l'étable en jurant comme un charretier.

— On aura pas une vache de morte… On va en avoir deux! s'écria-t-il, fou de rage, en entrant dans l'étable. L'autre est comme la Jersey.

— On appellera Jodoin après le déjeuner, dit son père, fataliste.

— Il manquerait plus que ça. À quoi ça servirait, p'pa? Elle est en train de crever! Jodoin va pas la ressusciter, Christ! Je vais la tuer quand on aura fini le train. Ça va faire, les dépenses inutiles!

Gérald reconnut la justesse du raisonnement et ne s'opposa pas à la décision de son fils. Quand les bidons de lait eurent été déposés sur la plate-forme près du chemin, Bertrand entra dans la maison et alla décrocher son fusil. Sans rien dire à son père demeuré debout sur la galerie, il prit la direction du champ au volant de son tracteur, l'arme coincée derrière son dos. Quelques minutes plus tard, le jeune cultivateur descendit de son tracteur dont il laissa tourner le moteur et s'approcha de la bête qui mugissait doucement. Au bruit de ses pas, elle tourna la tête vers lui, peut-être confiante d'être enfin secourue. Bertrand la regarda un long moment, incapable de se décider à l'abattre. Finalement, il se secoua, braqua son arme sur la tête de la vache malade et fit feu. Il remonta ensuite sur son tracteur et revint à la maison.

Lorsqu'il entra dans la cuisine, sa mère, son père et l'ouvrier agricole étaient en train de déjeuner. Toutes les têtes se levèrent vers lui.

— C'est fini. Tout ce qu'il nous reste à faire, c'est d'appeler Lamontagne pour qu'il vienne les chercher toutes les deux, dit-il en s'assoyant à table après s'être lavé les mains. Tantôt, on va prendre des chaînes et on va les tirer jusque devant l'étable.

— En tout cas, on va changer les vaches de champ cet avant-midi, déclara le père. On prendra pas de chance avec les autres. Il y a quelque chose dans ce champ-là de pas correct.

Au milieu de l'avant-midi, l'équarrisseur apparut chez les Tremblay au volant de son camion blanc.

— Tiens ! voilà le charognard, dit Bertrand en sortant de la maison pour accueillir l'homme à la tête hirsute qui venait de descendre péniblement de la cabine de son camion. Laissez faire, je m'en occupe, ajouta-t-il à l'intention de son père qui s'apprêtait à quitter sa chaise berçante.

Marcel Lamontagne était bien connu par les agriculteurs du comté. L'homme au ventre imposant avait la réputation d'être retors en affaires. On ne savait jamais quel montant il allait payer pour la carcasse d'une bête. Comme il était le seul à exercer ce métier dans la région, il n'avait pas à se battre contre la concurrence.

— Elles sont devant l'étable, se contenta de dire Bertrand en lui indiquant de la main les carcasses des deux bêtes mortes. Combien vous nous donnez ?

— Quarante pour chacune, répondit sans hésiter l'équarrisseur essoufflé d'avoir dû marcher quelques pas en direction de l'étable pour mieux voir les bêtes.

— Sacrement ! jura Bertrand. Vous nous donnez encore moins que le printemps passé et c'était juste un veau. Il me semble qu'avec l'argent que vous allez faire en vendant leurs peaux aux tanneries et la viande aux compagnies qui font du manger pour les chiens, vous pourriez nous donner un peu plus.

Lamontagne ne dit pas un mot. Il se contenta de tourner les talons et de se mettre en marche vers son camion.

— Où est-ce que vous allez comme ça? demanda Bertrand, pris de court par la volte-face inattendue de l'homme.

— Je m'en retourne. Si t'aimes mieux gaspiller quatre-vingts piastres et perdre ton temps à creuser une fosse pour enterrer tes vaches sur ta terre, t'es ben libre. Gêne-toi pas pour moi.

— Attendez! Attendez! J'ai pas dit que je voulais pas que vous les preniez, se défendit le jeune cultivateur, pas du tout intéressé à perdre autant d'argent.

— Bon. C'est correct, dit Lamontagne en s'arrêtant si brusquement que Bertrand faillit lui rentrer dedans.

L'équarrisseur tira de l'une de ses poches un épais rouleau de billets de banque et il compta huit billets de dix dollars qu'il tendit à Bertrand. Ensuite, il monta à bord de son camion doté d'une pelle de chargement à l'avant. En moins de cinq minutes, les carcasses avaient disparu dans la benne du camion. Sur un dernier signe de la main, l'homme quitta la cour des Tremblay au volant de son camion, en soulevant un nuage de poussière.

— Le maudit voleur! se contenta de grommeler Bertrand en déposant les quatre-vingts dollars sur la table de cuisine. C'est tout ce qu'il nous a donné pour nos vaches. On vient de perdre au moins quinze cents piastres.

~

À la limite du village, il en allait tout autrement pour Loiselle et frères. En moins de trois mois, le commerce s'était imposé à Saint-Jacques-de-la-Rive et dans la région, grâce, en grande partie, au dynamisme d'Hervé Loiselle, son jeune gérant dynamique.

Le cadet des frères Loiselle avait le sens des affaires et ne manquait pas d'entregent. À peine son magasin venait-il d'ouvrir ses portes qu'il avait entrepris un incessant démarchage auprès des agriculteurs. Le petit homme à l'apparence soignée passait plus de la moitié de ses journées à parcourir les rangs des villages environnants pour vanter ses produits et la qualité du service qu'il était en mesure d'assurer à sa clientèle. Mieux, il avait surpris ses deux frères aînés en se lançant dans la vente et l'installation de silos à grains et de silos en blocs de ciment dans lesquels on pouvait stocker une quantité considérable de maïs. Même si le commerce n'avait ouvert ses portes qu'au début du mois de juin, Hervé avait déjà à son service deux livreurs et deux employés qui travaillaient dans l'entrepôt annexe au magasin.

Un lundi matin, Hervé Loiselle quitta très tôt la maison de la veuve Boisvert après avoir pris un solide déjeuner. Le jeune gérant avait prévu de s'enfermer dans son bureau une bonne partie de l'avant-midi pour mettre ses livres de comptabilité à jour et préparer l'envoi des factures avant d'aller faire la tournée d'un village au sud de Nicolet.

À huit heures, ses employés entrèrent au travail les uns après les autres et il sortit de son bureau pour leur assigner leur tâche de la journée. Ensuite, il retourna à ses livres de comptes, laissant volontairement la porte de la pièce ouverte pour être en mesure d'aller servir un client s'il s'en présentait un au comptoir.

Ce matin-là, Étienne décida d'aller au magasin général pour acheter des clous et Catherine demanda à l'accompagner pour effectuer quelques achats.

— Traîne pas trop au village, la prévint sa mère. On a du lavage à faire.

— Je te la ramène aussitôt que j'aurai acheté ce qu'il me faut, la rassura Étienne en adressant un clin d'œil complice à sa fille.

Catherine était malheureuse depuis quelques jours. Le journal local avait révélé que la nouvelle polyvalente de Nicolet ouvrirait ses portes au début d'octobre, comme prévu, mais que certains cours destinés aux adultes, comme la coiffure et l'esthétique, ne commenceraient pas avant le début du mois de janvier par manque d'inscriptions. Après avoir tant espéré entreprendre son cours de coiffeuse dès le début de l'automne, une telle nouvelle l'avait démoralisée.

— J'arriverai jamais à faire mon cours, avait-elle déclaré, dépitée.

— C'est juste remis trois mois plus tard, avait voulu la consoler sa mère.

— C'est long, trois mois, avait-elle protesté. En plus, il y a rien qui dit qu'en janvier, on va être assez pour qu'ils le donnent ce cours-là. On dirait que je suis condamnée à faire de la cuisine et du ménage toute ma vie.

— Arrête donc de t'énerver pour rien.

— Je pourrais toujours suivre ce cours-là à Drummondville, avait-elle hasardé devant ses parents. Il y a une école privée qui le donne.

— Est-ce que ça coûte cher ? fit son père, toujours prêt à faire des sacrifices pour le bonheur de ses enfants.

— Voyons, Étienne, avait protesté sa femme. Elle vient juste d'avoir vingt ans. Il y a rien qui presse. Pourquoi dépenser de l'argent pour des cours qui vont rien coûter en janvier ? En plus, il y a le transport. Comment elle irait et reviendrait tous les jours de Drummondville ? Pas vrai, Catherine ?

Sa fille n'avait rien répondu.

— Écoute, avait alors proposé son père sur un ton raisonnable. Qu'est-ce que tu dirais d'attendre jusqu'en janvier pour voir si le cours se donne ? S'il se donne pas, je te paierai ton cours à Drummondville et on s'organisera pour le transport.

La jeune fille n'avait pu faire autrement que d'accepter la proposition paternelle, mais elle n'en était pas moins déçue.

Ce matin-là, à la sortie du magasin général, Étienne Fournier ne se dirigea pas vers le rang Sainte-Marie. Il poursuivit plutôt son chemin dans le rang Saint-Edmond. À la hauteur du pont, il tourna à droite et vint immobiliser la Dodge devant le magasin Loiselle et frères.

— Je dois aller voir pour de l'engrais, dit le bossu à sa fille. Descends. Viens voir le magasin. T'es jamais venue voir de quoi ça a l'air.

Catherine descendit de bonne grâce de la voiture et suivit son père à l'intérieur. Quand Hervé les aperçut tous les deux devant le long comptoir, il sortit de son bureau en souriant, ses yeux noisette fixés sur la jeune fille. Son épaisse chevelure châtain attachée en une queue de cheval mettait en valeur ses hautes pommettes et ses yeux d'un bleu profond.

Étienne expliqua au marchand ce qu'il désirait et ce dernier se mit à lui vanter divers produits qu'il avait en stock. Il lui parla aussi de semences et de nouveaux engrais qui commençaient à faire leurs preuves.

— Avec la nouvelle assurance-récolte que le gouvernement de Johnson vient de voter, affirma Hervé, vous pouvez pas perdre.

— Je veux ben le croire, rétorqua Étienne sur un ton plaisant, mais s'il prend autant de temps à nous rembourser nos pertes qu'il en met à payer les allocations familiales à ceux qui ont des enfants de moins de seize ans, j'ai le temps de sécher sur pied.

— Oui, reconnut Hervé Loiselle. J'ai entendu parler de ça. Mais avec l'assurance-récolte, il devrait y avoir pas mal moins de problèmes.

Le cultivateur accepta tout de même de commander un nouvel engrais et lorsqu'il donna son adresse, le gérant ne put s'empêcher de l'informer qu'avant la fin de la semaine, ses employés allaient installer un nouveau silo chez André Veilleux, un des ses voisins.

— Première nouvelle, fit Étienne, peu envieux.

— Vous allez voir, monsieur Fournier. Cette sorte de silo en blocs de ciment est une vraie beauté. Vous savez qu'on écrit gratuitement le nom du propriétaire en gros, en haut du silo.

— Peut-être, mais ce genre d'affaire-là, c'est pas pour moi. J'ai pas besoin d'ensilage pour nourrir mes vaches. J'ai amplement assez de foin pour ça.

— Même si la deuxième coupe sera pas riche? demanda le gérant, un peu étonné. Avec l'été sec qu'on a, il me semble que le foin a pas levé bien haut dans la région.

— Il y a pas encore d'urgence avec le foin, fit Étienne. Septembre est pas arrivé. On peut se donner encore une dizaine de jours avant de couper le foin. En dix jours, il peut lever pas mal.

— Je l'espère pour vous, monsieur Fournier. Et vous, mademoiselle, travaillez-vous quelque part? demanda-il à Catherine pour faire preuve de politesse.

— Oui, à la maison, dit Catherine, en rougissant légèrement sous le regard insistant du jeune gérant.

— Elle a son diplôme de 12e année, intervint fièrement Étienne. Elle attend juste de pouvoir suivre des cours de coiffure.

Hervé garda le silence un bref moment avant de demander très diplomatiquement à son client :

— Me permettez-vous de faire une offre d'emploi à votre fille, monsieur Fournier?

Surpris, Étienne se tourna vers sa fille qui le regardait, les yeux brillants d'excitation.

— Pourquoi pas? laissa-t-il tomber. Si ça l'intéresse, elle est ben assez grande pour dire oui. Elle vient d'avoir vingt ans.

— Est-ce que ça vous intéresserait, mademoiselle, de venir travailler ici? Je cherche quelqu'un capable de tenir mes livres à jour et de répondre aux clients quand je suis en tournée. Tout seul, j'y arrive plus. Il faudrait que je sois à deux places en même temps.

— Je sais pas trop si j'ai la capacité de faire ça, dit Catherine, fort tentée par l'offre.

— C'est pas bien compliqué. En deux jours, je peux vous montrer tout ce que vous devez savoir. Écoutez. Je vous prends à l'essai. Si ça fonctionne et que vous aimez ça, vous continuerez à être ma secrétaire. Si vous faites pas l'affaire, je vais vous le dire. Pour le salaire, on va s'entendre vite, vous allez voir.

— C'est correct, accepta Catherine, reconnaissante. Quand voulez-vous que je commence?

— Demain matin, huit heures, est-ce que c'est trop vite pour vous?

— Je vais être ici. Merci.

Sur le chemin du retour, la jeune fille ne parvint pas à cacher sa joie de s'être déniché un emploi qui allait la sortir de la maison et lui procurer de l'argent. Dorénavant, si tout allait bien, elle n'aurait plus à demander de l'argent de poche à personne. Elle allait être indépendante. Cependant, la nouvelle ne fut pas accueillie avec grand enthousiasme par sa mère.

— C'est ça. Je vais être pognée toute seule pour faire les provisions pour l'hiver, dit-elle.

— Mais m'man, les ketchups, la relish et les confitures sont faites. Il reste juste à s'occuper de la compote de pommes et des citrouilles.

— Qui va m'aider à arranger les dernières tomates et à vider le jardin?

— Je vous donnerai un coup de main le soir, après le souper.

— Et le grand ménage d'automne?

— La même chose, m'man.

— Bon. Ça a tout l'air que rien va te faire changer d'idée, déclara finalement Françoise en dissimulant mal un sourire narquois. C'est vrai que t'avais bien hâte de te débarrasser de ta mère.

— Dites donc pas ça. Vous savez bien que c'est pas vrai.

— Si je comprends bien, ajouta Gilles qui avait assisté à toute la scène, je vais être tout seul dans la maison à me faire commander du matin au soir et à me faire mener par le bout du nez.

— Non, intervint son père. T'oublies que je suis là. On va être deux.

— Aïe, vous deux! fit Françoise en feignant de se fâcher.

— T'auras juste à faire comme moi, dit Étienne à son fils. Tu viendras te cacher dans l'atelier. Là, quand quelqu'un nous crie après, on l'entend pas.

— Vous êtes bien drôles, conclut Françoise en faisant signe à sa fille de l'aider à dresser la table pour le dîner.

Le lendemain matin, Gilles alla conduire sa sœur chez Loiselle et frères et lui souhaita bonne chance après l'avoir déposée devant la porte. Catherine, à la fois nerveuse et excitée à l'idée de commencer son premier emploi, pénétra dans le magasin en même temps qu'un employé qui venait de garer sa voiture à l'extrémité du stationnement.

Le gérant, d'excellente humeur, présenta sa nouvelle secrétaire aux quatre hommes présents en leur disant:

— À partir d'aujourd'hui, c'est mademoiselle Fournier qui se chargera de vous dire ce que vous aurez à faire quand je serai pas là. Si vous avez des problèmes, c'est à elle que vous les raconterez. En d'autres mots, c'est elle qui est maintenant responsable du magasin quand je suis ailleurs.

Les hommes saluèrent la nouvelle secrétaire avant de recevoir leur tâche. Ensuite, Hervé entraîna la jeune fille dans son bureau et se mit à lui montrer tout ce qu'elle devait savoir.

— À la dactylo, je suis pas très vite, dit-elle à son nouveau patron quand il lui enseigna comment remplir une facture à envoyer aux clients.

— C'est pas grave, dit Hervé, conciliant. Avec le temps, vous allez devenir plus rapide. L'important est d'être précise dans les comptes.

À la fin de la semaine, la jeune fille était suffisamment familiarisée avec son travail pour affirmer qu'elle l'adorait. Le soir même, au moment où elle prenait congé de son patron, ce dernier lui avait dit en lui remettant sa première paye qu'il était entièrement satisfait de ses services et qu'il espérait la garder longtemps à son emploi, ce qui avait comblé Catherine d'aise et de fierté.

— Il m'a même dit que j'étais la secrétaire rêvée, dit Catherine à ses parents, en se rengorgeant.

— Ouf! Ça doit être dur pour l'humilité de se faire dire des affaires comme ça, fit sa mère, moqueuse, après l'avoir écoutée tout en finissant de préparer le souper. Il est donc bien fin, ce monsieur Loiselle-là!

— Il est pas mal facile à vivre, en tout cas, approuva la jeune fille.

— C'est pas ton père qui m'aurait dit ça.

— J'ai jamais pu te dire ça parce que t'es pas secrétaire, protesta Étienne.

— T'aurais pu me dire que j'étais la femme que tu rêvais d'avoir.

— C'est sûr que tu l'es. Je te l'ai pas dit parce que je pensais que tu le savais.

— Je le croirais si tu me donnais au moins une aussi bonne paye que celle que ta fille a reçue.

— Je suis trop pauvre pour faire ça, se moqua Étienne en retournant devant elle ses poches de pantalon vides.

— À propos de paye, comment on va s'arranger ? demanda Catherine en regardant alternativement son père et sa mère. Quelle pension vous voulez que je vous donne ?

— Demande ça à ton père, dit Françoise en sortant un plat du four.

— J'ai pensé que tu pourrais garder toute ta paye, dit Étienne après un moment d'hésitation. Comme ça, tu pourrais mettre de l'argent de côté pour payer les dépenses de ton cours de coiffure ou te ramasser un trousseau. Essaye de pas gaspiller inutilement. Qu'est-ce que t'en dis, Françoise ?

— C'est une bonne idée.

Catherine savait que ses parents ne roulaient pas sur l'or. Sans en faire toute une histoire, ils venaient de consentir un sacrifice important. La jeune fille se leva et alla embrasser son père et sa mère pour les remercier de leur générosité.

Le lendemain matin, à la sortie de la messe, Catherine rencontra Danielle Martineau. Sans être devenues de grandes amies, les jeunes filles se voyaient régulièrement depuis leur voyage à l'Expo 67.

— C'est la fin de mes vacances, annonça la jeune Montréalaise. Je commence à travailler avec mon père demain matin. Tu peux pas savoir comment ça me tente pas.

— Ta mère va rester toute seule?

— Non. Elle revient en ville avec nous.

— C'est plate que vous partiez déjà. Le mois de septembre est même pas commencé.

— On va revenir tous les vendredis soirs passer la fin de semaine, au moins jusqu'à temps qu'il y ait de la neige.

Soudain, Catherine prit un air embarrassé avant de demander à sa voisine:

— Est-ce que t'as recommencé à sortir avec Alain?

— Non. Pourquoi tu me demandes ça?

— Parce que t'es sortie avec lui la semaine passée, non?

— C'est vrai. On est allés manger de la gibelotte dans les îles de Sorel. Mais c'était seulement en amis. As-tu l'intention de sortir avec lui? demanda Danielle, curieuse.

— Je le sais pas encore, admit Catherine, mal à l'aise. Il est passé chez Loiselle hier après-midi et il m'a demandé si j'irais pas aux vues avec lui cet après-midi, à Pierreville.

— Gêne-toi pas pour moi si ça te tente, dit Danielle en riant. Mais attention à lui, ajouta-t-elle. Les filles lui font pas peur au beau Alain, et il est pas mal entreprenant.

— Je vais m'en souvenir... Tu vas me donner des nouvelles de ta première semaine au bureau de ton père? demanda Catherine, changeant volontairement de sujet de conversation.

— Certain. En tout cas, je peux te dire que si j'avais su que Loiselle cherchait une secrétaire, je pense que j'aurais pas haï ça travailler là. Le gérant m'a l'air pas mal moins dur que mon père.

Ce midi-là, durant le repas, Catherine fit part à ses parents de l'invitation d'Alain Crevier à aller voir un film au cinéma. Même si ce n'était pas la première fois que leur fille était invitée par un garçon de la paroisse, Françoise tint tout de même à rappeler dans quelles conditions son mari et elle acceptaient qu'elle y aille.

— Naturellement, il y a quelqu'un qui y va avec vous autres ? demanda Françoise qui avait toujours refusé que sa fille se retrouve seule avec un garçon dans une voiture.

— Bien oui, m'man. Ayez pas peur. Alain a demandé à une de ses cousines de venir avec nous autres, même si ça fait pas mal drôle de…

— Laisse faire, l'avertit sa mère.

Catherine n'insista pas et monta se préparer dans sa chambre dès que la vaisselle fut essuyée. Pendant la brève absence de sa fille, Françoise ne put s'empêcher de dire à son mari :

— Moi, le petit Crevier, je lui fais pas une grosse confiance. Il aime trop faire le beau avec les filles.

— Il est jeune, fit Étienne. C'est tout de même pas une tête folle et un paresseux. Il travaille avec son père au garage et il a pas l'air de boire. Je vois pas pourquoi tu t'énerves. Il vient pas demander la main de ta fille, il l'a juste invitée à aller aux vues.

Françoise Fournier se contenta de grommeler quelque chose sur les hommes en général en se dirigeant vers le garde-manger.

À une heure exactement, la Ford bleue d'Alain Crevier s'arrêta devant la maison et son conducteur donna un coup de klaxon impératif pour signifier à Catherine de sortir.

— Ah bien non, par exemple ! s'exclama Françoise en se dirigeant au pas de charge vers la porte moustiquaire qu'elle ouvrit.

Avant même que sa fille ne dévale l'escalier, Françoise sortit sur la galerie, vérifia d'un coup d'œil si la cousine était bien présente dans la voiture et fit signe au fils du garagiste d'entrer. Ce dernier, un peu agacé par cette invitation imprévue, descendit de voiture et entra dans la maison.

— Dis donc, mon garçon, est-ce que tu prends ma fille pour ton chien ? l'interpella la mère en lui jetant un regard furieux. Peut-être que t'aimerais juste avoir à siffler pour qu'elle arrive plus vite ?

— Non, madame Fournier, répondit le jeune homme qui avait perdu toute sa superbe.

— Voyons, m'man ! protesta Catherine qui entrait au même moment dans la cuisine.

— Laisse faire, toi ! fit sa mère. La prochaine fois que tu viendras la chercher, s'il y a une prochaine fois, poursuivit-elle en s'adressant au jeune homme, tu descendras de ton char et tu viendras nous dire bonjour avant de repartir avec elle, comme un garçon bien élevé.

— Certain, madame Fournier, balbutia le jeune homme.

— À cette heure, essaye de te rappeler qu'on l'attend pour souper et ramène-la à temps.

— Oui, madame Fournier.

— Bon. Allez-y voir votre film sinon vous allez arriver en retard.

Les deux jeunes gens quittèrent la maison sans un mot et montèrent dans la Ford.

— Sacrifice ! Elle est ben mauvaise, ta mère ! s'exclama Alain en reprenant lentement des couleurs. Je pensais qu'elle était pour me sauter dessus.

— Bien non, protesta Catherine en réprimant difficilement un sourire. Elle nous a bien éduqués Gilles et moi et elle peut pas endurer l'impolitesse.

Le jeune garagiste se le tint pour dit. Lorsqu'il la ramena à la maison à la fin de l'après-midi, il se donna la peine d'aller la conduire jusqu'à la porte et de saluer les parents de Catherine avant de rentrer au village.

Chapitre 11

La fin de l'été

De mémoire d'homme, on ne se souvenait pas d'avoir déjà connu dans la région un été aussi sec et aussi chaud. L'unique journée de pluie du mois d'août n'avait évidemment pas suffi à assurer la croissance des récoltes. Au lendemain de la fête du Travail, l'inquiétude se lisait sur le visage des agriculteurs qui voyaient leur maïs, leur orge et leur avoine brûler dans les champs. S'il ne pleuvait pas bientôt, la seconde coupe de foin serait inutile. Certains s'en faisaient même pour leur puits dont le débit d'eau avait sérieusement baissé depuis une semaine ou deux.

— Avec cette chaleur-là, se plaignit André Veilleux, il y a rien qui pousse. Si ça continue, ce qu'il y a dans le champ va être juste bon à être labouré, maudit torrieu!

— En tout cas, on est mal partis pour remplir ton silo quand ils vont finir de le bâtir, lui fit remarquer son père, debout à ses côtés, en train de regarder trois employés de Loiselle et frères qui venaient d'arriver pour poursuivre la construction de leur silo en blocs de ciment à l'extrémité de l'étable.

— On aurait dû attendre l'année prochaine pour faire cette dépense-là, ajouta Colette, debout près des deux hommes.

— Écoutez, m'man. On n'est pas pour recommencer cette discussion-là, fit André, avec humeur. On a décidé de le faire construire cette année parce que Loiselle nous le faisait vingt pour cent moins cher que d'habitude et on a cinq ans pour le payer. Même si on le remplit juste à moitié cette année, on l'aura pour les autres années.

— À part ça, on va être les premiers à avoir un silo comme ça à Saint-Jacques, madame Veilleux, reprit la femme d'André qui venait de rejoindre le trio.

— Péter de la broue remplira pas notre assiette quand on va avoir faim, rétorqua sèchement sa belle-mère. Bon. Je vais aller voir si Hélène et Paul ont tout ce qui leur faut pour partir à l'école, poursuivit-elle.

Dans la maison, les deux adolescents, maussades, avaient fait des frais de toilette. Hélène étrennait un nouveau chemisier blanc et une jupe bleue tandis que son frère avait revêtu un pantalon gris et une chemisette jaune.

— Prenez pas ces airs de condamnés, leur ordonna leur grand-mère. Vous connaissez pas votre chance de pouvoir vous faire instruire. Dans mon temps, à votre âge, on restait à la maison pour aider nos parents et on travaillait comme des esclaves d'une étoile à l'autre. Vous autres, vous avez tout cuit dans le bec. Vous avez même plus à marcher jusqu'à l'école. L'autobus va venir vous prendre à la porte et, en plus, vous vous en allez dans une belle grosse école neuve.

— On le sait, grand-maman, rétorqua Hélène en se dirigeant vers la fenêtre pour voir si l'autobus scolaire approchait. Moi, j'haïs pas ça aller à l'école. Ce que j'aime pas, c'est que cette école-là va être tellement grosse que je saurai pas où aller et je serai pas avec mes amies.

— Et toi, Paul ? demanda Colette à son petit-fils qui venait d'avoir quatorze ans.

— Moi, j'aimerais mieux rester ici. Je trouve ça plate, l'école.

Elle allait répliquer quelque chose quand Hélène signala à son frère que l'autobus approchait. Tous les deux embrassèrent rapidement leur grand-mère sur une joue avant de se précipiter vers la porte. Au moment où ils arrivaient au chemin, l'autobus jaune s'immobilisa devant eux en soulevant un nuage de poussière. Les deux adolescents montèrent à bord du véhicule, accueillis par les cris des jeunes déjà installés à l'intérieur.

— Mon Dieu que les jeunes d'aujourd'hui sont énervés ! dit Colette à mi-voix en retournant préparer la soupe qu'elle voulait servir au dîner.

Chez les Fournier, le passage de l'autobus scolaire ne suscita aucun commentaire. Gilles venait de rentrer après être allé conduire sa sœur chez Loiselle. Sa mère était déjà occupée dans le jardin à l'arrière de la maison.

— J'ai vu Bertrand et son père dans le champ. Ils ont commencé à faire les foins, dit-il à son père en train de poncer le dessus d'une table de cuisine dans l'atelier.

— Nous autres, on va attendre, dit Étienne. Une couple de jours de plus feront pas de mal. Le foin est tellement court que je me demande si ça vaut la peine de le couper.

— Vous avez pas peur de la pluie ?

— Pantoute. S'il mouillait un peu, ça ferait juste du bien.

— Ah ! Pendant que j'y pense, p'pa, j'ai parlé au patron de Catherine tout à l'heure. Dans son bureau, il a juste une table pour travailler. Il aimerait ça avoir un vrai bureau. Pour moi, Catherine a dû lui dire que vous faisiez des meubles parce qu'il veut savoir combien vous lui demanderiez pour lui en faire un.

Étienne arrêta de poncer sa table pour réfléchir un instant.

— Qu'est-ce que tu dirais de t'en occuper tout seul ? proposa-t-il à son fils. Dessine-lui un bureau. Va lui montrer ton dessin. S'il est d'accord, je suis certain que t'es capable de te débrouiller pour lui en faire un à son goût. Offre-lui de le lui faire en merisier ou en chêne. On a ce bois-là en train de sécher dans la grange depuis trois ou quatre ans.

— Je suis pas sûr que je saurai faire ça, répondit le jeune homme, hésitant.

— Moi, je suis certain que t'es capable. En tout cas, la seule façon de le savoir, c'est d'essayer. Vas-y. Fais-le.

— Et pour le prix ?

— Tu connais un peu le prix du bois. Calcule aussi le temps que ça va te prendre. Fais-lui un prix raisonnable. Il est pas stupide, ce gars-là. Il sait à peu près ce que ça coûte, un bureau.

Ce soir-là, Gilles s'assit à la table de cuisine et fit plusieurs esquisses qu'il avait l'intention de soumettre à Hervé Loiselle le lendemain matin. Il y passa toute la soirée.

⌒

Au même moment, on sonna à la porte du presbytère de Saint-Jacques-de-la-Rive. La ménagère, le visage toujours aussi rébarbatif, vint ouvrir. Elle se fit à peine plus aimable quand elle découvrit devant la porte un petit prêtre à l'allure délicate, vêtu d'un costume gris agrémenté d'un collet romain.

— Puis-je voir monsieur le curé Savard ? demanda l'ecclésiastique en pénétrant dans le couloir.

— Qui est-ce que je dois lui annoncer? lui demanda Clémence en lui indiquant la salle d'attente.

— Laurent Charlebois, le secrétaire de monseigneur Pichette, répondit le jeune prêtre en poussant la porte de la salle d'attente.

Moins d'une minute plus tard, la porte s'ouvrit sur un Philippe Savard tout sourire.

— Préférez-vous passer au salon ou dans mon bureau?

— Je crois que votre bureau conviendra mieux à ce que j'ai à vous communiquer, fit l'abbé, mystérieux.

Même si le curé se sentit soudain submergé par une vague inquiétude, il conserva son sourire et pria son visiteur de le suivre dans la pièce voisine.

— Prendriez-vous une tasse de café ou de thé?

— Merci, monsieur Savard. Je sors de table. Ce sera pour une autre fois. J'avais affaire à votre confrère de Pierreville et il m'a gardé à souper.

— Qu'est-ce que je peux faire pour vous? demanda aimablement le grand prêtre après avoir prié le secrétaire de l'évêque de s'asseoir.

— Je viens vous voir à la demande de monseigneur, dit l'abbé Charlebois sur un ton onctueux.

— Oui?

— Tout d'abord, monseigneur a lu avec intérêt vos derniers rapports et il a remarqué que vous étiez pas encore parvenu à combler les postes vacants de votre conseil de fabrique.

— C'est vrai, admit Philippe Savard.

— Monseigneur s'en inquiète et comprend pas. Il semble que votre paroisse ait jamais connu ce genre de situation. Monseigneur m'a chargé de lui rapporter de plus amples explications.

— La situation est pas du tout inquiétante, expliqua le curé de Saint-Jacques-de-la-Rive en minimisant le problème. La démission de trois marguilliers pour des raisons personnelles est arrivée en même temps, juste dans la période de l'année où mes paroissiens ont le plus de travail sur leurs terres. J'ai pas fait de pressions inutiles, mentit le pasteur, parce que je sais que lors de ma visite paroissiale annuelle, qui commencera lundi prochain, je recruterai facilement trois nouveaux marguilliers.

— Je l'espère pour vous, monsieur le curé, fit sèchement son visiteur qui ne sembla pas tout à fait convaincu. Oubliez pas que vous aurez besoin du conseil de fabrique pour voter le nouveau budget de la paroisse, cet automne.

— Je l'oublie pas, dit abruptement Philippe Savard, agacé de se faire faire la leçon par un jeune prêtre qui avait la moitié de son âge.

— Je transmettrai votre explication à monseigneur.

— Merci.

— Pour ce qui est du problème de votre cimetière devenu trop petit, il a été soumis à l'avocat du diocèse, comme vous l'avez demandé, reprit le secrétaire de l'évêque. À son avis, vous ne pourrez faire exhumer les restes de l'un de vos paroissiens décédé il y a plus de vingt ans qu'avec le plein accord du propriétaire du lot. L'issue d'un procès serait loin d'être assurée. Monseigneur préférerait de beaucoup que l'affaire s'ébruite pas et que la fabrique en vienne à une entente à l'amiable avec le propriétaire.

— Vous pouvez rassurer monseigneur. Je vais régler ça moi-même avant la fin du mois, dit Philippe Savard en adoptant un ton plein d'assurance.

— Il serait peut-être préférable que vous ayez le plein accord des membres de votre conseil de fabrique, de tous les membres de votre conseil, osa insister le visiteur.

— Plus facile à dire qu'à faire, se rebiffa le grand prêtre en replaçant sur son nez ses lunettes à monture d'acier qui avaient légèrement glissé. Est-ce qu'il y a autre chose ? demanda-t-il sur un ton un peu plus cassant.

Il y eut dans la pièce un silence embarrassé entre les deux hommes avant que le messager de monseigneur Pichette reprenne la parole.

— Est-ce que l'abbé Lanthier vous donne pleine satis-faction ?

— Oui. Pourquoi est-ce que vous me demandez ça ? fit le curé qui avait définitivement renoncé à sourire. Je m'en suis pas plaint dans mes rapports, il me semble.

— Vous, non. Mais durant l'été, nous avons reçu quelques lettres anonymes assez troublantes à son sujet.

— Pfft ! Des lettres anonymes ! fit le curé de Saint-Jacques-de-la-Rive. Un moyen de lâche pour salir la répu-tation d'un prêtre.

— Vous avez peut-être raison, monsieur le curé, mais il s'agit de lettres écrites par des personnes différentes qui dénoncent la même chose. Vous savez comme moi que, souvent, il y a pas de fumée sans feu.

— Qu'est-ce qu'on lui reproche, à mon vicaire ?

— Les auteurs de ces lettres disent l'avoir vu manquer de tenue en public alors qu'il était en compagnie d'une jeune femme.

— Voyons donc ! protesta Philippe Savard, outré.

— Vous avez pas la moindre idée, je suppose, de l'identité de la femme dont il est question ?

— Pas du tout.

— Monseigneur voudrait vous rappeler que vous êtes responsable de la tenue de votre vicaire et qu'il vous appartient de voir à ce que sa conduite soit irréprochable.

— Je vais y voir, promit le curé.

Sur ces mots, le secrétaire se leva pour signifier que sa visite était terminée.

— Je vous reconduis, dit Philippe Savard sans aucune chaleur.

La porte du presbytère venait à peine de se refermer dans le dos de l'abbé Charlebois que le grand prêtre au teint jaunâtre appela sa sœur.

— Où est le vicaire? lui demanda-t-il sur un ton rageur.

— Il vient de traverser chez madame Boisvert. Il paraît qu'elle va se faire hospitaliser demain et elle voulait qu'il vienne la confesser.

— Bon. Quand il rentrera, dis-lui de passer à mon bureau.

— Qu'est-ce qui se passe?

— Ça te regarde pas, Clémence, lui répondit son frère avant de lui claquer la porte de son bureau au nez.

La ménagère se contenta de soulever les épaules et retourna dans la cuisine. Quelques minutes plus tard, Robert Lanthier frappa à la porte du bureau du curé Savard. Lorsque le jeune prêtre pénétra dans la pièce, elle n'était éclairée que par une lampe qui jetait un grand halo éclairant la tête de son curé et le dessus de sa table de travail.

— Vous voulez me voir, monsieur le curé?

— Oui, l'abbé. Fermez la porte et assoyez-vous, lui commanda sèchement son supérieur.

Si le vicaire était inquiet, il le cachait parfaitement bien. Son sourire aimable ne s'effaça pas et il s'assit sur l'une des deux chaises placées devant le bureau en chêne.

— Je viens de recevoir la visite du secrétaire de monseigneur, annonça Philippe Savard sur un ton neutre.

— Il vous apportait des bonnes nouvelles, j'espère.

— Pas tellement, non! En fait, elles étaient plutôt mauvaises.

Robert Lanthier ne dit rien et attendit la suite.

— Il paraît que l'évêché a reçu des lettres anonymes à votre sujet.

— Bon. Qu'est-ce que j'ai fait de mal ? demanda le vicaire sur un ton léger.

— C'est sérieux, l'abbé ! le réprimanda Philippe Savard en haussant le ton. On vous accuse d'avoir une conduite scandaleuse avec une jeune femme. Les auteurs disent vous avoir vu avec elle dans des lieux publics.

— Est-ce qu'on vous a dit quand, où et avec qui j'aurais eu ce genre de comportement ?

— Non, reconnut le pasteur.

— Vous voyez bien, monsieur le curé, que ce ne sont que des ragots. J'ai rien à me reprocher. Des langues sales, on en trouve dans toutes les paroisses, et elles sont toujours prêtes à entacher la réputation des prêtres.

— En tout cas, c'est assez grave pour que l'évêché s'en inquiète. Surveillez mieux votre comportement avec les femmes. Qu'il prête jamais au malentendu. Oubliez pas que je suis responsable de vous devant monseigneur, le prévint Philippe Savard sur un ton sévère.

— Je vais me montrer encore plus prudent, promit l'abbé sur un ton grave.

— Bon. Vous êtes allé confesser madame Boisvert chez elle ? demanda le grand prêtre en changeant de sujet de conversation.

— Oui.

— Il s'agit bien de la vieille femme qui demeure en face ?

— Oui. Elle a quatre-vingts ans et elle a pas la langue dans sa poche, précisa le vicaire en retrouvant son air aimable.

— Oui, je sais. La seule fois où je lui ai parlé, elle m'a enguirlandé. Pourquoi n'est-elle pas venue se confesser à l'église, samedi passé ?

— Elle était trop malade pour se déplacer, monsieur le curé. Elle entre à l'Hôtel-Dieu de Sorel demain et elle sait pas trop ce qu'elle a.

Le vicaire se garda bien de révéler à son supérieur que Georgette Boisvert ne voulait surtout pas avoir affaire à lui parce qu'elle ne pouvait le souffrir. À ses yeux, Philippe Savard incarnait le type de curé qu'elle avait toujours détesté. À son avis, les prêtres autoritaires et despotiques, toujours prêts à brandir les flammes éternelles pour faire obéir leurs ouailles, avaient fait leur temps et rendu la vie de leurs paroissiens misérable assez longtemps.

— Est-ce qu'elle avait pas un pensionnaire ? demanda le curé en se levant pour signifier que la rencontre était terminée.

— Oui. Hervé Loiselle, le gérant du nouveau magasin. Elle m'a dit qu'elle lui avait trouvé une autre pension chez ses voisins, les Tremblay. Ils restent dans la petite maison jaune, presque en face du presbytère. J'ai promis d'aller lui souhaiter bonne chance demain matin avant son départ pour Sorel.

En regagnant sa chambre à l'étage, l'abbé Lanthier se demanda où et quand il avait pu être vu en compagnie de Lucie. Ils avaient pourtant pris soin de ne se rencontrer qu'à Montréal ou dans des endroits retirés où ils ne risquaient pas de se faire surprendre par des gens qui les connaissaient. Le jeune prêtre se promit de ne rien dire à la femme qu'il aimait pour ne pas l'alarmer, mais ferait en sorte de se montrer encore plus prudent à l'avenir.

Leur liaison remontait au printemps précédent. Dès son arrivée dans la paroisse, le curé Marceau l'avait chargé d'animer la pastorale paroissiale, organisme auquel appartenait Lucie Veilleux. À leur première rencontre, les deux jeunes gens s'étaient sentis attirés irrésistiblement l'un vers l'autre. Durant plusieurs semaines, Robert avait lutté contre cette attirance qu'il éprouvait pour la jeune fille qui semblait inconsciente de la sensualité qu'elle dégageait. Le vicaire avait eu beau faire des efforts surhumains pour se tenir à distance de la tentation, il n'était pas parvenu à la vaincre. Lorsqu'il avait fini par reconnaître sa défaite auprès de la fille de Jean-Paul Veilleux, elle lui avait avoué avoir combattu aussi fort que lui parce qu'elle ne voulait pas corrompre un prêtre et le détourner de sa vocation. Tous les deux s'étaient alors promis de devenir amis et de s'en tenir à une amitié pure. Une promesse qu'ils avaient été incapables de tenir.

Une semaine avant l'arrivée de Philippe Savard à Saint-Jacques-de-la-Rive, le jeune couple avait succombé pour la première fois à leur attirance physique réciproque. Depuis près de six mois, les jeunes gens se voyaient en cachette au moins deux fois par mois. Lorsque le curé avait reproché à la jeune fille de porter une robe trop provocatrice, son vicaire venait de fixer discrètement un rendez-vous à la femme qu'il aimait.

Au fil des semaines, le lien entre le prêtre et sa paroissienne s'était considérablement renforci et ils avaient de plus en plus de mal à cacher leur amour. Les périodes entre chacun de leurs rendez-vous leur paraissaient interminables. Les parents de Robert étaient des gens très à l'aise. L'année précédente, ils lui avaient offert une voiture neuve. S'ils avaient su à quoi ce véhicule servait, les Lanthier auraient été inconsolables.

Pour sa part, Lucie avait mis à profit son amitié pour France Labbé, une cousine célibataire d'une trentaine d'années, infirmière à l'Hôtel-Dieu de Montréal. Depuis le début de l'été, elle trouvait divers prétextes pour aller passer de temps à autre un jour ou deux chez elle dans la métropole. Jean-Paul et Claudette Veilleux, se fiant au sérieux de leur nièce, n'avaient jamais formulé la moindre objection aux déplacements de leur fille. France était devenue, sans le vouloir, complice des amours de sa cousine. Lucie lui avait présenté Robert, venu la chercher pour une sortie, comme un amoureux que ses parents n'approuvaient pas. L'infirmière, compréhensive, ne s'était pas opposée à ce que sa cousine utilise son appartement comme pied-à-terre. Après tout, Lucie, à vingt-deux ans, était bien assez âgée pour choisir son amoureux. Évidemment, si elle avait su que le prétendant en question était un prêtre, cela aurait été une tout autre histoire… Mais elle ne risquait pas de l'apprendre puisqu'elle ne venait jamais à Saint-Jacques-de-la-Rive.

Quelques semaines plus tôt, quand Catherine et Gilles Fournier avaient surpris le jeune prêtre en compagnie de Lucie Veilleux à l'Expo, le vicaire profitait d'une journée de congé pour venir retrouver la jeune fille de passage chez sa cousine.

~

La veuve Boisvert ne survécut que quatre jours à son hospitalisation. Dans son cas, on parla d'un vieux cœur usé. Georges, son fils unique demeurant à Montréal, vint à Saint-Jacques-de-la-Rive avec son épouse pour régler les obsèques de sa mère. Le corps allait être exposé au salon funéraire de Normand Desfossés à Pierreville et, fait extraordinaire, le service funèbre allait être célébré à Pierreville avant que le corps ne soit inhumé dans le cimetière de Saint-Jacques-de-la-Rive.

Même si beaucoup de cultivateurs avaient entrepris la seconde coupe du foin, la plupart trouvèrent le temps d'aller rendre un dernier hommage à la disparue. Georgette Boisvert n'était peut-être pas la plus aimée des paroissiennes, mais c'était une doyenne qu'on respectait. De plus, un bon nombre de gens vinrent pour pouvoir discuter avec des amis et des connaissances.

Ce soir-là, le vieux Elphège Turcotte avait trouvé une bonne âme pour le véhiculer jusqu'au salon funéraire. Debout en compagnie d'une demi-douzaine d'hommes de la paroisse devant la porte d'entrée, le vieillard donnait son opinion.

— Je trouve que la mère Boisvert est partie ben vite, dit-il en esquissant une grimace. Son garçon m'a dit tout à l'heure que sa mère était morte parce qu'elle avait trop travaillé toute sa vie.

— Ça risque pas de t'arriver, ça, pas vrai, mon Tit-Phège? fit Côme Crevier en faisant un clin d'œil à ses voisins.

— Pourquoi tu me dis ça? lui demanda le vieil homme.

— Si je me souviens ben, t'as jamais trop travaillé.

— Tu sauras, Côme Crevier, que j'ai été bedeau.

— En v'là toute une *job*! s'exclama Desjardins. Tu l'as été une dizaine d'années sur plus de quatre-vingts ans. Ça t'a tout de même laissé un peu de temps pour souffler, si je sais calculer.

Il y eut un éclat de rire général et Elphège piqua un fard. Mais sa mauvaise humeur ne dura pas.

— Voulez-vous ben me dire pourquoi son service est pas chanté à Saint-Jacques? demanda Jean-Paul Veilleux. Elle a toujours vécu dans la paroisse.

— Son gars m'a dit qu'elle l'a demandé dans son testament, intervint Elphège, ne pouvant résister au plaisir de montrer qu'il était bien renseigné. En plus, il paraît qu'elle lui a dit carrément cet été qu'elle pouvait pas sentir notre curé et qu'elle voulait pas pantoute qu'il chante son service quand elle mourrait.

— Elle est pas toute seule, dit Louis Tremblay qui venait de se joindre au groupe en compagnie de son père, Clément.

— Qu'est-ce qui arrive avec son pensionnaire ? demanda le maire, curieux.

— Il reste chez nous, dit Clément. On avait deux chambres libres dans la maison. Ma femme a accepté de le garder le temps que la mère Boisvert serait hospitalisée. À cette heure qu'elle est morte, je sais pas ce que ma femme va faire. C'est pas mal délicat de dire à Hervé Loiselle de s'en aller à cause de notre petite-fille qui travaille pour lui.

Le lundi matin, il y eut bien peu de paroissiens de Saint-Jacques-de-la-Rive qui se déplacèrent jusqu'à Pierreville pour assister aux obsèques de Georgette Boisvert. Par contre, un petit groupe de voisins et de connaissances se joignirent à la famille pour l'accompagner jusqu'à sa sépulture quand le corbillard de Desfossés s'arrêta un peu avant onze heures devant le cimetière.

D'une fenêtre du presbytère, Philippe Savard assista, mécontent, à l'arrivée du curé de Pierreville. Le vieil homme, probablement un peu mal à l'aise de prendre la place de son confrère, prit la tête du maigre cortège qui se rendit lentement jusqu'au lot des Boisvert. Après la bénédiction du corps et quelques paroles de réconfort formulées par le curé Parenteau, les gens se dispersèrent et rentrèrent chez eux.

— Qu'est-ce que je leur ai fait pour qu'ils soient tous sur mon dos ! dit à mi-voix Philippe Savard en laissant retomber le rideau qu'il avait soulevé pour mieux voir ce qui se passait dans son cimetière.

La veille, comme son devoir l'exigeait, le prêtre s'était rendu au salon funéraire pour présenter à la famille éprouvée ses sympathies et pour prier avec les gens présents. Quand il avait discrètement fait remarquer au

fils de la défunte qu'il avait oublié de se présenter au presbytère pour convenir d'une heure pour les funérailles,
ce dernier s'était contenté de lui apprendre que sa mère
avait demandé expressément que son service funèbre soit
célébré à l'église de Pierreville par le curé Parenteau.

— J'ignorais que le lot des Boisvert était à Pierreville,
avait chuchoté le prêtre. Votre mère venait d'ici ?

— Non. Elle est venue au monde et a toujours vécu à
Saint-Jacques, avait rétorqué le fils, un peu gêné par la
situation. Notre lot est au cimetière de Saint-Jacques. Je
suppose que sa demande de faire chanter son service à
Pierreville, c'est une lubie de vieille, mentit-il.

— C'est bien possible, avait dit le curé, tout de même
blessé par cette décision de la défunte.

Lorsqu'il avait annoncé la récitation d'une dizaine de
chapelet quelques minutes plus tard, il n'y avait eu qu'une
poignée de personnes âgées à se regrouper autour de lui
pour prier. Un bon nombre de ses paroissiens lui avaient
fait grise mine et avaient ostensiblement ignoré sa
présence.

⁓

À la fin de la troisième semaine de septembre, quelques
jours à peine après les foins, le temps changea brusquement. Il y eut enfin une journée de pluie après cette
longue période de chaleur et de soleil. Le lendemain, le
ciel demeura gris et un petit vent de l'ouest se mit à
souffler, apportant une fraîcheur bienfaisante qui faisait
voler les rideaux devant les fenêtres ouvertes.

— Enfin, on va respirer ! s'exclama Françoise ce
matin-là en rentrant dans la cuisine après être allée chercher des œufs dans le poulailler.

— Ça va faire du bien à tout le monde, ajouta Catherine. Les journées vont être moins dures au magasin.

— À quelle heure ton Alain est parti, hier soir?

— À onze heures. Vous avez été chanceuse de pouvoir aller vous coucher de bonne heure, vous, se moqua la jeune fille. P'pa avait l'air de trouver ça pas mal long de jouer au chaperon jusqu'à cette heure-là.

— C'est à chacun son tour de pâtir.

— Mais vous êtes pas obligés de rester debout à attendre qu'Alain parte, protesta Catherine en vérifiant son léger maquillage dans le miroir suspendu au-dessus de l'évier. Ayez pas peur. Je sais me tenir.

— Ma fille, c'est une maison honnête, ici, rétorqua sa mère. Il est pas question que tu veilles au salon pendant que tout le monde dort dans la maison. Si ça se savait dans la paroisse, on passerait pour quelle sorte de monde?

Catherine poussa un long soupir avant de demander:

— Où est-ce que Gilles est passé? S'il traîne trop, je vais finir par être en retard.

— Il arrive. Je viens de le voir en train de charger les bidons sur la plate-forme.

— Alain m'a demandé si on pourrait pas aller à l'Expo avant que ça ferme. Ça achève.

— Tu y es allée cet été.

— Bien oui, m'man, mais une journée, c'est pas assez pour tout voir. On partirait le matin et on reviendrait dans le milieu de la soirée.

— Il est pas question que t'ailles là toute seule avec Alain Crevier et tu le sais, la prévint Françoise, sévère. Si ton père est d'accord, il va falloir que tu demandes à Gilles s'il veut y aller avec vous autres.

— Gilles va vouloir. Après tout, c'est moi qui ai suggéré à mon *boss* de lui commander un bureau.

— Parles-en d'abord à ton père.

— Je suis sûre qu'il va dire « oui », fit la jeune fille avec assurance.

— Je te dis que c'est pas drôle quand on est le chouchou de son père, dit sa mère sur un ton réprobateur.

Durant le court trajet entre la maison et le magasin du rang Saint-Edmond, Catherine se mit en devoir de persuader son frère de lui servir de chaperon le samedi suivant. Comme le jeune homme se faisait un peu tirer l'oreille, elle eut l'idée de lui proposer de se faire accompagner par Danielle, qui arrivait de Montréal avec ses parents tous les vendredis soirs.

— Pourquoi elle accepterait de venir ? demanda Gilles. Ce serait pas mal gênant pour elle. Elle est sortie l'été passé avec ton Alain.

— Que je sorte avec lui la dérange pas pantoute, affirma Catherine. Je suis sûre qu'elle haïrait pas ça t'accompagner. Et toi, tu trouverais la journée moins plate. Qu'est-ce que t'en dis ?

Le jeune homme, mal à l'aise, finit tout de même par accepter l'arrangement. Il avait peu vu la jeune voisine depuis le jour où il lui avait avoué son désir de ne pas retourner au séminaire. Il l'avait évitée le plus possible, persuadé qu'elle devait un peu le mépriser pour sa faiblesse. Elle avait dû bien s'amuser de voir ce gars costaud venir s'épancher sur son épaule alors qu'il la connaissait à peine. En tout cas, il ne savait pas trop s'il devait souhaiter qu'elle accepte ou refuse l'invitation.

À son retour à la maison, il vit son père en train d'installer la faucheuse à l'arrière du tracteur et se dépêcha d'aller le rejoindre.

— Aujourd'hui, on rentre le grain, lui annonça son père. J'ai l'impression que le temps va se gâter pas mal vite.

Le samedi suivant, Alain se présenta dès neuf heures chez les Fournier. Quand Catherine lui avait appris au téléphone que son frère et Danielle allaient venir avec eux à Montréal, il avait été bien près d'abandonner son idée d'une virée à l'Expo.

— Es-tu en train de me dire qu'on va être obligés de traîner ton frère et sa blonde toute la journée ? avait-il demandé, mécontent.

— Bien oui. Mais Danielle est pas sa blonde. Si mon frère vient pas, mes parents voudront jamais que j'y aille.

— Maudite affaire ! avait juré le beau Alain. Ça m'a pris une semaine pour décider mon père à me donner un samedi de congé et me v'là pogné avec ton frère et Danielle Martineau.

— Écoute. Si ça fait pas ton affaire, t'as juste à le dire, Alain Crevier. Gilles peut prendre le char de mon père et on peut se passer de toi, avait rétorqué Catherine sur un ton cassant.

— Fâche-toi pas. Je disais pas ça parce que j'haïs ton frère. Non. C'est parce qu'on n'est jamais capables d'être tout seuls.

— C'est peut-être aussi bien comme ça.

Le samedi matin, Gilles était monté à bord de la Ford de l'ami de sa sœur et avait été rejoint quelques minutes plus tard sur la banquette arrière par une Danielle souriante. Après quelques minutes de conversation générale, les deux couples conversèrent à voix basse durant tout le reste du trajet. Sur le site de l'Expo, où la foule, sans être aussi imposante qu'en juillet, était tout de même assez considérable, on décida de se séparer après s'être donné rendez-vous à la fin de l'après-midi, près du pavillon de la Chine.

Dès que Catherine et Alain se furent éloignés, Danielle prit tout naturellement la main de son compagnon.

— Par quoi on commence? demanda-t-elle, pleine d'entrain.

Heureux et confus, le jeune homme balbutia :

— Par ce que tu veux. Tu connais la place bien mieux que moi.

Pour la première fois de sa vie, il tenait la main d'une fille et n'avait nulle envie de la lâcher.

À la fin de la journée, les quatre jeunes gens se retrouvèrent au lieu de rendez-vous sans aucune difficulté. Déjà, l'obscurité tombait doucement sur la métropole. Au moment où la Ford dépassait Saint-Hyacinthe sur l'autoroute 20, son conducteur, heureux d'avoir passé une journée agréable avec Catherine, fit une suggestion.

— Samedi prochain, on pourrait aller danser à la salle paroissiale de Pierreville. Qu'est-ce que vous en pensez?

— T'es pas sérieux, Alain! s'exclama en riant Catherine, assise à ses côtés. J'ai plus quinze ans. Ça fait un bon bout de temps que je regarde plus Pierre Lalonde à *Jeunesse d'aujourd'hui*. Je dis pas que ça m'arrive pas d'écouter des chansons des Classels, des Sultans ou des Baronnets, mais de là à aller danser des *slows* ou le twist dans une salle paroissiale pleine de fumée de cigarette…

— C'était juste une idée comme ça, protesta le jeune homme. Toi, Gilles, qu'est-ce que t'en penses?

— Tu tombes mal, dit son passager, assis sur le siège arrière. Je sais même pas danser.

— Et toi, Danielle?

— Chut! Elle dort, lui répondit à mi-voix le frère de Catherine.

— Il y a pas à dire, se moqua Alain. Tu fais de l'effet en maudit aux filles, toi.

En fait, l'automobile venait à peine de quitter le pont Jacques-Cartier que Danielle s'était endormie, vaincue par la fatigue. Sa tête s'était appuyée sur l'épaule de

Gilles. Depuis, ce dernier, ému, n'osait pas bouger de peur de la réveiller.

Lorsque la voiture s'arrêta près de la maison des Martineau, quatre-vingt-dix minutes plus tard, Gilles fut obligé de la secouer doucement pour la tirer du sommeil.

— Merci de m'avoir fait la conversation tout au long du voyage, lui dit-il gentiment quand elle ouvrit les yeux.

— Je m'excuse, j'étais tellement fatiguée, dit-elle, confuse.

— C'est pas grave. C'était bien agréable quand même, répliqua son compagnon.

En quittant la voiture, la jeune fille se pencha rapidement vers lui et l'embrassa sur une joue avant de claquer la portière. Gilles, surpris, n'avait même pas eu le temps de réagir.

Un moment plus tard, Alain laissa le frère et la sœur chez les Fournier. Avant d'entrer dans la maison, Catherine, à qui le geste de Danielle n'avait pas échappé, ne put s'empêcher de murmurer à son frère :

— On se déniaise, le petit frère. Sais-tu que je me demande si c'est pas nous autres qui aurions dû te servir de chaperons, ajouta-t-elle, moqueuse.

Rouge de confusion, le jeune homme ne dit pas un mot. Il se borna à lui ouvrir la porte de la maison.

～

Le lendemain matin, après la grand-messe célébrée par le curé Savard, Gilles eut la désagréable surprise d'être abordé sur le parvis de l'église par l'abbé Lanthier qu'il avait soigneusement évité depuis qu'il l'avait pris en flagrant délit à La Ronde. Il ne voulait rien avoir à faire avec un mauvais prêtre. Il n'avait dit mot à personne de ce qu'il avait vu, mais il n'en méprisait pas moins le jeune vicaire. Insensible au visage fermé que lui présentait son vis-à-vis, Robert Lanthier l'aborda avec sa bonne humeur habituelle.

— Qu'est-ce que tu fais ici en plein mois de septembre? Le supérieur du séminaire est-il rendu assez mou pour donner congé à ses séminaristes à peine deux semaines après le début des cours? lui demanda l'abbé avec bonne humeur.

— J'ai lâché le séminaire, se contenta de répondre Gilles.

— Je vois, fit l'abbé, devenu subitement sérieux. Ça ne t'a pas tenté de venir nous en parler au presbytère?

— Non.

— Tu y as pensé pendant plusieurs mois, je suppose? fit le jeune prêtre, compréhensif. T'es pas le seul à avoir dû prendre ce genre de décision. Ça doit pas être facile.

— Ça a été pas mal difficile, reconnut Gilles.

— Qu'est-ce que t'as l'intention de faire maintenant? demanda le vicaire, insensible à la froideur pourtant évidente du jeune homme.

— Travailler sur la terre avec mon père et faire de l'ébénisterie, dit Gilles en fondant finalement un peu devant la sympathie manifestée par Robert.

— T'as pas peur de trouver l'hiver long quand même?

— Je le sais pas, avoua le jeune homme. J'ai jamais passé tout un hiver à la maison.

— As-tu pensé que t'as assez de diplômes pour enseigner dans un cégep? T'as un baccalauréat ès arts et un diplôme de premier cycle de l'université, non?

— Oui. C'est quoi un cégep?

— Tu suis pas l'actualité? Le ministère de l'Éducation vient de transformer les anciens collèges classiques en collèges d'enseignement général et professionnel. On les appelle des cégeps. J'ai un ancien confrère qui enseigne dans un cégep de Montréal. Il paraît que tous les cégeps cherchent des professeurs. Tu devrais peut-être essayer. Si t'aimes pas ça, tu lâches à la fin de l'année et tu reviens aider ton père. Mieux, tu pourrais peut-être enseigner à Sorel, à Drummondville ou à Trois-Rivières et continuer à demeurer ici, dans la paroisse.

— Je vais y penser. Bon. Il faut que je parte, s'excusa subitement Gilles. Ma sœur m'attend dans l'auto.

Le jeune homme quitta Robert Lanthier avec soulagement. Il trouvait le comportement hypocrite du prêtre insupportable. Il se dépêcha de monter à bord de la vieille Dodge familiale pour rentrer à la maison avec sa sœur. Durant tout l'après-midi, il demeura dans sa chambre à soupeser le pour et le contre de la suggestion du vicaire de Saint-Jacques-de-la-Rive. À un moment donné, planté devant l'unique fenêtre de la pièce, il aperçut Danielle en train de marcher seule sur la route. Pendant un instant, il fut tenté d'aller la rejoindre pour lui tenir compagnie. Puis il se dit qu'il ne saurait quoi lui dire pour expliquer sa présence à ses côtés.

Durant la soirée, il s'installa au petit bureau placé dans un coin de sa chambre et adressa des demandes d'emploi aux cégeps de Sorel, de Drummondville et de Trois-Rivières, sans trop se faire d'illusions sur le succès de sa démarche. Ensuite, libéré, il descendit au salon juste à temps pour syntoniser *Les Beaux Dimanches* à Radio-Canada. Il tenait absolument à voir la représentation en reprise d'*Un simple soldat* de Marcel Dubé interprété par Gilles Pelletier.

Chapitre 12

La visite paroissiale

Octobre arriva sur la pointe des pieds. Le temps devint progressivement plus frais et les pluies plus abondantes. Les jours raccourcirent et les nuits se firent plus froides. Les feuilles des arbres changèrent peu à peu de couleur et les champs se dénudèrent. Si les érables se parèrent de toutes les nuances de jaune, de rouge et d'orangé, les champs, dépouillés de leurs dernières récoltes, prirent une vilaine teinte brune. Déjà, plusieurs agriculteurs avaient généreusement répandu du fumier dans leurs champs la semaine précédente. Certains avaient même commencé leurs labours d'automne quand le sol n'était pas trop détrempé. Derrière eux, on pouvait voir des dizaines de mouettes s'abattre en criaillant sur la terre fraîchement éventrée par la charrue.

Dans les maisons où on utilisait encore une cuisine d'été, cette pièce avait été abandonnée et les ménagères avaient regagné leurs quartiers d'hiver. À l'extérieur, de temps à autre, les gens levaient la tête pour voir passer de bruyants vols d'outardes très haut dans le ciel.

— Ça, ça trompe pas, dit Étienne à son fils. L'automne est ben arrivé.

— Quand je les vois passer, je me dis que ce serait le *fun* d'aller à la chasse aux canards.

— Il y a rien qui t'empêche d'y aller. On a presque fini de labourer. À ta place, j'emprunterais la vieille verchères de ton oncle Louis et j'irais la mettre à l'eau pas trop loin du pont, là où il y a de l'herbe haute. Il me semble que ce serait la cache idéale. Pour le fusil, t'as juste à prendre le vieux fusil de mon père.

— Ça vous tente pas de venir avec moi, p'pa? proposa Gilles.

— Non. J'ai jamais ben aimé ça. Moi, aller passer des heures assis dans une chaloupe à geler, je laisse ça aux jeunes.

Le jour même, le jeune homme obtint sans difficulté la barque de Louis Tremblay. Après l'avoir couverte de branches de sapin et d'épinette qu'il était allé couper dans le bois, il décida de la transporter en face de chez Loiselle et frères, près du pont.

Hervé l'aperçut alors qu'il manœuvrait le tracteur pour déposer l'embarcation près de l'eau. Le gérant du magasin s'empressa de traverser la route pour aller voir comment le frère de sa secrétaire s'installait.

— Depuis deux semaines, je me dis que c'est la place idéale pour chasser le canard, dit-il en abordant Gilles qui s'apprêtait à pousser sa barque à l'eau.

— Ça, je le sais pas trop, avoua le jeune fermier. C'est la première fois que je chasse le canard.

— Jusqu'à l'année passée, j'y allais tous les automnes avec un de mes frères, fit Loiselle. J'aime bien ça.

— Si c'est comme ça, pourquoi vous venez pas chasser avec moi? offrit Gilles. Vous pourriez me montrer comment faire en même temps.

Le petit homme rondelet n'hésita qu'un bref moment, visiblement tenté par un sport qu'il aimait.

— Pourquoi pas? Pour commencer, tu vas me tutoyer. C'est le bout du monde si j'ai cinq ans de plus que toi.

— D'accord.

— Ensuite, tu sais que ça sert à rien de geler dans la chaloupe toute la journée à attendre les canards. Si on a à en prendre, c'est entre six heures et huit heures le matin ou à la fin de l'après-midi.

— Je pourrai pas être là tous les jours, avoua Gilles. Je peux pas laisser mon père faire le train tout seul tout le temps.

— Moi, ça ne dérangerait rien le matin, dit Loiselle, mais pour les fins d'après-midi, ça va être difficile. Je pense que le meilleur moyen, c'est de se téléphoner la veille. Qu'est-ce que tu dirais de commencer demain matin ? Après, on verra.

Avant de se quitter, les deux jeunes gens s'entendirent pour chasser le canard deux matins par semaine, jusqu'au moment où le froid leur ferait déserter leur embarcation.

⁓

Le samedi suivant, Gilles rencontra Danielle par hasard. Elle était venue faire quelques achats au magasin général. Le visage de la jeune fille aux yeux gris exprima, sans fausse pudeur, le plaisir qu'elle éprouvait à revoir son voisin. Ils ne s'étaient pas vus depuis leur voyage à l'Expo. Quand elle s'approcha de lui, Gilles ressentit d'abord un bref moment de gêne au souvenir du rapide baiser donné par la jeune fille lors de leur dernière rencontre.

— Est-ce que tu me reconnais encore ? lui demanda-t-elle, moqueuse.

— Même si ça fait deux semaines que je t'ai pas aperçue, il me semble me rappeler ton nom, répondit Gilles en entrant dans son jeu.

— Trois semaines, précisa Danielle. On peut pas dire que tu comptes les jours où tu me vois pas, ajouta-t-elle, toujours en manière de plaisanterie.

— T'as raison, reconnut-il. Qu'est-ce qui t'arrive ? T'as plus le goût de venir passer tes fins de semaine à la campagne avec tes parents ?

— C'est pas ça.

— Laisse-moi deviner. Tu t'es fait un petit ami en ville ?

En formulant cette hypothèse, Gilles se rendit compte qu'il lui déplaisait souverainement d'évoquer cette possibilité.

— Non plus. Je suis allée passer deux fins de semaine chez mes grands-parents qui s'ennuyaient de pas me voir. Ça te surprend ?

— Non. Je comprends qu'on puisse s'ennuyer de pas te voir, s'enhardit le jeune homme en rougissant légèrement.

— Eh bien ! Si t'as peur de t'ennuyer ce soir, viens regarder la télévision avec moi, proposa Danielle en lui adressant son sourire le plus charmeur.

— T'es sérieuse ? demanda Gilles, le cœur battant.

— Oui.

Tout le reste de la journée, Gilles flotta sur un nuage, mais ne dit rien à personne de l'invitation qu'il avait reçue. Après le souper, il s'empressa de faire sa toilette et apparut dans le salon, cravaté et vêtu de son plus beau costume.

— Seigneur ! s'exclama sa mère en le voyant soigneusement peigné et endimanché. Veux-tu bien me dire où tu t'en vas arrangé comme ça ? Si c'est pour la messe, t'es pas mal en avance.

— Juste à côté, répondit Gilles.

— Je trouve que tu t'habilles chic pour aller voir ton oncle Louis et ta tante Francine.

— Je vais faire un tour chez les Martineau.

— Ah bon! fit Françoise. Je me demandais aussi…

Quelques minutes plus tard, Gilles frappa à la porte des Martineau, l'air emprunté, mal à l'aise. Danielle vint lui ouvrir. Pour l'occasion, elle avait mis une robe gonflée par une crinoline et elle s'était légèrement maquillée. Le jeune homme salua gauchement Lucien et Laure Martineau assis à la table de la cuisine, des journaux étalés devant eux. Danielle l'entraîna vite au salon. Lorsque la jeune fille s'assit près de lui sur le grand divan, il ressentit un bien-être qui lui fit oublier les transes par lesquelles il venait de passer.

Dans la cuisine, Lucien avait lentement enlevé ses lunettes à monture de corne pour regarder le jeune homme entrer dans son salon à la suite de sa fille.

— Veux-tu bien me dire pourquoi elle perd son temps à inviter un cultivateur? chuchota-t-il, mécontent, à sa femme.

— Elle a juste vingt et un ans, Lucien, répondit sa femme à voix basse. Il y a rien qui presse pour des fréquentations sérieuses. C'est juste un ami.

— Je comprenais mieux quand elle s'est mise à sortir un peu avec le petit Crevier, l'été passé. Lui, c'était le garçon du maire et il avait un métier. Mais un habitant…

— Oublie pas qu'il a fait des études, lui fit remarquer Laure.

— Mais c'était pas pour devenir prêtre?

— Ça a tout l'air qu'il a changé d'idée.

— En tout cas, je peux pas dire que ça me plaît bien gros de le voir venir veiller ici, celui-là.

Deux jours plus tard, malgré le temps maussade, Philippe Savard décida de commencer sa visite paroissiale annuelle, comme il l'avait annoncé en chaire la veille. À dire vrai, le nouveau curé s'engageait sans enthousiasme et même avec une certaine appréhension dans cette tournée des foyers de Saint-Jacques-de-la-Rive. Il avait mauvais caractère, mais il n'était pas stupide. Il savait bien qu'il était parvenu à braquer contre lui un bon nombre de ses paroissiens. Depuis le décès de Georgette Boisvert, l'ecclésiastique avait réalisé l'urgence de trouver un moyen de rentrer en grâce auprès de ses ouailles. La veille, après sa prière du soir, il avait même pris la ferme résolution de se montrer aimable et de tourner sa langue sept fois dans sa bouche avant d'émettre la moindre opinion.

Cet avant-midi-là, avant de quitter le presbytère à bord de sa Pontiac noire, il commença bien sa journée en disant à son vicaire :

— L'abbé, je vous laisse passer dans le rang Saint-Edmond. Moi, je vais commencer par Sainte-Marie. On se retrouvera pour dîner.

— C'est entendu, monsieur le curé, fit Robert Lanthier avec bonne humeur.

— J'aimerais avoir votre talent pour aborder les gens et leur être sympathique, avoua le grand prêtre à l'air ascétique en ne cachant pas son envie. On dirait que j'ai le don de les prendre à rebrousse-poil.

— C'est juste une impression, monsieur le curé, voulut le rassurer son vicaire.

— Ce serait trop beau, conclut Philippe Savard en mettant son chapeau.

Quelques minutes plus tard, le pasteur s'arrêta à la première maison du rang Sainte-Marie, celle d'Émile Tougas dont la cour était toujours aussi encombrée de vieilles carcasses de voitures et de machines aratoires rouillées. Il descendit de voiture et alla frapper à la porte. Il attendit un long moment que quelqu'un se manifeste : personne. Le curé perçut un vague mouvement derrière le chiffon jaunâtre qui servait de rideau à l'une des fenêtres, mais personne ne vint lui ouvrir. Insulté, il retourna à sa voiture et reprit la route jusqu'à la maison voisine, celle de Louis Tremblay.

Cette fois-ci, on l'avait vu arriver. Francine l'invita à entrer et s'empressa de le débarrasser de son manteau et de son chapeau.

— Mon mari s'en vient, monsieur le curé. Il est juste parti porter quelque chose dans la grange. Voulez-vous passer au salon ?

— On peut bien rester dans la cuisine, dit le grand prêtre en s'efforçant de sourire.

— Si vous voulez, accepta la femme bien en chair en lui présentant un siège. Accepteriez-vous une tasse de café ? Je viens d'en faire, offrit-elle.

— Avec plaisir, madame.

— Je vais vous présenter mon garçon. Pascal ! Viens dire bonjour à monsieur le curé.

Le petit garçon de cinq ans, intimidé par la soutane noire du visiteur, vint murmurer un bonjour en se tenant tout près de sa mère. À cet instant précis, Louis entra dans la maison. Le fermier salua sans grande chaleur Philippe Savard et vint s'asseoir près de sa femme. Le prêtre ne fit aucune allusion à sa démission du poste de marguillier et se contenta de s'informer de la santé de la petite famille. C'est ainsi, à mots couverts, qu'il apprit que le petit garçon était un enfant adopté.

Au moment de quitter la maison, le curé, se faisant humble, finit par demander à son hôte :

— Monsieur Tremblay, j'aimerais vous dire que ça me ferait pas mal plaisir que vous reveniez prendre votre place au conseil de fabrique. Voulez-vous y penser ?

— Ben sûr, monsieur le curé, promit le cultivateur en passant une main sur sa large calvitie. Mais, à vous dire la vérité, je peux difficilement y retourner si mon beau-frère Étienne revient pas. C'est une question de bonne entente dans la famille, vous comprenez.

— Je comprends, se borna à dire Philippe Savard.

Après son départ de la maison, Francine ne put s'empêcher de faire remarquer à son mari :

— Veux-tu bien me dire ce que notre curé a mangé à matin ? Je le reconnais plus. On dirait presque qu'il est devenu parlable.

— Fie-toi pas trop aux apparences, la mit en garde son mari avant de sortir de la cuisine. Pour être comme ça, il doit avoir quelque chose à demander.

Après avoir visité les Comeau et les Gariépy, deux fermes voisines situées de l'autre côté de la route, le curé Savard jeta un coup d'œil à sa montre. Il aurait bien aimé pouvoir remettre au début de l'après-midi la visite suivante, mais il était à peine onze heures. Il se résigna donc à frapper à la porte de la maison qu'il savait être celle d'Étienne Fournier. Il craignait d'avoir à affronter le bossu après la réunion orageuse du début de l'été, qui s'était soldée par la démission du président de la fabrique.

Quand Françoise aperçut le curé de la paroisse debout sur le pas de sa porte, elle le pria poliment d'entrer et le fit passer au salon qu'elle avait pris la peine d'épousseter soigneusement en prévision de cette visite.

— Êtes-vous seule, madame Tremblay ? demanda le prêtre au teint bilieux en chaussant ses lunettes à monture d'acier.

— Bien oui, monsieur le curé, fit Françoise en prenant place en face du prêtre. Mon mari est parti à Pierreville avec mon garçon Gilles et ma fille Catherine travaille chez Loiselle, au village.

Soudain, l'ecclésiastique se souvint que le fils des Fournier était le séminariste qui était passé le saluer au début de l'été.

— Votre garçon est pas encore retourné au séminaire? demanda-t-il, surpris.

— Non, monsieur le curé. Pour vous dire la vérité, il a changé d'idée. Il veut plus devenir prêtre.

Aussitôt, Philippe Savard éprouva quelques remords de ne pas avoir trouvé le temps de rencontrer une seule fois le jeune séminariste pour le conforter dans sa vocation. S'il était responsable de cet abandon d'une vocation sacerdotale, il ne se le pardonnerait jamais.

— Pourquoi n'est-il pas venu en discuter avec moi?

— Je pense qu'il était gêné, monsieur le curé. Vous savez, il nous en a pas parlé non plus. Il pensait depuis plusieurs mois à tout lâcher. Il nous l'a appris à la fin de l'été. Ça nous a fait pas mal de peine à son père et à moi, mais on pouvait pas le forcer.

— Bien sûr. Les desseins du ciel sont impénétrables. C'est pas parce que votre fils a abandonné ses études de théologie qu'il est pas un bon chrétien. D'ailleurs, rien ne dit qu'il décidera pas un jour de retourner au séminaire, ajouta le prêtre, en guise de consolation.

Un bref sourire vint éclairer le visage préoccupé de Françoise.

— Et votre fille?

— C'est une bonne fille, bien tranquille. Le garçon de Côme Crevier, notre maire, la fréquente. On surveille ça de près, vous pouvez me croire.

— C'est parfait. Vous êtes la fille de la présidente des Dames de Sainte-Anne, madame Tremblay?

— Oui.

— Ça vous tente pas de vous joindre au mouvement?

— À dire vrai, monsieur le curé, je trouvais que ça faisait pas mal de Tremblay qui se mêlaient des affaires de la paroisse. Mon père est chez les Chevaliers de Colomb. Ma mère est présidente des Dames de Sainte-Anne. En plus, mon frère et mon mari étaient marguilliers et...

— Justement, l'interrompit le curé Savard en esquissant un mince sourire contraint, j'aurais aimé en parler avec votre mari.

— Comme je vous l'ai dit, il est pas là.

— C'est peut-être mieux ainsi, fit le prêtre. Je pense que j'aurais besoin de votre aide.

— Comment ça? demanda Françoise, surprise.

— J'aimerais que vous usiez de votre influence pour faire revenir votre mari sur sa décision d'abandonner son poste. Je suis passé chez votre frère, tout à l'heure. Il m'a dit qu'il reviendrait finir son mandat de marguillier si votre mari revenait aussi.

Mal à l'aise devant cet appel à l'aide de son curé, Françoise demeura un long moment silencieuse avant de dire:

— Vous savez, monsieur le curé, mon mari est un brave homme. Il est pas méchant pour deux sous. Il a pas eu une enfance heureuse. Sa mère l'a jamais aimé. Quand son père s'est tué, elle est partie comme s'il existait pas. C'est lui qui s'est démené pour trouver un lot pour enterrer son père, de manière à ce qu'il soit pas enterré comme un chien.

— C'est ce qui a causé notre mésentente, madame Fournier, admit humblement le curé Savard. Je pense que la paroisse y gagnerait si on pouvait s'asseoir tous les deux pour discuter tranquillement du problème. Voulez-vous lui dire que j'aimerais le rencontrer au presbytère, dimanche prochain, après la grand-messe?

— Vous pouvez compter sur moi. Je vais lui faire la commission, promit Françoise en aidant le curé Savard à endosser son léger manteau d'automne.

Quand Étienne revint de Pierreville, sa femme lui parla longuement de la visite du curé Savard et elle finit par lui demander d'aller le voir le dimanche suivant.

— Je vais y penser, se contenta de lui dire son mari sans s'engager.

Chapitre 13

De nouvelles voies

Un vendredi matin, les habitants de Saint-Jacques-de-la-Rive découvrirent par leur fenêtre un paysage noyé dans un épais brouillard qui ne devait se lever qu'à la fin de l'avant-midi. La nuit avait été froide et une abondante rosée s'était déposée.

— Je pense qu'on va laisser faire la chasse pour ce matin, déclara Gilles à ses parents au moment d'aller chercher les vaches pour la traite.

— Tu pourras toujours y aller cet après-midi, lui dit sa mère en guise de consolation.

— Oui, et ça va être la dernière fois, précisa le jeune homme. Demain, je défais la cache et je rapporterai la chaloupe à mon oncle.

— Tu pourrais continuer deux autres semaines si tu le voulais, lui fit remarquer son père en finissant de boire sa tasse de café. Après tout, on est juste à la mi-octobre.

— Peut-être, mais Hervé a l'air aussi écœuré que moi. On a tué que trois canards en dix jours. Ça fait qu'on va arrêter de geler comme des cotons pour rien. Je vais lui en parler après le déjeuner en allant conduire Catherine au magasin. Je pense qu'il ose pas me dire qu'il en a assez lui aussi.

— Comme tu voudras.

À la fin de l'avant-midi, l'ex-séminariste s'aperçut en sortant de l'atelier où il finissait de vernir le bureau commandé par Hervé que le facteur était passé. Le drapeau rouge de la boîte aux lettres était levé. Il se rendit au bord du chemin et tira de la boîte une seule enveloppe. À sa grande surprise, elle lui était adressée. Elle provenait du cégep de Trois-Rivières. Gilles s'assit un instant sur la première marche de l'escalier menant à la maison pour décacheter l'enveloppe et en tirer l'unique feuille qu'elle contenait. La missive provenait du directeur du personnel de l'institution qui l'invitait à prendre rendez-vous avec lui en vue de l'attribution d'un poste d'enseignant qui était à pourvoir.

Fou de joie, le jeune homme se précipita à l'intérieur. Heureux que sa mère soit chez sa tante Francine, il s'empressa de téléphoner à Mathieu Laurier, au cégep de Trois-Rivières. Ce dernier lui donna rendez-vous l'après-midi même, à deux heures. Il se précipita à l'atelier pour apprendre la nouvelle à son père.

— Mais tu nous as jamais dit que tu voulais aller faire l'école, protesta Étienne, abasourdi par la nouvelle.

— C'est une idée qui m'est venue au mois de septembre, p'pa. Je me suis dit que l'hiver serait ennuyant à rien faire. J'ai pensé que ce serait intéressant si je pouvais me trouver de l'ouvrage dans un collège. Comme ça, vous m'auriez pas payé des études pour rien.

— Ton idée est peut-être pas mauvaise, reconnut le bossu d'une voix un peu hésitante.

— Mais j'ai pas encore l'emploi, p'pa. C'est juste une entrevue. Si ça se trouve, on peut être une dizaine à vouloir le poste.

— C'est drôle pareil, ajouta son père. Je te voyais pas pantoute en maître d'école.

— P'pa, c'est pour enseigner dans un collège. Les élèves sont pas mal plus vieux que dans une petite école… et c'est mieux payé, à part ça. Est-ce que je peux prendre la Dodge pour aller passer l'entrevue ?

— Prends-la.

Quand Françoise rentra à la maison pour mettre son dîner sur le feu quelques minutes plus tard, elle découvrit son mari en grande conversation avec son fils en train de nouer sa cravate.

— Voulez-vous bien me dire ce qui se passe ? demanda-t-elle en examinant la toilette soignée de Gilles. Où est-ce que tu t'en vas encore ?

Le jeune homme lui expliqua en quelques mots le but de l'entrevue à laquelle il se rendait.

— Je vais prier pour que ça marche, promit-elle à son fils au moment où il quittait la maison.

À la fin de l'après-midi, Gilles revint à Saint-Jacques-de-la-Rive, rayonnant de bonheur. À son arrivée, ses parents se préparaient à aller faire le train.

— Puis ? demanda sa mère qui avait déjà deviné le résultat de l'entrevue à la seule vue de l'air épanoui de son fils.

— Ça a marché ! s'écria-t-il plein d'enthousiasme. Je commence lundi prochain. Je vais enseigner le français. Savez-vous combien ils vont me payer ?

— Non.

— Ils vont me donner sept mille deux cents dollars pour quinze heures de cours par semaine.

— Sacrifice ! C'est ben payé, cette *job*-là ! s'exclama Étienne.

— Vas-tu être obligé de te louer un appartement à Trois-Rivières ? lui demanda sa mère chez qui le sens pratique n'était jamais bien loin.

— Si ça vous dérange pas, j'aimerais mieux continuer à rester avec vous autres, dit Gilles qui y avait songé durant son trajet de retour. Je pourrais acheter une vieille auto chez Crevier et voyager matin et soir. C'est pas si loin.

— Il y a pas de problème, fit Étienne, satisfait de voir que son fils tenait à demeurer à la maison.

En réalité, il n'y avait pas que son attachement à ses parents qui avait incité le jeune homme à vouloir continuer à demeurer à Saint-Jacques-de-la-Rive. Le lendemain, il avait bien l'intention d'aller passer la soirée dans le salon des Martineau, aux côtés de la belle Danielle. Toute la semaine, il n'avait pensé qu'à ça.

La semaine précédente, la jeune fille l'avait invité à revenir veiller avec elle le samedi suivant pour écouter les derniers trente-trois tours de Claude Léveillé et de Léo Ferré qu'elle devait apporter de la ville. Elle tenait à lui faire partager son amour pour ces deux chansonniers auxquels elle vouait une grande admiration. Transporté, Gilles y avait vu un prétexte pour la revoir et ne voulait pas courir le risque de briser une si belle relation qui s'amorçait à peine.

Le lendemain, après le souper, Françoise vit sans grand plaisir son fils se diriger vers la maison voisine. Profitant de ce que Catherine se préparait pour recevoir Alain, elle se couvrit les épaules d'un lainage et alla rejoindre son mari déjà au travail dans son atelier.

— J'espère que t'as pas oublié que c'est toi qui chaperonnes ta fille à soir ?

— Je le sais. Je suis juste venu ranger quelques outils en attendant que son Alain arrive.

— Tu sais où Gilles va passer la veillée ?

— Chez la petite Martineau, non ?

— Oui. Moi, j'ai rien contre cette fille-là, ajouta Françoise, mais je me dis qu'elle pourrait finir par l'empêcher de retourner au séminaire si jamais il change d'idée.

— Voyons donc, Françoise! protesta son mari en cessant pendant un moment ses va-et-vient dans la pièce. Penses-y un peu. C'est peut-être une bonne affaire qu'il sorte avec une fille. Comme ça, s'il reprend un jour la soutane, il aura pas de regret. Il choisira en sachant ce qu'il fait... Bon. J'ai fini. Viens-t'en. Je me méfie ben plus du cavalier de ta fille que de Gilles.

À peine le mari et la femme venaient-ils d'entrer dans la maison que la grosse Ford bleue de l'amoureux de Catherine apparut dans la cour. Alain en descendit et vint frapper à la porte. Catherine lui ouvrit. Par politesse, le jeune homme demeura quelques instants dans la cuisine pour s'entretenir avec les parents de la jeune fille, même s'il détestait cela.

— Cet après-midi, je suis allé chercher des pièces pour mon père, à Montréal, annonça-t-il à Étienne et à Françoise. J'ai vu une télévision en couleurs pour la première fois.

— Tu veux dire une télévision avec un cellophane couleuré collé sur l'écran, le reprit Françoise. J'ai entendu dire qu'André Veilleux en a collé un sur son écran.

— Non, madame Fournier, une télévision qui montre de vraies images en couleurs. C'est pas mal surprenant. On se croirait aux vues. Quand on regarde le visage du monde, c'est la vraie couleur de leur peau. J'en revenais pas.

— Est-ce que c'est cher? demanda Étienne, tout de même curieux.

— Celle que j'ai vue se vendait huit cent cinquante piastres. On rit pas. Le vendeur m'a dit que dans une couple d'années, il se vendra plus de télés en noir et blanc, juste des appareils en couleurs.

— Ton père est-il en marché d'en acheter une? demanda Françoise.

— Ben non. Mon père dit qu'il y a pas encore assez de programmes en couleurs pour que ça vaille la peine de dépenser autant. Il dit qu'il va attendre encore deux ou trois ans.

~

Le dimanche matin, les préoccupations étaient tout autres. Françoise s'était gardée de rappeler à son mari que le curé Savard l'attendrait après la grand-messe. Elle le connaissait assez pour savoir qu'il avait dû longuement réfléchir à l'invitation du prêtre et que sa décision était déjà prise. Il ne lui servait donc à rien de le pousser dans le dos ou d'essayer de le faire revenir sur sa décision.

Mis au courant par leur mère, Gilles et Catherine avaient décidé d'aller à la première messe du matin, même s'ils évitaient habituellement d'assister à la messe célébrée par le vicaire. L'un et l'autre s'y résignèrent parce qu'ils ne voulaient pas être astreints à attendre leur père après la grand-messe s'il se rendait à l'invitation du curé.

— Tu penses que sa messe est bonne? chuchota Catherine au moment où ils quittaient l'église.

— Comment veux-tu que je le sache? répondit son frère en lui faisant signe de parler encore plus bas. Ce qui se passe entre lui et Lucie Veilleux nous regarde pas. J'espère que t'as pas parlé de ça à personne.

— Aïe! Je suis pas folle, s'insurgea la jeune fille. S'il fallait que ça se sache chez les Veilleux, ce serait tout un drame… surtout que son père est pas mal religieux.

Après la grand-messe, Étienne se contenta de dire à sa femme:

— Si ça te tente d'aller jaser un bout de temps avec ton père et ta mère, t'as juste à traverser. Je vais aller voir ce que le curé me veut. Quand j'en aurai fini, j'irai te chercher.

— Prends ton temps, se contenta de lui dire Françoise avant de descendre les marches du parvis de l'église et de traverser la route pour se rendre chez ses parents.

Le bossu salua ensuite deux ou trois connaissances qui discutaient de René Lévesque qui, peu de temps après avoir abandonné le Parti libéral, venait de fonder le mouvement Souveraineté-Association. Peu intéressé par la politique provinciale, Étienne ne se mêla pas à la conversation et se contenta de dire quelques mots à son beau-frère Louis pour donner le temps au curé Savard de retirer ses vêtements sacerdotaux et de regagner le presbytère. Lorsqu'il vit le prêtre sortir de l'église par la porte de la sacristie et se diriger à grands pas vers le bâtiment voisin, il prit la même direction sans se presser.

Quand il sonna à la porte, Clémence Savard, le visage impassible, vint lui ouvrir. Elle n'eut pas le temps d'indiquer la salle d'attente au visiteur. Son frère apparut dans son dos.

— Merci, Clémence. Je m'occupe de monsieur Fournier. Veux-tu nous apporter deux tasses de café dans mon bureau ?

La ménagère se contenta de hocher la tête et de disparaître vers la cuisine en marmonnant.

— Entrez, monsieur Fournier, fit le curé en indiquant de la main la porte de son bureau demeurée ouverte.

— Merci, monsieur le curé, fit Étienne en déboutonnant son manteau.

— Assoyez-vous, l'invita le prêtre. Vous pouvez fumer si ça vous tente.

— Merci, monsieur le curé, mais je suis pas un gros fumeur, dit le cultivateur, tout de même sensible aux efforts méritoires du prêtre pour se montrer aimable.

Pendant que le curé Savard se glissait derrière son bureau, sa sœur entra dans la pièce, portant un plateau sur lequel reposaient deux tasses de café, un pot de crème et du sucre. Elle déposa le tout sur le meuble et se retira en refermant la porte derrière elle.

— Servez-vous, offrit le prêtre en s'emparant d'une tasse dans laquelle il mit une cuillerée de sucre.

Étienne prit l'autre tasse dans laquelle il versa un soupçon de crème. Il but une gorgée du liquide chaud avant de reposer sa tasse sur le plateau.

— Depuis une semaine, commença le curé Savard, j'ai pas cessé de réfléchir au problème de l'agrandissement du cimetière.

Aussitôt, le visage de son vis-à-vis se rembrunit. Cependant, l'ecclésiastique fit comme s'il ne l'avait pas remarqué.

— J'ai pensé à une solution qui pourrait peut-être tout arranger, si elle vous convient. L'idée m'en est venue après avoir parlé avec votre femme.

Étienne, tendu, continua de se taire, se limitant à écouter de toutes ses oreilles les paroles du prêtre. Il était prêt à faire valoir ses droits sur le lot où reposait son père s'il était encore question d'expropriation par la paroisse.

— Si j'ai bien compris, la fabrique vous a personnellement vendu en 1944 un lot d'une centaine de pieds carrés à la limite du terrain situé en bordure du cimetière ?

— Oui, juste de l'autre côté de la clôture, au fond du cimetière, reconnut le cultivateur.

— Et cela pour vous permettre d'enterrer dignement votre père qui avait pas droit à une sépulture dans le cimetière paroissial.

Étienne se borna à hocher la tête, faisant fuir, du même coup, les souvenirs amers qui ressurgissaient dans son esprit.

— Si vous étiez prêt à faire un don à la paroisse, monsieur Fournier, il me semble que tout pourrait s'arranger.

— Un don?

— Oui. Si vous donniez votre lot à la fabrique, le problème serait réglé.

— Je vous ai déjà dit, monsieur le curé, que j'accepterais pas qu'on déterre mon père pour l'envoyer ailleurs, dit Étienne avec une certaine impatience.

— Mais, c'est pas ce que je vous propose, protesta le prêtre.

— Comment ça?

— Je vous offre un échange pour régler notre différend. Vous remettez votre titre de propriété à la fabrique qui, en retour, accepte de l'intégrer au cimetière.

— Vous accepteriez que mon père soit enterré dans le cimetière avec les autres? demanda Étienne, partagé entre le ravissement et l'étonnement.

— Oui. Cette solution éviterait à la fabrique des complications inutiles puisqu'on n'aurait qu'à avancer la clôture existante d'une trentaine de pieds vers la rivière sans chercher à contourner votre lot. Et vous auriez le réconfort de voir votre père reposer enfin avec les gens décédés de la paroisse et, aussi, de voir votre lot entretenu par le bedeau, comme les autres lots.

— C'est faisable?

— Bien sûr. Comme certaines vieilles familles de la paroisse, les Fournier auront deux lots dans le cimetière.

— Pour moi, ce serait parfait, déclara Étienne en ébauchant un sourire de satisfaction.

— Le seul point délicat de l'affaire, reprit le curé Savard, serait qu'on n'ébruite pas trop notre entente. Si ça venait aux oreilles de l'évêché, j'aurais des explications embarrassantes à donner.

— Je comprends.

Le prêtre finit de boire sa tasse de café avant de la déposer sur la soucoupe placée devant lui.

— Tout ça est bien beau, reprit Philippe Savard, mais il me faut un conseil de fabrique complet pour faire accepter cette solution.

— Il vous manque trois marguilliers, monsieur le curé. Trois paroissiens sérieux, ça doit pas être si difficile que ça à trouver.

— C'est ce que je pensais au commencement de l'été, mais on dirait bien que personne dans la paroisse est intéressé à prendre votre place, celle de votre beau-frère et celle de monsieur Veilleux.

— Ça me surprend, admit le cultivateur. D'habitude, les hommes de la paroisse sont plutôt fiers d'être marguilliers.

— Il faut croire que les temps changent, hasarda le prêtre. Par ailleurs, le temps presse. L'évêché tient à ce que Saint-Jacques-de-la-Rive ait un conseil de fabrique, comme toutes les autres paroisses du diocèse.

— C'est certain.

— J'ai pensé qu'en bon chrétien, vous accepteriez peut-être de reprendre votre poste, hasarda Philippe Savard.

Étienne garda le silence un moment avant de dire :

— C'est correct, monsieur le curé.

— Vous croyez-vous capable de persuader les deux autres démissionnaires de vous imiter ?

— Je vais essayer, promit le cultivateur.

Le curé Savard se leva et tendit la main au bossu en signe de réconciliation. Ce dernier la lui serra sans la moindre hésitation. Cette poignée de main pouvait être interprétée comme un gage de bonne entente future.

Après avoir accompagné son visiteur jusqu'à la porte, le prêtre vint se planter devant la fenêtre de son bureau et vit son paroissien traverser la route et se diriger vers la maison jaune habitée par ses beaux-parents. Philippe Savard éprouvait un secret contentement de n'avoir vu apparaître chez son paroissien aucun signe de triomphe, même s'il était évident qu'il avait gagné sur toute la ligne. Il avait dû s'humilier pour le faire revenir siéger au conseil de fabrique.

Fait étrange, après cette rencontre, il était en proie à des sentiments contradictoires. D'un côté, il éprouvait de la rancœur envers le bossu qui, par son entêtement, l'avait obligé à s'abaisser. D'un autre, il se sentait singulièrement libéré. Il avait l'impression qu'il allait pouvoir entretenir des relations différentes avec ses paroissiens et que tout irait beaucoup mieux à l'avenir. En pénétrant dans la salle à manger, il trouva son vicaire debout à une extrémité de la table en train de l'attendre pour prendre le repas du midi.

— Excusez mon retard, l'abbé. J'avais promis à quelqu'un de le rencontrer avant le dîner.

Au même moment, Étienne retrouvait sa femme chez ses beaux-parents. Son beau-frère Louis, Francine et Pascal étaient présents. Ils s'étaient aussi arrêtés quelques minutes pour prendre des nouvelles de Clément et Céline Tremblay.

— Vous restez à dîner, décida Céline en faisant signe à sa fille et à sa bru de l'aider à dresser la table.

— On habite tout près, madame Tremblay, voulut protester Étienne. On peut ben aller manger chez nous. Il y a les enfants…

— Étienne Fournier! fit sa belle-mère. Viens pas me faire rire avec les enfants. Catherine et Gilles ont plus de vingt ans et ils ont pas besoin de vous autres pour se faire à manger.

— C'est correct. On va rester, accepta son gendre. Françoise, dit-il en se tournant vers sa femme, téléphone donc aux enfants pour les prévenir qu'on reste à dîner chez leur grand-mère.

Pendant que Françoise obtempérait, Étienne s'assit à la table de ses beaux-parents.

— Qu'est-ce que vous avez fait de votre pensionnaire? demanda-t-il à son beau-père.

— Il est parti pour la Beauce hier après-midi, après avoir fermé son magasin. Il devrait revenir à soir, après le souper.

Françoise raccrocha et aida Francine et sa mère à mettre le couvert alors que son mari racontait sobrement son entrevue avec le curé Savard.

— Il m'a l'air ben décidé à être parlable, conclut-il. C'est pour ça que j'ai accepté de revenir au conseil. Toi, Louis, reprendrais-tu ta place? demanda-t-il en se tournant vers son beau-frère.

— J'ai démissionné pour la même raison que toi, dit le petit homme en passant un doigt entre le collet de sa chemise et son cou. Si tu y retournes, je vais faire la même chose. Jean-Paul, lui, qu'est-ce qu'il va faire?

— Je vais aller le voir après le dîner.

— Je vais y aller avec toi.

Après le repas, Étienne et Louis se rendirent trois maisons plus loin, chez le propriétaire du magasin général. Ils durent frapper à la porte à plusieurs reprises avant qu'un Jean-Paul Veilleux hirsute se décide à venir leur ouvrir.

— Dis donc, est-ce que tu deviens sourd en vieillissant? le taquina Louis.

— Ben non, dit le marchand en se grattant le cuir chevelu. Je cognais des clous sur le divan. Je suis tout seul dans la maison. René a amené sa mère et sa sœur en visite chez mon frère Jérôme. Quand je suis tout seul le dimanche, je réponds pas à la porte. Vous pouvez pas savoir combien de fois je me fais achaler par le monde qui ont oublié d'acheter quelque chose. Baptême ! j'ai juste une demi-journée de congé par semaine, il faut tout de même pas ambitionner sur le pain béni.

— Ben, t'es chanceux, Jean-Paul, déclara Étienne. Nous autres, on vient pas te déranger pour acheter quelque chose.

— Ouais, confirma son beau-frère. On te trouve ben assez riche comme ça.

— Pourquoi vous venez d'abord ?

Étienne s'empressa de lui raconter sa rencontre avec le curé et lui demanda finalement de revenir siéger au conseil de fabrique.

— Moi, c'était pas juste l'histoire du lot de ton père qui m'a fait démissionner, expliqua le marchand. J'aime pas sa façon de parler au monde.

— Il a l'air de changer pour le mieux, avança Étienne. Il mérite peut-être une chance de se racheter. Qu'est-ce que t'en penses ?

— OK, mais je t'avertis qu'à la première coche mal taillée qu'il me fait, je débarque aussi sec, le prévint Jean-Paul.

À son retour à la maison au milieu de l'après-midi, Étienne put téléphoner au curé Savard pour lui apprendre que son conseil de fabrique était de nouveau complet. Il fut entendu que la prochaine réunion aurait lieu le mercredi suivant.

Quelques minutes plus tard, Louis et les siens rentrèrent eux aussi à la maison. Malheureusement, une très désagréable surprise les attendait à leur arrivée. La vieille Oldsmobile noire des Pellerin était stationnée dans leur cour.

— Ah non ! Pas encore eux autres ! s'exclama Louis à la vue de Bernard et de sa femme qui venaient de descendre de leur voiture en les voyant arriver.

— Chut ! fit Francine en indiquant de la tête à son mari le petit Pascal, assis à l'arrière.

— Veux-tu ben me dire ce qu'ils nous veulent, ces deux-là, cibole ? On les a pas vus pendant des années, puis tout à coup, ils viennent nous voir deux fois en l'espace de trois mois.

— J'aime pas plus ça que toi, chuchota Francine pendant que Louis passait devant les Pellerin au volant de sa Toyota pour aller la stationner devant la porte du garage.

Les Tremblay descendirent de voiture à contrecœur et allèrent à la rencontre de leurs visiteurs.

— Tiens ! De la belle visite ! s'écria Francine en s'efforçant de mettre une joyeuse animation dans sa voix tout en s'approchant du couple.

Elle embrassa sur une joue sa cousine et son mari. Louis serra la main de Bernard Pellerin après avoir embrassé à son tour la cousine de sa femme.

— Dis bonjour à mon oncle et à ma tante, fit Francine en se tournant vers Pascal.

Le petit garçon obtempéra sans enthousiasme.

— Entrez. On va boire une bonne tasse de café, reprit Francine. C'est de moins en moins chaud dehors.

Tout le monde pénétra dans la maison. Francine envoya Pascal regarder la télévision pendant que les adultes s'installaient à la table, dans la cuisine.

— Je suppose que t'es allé voir ton frère qui reste à Sorel? fit Louis, en se souvenant que le visiteur lui avait parlé d'un frère qui demeurait là lors de sa visite précédente.

— Non. On est venus juste pour vous voir, annonça Bernard Pellerin, l'air gêné.

— Comment vont vos enfants? demanda Francine en s'assoyant en face de sa cousine.

— Ils sont en bonne santé. Ils grandissent vite sans bon sens. Les plus vieux nous donnent un bon coup de main à cette heure.

— Tant mieux.

— Et vos récoltes, cette année?

— Elles ont été pas pires pantoute, répondit Bernard en jetant un coup d'œil à sa femme qui serrait nerveusement un mouchoir dans l'une de ses mains.

Un silence assez pénible tomba sur la pièce pendant un long moment avant que le fermier de Saint-Paul-d'Abbotsford reprenne la parole d'une voix embarrassée.

— En fait, on est passés vous voir pour le petit.

Le visage de Francine pâlit aussitôt. La femme à la stature imposante jeta un regard angoissé vers le salon où Pascal était installé.

— Qu'est-ce qu'il a, le petit? demanda-t-elle, déjà sur la défensive.

— Depuis que je l'ai vu au mois de juin, j'en dors plus, poursuivit Jeanne d'une voix plaintive. Je m'en ennuie sans bon sens.

Louis se leva et ferma la porte du salon pour que son fils adoptif n'entende pas la conversation.

— Voyons, Jeanne, raisonne-toi un peu, la supplia-t-il. T'as dix autres enfants à la maison.

— Oui. T'es chanceuse, t'en as dix autres, renchérit Francine. Nous autres, on a juste Pascal.

— Je le sais bien, reconnut la mère, mais c'est mon garçon et il me manque.

— T'oublies que tu nous l'as donné en adoption, intervint Louis qui commençait à perdre son calme.

— Tu nous l'as donné, Jeanne, lui rappela sa cousine. Oublie pas qu'il serait mort aujourd'hui si on n'avait pas payé pour le faire soigner. Remarque que c'est pas une question d'argent, mais quand il est tombé malade, vous aviez pas les moyens de le faire soigner comme il faut.

— On sait tout ça, reconnut Bernard.

— Nous, on n'a pas d'enfant et on en aura jamais d'autres, reprit Louis. On a élevé Pascal comme si c'était le nôtre. Pour lui, ses parents, c'est nous autres.

— Cet enfant-là, je l'ai soigné et je l'ai bercé pendant des nuits, dit Francine d'une voix suppliante.

Elle ne parvenait plus à empêcher ses larmes de couler.

— Je le sais que ça doit être dur pour toi, Francine, dit sa cousine, mais je veux ravoir mon gars.

— Et si je disais « non » ? s'emporta Francine en se levant, les poings appuyés sur la table.

— Voyons, Francine, il faut être raisonnable, tenta de la calmer Bernard. On n'a jamais passé de papier officiel pour le petit. D'après la loi, il est toujours à nous autres.

— On pourrait peut-être lui demander de choisir ? suggéra Louis qui sentait déjà le vent de la défaite.

— On demande pas une affaire aussi importante à un enfant de cinq ans, répondit Bernard sur un ton qui se voulait raisonnable. Jeanne est pas toute seule à s'ennuyer du petit. Ses frères et ses sœurs ont ben hâte de le revoir, eux autres aussi.

Francine, en larmes, quitta précipitamment la pièce pour aller s'enfermer dans sa chambre. Son mari fit appel à tout son sang-froid pour poursuivre la conversation avec calme.

— Quand est-ce que vous voulez venir le chercher? demanda-t-il aux visiteurs.

— On pensait l'amener aujourd'hui, fit Jeanne.

— Non. Ce sera pas possible, refusa tout net le mari de sa cousine. D'abord, on va consulter un avocat pour savoir si on a des droits sur Pascal. Ensuite, il faut penser à Francine. Pour elle, Pascal, c'est son petit. Vous pouvez pas lui arracher cet enfant-là comme ça. Donnez-lui le temps de s'habituer à l'idée qu'il va partir.

Bernard consulta sa femme du regard.

— C'est correct, dit-il à son hôte. Est-ce qu'un mois suffirait?

— On va se débrouiller, dit Louis, la mine sombre. Dans un mois, si on n'a pas le droit de le garder, on va vous téléphoner. Ça va aussi donner le temps à Francine de préparer les affaires du petit.

Après le départ du couple, le cultivateur ne chercha pas à aller consoler sa femme. Il avait lui-même trop de chagrin pour avoir la force de se préoccuper de la peine de Francine. Il téléphona à ses parents au village pour leur raconter leur drame. Quand il revint de faire son train, il trouva sa mère, qui préparait le souper, et son père qui regardait la télévision avec le petit Pascal.

— Où est-ce qu'elle est? demanda-t-il à sa mère.

— Dans votre chambre. Elle vient de s'endormir. Je lui ai parlé pendant une heure. Pour elle, c'est un deuil, tu comprends?

— Pour moi aussi, m'man.

— Quand le souper va être prêt, elle va se lever et on essaiera d'en parler à tête reposée après le repas.

Lorsque Louis se leva à cinq heures le lendemain matin, il trouva sa femme déjà debout, en train de consulter les pages jaunes de l'annuaire téléphonique.

— Qu'est-ce que tu fais debout aussi de bonne heure ? lui demanda-t-il.

— J'ai mal dormi. Je cherche le nom d'un bon avocat. On va en prendre un qui a une grosse annonce dans le bottin.

— On pourrait aller voir Duguay, à Pierreville.

— Non. J'ai pas confiance. J'en veux un meilleur. Ça coûtera ce que ça coûtera. C'est pas possible qu'ils viennent nous l'arracher comme ça après presque cinq ans.

Après le dîner, les Tremblay laissèrent Pascal à la garde de sa grand-mère Céline, au village, et prirent la direction de Sorel où un certain Paul Cournoyer du cabinet Legros, Cournoyer et Ménard les attendait à deux heures. La réceptionniste les fit patienter une quinzaine de minutes avant de les inviter à entrer dans le bureau de maître Cournoyer.

À leur entrée, un homme aux tempes argentées et à la figure joviale se leva pour leur serrer la main. Après les avoir priés de s'asseoir, il leur demanda de raconter leur cas. Pendant que le mari et la femme expliquaient ce qui leur arrivait, l'avocat se contenta de noter quelques informations sans dire un seul mot. Quand Louis et Francine se turent, il prit la parole à son tour.

— Je vais tout de suite vous éviter de dépenser inutilement votre argent, dit maître Cournoyer en les regardant tour à tour. Votre cause est indéfendable parce que vous n'avez aucun papier officiel prouvant qu'on vous a donné ce bébé en adoption. Bien sûr, vous pourriez prouver que vous en avez eu la garde durant toutes ces années, mais ça vous donne aucun droit sur lui.

— Mais c'est pas possible ! s'écria Francine. C'est mon petit, cet enfant-là !

— Aucun juge ne mettrait en doute que vous l'aimez et que vous l'avez toujours bien traité, madame, mais il refusera de reconnaître que vous êtes sa mère adoptive parce que vous n'avez pas de papier. La loi, c'est la loi. Cet enfant-là appartient à ses parents.

— Elle est bien mal faite, la loi ! s'écria Francine, folle de rage.

— Le meilleur conseil que je peux vous donner, c'est de chercher plutôt à vous entendre avec les parents pour conserver, au moins, un droit de visite si vous aimez tant votre Pascal. Je sais que ça doit être difficile à vivre pour vous deux, mais s'ils vous défendent de venir le voir, vous allez trouver ça encore pas mal plus dur, non ?

— Comme ça, il y a pas une seule chance qu'on puisse le garder ? demanda Louis, assommé par la nouvelle.

— Aucune, monsieur Tremblay, dit l'avocat en se levant pour signifier que la consultation était terminée. À la limite, vous savez que les parents naturels de l'enfant pourraient même vous poursuivre devant la justice si vous tardez trop à le renvoyer chez eux. À votre place, je m'empresserais de le retourner dans sa famille, même si ça vous fait mal au cœur.

Le retour à la maison des Tremblay se fit dans une atmosphère de deuil. Francine, incapable de se retenir, pleurait sans arrêt.

— Arrête de brailler comme une Madeleine, lui répéta son mari à plusieurs reprises. Il est pas mort, cet enfant-là. On va pouvoir le revoir quand on va vouloir.

— Raconte pas n'importe quoi ! s'emporta sa femme à travers ses larmes. Il s'en va rester au bout du monde. Quand est-ce qu'on va pouvoir le voir ?

— On peut toujours essayer de s'arranger avec les Pellerin pour l'avoir pour les vacances.

— Ce sera plus jamais pareil. C'est pas humain de faire ça à du monde, hoqueta-t-elle en se remettant à pleurer.

Louis, la gorge nouée par l'émotion, cessa de chercher à consoler sa femme et se concentra sur la route.

Chapitre 14

L'épreuve

Les deux dernières semaines d'octobre furent ponctuées par des averses fréquentes et un refroidissement marqué de la température. Les feuilles des arbres avaient perdu leurs couleurs éclatantes et avaient adopté des teintes ternes après avoir été brutalement arrachées des branches par les bourrasques de vent. Elles voletaient au moindre souffle avant d'aller s'entasser contre les obstacles que la nature plaçait sur leur chemin. Le paysage avait pris une teinte grisâtre uniforme. Les champs avaient été désertés après les derniers labours. Il ne restait plus, ici et là, que quelques troupeaux de vaches que les fermiers n'avaient pas encore rentrés dans leur étable pour l'hiver.

Ce vendredi matin-là, plantée devant une fenêtre de sa cuisine, Francine Tremblay, le visage ravagé, regardait sans la voir la campagne noyée dans le crachin matinal. Dans son dos, assis à table, Louis avait repoussé son assiette, incapable d'avaler une bouchée de son déjeuner.

— C'est aujourd'hui qu'il faut que ça se fasse, dit-il à sa femme qui ne se donna même pas la peine de se retourner vers lui. Ça sert à rien d'attendre plus longtemps.

— On pourrait le garder encore une dizaine de jours, plaida Francine. Ils nous ont donné un mois…

— Écoute. Sois raisonnable. Ça fait plus qu'une semaine que tu lui prépares ses affaires. C'est à matin qu'on va lui dire la vérité et après, je vais le conduire chez les Pellerin. Si on attend à la dernière minute pour lui ramener son gars, ta cousine va comprendre qu'on y tient ben gros et peut-être qu'elle voudra jamais nous le laisser pour les vacances. Tu comprends?

— Oui, mais…

— Francine, il faut régler ça aujourd'hui, lui répéta son mari d'une voix lasse. Il est en train de jouer dans sa chambre. Si tu vas pas lui dire, c'est moi qui vais y aller.

— Non. T'auras pas le tour. Je m'en occupe, dit Francine sur un ton résigné en s'essuyant les yeux avec un mouchoir tiré de la poche de son tablier.

Elle se dirigea vers la chambre de Pascal, entra dans la pièce et referma doucement la porte derrière elle.

— Ramasse tes jouets et mets-les dans la boîte, dit-elle à Pascal en s'assoyant sur son lit.

Le petit garçon obéit sans dire un mot. Pendant un long moment, la femme de quarante-deux ans demeura silencieuse, cherchant désespérément comment apprendre au petit qu'elle n'était pas sa véritable mère. Finalement, elle se secoua.

— Viens t'asseoir à côté de moi. Maman a quelque chose d'important à te dire.

— Quoi? fit Pascal en prenant place à côté de sa mère qui le serra contre elle.

Les yeux pleins d'eau, Francine contempla un long moment l'enfant qu'elle avait cru sien et rassembla son courage avant de lui dire:

— Tu sais que tous les enfants ont un papa et une maman.

— Oui.

— Bien. Toi, t'es plus chanceux que les autres enfants parce que t'en as deux.

— Deux ?

— Oui. Il y a moi et papa Louis.

— Oui.

— Il y a aussi papa Bernard et maman Jeanne.

— C'est qui ça ? demanda le petit bonhomme.

— Te rappelles-tu du monsieur et de la madame qui sont venus il y a pas longtemps ?

— Oui, m'man.

— C'est aussi ton père et ta mère... et ils ont bien hâte que t'ailles en vacances chez eux.

— Je vais aller chez eux ?

— Oui.

— Pourquoi ?

— Parce que papa Bernard et maman Jeanne veulent que tu joues avec tes frères et tes sœurs. T'as beaucoup de frères et de sœurs qui t'aiment et qui s'ennuient de toi parce que t'es jamais allé les voir.

— Quand est-ce que je vais aller les voir ? demanda Pascal, subitement tout excité à l'idée de jouer avec des frères et des sœurs.

— Si papa Louis veut aller te conduire aujourd'hui, tu pourras y aller.

Sans attendre une seconde de plus, le petit garçon s'élança hors de la pièce pour aller demander à son père quand il allait l'amener chez son autre papa. Louis regarda sa femme cacher son visage dans son mouchoir à sa sortie de la chambre et décida d'en finir le jour même.

— Si maman veut te préparer, on va y aller tout de suite, répondit-il en réprimant son émotion du mieux qu'il pouvait. Appelle ta cousine pour lui dire qu'on lui ramène son gars aujourd'hui, chuchota-t-il à sa femme avec une certaine brusquerie au moment où celle-ci s'assoyait sur l'une des chaises dans la cuisine.

L'appel ne dura qu'une minute. Après avoir raccroché, Francine se contenta de dire dans un soupir:

— Elle l'attend. Il paraît que tout le monde dans la maison est excité à l'idée de revoir leur petit frère.

— Bon. C'est correct. Je vais charger ses affaires dans le char pendant que tu le prépares.

Louis transporta sans plus attendre les effets du bambin dans la Toyota. Francine aida le petit garçon à revêtir ses plus beaux habits en lui prodiguant une ou deux caresses à la dérobée.

— Le moins qu'on puisse dire, fit son mari en rentrant dans la maison après avoir transporté dans l'auto une dernière boîte de jouets, c'est qu'il rapporte pas mal plus d'affaires qu'il en a apporté. J'espère que t'en as gardé un peu.

— Non. Ça me ferait trop mal au cœur de les voir tout le temps.

— Viens-tu?

Francine hésita un moment.

— Je suis mieux de pas y aller. Je risque de piquer une crise en partant de là-bas et le petit comprendrait pas.

— C'est toi qui le sais. Bon. On va y aller. Saint-Paul-d'Abbotsford, c'est pas la porte à côté.

— Viens, Pascal, dit Francine. Maman va aller t'installer dans l'auto.

Tous les trois quittèrent la maison. Une petite pluie fine s'était mise à tomber. Arrivée près de la Toyota, Francine embrassa Pascal en l'étreignant à l'étouffer. Il fallut que son mari le lui enlève des bras pour l'installer sur le siège du passager. Avant qu'il puisse refermer la portière, sa femme s'était penchée pour embrasser encore une fois celui qui avait été son fils durant les cinq dernières années.

— Rappelle-toi qu'il est pas mort, lui dit Louis avant de se glisser derrière le volant de la petite voiture orangée. On va pouvoir aller le voir tant qu'on va vouloir. Je vais m'entendre avec les Pellerin pour qu'on l'ait dans le temps des fêtes.

Un pauvre sourire apparut sur le visage de sa femme. Au moment où il quittait la cour de la ferme pour s'engager dans le rang Sainte-Marie, Louis la vit par le rétroviseur saluer de la main le petit qui s'était agenouillé sur le siège pour lui faire signe.

Lorsque le cultivateur revint à la maison à la fin de l'après-midi, il vit que sa femme était en train de faire entrer les vaches dans l'étable pour la traite du soir. Il se dépêcha d'aller changer de vêtements et de la rejoindre dans le bâtiment.

— Puis? demanda-t-elle en finissant de laver l'un des contenants destiné à recevoir le lait.

— C'est fait, se limita-t-il à dire.

— Comment ils ont reçu le petit?

— Ils l'ont ben reçu. Ses frères et sœurs l'attendaient, eux autres aussi.

— J'espère qu'il manquera de rien, ajouta Francine d'une voix inquiète. Il était gâté avec nous autres. Qu'est-ce qui s'est passé quand t'es parti?

— Le petit est venu m'embrasser. Il m'a dit de t'embrasser aussi.

— Tu penses qu'il va s'ennuyer de nous autres?

— C'est certain.

Les yeux de Francine s'embuèrent instantanément à cette évocation.

— Prends sur toi, Francine, fit son mari. Ta cousine et son mari m'ont promis qu'on pourrait venir chercher le petit dans le temps des fêtes.

— Le temps va me paraître bien long, fit sa femme en affichant un air misérable avant de se diriger vers la première vache à sa gauche, dans l'intention de la traire. As-tu dîné au moins ?

— Non.

Louis saisit un petit banc et une chaudière, et s'en alla à l'autre extrémité de l'étable pour faire le même travail que sa femme. Il se sentait épuisé et démoralisé. Cette séparation était aussi pénible pour lui que pour son épouse. Pour qui allait-il travailler toute sa vie ? À qui allait-il laissé ses biens et sa terre ? Il eut un léger pincement au cœur en repensant à la façon dont la séparation s'était produite chez les Pellerin quelques heures plus tôt. Il avait menti à sa femme. Pascal avait refusé de descendre de la chambre où il s'amusait avec deux ou trois de ses frères et avait fait la sourde oreille quand Jeanne lui avait dit que son papa Louis s'en allait. Et pour les vacances des fêtes, rien n'avait été promis. Les Pellerin n'avaient pas semblé très enthousiastes à l'idée de voir leur fils revenir chez les Tremblay, ne serait-ce que quelques jours.

— On verra ben, se dit-il à mi-voix en lavant les pis d'une grosse Jersey avant de la traire.

⁓

Le lendemain, le ciel s'était enfin dégagé, mais le temps demeura frais. Comme tous les samedis, Catherine travailla jusqu'à onze heures trente. Avant de quitter le magasin, la jeune fille téléphona à la maison pour demander à son frère de venir la chercher au magasin général vers midi parce qu'elle avait des achats à faire avant de rentrer à la maison.

Après avoir salué son patron, elle quitta le magasin. Si elle avait eu suffisamment de temps devant elle, elle se serait arrêtée quelques minutes au garage voisin pour parler avec Alain. Le jeune homme était loin de lui déplaire. Il était devenu son amoureux officiel au mois d'août. Depuis près de trois mois, le fils du maire la fréquentait assidûment toutes les fins de semaine et trouvait le moyen de venir la saluer chez Loiselle et frères chaque jour.

Catherine se dirigeait d'un bon pas vers le magasin général quand elle se trouva brusquement nez à nez avec Colette, la fille aînée d'Alcide Beaulieu, une voisine qu'elle n'avait jamais beaucoup aimée. Après quelques échanges assez froids, Colette Beaulieu lui demanda :

— Tu sors plus avec Alain Crevier ?

— Bien oui, je sors toujours avec lui. Pourquoi tu me demandes ça ? fit Catherine, devinant déjà que l'autre allait lui sortir une de ses vacheries coutumières.

— Ça me surprend ce que tu me dis là, répliqua Colette en feignant l'étonnement. Je suis allée voir *Jules et Jim* au *Rialto*, à Sorel, hier soir, et j'étais assise, par hasard, juste derrière ton Alain. Tu me croiras peut-être pas, mais il était avec une fille.

— Je te crois, mentit Catherine avec un certain aplomb. Il était avec une de ses cousines. Il me l'avait dit.

— Eh bien ! Elle est chanceuse, sa cousine, fit hypocritement Colette. Moi, il y a jamais eu un de mes cousins qui passait son temps à m'embrasser comme lui le faisait pendant le film.

— Bon. Tu m'excuseras, mais j'ai une commission à faire chez ma grand-mère avant que mon frère vienne me chercher. Je suis déjà en retard.

Catherine, folle de rage, quitta sa voisine et traversa pratiquement tout le village pour se rendre chez ses grands-parents dans l'intention de téléphoner à son frère pour qu'il vienne la chercher à cet endroit. Au moment où elle allait sonner à la porte de Clément et Céline Tremblay, la voiture d'Hervé Loiselle s'arrêta près d'elle. Son patron en descendit.

— Si vous m'aviez dit que vous veniez chez vos grands-parents, dit le jeune homme, je vous aurais amenée avec plaisir. J'en avais pour cinq minutes au bureau avant de venir dîner. Vous connaissez votre grand-mère, elle rit pas avec l'horaire des repas. Si j'arrive en retard, je passe sous la table, ajouta-t-il pour plaisanter.

— Merci, monsieur Loiselle. Je me suis décidée à la dernière minute, répondit Catherine en s'efforçant de lui adresser un sourire. Je vais appeler mon frère Gilles pour qu'il vienne me chercher.

— Dérangez-le pas. Je vais vous ramener tout de suite si vous le voulez, offrit aimablement le jeune homme. Je suis comme vous, ma semaine de travail est finie.

— Je voudrais pas vous déranger, se défendit mollement Catherine.

— Vous restez à deux milles du village, c'est pas bien loin. Ça me fait plaisir, dit Hervé en lui ouvrant la portière de sa Pontiac brune.

Quelques minutes plus tard, Françoise, occupée à dresser la table, vit par une fenêtre de sa cuisine sa fille descendre de la voiture d'Hervé avec un déplaisir évident. Catherine entra dans la maison en coup de vent et retira son imperméable beige sans dire un mot.

— Gilles était pas supposé aller te chercher au magasin général? lui demanda sèchement sa mère.

— Oui.

— Pourquoi tu l'as pas attendu plutôt que de monter avec un étranger? fit Françoise, incapable de dissimuler plus longtemps sa mauvaise humeur.

— C'est pas un étranger, m'man, c'est mon patron, répondit sa fille, excédée.

— Ça fait rien. C'est un homme. Ta réputation…

— Ah! m'man, laissez faire les sermons à midi, protesta Catherine. Je suis pas d'humeur. Si ça vous fait rien, je dînerai pas. Je vais aller m'étendre une heure. J'ai mal à la tête.

Avant même que sa mère ait pu réagir, Catherine monta l'escalier qui conduisait aux chambres. Il y eut un claquement de porte et le silence revint dans la maison. Quand Étienne et Gilles revinrent de la grange, Françoise dit simplement aux deux hommes :

— Approchez. Le dîner est prêt.

— Je vais aller chercher Catherine. Ce sera pas long, lui dit son fils, se préparant déjà à sortir.

— Laisse faire. Elle est déjà arrivée. Elle est montée s'étendre. Elle avait mal à la tête.

— Qui l'a ramenée ?

— Hervé Loiselle. Je sais pas ce qu'elle avait, ajouta sa mère en s'assoyant au bout de la table, elle avait pas l'air dans son assiette.

Les trois adultes mangèrent en échangeant quelques remarques à voix basse pour ne pas déranger le sommeil de la jeune fille.

— J'ai oublié de te dire que j'ai reçu hier après-midi une nouvelle commande de madame Rondeau de Nicolet, dit Étienne à son fils en faisant référence à l'une de ses clientes les plus fidèles.

— Qu'est-ce qu'elle veut cette fois-ci ? demanda Gilles, intéressé.

— Un vaisselier en érable.

— En avez-vous déjà fait un ?

— C'est la première fois. Mais c'est pas ben grave, elle m'a apporté une photo du modèle qu'elle veut.

— Bon. Ça va pas mal vous désennuyer quand vous aurez pas autre chose à faire. Si vous le voulez, p'pa, je pourrai même aller vous aider les soirs où j'aurai pas de cours à préparer pour le lendemain.

En moins de deux semaines, la vie du jeune homme avait pris une tout autre orientation. Il avait acheté à tempérament une vieille Chevrolet un peu rouillée chez Côme Crevier et avait commencé à enseigner à Trois-Rivières. Cet emploi, accepté dans l'intention de gagner un peu d'argent et de combattre l'ennui, se révélait beaucoup plus passionnant qu'il ne l'avait d'abord cru. Il prenait un réel plaisir à préparer ses cours et à corriger les travaux de ses étudiants. Des enseignants expérimentés du collège l'avaient pris sous leur aile et l'aidaient de leurs précieux conseils.

— J'ai des corrections pour une heure, dit-il à son père à la fin du repas. Je vais aller vous rejoindre dans l'atelier après, à moins qu'on fasse les réparations que vous aviez prévu faire dans le poulailler cet après-midi.

— Je vais commencer les réparations. Tu viendras me rejoindre si ça te tente, répondit Étienne en finissant de boire sa tasse de café.

Le jeune homme, qui avait célébré son vingt-troisième anniversaire de naissance quelques semaines auparavant, monta à l'étage. En entrant dans sa chambre, il jeta un coup d'œil par la fenêtre pour voir si une voiture était stationnée près de la maison des Martineau. Aucun véhicule n'était dans la cour.

Pour une seconde fin de semaine, les voisins avaient décidé, de toute évidence, de ne pas venir à Saint-Jacques-de-la-Rive. À moins d'un retard causé par un incident, cela signifiait qu'il ne verrait pas encore Danielle ce soir-là. La déception éprouvée était beaucoup plus vive qu'il ne l'aurait désiré. Après tout, il ne lui avait rendu visite que deux samedis soirs. Même s'il n'y avait rien de déclaré entre lui et sa jeune voisine, il n'en restait pas moins qu'il s'ennuyait de sa présence. Il mourait d'envie de la revoir et de s'entretenir avec elle.

Sans vouloir le reconnaître, il était poussé par l'aiguillon de la jalousie. Qui voyait-elle en ville pendant qu'il se morfondait chez lui à l'attendre? Une belle fille comme elle ne demeurait sûrement pas enfermée, seule, chez ses parents durant toute la fin de semaine. Fallait-il qu'il soit ridicule pour avoir cru un instant qu'elle commençait à tenir à lui! Elle ne s'était même pas donné la peine de lui téléphoner une seule fois. Pire, elle ne lui avait jamais laissé entendre qu'elle aimerait qu'il lui téléphone à Montréal.

Gilles dut se secouer pour chasser ses idées noires. Il s'assit à son bureau et ouvrit son porte-documents dans lequel une pile respectable de copies attendait ses corrections. Il s'en empara et, armé d'un crayon rouge, se mit à lire la première feuille.

⁓

Catherine ne sortit de sa chambre qu'à l'heure du souper. Devant le visage fermé de sa fille, Françoise se garda bien de lui poser la moindre question. Après le repas, la jeune fille s'empara d'un linge pour essuyer la vaisselle. Gilles venait de sortir pour rejoindre son père à l'étable. Une vache était sur le point de vêler et ils ne seraient pas trop de deux pour l'aider. Devant le mutisme inhabituel de sa fille, Françoise finit par lui demander:

— Veux-tu bien me dire ce qui fait pas ton affaire? Depuis que t'es revenue de l'ouvrage, à midi, t'arrêtes pas de bourrasser.

— J'ai rien, m'man, dit Catherine sur un ton qui n'incitait pas au dialogue.

Sa mère haussa les épaules, convaincue que sa fille finirait bien par lui dire ce qui la contrariait. Après la vaisselle, Catherine disparut quelques minutes dans sa chambre pour faire sa toilette et revint dans la cuisine au moment même où Alain entrait dans la cour de la ferme au volant de sa voiture.

— C'est moi qui vous chaperonne à soir, la prévint sa mère. Arrange-toi pour qu'il parte à onze heures, pas plus tard.

— Inquiétez-vous pas, m'man. Il va même partir pas mal avant ça, dit sa fille, les dents serrées.

La jeune fille alla ouvrir la porte à son amoureux qui, après quelques mots échangés avec Françoise, prit la direction du salon. Aussitôt assis, Alain eut à affronter la mauvaise humeur de Catherine.

— Où est-ce que t'étais hier soir ? J'ai téléphoné chez vous et personne avait l'air de savoir où t'étais passé, mentit-elle.

— Je suis allé faire un tour à Pierreville.

— T'es pas plutôt allé à Sorel ?

Le fils de Côme sursauta légèrement devant l'attaque, mais décida de continuer à mentir.

— Non.

— C'est drôle, mais il y a quelqu'un qui m'a dit t'avoir vu au *Rialto* hier soir.

— Ben oui, je suis allé voir un film, admit à contrecœur le mécanicien. C'est pas un crime ! Je voulais pas te le dire pour pas te faire de peine. J'aurais aimé ça que tu viennes avec moi voir ce film-là, mais tes parents veulent jamais qu'on sorte sans chaperon.

— Ah ! C'est pour ça que t'étais avec une autre fille, dit Catherine sur un ton sarcastique. Elle, elle a pas besoin de chaperon pour sortir avec un gars ?

— Voyons donc! J'étais pas avec une fille! protesta effrontément le bellâtre.

— Alain Crevier! T'es juste un maudit menteur! s'emporta la jeune fille, rouge de fureur. Celle qui t'a vu m'a dit que t'as pas arrêté d'embrasser cette fille-là pendant tout le film.

— C'est pas vrai!

— Ça va faire! Tu vas arrêter de me prendre pour une valise! Tu peux aller la rejoindre. C'est fini entre nous deux, dit Catherine en se levant.

Alain n'eut d'autre choix que de l'imiter. Catherine lui tendit son manteau qui avait été déposé sur l'un des fauteuils du salon et l'accompagna jusqu'à la porte de la cuisine.

— Tu t'en vas déjà? demanda Françoise qui venait à peine de s'asseoir pour lire *La Presse* étalée devant elle sur la table de cuisine.

— Oui, m'man, il doit aller aider son père, répondit sa fille à la place du jeune homme qui, abasourdi, se contenta de saluer gauchement avant de quitter la maison.

Quand la porte se referma derrière Alain, Françoise remit ses lunettes de lecture. Mais avant de se pencher sur le journal, elle chercha à satisfaire sa curiosité.

— T'es-tu chicanée avec lui? C'est pour ça qu'il est parti?

— Je me suis pas chicanée. C'est fini. Je veux plus le revoir ici, m'man, déclara Catherine sur un ton catégorique.

Sans rien ajouter, elle retourna au salon et alluma le téléviseur dans l'intention de regarder le film qui allait être présenté à Télé-Métropole quelques minutes plus tard.

Chapitre 15

L'intrigante inconnue

Le début du mois de novembre fut anormalement doux. On aurait dit que la nature s'excusait à l'avance d'avoir à faire subir aux gens ses futures sautes d'humeur. En ce 2 novembre, au lieu d'un givre de saison, un petit vent du sud avait apporté des odeurs de feuilles en décomposition et d'humus. Même si le ciel était gris, on avait presque le goût d'ouvrir les fenêtres pour mieux respirer.

Après le déjeuner, Étienne se leva de table en annonçant :

— Je vais aller au moulin à Saint-Gérard pour voir si le bonhomme Provencher a fini de scier mon bois. Ça fait une semaine que ça traîne.

— Voulez-vous que j'y aille avec vous, p'pa ? lui demanda son fils. J'ai pas de cours aujourd'hui.

— C'est pas nécessaire. Je vais juste voir et je reviens. Si t'es prête, Catherine, je peux te laisser chez Loiselle en passant.

— J'arrive, p'pa, dit la jeune fille en s'emparant de son manteau.

— Si Boudreau passe encore après dix heures, comme hier, pour ramasser les bidons de lait, veux-tu téléphoner à la fromagerie pour lui demander ce qui arrive. Je tiens pas à laisser notre lait traîner sur la plate-forme la moitié de la journée.

— Je vais y voir, promit sa femme.

Françoise n'eut pas à téléphoner au fromager. Un peu après huit heures, elle entendit les grincements caractéristiques des freins du vieux camion de Boudreau et le bruit des bidons qu'on chargeait à bord du véhicule. Sans plus se préoccuper du lait, la ménagère se consacra à remettre de l'ordre dans la maison et arrosa ses plantes d'intérieur. Soudain, sous le coup d'une impulsion, elle appela son fils qui s'était retiré dans sa chambre, à l'étage, depuis quelques minutes.

— Est-ce que tu m'amènerais au cimetière ? lui demanda-t-elle, debout au pied de l'escalier. C'est le jour des Morts aujourd'hui. J'irais déposer des plantes et faire une prière sur la tombe de grand-mère Tremblay et sur celle de ton grand-père Fournier.

— C'est correct. Appelez-moi quand vous serez prête à partir, répondit Gilles avant de retourner dans sa chambre.

Quelques minutes plus tard, Françoise prit place à bord de la vieille Chevrolet pendant que son fils transportait dans le coffre les deux plantes qu'elle avait choisi de déposer au cimetière paroissial.

— Je vais juste aller dire bonjour à grand-mère et grand-père pendant que vous serez au cimetière, dit Gilles au moment où la voiture s'immobilisait doucement dans le stationnement de l'église de Saint-Jacques-de-la-Rive. Je vous rejoins dans cinq minutes.

Après avoir tendu à sa mère ses deux plantes, le jeune homme traversa le stationnement et se dirigea vers la petite maison jaune. Françoise poussa de la hanche la petite porte en fer forgé de la clôture du cimetière et s'avança lentement dans l'allée centrale de chaque côté de laquelle on retrouvait les lots des plus anciennes familles de la paroisse. À cette heure de la matinée, même si on fêtait les disparus ce jour-là, elle était presque certaine de trouver les lieux déserts.

Au moment où elle tournait à gauche à la première intersection pour se rendre au lot des Tremblay, elle remarqua, un peu plus loin, une femme vêtue d'un manteau de drap gris foncé et portant un petit chapeau de la même couleur. Elle fit encore deux pas avant de s'immobiliser, réalisant tout à coup que la femme semblait arrêtée devant le lot des Fournier. Toujours chargée de ses deux plantes, Françoise fit demi-tour et s'approcha sans faire de bruit de l'inconnue qui, selon toute apparence, ne l'avait pas entendue venir. Elle ne s'était pas trompée : la femme était bien arrêtée devant l'humble pierre tombale des Fournier.

L'épouse d'Étienne était d'autant plus intriguée qu'elle ne parvenait pas à identifier cette femme qu'elle ne voyait que de dos. Elle fit encore quelques pas. Ses chaussures écrasèrent des feuilles mortes que le vent avait poussées dans l'allée. L'inconnue tourna alors brusquement la tête vers elle. Gabrielle Fournier ! Françoise la reconnut immédiatement, même si leur dernière rencontre datait de plus de vingt ans. Elle en eut tellement le souffle coupé qu'elle faillit échapper ses plantes. Elle resta figée un long moment au milieu de l'allée, en proie à une foule de sentiments contradictoires, pendant que la femme retournait à la contemplation de la pierre tombale sans plus se préoccuper d'elle.

Qu'est-ce que la mère d'Étienne venait faire à Saint-Jacques-de-la-Rive ? Après le suicide de son mari en 1944, elle avait rejeté son fils bossu et avait disparu de sa vie sans donner de nouvelles. Étienne avait eu beau chercher à savoir où elle était partie après avoir été servante pendant quelques mois au presbytère de Saint-Grégoire, il n'avait abouti à rien. Elle avait tout fait pour effacer ses traces après son départ et n'avait laissé aucune explication. Beaucoup d'habitants du village avaient appris sa conduite et l'avaient alors considérée comme une mère indigne.

Pour sa part, Françoise n'avait jamais aimé cette femme à la froideur presque inhumaine. Face à cette réapparition, sa mémoire lui restitua instantanément quelques images qu'elle croyait avoir oubliées depuis longtemps.

Elle se revit jeune fille accompagnant ses parents à la veillée mortuaire de Berthe, un soir d'hiver. La fille de Gabrielle et Germain Fournier, âgée tout juste de dix-huit ans, avait été emportée par une péritonite en quelques heures. Pendant que le père, prostré, se tenait près du cercueil de sa fille, sa femme était assise à l'écart, le visage empreint d'une douleur insoutenable. Étienne lui avait avoué, bien des années plus tard, avoir entendu sa mère demander à haute voix à son père pourquoi la mort ne l'avait pas emporté, lui, plutôt que sa sœur.

Moins de deux mois plus tard, Étienne avait trouvé son père pendu dans la grange, le matin du jour de l'An. Là encore, Françoise avait accompagné sa famille chez les voisins pour assister à la veillée funèbre. Elle avait été témoin des démarches du jeune homme pour trouver une sépulture décente à son père, même si l'Église rejetait ce dernier. Peu après, sa mère avait quitté Saint-Jacques-de-la-Rive après avoir appris chez le notaire que son défunt mari avait tout laissé à son fils. Étienne lui avait bien proposé de revenir à la maison alors qu'elle était ménagère du curé de Saint-Grégoire, mais elle lui avait sèchement fait comprendre qu'elle ne tenait pas à le revoir.

Au début de leur mariage, Étienne lui avait souvent parlé du climat extrêmement pénible qui régnait chez les Fournier alors que son père vivait. Selon ses dires, Gabrielle et son mari se détestaient et ne se parlaient pas.

Sa sœur Berthe et lui n'en pouvaient plus et avaient même projeté d'aller vivre à Montréal dès qu'ils auraient tous deux eu vingt et un ans.

Fait renversant, Gabrielle Fournier manquait à son fils, malgré tous ses torts et ses défauts. Même s'il n'en parlait plus depuis longtemps, il ne faisait aucun doute dans l'esprit de Françoise qu'il s'ennuyait de sa mère et rêvait de la revoir et de la serrer dans ses bras. Il ne l'avait jamais blâmée ouvertement pour tous les malheurs qui avaient frappé sa famille.

Françoise déposa ses plantes par terre et s'avança vers la femme qui continuait à lui tourner carrément le dos.

— Madame Fournier ?

La femme au manteau gris continua à fixer la pierre tombale érigée devant elle sans se donner la peine de tourner la tête vers la personne qui l'interpellait.

— Madame Fournier ? reprit Françoise, un peu plus fort.

L'autre se décida enfin à lui faire face. C'était bien Gabrielle Fournier. Les années ne l'avaient pas épargnée. Françoise eut un choc en croyant se retrouver devant la figure de sa Catherine à qui on aurait ajouté une bonne quarantaine d'années. Le même port de tête, la même figure ovale éclairée par des yeux d'un bleu profond. Les seules différences marquées étaient le chignon gris et les nombreuses rides au coin des yeux et de la bouche.

— Oui, dit l'autre en ne cachant pas son agacement.

— Je suis Françoise Tremblay, votre ancienne voisine du rang Sainte-Marie. Vous rappelez-vous de moi ?

La femme l'examina durant un bref moment de ses yeux froids avant de laisser tomber :

— On change tous avec le temps.

— Vous le savez peut-être pas, mais je suis la femme de votre garçon Étienne… depuis vingt-trois ans.

— Ah oui? dit Gabrielle sans manifester le moindre intérêt.

La femme âgée fit un pas comme si elle s'apprêtait à quitter le cimetière.

— Vous avez aussi une petite-fille et un petit-fils qui aimeraient bien vous connaître, ajouta Françoise qui résistait mal à une envie presque irrépressible de secouer physiquement son interlocutrice tant elle affichait un visage impassible.

L'autre se contenta de la dévisager sans répondre.

— À part ça, reprit Françoise, vous savez que ça fait longtemps qu'Étienne veut vous voir.

— Ce sera pour une autre fois, dit enfin Gabrielle Fournier sur un ton cassant. Aujourd'hui, j'ai pas le temps. J'ai un autobus à prendre à Pierreville et j'ai demandé à mon chauffeur de taxi de revenir me chercher ici à onze heures.

Sur ces paroles, le grincement de la petite porte du cimetière se fit entendre. Françoise aperçut Gilles du coin de l'œil.

— Je pense qu'il est trop tard pour vous sauver au moins de votre petit-fils. Le voilà.

Gabrielle eut un rictus de contrariété en apercevant le jeune homme qui marchait rapidement dans leur direction. À son expression subitement un peu étonnée, Françoise comprit que la vieille femme croyait revoir son fils Étienne tant Gilles lui ressemblait, sans sa bosse évidemment. La chevelure châtain clair et le visage à la mâchoire énergique et aux traits accusés étaient bien ceux de son père.

— Gilles, devine qui tu as devant toi? s'empressa de lui dire sa mère dès qu'il fut à portée de voix.

Le jeune homme scruta le visage de l'inconnue avant de demander d'une voix hésitante:

— Grand-mère Fournier?

— En plein ça, répondit sa mère.

Sans se préoccuper le moins du monde de l'air figé de la vieille dame, Gilles la saisit aux épaules et l'embrassa sur les deux joues. Gabrielle esquissa enfin un mince sourire un peu contraint, manifestement dépassée par la fougue du jeune homme.

— Venez, grand-mère, dit Gilles en lui prenant le bras. Pendant que m'man va déposer ses plantes, on va aller dire une prière sur la tombe de grand-père.

S'il sentit une certaine résistance de la part de la mère de son père, le jeune homme n'en tint aucun compte. Il ne pouvait savoir que Gabrielle avait refusé d'assister à l'inhumation de son mari et n'était jamais venue prier sur sa sépulture. À contrecœur, elle se laissa entraîner par son petit-fils jusqu'au fond du cimetière dont il poussa la grille pour la laisser passer. Il s'arrêta à ses côtés devant la belle croix vernie toute simple décorée de rosaces qui portait une unique inscription : «À la mémoire de Germain Fournier – 1892-1944 – Paix à son âme».

Tous les deux se recueillirent un instant près de la tombe. Au loin, Françoise jeta un regard intrigué vers le couple formé par son fils et sa belle-mère. Elle aurait donné beaucoup pour savoir ce que cette dernière ressentait de se retrouver soudain en présence des siens. Pendant un court moment, elle se demanda même si elle n'avait pas commis une grave erreur en l'abordant. Si elle l'avait ignorée, elle était convaincue que sa belle-mère aurait quitté les lieux sans chercher à prendre contact avec sa famille et leur vie n'aurait pas risqué d'être perturbée.

Marchant aux côtés de son petit-fils, Gabrielle finit par lui adresser la parole.

— T'es cultivateur comme ton père?

— Non, grand-mère, j'enseigne dans un collège de Trois-Rivières. Où est-ce que vous restez?

— À Trois-Rivières.

— Vous savez que je vous aurais reconnue n'importe où, dit Gilles à la vieille dame.

— Ah oui? Comment ça?

— Ma sœur Catherine vous ressemble comme deux gouttes d'eau. Vous allez voir, vous en reviendrez pas.

— J'aurai pas le temps de voir ça aujourd'hui, déclara Gabrielle, peut-être un peu à regret. J'ai un taxi qui va venir me chercher et je veux pas manquer mon autobus à Pierreville.

— Voyons, grand-mère, vous êtes pas pour partir comme ça, protesta son petit-fils. On va renvoyer votre taxi et j'irai vous conduire à Pierreville.

Gabrielle Fournier n'eut pas l'occasion de refuser. Le jeune homme entraînait déjà sa grand-mère. Ils sortirent du cimetière. Au moment où Françoise les rejoignait, un taxi s'approcha d'eux.

— Attendez-moi une minute, dit le jeune homme aux deux femmes avant même que sa grand-mère puisse s'opposer à sa volonté.

Il s'empressa d'aller à la rencontre du chauffeur qu'il régla. Ce dernier monta dans sa voiture et reprit la route.

— À cette heure, grand-mère, vous avez plus le choix. Vous allez être obligée de vous contenter de moi comme chauffeur.

— Je vois bien ça, dit Gabrielle en ne parvenant pas à dissimuler sa mauvaise humeur.

Gilles ne tint aucun compte de la saute d'humeur de la vieille dame et ouvrit les portières de sa voiture. Françoise avait vaguement l'intuition qu'elle aurait dû intervenir pour laisser sa belle-mère monter dans son taxi et disparaître de la vie de sa famille aussi rapidement qu'elle y était revenue.

— Ramène-nous à la maison, commanda-t-elle à son fils sans manifester trop d'enthousiasme. Après, t'iras chercher ta sœur chez Loiselle. Si je me trompe pas, elle dîne à onze heures et demie.

— Je peux pas rester longtemps, dit la grand-mère.

Cinq minutes plus tard, Gilles s'arrêta près de la maison.

— P'pa est déjà revenu de Saint-Gérard, dit-il en apercevant la Dodge familiale stationnée devant la remise. Je vais l'avertir.

— Laisse faire, le coupa sa mère. Débarque-nous ici et va chercher ta sœur. Je vais avertir ton père. Il doit être dans le poulailler.

Étonné par le ton de sa mère, Gilles se tourna vers elle, mais le regard qu'elle lui jeta lui enleva toute envie de discuter. Gabrielle Fournier descendit de voiture en même temps que sa bru et regarda longuement la maison qu'elle avait habitée durant une vingtaine d'années avant de quitter Saint-Jacques-de-la-Rive.

— Vous reconnaissez la place, madame Fournier, dit Françoise en s'efforçant d'être aimable. On a fait recouvrir la maison de clins d'aluminium il y a deux ans et les bâtiments ont été chaulés par Étienne l'année passée.

— Ça a l'air bien propre, laissa tomber, sa belle-mère, comme à regret.

— Venez. On va entrer, ça commence à être pas trop chaud, dit sa bru en l'entraînant vers la porte de la cuisine d'été.

Les deux femmes pénétrèrent dans la maison et dès que la porte de communication entre la cuisine d'été et celle d'hiver eut été poussée, une agréable chaleur les accueillit. La visiteuse resta plantée au centre de la pièce à regarder autour d'elle.

— Mettez-vous à l'aise, madame Fournier, lui dit Françoise en branchant la cafetière installée en permanence sur le comptoir. Je vous laisse une minute pour aller chercher Étienne.

Avant de quitter la pièce, elle tira une tasse et une soucoupe de l'armoire ainsi qu'une pinte de lait du réfrigérateur.

— Le café va être prêt dans une minute. Gênez-vous pas. Servez-vous.

En entendant la porte claquer dans son dos, Gabrielle se tourna vers l'une des fenêtres de la cuisine juste à temps pour voir son hôtesse se diriger à grands pas vers le poulailler. Elle ne se servit pas une tasse de café. Elle préféra faire quelques pas vers le salon pour en examiner le mobilier.

Françoise trouva son mari en train de remplacer quelques planches pourries du poulailler. À son entrée dans le petit bâtiment, le bossu s'arrêta de scier.

— Je te gage que t'avais même pas remarqué que j'étais pas à la maison quand t'es revenu de Saint-Gérard.

— Ben oui, mais je t'ai pas cherchée. J'étais sûr que t'étais allée essayer de remonter le moral de Francine.

— Non. Je suis allée au cimetière porter des plantes. C'est le jour des Morts.

— J'ai pas oublié. J'avais l'intention d'aller faire un tour après le dîner.

— En attendant, j'ai une grosse surprise pour toi, reprit Françoise en affichant un air mystérieux.

— C'est quoi?

— Si je te le dis, ce sera plus une surprise. Va voir dans la cuisine. La surprise est là.

Étienne souleva sa casquette en dévisageant sa femme durant un bref moment.

— Je vais aller voir ça dans dix minutes, le temps de finir la *job* ici et…

— Non. Ça peut pas attendre, le pressa Françoise. Grouille-toi, sinon ta surprise va être partie.

— Veux-tu ben me dire…

— Laisse faire et va voir dans la cuisine, répéta sa femme en le poussant vers la porte.

Étienne fit quelques pas à l'extérieur puis s'arrêta.

— Arrive, Françoise.

— Non. Vas-y tout seul. Je te rejoindrai dans cinq minutes, lui dit sa femme. Je vais rapporter des œufs pour le dîner.

L'homme secoua la tête, tout de même passablement intrigué par la surprise annoncée par sa femme. Il traversa la cour et entra dans la maison par la cuisine d'été. Il enleva ses bottes et pénétra dans la cuisine d'hiver, ses yeux déjà à la recherche d'un paquet ou d'une lettre déposée sur la table ou sur le comptoir.

Il sursauta violemment en apercevant la femme qui se tenait debout au pied de l'escalier intérieur. Puis son cœur eut un raté et ses mains devinrent moites. Le sang sembla se retirer d'un seul coup de son visage et il resta un long moment figé sous l'effet de la surprise. Pendant ce temps, Gabrielle, impassible, se contentait de détailler les changements physiques survenus chez son fils au fil des années. Il avait maintenant les tempes argentées et avait pris un peu de poids. Le temps ne l'avait guère embelli à ses yeux.

Étienne finit par sortir de sa torpeur. Il fit plusieurs pas en direction de la visiteuse avant de pouvoir articuler :

— M'man ! C'est vous ?

— Qui veux-tu que ce soit ? répondit Gabrielle sans manifester la moindre joie en revoyant son fils plus de vingt ans après l'avoir quitté.

Ne tenant aucun compte de cet accueil polaire, ce dernier s'approcha dans l'intention évidente de l'embrasser et de la serrer dans ses bras. Sa mère se contenta de lui tendre une joue un peu ridée.

— Ça fait tellement longtemps qu'on vous cherche ! s'écria son fils. Enlevez votre manteau, m'man. Assoyez-vous. Françoise s'en vient. On va dîner et vous allez rencontrer les enfants.

— J'ai déjà vu ton gars, lui fit remarquer Gabrielle d'une voix neutre. Je reste pas pour dîner. J'ai pas le temps. J'ai un autobus à prendre à Pierreville.

— Voyons, m'man ! protesta son fils. Ça fait une éternité qu'on s'est pas vus. Vous êtes pas pour partir si vite !

— Je l'ai déjà dit à ta femme au cimetière, mais elle tenait absolument à ce que je vienne, se défendit sèchement la sexagénaire. Je reviendrai une autre fois, ajouta-t-elle sur un ton agacé.

— Je l'espère ben. Vous devez trouver que Saint-Jacques a pas mal changé depuis le temps, non ? demanda Étienne pour faire dévier la conversation.

— Ça fait pas si longtemps que ça que je suis venue, dit sa mère.

— Ah oui ? fit son fils, surpris.

— Je viens pratiquement tous les ans prier sur la tombe de ta sœur le jour des Morts.

— Et vous êtes jamais arrêtée nous voir ? s'indigna Étienne que cette information blessait profondément.

— Pourquoi je serais venue ? Tu devrais me connaître mieux que ça, lui fit remarquer sa mère, sur un ton cassant. Tu sais bien que j'aime pas déranger le monde pour rien.

— Pour rien ?

Le cultivateur crispa les poings à plusieurs reprises, tentant désespérément de retrouver son sang-froid. Il avait une furieuse envie de noyer sa mère sous un flot de reproches, mais il la connaissait suffisamment pour savoir qu'elle demeurerait imperturbable et que l'unique effet de sa colère serait de la faire disparaître définitivement.

Le bruit d'une voiture s'arrêtant près de la maison attira son attention. Il alla jusqu'à la fenêtre pour voir qui arrivait, ce qui l'aida à retrouver son calme.

— C'est Gilles qui arrive avec Catherine, dit-il à sa mère d'une voix blanche.

Il vit sa femme sortir du poulailler et rejoindre ses deux enfants. Le trio entra dans la maison. Lorsque Catherine pénétra dans la cuisine à la suite de sa mère et de son frère, elle se retrouva à son tour face à face avec sa grand-mère Fournier. Voyant que son mari ne se décidait pas à présenter leur fille à sa mère, Françoise s'en chargea.

— Madame Fournier, voici votre petite-fille Catherine.

Gabrielle ne bougea pas, visiblement sous le choc. Elle se contenta de dévisager la jeune fille svelte au visage ovale éclairé par des yeux bleus identiques aux siens. Elle avait l'impression étrange de se voir quarante ans auparavant. Même port de tête, même figure aux hautes pommettes et même chevelure.

— Bonjour, grand-mère, dit Catherine sans faire un geste pour aller embrasser la vieille dame debout au centre de la pièce, encore vêtue de son manteau de drap gris.

— Bonjour, répondit Gabrielle sans manifester aucune chaleur.

Il y eut un moment de gêne. Personne ne savait quoi faire exactement pour détendre l'atmosphère. Finalement, Françoise prit les choses en main.

— On va dîner dans dix minutes, annonça-t-elle en feignant une joyeuse animation. Enlevez votre manteau, madame Fournier. Catherine, ôte ton imperméable et viens m'aider à mettre la table.

— Je peux pas rester, répéta Gabrielle en boutonnant son manteau. Je dois être à Trois-Rivières au commencement de l'après-midi. Ton garçon m'a dit qu'il viendrait me conduire à Pierreville pour que je prenne mon autobus. Mais si ça le dérange trop, tu pourrais m'appeler un taxi.

Françoise s'était attendue à des protestations véhémentes de la part de son mari, mais Étienne ne dit pas un mot pour retenir sa mère. Intuitivement, elle comprit que leur rencontre n'avait pas été aussi heureuse qu'elle l'avait espéré. Par politesse, elle insista néanmoins.

— Vous êtes sûre que vous voulez pas manger avec nous autres, madame Fournier? Je vous empoisonnerai pas, vous savez.

— Une autre fois, peut-être, répondit la vieille dame d'une voix radoucie. Aujourd'hui, je peux vraiment pas.

— Si c'est comme ça, Gilles va aller vous conduire.

— C'est certain, grand-mère, dit le jeune homme en décrochant son coupe-vent du portemanteau auquel il venait à peine de le suspendre.

La grand-mère se dirigeait déjà vers la porte sans esquisser le moindre geste d'affection envers l'un ou l'autre membre de sa famille. Seul son fils s'avança et l'embrassa sur une joue. Tout le monde sortit ensuite sur la galerie pour assister à son départ. Gabrielle ne tourna pas un instant la tête pour voir son fils, sa bru et sa petite-fille la saluer de la main au moment où la Chevrolet de Gilles s'engageait dans le rang Sainte-Marie. Assise à la droite du conducteur, la tête bien droite, la vieille dame fixait la route devant elle.

Étienne ne rentra dans la maison qu'un instant pour y prendre sa casquette.

— J'ai pas faim, dit-il à sa femme, la mine sombre. Je dînerai pas. Je vais aller finir mon ouvrage dans le poulailler.

— Il faut bien que tu manges, tenta de le raisonner Françoise.

— Je verrai ça plus tard. Tu m'avertiras quand tu seras prête à retourner travailler, ajouta-t-il en se tournant vers sa fille.

Sur ce, il sortit de la maison. Catherine, vaguement inquiète, regarda son père traverser la cour.

— Voulez-vous bien me dire, m'man, quelle sorte de femme c'est, la mère de p'pa ? J'ai jamais vu quelqu'un d'aussi peu sympathique.

— La mère de ton père nous connaissait pas. Elle était peut-être juste gênée.

— J'ai de la misère à croire ça. Elle était froide comme un glaçon. Est-ce qu'elle avait peur que le visage lui craque si elle souriait ? Une vraie face de bois ! On lui a fait des façons et elle nous regardait comme si on lui avait donné un coup de pied.

— On la connaît pas, ma fille. Si ça se trouve, elle a eu bien de la misère dans la vie.

— C'est pas une raison pour avoir l'air aussi bête. J'ai même l'impression que la voir a fait de la peine à p'pa.

— Ça...

— En tout cas, moi, la voir m'a pas fait plaisir. Avoir su, j'aurais mangé mon lunch au magasin, comme d'habitude.

Les deux femmes se mirent à table et mangèrent en silence. Durant le repas, Françoise ne cessa de se demander ce qui avait bien pu se passer entre la mère et le fils pendant qu'elle les avait laissés seuls pour que son Étienne soit aussi bouleversé. Elle finirait bien par le savoir. Elle aurait dû suivre son intuition et ne pas insister pour que sa belle-mère vienne chez elle.

— La vieille malcommode a été dans la maison moins d'une demi-heure et ça a suffi pour mettre tout le monde à l'envers, dit-elle à mi-voix, au moment où sa fille montait dans la Dodge, aux côtés de son père.

Quand son mari revint du village, elle exigea qu'il vienne s'asseoir à table devant le bol de soupe et le sandwich qu'elle lui avait préparés.

— Tu peux pas passer l'après-midi avec l'estomac vide, lui dit-elle.

Elle s'assit en face de lui pendant qu'il mangeait. Elle attendit quelques instants avant de dire, inquiète devant son air malheureux :

— J'aurais peut-être pas dû ramener ta mère à la maison.

— T'as ben fait. Ça faisait longtemps que je voulais la revoir, se contenta de dire Étienne.

— En tout cas, on peut pas dire que ça a l'air de t'avoir fait plaisir, hasarda Françoise.

— C'est ma mère, je la changerai pas, dit son mari en finissant son repas improvisé. Quand Gilles reviendra, dis-lui de venir me rejoindre dans le poulailler.

⁓

Françoise remit de l'ordre dans la cuisine et reprit le travail de couture commencé la veille. À un certain moment, elle leva la tête vers l'horloge murale et vit qu'il était plus de deux heures.

— Veux-tu bien me dire où il est passé, lui ? dit-elle à voix haute en pensant à son fils. Pierreville est pas au bout du monde. Ça prend pas des heures pour faire cinq milles en char.

Les minutes s'égrenèrent et son inquiétude grandit. Finalement, un peu avant trois heures, elle vit la Chevrolet entrer dans la cour. Il y eut un claquement de portière suivi d'un bruit de pas sur la galerie. Gilles entra dans la cuisine et retira son coupe-vent qu'il suspendit au porte-manteau.

— Ça t'a bien pris du temps pour aller à Pierreville, lui fit remarquer sa mère en levant les yeux de son travail de couture. T'as pas dîné. Veux-tu que je te prépare quelque chose ?

— Merci, m'man. J'ai mangé au restaurant.

— Ta grand-mère a pris son autobus pour Trois-Rivières ?

— Non. Je suis allé la conduire à Trois-Rivières. C'est pour ça que ça a pris du temps.

— Elle a dû te trouver fin en pas pour rire.

— C'est difficile de le savoir avec elle, dit son fils en s'assoyant. On peut pas dire qu'elle est bien chaleureuse.

— Ça, c'est certain.

— Quand je lui ai proposé d'aller la conduire à Trois-Rivières, elle a commencé par refuser.

— Pourquoi t'as insisté si elle voulait pas ?

— Quand on a approché de l'hôtel Traversy où l'autobus s'arrête, elle a sorti son porte-monnaie pour me payer mon essence. Naturellement, j'ai refusé. Mais j'ai bien remarqué qu'elle avait pas beaucoup d'argent. À ce moment-là, j'ai décidé de lui éviter de payer un billet d'autobus jusqu'à Trois-Rivières. Je lui ai dit que j'avais affaire à Trois-Rivières et que je voyais pas pourquoi elle paierait un billet d'autobus pour rien.

— Bon. Comme ça, tu sais où elle reste maintenant, dit sa mère, tout de même curieuse.

— Pas exactement.

— Comment ça ?

— Une fois rendus de l'autre côté du pont Laviolette, elle était prête à descendre. Il a fallu que j'insiste pour la rapprocher de son appartement. En fin de compte, elle m'a demandé de la laisser en face du cinéma *Impérial* en me disant qu'elle devait s'arrêter voir une amie en passant.

— Une amie, elle ? fit sa mère, étonnée.

— En tout cas, elle a peut-être pas d'amis, mais elle a des parents, dit Gilles. Avant de la laisser descendre, je lui ai écrit notre nom et notre numéro de téléphone sur un bout de papier, au cas où elle les oublierait, ajouta le jeune homme avec un certain humour. J'ai eu droit à un petit merci et elle est partie.

— C'est pas bien grave qu'on sache pas où elle reste, admit Françoise.

— Oh ! mais j'en ai une bonne idée, par exemple, reprit Gilles. J'ai fait le tour du pâté de maisons et je suis revenu me stationner derrière elle pendant qu'elle marchait. Je l'ai vue tourner sur la rue Bureau et s'arrêter deux minutes plus tard devant une vieille maison. Sur le coup, j'ai cru que c'était là où restait son amie, mais après coup, je me suis rendu compte qu'elle avait sorti des clés d'une poche de son manteau pour ouvrir la porte. Après, je suis allé manger à la cantine du cégep avant de revenir.

— Puis, qu'est-ce que t'en penses de ta grand-mère Fournier ? demanda Françoise en baissant la voix, comme si son mari avait pu l'entendre.

— Pour être bizarre, elle est bizarre, reconnut Gilles. On aurait dit qu'elle nous parlait à contrecœur. J'ai eu l'impression qu'elle aurait mieux aimé pas nous connaître, Catherine et moi. En tout cas, c'est pas comme ça que j'imaginais ma grand-mère. J'ai pas arrêté d'essayer de lui faire plaisir et de lui rendre service mais c'est comme si j'étais resté un étranger pour elle. Au moins, p'pa, lui, il doit être content de l'avoir enfin retrouvée ?

— J'en suis pas si sûre, admit sa mère. En tout cas, il a l'air tout à l'envers depuis qu'il l'a rencontrée. Je sais pas ce qu'elle lui a dit, j'étais pas là. Je les ai laissés tout seuls pendant quelques minutes. Je pense qu'on ferait mieux de ne pas lui parler de sa mère.

— C'est entendu.

— Ton père aurait aimé que t'ailles l'aider dans le poulailler.

— J'y vais.

⁓

À la fin de l'après-midi, Françoise profita du fait que son mari et son fils étaient occupés à faire le train pour téléphoner à sa mère afin de lui apprendre la grande nouvelle.

— T'es pas sérieuse ! fit Céline Tremblay, incrédule. T'as vraiment vu Gabrielle Fournier ?

— Oui, m'man. Elle était au cimetière pendant que Gilles était chez vous.

— Est-ce qu'elle a beaucoup vieilli ?

— Comme tout le monde.

— Elle a tout de même une soixantaine d'années.

— En tout cas, ça paraît pas trop. Elle est un peu ridée, mais elle a pas engraissé.

— Son caractère ?

— On peut pas dire que le temps l'a amélioré. Elle a toujours l'air aussi bête, ne put s'empêcher de dire sa fille.

— J'espère qu'elle est pas à côté de toi pendant que tu me parles, fit sa mère en se retenant de rire à grand-peine.

— Craignez rien, elle est déjà retournée chez eux.

— Déjà !

— Bien oui. Elle est même pas restée une demi-heure. Elle a jamais voulu dîner avec nous autres. Elle est repartie tout de suite.

— Je vois qu'elle a pas changé avec les années, la Gabrielle ! s'exclama Céline. Elle est restée plus de vingt ans à côté de chez nous et je pense qu'elle nous a pas parlé dix minutes durant toutes ces années-là… Et ton mari, dans tout ça, est-ce qu'il était content de revoir sa mère ?

— Je le sais pas trop, m'man. Il a l'air pas mal jongleur depuis qu'elle est partie.

Ce soir-là, Françoise se brossait les cheveux quand Étienne vint la rejoindre dans leur chambre. À aucun moment durant la soirée, l'un des enfants n'avait évoqué la visite de leur grand-mère, respectant ainsi le mot d'ordre donné par leur mère.

Son mari, silencieux, se déshabilla et mit son pyjama avant de se glisser sous les couvertures. Françoise, qui le surveillait dans le miroir, fut si remuée de le voir aussi triste qu'elle ne put s'empêcher de lui dire :

— Avoir su que ça te mettrait à l'envers comme ça de revoir ta mère, je l'aurais jamais ramenée à la maison.

— C'est pas grave, dit Étienne d'une voix changée.

— Qu'est-ce qu'elle t'a fait pour que tu fasses cette tête-là ?

— Rien.

— Étienne, je suis ta femme. J'ai le droit de savoir ce qui s'est passé entre vous deux. Qu'est-ce que ta mère a encore fait de blessant ?

— Elle a rien fait, finit par admettre Étienne, exaspéré. C'est juste ce qu'elle m'a dit que j'ai pas aimé.

— Quoi ?

— Elle m'a dit qu'elle était venue chaque année au cimetière pour prier sur la tombe de ma sœur.

— Dis-moi pas ça ! s'écria Françoise.

— Quand je lui ai demandé pourquoi elle était jamais venue ici pendant toutes ces années-là, elle m'a répondu qu'elle voyait pas pourquoi elle serait venue.

— Ma foi du bon Dieu ! s'exclama sa femme, ta mère est complètement folle.

— Dis pas ça, lui ordonna son mari.

— En connais-tu bien gros des mères qui restent plus que vingt ans sans donner de nouvelles à leurs enfants et qui font même pas un pas pour connaître leurs petits-enfants ?

— Elle doit avoir ses raisons.

— Je voudrais bien les connaître ces raisons-là, moi, affirma Françoise, furieuse. En tout cas, toi, t'as rien à te reprocher et tu devrais pas te mettre à l'envers parce qu'elle t'a dit ça.

Chapitre 16

Novembre

À la mi-novembre, les premiers gels de la saison froide apparurent. Au réveil, il était maintenant habituel de retrouver les champs et les toits des maisons blancs de givre. Le timide soleil de cette fin d'automne ne parvenait que difficilement à faire disparaître le frimas qui recouvrait tout. Maintenant, les arbres étaient complètement dénudés et tous les animaux avaient été rentrés dans les bâtiments pour la durée de l'hiver. Les cheminées des maisons exhalaient un mince filet de fumée toute la journée.

— Brrr! fit Cécile Tremblay en serrant contre elle les pans de son épaisse robe de chambre bleue tout en regardant par la fenêtre le paysage désolé de ce mardi matin. J'ai bien l'impression qu'on va avoir de la neige dans pas longtemps.

— C'est pas si froid que ça, dit son mari qui rentrait de l'étable. C'est pas impossible que ça se réchauffe un peu, un petit vent du sud commence à souffler.

— Tant mieux, répliqua-t-elle. Le déjeuner est prêt. Est-ce que Bertrand et Tit-Beu sont à la veille de finir?

— Ils s'en viennent avec le lait, répondit son mari en se versant une tasse de café après avoir retiré sa chemise à carreaux rouge et noir.

— Bon. Je vais aller m'habiller et je viens vous servir votre déjeuner, annonça sa femme en se dirigeant vers la porte de leur chambre.

Quelques minutes plus tard, Bertrand entra dans la maison, suivi par son employé. Tous les deux allèrent à l'évier se laver les mains avant de rejoindre Gérald déjà assis à la table de cuisine.

— On n'est pas tout seuls à avoir tué une vache, fit remarquer Bertrand à sa mère qui venait de revenir dans la pièce. En passant devant chez Fournier, hier après-midi, j'ai vu qu'ils en ont abattu une, eux autres aussi. Ils l'ont suspendue au bout d'une chaîne dans l'entrée de leur grange et Étienne était en train de lui enlever la peau.

— C'est probable que ton cousin Louis ait tué un ou deux cochons, lui aussi, dit son père. Pour moi, aujourd'hui ou demain, on va voir le *truck* de Comtois venir chercher tout ça.

— Ça veut dire que Céline, Francine et Françoise vont aller passer la journée à la boucherie pour se faire préparer leur viande par le boucher, comme tous les automnes, ajouta Cécile en cassant des œufs dans une poêle. Comtois la leur coupe comme elles la veulent et il l'enveloppe. Quand elles reviennent à la maison, elles ont juste à la mettre dans leur congélateur, les chanceuses.

— Voyons, m'man, protesta Bertrand. Vous l'avez toujours dit vous-même que vous faisiez pas confiance pantoute à Comtois et à ses garçons pour la viande. Une fois dépiautée, une vache ou un cochon ressemble à un autre.

— C'est vrai, ça, renchérit son père. T'as jamais arrêté de dire qu'ils étaient ben capables de nous passer une vieille vache pour une vache qu'on aurait engraissée pour nous autres. Dis-moi pas que t'as changé d'idée, à cette heure?

— Bien non, fit Cécile, agacée par le ton accusateur de son mari et de son fils. C'est juste que je trouve que c'est bien pratique de tout faire faire par le boucher et surtout bien moins d'ouvrage.

Quelques années auparavant, tous les Tremblay faisaient boucherie ensemble chaque automne et se partageaient de manière égale deux vaches et deux cochons. Comme Françoise était une Tremblay, les Fournier se joignaient à eux et abattaient leur part de travail. Étienne apprêtait les jambons dans son fumoir et les femmes consacraient une journée à fabriquer de savoureuses saucisses. Chaque fois, Céline et sa belle-sœur Cécile essayaient de persuader les plus jeunes, Françoise et Francine, de fabriquer leur propre boudin, mais l'une et l'autre étaient prises de nausées devant les bacs de sang de porc qu'il fallait brasser pour l'empêcher de coaguler.

Lorsque le propriétaire de la boucherie Comtois proposa de préparer la viande à leur place pour un coût minime à la livre, tous acceptèrent, sauf Cécile qui n'avait jamais eu confiance en lui. Elle eut beau tenter de convaincre les autres que rien ne prouvait que le boucher leur débiterait les bêtes qu'ils auraient abattues, elle ne les fit pas changer d'idée.

— Qu'ils aillent chez Comtois ! s'était-elle emportée à l'époque, ils vont bien finir par s'apercevoir que leur viande sera pas mangeable. Si ça se trouve, il va même leur passer une vache malade.

En fait, il ne se passa jamais rien de semblable. Les Tremblay, comme les Fournier, n'eurent jamais à se plaindre du travail de leur boucher et, année après année maintenant, ils abattaient une vache et deux porcs qu'ils se partageaient. Demeurés seuls avec leur entêtement, Cécile, Gérald et leur fils Bertrand faisaient boucherie à l'ancienne et en donnaient une partie à Élise, qui vivait seule à Pierreville. Cécile ne l'aurait jamais avoué, mais elle avait cessé d'être satisfaite de leur viande à compter du jour où son fils et son mari avaient dû se transformer en bouchers. Étienne et Clément étaient doués dans ce domaine alors que son mari n'y excellait guère. Bref, la cuisinière devait faire cuire à outrance sa viande pour la rendre appétissante.

Ce matin-là, Constant ne se souciait pas du tout de ce qui se disait autour de la table. Il mangeait, sa grosse tête ronde penchée au-dessus de son assiette. Après avoir ingurgité deux œufs, une tranche de jambon et trois rôties, il venait de faire un sort à une demi-douzaine de crêpes généreusement nappées de sirop d'érable.

— Bon. Je pense pas que tu vas mourir de faiblesse cet avant-midi, lui fit remarquer Bertrand en lui jetant un regard réprobateur. Si t'as fini, va donc monter une table avec les tréteaux dans l'entrée de la grange et balaie autour avant d'aller nettoyer dans l'étable.

Tit-Beu se leva sans rien dire et se dirigea vers son blouson fourré suspendu près de la porte d'entrée.

— Mets-toi donc une casquette, lui recommanda Cécile, maternelle. Tu vas finir par attraper une bonne grippe à sortir dehors comme ça, sans rien sur la tête.

— J'aime pas ça, madame Tremblay, se contenta de marmonner l'employé avant de sortir.

— Inquiétez-vous pas pour lui, m'man. Avec tout le Brylcream qu'il se met dans les cheveux, ça lui fait comme un casque, intervint Bertrand après le départ de Constant. Je lui ai demandé de monter la table dans la grange parce que je pense qu'on est peut-être mieux de s'occuper de la viande aujourd'hui. Ça a l'air de vouloir se réchauffer.

— Si ça arrive, ce sera pas bon pour la viande, dit son père, peu enthousiaste à l'idée de travailler une bonne partie de la journée à découper de la viande.

— Si on coupait les morceaux plus gros, ça nous coûterait moins cher en sacs, hasarda le jeune cultivateur, toujours prêt à économiser.

— Occupe-toi pas de ça, fit sa mère. Je vais te dire quelle grosseur je veux. Si on grossit les morceaux, je vais être obligée de faire cuire trop de viande chaque fois que je vais en dégeler, et on va en gaspiller. Je vais préparer les sacs de plastique, le papier ciré et tout ce qu'il faut après avoir lavé la vaisselle, ajouta Cécile. Avant-hier, j'ai fait un ménage dans le congélateur. On a toute la place dont on aura besoin. Si on finit l'ouvrage aujourd'hui, vous pourrez aller porter sa viande à Élise, demain.

— Parlant de demain, reprit son fils, on pourrait dire à Tit-Beu qu'on n'a plus besoin de lui à partir de demain.

— Pourquoi ? demanda son père.

— Ben, p'pa. Les gros travaux sont finis et on va avoir juste à soigner les animaux tout l'hiver. C'est pas nécessaire de le garder pour faire cette *job*-là.

— Avec vingt-trois vaches, il me semble qu'il serait pas de trop, affirma avec vigueur le gros homme qui n'avait jamais été reconnu pour son ardeur au travail.

— On n'aura jamais assez d'ouvrage pour l'occuper toute la journée, expliqua son fils.

— Il pourrait venir couper du bois avec nous autres.

— Les années passées, on était juste nous deux, p'pa, et on trouvait moyen d'en faire pas mal.

— T'oublies que je vieillis, mon garçon, lui fit remarquer Gérald, sur un ton légèrement plaintif.

— En plus, il mange comme dix, ajouta Bertrand, mis de mauvaise humeur par l'opposition inattendue de son père.

— J'espère que t'en es pas rendu à calculer ce que ce pauvre Tit-Beu mange, le sermonna sa mère, le visage sévère.

— Ben non, mentit Bertrand, mais ça finit tout de même par coûter. Vous le couvez, m'man, depuis qu'il est arrivé dans la maison. Oubliez pas qu'il faut lui payer son salaire chaque semaine.

— C'est pas un bien gros salaire, plaida sa mère. As-tu pensé qu'il est solide et travaillant. Tout le bois qu'il va couper cet hiver, tu vas pouvoir le vendre facilement à Pierreville ou à Sorel. D'après moi, il va te rapporter bien plus qu'il va te coûter.

— D'autant plus qu'on l'aura déjà au printemps quand le gros ouvrage va arriver, intervint son père en s'allumant une pipe. Te vois-tu te mettre à chercher un bon homme engagé au printemps ? Tu risques d'en chercher un aussi bon pas mal longtemps.

— OK, OK, fit Bertrand en levant les mains. On va le garder si c'est ce que vous voulez, mais venez pas vous plaindre après ça qu'on n'a plus une maudite cenne pour acheter ce qu'il nous faut.

Ce jour-là, les Tremblay travaillèrent tout l'après-midi à débiter leur viande pendant que leur employé s'occupait à nourrir les animaux et à nettoyer l'étable.

Durant trois jours, le mercure se mit à monter au point que les gens de la région se crurent revenus au début de l'automne. Un ciel bleu sans nuages et l'air doux apporté par une brise du sud donnaient l'impression que l'hiver avait renoncé à s'installer. Les vieux de la paroisse disaient à qui voulait les entendre qu'ils ne se souvenaient pas d'une pareille fin de novembre. Durant la soirée du vendredi, le vent changea brusquement de direction, le ciel se couvrit et une pluie diluvienne se mit à tomber.

Au réveil, le samedi matin, les habitants de Saint-Jacques-de-la-Rive grelottaient.

— Veux-tu bien me dire ce que la fournaise peut bien avoir ? demanda Cécile en mettant son épaisse robe de chambre. On gèle tout rond dans la maison.

Elle se pencha pour allumer la lampe de chevet : pas de courant électrique.

— Bon. Nous v'là propres à cette heure, pas d'électricité. Grouille, Gérald, je viens d'entendre Bertrand et Tit-Beu descendre, dit-elle à son mari en le secouant.

Dans le noir, un grognement de son mari encore enfoui sous les couvertures fut la seule réponse qu'elle obtint. Il se tourna de l'autre côté. Cécile se pencha et attrapa les couvertures qu'elle tira brusquement vers elle. Furieux, Gérald protesta en ouvrant tout de même un œil.

— Il fait encore noir, baptême ! jura son mari toujours très lent à émerger du sommeil. Qu'est-ce que t'as à t'exciter comme un pou ?

— Il fait noir parce qu'on a perdu l'électricité. Il y a pas de chauffage non plus. Lève-toi. Je viens d'entendre Bertrand sortir de la maison. Il va falloir que t'ailles m'allumer le poêle à bois dans la cuisine d'été.

Gérald se leva en maugréant et s'habilla pendant que sa femme allait allumer les deux lampes à huile rangées sur une tablette dans l'entrée. Elle les déposa sur la table de la cuisine. Au même moment, Bertrand entra dans la pièce en provenance de la cuisine d'été.

— Je te pensais aux bâtiments, lui dit sa mère.

— Non. J'ai envoyé Tit-Beu commencer le train. Je lui ai dit d'allumer le fanal en dehors de l'étable. Je tiens pas à ce qu'il mette le feu en échappant une allumette là-dedans. Je viens d'allumer le vieux poêle à bois à côté, mais ça va prendre un bout de temps avant de réchauffer la maison.

— S'il arrive pas à réchauffer la maison, je vais être capable au moins de préparer le déjeuner, dit sa mère.

Dans le temps qu'on avait notre bon poêle à bois dans la cuisine d'hiver, on se bâdrait pas avec les pannes d'électricité. Beau temps mauvais temps, on avait juste à l'allumer.

— C'est ça, plains-toi donc! lui dit son mari en sortant enfin de la chambre. Pendant des années, t'as pas arrêté de te lamenter pour avoir l'électricité. À cette heure que tu l'as, je suppose que tu vas dire que c'était mieux avant? T'as déjà oublié ce que c'était que s'arracher les yeux pour essayer de lire *La Presse* ou de coudre avec une lampe à huile? Tu vas me dire, je suppose, que t'aimais ça avoir ta vieille pompe à eau sur l'évier qui gelait la moitié du temps en hiver? Tu serais prête à te passer aussi de ton bain et de ton eau chaude? Pas de radio, pas de télévision! Chaque hiver, tu passais tes journées à te plaindre que tu gelais comme un vieux croûton quand tu t'éloignais du poêle.

— Whow, Gérald Tremblay! On voit bien que tu t'es levé du pied gauche à matin, protesta sa femme. J'ai jamais dit que c'était la belle vie, bonne sainte Anne! Tout ce que j'ai dit, c'est qu'un poêle à bois dans une cuisine était bien pratique.

— Au lieu de perdre notre temps à discuter, intervint Bertrand en décrochant sa casquette et son manteau suspendus derrière la porte à côté des vêtements de son père, je pense qu'on serait ben mieux d'aller rejoindre Tit-Beu à l'étable.

Demeurée seule dans la maison, Cécile fit de nombreux va-et-vient entre ses deux cuisines durant plusieurs minutes. Elle dressa le couvert sur la table de la cuisine d'été où ronflait le vieux poêle qu'elle alimentait avec des bûches d'érable tirées du coffre à bois placé juste à côté. Elle parvint à cuisiner du gruau et une omelette au lard pour le déjeuner. Comme d'habitude, son mari fut le premier à rentrer du travail au moment même où les premières lueurs du jour éclairaient le paysage.

— T'as pas vu ça dehors, dit Gérald à sa femme. Il doit y avoir deux pouces de verglas partout. La pluie a gelé pendant la nuit. C'est pour ça qu'on a perdu l'électricité. Il reste à savoir s'il y a eu ben des dommages et quand est-ce qu'on va pouvoir la ravoir.

Cécile déposa ses plats chauds sur la table. Elle se rendit ensuite à l'une des fenêtres de la cuisine pour regarder à l'extérieur. Le jour était maintenant levé, mais le ciel était resté gris. Tout le paysage semblait recouvert d'une épaisse couche de glace qui luisait faiblement. Au même moment, elle aperçut Tit-Beu et son fils tirant un vieux traîneau sur lequel ils avaient déposé une demi-douzaine de bidons de lait et une pelle. Ils semblaient avoir toutes les peines du monde à se maintenir en équilibre sur la couche de verglas.

— Ils ont l'air d'avoir pas mal de misère, fit-elle remarquer à Gérald, debout derrière elle.

— C'est parce que c'est glissant sans bon sens. Ils vont avoir besoin de la pelle pour casser la glace sur la plate-forme avant de mettre les bidons là.

— Crie-leur de venir manger avant que ce soit froid, ordonna-t-elle à son mari. Ils arrangeront ça tout à l'heure. Boudreau passera pas prendre le lait avant un bon bout de temps si c'est tellement glissant.

Le gros cultivateur entrouvrit la porte pour appeler les deux hommes.

— Maudite misère noire! jura Bertrand en entrant dans la maison, suivi de près par Tit-Beu. On va perdre une bonne partie de la journée à casser de la glace. Et le pire, c'est qu'on dirait qu'il va encore mouiller. Si ça se trouve, ça va geler encore ben dur parce que le vent a pas changé de direction.

— On a juste à attendre, lui dit son père, pas du tout fâché par la perspective d'un repos forcé. Ça finira ben par fondre.

— C'est ça, p'pa, peut-être le printemps prochain, fit son fils, sarcastique.

— En tout cas, le téléphone marche encore, fit Cécile qui venait de soulever le récepteur de l'appareil. Après le déjeuner, je vais téléphoner pour essayer de savoir combien de temps on a encore à attendre pour avoir l'électricité.

Gérald, Bertrand et Tit-Beu s'occupèrent une partie de la matinée à casser la glace accumulée sur la galerie et devant les portes d'entrée de la maison et des bâtiments. Quand Cécile leur appris que l'électricité ne reviendrait pas avant le milieu de l'après-midi parce que des fils électriques n'avaient pas supporté le poids du verglas tant dans le village qu'à l'entrée des rangs Sainte-Marie et Saint-Paul, Gérald demanda à Tit-Beu de remplir le coffre à bois de bûches entreposées dans la remise.

À l'heure du dîner, Cécile, engoncée dans une épaisse veste de laine, servit le repas.

— C'est pas chaud en haut, affirma-t-elle, mais en bas, c'est endurable si on continue à chauffer le poêle. Le pire, c'est qu'on n'a pas d'eau, autant pour les toilettes que pour la vaisselle. On peut pas se laver non plus.

— On pourrait commencer à penser à s'acheter la patente que Côme Crevier s'est achetée l'hiver passé, suggéra Gérald.

— Est-ce que vous parlez de sa génératrice, p'pa?

— En plein ça. Ce serait ben utile. On installe ça en arrière du tracteur et ça donne assez d'électricité pour chauffer la maison et faire marcher le frigidaire et la pompe du puits.

— Avez-vous une idée du prix que ça coûte une patente comme ça, p'pa?

— Je lui ai pas demandé, reconnut Gérald.

— Il m'a dit qu'il l'a payée proche deux mille piastres, et elle était pas neuve. En plus, ça marche pas à l'eau, cette affaire-là. Il faut du gaz, et ça aussi, il faut le payer.

⁓

Au milieu de l'après-midi, l'électricité fut rétablie dans la plupart des foyers de Saint-Jacques-de-la-Rive au moment même où une petite pluie froide se mettait à tomber. Cependant, elle fut vite remplacée par une neige légère qui vint recouvrir le verglas qui n'avait pas eu le temps de fondre.

Lorsque la fournaise au mazout se mit à ronronner dans le sous-sol, Cécile et Gérald décidèrent d'un commun accord de laisser éteindre le poêle à bois et d'aller faire une courte sieste avant l'heure du train. Bertrand venait de partir chez les Beaulieu et Tit-Beu, réfugié dans sa chambre, profitait de quelques heures de repos.

Le fermier de soixante ans venait à peine de s'endormir aux côtés de sa femme lorsque tous les deux sursautèrent en entendant une pétarade.

— Veux-tu ben me dire ce qui a fait ce bruit-là? s'exclama Gérald, réveillé en sursaut.

— On aurait dit un bicycle à gaz, répondit Cécile en se levant pour regarder par la fenêtre.

— Voyons donc, protesta son mari. Tu sais ben qu'il y a personne d'assez niaiseux pour se promener en bicycle à gaz quand il y a de la glace et de la neige sur le chemin comme aujourd'hui.

— Je vais te gager que c'est Tit-Beu qui vient de nous réveiller, poursuivit sa femme en se dirigeant vers la cuisine pour aller voir si la moto de leur employé était encore stationnée près du garage.

Elle revint un instant plus tard.

— C'était bien lui, dit-elle à son mari. Son bicycle à gaz est plus là.

— Il va se tuer, ce nono-là. Même les chars ont de la misère à rouler aujourd'hui. Bertrand lui a dit il y a deux jours de le mettre au fond du garage pour l'hiver parce que c'était rendu trop froid pour rouler là-dessus.

— Il devait avoir besoin de cigarettes et il voulait pas aller chez Veilleux à pied, supposa Cécile à haute voix.

Moins de cinq minutes plus tard, le hasard voulut qu'Étienne sorte de chez lui en compagnie de son fils dans l'intention d'installer ce qu'ils appelaient la « gratte » sur le tracteur. Cette grosse pelle métallique allait être fixée à l'avant du véhicule jusqu'au printemps suivant. L'un et l'autre, stupéfaits, virent passer la motocyclette chevauchée par Constant.

— L'homme engagé de Bertrand est brave en maudit de se promener là-dessus avec la glace qu'il y a encore sur le chemin, fit remarquer Étienne.

— Surtout qu'avec la neige qui tombe, ça va le rendre encore plus glissant…

Gilles venait à peine de finir sa phrase que les deux hommes entendirent un fracas lointain en provenance de la route.

— Ça y est! s'exclama Étienne. Je vais te gager qu'il vient de prendre le champ.

— On dirait que c'est arrivé entre chez nous et chez mon oncle Louis.

— Peut-être un peu plus loin, fit son père. Arrive. On va aller voir, lui commanda-t-il en se dirigeant déjà vers la vieille Dodge stationnée près de la remise.

Pendant que Gilles enlevait précipitamment la neige qui s'était accumulée sur les glaces du véhicule, son père s'installait derrière le volant et faisait démarrer la voiture.

Quelques instants plus tard, les Fournier passèrent lentement sur la route verglacée devant la maison de Louis Tremblay. Le père et le fils avaient eu beau scruter chaque côté de la route entre leur maison et celle de leur voisin immédiat, ils n'avaient vu aucune trace du motocycliste.

— Tu vois rien? demanda Étienne à son fils qui scrutait le côté droit de la route.

— Non.

— Pour moi, si c'est Tit-Beu qui a eu un accident, il a dû tomber plus loin. Le son porte pas mal loin aujourd'hui.

Le cultivateur n'eut pas à couvrir une grande distance. Juste au début de la longue courbe qui se terminait devant la ferme d'Émile Tougas, Gilles aperçut la moto renversée dans le fossé et le corps inanimé de Constant étendu une vingtaine de pieds plus loin. Étienne ne prit même pas la peine de ranger son véhicule sur le côté de la route. Il l'immobilisa près de la scène de l'accident et se précipita vers l'employé des Tremblay en compagnie de son fils.

— On dirait qu'il est mort, dit Gilles, bouleversé, en s'agenouillant près de l'accidenté.

Son père ne dit rien. Il souleva doucement la tête de Tit-Beu qui gémit, reprenant peu à peu ses esprits. Du sang coulait de sa joue droite et de l'une de ses lèvres.

— Où est-ce que t'as mal? lui demanda Étienne.

— Mon bicycle à gaz, balbutia l'autre encore sous le choc.

— Laisse faire ton bicycle à gaz. Es-tu blessé quelque part?

Constant s'assit lentement, semblant encore passablement étourdi par sa chute. Il souleva les épaules puis ses bras sans manifester le moindre signe de souffrance.

— Essaie de te lever, lui conseilla Gilles en lui tendant la main pour l'aider.

Quand il fit un effort pour se mettre debout, Tit-Beu hurla de douleur et Étienne eut juste le temps de le retenir sous les aisselles avant qu'il ne s'écroule.

— Il a l'air d'avoir quelque chose à une jambe, dit Étienne. On va le transporter doucement et l'installer dans la Dodge.

— On pourrait aller téléphoner pour faire venir une ambulance de Pierreville, suggéra son fils.

— C'est sûr. C'est ça qu'on va faire. Mais en attendant, on est pas pour le laisser geler sur le bord de la route comme un chien. On va le ramener chez les Tremblay qui vont en appeler une. Tant qu'elle sera pas arrivée, on va le laisser au chaud dans le char.

L'employé des Tremblay fut installé sur le siège arrière de la vieille Dodge avec d'infinies précautions. Malgré le temps froid, le front du blessé était couvert de sueur et il serra les dents pour ne pas crier quand le véhicule se mit doucement en route sans pouvoir éviter quelques cahots.

À leur arrivée à la résidence des Tremblay, Gilles alla frapper à la porte de la maison. Il dut attendre un bon moment avant qu'un Gérald à demi endormi et la tête hirsute, vienne lui ouvrir.

— Monsieur Tremblay, on vient de retrouver votre homme engagé dans le fossé, lui dit Gilles. Il a l'air blessé.

— Où est-ce qu'il est?

— Dans notre Dodge. Il faudrait téléphoner pour qu'une ambulance vienne le chercher.

— Je fais ça tout de suite, annonça Cécile qui venait de rejoindre son mari à la porte. Pendant que j'appelle, va aider à l'entrer dans la maison, Gérald.

— Mon père pense qu'on est mieux de pas le bouger avant l'arrivée de l'ambulance. Il a l'air de pas mal souffrir, expliqua le jeune homme.

— C'est correct. Gérald, mets ton manteau et va voir si Tit-Beu a pas besoin de quelque chose.

Son mari obéit en ronchonnant. Cécile téléphona pour qu'on lui envoie une ambulance avant d'endosser son manteau à son tour. Elle s'empara d'une bouteille de cognac avant de quitter la maison pour aller voir le blessé qui geignait doucement sur la banquette arrière de la Dodge.

— Je te l'avais dit, Tit-Beu, que t'étais mieux...

— Laisse faire tes sermons, Gérald, dit-elle à son mari en l'écartant de la voiture. Il est trop tard pour qu'ils servent à quelque chose.

Elle retira le bouchon de liège de la bouteille d'alcool et présenta le goulot au blessé.

— Bois ça, Tit-Beu, lui dit-elle sur un ton maternel. Ça va te faire du bien.

Constant but une bonne rasade de cognac. L'alcool était si fort qu'il faillit s'étouffer en toussant.

— Mon bicycle à gaz ? demanda l'employé après avoir repris son souffle.

— Inquiète-toi pas pour ça, le rassura Cécile. Bertrand et mon mari vont aller le chercher. Tu t'en occuperas quand t'iras mieux.

Une dizaine de minutes plus tard, une ambulance s'arrêta dans la cour. Les infirmiers ouvrirent la portière arrière du véhicule pour en tirer une civière. Une petite neige folle continuait à tomber doucement, saupoudrant de blanc tout le paysage.

— Qu'est-ce qui est arrivé ? hurla Bertrand de l'autre côté de la route, en hâtant le pas.

Le jeune cultivateur avait vu arriver l'ambulance et s'était empressé de prendre congé de Beaulieu pour venir aux nouvelles. À la vue de son père et de sa mère debout près du véhicule, il réalisa subitement que ni l'un ni l'autre ne pouvait être la personne que l'ambulance venait chercher. Tit-Beu venait d'être étendu sur la civière et recouvert d'une épaisse couverture de laine rouge à bandes noires.

— Qu'est-ce qui lui est arrivé ?

— Un accident de moto, répondit Gilles.

— Calvaire ! jura le jeune cultivateur, il nous manquait plus que ça !

— Bon. Qui est-ce qui accompagne le blessé ? demanda l'un des deux ambulanciers. On l'emmène à l'Hôtel-Dieu de Sorel.

— Est-ce qu'il faut vraiment que quelqu'un parte avec lui ? demanda Bertrand. Mon père et moi, on a notre train à faire et on sera pas trop de deux. Déjà, lui, ajouta-t-il en pointant Tit-Beu, il sera pas là pour faire sa *job*.

Cécile ne laissa pas le temps à l'ambulancier de répondre à son fils.

— Donnez-moi le temps d'aller chercher ma sacoche, dit-elle. C'est moi qui embarque avec lui dans l'ambulance. Vous deux, ajouta-t-elle en se tournant vers son mari et son fils, vous vous débrouillerez comme vous pourrez pour vous faire à souper si je suis pas revenue à temps.

Cécile entra dans la maison. Elle en sortit quelques instants plus tard et prit place dans l'ambulance. Les portières claquèrent et le véhicule reprit la route sans que le conducteur n'actionne son gyrophare ni sa sirène.

Un peu après sept heures ce soir-là, la petite femme téléphona à son mari et lui demanda de venir la chercher à l'hôpital de Sorel. Gérald obtempéra de nouveau avec mauvaise grâce. L'homme à la stature imposante n'était pas du tout heureux d'avoir à conduire, même si la neige avait cessé de tomber depuis une bonne heure. À son arrivée à l'Hôtel-Dieu, il trouva Cécile debout près d'un fauteuil roulant dans lequel était assis Constant, le visage pâle et la jambe droite immobilisée dans un plâtre jusqu'au genou. Sans dire un mot, il aida son employé à s'asseoir à l'arrière de la Buick et lui tendit ses béquilles.

— Comment ça s'est passé? demanda-t-il à sa femme en reprenant sa place derrière le volant.

— Ils lui ont fait quatre points de suture sur la joue et ils lui ont mis la jambe dans le plâtre pour un bon bout de temps. Il a une fracture.

— Comment tu te sens, Tit-Beu? fit-il en s'adressant au blessé qui n'avait pas ouvert la bouche depuis qu'on l'avait installé à l'arrière du véhicule.

— Je suis correct, monsieur Tremblay. Qu'est-ce qui est arrivé avec mon bicycle à gaz?

— Inquiète-toi pas. Les Fournier sont allés le chercher avec leur tracteur et ils sont venus le porter dans notre garage. Mais j'ai ben l'impression que tu vas avoir à le faire réparer par Crevier si tu veux avoir la chance de t'en servir le printemps prochain.

À leur arrivée à la maison, Cécile fut la première à s'extirper de l'auto.

— Attends, dit-elle à son mari qui s'apprêtait à aider leur employé à sortir du véhicule. Je vais dire à Bertrand de venir te donner un coup de main.

Bertrand abandonna en maugréant le film qu'il regardait pour venir prêter main-forte à son père. À leur entrée dans la maison, Cécile offrit à Tit-Beu de lui préparer un souper, mais ce dernier se dit trop mal en point pour avaler quoi que ce soit.

— Aidez-le à monter dans sa chambre, commanda la maîtresse de maison à son mari et à son fils. Peut-être qu'après un petit somme, t'auras faim, dit-elle doucement à Constant. Je te ferai réchauffer un bol de soupe plus tard.

Quand les deux hommes redescendirent au rez-de-chaussée, Bertrand ne put empêcher sa mauvaise humeur d'éclater.

— Bâtard! jura-t-il en se laissant tomber dans l'un des fauteuils du salon. Si vous m'aviez écouté, on serait pas pognés avec lui, arrangé comme ça.

— Qu'est-ce que tu veux dire? lui demanda son père.

— Je veux dire qu'on aurait été ben mieux de se débarrasser de lui après avoir fait boucherie, comme je l'avais suggéré. Là, on est pognés avec un malade qui servira à rien.

— Bertrand Tremblay! s'indigna sa mère, tu me fais honte! T'as donc pas de cœur? Je suppose que t'aurais aimé mieux qu'on le laisse tout seul à l'hôpital et qu'on refuse de le ramener ici-dedans!

— Pourquoi pas? On n'est pas sa famille. On n'a pas à lui faire la charité. C'est juste un employé. Là, tout ce qu'il va faire, c'est de manger comme un défoncé trois repas par jour sans rien faire peut-être pendant presque deux mois.

— Là, tu vas te taire, tu m'entends! s'emporta sa mère, hors d'elle-même. Tu vas arrêter de penser à tes maudites piastres et te conduire comme un être humain.

— Ta mère a raison, renchérit son père, en durcissant le ton à son tour. Il y a tout de même des limites à être sans cœur.

～

Ce soir-là, Gilles s'était réfugié dans sa chambre dans l'intention de préparer ses cours de la semaine. Par la porte entrouverte, il entendait la voix de René Lecavalier décrivant les péripéties de la partie de hockey opposant le

Canadien de Montréal aux Bruins de Boston. Pendant que son père regardait le match dans le salon, sa mère et sa sœur devaient jouer aux cartes dans la cuisine.

Un peu plus tard, il leva la tête pour regarder par la fenêtre. C'est alors qu'il vit, pour la première fois depuis la mi-octobre, une lumière allumée dans la maison voisine. Soudain, les battements de son cœur s'accélérèrent à la pensée que Danielle était tout près. Il ne l'avait pas vue depuis un mois. Aussitôt, il oublia que la jeune fille ne lui avait pas donné signe de vie durant tout ce temps et se mit à attendre un coup de téléphone, une invitation à aller terminer la soirée chez elle. Après tout, on était samedi soir et il n'était même pas neuf heures.

Les minutes s'écoulèrent lentement et Gilles, de moins en moins capable de se concentrer sur son travail, ne cessait de jeter des coups d'œil par la fenêtre, comme si le fait de regarder vers la maison voisine pouvait inciter Danielle à lui téléphoner. À dix heures, il se résigna à contrecœur à fermer ses livres et descendit au rez-de-chaussée prendre une légère collation avant de se mettre au lit. Le jeune professeur eut du mal à trouver le sommeil cette nuit-là, se demandant mille fois ce qu'il avait bien pu faire qui avait déplu à la jeune fille pour qu'elle l'ait rayé à ce point de ses pensées.

Le lendemain matin, Gilles aida son père à soigner les animaux et décida d'aller à la première messe lorsqu'il vit la voiture des Martineau s'engager sur la route, en direction du village. Subitement, le fait qu'elle soit célébrée par le vicaire indigne lui importait peu. Il se dépêcha de terminer sa toilette pour ne pas arriver en retard.

Dès son arrivée dans l'église, il chercha des yeux les Martineau dans l'intention de trouver une place près d'eux pour pouvoir regarder Danielle à la dérobée. Comme le temple était à moitié plein, il n'eut aucun mal à repérer les voisins, mais ne vit pas leur fille. Déçu, il assista distraitement à la cérémonie religieuse avant de revenir à la maison. Lorsque ses parents et Catherine partirent pour assister à la grand-messe, il surveilla la maison voisine pour s'assurer que la voiture des Martineau ne quittait pas la cour, ce qui aurait assurément signifié que Danielle allait seule à la messe. Il n'en fut rien.

Chapitre 17

Promotion et accomplissements

Les habitants de Saint-Jacques-de-la-Rive ne se souvenaient pas d'avoir déjà connu un tel mois de novembre. Des averses ne cessaient d'alterner avec de belles journées ensoleillées d'une douceur surprenante en cette fin d'automne. Si on tenait pour rien le verglas et la petite neige tombés deux semaines auparavant, on pouvait affirmer, sans crainte de se tromper, que l'hiver était loin d'être arrivé.

En ce premier mardi de décembre, quelques clients et badauds s'étaient rassemblés par hasard devant le magasin général de Jean-Paul Veilleux.

— Qu'est-ce que tu fais dehors, Tit-Phège, se moqua Alcide Beaulieu en apercevant le vieil homme en train de fumer sa pipe sur la galerie du magasin général. D'habitude, on te voit toujours en dedans, pas trop loin de la petite Lucie.

— Tu sauras, mon jeune, que moi, je suis encore un célibataire, répliqua l'homme en relevant son gros nez bourbonnien de façon bouffonne. Tu sauras que j'ai le droit de regarder les belles créatures, moi. Aujourd'hui, ça me servait à rien de rester en dedans, c'est la femme de Jean-Paul qui est à la caisse. Il paraît que leur fille est partie passer une journée ou deux chez une cousine, à Montréal.

— Pour moi, le père, la Lucie te laisse la regarder parce qu'elle sait que t'es pas ben dangereux, dit en riant Clément Tremblay.

— Vous pouvez parler, tous autant que vous êtes, répondit Elphège Turcotte en prenant un air hautain. Vous saurez jamais toutes les propositions malhonnêtes que les créatures de la paroisse me font depuis des années.

— Et, ben sûr, t'as jamais succombé? demanda Gérald Tremblay.

— Ça, tu le sauras jamais non plus, mon Gérald.

Un éclat de rire général salua cette réplique de l'homme de plus de quatre-vingts ans et la conversation bifurqua sur la température anormalement douce pour la saison.

— C'est une bonne bordée de neige qu'il nous faudrait, répéta le vieux Elphège sur un ton pénétré.

— Pour une fois, t'as raison, Tit-Phège, dit le gros Adrien Desjardins. Un temps comme celui qu'on a, c'est un temps pour attraper une grippe ou une bonne bronchite. On a beau dire, le froid, ça tue les microbes et on en a pas encore eu.

— On rit pas. On est rendus au mois de décembre et il y a pas un pouce de neige dans les champs, fit remarquer Clément.

— Moi, je m'en plains pas, affirma son frère Gérald. Scier du bois dans ces conditions-là, c'est ben plus facile, surtout que nous autres, on peut pas compter sur notre homme engagé avec sa patte dans le plâtre. On se rend au bois en tracteur, batèche!

— Ça va sûrement changer de poil dans pas grand temps, prédit Elphège. Dans trois semaines, on va être à la veille de Noël. Vous souvenez-vous d'avoir fêté

Noël sans un grain de neige, vous autres ? Moi pas, en tout cas.

À ce moment-là, l'antique camion Fargo de la voirie municipale transformé en charrue passa en brinquebalant devant le magasin, en direction du garage du maire Crevier. Tous les badauds le regardèrent passer en silence.

— Un de ces jours, il va ben falloir penser à remplacer ce bazou-là par un bon *truck*, affirma Clément. C'est tout ce qu'on a pour nettoyer les chemins cet hiver. Si Grenier est pas capable de le faire partir un matin de tempête, on va avoir l'air fin en maudit.

— Dis ça au maire, lui suggéra Desjardins. Je suis certain que ça va lui faire plaisir de vendre à la municipalité un des vieux *trucks* qui traînent à côté de son garage.

~

Au même moment, au magasin Loiselle et frères, Catherine déposait son téléphone en lançant un regard mécontent à Gaétan Gervais, l'un des livreurs. L'homme, âgé d'une quarantaine d'années, avait tendance à bâcler son travail.

Il y avait maintenant plus de trois mois que la fille d'Étienne travaillait pour Hervé Loiselle, et le cadet des frères Loiselle n'avait qu'à se féliciter de sa jeune secrétaire qui s'était peu à peu transformée en adjointe irremplaçable. En moins d'une semaine, Catherine avait mis de l'ordre dans la facturation et appris comment traiter avec la clientèle. Comme elle était patiente et toujours polie, les agriculteurs de Saint-Jacques-de-la-Rive et des villages voisins ne demandaient pas mieux que d'être servis par elle. Grâce à elle, le jeune gérant de vingt-huit ans jouissait d'une plus grande liberté pour faire du démarchage. Peu à peu, Catherine en était venue à bien connaître les quatre employés permanents, leurs qualités et leurs limites. Comme son patron la chargeait de la bonne marche du magasin et de l'entrepôt durant ses courtes absences, elle voyait à ce que les tâches de chacun soient bien exécutées.

— Monsieur Gervais, est-ce que je peux vous parler une minute? demanda-t-elle au livreur.

— Bien sûr, ma belle, fit l'autre en éteignant la cigarette qu'il venait d'allumer et en déposant son mégot sur son oreille droite.

L'homme quitta Réal Lemire, un autre livreur occupé à transporter des poches d'engrais, et s'avança jusqu'au comptoir avec une démarche chaloupée.

— Qu'est-ce que je peux faire pour toi?

— C'est vous qui venez de livrer vingt-cinq poches de moulée chez Jean-Guy Desautels de Saint-Gérard?

— Oui. J'en arrive, dit l'autre sur un ton léger.

— Bon. Le client vient de téléphoner. Il est pas content. Il dit que vous lui avez livré trois poches déchirées.

— Ça se peut.

— Il y a de la moulée dans l'entrée de sa grange et dans sa cour.

— Il y a des fois où ça arrive.

— Pas chez nous, monsieur Gervais! dit sèchement la secrétaire, furieuse. Vous allez prendre trois poches de moulée dans l'entrepôt et aller les livrer chez le client tout de suite.

— Il se plaint pour rien, affirma le livreur à qui la moutarde commençait à monter au nez. Il a juste à la ramasser sa maudite moulée et à la donner à ses cochons. Il y a pas de quoi en faire un drame.

— Sauf votre respect, c'est pas à vous de décider si c'est important ou pas, mais à monsieur Loiselle. Je lui signalerai ce qui est arrivé et il décidera quoi faire. Attendez avant de partir, commanda-t-elle au livreur qui s'apprêtait à s'en aller.

Catherine consulta brièvement les feuilles étalées près de la caisse enregistreuse.

— Chargez aussi ça pour la ferme de Georges Lemay du rang Saint-André à Saint-Gérard, dit-elle en lui tendant le bon de commande.

Avant même que l'homme manifeste sa mauvaise humeur, la jeune fille avait tourné les talons et était entrée dans le petit bureau vitré situé derrière le comptoir.

Au début de l'après-midi, Hervé s'arrêta au magasin après avoir dîné chez les Tremblay où il était toujours pensionnaire.

— Quelque chose de nouveau? demanda-t-il à sa secrétaire après avoir suspendu son manteau au crochet placé derrière la porte de son bureau.

Catherine lui apporta les commandes entrées depuis le début de la journée ainsi que le double des comptes envoyés aux clients. Ensuite, elle lui raconta l'incident de Gaétan Gervais.

— Ce sont des choses qui arrivent, dit le jeune gérant, sur un ton détaché.

— Je vous signale que c'est la troisième fois cet automne que ça arrive à monsieur Gervais, dit-elle. L'autre livreur a pas ce genre de problème. Je lui ai parlé sérieusement, mais ça a pas eu l'air de le déranger. Il faudrait peut-être que vous lui parliez.

— Vous croyez? demanda Hervé, incertain de la conduite à tenir.

— C'est sûr. Il est pas soigneux. Je trouve qu'il a besoin de se faire brasser un peu sinon ça va aller en empirant. Il a pas l'air de nous prendre trop au sérieux quand on lui fait des remontrances. Pour le magasin, c'est quand même une perte sèche de trois poches de moulée, et ça, on devrait pas l'accepter.

— Vous avez raison, mademoiselle. Si Gervais est dans l'entrepôt, dites-lui de passer me voir.

Catherine appela le livreur et lui fit signe de passer dans le bureau du patron. Elle prit soin de refermer la porte derrière lui pour ne pas être indiscrète. Elle connaissait maintenant assez bien le plus jeune frère Loiselle pour savoir que derrière une bonhomie de façade se cachaient une grande ambition et une volonté de fer. L'homme un peu enrobé avait beau avoir le sourire facile, il ne perdait jamais totalement de vue ses intérêts.

L'entrevue dura moins de cinq minutes et il n'y eut aucun éclat de voix perceptible à l'extérieur du bureau. Lorsque la porte s'ouvrit, le livreur fautif en sortit passablement moins faraud que lors de son entrée. Les mâchoires serrées, il se dirigea directement vers l'entrepôt dont il fit claquer la porte.

— Monsieur Gervais avait pas l'air bien content, dit Catherine, curieuse.

— Il m'a dit que se faire engueuler par deux *boss* le même jour, c'était trop, fit Hervé en souriant.

— J'espère que vous avez été sévère.

— Je pense qu'il a compris. Je lui ai dit que la prochaine fois que ce genre d'accident lui arriverait, il paierait les dommages de sa poche ou il irait se chercher de l'ouvrage ailleurs.

— Parfait, approuva Catherine.

Il y eut un silence entre le patron et sa secrétaire. Puis, Hervé sembla prendre une brusque décision.

— Fermez la porte, mademoiselle Fournier et assoyez-vous.

Intriguée, Catherine obtempéra.

— Après-demain, je dois aller à Saint-Georges de Beauce pour rencontrer mon frère Fabien et mon frère Paul, celui qui gère notre magasin de Hull. Normalement, je devrais rester là-bas environ une semaine. Pour nous autres, c'est la fin de l'année et on va en profiter pour faire le bilan du rendement des trois magasins et voir ce qu'on va faire de nouveau ou de mieux en 1968.

— Qui s'occupe des magasins pendant ce temps-là? demanda la jeune fille.

— Les deux autres magasins ont des assistants-gérants. Ils remplacent mes frères quand ils sont pas là et ils ont l'autorité pour diriger à leur place. Ici, à partir de tout de suite, j'ai une assistante, et c'est vous. Vous allez me remplacer. J'ai téléphoné à mon frère Fabien et il est d'accord pour que je vous accorde une augmentation de salaire de quinze pour cent à compter d'aujourd'hui. Acceptez-vous?

— Certain, dit Catherine, rouge de plaisir.

— Bon, voici les clés du magasin et de l'entrepôt, dit Hervé en lui tendant deux clés. Je les ai fait faire hier chez Veilleux. Vous ouvrez et vous fermez le commerce quand j'y suis pas.

— Parfait.

— Il reste à régler un petit problème qui doit vous agacer.

— Lequel?

— Le transport. Je veux pas être indiscret, mais est-ce que ça vous plaît de toujours compter sur votre père ou votre frère pour vous conduire au travail?

— Pas tellement, admit la jeune fille.

— Il serait beaucoup plus simple que mon assistante sache conduire dans les cas où il faudrait aller chez un client pour vérifier une plainte, par exemple.

— Je comprends.

— La Pontiac que je conduis appartient à Loiselle et frères. J'aimerais que vous puissiez vous en servir aussitôt que vous aurez votre permis. Êtes-vous prête à apprendre à conduire ? Ce serait vraiment utile.

— Je vais me débrouiller, déclara Catherine sur un ton décidé.

Lorsque Gilles vint chercher sa sœur ce soir-là après son travail, elle s'empressa de lui communiquer la bonne nouvelle.

— Sais-tu que pour une femme, tu vas faire tout un salaire ! lui dit son frère.

— Je vais gagner pas mal plus que les autres employés, affirma Catherine avec fierté. Mais monsieur Loiselle veut que j'apprenne à conduire le plus tôt possible parce que ça va être utile pour ma *job*.

— T'as juste à apprendre et à aller chercher ton permis de conduire.

— Oui, mais p'pa…

— P'pa sait que t'es majeure depuis un mois et que t'as pas à attendre sa permission pour l'avoir.

Au souper, la jeune fille apprit sa promotion et son importante augmentation de salaire à ses parents, tout heureuse de leur montrer que son patron l'appréciait hautement.

— Et tes cours de coiffure ? lui demanda sa mère. Tu y tenais tellement l'été passé.

— Bah ! Ça presse plus, reconnut Catherine. J'haïs pas mon ouvrage chez Loiselle. Il reste juste un problème, ajouta la jeune fille. Je dois apprendre à conduire parce que je peux avoir à me servir d'un char.

— Comment ça? demanda Françoise en déposant ses ustensiles.

— Monsieur Loiselle veut que je puisse prendre le char de la compagnie quand il y aura des urgences.

— Moi, j'aime pas bien ça une femme qui conduit un char, dit sa mère. Il me semble que c'est pas sa place.

— Voyons, m'man, protesta Gilles en prenant tout de suite la défense de sa sœur. Je vous pensais bien plus moderne que ça.

Étienne n'avait encore rien dit. Il se contentait de regarder sa fille qui attendait, de toute évidence, sa réaction.

— Je pense que ça a ben du bon sens, finit par dire le bossu. D'autant plus qu'avec le salaire que tu vas faire, tu vas être capable de te payer un char si tu veux.

Catherine, qui s'attendait à des récriminations, fut surprise de voir son père accepter aussi facilement qu'elle conduise une voiture.

— Dans ce cas-là, il me reste juste à me payer des cours de conduite.

— Pourquoi dépenser ton argent pour ça? T'apprendras à conduire sur la Dodge, comme Gilles a appris, lui offrit Étienne.

— Au fond, ça devrait pas être trop long à apprendre. Ça fait assez longtemps que je conduis le tracteur…

— C'est pas pantoute la même affaire, l'interrompit son père. Tu vas t'apercevoir qu'il y a une bonne différence entre conduire dans le champ et dans le trafic.

— Quand est-ce qu'on commence? demanda la jeune fille, soudainement tout excitée à l'idée de tenir un volant entre ses mains.

— Tout de suite, si tu veux.

— Après la vaisselle, si ça vous fait rien, précisa Françoise en se levant de table pour desservir.

Ce soir-là, après l'émission dans laquelle Olivier Guimond et Denis Drouin les avaient bien fait rire avec leurs grimaces, Françoise ne put s'empêcher de dire à son mari assis à ses côtés :

— Je songeais à une affaire, Étienne.

— À quoi ?

— C'est drôle que t'aies jamais pensé à me montrer à conduire un char, tu trouves pas ?

— C'est peut-être que t'avais pas besoin de le savoir. J'ai toujours été là pour te conduire où tu voulais aller. Si tu me l'avais demandé, je te l'aurais montré.

— Catherine est entrée tout à l'heure en disant que c'était pas mal facile. Je suis pas plus bête qu'une autre. Si ma fille est capable de conduire, je dois être capable moi aussi. Vas-tu me le montrer ?

Étienne poussa un long soupir avant d'accepter.

— Ça me dérange pas, dit-il à sa femme. Mais il va falloir que je fasse ça avant qu'il se mette à neiger. Conduire dans la neige, c'est une autre paire de manches. Je voudrais pas que t'apprennes quand il y a de la neige sur la route.

À la mi-décembre, il n'y avait toujours pas eu de tempête de neige dans la région. La mère et la fille se déclarèrent prêtes à aller passer leur permis de conduire le même jour, à Sorel. Gilles, qui commençait déjà ses vacances des fêtes, se proposa pour accompagner les deux femmes, passablement nerveuses à l'idée d'affronter un inspecteur qui allait évaluer leur capacité de conduire. Cependant, il n'y eut aucun problème. Toutes les deux décrochèrent leur permis et rentrèrent, très contentes d'elles, à Saint-Jacques-de-la-Rive.

— Bon, je suis ben content pour vous deux, dit Étienne à leur retour. Je pensais jamais qu'un jour je serais obligé de me battre pour conduire mon propre char quand j'aurais à aller au village. Tout le monde va ben se mettre à rire de moi quand on va voir que je me laisse conduire par une femme.

— Inquiète-toi pas, mon vieux, lui dit Françoise. Quand tu vas être là, on va te laisser conduire. T'as juste à penser comment ça va être utile que je puisse aller faire des commissions sans avoir à te déranger. Tu vas voir, tu vas l'apprécier.

— On verra, dit son mari, sceptique.

Dès le lendemain, le père put percevoir un premier avantage dans le fait que sa fille possède son permis de conduire. Au moment où il sortait de son atelier, il vit la Pontiac d'Hervé Loiselle s'arrêter près de lui. Catherine, toute fière, était au volant.

— Vous avez vu, p'pa. Mon patron est assez fin pour vous éviter de venir me chercher. À partir d'aujourd'hui, quand il est au bureau à l'heure du midi, il me prête son auto pourvu que je le laisse chez grand-mère pour dîner. Après le repas, j'ai juste à le reprendre en passant. C'est pratique, non ?

— Ouais, fit Étienne, pourvu que ça jase pas trop sur votre compte dans le village.

— Pourquoi le monde jaserait ?

— Parce qu'il y a toujours des langues sales qui voient le mal partout. Ils pourraient trouver drôle de te voir conduire la Pontiac d'Hervé Loiselle.

— Bien, ils trouveront ça drôle, c'est tout !

Deux jours plus tard, après le souper, Étienne fit sa toilette en ronchonnant.

— Si t'arrives de mauvaise humeur comme ça au conseil, fit Françoise, moqueuse, ça va encore faire des étincelles avec monsieur le curé.

— J'aurais dû refuser aussi son idée de réunion en plein mercredi soir, bougonna Étienne. Je suis pas tout seul à aimer regarder *Au pied de la pente douce* le mercredi soir. Là, je vais manquer mon programme pour aller discuter de la guignolée, je suppose. On aurait ben pu faire la réunion hier soir ou demain.

— Il est trop tard pour te lamenter. À cette heure, il te reste juste à te grouiller sinon mon frère va t'attendre.

Le bossu enfila son manteau et sortit de la maison après s'être emparé de son trousseau de clés suspendu à un petit crochet près de la porte de l'entrée.

La bonne entente entre le curé Savard et son conseil de fabrique n'avait duré que ce que durent les roses. Après son opération de charme pour inciter les trois démissionnaires à réintégrer le conseil, le pasteur de Saint-Jacques-de-la-Rive avait retrouvé ses manières abruptes qui avaient le don de prendre les gens à rebrousse-poil. Étienne ne pouvait cependant lui reprocher de ne pas avoir tenu parole.

Après avoir cédé par écrit son lot à la paroisse pour la somme nominale de un dollar, tout avait été fait très rapidement. Comme promis, le curé n'avait soulevé aucune difficulté à ce que la sépulture de son père fût intégrée au cimetière paroissial agrandi d'environ cinq cents pieds carrés. Par ailleurs, ce geste n'avait soulevé aucune protestation chez les paroissiens de Saint-Jacques et Étienne avait éprouvé un profond soulagement de voir enfin son père reposer aux côtés des autres paroissiens disparus. Il avait fallu plus de vingt ans pour mettre fin à l'ostracisme dont il avait été l'objet.

Par ailleurs, grâce à la vente de lots, on avait pu acheter et faire installer de la clôture en fer forgé pour intégrer le nouveau prolongement au cimetière déjà existant.

Après avoir posé ce geste de conciliation, on aurait dit que le prêtre avait regretté d'avoir cédé et qu'il entendait reprendre toute l'autorité dont il croyait avoir été investi par son évêque.

Dès la seconde réunion des marguilliers, qui visait à établir le budget annuel de la paroisse et le montant de la répartition qu'on entendait demander aux fidèles, Philippe Savard contesta âprement chaque décision du conseil. En gros, il trouvait qu'on exigeait trop peu de ses paroissiens et qu'on ne lui accordait que des miettes pour l'entretien du presbytère et la nourriture. Étienne avait dû faire voter chaque point du budget, ce qui ne s'était jamais produit les années antérieures. Quand le curé Savard avait exigé avec hauteur une augmentation substantielle du salaire de sa ménagère, la réponse était venue d'Adrien Desjardins.

— Si on augmente votre sœur, monsieur le curé, avait affirmé le gros homme, il va falloir augmenter notre bedeau.

— On a déjà augmenté son salaire le printemps dernier, objecta Philippe Savard.

— Ça fait rien, reprit Desjardins. On lui a pas donné autant qu'il demandait. Je vous le dis : si on doit augmenter votre cuisinière et le bedeau, on va être obligés de prendre cet argent-là sur les montants consacrés au chauffage et à l'entretien de l'église. Si c'est ça que vous voulez, on peut voter là-dessus. Quand les gens vont demander pourquoi on gèle à l'église ou pourquoi les planchers sont aussi sales, on leur répondra que c'est vous qui avez voulu ça.

— C'est brillant ! s'était contenté de dire le grand prêtre, d'une voix cassante.

Ce soir-là, comme il restait une dizaine de minutes avant le début de la réunion, Étienne, peu pressé d'aller s'enfermer dans le presbytère, suggéra à Louis d'attendre les autres au pied de l'escalier.

— Bonne idée, approuva son beau-frère. Je suis pas si pressé que ça de voir la tête de notre curé.

— Est-ce que Francine retrouve un peu son aplomb depuis que le petit est parti? demanda doucement Étienne.

— Pas tellement. Une chance qu'on approche des fêtes. Elle est sûre d'avoir le petit durant toutes les vacances. Elle lui a déjà préparé sa chambre et elle se promet de lui cuisiner tout ce qu'il aime le plus. Elle m'en parle tous les jours.

— Tu vas l'avoir chez vous durant tout le temps des fêtes?

— C'est ce que les Pellerin m'ont laissé entendre quand je leur ai ramené le petit, mais je commence à avoir des doutes. Ils l'ont pas laissé nous téléphoner une seule fois pour nous donner des nouvelles depuis qu'il est rendu là-bas.

— Ta femme a pas essayé d'appeler?

— Oui, deux ou trois fois. Chaque fois, la cousine lui a répondu que le petit était pas là.

— Ouais! On peut pas dire que ça s'annonce ben, conclut Étienne.

— Moi, je commence à me faire à l'idée qu'il reviendra pas à la maison, même si j'étais pas mal attaché à lui. Mais pour Francine, c'est une autre histoire. Elle est sûre qu'il s'ennuie tellement de nous autres qu'une fois revenu chez nous, il voudra plus repartir.

— Qu'est-ce que t'en dis?

— Je dis rien. Je veux pas la décourager, même si je sais ben qu'elle se fait des idées.

À ce moment-là, Adrien Desjardins vint stationner sa camionnette près de la Dodge d'Étienne. Le cultivateur corpulent était accompagné de Carl Boudreau, le fromager. Un peu plus loin, Jean-Paul Veilleux traversait la route en claudiquant un peu. Étienne et Louis attendirent les trois hommes avant de sonner à la porte du presbytère. Clémence Savard, les traits du visage toujours aussi figés, vint leur ouvrir. Elle se contenta, une fois de plus, de les précéder jusqu'à la petite salle de réunion que l'abbé Lanthier quittait au même moment. Le vicaire, toujours aussi aimable, salua chacun des marguilliers avant de s'éclipser.

Philippe Savard sortit de son bureau et entra dans la pièce derrière les cinq hommes. Il se tint debout au bout de la table, attendant avec une certaine impatience qu'ils aient fini de retirer leurs manteaux. Après un sec « bonsoir », il fit une courte prière et, sans perdre de temps, invita ses marguilliers à s'asseoir.

Étienne s'empressa de prendre immédiatement la parole.

— Monsieur le curé a demandé qu'on tienne une réunion ce soir. Je suppose que c'est au sujet de la guignolée.

— C'est ça, confirma le curé en remontant ses lunettes sur son nez. Je voulais qu'on s'entende le plus vite possible sur l'organisation de la guignolée. Noël est dans huit jours et il y a pas de temps à perdre. Tout d'abord, je vais demander aux familles désireuses d'obtenir de l'aide de venir s'inscrire au presbytère lundi prochain. J'analyserai les demandes et on apportera du secours aux familles vraiment dans le besoin. J'avais aussi l'intention de confier la fabrication des paniers de Noël à ma sœur Clémence qui a fait ce travail de nombreuses années dans mon ancienne paroisse et…

— Un instant, monsieur le curé, l'interrompit le président du conseil de fabrique. Vous devez savoir qu'il y a toujours eu de la guignolée à Saint-Jacques. Comme dans toutes les autres paroisses, la fabrique s'en est toujours chargé.

— Je comprends, mais c'est pas une loi, dit le curé d'une voix tranchante. La guignolée est une organisation paroissiale et c'est au curé de la diriger. Il peut avoir recours à la fabrique, mais c'est pas obligatoire.

— Comme vous voudrez, monsieur le curé, fit Étienne en levant les épaules.

— Il y a une chose que le monde de la paroisse aimera pas pantoute, intervint le fromager.

— Quoi donc, monsieur Boudreau?

— Que vous obligiez les familles dans le besoin à venir au presbytère. Ces gens-là ont leur fierté. Je suis sûr que la plupart vont aimer mieux se priver de manger durant les fêtes plutôt que de venir sonner à votre porte.

— En plus, monsieur le curé, reprit Louis, c'est parfaitement inutile. On se connaît tous à Saint-Jacques et on sait qui est dans le besoin ou pas.

— Si vous vous mettez dans la tête de tout régenter, ajouta Adrien, ça va être beau à voir avec Annette Legendre.

— Qu'est-ce que madame Legendre a à faire dans cette histoire? demanda le curé en élevant la voix.

— Depuis une quinzaine d'années, c'est toujours elle qui organise la guignolée. Nous, les marguilliers, on obéit à ses ordres et tout marche à la perfection. Pas vrai? demanda-t-il aux autres hommes assis autour de la table.

Des murmures d'approbation fusèrent.

— Eh bien! Madame Legendre pourra toujours nous conseiller, consentit le prêtre.

— Je pense que vous connaissez mal notre organiste et directrice de chorale, monsieur le curé, reprit Étienne avec un petit sourire. Annette est une bonne personne, mais si vous lui marchez sur les pieds, elle risque de tout plaquer là. J'espère que vous savez jouer de l'orgue et diriger une chorale.

— Ne craignez rien. Je vais la rencontrer et elle va accepter son nouveau rôle, assura Philippe Savard. Est-ce que je peux compter sur votre aide ?

Le président du conseil regarda chacun des autres marguilliers. Tous hochèrent la tête.

— Bien sûr, monsieur le curé, affirma Étienne. Habituellement, on fait le ramassage de la nourriture et du linge le dimanche après-midi. Si vous l'annoncez dimanche matin, on va former des équipes qui vont passer dans chaque rang.

Quelques minutes plus tard, la réunion prit fin et les cinq marguilliers purent quitter le presbytère.

— Veux-tu ben me dire pourquoi il cherche toujours le trouble, lui ? demanda Adrien Desjardins sans s'adresser à personne en particulier. Il faut toujours qu'il fourre son grand nez partout !

— Je le sais pas, répondit Louis Tremblay. On n'a jamais eu de problème avec la guignolée et là, il risque de se mettre pas mal de monde à dos.

— On verra ben ce qui va arriver, trancha Étienne en se dirigeant lentement vers son auto. L'important pour nous autres, c'est qu'on se trouve chacun quelqu'un pour nous aider à faire du porte-à-porte dimanche prochain. Pour les femmes qui vont donner un coup de main à faire les paniers, je suppose qu'Annette va encore s'en occuper cette année si le curé et sa sœur savent la prendre.

~

Le dimanche suivant, les paroissiens de Saint-Jacques-de-la-Rive entrèrent dans l'église sous un ciel plombé et menaçant. Déjà quelques flocons de neige dansaient dans le ciel, poussés par un léger vent du nord.

Un bon nombre de fidèles écoutèrent d'une oreille distraite l'homélie un peu trop longue du curé Savard. Ils tuaient le temps en admirant l'arbre de Noël, et la crèche dressés dans le chœur ainsi que les décorations installées par les Dames de Sainte-Anne et le bedeau quelques jours auparavant. Personne ne fut surpris d'entendre le pasteur annoncer à la fin de la messe que la guignolée aurait lieu l'après-midi même. C'était une tradition bien ancrée à Saint-Jacques-de-la-Rive. Comme d'habitude, leur pasteur leur demanda de donner généreusement aux défavorisés de la paroisse. Cependant, on se regarda avec des airs interrogateurs quand il précisa que les paniers de Noël ne seraient distribués qu'aux familles véritablement dans le besoin qui se seraient enregistrées, au préalable, au presbytère. L'étonnement fut plus grand encore lorsque l'officiant annonça que sa ménagère serait responsable de la préparation des paniers de Noël et qu'elle était à la recherche de bénévoles pour l'aider dans cette tâche.

À la sortie de l'église, les gens constatèrent que la neige s'était légèrement intensifiée, ce qui ne les empêcha nullement d'échanger des nouvelles sur le parvis où plusieurs petits groupes se formèrent.

— On dirait qu'on va avoir droit à notre première tempête, dit Lucien Martineau en s'approchant d'Étienne à qui il n'avait pas eu l'occasion de parler depuis quelques semaines.

— J'ai cette impression-là, moi aussi, dit le cultivateur. On peut pas dire que vous avez choisi le meilleur temps pour venir passer une fin de semaine à la campagne.

— Je suis arrivé juste hier soir avec ma femme et ma fille. À ce moment-là, il faisait beau et la météo avait rien annoncé.

— Remarquez, c'est peut-être juste une petite bordée qui va s'arrêter cet après-midi.

— Je l'espère. J'ai des clients importants qui viennent me voir à mon bureau demain avant-midi.

Un peu plus loin, Claudette Veilleux s'entretenait avec ses belles-sœurs Colette Veilleux et Céline Tremblay.

— Est-ce qu'Annette est malade? demanda Claudette.

— Ça me surprendrait, fit Colette. Elle était à l'orgue pendant la messe.

— Comment ça se fait qu'elle s'occupe pas de la guignolée cette année?

— D'après mon gendre, c'est une idée du curé de mettre ça dans les mains de sa sœur, expliqua Céline.

— Jean-Paul m'a dit la même chose, ajouta Claudette. Mais comme je connais Annette, elle le prendra pas.

— Ça me surprendrait pas, moi non plus, confirma Céline. On sait que si elle se fâche, notre Annette, ça va être laid. On pourrait même avoir droit à une chorale sans organiste pour la messe de minuit. Et les gens apprécieront pas ça pantoute.

— Et l'idée du curé d'obliger les pauvres à venir quémander, reprit Claudette. Pour faire une affaire de même, il connaît pas le monde de par ici.

Au bas des marches du parvis, Danielle, vêtue d'un manteau bleu et la tête couverte d'une jolie toque grise qui se mariait bien à la couleur de ses yeux, s'approcha de Catherine au moment où la jeune fille allait rejoindre son frère en grande conversation avec Hervé Loiselle.

— Tiens, un fantôme! s'exclama Catherine en voyant sa voisine pour la première fois depuis cinq semaines. Je te croyais morte depuis longtemps.

— C'est vrai que ça fait longtemps qu'on s'est pas vues, dit joyeusement la jeune fille avec son petit rire habituel.

En entendant le son de la voix de Danielle, Gilles ne put s'empêcher de tourner la tête vers elle durant un instant. Cependant, par fierté, il feignit ne pas la voir. Il se dépêcha de retourner à sa conversation avec le patron de sa sœur. Il avait encore sur le cœur ces soirées interminables durant toutes ces fins de semaine où il avait attendu en vain un appel qui n'était jamais venu. Pendant que Loiselle lui parlait de ses projets, le jeune enseignant ne perdait pas un mot des paroles échangées entre Danielle et sa sœur, quelques pas plus loin.

— Où est-ce que t'étais passée ?

— À Boston. Chez une tante de mon père.

— Qu'est-ce que tu faisais là ?

— J'apprenais l'anglais.

— Pourquoi ?

— Mon cher père a décidé au mois d'octobre que j'étais pas assez bilingue à son goût pour travailler à son bureau. Ça fait qu'il m'a envoyée travailler un mois et demi dans le petit magasin de sa sœur pour améliorer mon anglais. Je suis revenue vendredi matin.

— Naturellement, tu t'es faite un *chum* là-bas.

Ces dernières paroles de sa sœur alertèrent Gilles qui dressa l'oreille pour entendre la réponse de la jeune voisine.

— Penses-tu ! s'exclama en riant Danielle. Le magasin fermait à six heures tous les soirs et, après le souper, il fallait garnir les tablettes et faire le ménage. Si tu t'imagines que t'as le goût de sortir après des journées comme ça, tu te trompes. J'étais bien trop contente de pouvoir prendre une douche et d'aller me coucher. J'avais même pas envie de regarder la télévision. De toute façon, quand je sortais, je pouvais pas faire deux pas dans le quartier de ma tante sans tomber sur des *hippies*.

— Des *hippies* ?

— Tu te rappelles pas qu'on en a vu l'été passé à l'Expo ? Tu sais, les gars avec des cheveux longs, des chemises fleuries et des signes *Peace and Love*. Les filles portent des bandeaux et des robes longues. Ils fument de la drogue et parlent d'amour libre et de paix.

— T'es pas devenue comme eux autres, j'espère ? demanda Catherine pour taquiner sa voisine.

— Es-tu folle, toi ? Mon père aurait une syncope s'il me voyait arrangée comme ça.

À ce moment-là, Hervé décida de se rapprocher des jeunes filles pour saluer Catherine. De ce fait, il entraîna derrière lui un Gilles Fournier un peu boudeur.

— Danielle, je te présente mon patron, Hervé Loiselle. Si tu trouves que ton père est un *boss* dur, tu connais pas mon *boss*, dit Catherine en plaisantant.

— Oui, mademoiselle Fournier, vous avez l'air de quelqu'un qui souffre beaucoup, répondit le jeune homme, moqueur.

— Participez-vous à la guignolée cet après-midi ? demanda Catherine.

— Si on a besoin de moi, je vais y aller.

— Vous pourriez passer avec mon père et Gilles accompagnerait mon oncle Louis. Qu'est-ce que t'en penses, Gilles ?

— Pourquoi pas, se contenta de répondre son frère qui n'avait pas quitté Danielle des yeux durant tout l'échange.

— Parfait. À quelle heure ?

— Venez, on va aller en parler à mon père, dit Catherine en entraînant avec elle son patron.

Demeurés seuls l'un en face de l'autre sous la neige qui tombait de plus en plus fort, Gilles et Danielle semblèrent d'abord assez empruntés.

— Ça fait longtemps qu'on s'est pas vus, dit timidement la jeune fille.

— C'est vrai. J'ai eu le temps d'oublier les chansons de Léveillé et de Ferré.

— Si t'as le temps, cet après-midi, tu pourrais venir à la maison écouter le dernier disque de Ferland. Lui aussi, il est pas mal bon. Je l'ai apporté juste pour te le faire écouter.

— J'espère que la guignolée va finir assez de bonne heure pour pouvoir venir.

— Parfait, je vais t'attendre, déclara Danielle en lui adressant son merveilleux sourire. Essaie de pas arriver trop tard, je sais pas à quelle heure mon père va décider de revenir en ville avec cette température-là.

À ce moment-là, les Martineau hélèrent leur fille pour qu'elle monte dans la voiture où ils s'apprêtaient à prendre place. Gilles salua de la main sa jeune voisine et rejoignit ses parents qui se préparaient, eux aussi, à rentrer à la maison. Les gens avaient beau ne pas être restés très longtemps à l'extérieur, ils n'en avaient pas moins la tête et les épaules couvertes de flocons de neige.

— Venez dîner avec nous autres, monsieur Loiselle, offrit Françoise. Comme ça, vous serez prêt à partir avec mon mari dès la fin du repas.

— S'il vous plaît, madame Fournier, appelez-moi Hervé. Sans être impoli, j'ai presque l'âge de Gilles. J'ai l'impression que vous parlez à mon père quand vous m'appelez « monsieur ».

— C'est correct, Hervé.

— Votre mère va m'attendre pour dîner, se défendit mollement le jeune homme. Elle va se demander où est passé son pensionnaire.

— Je vais lui téléphoner en arrivant. T'as juste à nous suivre.

Dès que tous les membres de la famille Fournier furent entrés dans la maison en compagnie de leur invité,

Catherine, enjouée, s'esquiva un instant dans le salon. Elle alluma les lumières multicolores du gros sapin de Noël abondamment décoré de guirlandes, de boules et de glaçons. De retour dans la cuisine où son patron était encore occupé à retirer son paletot, elle lui dit :

— Venez voir dans le salon de quoi un vrai arbre de Noël a l'air, monsieur Loiselle.

— Voyons, Catherine ! s'exclama sa mère.

— Monsieur Loiselle sait pourquoi je lui dis ça.

Hervé eut un petit rire avant de suivre la jeune fille jusqu'à l'entrée de la pièce voisine où il put admirer l'arbre.

— C'est vrai qu'il est beau, reconnut-il. Vous savez pourquoi votre fille voulait absolument me montrer votre arbre ? demanda-t-il aux Tremblay. C'est parce qu'elle aime pas du tout celui que j'ai acheté pour le magasin et elle me fait étriver depuis trois semaines avec ça.

— Un arbre artificiel argent, se moqua la jeune fille. Il sent rien et il est tout chétif. Il fait pitié sans bon sens quand on le regarde avec sa douzaine de boules et ses deux séries de lumières bleues.

— La compagnie Noma a sorti de nouveaux arbres artificiels argent cette année. J'ai pensé que c'était une bonne idée d'en acheter un pour le magasin, mais mon adjointe l'aime pas et menace tous les jours de le jeter aux poubelles.

— Ce serait vraiment rendre service à Loiselle et frères de faire ça, dit Catherine sur un ton résolu. Quand les clients le voient, ils ont envie de pleurer. Ils vont finir par faire une collecte pour qu'on s'en achète un vrai.

Tout le monde éclata de rire devant la mine farouche de la jeune fille.

Au début de l'après-midi, un rideau de neige opaque attendait les bénévoles. Un vent violent s'était levé et poussait la neige à l'horizontale, rendant la visibilité presque nulle. Inquiétés par ce mauvais temps, les marguilliers téléphonèrent à Étienne à tour de rôle pour savoir s'il ne valait pas mieux remettre au lendemain la cueillette des denrées. Ce dernier finit par dire à chacun qu'il était libre de décider de ce qu'il convenait de faire. Pour sa part, il avait l'intention de passer l'après-midi même dans les rangs Sainte-Marie et Petit-Brûlé. Gilles avait persuadé son oncle Louis de faire dès le début de l'après-midi la tournée du rang Saint-Paul à bord de sa Chevrolet parce que la petite Toyota de son oncle disposait d'un coffre trop petit. Jean-Paul Veilleux et son fils se chargeraient du rang Saint-Edmond quand ils s'en sentiraient capables. Desjardins ferait de même avec le rang des Orties et Boudreau, à bord de son gros camion, n'aurait aucun mal à passer l'après-midi même dans le rang Saint-Pierre malgré le mauvais temps.

— Nous autres, on y va, déclara Étienne à Hervé. Si on attend demain, les chemins risquent d'être mal nettoyés et, en plus, le monde va peut-être avoir moins le goût de donner à la guignolée.

— Moi aussi, je pars, annonça Gilles en enfonçant sa tuque sur sa tête.

— Étienne, prends la boîte que j'ai laissée dans l'entrée, dit sa femme. J'ai mis dedans du ketchup, de la confiture et du cannage pour la guignolée.

Debout devant la fenêtre, Catherine et sa mère regardèrent les hommes déneiger les voitures avant de démarrer et de quitter la cour de la ferme. Phares allumés, les véhicules s'engagèrent lentement sur la route.

— On va commencer par Tougas, au début du rang, annonça Étienne à son compagnon et on finira par le

Petit-Brûlé. Quand on aura achevé notre tournée, on aura juste à tout laisser dans la sacristie.

Il fallut deux bonnes heures au marguillier et au gérant pour faire la tournée des deux rangs. Le mauvais temps n'était pas l'unique raison d'une pareille lenteur. La politesse exigeait que les bénévoles demeurent quelques minutes dans chaque foyer pour parler avec les donateurs. Finalement, un peu après trois heures, Étienne vint stationner sa Dodge près de la porte de la sacristie. À son arrivée, son fils et son beau-frère quittaient les lieux après avoir transporté la nourriture et les vêtements donnés par les résidants du rang Saint-Paul.

— Je vous dis qu'elles sont pas nombreuses là-dedans, dit Gilles.

— Il y a juste la ménagère du curé et ma mère, expliqua Louis. À deux, elles finiront jamais à temps de faire les paniers de Noël. Desjardins et Boudreau ont déjà apporté tout ce qu'ils ont récolté. Il y a du stock pour les fous et les fins.

— En plus, nous autres aussi, on en apporte pas mal, dit Étienne en montrant l'habitacle de la Dodge. La valise aussi est pleine.

— Bon. Nous autres, on y va, annonça Gilles. À moins que vous vouliez un coup de main pour décharger.

— On est capables de s'en occuper, dit Hervé en s'emparant d'une boîte déposée sur le siège arrière de la Dodge.

Dans la sacristie, Céline Tremblay accueillit son gendre et son compagnon avec un sourire. Clémence, silencieuse comme à son habitude, était en train de répartir des vêtements dans diverses boîtes. La sœur du curé, toujours aussi maigre, avait les traits tirés par la fatigue. Les deux femmes semblaient submergées par toutes les denrées recueillies.

— Vous êtes seulement deux? demanda Étienne à sa belle-mère.

— Comme tu peux voir.

— C'est probablement à cause de la tempête. On a de la misère à rouler dans le chemin. Il neige à plein ciel. Pourquoi vous arrêtez pas pour aujourd'hui? Demain, je suis certain que des femmes vont venir vous donner un coup de main. À deux, vous y arriverez pas.

— C'est ce qu'on va faire dans dix minutes, décida Céline en jetant un coup d'œil à Clémence qui n'avait pas ouvert la bouche. Vous, monsieur Loiselle, est-ce que vous rentrez à la maison ou bien vous repartez avec mon gendre?

— Il faut que je retourne chez monsieur Fournier. J'ai besoin de mon auto demain matin et elle est chez lui.

Étienne et Hervé finirent de transporter à l'intérieur ce qu'ils avaient dans l'auto et reprirent tant bien que mal la route. Le vent était un peu moins violent qu'au début de l'après-midi, mais la neige tombait avec une intensité telle qu'il était difficile de voir à plus de vingt pieds devant soi.

— Veux-tu ben me dire ce que ce maudit Grenier fait avec la charrue, grommela Étienne en cherchant à ne pas rater l'entrée du rang Sainte-Marie. Il a jamais passé ici, certain. Si ça se trouve, il est encore en train de cuver la brosse qu'il a prise hier soir à l'hôtel Traversy.

— La tempête est tellement forte, monsieur Fournier, qu'il a pu passer il y a une heure et que ça paraît plus.

— Ça me surprendrait ben gros, fit le cultivateur, sceptique. Je connais notre moineau, il est pas prêt de changer. En plus, regarde: il y a pas la moindre bordure qui montre que la charrue est passée au moins une fois.

Gérard Grenier était un homme au teint couperosé âgé d'une quarantaine d'années. Il était pourvu d'une famille de six enfants. Avec Rose Dupré, la secrétaire, il constituait l'ensemble des employés de la municipalité. Il était l'homme à tout faire qui conduisait la charrue, entretenait les chemins, le parc municipal et l'hôtel de ville, et voyait au bon fonctionnement de l'aqueduc du village. Lorsqu'il était sobre, c'était un travailleur infatigable d'un commerce assez agréable. Malheureusement, il ne pouvait résister à une bouteille d'alcool et cette faiblesse était bien connue de tous les gens de Saint-Jacques-de-la-Rive. Quand il en avait l'occasion – et Dieu sait si ces dernières étaient nombreuses – il s'enivrait jusqu'à perdre conscience et on le retrouvait inanimé dans les endroits les plus surprenants, particulièrement dans les fossés. Bien sûr, le maire aurait pu le congédier des dizaines de fois depuis qu'il était en fonction, mais à la pensée de la famille nombreuse de l'individu, il se limitait chaque fois à le sermonner et à le menacer de le flanquer à la porte si ça se reproduisait.

Dans la tourmente, Étienne eut beaucoup de difficulté à couvrir les deux milles qui le séparaient de chez lui. À son arrivée, il entraîna Hervé derrière lui. Les deux hommes secouèrent la neige qui les couvrait en pénétrant dans la cuisine d'été et enlevèrent leurs manteaux et leurs bottes.

— Si rien te presse, dit Étienne au patron de sa fille, tu ferais mieux d'attendre que ça se calme un peu. Comme t'as pu le voir, c'est devenu dangereux de rouler.

— Je voudrais pas déranger.

— Ben non. Catherine va s'occuper de toi pendant que je vais commencer mon train. À soir, on va souper de bonne heure.

— J'ai déjà mangé ici à midi, protesta le gérant.

— Et après ? intervint Françoise qui sortait du salon en compagnie de sa fille. Penses-tu qu'un de plus à table va nous mettre dans le chemin? Tu partiras après le souper, quand la charrue aura dégagé la route.

— Vous me gênez pas mal.

— C'est entendu. On en reparle plus, déclara l'hôtesse.

— Où est-ce que Gilles est passé? demanda le bossu à sa femme. Il est pas encore revenu de chez Louis?

— Il est revenu depuis un bon bout de temps. Il est parti écouter de la musique chez les Martineau, à côté. J'ai oublié de lui demander s'il y avait bien des femmes pour faire les paniers de Noël.

— Tu me croiras pas, mais il y avait juste ta mère et la sœur du curé.

— Avoir su, Catherine et moi, on serait allées leur donner un coup de main. Je suis sûre que Francine aurait fait la même chose.

— Tout ça serait pas arrivé si le curé avait laissé Annette Legendre s'en occuper comme par les années passées, lui fit remarquer son mari. De toute façon, ta mère m'a dit qu'elle lâchait. Elle était fatiguée et elle trouvait qu'elle en avait assez fait pour aujourd'hui.

— En tout cas, s'il fait moins mauvais demain avant-midi, je vais demander à Francine de venir avec moi pour aider.

— Catherine, nous donnerais-tu une tasse de café? demanda Étienne à sa fille. Après, je vais aller aux bâti-ments et tu t'occuperas d'Hervé.

— Est-ce que je vais être payée temps simple ou temps et demi pour ça, monsieur Loiselle? demanda la jeune fille, narquoise, en versant une tasse de café à son père et à son patron.

— J'ai bien peur que ce soit du bénévolat, répliqua Hervé en souriant. Par contre, je pourrais vous faire une concession qui a pas de prix.

— Laquelle?

— Je vous donne le droit de me tutoyer et de m'appeler Hervé, répondit le jeune homme en se mettant à rire, et c'est pas rien.

— Et, bien sûr, vous allez m'appeler Catherine.

— Si vous me le permettez, évidemment.

— Marché conclu, même si ça vaut pas une heure ou deux à temps et demi.

Françoise et son mari avaient assisté sans rien dire à l'échange entre les deux jeunes gens. Étienne vida sa tasse rapidement et se dirigea vers la porte.

— Bon. Quand Gilles reviendra, dit-il à sa femme, tu lui demanderas de me rejoindre à l'étable pour m'aider à faire le train.

⁓

Pendant ce temps, Gilles était assis dans le salon des Martineau en compagnie d'une Danielle qu'il jugeait de plus en plus séduisante. Il aurait bien voulu lui dire qu'il s'était ennuyé durant toutes ces semaines où elle n'était pas venue à Saint-Jacques-de-la-Rive, mais la timidité le retenait de lui faire cet aveu. Il aurait aimé, au moins, qu'elle lui suggère de lui téléphoner de temps à autre, mais comment lui dire une pareille chose? De quoi aurait-il l'air si elle lui demandait pourquoi il désirait lui téléphoner? Après avoir écouté les derniers enregistrements de Jean-Pierre Ferland, il lui demanda des nouvelles de son travail.

— Je passerai pas ma vie à faire cet ouvrage-là, déclara Danielle en baissant la voix. Mon père est grognon durant l'avant-midi et de mauvaise humeur l'après-midi. Pour moi, il est de bonne humeur juste le soir, mais je le vois pas parce qu'il va jouer au bridge la plupart du temps.

— Et toi, qu'est-ce que tu fais le soir ?

— Je lis et je regarde la télévision. Je suppose que toi, tu corriges les travaux de tes élèves ?

— Pas tous les soirs, quand même. Souvent, je vais travailler avec mon père à l'atelier. As-tu des vacances durant les fêtes ?

— Une semaine, à compter du 23 décembre. Et toi ?

— Je suis déjà en vacances depuis le 14 et je ne reprends mes cours que le 7 janvier.

— À ce que je vois, les professeurs sont pas trop à plaindre.

— Je me plains pas non plus, dit Gilles avec un sourire. Pendant les vacances, je vais aider mon père à l'atelier et je vais aller bûcher du bois avec lui si le temps le permet. Toi, qu'est-ce que tu prévois faire durant tes vacances ?

— J'ai encore rien de décidé. Si mes parents viennent passer une partie de leurs vacances ici, ça se peut que je vienne moi aussi. On pourrait peut-être se voir si ça te tente ? demanda Danielle.

— J'aimerais ça, avoua Gilles en rougissant un peu.

Quelques minutes plus tard, le jeune homme dut se résigner à prendre congé. L'heure du souper approchait et il savait que son père comptait sur son aide pour faire le train.

— Retournez-vous à Montréal ce soir, monsieur Martineau ? demanda-t-il au père de Danielle en finissant de boutonner son manteau.

— Je pense pas que ce soit possible, répondit le comptable. On va être coincés ici jusqu'à la fin de la tempête. J'ai écouté les nouvelles, il paraît que la plupart des chemins sont pas recommandables. D'ailleurs, j'ai pas l'impression que je vais pouvoir sortir facilement d'ici avec l'épaisseur de neige qu'il y a dans la cour.

— Si ça fait votre affaire, je peux venir nettoyer votre cour après le souper, proposa Gilles, heureux d'apprendre que Danielle allait demeurer jusqu'au lendemain avant-midi. On a installé une lame devant le tracteur.

Le jeune homme espérait une invitation de sa voisine pour la soirée.

— Tu nous rendrais un grand service, accepta Lucien. J'aurais dû penser depuis longtemps à demander à quelqu'un de venir nous déneiger durant l'hiver, mais comme il était encore rien tombé, ça m'était sorti de l'esprit.

— Si vous le voulez, je peux demander à mon père s'il est intéressé.

— Fais donc ça.

Avant de sortir, Gilles regarda Danielle qui était demeurée debout à ses côtés sans rien dire. Comme elle ne semblait pas vouloir lui proposer de revenir passer la soirée à ses côtés, il se résigna à quitter les lieux après l'avoir saluée.

Le jeune homme éprouva beaucoup de difficulté à sortir sa Chevrolet de la cour des Martineau et à parcourir les quelques centaines de pieds qui le séparaient de la maison de ses parents. La tempête faisait rage de plus belle et le conducteur voyait à peine le bout du capot de son véhicule. Les rafales de vent façonnaient des bancs de neige sur le chemin. Ses phares allumés n'éclairaient que la danse folle des flocons. Il abandonna sa voiture près de la maison et entra. Dès qu'il poussa la porte d'entrée, il vit sa sœur installée à la table de cuisine en face d'Hervé Loiselle. Tous les deux disputaient une partie de cartes pendant que sa mère épluchait les pommes de terre, debout devant le comptoir.

— C'est l'enfer dehors. On voit ni ciel ni terre, dit-il en secouant la neige qui couvrait ses épaules. J'ai eu de la misère à me rendre jusqu'ici. On va avoir du plaisir à se dépêtrer de toute cette neige-là.

— Ton père t'attend, lui dit sa mère. Il a commencé son train.

— Je me change et j'y vais.

Un peu avant six heures, le père et le fils revinrent finalement de l'étable, de la neige à mi-jambes et la tête baissée pour ne pas être aveuglés par les flocons poussés par le vent. À leur entrée, ils virent Hervé debout devant l'une des fenêtres, cherchant à voir à l'extérieur malgré les tourbillons de neige. Catherine et Françoise finissaient de mettre le couvert. La mère et la fille déposèrent au centre de la table une soupière remplie de soupe aux légumes et une assiette de tranches de rôti de porc et de pommes de terre. Comme au début de chacun des repas, Étienne récita le bénédicité à haute voix avant que tous commencent à manger.

— Tout le problème vient de ce que la charrue passe pas assez souvent depuis le commencement de la tempête, déclara Étienne. Normalement, Grenier aurait dû passer deux ou trois fois. On est rendus au soir et il a même pas commencé à ouvrir les chemins.

— Vous pensez que des gens vont se plaindre? demanda Hervé.

— Je suis certain que le téléphone du maire doit pas dérougir. Connaissant Côme comme je le connais, il doit être en beau maudit! Tu peux me croire.

— Ah! Parlant de déneigement, intervint Gilles en déposant sa cuillère à soupe sur la table, monsieur Martineau voudrait savoir si vous accepteriez d'ouvrir sa cour durant l'hiver. Il a pas pensé à vous le demander avant aujourd'hui.

Étienne prit un moment pour réfléchir à la demande.

— Il aurait pu y penser à matin, je lui ai parlé en sortant de la messe. Après le souper, je lui téléphonerai pour lui dire que c'est correct.

— Si vous voulez, je peux lui dire, p'pa. Je lui ai promis d'aller déneiger sa cour au commencement de la soirée.

— Tu peux ben lui dire, mais à mon avis, tu vas perdre ton temps à nettoyer si vite. La tempête a pas l'air de se calmer pantoute. Ça va être à refaire demain matin.

— Comme il me l'a demandé, je peux difficilement faire autrement, mentit le jeune homme.

Après le repas, Hervé quitta la table en même temps que Catherine et se mit à l'aider à desservir.

— Voyons donc! protesta Françoise. C'est pas la *job* d'un homme de faire ça.

— Si ma mère vous entendait, madame Fournier, elle serait pas contente. Chez nous, il y avait pas de filles et même s'il y en avait eu, ma mère aurait jamais accepté que ses trois garçons se fassent servir comme des pachas. On faisait tous notre part du ménage et on essuyait la vaisselle à tour de rôle.

— Est-ce qu'elle vous faisait faire la cuisine aussi? s'enquit Catherine, curieuse.

— Ça arrivait, mais pas trop souvent. Elle trouvait qu'on faisait mal à manger et qu'on salissait trop quand on le faisait.

— Mon Dieu! s'exclama Françoise. Mais t'es bon à marier!

— C'est ce que je me tue à dire à toutes les filles que je rencontre, dit Hervé en riant, mais on dirait qu'elles me croient pas.

— Est-ce que t'as essayé d'essuyer la vaisselle chez ma grand-mère? demanda Catherine.

— Une fois.

— Puis?

— Ton grand-père m'a dit poliment de me mêler de mes affaires et de pas lui donner ce pli-là. Je suppose qu'il voulait pas être obligé de continuer quand je serai plus leur pensionnaire. Comme je veux rester là jusqu'au printemps, j'ai obéi. Mais j'ai l'impression que ta grand-mère est à la veille de lui tendre un linge à vaisselle.

— Je voudrais être là pour voir ça, dit Françoise. Mon père va en avaler sa pipe de travers.

— Où est-ce que t'as l'intention de rester ? fit Catherine. As-tu une autre pension en vue ?

— Non. Je pense sérieusement à me faire construire une maison à Saint-Jacques le printemps prochain.

— Où ?

— Je me suis entendu avec le maire pour qu'il me vende un petit bout de terrain, à côté du magasin. Il nous reste juste à passer chez le notaire après les fêtes.

— Est-ce que ça veut dire que t'as l'intention de rester longtemps dans la paroisse ? demanda Étienne qui s'était contenté d'écouter sans intervenir.

— Oui. J'aime bien les gens de Saint-Jacques. Je pense que c'est un bon endroit où m'établir. De toute façon, à moins d'une grande surprise, les frères Loiselle ouvriront pas un autre magasin avant bien des années. Mes deux frères et moi, on a décidé au début du mois d'attendre que nos trois magasins soient bien solides avant de songer à une autre expansion.

— Ça m'a l'air raisonnable.

— À quel genre de maison tu penses ? demanda Catherine à son tour.

— Je suis pas encore fixé. Je regarde des plans.

Gilles se leva quelques instants plus tard pour mettre son manteau.

— Si ça vous dérange pas, p'pa, je vais aller déneiger chez le voisin.

— Comme tu voudras.

— Mets-toi un foulard devant le visage, lui conseilla sa mère en train de ranger la vaisselle propre. Avec le vent qu'il fait, tu vas te geler sur le tracteur.

— Nous autres, on pourrait peut-être dégager les entrées, monsieur Fournier, proposa Hervé, plein de bonne volonté.

— Pas à soir. Il vente trop. Ça servirait à rien. Quand tu verras la charrue passer, Gilles, tu viendras ouvrir un passage dans la cour au char d'Hervé pour qu'il puisse retourner au village quand il voudra.

— C'est correct.

À sa sortie, le jeune homme crut percevoir que le vent avait un peu faibli durant l'heure du souper, mais la neige tombait toujours aussi abondamment. Il enfonça sa tuque sur sa tête et enfila ses gants avant de se rendre à la grange où le tracteur était garé. Après plusieurs essais, le moteur du véhicule consentit à démarrer. Dès sa sortie du bâtiment, Gilles regretta que le vieux Massey-Ferguson ne soit pas doté d'une cabine. Avant même d'avoir quitté la cour, le conducteur était couvert de neige et devait fermer les yeux à demi pour ne pas être aveuglé par les flocons.

À son arrivée chez les Martineau, il se mit immédiatement à nettoyer la cour. Après avoir abaissé la lame devant le tracteur, il fut obligé de faire de multiples va-et-vient pour repousser la neige sur les côtés. De temps à autre, il levait la tête vers les fenêtres du salon, seule pièce de la maison où il y avait de la lumière, dans l'espoir d'apercevoir Danielle en train de le regarder. Il ne la vit pas une seule fois. Après une quarantaine de minutes de travail, Gilles, le visage rougi par le froid, jugea la cour du voisin suffisamment déneigée.

Pendant un bref moment, il hésita alors sur la conduite à tenir. Devait-il rentrer chez lui sans rien dire ou pouvait-il se permettre de frapper à la porte pour informer les Martineau que le travail était terminé? Avec un peu de chance, Danielle viendrait lui ouvrir et l'inviterait sûrement à entrer pour se réchauffer. Il immobilisa son véhicule près de la maison, en descendit et alla frapper à la porte de la maison. Il dut attendre un long moment avant que quelqu'un vienne lui ouvrir. Gilles fut déçu de constater que c'était Lucien Martineau.

— Monsieur Martineau, je viens de finir de nettoyer votre cour.

— Parfait, répondit le comptable qui n'avait qu'entrouvert la porte.

— J'ai parlé à mon père pour le déneigement de votre cour tout l'hiver. Vous avez juste à l'appeler pour vous entendre avec lui.

— C'est correct. J'espère que tu seras pas obligé de revenir demain matin de bonne heure pour ouvrir encore ma cour. Merci.

Sur ce, Lucien referma la porte et le laissa dehors. Dépité, le jeune homme se remit au volant de son tracteur et revint à la maison. Il allait stationner le véhicule dans la grange quand il entendit le grondement caractéristique de la charrue municipale qui passait enfin sur la route. Rageur, il fit demi-tour, abaissa la lame et déneigea un étroit couloir jusqu'à la route, juste ce qu'il fallait à Hervé pour quitter la ferme et retourner au village.

Totalement frigorifié, il abandonna le tracteur dans la grange et rentra enfin à la maison. Il n'avait pas encore refermé derrière lui que sa mère ouvrit la porte de la cuisine d'été. Le voyant transformé en véritable bonhomme de neige, elle lui suggéra d'aller suspendre ses vêtements mouillés près de la fournaise au sous-sol pendant qu'elle lui préparait une tasse de café bien chaud.

— Il neige toujours ? lui demanda son père quand il entra dans la pièce après avoir fait ce que lui avait suggéré sa mère.

— Oui, mais on dirait que ça se modère un peu.

— As-tu été capable d'ouvrir un chemin jusqu'à la route ? On a entendu passer la charrue.

— Oui, mais j'étais trop gelé pour nettoyer toute la cour. Je le ferai demain avant-midi.

— As-tu fait ma commission au voisin ?

— Oui. Il devrait vous téléphoner, répondit Gilles en s'emparant de la tasse de café que sa mère lui tendait.

— C'est parfait.

Quelques minutes plus tard, Hervé Loiselle prit congé des Tremblay en s'excusant d'avoir profité si longtemps de leur hospitalité. Avant de partir, il offrit à Catherine de demeurer à la maison durant l'avant-midi, le lendemain.

— Avec cette tempête-là, je pense pas que les chemins soient assez beaux pour envoyer les livreurs sur la route demain matin. S'il le faut, je peux laisser l'auto à côté de la maison de tes grands-parents et aller à pied au magasin. J'ouvrirai à huit heures et je répondrai au téléphone.

~

Trois jours plus tard, le maire de Saint-Jacques-de-la-Rive fut obligé de tenir une réunion d'urgence du conseil municipal pour calmer les esprits de ses administrés tant ils étaient outrés de l'inefficacité de la charrue municipale durant la dernière tempête. Il avait fallu plus de deux jours pour ouvrir les chemins de la paroisse, ce qui ne s'était jamais vu durant les quatre-vingt-dix ans d'histoire de

Saint-Jacques-de-la-Rive. Pourtant, en ce froid mercredi soir de décembre, il y eut beaucoup moins de gens que le maire en attendait pour envahir la salle du conseil du petit hôtel de ville.

Comme il restait près d'un quart d'heure avant le début de la réunion, plusieurs contribuables étaient demeurés debout au fond de la salle pour discuter et plaisanter. Quand Alcide Beaulieu pénétra dans la salle, une main tira le petit homme un peu malgré lui vers un groupe de joyeux lurons.

— Puis, Alcide, as-tu serré ta Chevrolet pour l'hiver ? lui demanda Émile Tougas en arborant un air sérieux.

— Comme tous les ans, confirma le cultivateur en déboutonnant sa lourde canadienne grise.

— As-tu reçu ta lettre de la municipalité ? lui demanda Carl Boudreau, à son tour.

— Quelle lettre ?

— Voyons, Alcide ! Fais pas l'innocent. Tu sais ben de quoi on parle.

— Pantoute, protesta l'autre.

— Tous les ans, la municipalité t'envoie une lettre de remerciement au commencement de l'hiver, non ?

— Pourquoi elle ferait ça ?

— Parce que tu t'es enfin décidé de t'enlever du chemin avec ta maudite Chevrolet, dit Tougas.

Tous les membres du groupe éclatèrent d'un rire si bruyant qu'un bon nombre de personnes présentes tournèrent la tête dans leur direction, se demandant ce qui causait cet accès d'hilarité.

Un peu à l'écart, Claudette Veilleux parlait à voix basse à ses belles-sœurs Céline Tremblay et Colette Veilleux. Toutes les trois avaient participé à tour de rôle à la constitution des paniers de Noël les jours précédents.

— Annette est venue au magasin cet après-midi, dit tout bas la femme de Jean-Paul. J'ai pas osé lui poser la question directement, mais j'ai bien l'impression qu'elle a pas pris pantoute que le curé la remplace par sa sœur pour la guignolée. Elle avait le bec pincé qu'elle prend quand quelque chose fait pas son affaire.

— Une petite leçon d'humilité lui fera peut-être pas de tort, suggéra Colette à qui les airs un peu hautains de l'organiste avaient toujours déplu.

— Peut-être, reconnut Céline, mais le curé Savard aurait pu être plus diplomate.

— En tout cas, reprit Claudette, ça me surprendrait pas qu'elle prépare une petite surprise à monsieur le curé.

— Parlant de monsieur le curé, dit Madeleine Crevier en se joignant aux trois femmes qu'elle connaissait bien, savez-vous la meilleure?

— Non.

— Il est encore passé voir Côme hier après-midi.

— Pourquoi?

— Il voulait que mon mari lui laisse une place à la table du conseil quand il y avait une réunion.

— Qu'est-ce qu'il ferait là? demanda Colette.

— D'après lui, il devrait être là pour donner du sérieux aux réunions du conseil et aussi pour réciter la prière au commencement de la réunion.

— Comme il y a vingt ans! s'exclama Céline.

— Puis?

— Vous connaissez Côme. Il est pas patient pour une miette. Il l'a envoyé promener, ça a pas pris de temps. Il lui a dit qu'il continuerait à réciter lui-même la prière au début de chaque réunion, mais qu'il était libre d'assister, comme tout le monde, à chacune des réunions.

— Notre curé a pas dû aimer ça.

— Côme m'a dit qu'il était parti pas mal vite. Ça fait deux fois qu'il le vire de bord assez sec depuis qu'il est arrivé dans la paroisse. L'été passé, il a refusé de se mêler de ce qui se passait au parc et à la plage, et là, il a pas voulu lui donner une place à la table du conseil. Notre pauvre curé va finir par croire que mon mari l'aime pas.

— Est-ce que ça veut dire que ton Côme est pas intéressé par la *job* de marguillier? se moqua Céline.

— T'as dû t'apercevoir qu'il s'est pas présenté l'été passé pour avoir la *job* de ton gendre ou des deux autres qui ont démissionné, non? Changement de sujet, Céline, est-ce que la femme de ton garçon commence à prendre le dessus?

— Elle a un peu plus le moral, répondit l'épouse de Clément Tremblay, mais le départ de son Pascal l'a pas mal affectée. Il y a des jours où Louis sait pas comment la prendre. En tout cas, le petit doit venir passer les vacances des fêtes avec elle. J'espère que ça va lui faire du bien.

— Oui, mais quand il va repartir dans sa famille après les fêtes, fit Claudette, ça risque d'être encore pire.

À sept heures trente pile, Côme Crevier apparut à la table placée à l'avant de la petite salle du conseil. Le maire était entouré de ses quatre conseillers, Carl Boudreau, Joseph Trudeau, Roland Provost et Aimé Nadeau. Dans la salle, une trentaine de contribuables attendaient, impatients. Ces derniers prirent les chaises d'assaut dès l'entrée du conseil. Au plafond de la pièce, un nuage de fumée de cigarette et de pipe flottait déjà.

Le niveau sonore baissa progressivement dans la pièce, mais pas suffisamment vite au goût du maire qui tapa sur la table pour réclamer le silence. Quand il l'eut obtenu, il demanda à l'assemblée de se lever pour la courte prière habituelle. Dès que les gens se furent assis après avoir fait le signe de la croix, le maire donna la parole à la secrétaire municipale, Rose Dupré.

— Comme il s'agit d'une réunion d'urgence, dit-elle, il y a juste un point à l'ordre du jour : le déneigement.

— Un instant, intervint Elphège Turcotte, j'aimerais aussi qu'on parle de l'eau au village.

— De l'eau ? demanda le maire, surpris.

— Oui, de l'eau. Tu sais, c'est ce qu'on met dans la boisson, se moqua le vieil homme en faisant un clin d'œil à son voisin.

— Bon. Ce sera un point dans les *varia* fit Côme, sans aucun enthousiasme. Autre chose ?

Il y eut des murmures dans la salle, mais personne ne proposa un autre sujet de discussion. La grosse tête du maire pivota de gauche à droite pour s'assurer qu'il n'y avait aucune autre suggestion.

— Bon. Parlons d'abord du déneigement, dit-il. J'ai pas arrêté de répondre au téléphone depuis dimanche passé. Tout le monde se plaint que la charrue est pas passée assez vite ni assez souvent pendant la tempête. Je suis tanné de répondre toujours la même chose. Ça fait qu'on va régler l'affaire une fois pour toutes, à soir.

— Calvinus ! jura Paul-André Cartier, la charrue est passée pour la première fois dans notre rang juste lundi midi. J'ai fini par téléphoner à Boudreau quand j'ai vu que mes bidons de lait étaient encore sur la plate-forme. Il m'a répondu que son *truck* pouvait pas passer dans Saint-Pierre à cause de la neige. Pendant ce temps-là, mon lait attendait… En plus, s'il avait fallu qu'un de mes enfants tombe malade, j'aurais jamais été capable de sortir de chez nous pour l'amener à l'hôpital.

— Aïe, Cartier ! protesta une voix moqueuse venue du fond de la salle. Charrie pas, t'as même pas d'enfants !

Un rire secoua l'assemblée.

— J'ai dit ça pour l'exemple, répliqua le cultivateur en se tournant vers l'arrière de la salle afin d'identifier le farceur.

— Oui, on sait tous ça, intervint sèchement le maire. T'es pas tout seul à te plaindre de ce qui est arrivé. Tout d'abord, je dois vous dire que vous avez blâmé Gérard Grenier pour rien. Il était pas responsable pantoute de ce qui est arrivé. Il s'est présenté sur l'heure du midi pour commencer à gratter les chemins, mais notre charrue a pas voulu partir.

— Il faut croire que notre garagiste vaut pas grand-chose pour entretenir le matériel de la municipalité, fit la même voix, au fond de la salle.

Côme rougit sous l'attaque à peine voilée.

— Tu sauras que le garagiste fait pas de miracle, Gariépy. Un Fargo 1953 qui a presque trois cent mille milles dans le corps, c'est un *truck* mauditement fatigué ! On a beau l'entretenir, ça lui donne pas un moteur neuf.

Il y eut dans la salle des murmures d'approbation.

— Quand l'employé municipal s'est aperçu qu'il y avait rien à faire, il est venu m'avertir. Pendant deux heures, j'ai travaillé avec mon garçon à chercher le trouble. L'alternateur était fini. Mais allez donc en trouver un en plein dimanche après-midi. Tout ce que j'ai pu faire, ça a été d'appeler le maire de Saint-Gérard pour lui demander de nous dépanner en envoyant sa charrue passer dans nos rangs. Il a été assez arrangeant pour accepter, mais pas avant que tous les chemins de Saint-Gérard soient ouverts. C'est pour ça que la charrue a commencé à passer chez nous juste après le souper. Le gars a pas eu le temps de nettoyer tous les chemins de la paroisse dans la soirée. Il est revenu le lendemain midi finir l'ouvrage.

— Ouais, fit un autre contribuable. Pour moi, ce gars-là est aveugle parce que ça m'a coûté une boîte à lettres. Il l'a accrochée avec la lame de sa charrue.

— La municipalité te la paiera, dit le maire, mais assure-toi d'abord qu'elle était à la bonne distance du chemin. Il me semble que Grenier m'a dit cet automne qu'il la trouvait pas mal proche.

— Quand il t'a dit ça, Grenier, il devait avoir un coup dans le nez, protesta le grand cultivateur maigre qui répondait au nom de Roméo Joyal.

— On verra ça. En tout cas, on a installé un nouvel alternateur sur la charrue, mais je vous avertis tout de suite, le *truck* est fini. Il est plus capable d'en prendre.

— Tu trouves pas que t'aurais pu nous en parler cet automne au lieu d'attendre en plein hiver pour nous annoncer ça? demanda Cartier à qui on attribuait l'intention de briguer le poste de maire à l'élection de l'automne suivant.

— J'aurais pu en parler, mais ça nous aurait pas avancé à grand-chose parce que l'automne passé, comme aujourd'hui, on n'avait pas une cenne noire à mettre sur l'achat d'un nouveau *truck*. On a rafistolé le Fargo du mieux qu'on a pu en espérant qu'il tienne jusqu'à la fin de l'hiver, mais ça a tout l'air que c'est trop lui demander.

— Bon. Qu'est-ce que t'as l'intention de faire, Côme? demanda Jean-Paul Veilleux qui ne désirait pas que la réunion tourne en un affrontement stérile entre Cartier et le maire.

— On n'a pas le choix. On va emprunter à la Caisse populaire pour en acheter un neuf si la majorité des membres de l'assemblée votent pour.

— Pourquoi pas un usagé? demanda Louis, assis près de son beau-frère Étienne. Il me semble en avoir vu deux sur ton terrain. Il y en a peut-être un qui ferait l'affaire et qui coûterait moins cher.

— J'aimerais autant pas, dit le maire. Il y en a trop dans la paroisse qui vont crier sur les toits que je cherche juste à faire de l'argent sur le dos de la municipalité.

— De toute façon, les langues sales vont toujours se faire aller, dit Clément Tremblay, un allié indéfectible du maire.

— À ben y penser, je pense pas que ce serait intelligent d'acheter un usagé, reprit Côme. À la longue, il finirait par coûter aussi cher qu'un neuf en réparations. Si l'assemblée est d'accord, madame Dupré va demander à deux ou trois garages de Sorel et de Drummondville de nous faire une soumission dès demain et on achètera le moins cher.

— As-tu une idée de combien ça va nous coûter? intervint de nouveau Cartier, en se levant.

— Environ cinq mille piastres.

— Calvinus! Tu y vas pas avec le dos de la cuillère! s'exclama le cultivateur.

— Si tu veux nettoyer toi-même tous les chemins de la municipalité avec ton tracteur, viens voir le conseil et on s'entendra sur un prix, se moqua le maire.

Il y eut quelques ricanements dans la salle.

— S'il y a pas autre chose, je propose de passer à un vote à main levée tout de suite.

L'emprunt préconisé par le conseil municipal fut approuvé par une très large majorité des contribuables présents dans la salle. Ensuite, sur un signe discret du maire, la secrétaire municipale passa au point suivant.

— Monsieur Turcotte, vous vouliez parler de l'eau?

— Oui, fit Tit-Phège en se levant. Depuis deux jours, je trouve que l'eau a un drôle de goût.

— Ça dépend de ce que tu mets dedans, mon Tit-Phège, fit Joseph Meunier, le bedeau.

— À part ça, ça fait combien de temps que t'as lavé le verre dans lequel tu bois? dit un plaisantin, assis près de la porte.

— Je me demande si le puits du village est correct, poursuivit le vieil homme, imperturbable.

— Moi, j'ai rien remarqué, dit le maire. Est-ce qu'il y a quelqu'un dans la salle qui trouve que l'eau a pas le même goût que d'habitude ?

Céline Tremblay et la veuve Dumont levèrent la main en même temps.

— Bon. Demain matin, je demanderai à Gérard Grenier d'aller tester l'eau du puits. S'il y a un problème, on va essayer de le régler. Je pense qu'on en a fini pour à soir.

Sur ces mots, le maire se leva, imité par ses échevins qui n'avaient pas ouvert la bouche une seule fois durant la réunion. Il régnait dans la salle une chaleur accablante et plusieurs yeux étaient irrités par la fumée.

— Aimé, dit le maire au plus jeune de ses échevins, va donc ouvrir une fenêtre pour changer l'air. On étouffe ici-dedans.

— J'ai pourtant baissé le thermostat avant la réunion, tint à préciser la secrétaire municipale en rassemblant ses feuilles de notes.

Chapitre 18

Les fêtes

Durant les quelques jours précédant Noël, la nature s'assagit. Un froid vif succéda à la tempête du dimanche de la guignolée, mais aucune chute de neige ne vint gâcher ces dernières journées de l'année, fort occupées. Dans la plupart des foyers de Saint-Jacques-de-la-Rive, il régnait une activité fébrile. On enveloppait des cadeaux et, surtout, on cuisinait en vue du réveillon et de la journée de Noël.

— On est chanceux. On va avoir un beau Noël blanc ! dit Françoise, en regardant à l'extérieur, debout devant l'une des fenêtres de sa cuisine.

Devant elle s'étendait un vaste paysage immaculé sous un ciel d'un bleu profond. La neige scintillait, aveuglante, sous les rayons de soleil. Les minces filets de fumée émis par les cheminées des maisons voisines étaient les seuls signes de vie dans le rang. Chez les Fournier, la cuisine baignait dans des odeurs appétissantes de dinde et de pâtés à la viande.

— Je vois pas en quoi on est chanceux d'aller bûcher avec de la neige à mi-jambes, grommela Étienne qui avait passé l'avant-midi dans le bois en compagnie de Gilles.

— En plus, on gèle tout rond, ajouta son fils.

— Cet après-midi, on reste ici et on va travailler dans l'atelier, lui annonça son père. Il fait trop froid pour retourner bûcher. En attendant, est-ce qu'on va manger ce que tu cuisines pour dîner? demanda-t-il à sa femme.

— Il en est pas question, Étienne Fournier! Je viens de dépecer la dinde et c'est pour le souper de Noël. Pour ce qui est des tourtières et des tartes, que j'en voie un essayer d'en prendre un morceau. Vous en mangerez demain soir, après la messe de minuit. Pour dîner, vous allez manger du jambon avec des patates rôties. J'ai aussi un reste de soupe aux pois. Pas autre chose, précisa Françoise en ouvrant la porte du fourneau pour en retirer trois pâtés à la viande à la croûte bien dorée.

Son mari s'approcha et se pencha au-dessus pour humer l'odeur alléchante qui s'en dégageait.

— Enlève-toi de mes jambes, lui ordonna Françoise en souriant. Et surtout, ôte ton grand nez de là. Après dîner, Gilles, t'iras porter une tourtière et une tarte à monsieur Turcotte, au village. Le pauvre vieux, il a droit, lui aussi, de bien manger dans le temps des fêtes.

— C'est pas juste, fit son mari en feignant l'indignation. Si ça se trouve, Tit-Phège va manger ça pour souper pendant que nous autres, on est obligés d'attendre le réveillon.

— Ça le regarde.

— Ouais! Depuis qu'il t'a dit que tu faisais les meilleures tourtières de la paroisse, tu te sens obligée de lui en donner chaque fois que t'en fais, se moqua son mari. T'as jamais pensé que ce vieux verrat-là est assez finaud pour dire ça à toutes les femmes de Saint-Jacques. Comme ça, il se fait nourrir sans que ça lui coûte rien.

— Prends-moi pas pour une niaiseuse, protesta Françoise. Je le sais comme toi qu'Elphège Turcotte et sa sœur, du temps qu'elle vivait, étaient des paresseux qui manquaient jamais une occasion de quêter. Quand j'étais jeune, il y avait pas une semaine où on voyait pas arriver

Tit-Phège à la maison pour venir sentir ce que ma mère cuisinait. Il trouvait toujours le moyen de repartir avec un plat de quelque chose. Pendant ce temps-là, sa sœur Rose-Aimée lisait ses romans, bien assise dans sa chaise berçante. Tout le monde savait ça dans la paroisse, mais ça empêchait pas personne de donner. Ma mère disait que c'était par charité chrétienne parce qu'ils étaient sans-dessein tous les deux. À cette heure qu'il est vieux et tout seul, je fais la même chose.

— Pendant que j'y pense, m'man, fit Gilles avec un faux air détaché, est-ce que je peux amener une fille réveillonner ici demain soir ?

— Qui ça ?

— Je le sais pas encore. Peut-être Danielle Martineau, si elle veut venir. Je l'ai pas encore invitée. Je voulais vous en parler avant.

Françoise jeta un coup d'œil à son mari avant de dire :

— Tu peux bien l'inviter si ça te tente. On manquera pas de manger.

~

Après le repas, Étienne se réfugia dans l'atelier et son fils se joignit à lui dès son retour du village. Pendant que le père vernissait la chaise berçante qu'ils avaient fabriquée tous les deux dans l'intention de l'offrir à Françoise, Gilles mettait la dernière main à un petit coffret à bijoux en chêne auquel il travaillait depuis quelques jours. Son père ne lui avait pas demandé à qui il le destinait, mais il s'en doutait vaguement. Ce geste lui rappelait celui qu'il avait posé lui-même, vingt-trois ans auparavant, quand il avait offert une coiffeuse à Françoise pour son vingt et unième anniversaire.

Armé d'une petite gouge, le jeune homme sculptait délicatement le couvercle à petits coups vifs et précis. Pendant qu'il travaillait, il ne cessait de penser à Danielle. Il espérait qu'elle arriverait à Saint-Jacques-de-la-Rive le soir même plutôt que le lendemain. S'il voyait de la lumière chez les Martineau durant la soirée, il trouverait le courage d'aller frapper à leur porte pour inviter la jeune fille à venir réveillonner à la maison le lendemain soir. Il en profiterait pour lui remettre ce coffret à bijoux comme gage de son attachement.

À la fin de l'après-midi, Hervé vint déposer Catherine à la porte de la maison, mais il ne descendit pas de voiture avant de reprendre la route en direction du village. Françoise n'avait plus d'objection à ce que sa fille monte occasionnellement à bord de la voiture de son patron depuis qu'elle le connaissait. Le gérant de Loiselle et frères lui inspirait maintenant confiance.

— Bonne sainte Anne ! s'exclama sa mère en la voyant entrer en portant un grand sac. Veux-tu bien me dire ce que tu traînes là-dedans ?

— Des cadeaux de Noël d'Hervé, se contenta de dire Catherine en retirant ses bottes.

— Pour qui ?

— Il y en a un pour moi. C'est normal, je suis son assistante.

La mère regarda sa fille, mais elle ne commenta pas.

— Puis ?

— Il y en a un pour vous.

— Pour moi ? Pourquoi ?

— Il m'a dit que c'était en remerciement pour l'avoir reçu le dimanche de la tempête.

— Je trouve ça pas mal délicat de sa part.

— Je vais aller les porter sous l'arbre de Noël. Il m'a dit qu'il fallait attendre pour les ouvrir en même temps que les autres cadeaux. Demain, le magasin ouvre pas. J'ai congé jusqu'au 27.

— Je suppose qu'il est parti en Beauce passer les fêtes avec sa parenté.

— Non. Il m'a dit que ses deux frères sont partis hier pour la Floride jusqu'au lendemain du jour de l'An. Ils ont amené leur mère avec eux autres. Ça fait qu'il va rester chez grand-maman tout le temps des fêtes, je suppose.

Ce soir-là, Gilles jeta de nombreux coups d'œil vers les fenêtres des Martineau dans l'espoir de les voir s'éclairer. Son cadeau de Noël était prêt et la mince couche de vernis qu'il lui avait donnée avant d'aller traire les vaches avec son père finissait de sécher. Son inquiétude grandissait au fur et à mesure que la soirée avançait. Si Danielle n'arrivait que durant la journée du lendemain, cela lui laissait bien peu de temps pour trouver un moyen de l'inviter au réveillon.

⌒

Dans la maison voisine, l'inquiétude tournait à l'angoisse pour Francine qui attendait depuis plusieurs jours un signe de vie de sa cousine Jeanne. Au début de l'automne, elle avait promis à Louis qu'elle permettrait à Pascal de venir passer les vacances des fêtes à la ferme. Tout était prêt depuis longtemps dans la petite maison blanche. L'arbre de Noël était dressé dans un coin du salon et, dessous, il y avait presque exclusivement des cadeaux destinés au petit garçon qui venait d'avoir six ans.

Depuis une semaine, la femme de Louis avait cuisiné tout ce que l'enfant préférait. Sa chambre était prête. Il ne manquait que lui. Au moindre bruit sur la route, Francine se précipitait, persuadée que son «petit» arrivait enfin. Louis ne disait pas un mot. Il sentait qu'elle était à la veille d'exploser, trop tendue par cette attente qui n'en finissait plus.

Après le repas du soir, il perdit patience.

— Bon. Ça va faire! J'appelle. S'il faut que j'aille le chercher à Saint-Paul, je vais y aller et ça va finir là! Il y a tout de même des limites à jouer avec les nerfs du monde, bout de viarge!

Francine, crispée, commença à laver nerveusement la vaisselle pendant que son mari s'emparait du téléphone après avoir cherché le numéro des Pellerin dans le répertoire déposé près de l'appareil.

— Bonsoir. Est-ce que je peux parler à ton père?

— …

— Bonsoir, Bernard. C'est Louis Tremblay. Es-tu pas mal prêt pour les fêtes?

— …

— Sais-tu que Francine et moi, on se demandait si vous aviez pas oublié que vous nous aviez promis de nous amener Pascal pour les vacances des fêtes.

— …

— Je pourrais aller le chercher à soir, si ça te convient.

— …

— Oui. Je comprends.

— …

— Bon. S'il y a pas moyen de faire autrement. Francine va être pas mal déçue, mais elle va comprendre. OK. On va vous attendre.

Quand Louis raccrocha, il avait la mine soucieuse. Abandonnant son linge à vaisselle sur le comptoir de la cuisine, Francine s'avança vers lui.

— Puis? demanda-t-elle, impatiente. Qu'est-ce qui se passe?

— J'ai parlé à Bernard. Jeanne était partie magasiner avec deux de ses filles.

— Qu'est-ce qu'il a dit?

— Il a dit qu'ils auraient ben aimé nous laisser le petit pendant tout le temps des fêtes mais…

— Je le savais! Je le savais donc! s'exclama Francine en se mettant à pleurer.

— Attends! J'ai pas fini. Laisse-moi le temps de t'expliquer, fit le petit homme dont le crâne dégarni luisait sous la lumière du plafonnier.

— Quelle excuse ils ont trouvé pour qu'on le voie pas? fit sa femme, les dents serrées par la rage qui commençait à la submerger.

— Il paraît que ses frères et ses sœurs veulent pas le voir partir le jour de Noël parce qu'il y a un échange de cadeaux.

— Ici aussi, il y a des cadeaux qui l'attendent!

— Le soir de Noël, la mère de Bernard fait une grande fête de famille et tous les enfants doivent y être.

— Est-ce que ça veut dire qu'on le verra pas pantoute?

— Ben non. Il m'a dit qu'il va faire l'impossible pour nous l'amener la veille du jour de l'An.

Le visage de Francine se ferma. Elle retourna à sa vaisselle sans rien ajouter.

— Si ça te dérange pas, je vais aller faire un tour chez les Veilleux. André m'a invité à aller voir le «skidoo» et le traîneau qu'il a achetés à Sorel hier. Il va s'en servir pour transporter son bois quand il va aller bûcher.

— Vas-y.

Quand Louis revint une heure plus tard, il remarqua tout de suite en pénétrant dans le salon que les cadeaux destinés au petit n'étaient plus sous l'arbre de Noël. Emmitouflée dans son épaisse robe de chambre bleue, Francine était assise dans son fauteuil, devant le téléviseur, et écoutait Yoland Guérard chanter des airs de Noël. Il s'assit à ses côtés sans rien dire.

— Ta mère a téléphoné pendant que t'étais parti, finit-elle par dire à son mari. Elle nous attend après la messe de minuit pour réveillonner demain soir.

— On va y aller.

Francine ne protesta pas, même si elle avait préparé toutes sortes de bonnes choses pour un réveillon avec son mari et Pascal.

La veille de Noël, Françoise téléphona chez sa mère au village pour inviter Hervé Loiselle à réveillonner.

— Pourquoi vous l'avez invité, m'man? demanda Catherine, pas très heureuse de la décision de sa mère. Hervé, c'est pas mon *chum*.

— Je le sais, ma fille, mais j'en ai parlé à ton père et on trouve que c'était la moindre des choses de l'inviter puisqu'il s'était donné la peine de nous envoyer un cadeau. En plus, il est tout seul et…

— Il aurait pas été tout seul. Il aurait pu réveillonner chez grand-maman.

— C'est sûr, mais ta grand-mère a invité ta tante Francine et ton oncle Louis. J'ai bien l'impression que le réveillon sera pas bien gai à cause de Pascal qui est pas venu passer Noël chez eux.

Durant toute cette journée, Gilles eut l'air assez maussade. Il espérait l'arrivée des Martineau depuis la veille, désirant inviter Danielle au réveillon. Vers cinq heures, il aperçut enfin de la lumière chez les voisins. Il s'interrogea durant de longues minutes afin de décider s'il devait aller inviter immédiatement la jeune fille ou attendre la messe de minuit. Il choisit finalement de patienter, trop timide pour aller frapper à la porte des Martineau alors qu'on ne l'avait pas convié.

Tout à fait ragaillardi par la perspective de revoir bientôt la belle Danielle, le jeune homme retrouva finalement le sourire. Il s'empressa de vérifier la qualité de l'emballage de son coffret à bijoux dont le papier argenté était surmonté d'un chou rouge qu'il jugeait du plus bel effet.

Après le souper, il avait été le premier à se précipiter vers les toilettes pour se doucher et se raser, peu intéressé à attendre la fin des longues ablutions de sa sœur ou de sa mère. Ensuite, il se réfugia dans sa chambre pour lire en attendant le moment de partir pour l'église.

À dix heures quarante-cinq, Françoise, tout endimanchée, donna finalement le signal du départ aux siens.

— C'est l'heure d'y aller, dit-elle. Vous savez ce qui arrive la veille de Noël, l'église se remplit à onze heures. Si on arrive après cette heure-là, on passe toute la messe de minuit debout, et ça, je le veux pas.

— C'était ben mieux avant, quand on payait notre banc à l'église pour l'année, lui fit remarquer Étienne en train de nouer sa cravate devant le petit miroir suspendu au-dessus de l'évier de la cuisine. On pouvait presque arriver à la dernière minute et s'installer tranquillement sans craindre de pas avoir de place.

— Moi, j'aimais surtout le temps où les marguilliers avaient leurs bancs réservés en avant de l'église, reprit sa femme.

— Tu peux oublier ça, fit son mari. Ce temps-là est pas prêt de revenir. De toute façon, il faut qu'on parte de bonne heure. Je dois aider Louis, Jean-Paul et Desjardins à placer les gens.

— Moi, je vais y aller dans le char de Gilles, annonça Catherine. Il m'a dit qu'il partirait un peu après onze heures.

— Comme tu voudras, fit sa mère, mais je vous promets pas d'être capable de vous retenir une place.

— S'il y a pas de place en bas, on ira dans le jubé, dit la jeune fille sur un ton insouciant.

— Vous risquez aussi d'être obligés de laisser la Chevrolet pas mal loin de l'église, leur fit remarquer Étienne.

— On pourra toujours la laisser dans l'allée de grand-papa. C'est presque en face de l'église.

— Ton grand-père et Hervé vont certainement laisser leurs chars là.

— Si c'est comme ça, on marchera, dit Catherine.

— Comme tu pars après nous autres, tu pourrais finir de mettre la table avant de venir à l'église, lui suggéra sa mère. On aura juste à mettre les tourtières dans le fourneau en revenant.

Françoise et Étienne quittèrent la maison une vingtaine de minutes avant leurs enfants. À l'extérieur, le froid était assez vif en cette soirée du 24 décembre 1967. Lorsqu'ils arrivèrent au village, le stationnement de l'église était déjà plein et Carl Boudreau, le marguillier responsable des lieux, leur indiqua de la main qu'ils devaient stationner ailleurs. Étienne alla donc garer sa Dodge devant le magasin général et dut traverser la route aux côtés de sa femme pour revenir à l'église.

Dès leur entrée dans le temple, le couple fut assailli par une bouffée de lourde chaleur et par le bruissement de conversations tenues à voix basse. Même s'il restait plus de quarante-cinq minutes avant la messe, les fidèles de la paroisse et leurs invités avaient déjà pris d'assaut la majorité des bancs. Au jubé, la chorale s'exerçait et venait d'entonner *Venez divin Messie*. Debout à l'arrière, Françoise leva instinctivement les yeux vers le jubé; quelque chose d'indéfinissable avait attiré son attention.

Lorsqu'elle regarda de nouveau autour d'elle, elle aperçut son frère Louis qui s'approchait.

— Viens, dit-il à sa sœur. Francine t'a retenu une place à côté de m'man et de p'pa. Il y a aussi deux autres places gardées par Loiselle pour Catherine et Gilles, s'ils arrivent assez vite. Étienne, attends-moi. Je reviens tout de suite, ajouta-t-il à l'adresse de son beau-frère. J'ai deux mots à te dire.

Le petit homme laissa son beau-frère sur place et entraîna sa sœur à sa suite vers l'avant de l'église. Il revint moins de deux minutes plus tard, l'air affairé.

— Qu'est-ce qu'il y a? lui demanda Étienne, intrigué par les airs mystérieux de Louis.

— Écoute la chorale! lui ordonna ce dernier à voix basse. Tu remarques rien?

— N... non. Quoi?

— Il y a pas d'orgue.

— C'est vrai, reconnut le président de la fabrique. Qu'est-ce qui arrive?

— Il se passe qu'Annette Legendre a fait prévenir le curé, il y a une quinzaine de minutes, qu'elle pourra pas diriger la chorale ni toucher l'orgue à soir parce qu'elle a une trop grosse grippe pour venir à l'église.

— Voyons donc! protesta Étienne. Je lui ai parlé pas plus tard que cet après-midi chez Veilleux. Elle avait pas l'air malade.

— C'est aussi ce que m'a dit Angèle Dumont à qui elle a téléphoné pour qu'elle fasse la commission au curé Savard.

— Bon. Pour moi, c'est clair. Elle se venge de ce que le curé lui a fait pour la guignolée, dit le président de la fabrique. Je l'avais prévenu qu'elle le prendrait pas de se faire remplacer comme ça. Tant pis pour lui.

— C'est de valeur, reprit Louis, parce qu'une messe de minuit sans chorale, ça va faire dur en maudit.

— Pourquoi il y aurait pas de chorale? demanda Étienne, surpris. Elle est là. On l'entend qui se pratique.

— J'ai parlé à Angèle tout à l'heure. Elle avait pas l'air certaine que la chorale chante sans sa directrice et sans orgue. Là, ils se pratiquent juste pour voir si c'est faisable.

À cet instant précis, Étienne aperçut le vicaire de la paroisse qui lui faisait signe de venir vers lui. Il laissa son beau-frère retourner à son travail de placier et se dirigea vers le jeune prêtre.

— Monsieur le curé est en train de se préparer dans la sacristie, monsieur Fournier. Il aimerait vous dire deux mots avant la messe.

Étienne soupira et se présenta dans la sacristie où le curé Savard, le teint encore plus bilieux qu'à l'ordinaire, l'entraîna à l'écart des oreilles indiscrètes des enfants de chœur et de la lectrice de l'épître.

— Vous êtes au courant du cadeau que madame Legendre nous fait pour Noël? demanda-t-il, l'air mauvais.

— Il y a pas de surprise là-dedans, répondit froidement Étienne. Je vous l'avais dit que madame Legendre accepterait pas d'être traitée comme vous l'avez fait pour la guignolée.

— Gâcher la messe de minuit de toute la paroisse, ça se fait pas!

— C'est à elle qu'il faudrait dire ça, monsieur le curé.

— J'ai téléphoné plusieurs fois chez elle, mais personne répond, répliqua Philippe Savard d'une voix exaspérée. Je suppose qu'elle est pas sortie, si elle a une si grosse grippe.

— Ça, je le sais pas, dit le président de la fabrique d'une voix neutre.

— En tout cas, je veux plus la voir dans mon église, cette femme-là! Vous m'entendez?

— Ça me surprendrait ben gros que vous ayez le pouvoir de l'empêcher de venir à l'église, rétorqua sèchement le premier marguillier de Saint-Jacques-de-la-Rive qui commençait à perdre son calme.

— Une chose est sûre, poursuivit le prêtre, de plus en plus furieux, la chorale va apprendre à se passer d'elle à compter d'aujourd'hui.

— Si vous faites ça, monsieur le curé, Saint-Jacques aura plus de chorale. Je vous l'ai dit que madame Legendre était la seule à savoir jouer de l'orgue et qu'elle dirige la chorale depuis presque dix-huit ans. Il y a personne pour la remplacer.

— Si c'est comme ça, peut-être pourriez-vous essayer de la raisonner? demanda le curé, une vague lueur d'espoir au fond des yeux.

— Vous m'excuserez, monsieur le curé, mais j'aime autant pas me mêler de cette histoire-là. Je connais assez Annette Legendre pour savoir qu'elle changera pas d'idée. Le mieux que je peux faire est de demander à madame Dumont d'essayer de diriger la chorale, mais c'est sûr qu'il y aura pas d'orgue.

— Bon. Faites ce que vous pouvez, dit le curé d'une voix résignée.

Étienne quitta la sacristie, traversa l'église et monta au jubé. En aparté, il demanda à Angèle Dumont si elle pouvait diriger la chorale à la place d'Annette Legendre.

— Mais j'ai jamais fait ça! protesta la femme âgée d'une cinquantaine d'années.

— La fabrique vous le demande pour que les gens de la paroisse aient une belle messe de Noël, fit Étienne. S'il y a pas de chant, ils aimeront pas ça. Mieux vaut des chants sans orgue que pas de chants pantoute.

Angèle se rendit à l'argumentation du président de la fabrique et promit de faire son possible. Au même moment, Gilles pénétra dans l'église en compagnie de sa sœur. Le jeune homme se mit immédiatement à la recherche des Martineau qui devaient être déjà présents puisqu'il avait stationné sa voiture à faible distance de la leur, devant la fromagerie Boudreau. Son oncle Louis se matérialisa comme par miracle devant lui.

— Si vous cherchez une place en bas, il est trop tard, dit-il aux deux jeunes gens. Loiselle a ben essayé de vous garder des places en avant, mais je pense qu'il a réussi à en garder juste une. Lequel de vous deux va y aller?

Gilles et Catherine se consultèrent un bref moment du regard avant que la jeune fille se décide :

— Je vais y aller.

— Toi, Gilles, si tu veux t'asseoir, t'es mieux de te dépêcher à grimper au jubé, lui conseilla son oncle. Depuis une dizaine de minutes, on envoie tout le monde là. Ça doit déjà être presque plein. Je viens juste de voir les Martineau monter.

Gilles remercia son oncle et s'empressa de monter au jubé. Dès qu'il mit le pied dans l'endroit, il aperçut Lucien debout, à gauche de la chorale. Son épouse était assise devant lui. Le jeune homme chercha Danielle des yeux. Il ne la vit pas. Il crut tout de suite qu'elle avait trouvé une place libre un peu plus loin. Il se glissa jusqu'à son voisin qu'il salua à voix basse.

— Je pense que t'arrives un peu trop tard pour avoir une place assise, lui dit le comptable qui avait enlevé son paletot et le portait sur son bras.

— Votre femme et votre fille en ont trouvé au moins.

— Ma femme, oui. Danielle est pas venue avec nous autres. Elle est restée en ville. Elle est supposée réveillonner chez son nouveau petit ami.

— Ah bon ! fit Gilles, qui, malgré tous ses efforts, ne parvint pas à cacher sa déconvenue.

Il demeura quelques minutes debout aux côtés du voisin avant de lui déclarer :

— Il fait tellement chaud ici, je pense que je vais descendre, dit-il.

Le jeune homme retourna au rez-de-chaussée et prit place au milieu d'une trentaine de fidèles, debout, à l'arrière de l'église. Les marguilliers avaient cessé de chercher des sièges libres pour les nouveaux arrivants. La chorale avait mis fin à ses exercices. Le temple était rempli de murmures et de bruits de pieds heurtant le parquet.

Quelques minutes plus tard, l'abbé Lanthier, vêtu d'un simple surplis, prit place dans le chœur au moment où la chorale entonnait *a capella* le *Ça, bergers, assemblons-nous*. Plusieurs fidèles levèrent la tête vers le jubé en constatant l'absence de l'orgue. Le curé Savard sortit à son tour de la sacristie, encadré par deux enfants de chœur. La messe de minuit débuta. Il faisait une chaleur presque insupportable dans les lieux, même si le bedeau avait ouvert l'une des portes de l'église pour laisser entrer un peu d'air frais.

Dans son homélie, le pasteur ne put s'empêcher de faire une remarque acide sur les gens qui s'étaient soudainement souvenus où se trouvait leur église en ce soir de la Nativité. Il en profita aussi pour demander à ses fidèles, sur un ton un peu sarcastique, d'avoir une pensée pour l'organiste que la grippe avait empêchée de venir accompagner la chorale. Même si on entendait des pleurs d'enfants ici et là, le célébrant ne fit aucun effort pour abréger son sermon, et c'est avec un profond soulagement que ses paroissiens le virent enfin regagner l'autel et poursuivre la messe.

Pour sa part, Gilles attendait avec une impatience croissante la fin de la cérémonie. Il n'avait qu'une hâte : retourner à la maison pour ressasser sa rancœur à l'endroit de Danielle. Elle lui avait presque promis d'être là la veille de Noël. Il avait travaillé une bonne partie de la semaine à lui confectionner un beau coffret à bijoux. Et voilà ! Mademoiselle avait un « nouveau petit ami ». Elle avait préféré demeurer à Montréal pour célébrer Noël en sa compagnie ! À cette seule pensée, il serrait les poings. Finalement, trouvant la messe interminable, il décida de se glisser à l'extérieur et marcha dans le stationnement. S'il n'avait pas eu à attendre sa sœur, il serait rentré directement à la maison pour se mettre au lit.

Quand il entendit, quelques minutes plus tard, le *Minuit, chrétiens* entonné par le maître chantre de la paroisse, il se rapprocha du parvis de l'église. Il vit le flot des fidèles s'écouler peu à peu par les portes grandes ouvertes en boutonnant leur lourd manteau d'hiver. Dans la foule qui se serrait frileusement devant l'église, il parvint à repérer ses parents, ses grands-parents, sa sœur et Hervé Loiselle. Ils étaient occupés à souhaiter un joyeux Noël à des connaissances et à des voisins. Il se joignit à eux quelques instants avant d'entraîner sa sœur vers sa voiture.

— Pourquoi vous venez pas tous réveillonner à la maison ? offrit Céline. Vous êtes déjà rendus.

— Merci, m'man, fit Françoise, mais ma table est mise. Oubliez pas que je vous attends demain soir pour souper. Toi, Hervé, traîne pas trop si tu veux pas passer sous la table du réveillon.

— Je vais chercher mon auto et je vous suis, promit le jeune homme.

Sur ce, le groupe se sépara. Francine et Louis traversèrent la route en compagnie de Céline et Clément pendant que Françoise et son mari se mettaient en marche vers leur voiture.

— Est-ce que je me trompe, demanda Étienne à sa femme, ou j'ai ben entendu Gilles parler d'inviter Danielle Martineau au réveillon ?

— T'as ben entendu, reconnut Françoise en serrant frileusement son manteau contre elle. Pour moi, ça a pas marché, il était tout seul à la messe.

Pendant le reste du court trajet, Étienne raconta à sa femme la vengeance exercée par Annette Legendre contre le curé Savard. La femme de quarante-quatre ans ne put s'empêcher de blâmer le comportement de l'un et de l'autre dans cette affaire.

— Tout ça, c'est du niaisage, décréta-t-elle. Ils sont pas plus fins l'un que l'autre. Deux vrais enfants !

À leur arrivée à la maison, Catherine avait déjà déposé sur la cuisinière électrique le chaudron de ragoût et mis deux tourtières au four. Moins de cinq minutes plus tard, Hervé Loiselle se présenta à la porte, porteur d'un gros gâteau aux fruits et d'une bouteille de vin.

— Voyons donc ! protesta Françoise. J'ai tout ce qu'il faut pour le réveillon.

— Je le sais bien, madame Fournier. C'est seulement pour vous faire comprendre que j'apprécie beaucoup votre invitation.

— Est-ce qu'on développe les cadeaux avant ou après le repas ? demanda Catherine.

— On va faire ça avant, dit Étienne. Après, on prendra tout le temps qu'on veut pour manger.

Tout le monde se retrouva au salon et le maître de la maison fit la distribution des cadeaux placés sous l'arbre de Noël. On commença par donner à Françoise sa chaise berçante neuve, que Gilles alla chercher dans l'atelier où elle avait été dissimulée. Ensuite, chacun eut droit à un cadeau. Si Hervé fut étonné que Catherine ait songé à lui acheter une paire de gants, cette dernière ne le fut pas moins quand elle ouvrit le cadeau qu'il lui avait remis la veille. Son patron n'avait pas lésiné. Il lui avait offert un ensemble complet de ses produits de beauté préférés.

— Comment t'as fait pour savoir que c'était ces produits-là que j'aimais le plus ? demanda-t-elle à Hervé.

— Disons que j'ai eu un peu d'aide de ta mère.

Étienne remarqua que son fils faisait de son mieux pour combattre sa morosité. Le coffret à bijoux n'avait pas été déposé au pied de l'arbre, et il en conclut qu'il vivait une amère déception. Malgré tout, le jeune homme fit assez bonne figure tout au long du réveillon et le repas plantureux fut accompagné d'anecdotes familiales amusantes. Après les tartes au sucre et aux dattes, chacun était plus que rassasié. À trois heures trente, Hervé prit congé de ses hôtes. On rangea rapidement la nourriture et on alla dormir.

— La nuit va être courte en sacrifice ! dit Étienne en ouvrant la porte de sa chambre à coucher.

— C'est pas bien grave, fit Françoise. On fera une bonne sieste après le train.

Cette nuit-là, malgré sa fatigue, Gilles eut du mal à trouver le sommeil. Seul dans sa chambre, il pouvait maintenant se laisser aller à son désarroi. Il avait été tellement certain de la présence de Danielle en cette veille de Noël qu'il n'avait pas cessé de songer durant toute la semaine aux différentes manières de lui faire comprendre qu'il était amoureux d'elle. Le cadeau qu'il lui avait préparé se voulait la première preuve de son attachement.

⁓

Quelques heures plus tard, il se leva en même temps que son père pour aller nourrir les animaux et traire les vaches. À leur retour de l'étable, Françoise et Catherine dormaient encore. D'un commun accord, les deux hommes décidèrent de laisser tomber le déjeuner dont leur estomac encore embarrassé pouvait fort bien se passer et retournèrent se mettre au lit. La maison ne retrouva un semblant de vie que vers midi où chacun se contenta d'un bol de soupe aux légumes en attendant un souper qui promettait d'être aussi riche que le réveillon.

Au milieu de l'après-midi, Céline et Clément arrivèrent les premiers.

— Vous avez pas amené Hervé avec vous autres? demanda Françoise.

— Tu le connais, répondit sa mère. Il trouvait qu'il s'était fait assez recevoir et il est parti souper et passer la soirée à Sorel.

— Je l'avais invité pourtant... Puis, comment a été votre réveillon? poursuivit Françoise en offrant une chaise à ses parents.

— Avec Francine qui arrête pas de rabâcher sa rancœur contre sa cousine qui lui a volé son petit, ça risquait pas d'être bien drôle, répondit sa mère. On a passé notre temps à changer de sujet de conversation, mais elle revenait toujours là-dessus.

— J'espère qu'elle gâchera pas ton repas à soir, ajouta son père.

Moins d'une heure plus tard, Gérald, Cécile et leur fils Bertrand se présentèrent à la porte des Fournier.

— Il va juste manquer Élise, dit Cécile à leur hôtesse en parlant de sa fille célibataire. Elle est pognée avec une rage de dents qui lâche pas depuis deux ou trois jours. J'ai beau lui dire de se les faire arracher, elle a trop peur du dentiste.

— Quand ça lui fera assez mal, fit Gérald, elle se décidera ben à y aller.

— Et votre homme engagé ? demanda Étienne.

— Tit-Beu ? Cécile lui a préparé son repas avant de partir. Après le souper, il va regarder la télévision.

— Comment, Bertrand, t'es pas venu avec une fille ? lui demanda sa cousine Françoise pour le taquiner en voyant le gros et grand garçon qui venait d'entrer dans la maison, derrière ses parents.

— J'ai pas encore trouvé celle qu'il me faut, répondit le célibataire sans la moindre trace d'humour.

— Grouille ! Sois pas si difficile ! dit l'hôtesse. Si t'attends trop, les plus belles vont être parties.

Louis et Francine arrivèrent les derniers. Le repas et la soirée s'annonçaient réussis et Francine faisait de réels efforts pour oublier, du moins pour quelques heures, sa frustration de ne pas avoir son fils adoptif à ses côtés.

Durant la veillée, on parla un peu de Lester B. Pearson, le premier ministre du Canada, qui avait dernièrement fait accepter l'unification des forces armées du pays et fait voter la suspension de la peine de mort, sauf pour le meurtre d'un représentant de la loi, mais la politique occupa bien peu de place dans les conversations. On forma deux tablées de joueurs de cartes et le ton monta rapidement dans la cuisine dès que les parties de canasta furent bien engagées. Un peu avant minuit, les invités se levèrent pour prendre congé. Avant de partir, Gérald et Cécile invitèrent tous les gens présents à souper au jour de l'An.

— Dis à ton pensionnaire qu'il est le bienvenu, prit la peine de préciser Cécile à sa belle-sœur Céline. Et vous autres, les jeunes, ajouta-t-elle à l'intention de Gilles et de Catherine, si vous avez envie d'inviter un ou une amie, c'est la même chose. Plus on va être, mieux ce sera. On va se faire de la place dans la cuisine d'été et on va danser après le souper.

Le lendemain après-midi, Gilles reçut l'invitation d'un confrère à une soirée qu'il donnait chez lui le lendemain dans le but de réunir des collègues du département de français du cégep. Le jeune homme le remercia sans avoir toutefois l'intention de se rendre à cette sauterie. Il s'habilla et alla rejoindre son père qui l'attendait pour aller scier du bois au bout de leur terre. Au moment où il sortait de la maison, il aperçut la voiture de Danielle stationnée derrière celle de son père, près de la maison voisine.

Lorsque les deux hommes revinrent pour soigner les animaux à la fin de l'après-midi, Catherine, de retour du travail, apprit à son frère que Danielle les invitait tous les deux chez elle le lendemain soir.

— Tu vas y aller toute seule, lui dit Gilles. Demain soir, j'ai un party à Trois-Rivières.

Le jeune homme venait subitement de décider de faire acte de présence à la petite fête d'André Théberge. Il n'allait pas être le petit chien qu'on siffle quand on n'avait personne d'autre à voir. Danielle n'aurait plus l'occasion de rire de lui. Il l'avait assez attendue. Il monta dans sa chambre, prit le coffret à bijoux qu'il avait laissé sur sa table de nuit et alla le ranger dans sa garde-robe. Fait certain, la jeune voisine ne serait pas celle qui le recevrait.

Le lendemain, Gilles quitta la maison pour Trois-Rivières un peu à contrecœur. Il avait donné l'excuse de la fête organisée par son confrère pour ne pas aller chez Danielle, mais il n'avait pas vraiment le goût d'y participer. Depuis octobre, il n'avait pas trouvé le temps d'établir des liens d'amitié avec aucun des enseignants de son département et il se demandait de quoi ils allaient bien pouvoir parler durant toute une soirée.

À son arrivée à l'appartement d'André Théberge, rue Casgrain, la fête battait déjà son plein. Il lui suffit de quelques instants pour se rendre compte que ses six collègues présents étaient presque tous venus accompagnés. Seule Valérie Gouin, une célibataire d'un peu plus de trente ans, était seule. Assise un peu à l'écart, la jeune femme de taille moyenne aux longs cheveux bruns ne semblait pas participer à la joyeuse animation qui régnait dans le grand salon. Un mince sourire venait éclairer de temps à autre son visage un peu allongé. L'air un peu hautain, elle se contentait de fixer les autres invités de ses yeux bruns largement écartés.

— Gilles, tu t'assois près de Valérie, lui annonça André d'une voix assez forte pour que tous les gens présents l'entendent. On te la confie pour la soirée. Vous êtes les deux seules âmes solitaires du *party*.

Comment refuser un ordre pareil ? En entendant son hôte, la jeune femme eut un pâle sourire et invita Gilles à s'asseoir à ses côtés. Ce dernier obéit, un peu mal à l'aise de s'imposer à cette femme qu'il ne connaissait pratiquement pas. Depuis le début de l'année scolaire, il lui avait peut-être parlé deux ou trois fois. C'était bien sa veine de tomber sur la fille la moins sympathique de la fête.

De fait, il fallait bien reconnaître que Valérie Gouin n'était pas d'un abord facile et ne paraissait pas se lier facilement. Peu bavarde, elle arborait, le plus souvent, un air qui décourageait toute tentative de familiarité.

Après cette mise au point expéditive de l'hôte de la soirée, le brouhaha des conversations reprit. Certains couples se mirent à danser un twist endiablé quand on mit un disque de Chubby Checker sur le plateau du tourne-disque. Au milieu de tout ce bruit, Gilles cherchait désespérément quoi dire à sa voisine. On lui tendit une bouteille de bière qu'il prit, même s'il en détestait le goût.

— T'es pas chanceuse, finit-il par dire à la jeune femme. Je sais pas danser.

— C'est pas grave. C'est pas difficile à apprendre. Je vais te montrer.

— Les autres vont rire de moi, répliqua-t-il, embarrassé.

— Absolument pas. Tout d'abord, la plupart dansent n'importe comment. En plus, Théberge arrête pas de baisser la lumière. S'il continue, on va finir par danser dans le noir.

— C'est bien ce qui pourrait m'arriver de mieux, dit Gilles, content de constater que la jeune femme n'était pas aussi hautaine qu'elle en avait l'air.

— On a juste à éviter la samba et le tango et à nous concentrer sur le rock'n roll, le cha-cha-cha ou le *slow*. Même le twist est facile. Regarde-les.

Durant les heures suivantes, l'enseignante tint parole et apprit à son compagnon quelques danses faciles. Elle le monopolisa suffisamment pour qu'il n'ait aucune envie de se mêler aux autres couples. Quand elle l'invita à danser un premier *slow*, il fut tout à fait troublé de sentir le corps de sa partenaire appuyé tout contre le sien. C'était la première fois qu'il serrait contre lui un corps de femme. Le contact de sa joue contre la sienne l'émut beaucoup plus qu'il n'aurait pu le dire. À aucun moment, il ne songea aux pas qu'il avait à faire. Dans la demi-obscurité qui régnait dans la pièce, bercé par le *Are you lonesome tonight* d'Elvis Presley, il profitait de cette promiscuité troublante.

Durant toute la soirée, Valérie trouva le moyen de le faire parler de lui et des siens sans beaucoup se révéler. Vers une heure du matin, les invités commencèrent à quitter la fête. Lorsque la jeune femme demanda à son hôte de lui appeler un taxi, Gilles s'empressa de lui offrir de la conduire chez elle. Elle accepta son offre sans faire de manières. Avant de la laisser devant la porte de son appartement quelques minutes plus tard, le jeune homme s'enhardit jusqu'à lui faire une invitation.

— As-tu des projets pour le soir du jour de l'An? lui demanda-t-il, la voix peu assurée.

— Non. J'ai rien de particulier.

— Tes parents font pas de soirée?

— Mon père est mort depuis longtemps et ma mère est remariée avec un retraité. Ils passent tout l'hiver à Miami, dans une roulotte.

— Tes frères? Tes sœurs?

— J'en ai pas.

— Est-ce que tu viendrais souper chez une de mes tantes à Saint-Jacques-de-la-Rive? Elle organise une grande fête de famille.

— Saint-Jacques-de-la-Rive? Où est-ce que c'est?

— Entre Pierreville et Nicolet. C'est là que je reste.

Il y eut dans l'auto un long moment de silence, comme si la jeune femme hésitait à accepter.

— Je sais pas trop, finit-elle par laisser tomber sans grand enthousiasme. Moi, les fêtes de famille…

— On va bien manger et on va danser, dit Gilles, sentant que sa compagne était sur le point de refuser.

— D'accord, dit Valérie. Mais comment je vais me rendre là?

— Je vais venir te chercher au milieu de l'après-midi si tu veux.

C'est ainsi que, la veille du jour de l'An, Gilles profita de l'absence de son père et de sa sœur pour faire part à sa mère de son intention d'amener une nouvelle amie au souper offert par sa tante Cécile.

— Une fille de Saint-Jacques? demanda Françoise, curieuse.

— Non. Vous la connaissez pas. C'est une fille de Trois-Rivières qui enseigne avec moi au cégep.

— Sa famille fait rien au jour de l'An ?

— Son père est mort et sa mère est remariée et vit en Floride durant l'hiver. Elle a pas de frère ni de sœur.

— Je pense pas que ça cause un problème. Ta tante t'a offert d'emmener quelqu'un si tu voulais.

Il y eut un bref silence dans la cuisine avant que Gilles ne reprenne la parole d'une voix hésitante.

— Savez-vous, m'man, j'ai pensé à quelque chose.

— À quoi ?

— Comme je suis obligé d'aller chercher Valérie demain après-midi à Trois-Rivières, je pourrais peut-être retrouver la maison où reste grand-mère Fournier et l'emmener au souper. Ça ferait peut-être plaisir à p'pa de voir sa mère durant le temps des fêtes.

En entendant ces mots, Françoise s'arrêta brusquement d'éplucher ses légumes pour regarder son fils.

— Je suis pas sûre pantoute que ce soit une bonne idée, déclara-t-elle.

— Pourquoi ? demanda Gilles, surpris par la réaction de sa mère.

— Chaque fois que ton père voit ta grand-mère, ça le met à l'envers durant des semaines. Pour moi, tu ferais mieux de lui en parler avant de faire ça.

— Vous pensez ? Je voulais lui faire une surprise.

— En plus, oublie pas que ta tante Cécile est pas parente pantoute avec ta grand-mère Fournier. Pour elle, c'est juste une ancienne voisine désagréable. J'ai ben l'impression qu'elle aimerait pas trop la voir au jour de l'An à son souper. En tout cas, parles-en à ton père avant de faire ça. Ce serait trop bête de gâcher son jour de l'An.

Cet après-midi-là, Gilles alla bûcher avec son père. À leur retour, il profita d'une courte pause avant de faire le train en sa compagnie pour lui faire part de son projet. Il lui dit que sans être certain de son adresse exacte, il se croyait en mesure de reconnaître la maison que sa grand-mère habitait rue Bureau.

Le bossu s'accorda un long moment de réflexion avant de répondre, l'air assombri :

— Je pense que t'es mieux de laisser faire. Ta grand-mère sait où on reste et t'as dit à ta mère que tu lui avais donné notre numéro de téléphone quand t'es allé la conduire à Trois-Rivières. Si elle avait voulu venir nous voir dans le temps des fêtes, elle nous aurait fait signe.

Le jeune homme vit bien qu'il en coûtait beaucoup à son père de faire cet aveu et il s'en voulut d'avoir fait cette suggestion.

— C'est correct, p'pa, s'empressa-t-il de dire. Je disais ça parce que je devais aller chercher une fille à Trois-Rivières demain après-midi.

~

Chez Louis Tremblay, cette veille du jour de l'An était une journée chargée de tension. Depuis le lever, Francine était fébrile et ne tenait pas en place. Après avoir lavé la vaisselle du déjeuner, elle se mit à la préparation du dîner, se précipitant vers l'une des fenêtres donnant sur la route au moindre bruit de voiture.

— Arrête de t'énerver pour rien, lui répéta Louis à deux ou trois reprises. Tu vas finir par te rendre malade.

— Je suis sûre qu'ils ne nous le laisseront pas, tu vas voir ! lui dit sa femme, la voix étranglée, en retournant vers la table où elle s'était mise à la préparation d'un dessert.

Vers onze heures, Francine, à bout de nerfs, finit par demander à son mari de téléphoner aux Pellerin pour leur signaler qu'elle attendait Pascal, comme ils le lui avaient promis juste avant Noël.

— Ils doivent ben rire de nous autres de nous voir nous mettre à genoux pour avoir le petit, fit Louis, contrarié d'avoir à rejoindre les Pellerin encore une fois.

— Appelle pour me faire plaisir, le supplia Francine.

Louis s'empara du récepteur et téléphona à Saint-Paul-d'Abbotsford. Il demanda à parler à Jeanne ou à Bernard et écouta la longue réponse qu'on lui fit.

— Et Pascal, lui?

— …

— Bon. Merci.

Le cultivateur, le visage rouge de colère, raccrocha sèchement.

— Puis? fit Francine qui s'était approchée de lui.

— C'est leur plus vieille qui vient de me répondre. C'est elle qui garde les enfants. Ta cousine et son mari sont partis pour la journée en ville.

— Et Pascal?

— Elle m'a dit que le petit est parti hier chez un frère de Bernard et qu'il est pas supposé revenir à la maison avant les Rois.

— Les maudits menteurs! explosa Francine. Ils nous avaient promis que le petit viendrait passer les fêtes avec nous autres. C'est le seul remerciement qu'on a de ces ingrats-là après avoir pris soin de leur petit pendant tant d'années.

— Voyons, Francine. Prends un peu sur toi! lui conseilla son mari, qui partageait pourtant sa colère.

— Attends que je leur mette la main dessus. Ils vont savoir comment je m'appelle! ajouta sa femme d'une voix menaçante. Ils nous ont gâché notre Noël et, à cette heure, ils nous gâchent notre jour de l'An.

Au moment où elle prononçait ces paroles, elle tourna brièvement la tête vers l'extérieur. Son attention fut attirée par le camion de la laiterie Boudreau qui venait de s'arrêter devant la plate-forme sur laquelle les bidons de lait avaient été déposés après la traite du matin. Elle ne vit pas la petite voiture bleue juste derrière. Son conducteur attendait patiemment que l'employé de la laiterie ait chargé les bidons et redémarré afin d'entrer dans leur cour.

Un homme de taille moyenne descendit de voiture et ouvrit la portière arrière autant pour saisir une petite valise que pour permettre à un petit garçon de descendre à son tour. Le bruit des pas sur la galerie fit sursauter Louis. Il se précipita à la fenêtre et souleva le rideau qui la masquait.

— Ah ben ! Cibole ! s'exclama-t-il en reconnaissant l'enfant.

— Quoi ? Qu'est-ce qu'il y a ? demanda Francine, qui n'avait rien entendu.

Son mari ne répondit rien. Il se contenta de laisser retomber le rideau et d'aller ouvrir la porte.

— Bonjour maman ! s'écria Pascal en entrant dans la maison, tout excité de revoir ses parents adoptifs.

— Mon Dieu ! s'exclama Francine de saisissement.

Sous le coup de la surprise, elle avait échappé sur la table l'œuf qu'elle s'apprêtait à casser dans un plat. En trois enjambées, la maîtresse femme avait quitté la table et s'était précipitée vers le petit qu'elle étreignit convulsivement, en se mettant à pleurer.

— Lâche-le, Francine ! s'écria son mari. Tu vas finir par l'étouffer, cet enfant-là. Entrez, monsieur, ajouta-t-il à l'intention de l'homme demeuré debout sur le seuil de la porte.

L'inconnu pénétra dans la cuisine en portant la petite valise de Pascal. Louis referma la porte derrière lui.

Pendant que Francine s'occupait exclusivement du petit bonhomme à la tête frisée en lui retirant ses bottes et son manteau, Louis offrait une tasse de café à l'homme d'une trentaine d'années qui leur avait apporté un si beau cadeau pour le jour de l'An.

— Qu'est-ce que tu dirais de nous servir un café? demanda Louis à sa femme.

Francine assit Pascal à table et lui versa un grand verre de lait après lui avoir tendu deux gros biscuits à la mélasse. Elle s'affaira ensuite à préparer le café.

— Savez-vous qu'on l'attendait plus, dit Louis. Je viens juste d'appeler chez les Pellerin. Leur fille m'a dit que le petit était parti depuis hier chez un de ses oncles.

— C'est moi, l'oncle, dit le visiteur sur un ton plaisant. Claude Pellerin. Je suis arrêté hier matin chez mon frère Bernard et il m'a dit qu'il vous avait promis de vous amener son gars aujourd'hui pour une couple de jours. Comme je m'en allais passer une semaine chez de la parenté à Saint-François-du-Lac, je lui ai proposé de vous amener son gars pour lui éviter le voyage.

— C'est une bien bonne idée que vous avez eue là, approuva Francine en lui tendant l'assiette sur laquelle étaient posés ses biscuits à la mélasse.

— Je sais pas si c'est ce qui a été arrangé entre mon frère et vous, poursuivit le jeune homme, mais il m'a dit que je devais reprendre le petit le lendemain des Rois. Je remonte à Saint-Paul ce jour-là. Est-ce que c'est ça que vous aviez convenu?

— C'est parfait! approuva Francine, aux anges, en entendant ces paroles.

Elle allait avoir son Pascal pour elle seule durant une semaine entière.

— Comme ça, c'est vous qui l'avez élevé? questionna le frère de Bernard Pellerin.

— Pour nous autres, c'était notre garçon... le seul qu'on avait, reconnut Louis, le cœur serré en regardant Pascal.

Le petit garçon se leva de table pour se rapprocher de l'arbre de Noël qu'il venait d'apercevoir par la porte ouverte du salon.

— En tout cas, on peut dire que cet enfant-là vous aime, dit le visiteur en se levant. Il a pas arrêté de me raconter tout le long du voyage ce qu'il faisait chez vous et comment vous le gâtiez.

— Pas tant que ça, fit Francine, tout de même heureuse d'entendre ces paroles.

— Je dis pas ça parce qu'il est magané chez eux, tint à préciser l'oncle. C'est pas ça. Mais c'est sûr qu'il est pas mal moins gâté avec tous les frères et les sœurs qu'il a.

Le visiteur refusa l'invitation à dîner des Tremblay et reprit la route quelques minutes plus tard. Après son départ, Francine s'empressa d'inventorier le contenu de la valise du petit et alla l'installer dans sa chambre pour une courte sieste avant le dîner. Ce fut une femme transformée qui descendit au rez-de-chaussée, portant sur son bras quelques effets de Pascal.

— J'espère que t'es satisfaite ? lui demanda son mari en allumant sa pipe. Tu l'as enfin ton petit pour les fêtes.

— Certain. Je vais d'abord lui arranger un peu son linge. Jeanne aurait pu au moins coudre les boutons qui manquent et mettre dans sa valise deux ou trois bébelles pour qu'il s'amuse un peu.

— Elle a dû penser qu'on lui en avait acheté.

— J'avais remis ses cadeaux en dessous de l'arbre de Noël à matin. On va les lui faire ouvrir à soir, avant qu'il se couche. On va l'amener demain chez ta tante Cécile, mais avant ça, je vais lui couper les cheveux. Il sont longs sans bon sens.

— En tout cas, il a l'air en bonne santé, lui fit remarquer Louis.

— Une chance. Sa mère a même pas pensé mettre aucun remède dans ses bagages. Je te dis qu'il y en a qui méritent pas d'avoir des enfants !

— Exagère pas.

— Tu sais ce qu'il m'a dit ? Même s'il a eu six ans au mois d'octobre, il a pu commencer sa première année à l'école. Tu peux pas savoir à quel point ça me fait mal au cœur de voir qu'il a commencé l'école sans que je sois là pour lui montrer à lire et à écrire.

Le 1ᵉʳ janvier 1968, à leur lever, les habitants de Saint-Jacques-de-la-Rive découvrirent un paysage polaire. Tout semblait figé dans la glace. Durant la nuit, le mercure était tombé à -25 ^{0}F et il soufflait à l'extérieur un vent à glacer le sang dans les veines. Lorsque le jour se leva, on éprouva beaucoup de peine à voir à l'extérieur tant le givre qui couvrait les fenêtres était épais.

Chez les Fournier, comme chaque année, Gilles et Catherine avaient reçu de leur père sa bénédiction avant le déjeuner. Étienne avait béni ses enfants, les larmes aux yeux. Encore une fois, il avait eu une pensée pour son père défunt à qui il n'avait jamais demandé sa bénédiction parce que sa mère ne l'avait jamais poussé à le faire. Il n'avait renoué avec cette vieille tradition que parce qu'elle était toujours en usage chez les Tremblay. Influencé par Françoise, il attachait maintenant à ce geste autant d'importance qu'elle.

— Si vous traînez trop, avait affirmé Françoise aux siens, on va arriver en retard à la messe. Grouillez-vous un peu.

— Faut voir si le char va vouloir partir, dit son mari.

— Je m'en occupe, annonça Gilles, qui avait déjà son manteau sur le dos.

Le fils sortit de la maison pendant que ses parents et sa sœur finissaient de se préparer. Deux minutes plus tard, le jeune homme rentra en se frottant les mains pour les réchauffer.

— Votre Dodge a fini par démarrer, p'pa, mais je vous dis qu'elle roule carré. Le moteur est en train de se réchauffer.

— L'important, c'est qu'elle roule.

Les quatre membres de la famille s'engouffrèrent dans l'automobile. En passant devant la maison des Martineau, Étienne se rendit compte qu'il n'y avait aucune voiture dans la cour.

— Tiens! Les Martineau sont déjà rendus à l'église, dit-il en passant.

— Je pense pas, p'pa, fit sa fille. Danielle m'a dit avant-hier qu'ils avaient un *party* de famille à Montréal au jour de l'An.

Gilles avait vaguement espéré avoir la chance de voir la jeune fille ce matin-là, à la messe. Il fut amèrement déçu.

À l'arrivée des Fournier à l'église, les bancs étaient presque tous occupés par les paroissiens et ils ne trouvèrent des places libres qu'à l'arrière.

— Ça, j'aime ça, ronchonna Françoise avec mauvaise humeur. On verra rien de la messe avec une colonne en face de nous autres.

— Moi, j'haïs pas ça, la taquina Étienne. Ça va me permettre de piquer un petit somme sans qu'on me remarque.

— Essaie donc pour voir, le menaça sa femme, l'air mauvais.

Après la grand-messe, les fidèles ne demeurèrent que quelques minutes sur le parvis de l'église tant le froid était vif. On souhaita rapidement la bonne année aux parents et aux connaissances avant de se précipiter vers les voitures.

Dans la sacristie, le curé Savard retira silencieusement ses vêtements sacerdotaux en compagnie de son vicaire. Le pasteur de Saint-Jacques-de-la-Rive ne parvenait pas à cacher sa mauvaise humeur. Il était trop ulcéré par le manque de courtoisie et de respect de ses paroissiens. Aucun d'entre eux n'avait pris la peine de se déplacer pour venir lui offrir ses bons vœux à la fin de la messe. Le prêtre n'avait jamais eu affaire à des gens aussi grossiers. Aucune considération pour celui qui travaillait à sauver leur âme. De plus, la directrice de la chorale et organiste n'avait donné aucun signe de vie depuis la veille de Noël. À la grand-messe, il n'y avait même pas la moitié des membres de la chorale présents et cela avait été remarqué.

Il aurait peut-être dû imiter l'abbé Lanthier et aller au-devant des gens avant le début de la cérémonie pour souhaiter à chacun une bonne année, mais, à ses yeux, ce n'était pas ainsi que ça devait se produire. Ce n'était pas à lui d'effectuer les premiers pas. Même l'abbé n'avait pas à agir ainsi, et il lui en avait fait reproche après la messe. En pinçant les lèvres, il se promit de faire la leçon à ses paroissiens dans son homélie, le dimanche suivant.

— Je vous souhaite une agréable journée, monsieur le curé, dit Robert Lanthier en endossant son manteau.

— Quoi! Vous dînez pas au presbytère, l'abbé? demanda Philippe Savard, étonné.

Il avait été entendu à la mi-décembre que le curé et sa sœur s'absenteraient le jour de Noël pour aller dans leur famille et que le vicaire prendrait congé au jour de l'An.

— Merci, monsieur le curé, mais ma famille m'attend à Montréal au début de l'après-midi. Je peux survivre avec le gros déjeuner pris ce matin.

— Ah bon…

— Je vais juste passer au presbytère une minute pour enlever ma soutane et m'habiller en *clergyman* et, après cela, j'y vais.

— Vous oubliez pas que vous célébrez la messe de huit heures, demain matin ?

— Je vais être revenu pour cette heure-là.

L'abbé Lanthier quitta la sacristie et se dirigea rapidement vers le presbytère, heureux d'être libéré pendant quelques heures de la pesante tutelle de son supérieur. Il n'éprouvait aucun remords de lui avoir menti sur son emploi du temps du jour de l'An. En fait, le jeune prêtre avait menti à tout le monde. Il avait téléphoné à ses parents la veille pour leur souhaiter une bonne année et pour les prévenir qu'il devait demeurer dans la paroisse le lendemain. Ensuite, il avait annoncé à Philippe Savard qu'il allait participer à une grande fête familiale chez les Lanthier pour expliquer qu'il demeurerait probablement à coucher chez ses parents le soir du jour de l'An. Tous ces mensonges ne visaient qu'un seul but : pouvoir jouir d'une journée complète de liberté aux côtés de sa Lucie qui avait fait des pieds et des mains pour qu'ils commencent la nouvelle année ensemble.

La veille, la jeune fille avait elle aussi menti à ses parents avec autant d'assurance que son amoureux. Quand son père et sa mère avaient fait part à leurs deux enfants de leur intention de passer cette journée de fête en compagnie des grands-parents Hamel qui demeuraient maintenant à Nicolet, Lucie avait carrément refusé de les accompagner en disant préférer assister à la petite fête offerte par sa cousine France, à Montréal. Jean-Paul eut beau tempêter et parler du sens de la famille, il ne parvint pas à empêcher sa fille, majeure, d'en faire à sa tête.

— Je te dis qu'on a toute une famille! s'exclama le propriétaire du magasin général, dépité de voir les siens bouder une des rares réunions familiales.

— Qu'est-ce que tu veux? dit Claudette à son mari. Il faut croire que c'est un signe des temps. René va passer la journée chez sa blonde et notre fille va la passer chez sa cousine avec des étrangers.

— Lâche-moi, toi, avec ton « signe des temps »! s'emporta Jean-Paul. Il y a juste chez les Veilleux que ça marche de travers comme ça. Jérôme et Colette ont pas invité personne et ils vont passer la journée tout seuls avec André et sa famille. Ils auraient pu nous inviter : ils ont de la place en masse pour recevoir. Pantoute!

— Ils devaient penser qu'on irait voir mon père et ma mère à Nicolet, dit Claudette pour le consoler.

— On dit ça…

Sitôt la dernière bouchée du dîner avalée, Cécile rassembla ses troupes pour préparer la maison à recevoir tous les invités qu'elle attendait pour souper. Tout d'abord, elle éclaircit tout de suite un point.

— Tit-Beu, est-ce que t'as l'intention de passer le jour de l'An avec nous autres? demanda-t-elle à l'employé occupé à vérifier du bout des doigts si son « coq » n'était pas décoiffé.

Trois jours plus tôt, l'employé avait été libéré de son plâtre. À la surprise de tous, le jeune homme se déplaçait avec passablement de facilité et sans trop boiter.

— Ben…

— Ben oui ou ben non? Accouche!

— Oui, finit par dire le jeune homme en arborant son plus beau sourire niais.

— Bon, parfait. Si c'est comme ça, tu vas nous aider à tout préparer. Gérald, laisse faire ta chaise berçante, ordonna-t-elle à son mari qui allait s'y asseoir. T'as pas le temps aujourd'hui de cogner des clous. On a trop d'ouvrage à faire. Avec Tit-Beu et Bertrand, tu vas m'allumer le poêle dans la cuisine d'été et me transporter là, dans le salon et dans la cuisine, toutes les chaises et les bancs qui sont dans le garage et la remise. Après, je vous dirai quoi faire.

Les trois hommes disparurent pendant qu'elle se mettait à sortir du congélateur les tartes, les tourtières, le jambon et la dinde dépecée et déjà prête à servir. Elle disposa des « bonbons aux patates » et du fudge sur des plateaux qu'elle plaça sur une table du salon et sur celle de la cuisine. Elle sortit ses deux plus belles nappes et lava tous ses verres dans lesquels la bière et les boissons gazeuses allaient être servies.

Durant les préparatifs, Gérald arrêta Bertrand et Tit-Beu dans la remise où il avait caché une bouteille de gin.

— On va boire un coup, leur annonça-t-il en débouchant la bouteille et en la leur tendant. C'est le jour de l'An. On a le droit de fêter, nous autres aussi.

Après deux ou trois arrêts semblables, les deux jeunes hommes, peu habitués à boire de l'alcool, commencèrent à être passablement joyeux.

Élise, la fille aînée des Tremblay, arriva la première pour prêter main-forte à ses parents. La caissière de Pierreville était une grande célibataire énergique de trente-neuf ans à la forte carrure. Elle avait la réputation dans la famille de ne jamais s'embarrasser de détours pour dire ce qu'elle pensait.

— Où est la liqueur et la bière? demanda-t-elle à un certain moment à sa mère.

— Bertrand en a mis dans le vieux frigidaire de
sine d'été.

Élise ouvrit la porte de l'appareil et compta les
teilles rangées là à refroidir. Au même moment, son f
entra dans la pièce en compagnie de Tit-Beu.

— Dis donc, est-ce que c'est tout ce que t'as po
recevoir le monde aujourd'hui ? lui demanda-t-elle.

— Il y en a en masse, répondit un Bertrand un peu
guilleret. On n'est pas pour les rendre malades.

— Aïe, le gratteux ! M'man dit qu'on attend une
vingtaine de personnes. Ce monde-là va pas boire de
l'eau. Va me chercher les autres bouteilles que t'as dû
cacher quelque part !

— Whow ! T'as pas d'ordre à me donner, toi, s'emporta son frère. C'est de valeur que t'aies plus mal aux
dents ! Dans ce temps-là, tu te lamentes et tu penses pas à
nous écœurer.

— Grouille, Bertrand Tremblay, avant que je perde
patience, lui ordonna sa sœur en élevant la voix. Mon
maudit cochon ! Tu gratteras une autre fois.

— On voit ben que c'est pas toi qui payes ! ronchonna
l'autre.

— Toi non plus. Dépêche-toi ! Toi, le frisé, dit-elle à
Tit-Beu qui riait bêtement, à moitié caché par Bertrand,
arrête de ricaner comme un niaiseux et viens m'aider à
mettre la table.

~

Clément et Céline, accompagnés d'Hervé Loiselle,
furent les premiers à se présenter chez leurs hôtes vers
quatre heures. Cécile avait insisté pour que le jeune
gérant participe à la fête et ne demeure pas seul dans la

maison des Tremblay. En remerciement, Hervé tendit une bouteille de vin à son hôtesse. Les manteaux furent déposés sur le lit de la chambre du rez-de-chaussée.

Quand Clément proposa à son frère d'aller l'aider à faire son train, ce dernier repoussa son offre en lui disant que Bertrand et Tit-Beu étaient fort capables de s'en occuper seuls. Quelques minutes plus tard, deux frères et trois neveux de Cécile, venus avec femme et enfants, frappèrent à la porte. Ensuite, ce fut au tour de Louis, Francine et Pascal de faire leur apparition, quelques instants à peine avant Étienne, Françoise et Catherine.

À chaque arrivée, la porte s'ouvrait sur un courant d'air polaire et on s'empressait de la refermer avant de faire geler les gens déjà présents sur les lieux.

Chaque arrivée donnait lieu à un échange de bons vœux et à des embrassades accompagnées le plus souvent de taquineries.

Les hommes finirent par se réfugier dans la cuisine d'été, tandis que les jeunes envahissaient le salon. Pour leur part, les femmes s'établirent dans la cuisine autant pour pouvoir parler à leur aise que pour aider Cécile et sa fille aux derniers préparatifs du souper. La demi-douzaine d'enfants présents à la fête couraient d'une pièce à l'autre et se faisaient réprimander par leurs mères désireuses de calmer leur ardeur.

— On va souper tard, annonça l'hôtesse à ses invités. Il nous manque encore du monde. On va aussi attendre Bertrand et Tit-Beu qui ont pas fini le train.

Dans la cuisine d'été, Hervé se faisait taquiner sans méchanceté par les frères et les neveux de Cécile qui voulaient savoir pourquoi on appelait les Beaucerons les « jarrets noirs ». Gérald distribuait des bouteilles de bière à la ronde.

Un peu après cinq heures, Gilles arriva chez sa tante en compagnie de Valérie Gouin. La jeune femme, vêtue d'une robe bleu roi au décolleté sévère, se laissa embrasser sur les joues en formulant du bout des lèvres des vœux de bonne année. Elle semblait nettement mal à l'aise dans le chahut qui régnait chez les Tremblay. L'enseignante suivit Gilles dans le salon où des chansons folkloriques se faisaient entendre.

— C'est plate, cette musique-là, déclara une grande adolescente surexcitée. C'est bon pour les vieux. Alain, t'as apporté des quarante-cinq tours. Mets-nous donc quelque chose pour qu'on puisse danser.

Alain Lemieux, son cousin, puisa un disque de rock'n roll dans la boîte placée à ses côtés et la musique entraînante poussa trois couples de jeunes à aller danser au milieu de la pièce. Pendant que Gilles renouait avec certains parents de sa tante Cécile, sa compagne jetait un regard glacial sur ce qui l'entourait. On aurait juré qu'elle regrettait de s'être laissée convaincre de venir à cette fête familiale.

Quelques minutes plus tard, Catherine décida de quitter la cuisine pour faire la connaissance de la nouvelle amie de son frère. Le repas était pratiquement prêt. Bertrand et Tit-Beu, rentrés depuis peu de l'étable, avaient eu le temps d'aller faire un brin de toilette et de se joindre aux invités. Sans être ivres, leur état laissait deviner qu'ils avaient un peu bu. Alors que Bertrand allait s'asseoir avec les hommes dans la cuisine d'été, Tit-Beu choisit de venir occuper une chaise libre aux côtés de Catherine. Cette dernière cherchait à faire parler Valérie qui paraissait insensible aux efforts de la jeune fille pour la mettre à l'aise.

La sœur de Gilles finit par renoncer et allait retourner dans la cuisine quand Tit-Beu se leva et insista pour qu'elle lui accorde une danse. Sans trop d'entrain, elle accepta, agacée par sa manie de vérifier continuellement l'ordre de sa chevelure abondamment collée par le Brylcream. Après cette danse, elle allait quitter la place lorsque le dernier succès de Paul Anka se mit à jouer. L'employé des Tremblay s'empara de sa main et l'entraîna, malgré ses refus répétés, au centre de la pièce pour danser un *slow* en la collant étroitement contre lui. Au milieu du brouhaha des conversations, personne dans le salon ne sembla percevoir le malaise de Catherine devant son partenaire un peu trop insistant. Elle allait définitivement se fâcher quand Hervé intervint en tapant sur l'épaule de Tit-Beu.

— Excuse-moi, mais madame Tremblay veut parler tout de suite à sa fille, dit-il.

L'autre hésita un moment.

— C'est pressant, insista le patron de Catherine en écartant un peu l'importun.

Tit-Beu finit par lâcher prise et libéra la jeune fille qui s'empressa de se diriger vers la cuisine, suivie de près par son patron. Hervé l'intercepta avant qu'elle aille demander à sa mère ce qu'elle lui voulait.

— Attends, Catherine. Ta mère a rien à te dire. Je me suis peut-être mêlé de ce qui me regardait pas, mais j'ai inventé n'importe quoi pour que ce type te lâche.

Catherine s'arrêta pile et se tourna vers le jeune homme qui fixait sur elle un regard interrogateur.

— Sais-tu que je suis chanceuse que tu me surveilles comme ça ? dit-elle, moqueuse.

— Je peux pas dire que je te surveillais, mais il se trouve que je passais devant la porte du salon et je t'ai vue. T'avais vraiment pas l'air de vouloir continuer à danser avec le gars qui a un si beau « coq ».

— Ah bon ! T'avais pas à t'inquiéter, j'allais le remettre à sa place, l'insignifiant !

— Comme tu peux voir, t'as pas eu à le faire. Il faut pas que t'oublies que t'es mon assistante. T'es importante pour moi. Je suis bien obligé de prendre soin de toi si je veux que tu reviennes travailler après-demain.

— Merci quand même, fit Catherine, redevenue sérieuse.

— Si t'étais venue avec un cavalier, ce gars-là t'aurait laissée tranquille, dit Hervé à voix basse.

— Ça adonne que j'ai pas de petit ami pour le moment, fit Catherine.

— Est-ce que t'accepterais que je joue ce rôle-là pour le reste de la soirée?

— Je voudrais pas gâcher ton jour de l'An, protesta Catherine, coquette.

— Sois pas inquiète pour ça, dit Hervé avec un large sourire. Ce serait plutôt une belle façon de commencer la nouvelle année.

— Là, je vais aller donner un coup de main pour servir le souper, précisa la jeune fille. Je vais te garder une place à côté de moi à table et je te réserve pour la soirée.

— Parfait, dit Hervé, enthousiaste.

Les invités se répartirent entre les deux tablées prévues par Cécile et le repas plantureux donna lieu à une joyeuse animation. Les blagues fusaient de partout et on se remémorait avec une certaine nostalgie les jours de l'An des années passées. Ces évocations permettaient de parler des disparus et de la belle époque des «sets carrés» et des «Paul Jones» dansés au son du violon jusqu'aux petites heures du matin.

Après le souper, toutes les femmes, sauf Valérie, prêtèrent main-forte à l'hôtesse pour tout ranger et laver la vaisselle pendant que les hommes remettaient de l'ordre dans les deux cuisines où les tables furent repoussées près d'un mur de manière à créer une piste de danse. Malgré les invitations répétées des plus jeunes pour que les aînés dansent, ces derniers préférèrent parler entre eux.

Bertrand avait fini par aller s'installer dans la cuisine d'été, près du réfrigérateur où étaient entreposées les bouteilles de bière et de boissons gazeuses de manière à empêcher tout invité d'aller se servir lui-même. Pour sa part, Constant avait rejoint durant quelques minutes les jeunes assis au salon, mais constatant qu'Hervé ne semblait pas près de s'éloigner de Catherine, il avait fini par aller se réfugier dans sa chambre, à l'étage.

La musique assez forte rendait les conversations difficiles. Certaines femmes en profitaient tout de même pour échanger des remarques avec leurs voisines.

— Vous avez vu Francine, m'man ? demanda Françoise à Céline. Elle lâche pas son Pascal d'un pouce. Je trouve qu'elle en fait pitié.

— Ton frère aussi arrête pas de le regarder, lui fit remarquer sa mère en désignant Louis de la tête.

Le mari de Francine parlait avec un cousin, mais son regard revenait se poser sans cesse sur la tête du petit garçon assis sagement près de sa femme.

— Je sais pas si sa cousine leur a rendu un bien grand service en permettant à son gars de venir passer une semaine chez eux, poursuivit Françoise. Francine va s'ennuyer comme une folle quand il va repartir.

— Ça sert à rien de s'en faire avec ça, lui fit remarquer sa mère. On peut rien y changer. Dis donc, est-ce que notre pensionnaire aurait des vues sur ta fille ? demanda Céline, en changeant de sujet.

— Pourquoi vous dites ça ?

— Parce qu'il l'a pas lâchée de la soirée.

— Voyons donc, protesta Françoise. C'est son patron.

— Ça empêche rien. C'est un homme pareil, fit Céline, narquoise. OK. Il est un peu plus petit qu'elle et il est un peu gras, mais ça les empêche pas de faire un beau couple. Il est pas tellement vieux. Il a juste cinq ou six ans de plus que ta Catherine. En plus, il a de l'avenir.

— Whow, m'man! Ils sont pas encore rendus au pied de l'autel! protesta Françoise en riant. C'est pas parce qu'il est assis à côté d'elle qu'il a des intentions. S'il y avait quelque chose entre eux, Catherine nous en aurait parlé.

Malgré ces paroles, Françoise jeta de nombreux coups d'œil à sa fille durant le reste de la soirée, cherchant à percevoir un signe indiquant une certaine intimité entre elle et son cavalier. La nouvelle amie de son Gilles ne l'intriguait pas moins et, plus d'une fois, elle l'observa à la dérobée.

Un peu après onze heures, les invités commencèrent à se préparer à quitter les lieux. Les hommes furent les premiers à mettre leur manteau pour aller faire démarrer leur voiture. Il faisait si froid à l'extérieur qu'il fallut survolter la vieille Toyota de Louis et l'auto d'un cousin de Sorel. La maison de Cécile et de Gérald se vida en quelques minutes. Avant de quitter les lieux, on remercia bruyamment les hôtes et on promit de se revoir bientôt.

De retour chez eux, Françoise et Étienne poussèrent un soupir de soulagement en retirant leurs bottes. Catherine les avait devancés de quelques minutes.

— Penses-tu que c'est pas fin de revenir dans une maison chaude après une soirée? dit Françoise à son mari.

— C'est sûr que c'est plus agréable que de trouver une maison où le poêle à bois est éteint. Je me rappelle encore quand on devait garder notre manteau sur le dos pendant des heures en revenant d'une veillée parce qu'on gelait comme des rats dans la maison.

— Et la maudite musique à tue-tête! Je suis plus capable d'endurer ça, poursuivit Françoise. À la fin d'une soirée, on a mal à la gorge à force d'avoir crié pour se faire entendre.

— C'est parce que vous vieillissez, m'man, se moqua gentiment Catherine en s'approchant pour embrasser ses parents avant d'aller se mettre au lit.

— Inquiète-toi pas, ma fille, toi aussi, tu vas vieillir.

— Je suis pas pressée pantoute, m'man.

La jeune fille monta l'escalier et disparut dans sa chambre. Françoise se dirigea vers la sienne pendant que son mari éteignait les lumières, ne laissant allumée qu'une veilleuse pour Gilles. Il suivit sa femme et entreprit, comme elle, de se préparer pour la nuit.

— En tout cas, j'aime mieux être dans la maison à cette heure-ci que sur le chemin, comme notre gars, dit-il à Françoise en train de passer sa robe de nuit.

— J'ai trouvé que la fille qu'il a emmenée à soir chez ma tante Cécile a un drôle de genre, fit remarquer Françoise. Elle a pas de façons. Un vrai visage de bois.

— C'est vrai, reconnut son mari.

— J'ai pas entendu le son de sa voix de la soirée. Elle s'est pas levée une fois pour nous aider à servir ou à laver la vaisselle.

— Elle est pas laide, par exemple, fit remarquer Étienne.

— C'est pas une beauté non plus, dit Françoise avec acrimonie. Si encore elle souriait…

— Elle était peut-être juste gênée.

— En plus, elle m'a l'air pas mal plus vieille que Gilles.

Soudain, Françoise figea au moment même où elle allait retirer des épingles de sa chevelure. Elle venait subitement de réaliser à qui l'amie de son fils ressemblait. L'enseignante avait pratiquement le même air bête que Gabrielle Fournier, sa belle-mère. Bien sûr, elle n'avait ni ses hautes pommettes ni ses yeux bleus, mais elle avait en commun avec la mère de son mari cette façon désagréable de vous regarder comme si vous n'étiez pas là. Vous adresser la parole semblait lui paraître aussi pénible que sourire. Être aimable avec les gens avait l'air d'être sa dernière préoccupation. Cette fille était aussi chaleureuse qu'un glaçon en hiver. L'épouse d'Étienne se secoua pour chasser ces pensées déprimantes et se garda bien d'en faire part à son mari qui venait d'éteindre sa lampe de chevet.

Cette opinion n'était certes pas partagée par Gilles. La jeune femme avait été presque silencieuse tout au long de la route qui les avait ramenés à Trois-Rivières. Elle n'avait répondu aux remarques de son compagnon sur la soirée que par monosyllabes.

Quelques minutes plus tard, une surprise extraordinaire le laissa sans voix durant un long moment. Alors qu'il laissait la jeune femme sur le pas de sa porte, sans que rien ne laisse prévoir son geste, Valérie l'enlaça brusquement et l'embrassa avec fougue.

— On se revoit au cégep bientôt, lui dit-il, profondément remué, quand il eut retrouvé la voix.

— Oui. Mais si t'as envie de voir *Les Vacances de monsieur Hulot* de Tati, vendredi soir prochain, on pourrait y aller ensemble, il passe à l'*Impérial*.

Gilles n'hésita pas un seul instant.

— Tu peux compter sur moi.

— Si c'est comme ça, je vais t'attendre pour souper.

Le cœur en fête, Gilles revint à Saint-Jacques-de-la-Rive. Toute envie de dormir l'avait quitté, même s'il était près de deux heures du matin.

Chapitre 19

Janvier

La vie reprit son cours normal le surlendemain du jour de l'An. Elle était bel et bien oubliée l'époque où l'on célébrait la fête des Rois en élisant dans chaque foyer un roi et une reine à l'aide d'un gâteau renfermant un pois et une fève. Maintenant, les enfants retournaient à l'école dès la première semaine de janvier et on s'empressait de dépouiller l'arbre de Noël de ses décorations dès les premiers jours de la nouvelle année.

Il y avait bien eu quelques petites chutes de neige le 2 janvier, mais elles avaient été sans grande importance. Le froid mordant qui s'était abattu sur la région la veille du jour de l'An ne semblait pas vouloir lâcher prise. Il incitait la plupart des cultivateurs de Saint-Jacques-de-la-Rive à demeurer à la maison plutôt qu'à aller bûcher sur leur terre à bois. Tant pis, ils auraient moins de cordes de bois à vendre à la fin de la saison.

— Ça fait triste à cette heure dans la maison, fit remarquer Françoise en enlevant la dernière guirlande qui décorait la rampe de l'escalier menant à l'étage, quatre jours après le premier de l'An.

— Il reste quand même les séries de lumières dehors, dit Étienne en se préparant à sortir.

— Comme je te connais, tu vas les avoir enlevées avant le commencement de la semaine prochaine.

— Remarque que je peux ben te les laisser là si tu veux. Tu pourras toujours les allumer jusqu'au mois de mai, se moqua son mari.

— Non. Laisse faire. Je suis comme ça tous les ans après les fêtes. J'ai de la misère à rentrer dans la routine de l'hiver.

— Parlant de routine, on dirait ben que notre gars l'a pas retrouvée, lui. À matin, il m'a aidé à faire le train, mais je te dis qu'il avait les yeux petits. J'ai l'impression qu'il est rentré pas mal tard hier soir.

— À deux heures du matin, fit sa femme.

— Si tard que ça ?

— J'ai entendu la porte s'ouvrir à cette heure-là. J'ai regardé le cadran. Je me demande bien où il a passé la soirée, ajouta la mère, comme si elle se parlait à elle-même.

— T'as juste à lui demander, lui suggéra Étienne. Mais il va falloir que t'attendes qu'il se lève. Il est reparti se coucher après le déjeuner. Moi, je m'en vais travailler dans l'atelier. J'ai pas à aller chercher Catherine, je lui ai dit de prendre la Dodge pour aller travailler à matin.

Au magasin Loiselle et frères, les affaires tournaient au ralenti depuis le retour au travail, le jeudi matin. En ce samedi avant-midi, il n'y avait eu que deux livraisons de moulée et un seul client s'était présenté au comptoir. Tapi dans son bureau depuis près d'une heure, Hervé devenait de plus en plus nerveux en attendant midi, l'heure de fermeture du magasin le samedi. À plusieurs reprises, le gérant entra dans la salle de bain pour vérifier si ses cheveux bruns étaient bien coiffés et si la petite moustache rectiligne qu'il avait décidé de laisser pousser l'avantageait.

Quand il vit Catherine prendre son manteau, le jeune homme se décida finalement. Il sortit de son bureau.

— Est-ce que tout le monde est parti? demanda-t-il à son adjointe.

— Il est midi et cinq. Le dernier vient de partir.

— Est-ce que je peux te dire deux mots avant que tu t'en ailles? fit Hervé en rentrant dans son bureau.

— Bien sûr, répondit Catherine, intriguée par l'étrange fébrilité de son patron.

Hervé ne s'assit pas derrière son bureau. Il demeura debout, le front rouge, l'élocution un peu embarrassée. De toute évidence, il cherchait ses mots.

— Qu'est-ce qu'il y a? demanda la jeune fille. Qu'est-ce que j'ai fait de travers?

— Rien! Absolument rien! balbutia Hervé. Je voulais juste te demander quelque chose, parvint-il à articuler difficilement.

— Quoi?

— Est-ce que je pourrais aller veiller avec toi? finit-il par lui dire.

— Veiller avec moi?

— S'il faut tout te dire, reprit son patron, un peu enhardi, je te trouve pas mal à mon goût. J'aimerais te fréquenter, comme on dit par chez nous.

—J'aime autant te dire tout de suite qu'avec mes parents, tu feras pas ce que tu vas vouloir, le prévint Catherine en prenant un air très sévère. Avec eux, il est pas question que tu m'emmènes dans ton auto ou qu'on sorte de la maison sans chaperon.

— Je l'espère bien, dit Hervé, soulagé de constater que la jeune fille ne l'avait pas repoussé.

— En plus, si t'as l'intention de venir veiller au salon avec moi, tu vas me couper ces poils qui poussent en dessous de ton nez. Je trouve ça laid et ça te vieillit trop.

— Pas de problème.

— OK. Je t'attends à sept heures, dit la jeune fille en lui adressant son plus charmant sourire.

— Tu peux être certaine que je vais être là.

Catherine revint à la maison au moment même où sa mère commençait à servir le dîner. À la vue du visage chiffonné de son frère, la jeune fille ne put s'empêcher de faire une remarque.

— Mon Dieu, mais à te voir, on dirait que t'as couché sur la corde à linge, toi.

Gilles grommela une réponse inaudible.

— Achale pas ton frère, la prévint sa mère. Il vient juste de se lever.

— Sacrifice ! C'est ce qui s'appelle de la grasse matinée, ça ! Midi ! On rit pas. J'ai pas choisi la bonne *job* pour me reposer. J'aurais dû devenir professeur, moi aussi.

Son père, assis au bout de la table, retint difficilement un sourire.

— Je voulais vous dire, annonça la jeune fille, Hervé m'a demandé de venir veiller avec moi à soir.

— Puis ? demanda Françoise.

— Je lui ai dit « oui ». Je l'ai même prévenu qu'on serait chaperonnés et il a eu l'air de trouver ça bien naturel, lui, même si, moi, je trouve ça exagéré. On est en 1968, pas il y a cinquante ans.

— Ma fille, la prévint Françoise, on n'est pas pour recommencer cette discussion-là, même si t'as vingt ans. Hervé Loiselle est un garçon bien éduqué. Lui, il comprend ça. Au lieu de t'en faire avec la surveillance, tu ferais mieux de t'occuper de ton petit caractère. Je trouve qu'avec le temps, il s'améliore pas, ajouta sa mère en déposant devant elle un bol de soupe aux légumes.

Il y eut dans la cuisine des Fournier un long silence brisé de temps à autre par le bruit de cuillères heurtant les bols à soupe.

— Pendant que j'y pense, Gilles, fit sa mère, t'es rentré pas mal tard hier soir.

— C'était pas bien grave, m'man. C'est samedi aujourd'hui. J'ai pas de cours à donner.

— Où est-ce que t'es allé?

— Je suis allé voir un film à Trois-Rivières après le souper.

— T'as pas pensé que j'aurais aimé ça que tu me préviennes de pas t'attendre pour souper?

— Je m'excuse, m'man. Ça m'est complètement sorti de la tête.

— Ton film a fini tard…

— Non, mais j'ai ramené Valérie chez elle après et on a parlé un bon bout de temps en prenant un café.

— Ses parents ont rien dit de te voir partir si tard que ça?

— Je vous l'ai dit, m'man, que ses parents restent en Floride durant l'hiver. Valérie reste toute seule en appartement.

— Il y a pas à dire, ta Valérie est brave de recevoir un garçon dans son appartement à cette heure-là, fit sa mère sur un ton réprobateur.

— Voyons, m'man! protesta le jeune homme, un peu exaspéré par les remarques de sa mère. Je suis pas un étranger. Elle me connaît. On travaille ensemble depuis le mois d'octobre.

Catherine allait faire une remarque sur la chance de certaines filles d'échapper à la surveillance trop étroite de leurs parents quand l'air désapprobateur de sa mère l'incita, une fois de plus, à se taire.

Lorsque Gilles et sa sœur eurent quitté la pièce après le repas, Françoise se confia à son mari qui venait d'allumer sa pipe.

— Veux-tu bien me dire sur quelle sorte de fille il est tombé ?

— Pourquoi tu dis ça ?

— Si ça a de l'allure de recevoir un garçon en pleine nuit, dans son appartement. Ils ont pas dû dire leur chapelet, c'est sûr !

— Pour moi, t'as l'esprit ben mal tourné, dit Étienne en réprimant un sourire. Tu vois le mal partout. J'ai l'impression que t'es faite pour t'entendre numéro un avec le curé Savard.

— En tout cas, cet innocent-là, il est mieux de se réveiller avant qu'il lui arrive quelque chose. Une fille comme ça est bien capable de lui faire croire n'importe quoi.

— Pourquoi elle ferait ça ?

— Pour se faire marier, cette affaire !

— Calme-toi donc un peu, lui conseilla Étienne, sérieux tout à coup. Il l'a rencontrée pour la première fois il y a même pas deux semaines. C'est pas parce qu'il l'a emmenée voir un film qu'il est tombé en amour.

— Moi, elle m'inspire pas confiance pantoute, cette fille-là, conclut Françoise avant de disparaître dans la cuisine d'été où elle alla chercher des marinades dans le garde-manger.

Une heure plus tard, Étienne fut tiré de sa sieste par des coups frappés à la porte. Le bossu se leva de sa chaise berçante où il avait somnolé durant quelques minutes. Il prit le temps de s'étirer et de passer les doigts dans ses cheveux avant d'aller répondre. Il découvrit Lucien Martineau et sa fille Danielle sur le pas de sa porte.

— Je m'excuse de vous déranger, monsieur Fournier, fit le comptable.

— Vous me dérangez pas. Entrez tous les deux avant de mourir de froid.

Le voisin et sa fille entrèrent dans la cuisine au moment où Françoise sortait de sa chambre, attirée par le bruit des voix.

— Bonjour madame Fournier. J'espère que c'est pas nous autres qui vous avons réveillée, fit le comptable.

— Voyons donc, monsieur Martineau, vous devez savoir depuis longtemps qu'il y a juste les hommes qui dorment en plein jour, le rassura Françoise. Enlevez votre manteau et venez vous asseoir.

— Je serai pas très longtemps, dit le voisin.

— Est-ce que Catherine est ici ? demanda Danielle.

— Oui, elle est dans sa chambre. Catherine ! cria sa mère, t'as de la visite.

Catherine apparut dans l'escalier et s'empressa de descendre. Après avoir salué Lucien, la jeune fille entraîna la voisine au salon.

— Je vous sers un café ? demanda Françoise aux deux hommes.

— Merci. Avec plaisir, accepta le comptable. Monsieur Fournier, j'ai vu des meubles chez Murray, à Pierreville. On m'a dit que c'était vous qui les aviez faits.

— C'est vrai, reconnut Étienne.

— Ma femme et moi, on aimerait bien avoir un buffet qui irait avec notre *set* de cuisine, mais on n'en trouve pas nulle part. Est-ce que vous pensez que vous pourriez nous en fabriquer un ?

— Il faudrait d'abord que je vois votre *set* de cuisine, dit le bossu.

— Voulez-vous venir le voir cet après-midi, si vous avez le temps ?

— J'ai le temps.

Après avoir bu leur tasse de café, les deux hommes quittèrent la maison. Pendant ce temps, les deux jeunes filles parlaient à voix basse dans le salon et malgré tous ses efforts pour savoir ce qu'elles se racontaient, Françoise n'entendait que des bribes inintelligibles.

— Ton frère est pas ici ? chuchota Danielle, en feignant l'indifférence.

— Il est dans sa chambre. Il doit être en train de préparer ses cours pour la semaine prochaine.

— Ça lui tente pas de venir jaser avec nous autres ?

— Il t'a peut-être pas entendue entrer, avança Catherine. En plus, aujourd'hui, on peut pas dire que mon frère a l'air d'avoir les idées bien claires.

La jeune fille aux yeux gris fixa sur sa voisine un regard interrogateur.

— Il est rentré au milieu de la nuit. Sa blonde reste toute seule en appartement. Pas nécessaire de te dire que ça plaît pas à ma mère une affaire comme ça.

Catherine se rendit compte de la déception qui venait d'assombrir subitement le visage de la visiteuse, mais elle fit comme si elle ne n'avait rien remarqué. Elle changea de sujet de conversation et lui parla longuement de son nouvel amoureux qui allait venir veiller avec elle le soir même.

Quand Catherine remonta dans sa chambre une heure plus tard, elle ne put s'empêcher de s'arrêter dans la chambre de son frère.

— Danielle vient de partir.

— Ah oui ?

— Ça t'a pas tenté de venir parler avec nous autres ?

— J'avais de l'ouvrage à faire.

— En tout cas, Danielle avait l'air pas mal déçue d'apprendre que t'as maintenant une blonde.

— Ah !

Ce fut l'unique réaction que Catherine arracha à son frère avant de regagner sa chambre.

Dans la maison voisine, l'atmosphère était loin d'être gaie, même si toutes les décorations du temps des fêtes étaient encore en place. Dans le salon, l'arbre de Noël un peu desséché perdait ses aiguilles. Francine s'était vigoureusement opposée à ce que son mari touche à quoi que ce soit.

— On fera ça quand le petit sera parti, pas avant, lui avait-elle fermement déclaré au lendemain du jour de l'An. Il y a rien qui presse.

Maintenant, le temps commençait à presser. Pascal vivait ses dernières heures dans sa famille adoptive. Sa mère avait téléphoné au début de l'avant-midi pour prévenir sa cousine que son beau-frère allait passer prendre Pascal le soir même.

— Il m'avait dit qu'il viendrait le chercher le lendemain des Rois, avait protesté la maîtresse femme, toute remuée par la perspective d'être privée de Pascal vingt-quatre heures plus tôt que prévu.

— C'est ça qui devait être, mais l'école est recommencée depuis jeudi matin déjà, avait expliqué Jeanne. Il faudrait pas le mettre trop en retard sur les autres enfants de sa classe.

— Je comprends, avait dit Francine, la gorge nouée. Je vais préparer ses affaires.

L'épouse de Louis avait passé l'après-midi à laver et repasser tous les vêtements du petit garçon. Sa valise avait été soigneusement remplie et Louis avait placé dans une boîte tous les jouets que le couple lui avait offerts. Même s'il n'extériorisait pas ses sentiments, il n'en restait pas moins que ce dernier éprouvait autant de peine que sa femme à se séparer de Pascal. C'était même encore plus douloureux que lors de la première séparation, l'automne précédent.

Après le souper, le couple s'installa devant le téléviseur en compagnie du petit. Pendant que ce dernier s'amusait en regardant les dessins animés, Francine ne parvenait pas à le quitter des yeux. Un peu après sept heures, Claude Pellerin vint frapper à la porte des Tremblay.

— Déjà ! ne put s'empêcher de s'exclamer Francine.

— Il a un bon bout de chemin à faire jusqu'à Saint-Paul, la raisonna Louis en se levant pour aller ouvrir au visiteur.

L'oncle de Pascal refusa d'enlever son manteau. Il demeura debout sur le paillasson, impatient de reprendre la route. Francine aida le petit bonhomme à chausser ses bottes et à mettre son manteau. Au moment du départ, elle le serra contre elle, l'embrassa et lui fit promettre de demander à sa mère la permission de lui téléphoner de temps à autre. Louis embrassa le petit à son tour avant de s'emparer de la boîte de jouets. Il suivit Pascal et son oncle jusqu'à la voiture et déposa la boîte sur la banquette arrière. Avant de refermer la portière de l'automobile, Pascal fit un signe de la main à sa mère adoptive, plantée devant la fenêtre de la cuisine. Quand Louis rentra dans la maison, il trouva sa femme en larmes.

— C'est pas humain d'avoir à endurer ça ! gémit-elle.

Louis ne répondit rien. Il entra dans le salon et se mit silencieusement à retirer les décorations qui ornaient l'arbre de Noël.

Au même moment, Hervé entrait chez les Fournier, accueilli par une Catherine resplendissante. Après quelques minutes d'échanges avec les parents de la jeune fille, cette dernière l'entraîna au salon.

— Je te dis que les nouvelles voyagent vite à Saint-Jacques, lui fit remarquer Hervé en s'assoyant à ses côtés.

— Pourquoi tu dis ça ?

— Ton grand-père et ta grand-mère ont pas arrêté de me tirer la pipe durant tout le souper parce que je venais veiller avec toi.

— Ça, c'est ma mère, fit Catherine, à demi fâchée. Elle a dû téléphoner à ma grand-mère cet après-midi.

— Remarque que c'est pas bien grave, fit le jeune homme en souriant. Ils voulaient seulement me faire comprendre que j'étais chanceux de venir veiller avec la plus belle fille de Saint-Jacques.

— Puis ? demanda Catherine, coquette.

— Je suis bien d'accord avec eux.

Dans la pièce voisine, Étienne et Françoise virent Gilles descendre l'escalier tout endimanché et se diriger vers le portemanteau.

— Tu sors à soir ? lui demanda sa mère.

— Oui. Je m'en vais veiller chez Valérie. Je devrais pas revenir trop tard.

— On va te laisser une lumière allumée, dit son père, en faisant discrètement signe à sa femme de ne rien ajouter.

À compter de cette première semaine de janvier, une nouvelle routine s'établit. Hervé venait veiller chaque samedi et dimanche soir, tandis que Gilles, au grand déplaisir de sa mère, passait les vendredis, samedis et dimanches soirs chez Valérie. Françoise trouvait que son grand fils changeait peu à peu, et ce n'était pas à son avantage. C'était pour elle une raison supplémentaire de détester Valérie.

Chapitre 20

Le coup de tonnerre

Février semblait vouloir s'ouvrir sur une importante tempête de neige. Le lundi soir, le temps s'était soudainement adouci et le ciel s'était couvert de gros nuages noirs.

— On va être bons pour une grosse bordée, prédit Étienne en scrutant le ciel à la sortie de la réunion mensuelle du conseil de fabrique.

— J'espère que mon vieux John Deer me lâchera pas en plein déneigement, fit Louis en montant dans la Dodge de son beau-frère. Tougas a été ben arrangeant de me le laisser quand j'en avais besoin, mais c'est sûr qu'il se rendra pas aux labours du printemps.

— Si t'es mal pris, t'auras juste à me donner un coup de téléphone, lui offrit son beau-frère.

— Qu'est-ce que tu penses de l'idée du curé de faire faire un grand ménage de l'église au printemps?

— L'idée est pas mauvaise, reconnut le président de la fabrique. Le dernier date de seize ans.

— Pourtant quand il en a parlé, t'as pas eu l'air enchanté.

— C'est pas que je suis contre, répondit Étienne, mais comme je l'ai dit, ça dépendra de ce qui nous restera dans le compte de la fabrique à ce moment-là. Ce genre de ménage-là se paie pas avec des prières. Surtout que le curé parle pas seulement de faire laver les murs. Il veut que le bas des murs soit repeinturé et que les bancs soient revernis.

— Jean-Paul Veilleux avait l'air pas mal pour, lui.

— Je comprends, répliqua Étienne en démarrant. C'est lui qui fournirait la peinture, le vernis, les pinceaux et les rouleaux.

— Ah! J'avais pas pensé à ça.

— As-tu vu qu'il était pas mal moins d'accord quand je lui ai demandé s'il allait laisser tout le matériel au prix coûtant à la fabrique? De toute façon, il y a pas de presse. On verra ben ce que le chauffage et l'entretien de l'église et du presbytère nous auront coûté à la fin du printemps. Si on a l'argent qu'il faut, on fera faire le ménage. Ça donnera de l'ouvrage à du monde de la paroisse.

Au moment où les deux hommes rentraient à la maison, le vent se leva et les premiers flocons se mirent à tomber.

Le lendemain matin, Gilles se leva en même temps que son père dans l'intention de l'aider à faire le train. Françoise rejoignit son mari et son fils dans la cuisine et leur prépara une tasse de café avant leur départ pour l'étable.

— Vous avez vu le temps qu'il fait dehors? leur demanda-t-elle. Il neige à plein ciel. J'ai regardé par la fenêtre de la chambre, on voit même pas l'étable tellement ça tombe dru. Je sais pas combien il en est tombé pendant la nuit, mais il doit y en avoir épais.

Comme pour lui donner raison, le grondement de la nouvelle charrue municipale se fit entendre sur la route et les Fournier purent apercevoir par la fenêtre les lueurs des clignotants jaunes installés sur la cabine du véhicule.

— On est aussi ben d'y aller tout de suite, dit Étienne en s'assoyant pour chausser ses bottes. Prends le tracteur et ouvre la cour pendant que je commence le train, dit-il à son fils.

Les deux hommes sortirent dans la tempête. Le vent rugissait et soufflait en rafales. Il transformait les flocons en milliers de dards et durant la nuit, il avait eu le temps de sculpter des bancs de neige d'une taille impressionnante. Le jour n'était pas encore levé, mais partout où le regard se posait, il ne rencontrait que du blanc.

Gilles et son père durent remonter le col de leur manteau et baisser la tête pour ne pas être aveuglés en avançant difficilement dans la neige épaisse, en direction des bâtiments. À certains endroits, ils avaient de la neige à la hauteur des genoux, mais les traces de leurs pas étaient rapidement effacées par le vent. Étienne disparut le premier dans l'étable après avoir allumé les lumières en entrant, tandis que son fils se dirigeait vers la grange voisine.

Quelques minutes plus tard, le tracteur commença ses allers-retours entre les bâtiments, la maison et la route, repoussant la neige sur les côtés. Avant d'aller rejoindre son père, Gilles dégagea les portes d'entrée de la maison et la plate-forme sur laquelle les bidons de lait seraient déposés avant le déjeuner.

Lorsqu'ils revinrent tous les deux à la maison, ils furent accueillis par une appétissante odeur de bacon frit. Catherine venait d'achever sa toilette et aidait sa mère à finir de préparer le déjeuner.

— Il est déjà sept heures et demie, dit la jeune fille. Je suis pas en avance.

— Le magasin va ouvrir quand même avec cette tempête-là ? lui demanda son père.

— M'man m'a dit que la charrue est passée. Hervé va certainement ouvrir. Comme on est au début du mois, je dois l'aider à faire la comptabilité pour l'envoyer à son frère Fabien qui examine les chiffres au commencement de chaque mois avec le comptable.

— Moi, je bouge pas de la maison avant midi, déclara Gilles. Il y a rien qui presse. J'ai deux cours à la fin de l'après-midi. Si les cours sont annulés, la secrétaire du cégep va m'appeler et j'aurai pas à aller à Trois-Rivières. Ce matin, ça doit pas être beau à voir sur le pont Laviolette. Veux-tu que j'aille te conduire au magasin ? offrit-il à sa sœur.

— Merci, mais si p'pa me passe la Dodge, je peux me débrouiller pour y aller toute seule.

— Tu peux la prendre, mais fais attention. Les bancs de neige ont peut-être eu le temps de se refaire depuis le temps que la charrue est passée. Après le déjeuner, je vais aller donner un coup de main à votre oncle Louis pour nettoyer sa cour. Son tracteur est en train de le lâcher.

— Laissez faire, p'pa, Je vais y aller, dit Gilles. Après, j'en profiterai pour nettoyer la cour des Martineau. J'ai rien à faire de l'avant-midi.

— Parfait. D'abord, je vais aller travailler sur leur buffet dans l'atelier.

⁓

Ce matin-là, Lucie Veilleux s'éveilla beaucoup plus tôt que d'habitude. Le magasin général n'ouvrait ses portes qu'à neuf heures et son travail de caissière ne l'obligeait à être sur place qu'à cette heure-là. Elle s'assit dans son lit et alluma sa lampe de chevet. À peine six heures trente et il faisait encore noir à l'extérieur. Elle avait le cœur au bord des lèvres.

La jeune fille se leva péniblement et chaussa ses pantoufles. Elle se sentait un peu étourdie et mal en point.

— C'est pas vrai, murmura-t-elle pour elle-même. Dis-moi pas que j'ai attrapé une grippe et...

Un haut-le-cœur la fit se précipiter vers la salle de bain située à l'extrémité de l'étage. Personne n'entendit les efforts convulsifs qu'elle fit pour vomir. Ses parents, dont la chambre à coucher était au rez-de-chaussée, étaient en train de déjeuner avec son frère René.

La mine défaite, Lucie revint chercher ses articles de toilette dans sa chambre. Elle se maquilla et coiffa soigneusement son épaisse chevelure châtain après avoir pris une douche. Elle constata alors avec un certain plaisir étonné que ses symptômes de grippe avaient mystérieusement disparu. Elle descendit déjeuner dans la cuisine et prit sa place derrière la caisse du magasin à neuf heures, au moment où son frère et son père finissaient de déblayer la large galerie qui donnait accès au magasin général. Ce jour-là, les quelques habitués qui bravèrent les mauvaises conditions climatiques purent apprécier, comme d'habitude, ses magnifiques yeux bleus et son léger déhanchement aguicheur.

Le lendemain matin et le surlendemain, le même scénario se reproduisit. À son lever, la seule pensée du déjeuner lui soulevait le cœur et la faisait se précipiter vers la salle de bain. Une sourde inquiétude commença alors à s'emparer de la jeune fille. Elle refusa d'abord d'envisager l'éventualité qui avait fini par lui effleurer l'esprit.

— Non. Ça se peut pas ! s'insurgea-t-elle, au bord de la panique.

Elle évita même d'essayer de se souvenir de la date de ses dernières règles, comme si le fait d'ignorer l'importance de son retard pouvait éloigner ce qu'elle devinait sourdement.

Lorsque les vomissements la reprirent le quatrième matin, plus aucun doute n'était permis. Elle était enceinte. Bien sûr, elle irait passer un test pour confirmer la chose, mais elle le savait avant même de connaître les résultats.

— Comment il va prendre ça ? se demanda-t-elle cent fois en songeant à Robert Lanthier. Qu'est-ce qu'on va faire ? Quand est-ce que je vais pouvoir le voir pour lui dire ce qui nous arrive ?

Angoissée, Lucie n'en dormait plus, cherchant une solution à la tragédie qui bouleversait sa vie. Comment contacter son amant pour lui communiquer la nouvelle ? Elle ne pouvait pas lui téléphoner ou aller tout simplement sonner à la porte du presbytère pour le voir. Elle priait maintenant pour que le vicaire s'arrête un instant au magasin général pour effectuer un achat de manière à lui fixer un rendez-vous en cachette.

Elle ne l'avait pas vu depuis près de trois semaines. Après sa retraite annuelle d'une dizaine de jours à Nicolet, il était revenu à Saint-Jacques-de-la-Rive sans lui donner signe de vie. À plusieurs reprises, elle l'avait vu passer devant le magasin, en route vers l'école du village où il s'occupait de la pastorale des jeunes, mais pas une seule fois il n'avait jugé bon de s'arrêter au magasin sous un prétexte ou un autre pour lui parler. Est-ce qu'il l'aimait toujours ?

Cette question était bien la dernière à se poser dans l'état où elle se trouvait. Le doute se mit à germer lentement dans son esprit, l'empêchant de dormir de plus belle. Il n'aurait plus manqué qu'elle se retrouve seule et sans ressources dans son état.

La jeune fille commençait à peine à entrevoir toutes les complications que la naissance de cet enfant allait entraîner. Sa vie allait être à jamais chamboulée. Ses parents n'accepteraient jamais qu'elle soit enceinte sans être mariée. Ils allaient vouloir connaître à tout prix le nom du père. Une fille-mère dans la famille Veilleux ! Un scandale ! Un véritable déshonneur ! Son père allait la traiter de putain et de dévergondée, et la mettre à la porte sans la moindre hésitation. S'il faisait cela, de quoi allait-elle vivre ? Comment parviendrait-elle à élever son petit ? Où allait-elle accoucher ? Où vivrait-elle ? Ses parents refuseraient net qu'elle revienne leur faire honte avec un petit dans les bras à Saint-Jacques-de-la-Rive. Elle ne possédait rien, sauf quelques économies. Les questions sans réponse se multipliaient à l'infini dans sa tête au point de la rendre complètement folle d'angoisse.

Deux jours plus tard, Claudette Veilleux entendit sa fille en train de vomir dans les toilettes quelques minutes après s'être levée. Inquiète, elle monta à l'étage. Elle arriva sur le palier au moment même où Lucie s'engouffrait dans sa chambre, le visage décomposé.

— Veux-tu bien me dire ce que t'as attrapé ? lui demanda-t-elle avec un rien de compassion dans la voix en entrant dans sa chambre derrière elle.

— Je le sais pas, mentit la jeune fille. Je pense que c'est une indigestion. J'ai eu mal au cœur presque toute la nuit.

— Comment tu te sens, là ?

— Un peu mieux, m'man.

— Recouche-toi et dors un peu ; ça va te remettre d'aplomb. Je vais m'occuper de la caisse cet avant-midi.

Sur ces mots, l'épouse de Jean-Paul Veilleux descendit retrouver son mari et son fils qui finissaient de déjeuner dans la cuisine. Vers dix heures, Lucie vint reprendre sa place à la caisse du magasin.

— T'as l'air d'aller pas mal mieux, lui fit remarquer sa mère.

— Je suis correcte, m'man.

Le lendemain matin, ce fut René qui, sans le vouloir, déclencha le drame familial. À sept heures et demie, le jeune homme était encore au lit.

— René! Lève-toi et viens déjeuner! lui cria sa mère, debout au pied de l'escalier. T'es en retard. Ton père est déjà dans l'entrepôt. Il t'attend.

Réveillé en sursaut, René se précipita vers les toilettes déjà occupées par sa sœur, encore en proie à ses nausées matinales.

— Bon. Me v'là pogné pour aller aux toilettes en bas, à cette heure, maugréa-t-il en faisant demi-tour.

À son entrée dans la cuisine, quelques minutes plus tard, il laissa éclater sa mauvaise humeur.

— Calvince! Je suis en retard et, en plus, je suis obligé de descendre me raser et prendre ma douche en bas parce que mademoiselle est malade dans les toilettes en haut.

— Tu te lèverais à une heure qui a du bon sens si tu te couchais moins tard le soir, lui reprocha sa mère en déposant quelques crêpes dans son assiette.

René ne répliqua rien. Il se versa une tasse de café et se mit à manger en silence. Il ne remarqua même pas l'air soucieux que sa dernière déclaration avait provoqué chez sa mère. Cette dernière, debout devant la fenêtre de la cuisine, une tasse de café à la main, semblait réfléchir intensément.

L'idée qui s'insinuait dans l'esprit de Claudette n'avait aucun sens. Ça ne pouvait pas être arrivé à sa fille. Elle ne fréquentait aucun garçon. C'était probablement un microbe ou une maladie… Pourtant… Et si c'était ça? Sa propre fille enceinte et sans être mariée! Un petit bâtard dans la famille… Qu'est-ce que tout le monde allait dire? On allait sûrement montrer les Veilleux du doigt. Toute une vie honorable ruinée par une tête folle! Comment cela avait bien pu arriver? Lorsque Lucie allait à Montréal, sa cousine France était là. Elle avait sûrement surveillé sa fille…

— Grouille-toi ! Arrête de lambiner ! finit-elle par dire à son fils avec une impatience évidente. Ton père veut faire de la place dans l'entrepôt pour un chargement de *plywood*. Il attend après toi.

— J'ai fini. Il y a pas le feu, calvince ! protesta le jeune homme avec mauvaise humeur en quittant la table.

Quand la porte de communication avec le magasin se fut refermée sur son fils, Claudette ne perdit pas un instant. Elle monta à l'étage et entra dans la chambre de sa fille sans frapper. Lucie, décoiffée et l'air découragé, était assise sur le bord de son lit. Sa mère referma derrière elle et demeura debout, le dos appuyé contre la porte.

— T'as encore été malade ?

— Oui.

— Et tu vas me dire que c'est encore une indigestion, je suppose ?

— Je sais pas.

— Depuis quand t'es malade comme ça, le matin ? Puis, raconte-moi pas de menteries, Lucie Veilleux ! la prévint-elle, le visage sévère.

— Depuis le commencement de la semaine, m'man, avoua la jeune fille, l'air misérable.

— Depuis quand t'as eu tes dernières affaires de femme ?

— Il y a à peu près un mois, il me semble, dit Lucie, après une légère hésitation.

— T'es bien sûre de ça ?

— Peut-être un peu plus…

— Combien plus ?

— Je le sais pas, moi ! J'ai pas compté !

Tout dans le maintien de la jeune fille l'accusait. Sa mine coupable et ses hésitations ne laissaient aucun doute. Le visage de Claudette pâlit un peu plus et ses mains se serrèrent convulsivement.

— As-tu fait une folie, Lucie Veilleux? parvint-elle à articuler d'une voix blanche. Es-tu tombée en famille?

Lucie se mit à pleurer doucement en hochant la tête.

— Oui ou non, insista sa mère.

— Je pense que oui, admit la jeune fille dans un hoquet.

— C'est qui le père? demanda Claudette, folle de rage. Un gars de la paroisse?

— Non. Quelqu'un que j'ai rencontré à Montréal, l'été passé, mentit Lucie, encore une fois.

— Comment il s'appelle?

— J'aime autant pas le dire.

— Il va bien falloir que tu nous le dises, ma fille. C'est sûr que ton père et ton frère vont aller le voir. Il va réparer ça et ce sera pas long, je te le garantis, affirma sa mère en élevant la voix malgré elle.

— Il faut d'abord que j'aille passer un test, fit la jeune fille en s'essuyant les yeux.

— Pas à Pierreville, en tout cas, tint à préciser sa mère. Des plans que ça se sache dans la paroisse!

— Non, je vais aller à Montréal. En plus, si je suis en famille, il faut que je lui parle.

— Oui. Et il aura pas le choix. On n'attendra pas que tu sois enceinte à pleine ceinture pour qu'il te marie. As-tu pensé à ce que ton père va faire quand il va apprendre ça? demanda Claudette, subitement inquiète à la pensée de la réaction violente de son mari. Il va vouloir tuer celui qui t'a fait ça... ou bien, il va te mettre dehors et il voudra plus jamais te revoir.

— C'est même pas encore sûr, m'man, protesta faiblement Lucie.

— Habille-toi et viens déjeuner, lui ordonna sa mère.

— J'ai pas faim, m'man.

— Fais ce que je te dis! Je t'attends en bas.

Pendant que Lucie faisait sa toilette, sa mère cherchait désespérément un moyen de sortir sa famille de la crise qui la menaçait. Quand sa fille se présenta dans la cuisine quelques minutes plus tard, elle la laissa se verser une tasse de café avant de lui annoncer :

— Il reste une demi-heure avant que le magasin ouvre. Tu vas téléphoner tout de suite à ta cousine, à Montréal. Demande-lui si tu peux aller rester chez elle deux ou trois jours. Dis-lui que tu vas arriver avant le dîner, aujourd'hui.

— Pourquoi ?

— Réveille-toi, Lucie Veilleux ! s'emporta sa mère. Tu profiteras de ce temps-là pour aller passer ton test de grossesse, précisa-t-elle en baissant involontairement la voix. On va attendre que t'aies les résultats avant de s'énerver. Si t'es vraiment en famille, t'en profiteras pour parler au père de cet enfant-là, tu m'entends ?

— Oui, m'man. Mais qu'est-ce que p'pa va dire si je pars comme ça ?

— Laisse faire ton père. Je vais lui dire que France est tombée malade et qu'elle a appelé pour te demander de venir prendre soin d'elle une couple de jours. Il sait bien que tu peux pas lui refuser ce service-là après t'avoir reçue aussi souvent depuis le printemps passé.

Quelques minutes plus tard, tout était arrangé. La cousine avait accepté la demande d'hébergement sans poser de questions et Jean-Paul, tout de même un peu contrarié, avait demandé à René d'aller conduire sa sœur à l'autocar, à Pierreville.

Avant le départ de sa fille, Claudette lui avait remis un peu d'argent et lui avait demandé de lui téléphoner aussitôt qu'elle aurait les résultats du test.

— Il nous reste juste à promettre une neuvaine à la bonne sainte Anne pour que ce soit une fausse alerte, chuchota-t-elle à sa fille avant que cette dernière quitte la maison.

⁓

À son arrivée chez France, Lucie ne put cacher à sa cousine la véritable raison de sa visite à Montréal. Elle savait qu'elle n'avait pas à craindre la moindre indiscrétion de sa part. Par ailleurs, la jeune fille parut si désespérée à l'infirmière qu'elle s'employa à l'apaiser en cherchant à lui faire comprendre qu'elle n'était pas la première fille à se faire prendre et qu'après tout, ce n'était pas la fin du monde. Elle se chargea même de faire analyser son test de grossesse en un temps record à l'hôpital où elle travaillait.

À aucun moment la jeune femme de trente-trois ans ne chercha à connaître l'identité du père, même si elle se doutait bien que le jeune homme que lui avait présenté Lucie le printemps précédent pouvait fort bien être le séducteur en question.

— De toute façon, conclut la cousine, il sera toujours bien temps de vous marier si t'es enceinte de lui. Tu dois pas être tellement avancée. Des accouchements à sept mois ou sept mois et demi, ça se voit tous les jours.

Lucie ne répliqua rien. Elle savait bien que ce ne serait jamais aussi facile que France le croyait.

Si la jeune fille avait entretenu le moindre espoir de ne pas être enceinte, elle dut déchanter dès le lendemain. À son retour de l'hôpital, l'infirmière lui tendit les résultats de son test de grossesse : il était positif. Toutes les prières et les chapelets récités depuis une semaine n'avaient servi à rien, elle était bel et bien enceinte. Effondrée, elle resta d'abord sans réaction.

— T'as promis à ta mère de lui donner les résultats, lui rappela France.

— Je le sais.

— À ta place, je l'appellerais tout de suite, reprit sa cousine en lui mettant une main sur l'épaule. Ta mère, c'est ta mère. Elle peut pas faire autrement que t'aider. Je dois aller faire un remplacement à l'hôpital jusqu'à huit heures à soir. Profites-en pour lui parler.

Après le départ de France, Lucie dut faire un effort considérable pour téléphoner à Saint-Jacques-de-la-Rive. Elle composa le numéro du magasin plutôt que celui de la maison pour être certaine que sa mère serait celle qui décrocherait. Elle ne s'était pas trompée. Dès la seconde sonnerie, c'est sa mère qui répondit.

— M'man, c'est Lucie.

— Comment tu vas ? se borna à lui demander Claudette d'une voix neutre.

Elle était probablement en présence d'un ou de plusieurs clients.

— Bien. C'est positif, m'man, dit la jeune fille d'une voix altérée.

— Bon. Parfait. Tu sais ce que t'as à faire à cette heure. Rappelle-moi demain, au magasin, prit la peine de préciser sa mère, probablement peu désireuse de voir son mari ou son fils répondre à sa place.

— C'est correct.

Après avoir raccroché, Lucie se mit à faire les cent pas dans l'appartement de sa cousine en se demandant comment elle pourrait s'y prendre pour alerter Robert. Il fallait absolument qu'elle lui parle. Après tout, il était le père de l'enfant. Il fallait qu'il l'aide à se sortir de la situation dans laquelle elle se trouvait. Si elle téléphonait au presbytère et demandait à lui parler, Clémence Savard allait peut-être chercher à savoir ce qui se passait. Elle était même capable de chercher à écouter leur conversation sur l'un des deux autres appareils disponibles dans le grand bâtiment. Robert lui avait souvent répété que la ménagère était une véritable «fouine» cherchant toujours à tout savoir. Elle pourrait même identifier sa voix et s'empresser d'en parler à son frère.

Durant une quinzaine de minutes, la jeune fille, à bout de nerfs, hésita sur la décision à prendre. Finalement, la rage la saisit. Pourquoi serait-elle la seule à souffrir? Elle n'était pas l'unique responsable de la situation. Robert devait, lui aussi, faire sa part et l'aider à trouver une solution. La main posée sur le téléphone, elle réfléchit encore un bref moment avant de composer le numéro du presbytère de Saint-Jacques-de-la-Rive. La voix de la ménagère du curé Savard lui répondit presque immédiatement. Pendant un bref moment, Lucie avait espéré que son amoureux serait celui qui lui répondrait.

— Bonjour madame. Puis-je parler à l'abbé Lanthier, s'il vous plaît? demanda Lucie en déguisant un peu sa voix.

— Il est parti rendre visite à un malade. Il devrait pas tarder à revenir. Y a-t-il un message?

— Oui, madame, et c'est assez pressant. Voudriez-vous lui demander de rappeler sans faute sa cousine France Labbé le plus vite possible. Son père vient d'être hospitalisé d'urgence.

— Je vais lui faire le message aussitôt qu'il rentrera, promit Clémence avant de raccrocher.

Il ne restait plus qu'à espérer que Robert se souvienne que France Labbé était le nom de sa cousine. Il possédait son numéro de téléphone et son adresse puisqu'il lui avait téléphoné là un certain nombre de fois. De plus, il était venu la chercher à l'appartement du boulevard Saint-Joseph à deux ou trois reprises depuis le printemps précédent.

Moins d'une heure plus tard, le téléphone sonna. Lucie se précipita sur l'appareil.

— France ? demanda le vicaire. Qu'est-ce qui arrive à mon père ?

— Il est entré d'urgence à l'hôpital Notre-Dame à la fin de l'avant-midi, improvisa Lucie.

— Je sais pas si je peux me libérer aujourd'hui, reprit le jeune prêtre d'une voix hésitante.

Tout dans son ton de voix laissait croire qu'il ne croyait pas l'alerte si pressante. Il devait penser qu'il s'agissait d'un caprice passager de son amie de cœur qui voulait absolument le voir après une absence un peu prolongée.

— C'est vraiment urgent, insista Lucie, alarmée par son peu d'empressement à répondre à son invitation. Il veut te voir absolument aujourd'hui !

Le vicaire eut un soupir exaspéré et, craignant que la ménagère ne l'espionne et n'ait un doute, il résolut de mettre fin abruptement à la communication.

— C'est correct. Le temps de prévenir monsieur le curé et je descends à Montréal.

— Arrête me prendre à la maison en passant, ajouta Lucie. Je vais aller voir ton père avec toi.

— Je vais être là avant le souper, dit le prêtre avant d'interrompre la conversation.

Le vicaire demeura un long moment près de l'appareil, essayant de juguler la colère qu'il sentait monter en lui. Qu'est-ce qui lui prenait de le relancer jusqu'au presbytère ? D'inventer n'importe quoi parce qu'elle avait envie de le voir ? Ne comprenait-elle pas qu'il était incapable de se libérer à volonté ? Elle le savait pourtant ! Il le lui avait répété bien assez souvent. Il lui fallut faire un véritable effort de volonté pour se calmer avant de regagner sa chambre.

Quelques minutes plus tard, il quitta le presbytère à bord de sa voiture. À son profond étonnement et pour sa plus grande honte, son supérieur s'était montré particulièrement chaleureux à son égard à l'annonce de la grave maladie de son père. Il avait même promis de prier pour sa guérison. Durant tout le trajet jusqu'à Montréal, le jeune prêtre fut aux prises avec sa mauvaise conscience. Il avait succombé à la chair et trahi sa vocation. Pour la première fois depuis son ordination, il se rendait compte qu'il était devenu un prêtre indigne qui s'enfonçait de plus en plus dans l'hypocrisie et le mensonge.

Au moment où il stationnait tant bien que mal sa voiture sur la rue Plessis mal déneigée, il prit la résolution de mettre fin à sa liaison coupable avec Lucie Veilleux. Leur amour ne menait nulle part. Il venait de se rendre compte qu'il était en train de gâcher sa vie et celle de la jeune fille.

~

Dès le premier coup de sonnette, Lucie se précipita vers la porte. Robert se contraignit à lui sourire et à l'embrasser en pénétrant dans l'appartement.

— Enlève ton manteau, lui conseilla Lucie. On est tout seuls. Ma cousine est partie faire un remplacement jusqu'à huit heures.

Sans dire un mot, le prêtre retira son manteau et ses caoutchoucs avant de suivre son amie au salon.

— Veux-tu bien me dire ce qui t'a pris de faire croire au presbytère que mon père était malade? demanda-t-il d'entrée de jeu à la jeune fille.

— C'est la seule idée que j'ai eue pour te faire venir.

— Voyons, Lucie ! Tu le sais qu'on peut pas se voir aussi souvent qu'on le voudrait. On en a parlé assez souvent, il me semble, dit Robert sur un ton plein de reproches.

— Là, c'est pas pareil, se défendit la jeune fille.

— T'es bien assez vieille pour comprendre que je peux pas me plier à tous tes caprices et...

— Je viens de te dire que c'est pas pareil, répéta Lucie en élevant la voix.

Quelque chose dans le ton de son amie dut alerter le vicaire qui se tut subitement pour l'examiner avec soin. Il fut frappé par ses traits creusés et ses cernes sous les yeux.

— Qu'est-ce qu'il y a ?

— Il y a que je suis enceinte, dit Lucie d'une voix éteinte, guettant avidement la réaction de son amoureux.

— Voyons donc ! C'est pas possible ! protesta le prêtre.

— Je viens d'avoir les résultats de mon test de grossesse, dit Lucie en déposant la feuille du laboratoire sur ses genoux.

Robert fixa la feuille sans la voir. Il était effondré et incapable de se décider à la consulter. Il se conduisait comme si le fait de s'abstenir de la lire pouvait effacer le fait qu'il allait être père.

— T'es sûre que c'est moi, le père ? osa-t-il demander, tout à fait désarçonné par la nouvelle.

— Qui veux-tu que ce soit ? demanda Lucie, fâchée.

— Il faut faire quelque chose.

— Pourquoi tu penses que je t'ai fait venir ?

Un silence pesant tomba dans le salon. Lucie était amèrement déçue. Elle avait espéré que son amoureux la serrerait dans ses bras pour la réconforter en apprenant la nouvelle. Elle était persuadée qu'il saurait trouver une solution, la bonne solution. Or, il avait l'air aussi dépassé et démuni qu'elle face à la situation.

— Qu'est-ce qu'on fait? finit-elle par lui demander d'une toute petite voix.

— Je le sais pas, admit le jeune prêtre, le visage pâle.

— Je peux pas rester chez nous. De toute façon, quand mon père va se rendre compte que je suis en famille, il va me mettre dehors.

— Je m'en doute. Ta mère, elle?

— Ma mère le sait déjà. Elle veut savoir qui est le père. Elle veut envoyer mon père et mon frère lui parler.

— Pour dire quoi?

— Pour l'obliger à me marier, cette affaire! précisa Lucie.

— Mais je peux pas te marier. Je suis prêtre…

— C'est sûr que mon père va vouloir m'obliger à lui dire qui m'a fait cet enfant-là.

— Tu peux pas lui dire! affirma Robert Lanthier avec force. Tu imagines le scandale si on savait que le vicaire de la paroisse t'a fait un enfant? Je serais la honte du diocèse. Mon évêque me sanctionnerait.

— Qu'est-ce qu'on peut faire d'abord?

Le vicaire garda le silence durant quelques instants avant de suggérer à mi-voix:

— Penses-tu que ta cousine pourrait te donner le nom d'un médecin qui…

— Qui quoi?

— Qui pourrait t'en débarrasser?

— Es-tu sérieux, Robert Lanthier? demanda Lucie, outrée qu'il ose lui proposer une telle chose.

— Ce serait la solution idéale.

— Mais je veux pas, s'insurgea la jeune fille. Ce serait un crime. Je suis pas pour tuer mon bébé.

— Dans ce cas-là, je vois pas ce que je pourrais faire. J'ai un peu d'argent. Je pourrais toujours t'en donner une partie.

Lucie se contenta de secouer la tête en signe de refus. Robert jeta un coup d'œil discret à sa montre. Il se rapprocha d'elle sur le divan et l'enlaça.

— Tu m'as bien dit que ta cousine reviendrait pas avant huit heures? On pourrait peut-être en profiter un peu, non? À présent que t'es enceinte, il y a plus de précautions à prendre.

— J'ai pas la tête à ça, dit Lucie en le repoussant fermement. Si ça te fait rien, j'aimerais mieux que tu me laisses toute seule.

Le jeune prêtre se leva, ne sachant pas trop quelle contenance adopter.

— Bon. Qu'est-ce qu'on fait pour le petit? finit-il par demander.

— Je le sais pas encore.

— Vas-tu dire qui t'a mis en famille?

— Ça aussi, je le sais pas, dit Lucie, la voix subitement plus dure.

— Fais bien attention aux accusations que tu vas porter, la mit en garde le vicaire de Saint-Jacques-de-la-Rive en s'emparant de son manteau déposé sur le bras du fauteuil. Les conséquences peuvent être pas mal plus graves pour toi que pour moi. Tu sais comment sont les gens à la campagne. Débaucher un prêtre, c'est grave.

— Maudit lâche! rugit Lucie, le visage blanc de fureur.

Elle se leva à son tour du divan et se contenta de lui ouvrir la porte qu'elle claqua brutalement dans son dos aussitôt qu'il eut quitté l'appartement.

⁓

Quand France Labbé revint chez elle au milieu de la soirée, elle trouva sa cousine assise dans le noir, au salon.

L'infirmière alluma une lampe et prit place en face d'elle pour lui demander comment elle avait passé sa journée. Lucie lui fit un récit circonstancié de la visite de son amoureux. Devant la colère de la jeune fille, France ne put s'empêcher de lui dire :

— Il y a rien de surprenant là. La plupart des hommes sont comme ça. Quand on leur annonce qu'ils vont être père, ils disparaissent. Ils sont responsables de rien. As-tu pensé à ce que tu vas faire ?

— Je vais le mettre au monde.

— Tu sais que tu pourras pas le garder, précisa sa cousine. Tu vas être obligée de le donner en adoption.

— Pourquoi ?

— Parce que c'est comme ça que ça se passe toujours. Une fille toute seule peut pas garder un enfant. Les sœurs de l'hôpital vont te le dire.

— D'après toi, qu'est-ce que je devrais faire ?

France réfléchit un long moment avant de formuler une suggestion pleine de bon sens.

— À ta place, je retournerais à Saint-Jacques-de-la-Rive jusqu'à la fin de mars. Il y a pas de danger. À ce moment-là, ça paraîtra pas encore.

— Qu'est-ce qui va m'arriver ?

— Je vais essayer de te trouver de l'ouvrage à l'hôpital, inquiète-toi pas.

— Tu penses être capable ?

— Oui. Je m'entends bien avec la directrice du personnel. Aussitôt qu'il y a une place pour toi, je te téléphone. Toi, tu vas régler ça avec ton père et ta mère. Ta mère est déjà au courant. Vous aurez juste à dire à ton père que tu veux essayer de vivre à Montréal et que t'as une nouvelle *job* qui t'attend. Il pourra pas te retenir de force, t'es majeure après tout.

— C'est certain, approuva Lucie, le visage illuminé d'un premier sourire depuis plusieurs jours.

— Si ça peut te rassurer et donner confiance à tes parents, t'as juste à leur dire qu'on va vivre ensemble. Comme ça, ils seront pas inquiets pour toi et t'auras pas à te chercher un appartement.

Lucie se leva et alla embrasser sa cousine sur la joue.

— Merci, France. J'oublierai jamais ce que tu fais pour moi.

Le lendemain avant-midi, la jeune fille prit l'autocar et rentra à Saint-Jacques-de-la-Rive. À son retour, elle ne retrouva que sa mère au magasin. Son père et son frère étaient partis effectuer une livraison. Claudette attendit avec impatience le départ de deux clients avant de s'approcher de sa fille qui avait déjà repris sa place derrière la caisse enregistreuse.

— Puis? As-tu parlé au père? lui demanda sa mère à voix basse.

— Non, m'man, mentit encore une fois Lucie.

— Pourquoi?

— Il reste plus à la même place. J'ai essayé de lui parler au téléphone, mais ceux chez qui il restait m'ont dit qu'il était parti travailler aux États-Unis depuis quinze jours et ils savent pas s'il est pour revenir.

— Voyons donc! protesta Claudette. Ça a pas d'allure, cette histoire-là!

— C'est pourtant comme ça! répliqua sa fille d'une voix dure. Là, m'man, j'ai décidé que c'était assez. Je courrai pas après lui.

— Qu'est-ce que tu vas faire? Ton père…

— Laissez faire p'pa. Je vais travailler encore un mois au magasin, le temps que France me trouve une *job* à son hôpital. Je vais aller rester avec elle jusqu'à l'accouchement. Après, je verrai ce que je peux faire.

— Je sais pas comment ton père va prendre ça, dit Claudette, inquiète.

— Il le prendra comme il le voudra, répliqua sa fille, agacée. J'ai vingt-deux ans et je suis majeure. Il est pas pour me couver jusqu'à la fin de mes jours. J'ai le droit d'aller rester en ville, si ça me tente, non ?

Jean-Paul Veilleux fut content d'apercevoir sa fille à la caisse, au retour de sa livraison, quelques minutes plus tard.

— Puis, comment va ta cousine ? lui demanda-t-il en déposant la facture sur le comptoir.

— Elle va pas mal mieux, p'pa, dit Lucie. Je suis revenue parce qu'elle avait plus besoin de moi.

— Tant mieux. Ça va soulager ta mère de te voir revenue, fit son père avant de retourner dans l'entrepôt.

⌒

Le soir de la Saint-Valentin, Hervé Loiselle apparut à la porte des Fournier avec deux bouquets de fleurs et une boîte de chocolats. Quand Catherine, toute pimpante, vint lui ouvrir la porte, il s'empressa d'entrer dans la maison tant il faisait froid à l'extérieur. Le visiteur salua poliment Étienne et Françoise occupés à lire *La Presse* étalée sur la table de cuisine.

— Il fait un froid de canard, déclara le gérant de Loiselle et frères en refermant rapidement la porte derrière lui.

— Qu'est-ce qui t'arrive, Hervé ? lui demanda la jeune fille. T'as bien l'air frileux tout à coup.

— C'est pas pour moi que je m'en fais, c'est pour les fleurs, dit Hervé en lui tendant les deux bouquets et la boîte de chocolats enveloppée dans un joli papier argenté afin de pouvoir enlever son manteau et ses bottes.

— Tout ça pour moi ? demanda son amie, taquine.

— Exagère pas, Catherine, fit son amoureux sur le même ton. Il y a un bouquet pour ta mère.

Le jeune homme s'empara de l'un de bouquets et le tendit à une Françoise, rose de plaisir.

— Voyons donc, Hervé, t'aurais pas dû ! protesta-t-elle pour la forme.

— Ça me fait plaisir, madame Tremblay.

Pendant que son ami, tout à fait à l'aise chez les Fournier, prenait des nouvelles de ses parents, la jeune fille réalisa soudain que leurs relations étaient en train de prendre doucement une tournure beaucoup plus sérieuse.

Après le jour de l'An, quand elle lui avait permis de la fréquenter, c'était beaucoup plus par ennui que par réel intérêt. À dire vrai, Hervé ne supportait pas la comparaison avec son dernier prétendant. Alain Crevier était beaucoup plus beau et, surtout, beaucoup plus grand que lui. Au début de leurs fréquentations, elle trouvait agaçant que son amoureux ait pratiquement la même taille qu'elle. Puis, au fil des semaines, elle avait appris à mieux l'apprécier. Au travail, il était resté un patron compréhensif et gentil au caractère très égal. Lorsqu'il venait lui tenir compagnie les samedis et dimanches soirs, il était enjoué et très respectueux. Il ne s'était jamais plaint des restrictions imposées par sa mère. Au contraire, il lui donnait toujours raison.

Hervé fut entraîné au salon par Catherine, impatiente d'ouvrir le paquet qu'il lui avait apporté.

Françoise reprit sa place à la table de cuisine après avoir disposé avec soin son bouquet dans un pot qu'elle déposa au centre de la table. Étienne l'avait regardée s'exécuter sans dire un mot.

— C'est pas toi qui aurais pensé à me donner des fleurs pour la Saint-Valentin, chuchota-t-elle, à demi sérieuse.

— Pour quoi faire? demanda Étienne d'une voix bourrue.

— Pour me dire que tu m'aimes.

— Ça fait presque vingt-quatre ans qu'on est mariés.

— Raison de plus, lui fit remarquer sa femme, beaucoup plus sérieuse.

— Bon. J'ai compris, fit Étienne en se levant et en se dirigeant vers la cuisine d'été.

Surprise par la réaction de son mari, Françoise le regarda disparaître dans la pièce voisine sans dire un mot. Un instant plus tard, Étienne revint en tenant deux paquets dans ses mains noueuses. Il les lui tendit avant de s'asseoir.

— Qu'est-ce que c'est?

— Ouvre-les, lui suggéra Étienne. C'est encore le meilleur moyen de le savoir.

Françoise déchira l'emballage du premier paquet. Il contenait un magnifique coffret de bois en forme de cœur.

— Pour mettre tes bijoux, précisa son mari.

— C'est une vraie beauté, s'extasia sa femme en se levant pour l'embrasser.

— Et l'autre, il t'intéresse pas? lui demanda son mari pour la taquiner.

Elle découvrit avec plaisir une boîte de chocolats. Elle la déposa sur la table avant d'aller chercher dans le placard de l'entrée une petite boîte qu'elle tendit à son mari. Lorsque ce dernier l'eut ouvert, il découvrit une belle pipe recourbée.

— Qu'est-ce que t'aurais fait si je t'avais rien donné? demanda-t-il à sa femme pour la taquiner.

— Je te l'aurais donnée quand même, vieil haïssable, dit Françoise en l'embrassant.

À la fin de la soirée, au moment de se mettre au lit, la mère de famille ne put s'empêcher de dire à son mari:

— J'espère que Gilles rentrera pas trop tard. Il m'a dit qu'il avait des cours à donner demain avant-midi.

— Inquiète-toi pas pour rien. Il est ben assez vieux pour savoir ce qu'il fait.

— J'en suis pas aussi sûre que toi, reprit Françoise. En tout cas, j'aime pas pantoute le voir aller veiller chez sa Valérie Gouin. Je continue de trouver que c'est pas une fille pour lui.

⁓

Ce soir-là, Lucie se réfugia tôt dans sa chambre à coucher. Elle en avait gros sur le cœur et réprimait difficilement une forte envie de pleurer. Elle ne s'était jamais sentie aussi seule et abandonnée qu'en cette journée dédiée aux amoureux.

Depuis son retour de Montréal, une semaine auparavant, elle n'avait eu aucune nouvelle de Robert Lanthier. Le vicaire de Saint-Jacques-de-la-Rive n'avait rien tenté pour entrer en contact avec elle. Elle le voyait encore passer devant le magasin presque chaque jour, mais il détournait ostensiblement la tête.

Pendant plusieurs jours, la jeune fille avait été certaine que le père de son enfant à naître finirait par admettre ses torts et trouverait le moyen de la rencontrer pour lui offrir son soutien. Il fallait lui laisser le temps d'absorber le choc pour qu'il agisse ensuite en homme responsable. Il l'aimait comme un fou, lui avait-il répété inlassablement. Pour elle, il ne faisait aucun doute qu'il allait abandonner la soutane, se trouver un travail et venir vivre à ses côtés, en ville. À deux, même s'ils ne pouvaient se marier, ils arriveraient bien à être heureux. Ils parviendraient à garder leur enfant et à l'élever.

Cependant, au fil des jours, sa belle assurance avait fondu comme neige au soleil. Rien. Aucun signe de vie. C'était comme si elle n'avait jamais existé, comme s'il l'avait rayée définitivement de sa vie. De toute évidence, il ne se préoccupait guère de ce qui allait lui arriver. Il n'était coupable de rien. Pour lui, sa petite vie tranquille de vicaire se poursuivait. Elle n'avait été qu'un agréable intermède, le temps d'une saison.

Peu à peu, en cette soirée de la Saint-Valentin, elle sentait que l'amour qu'elle lui portait faisait place à la haine et à la rancœur. Cent fois, la future mère se demanda ce qui l'empêchait dorénavant de traverser la route et d'aller dénoncer la conduite inqualifiable de son vicaire au curé Savard. Jusqu'à présent, son amour l'avait empêchée de poser ce geste, mais maintenant…

Recroquevillée sous ses couvertures, la jeune fille n'avait plus qu'une hâte : aller rejoindre sa cousine à Montréal pour échapper, au moins, aux regards inquisiteurs de sa mère qui s'attardaient un peu trop souvent à la hauteur de son ventre.

~

Lorsque Françoise se réveilla, le lendemain, Étienne était déjà à l'étable depuis un bon moment. Elle ne s'était endormie qu'un peu après deux heures du matin, inquiète de constater que Gilles n'était pas encore rentré. Elle jeta un coup d'œil au réveille-matin : il indiquait sept heures et quart. Un bruit de casseroles en provenance de la cuisine lui apprit que Catherine était déjà en train de préparer le déjeuner. Son mari n'allait pas tarder à rentrer. La mère de famille se leva précipitamment et enfila sa robe de chambre.

— Seigneur, m'man! Vous êtes rendue que vous vous levez aussi tard que le faisait Rose-Aimée Turcotte, la taquina Catherine en déposant la cafetière sur la table de cuisine. Je dirais presque que c'est de la paresse.

— J'ai eu bien de la misère à m'endormir, expliqua sa mère en jetant un coup d'œil rapide aux préparatifs du déjeuner.

— Est-ce que c'est parce que Gilles est pas rentré coucher?

— Comment ça, pas rentré coucher? demanda Françoise en se tournant brusquement vers sa fille.

— Bien. Sa porte de chambre est ouverte et son lit est pas défait.

— Ah bien! On aura tout vu! s'emporta Françoise. Attends qu'il revienne, lui! Il va connaître ma façon de penser.

Quelques minutes plus tard, elle s'empressa de tout raconter à son mari.

— Je pensais qu'il était rentré trop tard hier soir pour venir me donner un coup de main, à matin, se contenta de dire Étienne.

— C'est tout ce que ça te fait d'apprendre que ton garçon a pas couché à la maison?

— Fais-en pas une maladie, Françoise, dit son mari sur un ton apaisant. Ton gars est majeur. Découcher un soir à son âge, c'est pas la fin du monde.

— Un bel exemple à donner à sa sœur!

Sur ces mots, Françoise prit nerveusement place au bout de la table et mangea son déjeuner sans grand appétit.

Gilles ne rentra à la maison qu'au milieu de l'après-midi. Il trouva sa mère, seule dans la cuisine, en train de réparer une nappe abîmée. Dès qu'elle aperçut son fils, Françoise, le visage fermé, déposa son travail sur la table, enleva ses lunettes et alla à sa rencontre.

— Est-ce que je peux savoir d'où tu sors, Gilles Fournier? l'apostropha-t-elle, les mains sur les hanches.

— Du cégep.

— Tu sais que c'est pas ce que je veux savoir! fit sa mère, furieuse. Où est-ce que t'as passé la nuit?

Le jeune homme eut d'abord un air gêné avant d'admettre:

— Chez Valérie.

— Et je suppose que tu trouves ça normal de coucher chez une fille qui vit toute seule en appartement?

— Non, mais...

— Et naturellement, il y a pas le téléphone chez ta blonde?

— Il y en a un, mais j'ai pas pensé à vous appeler. Écoutez, m'man, dit Gilles d'une voix un peu excédée, je voulais justement vous en parler en fin de semaine. Mais puisqu'on est sur le sujet, on est tout aussi bien de régler le problème tout de suite.

— De quel problème tu parles?

— De Valérie Gouin, dit son fils en faisant un effort méritoire pour conserver son calme.

— Qu'est-ce que tu veux me dire à propos de cette fille-là?

— Je l'aime, m'man, et on a décidé de rester ensemble.

— Avant votre mariage? demanda sa mère, estomaquée.

— Il y aura pas de mariage. Valérie veut pas se marier.

— Voyons donc, Gilles Fournier! protesta sa mère. As-tu perdu la tête? Ta Valérie a au moins dix ans de plus que toi. Quel avenir vous avez ensemble?

— M'man, l'âge est pas bien important, plaida son fils. On s'entend bien et...

— Et vos enfants, là-dedans, qu'est-ce qu'ils vont devenir ? Des petits bâtards qui vont se faire montrer du doigt. C'est ça que vous voulez pour vos enfants ?

— Valérie en veut pas, m'man.

— Il est temps qu'elle apprenne, ta Valérie, qu'on fait pas toujours ce qu'on veut dans la vie, tu sauras.

— Écoutez, je…

— Et t'as prévu de déménager quand ? fit Françoise, sur un ton vindicatif.

— Je pense que je vais faire ça aujourd'hui, déclara le jeune homme.

— Sans en parler à ton père ?

— Non. Je vais aller le lui dire tout de suite. Après, je vais faire mes paquets.

Après cette mise au point, Gilles laissa sa mère figée dans la cuisine, remit le manteau qu'il venait à peine d'enlever et sortit de la maison. Il se rendit à l'atelier où son père travaillait. Quand il entra, Étienne leva la tête et éteignit sa ponceuse en l'apercevant.

— Bonjour, p'pa.

— Bonjour. Es-tu passé par la maison ?

— Oui, j'en sors.

— Je suppose que tu t'es aperçu que ta mère était pas ben contente que tu sois pas rentré la nuit passée ?

— Oui. Elle me l'a pas envoyé dire, reconnut Gilles, gêné.

— J'espère que tu viens pas m'aider à sabler, habillé en propre comme ça, dit le père en désignant les vêtements portés par son fils.

— Non, p'pa. Je venais vous dire que je m'en allais rester avec Valérie, à Trois-Rivières.

— Pour combien de temps ? demanda Étienne, un peu dépassé par la déclaration de son fils.

— Pour tout le temps, p'pa. J'ai offert à Valérie de la marier…

— Tu trouves pas que c'est un peu vite? lui fit remarquer le bossu. Tu la connais seulement depuis le temps des fêtes.

— De toute façon, p'pa, elle veut pas en entendre parler.

— Et les enfants?

— Elle en veut pas non plus.

Étienne regarda son fils un long moment avant de laisser tomber:

— Bon. T'es assez vieux pour savoir ce que tu fais. Essaye de te rappeler que t'as encore ta place ici. Si quelque chose marche pas, tu pourras toujours revenir. La porte reste ouverte.

— Merci, p'pa, dit Gilles, profondément ému.

— Puis, laisse ta mère se calmer un peu et téléphone-lui demain ou après-demain. Elle mérite pas que tu lui fasses de la peine.

— C'est promis.

— Quand tu seras prêt à transporter tes affaires dans ta Chevrolet, appelle-moi. Je vais venir te donner un coup de main, offrit Étienne avant de remettre sa ponceuse en marche.

— Ce sera pas nécessaire, p'pa. J'ai presque rien à apporter.

Gilles quitta l'atelier et rentra dans la maison. Sa mère s'était réfugiée dans le salon. Le jeune homme monta directement dans sa chambre et entreprit de ranger ses affaires dans des boîtes qu'il transporta dans sa voiture stationnée près de la maison. Une heure plus tard, au moment de partir, il voulut embrasser sa mère, mais cette dernière s'était enfermée dans sa chambre et refusa de répondre quand il frappa à la porte. Le cœur gros, il alla remercier son père et quitta Saint-Jacques-de-la-Rive.

Quand Catherine rentra de son travail, à la fin de l'après-midi, elle trouva sa mère en train de glacer un gâteau dans la cuisine. La jeune fille remarqua immédiatement ses yeux gonflés et s'en inquiéta.

— Qu'est-ce qu'il y a, m'man ? On dirait que vous avez pleuré.

— Gilles est parti, avoua Françoise en retenant difficilement ses larmes.

— Où est-ce qu'il est parti ?

— Il est parti vivre avec sa maudite Valérie Gouin, dit Françoise, la voix pleine de haine pour cette fille qui venait de lui arracher son fils.

— Il est pas mort, m'man. Il va revenir, dit la jeune fille pour la consoler.

Sa mère ne répondit rien. Elle était malheureuse au-delà des mots d'avoir perdu son fils. Durant le repas, son mari se garda bien d'aborder le problème. Il passa la soirée devant le téléviseur, apparemment captivé par un vieux western diffusé par le Canal 10.

Au moment de se mettre au lit, sa femme n'y tint plus et laissa éclater sa rancœur.

— On dirait que ça te fait rien que ton gars soit parti.

— Pourquoi tu me dis ça ? demanda Étienne, surpris.

— Parce que t'as rien dit pour l'empêcher de faire cette folie-là.

— Écoute, Françoise, dit son mari sur un ton raisonnable. J'ai rien dit parce ça aurait servi à rien d'essayer de le retenir contre son gré. Si je m'étais fâché, je serais juste arrivé à le braquer. Il serait parti en claquant la porte et il aurait plus voulu revenir nous voir. Est-ce que c'est ça que t'aurais voulu ?

— Non, mais la Valérie Gouin, elle…

— Laisse faire sa blonde. Je pense que c'est mieux qu'il soit tombé sur elle plutôt que sur une autre.

— Pourquoi tu dis ça ?

— Parce que n'importe quelle fille de son âge aurait essayé à tout prix de se faire marier. Gilles m'a dit que sa Valérie veut pas du mariage et les enfants l'intéressent pas.

— Puis, après ?

— Après, reprit son mari, ça veut dire que rien l'attache à cette fille-là. Si ça marche pas à son goût ou s'il change tout simplement d'idée, notre gars peut revenir n'importe quand à la maison. Il restera pas pris avec une femme qu'il peut pas endurer.

— Drôle de raisonnement, conclut Françoise, peu convaincue.

Chapitre 21

Gabrielle

Le début de mars fut marqué par un étrange redoux. Au milieu de la première semaine, la température monta subitement bien au-dessus du point de congélation. En quelques heures, les routes des rangs, sillonnées de profondes fondrières, devinrent difficilement praticables. Les bancs de neige se mirent à fondre, mettant à nu une vieille neige grise mêlée de gravier. Même la patinoire extérieure située derrière l'école du village se transforma en un lac miniature pour la plus grande désolation des jeunes amateurs de hockey de Saint-Jacques-de-la-Rive.

— Torrieu! jura Alcide Beaulieu, de passage au magasin général. Il va falloir arrêter de bûcher et commencer à préparer les chaudières et les chalumeaux. Je crois ben que le temps des sucres est arrivé pour de bon.

— Presse-toi pas pour rien, fit Gérald Tremblay. Tu sais ben que ce temps-là peut pas durer longtemps. On est ben trop en avance sur la saison.

— C'est certain, confirma Jérôme Veilleux en allumant sa pipe. On a au moins un bon quinze jours ou trois semaines d'hiver à traverser avant d'en arriver là. Inquiète-toi pas, mon Alcide, on va avoir encore une ou deux bonnes bordées de neige avant que ce soit fini.

— En tout cas, moi, j'ai hâte que les sucres soient commencés, intervint Elphège Turcotte, entre deux quintes de toux. J'ai plus une maudite goutte de sirop à la maison et j'aime ça en manger un peu tous les matins avec mes *toasts*.

Les quelques hommes de Saint-Jacques-de-la-Rive rassemblés près de la caisse du magasin général se jetèrent des regards de connivence en entendant le vieil homme qui venait de célébrer ses quatre-vingt-sept ans.

— Pour moi, Tit-Phège, c'est ce sirop-là qui t'a rendu malade comme un chien, cet hiver, dit Adrien Desjardins en adressant un clin d'œil complice aux autres.

Le vieillard, qui avait été alité près de trois semaines en janvier, sembla réfléchir profondément à la remarque du gros cultivateur.

— Sais-tu, Adrien, c'est ben possible que t'aies raison après tout. À ben y penser, ça se peut que je sois tombé sur du mauvais sirop. Si je me souviens ben, c'est toi qui m'avais donné cette pinte-là, le printemps passé.

— Ah ben, blasphème, par exemple ! explosa Desjardins.

Un éclat de rire général salua la saillie du vieil homme.

— Pourquoi vous l'achetez pas, votre sirop, monsieur Turcotte ? demanda Bertrand Tremblay, qui venait de rejoindre son père près du comptoir, une boîte de vis à la main.

Claudette Veilleux, l'air soucieux, vérifiait des bons de livraison laissés par des fournisseurs et ne prêtait aucune attention aux clients rassemblés devant son comptoir.

— Si je faisais ça, mon jeune, répondit Elphège, ça se saurait partout dans la paroisse.

— Puis ?

— Puis ? Ben, c'est simple à comprendre, il me semble. Dans Saint-Jacques, plus personne penserait à m'en donner dans le temps des sucres et, à ce moment-là, plus personne pourrait se vanter partout de m'avoir fait encore une fois la charité.

Quelques rires jaunes suivirent cette remarque pleine d'humour de l'octogénaire et on s'empressa de changer de sujet.

Certains des hommes présents jetèrent un coup d'œil en direction de Jean-Paul qui, contrairement à son habitude, ne s'était pas joint à ces vieux habitués pour bavarder avec eux durant quelques minutes. L'homme était occupé à garnir des tablettes au fond du magasin. Il était évident qu'il n'était pas d'humeur à plaisanter.

Personne ne pouvait savoir que le propriétaire du magasin général boudait depuis la veille, lorsque sa fille lui avait appris sa décision d'aller demeurer à Montréal. Au même moment, à l'étage, Lucie était occupée à boucler ses bagages.

~

Durant le dernier mois, l'apparence de la jeune fille n'avait guère changé. Deux semaines auparavant, elle s'était retirée du comité de pastorale dirigé par l'abbé Lanthier, comité auquel elle appartenait depuis plus de deux ans.

— T'es fine de faire ça, lui avait dit le vicaire à mi-voix, quand elle s'était résolue à faire une brève visite au presbytère de la paroisse pour signifier son retrait de l'organisme paroissial. Ça va être pas mal moins gênant pour moi.

— Ça va peut-être te surprendre, avait fait Lucie d'une voix mordante, mais j'ai pas pensé pantoute à toi en faisant ça.

— As-tu pris une décision pour ce que tu sais? avait demandé le jeune prêtre à mots couverts.

— Oui. Je pense que je vais le garder. Ça se peut même que je vienne le montrer à monsieur le curé pour lui dire qui est le père de cet enfant-là, ajouta la jeune fille, frondeuse.

Sur ce, Lucie avait quitté le presbytère, le cœur en miettes et ulcérée d'avoir encore une fois constaté à quel point son ex-amoureux était égoïste.

À compter de ce jour-là, elle n'avait plus eu le goût de regarder en arrière. L'avant-veille, elle avait reçu l'appel téléphonique tant attendu. France lui avait trouvé un emploi aux archives de l'hôpital Notre-Dame. Elle devait se présenter vendredi matin au bureau du personnel. Elle communiqua immédiatement la nouvelle à sa mère qui la convainquit d'attendre après le souper pour mettre son père au courant de son intention de quitter Saint-Jacques-de-la-Rive pour aller travailler à Montréal.

Le père de famille piqua une colère terrible en apprenant la nouvelle du départ de sa fille. Il la taxa d'ingratitude et douta de sa capacité de s'en tirer seule dans la grande ville, même si elle lui répéta plusieurs fois qu'elle s'en allait vivre avec sa cousine. Lorsque sa fille lui dit vouloir partir dès le lendemain midi, Jean-Paul se contenta de lui répondre sur un ton sec :

— Tu te débrouilleras toute seule pour aller en ville avec tes affaires. Nous autres, on a de l'ouvrage au magasin.

— Pour l'amour du bon Dieu, Jean-Paul ! avait vivement protesté sa femme.

— Mêle-toi pas de ça, l'avait rabrouée son mari, hors de lui.

Lucie allait répondre à son père quand son frère était intervenu pour la première fois dans la discussion.

— Moi, je vais aller te conduire, déclara-t-il sur un ton décidé. Les commandes attendront que je revienne, ajouta-t-il sur un ton de défi en regardant son père.

Le propriétaire du magasin général ne pouvait pas se permettre de perdre sa caissière et son unique employé en même temps. Constatant une coalition de toute sa famille dirigée contre lui, il avait choisi la voie la plus simple : la bouderie.

Le lendemain avant-midi, René avait chargé dans sa voiture les maigres bagages de sa sœur. Lucie avait embrassé sa mère, mais n'avait pas tenté de s'approcher de son père qui s'était cantonné au fond de l'entrepôt depuis le début de la matinée.

— Tu vas me donner des nouvelles ? quémanda Claudette, la larme à l'œil.

— C'est sûr, m'man, avait promis sa fille avant de sortir de la maison.

En quittant la maison paternelle, la jeune fille jeta un long regard triste sur l'église, le presbytère, le parc municipal et les maisons voisines. Elle savait qu'elle ne les reverrait pas avant bien longtemps. Savait-elle seulement ce que l'avenir lui réservait ?

— On va y aller lentement, lui dit son frère en prenant place derrière le volant. On dirait que ça refroidit. Ça se peut que ce soit glissant.

Les larmes aux yeux, Lucie fit un petit signe de la main à sa mère une dernière fois avant de regarder devant elle au moment où la voiture de René se mettait lentement en marche.

⌢

À la fin de l'après-midi, le vent changea soudain de direction et vira au nord. La température devint alors beaucoup plus froide et le ciel se couvrit de lourds nuages. Au moment où l'obscurité faisait son apparition, la neige se mit à tomber sur Saint-Jacques-de-la-Rive.

Chez les Fournier, la maison était silencieuse. Françoise finissait de repasser des vêtements.

— V'là qu'il se remet à neiger, se dit-elle à mi-voix. Cet hiver-là finira donc jamais.

Depuis le départ de son fils, la mère de famille avait perdu beaucoup de son enjouement. Même lorsqu'elle arrivait à plaisanter, les siens sentaient qu'elle faisait un effort pour afficher une bonne humeur de façade. Pourtant, Gilles avait tenu la promesse qu'il avait faite à son père au moment de quitter la maison; il avait téléphoné à sa mère deux jours après son départ. Les choses s'étaient arrangées entre la mère et le fils. En apparence, Françoise semblait s'habituer peu à peu à l'idée que ce dernier vivait sous le même toit qu'une fille avec laquelle il n'était pas marié.

Mais en vérité, la mère ne l'acceptait toujours pas et considérait cela comme une honte. Elle avait demandé à Catherine de ne pas en dire un mot à quiconque, surtout pas à ses grands-parents. Pour tous, Gilles demeurait maintenant à Trois-Rivières parce qu'il trouvait que voyager soir et matin pour aller donner ses cours au cégep prenait trop de son temps.

L'unique consolation de Françoise Fournier provenait du fait que, depuis son départ, son fils lui téléphonait deux fois par semaine pour donner de ses nouvelles. Pas une seule fois, elle ne lui avait téléphoné elle-même de peur de tomber sur Valérie Gouin. Le dimanche précédent, il était même venu souper à la maison. Il était arrivé seul, au milieu de l'après-midi. Après être allé aider son père à soigner les animaux, il était venu occuper sa place habituelle à la table familiale à l'heure du souper.

Durant tout le repas, il avait régné un malaise évident autour de la table. L'atmosphère était dépourvue de la joyeuse animation et des taquineries habituelles. Chacun avait évité de faire la moindre allusion à celle qui parta-geait la vie du jeune homme depuis un mois. Catherine avait parlé des projets de construction de maison de son amoureux et du départ de Lucie Veilleux pour aller tra-vailler en ville. Étienne avait dit regretter que son fils n'ait pas vu le beau buffet qu'il avait livré l'avant-veille aux Martineau. Ensuite, il fut question des sucres qui allaient bientôt commencer.

Gilles avait quitté sa famille quelques minutes à peine après l'arrivée d'Hervé, venu veiller avec sa sœur, comme à son habitude. Il avait prétexté la correction d'examens de ses élèves pour justifier son départ hâtif.

— Reviens la fin de semaine prochaine, l'avait invité sa mère au moment où il partait. Les sucres vont être com-mencés.

— Vous pouvez être certaine que je vais essayer. J'aimerais ça venir vous donner un coup de main à la cabane.

Françoise avait soulevé le rideau de l'une des fenêtres de la cuisine pour voir son fils monter à bord de sa vieille Chevrolet.

— Je le trouve pas mal changé, avait-elle dit à son mari en revenant s'asseoir dans sa chaise berçante.

— Voyons donc!

— Je me demande si elle lui fait bien à manger.

— Il a pas changé, l'avait repris son mari. Tout ça, c'est dans ta tête. En tout cas, ton gars a certainement remar-qué que pas une fois tu l'as invité à revenir avec sa blonde.

— Il manquerait plus que ça! s'était emportée Françoise. Ici, c'est une maison honnête et…

— Là, laisse-moi te dire que tu prends des risques, Françoise Tremblay, l'avait interrompue son mari. Si tu l'obliges à faire un choix entre sa mère et sa blonde, tu risques d'avoir de la peine.

Ce dimanche soir là, Françoise s'était tue, en proie à des idées noires qui ne l'avaient guère quittée depuis.

La femme se secoua pour chasser ces souvenirs déprimants. Dans quelques minutes, Étienne allait revenir de la cabane à sucre où il était allé déposer une corde de bois. Elle avait fait un grand ménage de l'endroit la veille même et son mari avait passé la journée à planter les chalumeaux et à accrocher les seaux à la cinquantaine d'érables qui constituaient leur petite érablière. Bien sûr, avec une journée aussi froide, l'eau d'érable n'avait pas encore commencé à couler. Il ne servait donc à rien d'allumer le poêle dans la cabane, mais les Fournier allaient être prêts. Ce n'était plus qu'une question de jours avant que les sucres commencent.

Au moment où Françoise esquissait un triste sourire au souvenir de l'époque où elle allait faire bouillir l'eau d'érable en compagnie de Gilles et de Catherine, enfants, le téléphone sonna. Elle abandonna son fer à repasser pour aller répondre.

— Bonjour, madame, suis-je chez monsieur Gilles Fournier? demanda une voix anonyme.

— Gilles Fournier reste plus ici, répondit Françoise. Je suis sa mère.

— Je suis Laurence Fortier, infirmière-chef à l'hôpital Saint-Joseph de Trois-Rivières.

— Mon Dieu! Qu'est-ce qui est arrivé à mon garçon? demanda Françoise, alarmée.

— Voyons, madame! Il lui est rien arrivé puisque je demande à lui parler, fit la voix à l'autre bout du fil avec une certaine impatience.

— Ah! Vous me soulagez....

— Je vais vous expliquer pourquoi j'appelle chez vous, madame Fournier, reprit l'infirmière. Nous avons une patiente aux soins intensifs depuis trois jours. C'est une dame d'une soixantaine d'années qui a été trouvée inconsciente dans son appartement de Trois-Rivières par une voisine. D'après elle, la dame semblait pas avoir de famille et recevait jamais de visites. On l'a transportée à l'urgence. Le médecin a diagnostiqué une attaque cardiovasculaire. Depuis, comme je viens de vous le dire, cette patiente est aux soins intensifs.

— Comment elle s'appelle? demanda Françoise, dans un souffle, devinant déjà de qui il s'agissait.

— Madame Gabrielle Fournier.

— Est-ce que je peux vous demander comment vous nous avez retracés?

— Par pur hasard, madame, répondit l'infirmière Fortier. Comme elle recevait aucun visiteur, j'ai eu l'idée de vider sa bourse et j'ai retrouvé au fond une feuille sur laquelle il était écrit «Gilles Fournier» et votre numéro de téléphone. Est-ce que vous pouvez maintenant me donner le numéro de téléphone de votre fils pour que je puisse entrer en contact avec lui?

— Ce sera pas nécessaire, dit Françoise. Votre malade, c'est ma belle-mère. On n'a jamais su qu'elle était à l'hôpital.

— Bon.

— On va aller la voir après le souper.

— Passez donc me dire un mot si vous en avez l'occasion, madame Fournier, dit l'infirmière. J'aimerais vous donner quelques explications sur son état avant que vous voyiez votre belle-mère.

— On y manquera pas, promit Françoise avant de raccrocher.

Durant un long moment, la femme d'Étienne demeura pensive, la main posée sur le téléphone.

— Qu'est-ce qui vient encore de nous tomber sur la tête? demanda-t-elle à haute voix. Il nous manquait plus que ça!

Ses dernières paroles furent entendues par Catherine qui rentrait de son travail.

— Bonsoir, m'man, fit la jeune fille d'une voix joyeuse. Êtes-vous rendue que vous vous parlez toute seule?

— Non, répondit sa mère, le visage sombre. Je viens d'avoir un coup de téléphone de l'hôpital de Trois-Rivières. Ta grand-mère Fournier est aux soins intensifs depuis trois jours.

— Ayoye! Je me demande comment p'pa va prendre ça.

— Moi aussi.

— Qu'est-ce qu'elle a?

— Je le sais pas trop. La garde-malade m'a parlé d'une sorte d'attaque cardiaque.

— Qu'est-ce que vous allez faire?

— On va en parler avec ton père quand il reviendra.

Quand Étienne rentra après avoir fait son train, sa femme le mit immédiatement au courant de l'appel de l'infirmière-chef. Le bossu pâlit en apprenant la nouvelle et s'assit à table après s'être lavé les mains sans dire un mot. Françoise déposa devant lui une assiette de bœuf bouilli et de pommes de terre, mais il se contenta de chipoter, apparemment incapable d'avaler quelque chose.

— J'ai dit à la garde-malade qu'on passerait la voir à soir, lui apprit Françoise, sans préciser s'il s'agissait de l'infirmière ou de la patiente.

— T'as ben fait, reconnut Étienne en repoussant son assiette. Appelle donc Gilles pour lui dire que sa grand-mère est à l'hôpital. Il voudra peut-être aller la voir.

— J'aime autant pas téléphoner moi-même, dit sa femme. J'ai pas envie de parler à…

— Laissez faire, m'man, je vais l'appeler, moi, proposa Catherine qui avait compris que sa mère ne désirait pas avoir à parler à Valérie Gouin.

Mis au courant par sa sœur, Gilles promit d'être sur place quand ses parents se présenteraient à l'hôpital. Pendant qu'Étienne allait faire sa toilette, Catherine et Françoise desservirent la table et lavèrent la vaisselle.

— Je vais y aller avec vous autres, annonça à voix basse la jeune fille à sa mère. C'est pas pour grand-mère que je le fais, expliqua-t-elle, c'est pour p'pa.

Lorsque les Fournier montèrent dans la Dodge familiale quelques minutes plus tard, la neige n'avait pas cessé. Elle tombait doucement, régulière, comme s'assurant de tout recouvrir d'un léger manteau.

— Ça va être bon pour les sucres, cette petite neige-là, ne put s'empêcher de dire Étienne au moment de mettre son véhicule en marche.

Une heure plus tard, ils pénétraient tous les trois dans le hall de l'hôpital Saint-Joseph. Françoise demanda à la préposée aux renseignements où elle pouvait trouver l'infirmière-chef Fortier. La personne l'envoya au poste de garde du second étage. Au moment où les membres de la famille allaient se diriger vers l'ascenseur, Gilles pénétra dans l'édifice et vint les rejoindre. Il était seul.

Laurence Fortier était une toute petite femme au chignon gris portant une coiffe et un uniforme empesés d'un blanc immaculé. Lorsque Françoise se présenta au poste de garde des soins intensifs, l'infirmière était occupée à consulter un dossier ouvert devant elle.

— Madame Fournier? demanda-t-elle en lui adressant un mince sourire sans chaleur.

— Oui, madame.

La dame quitta le poste de garde et fit signe aux Fournier de la suivre dans une petite salle attenante. Après les avoir invités à s'asseoir, elle leur expliqua brièvement la situation.

— Avant d'aller voir madame Fournier, il faut que je vous donne quelques explications sur son état de santé, dit-elle, très professionnelle.

Les Fournier s'agitèrent sur leur chaise avec une certaine impatience.

— Tout d'abord, une bonne nouvelle, fit l'infirmière. Madame Fournier a repris conscience à l'heure du souper et, s'il ne survient pas de complications dans les douze prochaines heures, nous devrions être en mesure de lui faire quitter les soins intensifs pour l'installer dans une chambre régulière.

Le soulagement évident d'Étienne fit sourire la garde-malade.

— Cependant, je dois vous prévenir que selon le docteur Jutras, le médecin qui l'a traitée jusqu'à présent, elle risque de demeurer à demi paralysée du côté droit.

— Est-ce qu'elle peut revenir à la normale ? demanda Françoise.

— C'est difficile à prévoir. Le docteur Jutras pense qu'elle peut peut-être retrouver l'usage presque normal de sa jambe et de son bras droit. Pour la parole, on sait pas. Votre belle-mère est plus toute jeune et, selon le médecin, son cœur est en très mauvais état.

— Bon. Est-ce qu'on peut la voir ? demanda Étienne.

— Oui, mais il faudrait aussi passer à la comptabilité, précisa l'infirmière.

— Je m'en occuperai après avoir vu ma mère, dit le bossu sur un ton sans réplique.

Les Fournier furent conduits jusqu'à la salle des soins intensifs.

— Pas plus qu'un à la fois, précisa Laurence Fortier. Essayez de pas être trop longtemps pour pas fatiguer la malade.

— Vas-y en premier, Étienne, lui conseilla sa femme en s'assoyant avec sa fille et son fils sur les chaises disposées dans la petite salle d'attente.

Le cultivateur, son manteau sur un bras, suivit l'infirmière-chef jusqu'à l'une des quatre chambres consacrées aux soins intensifs. Cette dernière chuchota quelques mots à l'oreille d'une jeune garde-malade qui fit signe à l'homme de s'avancer vers le lit de droite dont elle repoussa doucement le rideau qui l'isolait.

Étienne eut d'abord du mal à reconnaître dans cette vieille femme émaciée à la chevelure toute blanche la femme qu'il avait rencontrée chez lui, cinq mois auparavant. Elle avait un teint grisâtre et ses joues creuses étaient probablement dues au retrait de ses prothèses dentaires. Ses mains osseuses étaient étalées sur le drap blanc. Seule la main gauche était crispée.

— Bonjour m'man, chuchota le bossu, la gorge serrée.

La malade entrouvrit lentement son œil gauche et sa bouche se tordit dans une sorte de rictus en apercevant son visiteur. Elle émit un borborygme qu'il ne comprit pas.

— On peut dire que vous nous avez fait une belle peur, poursuivit son fils. Mais il paraît que vous êtes tirée d'affaire. Ils vont vous mettre dans une chambre normale demain matin.

Apparemment incapable d'ouvrir son œil droit, Gabrielle se contenta de fixer son fils avec un seul œil. Elle n'émit aucun son.

— Inquiétez-vous de rien, m'man. On va s'occuper de vous. Contentez-vous de guérir le plus vite possible, dit Étienne en touchant du bout des doigts la main valide de sa mère.

La malade n'eut aucune réaction. Il quitta la chambre pour laisser entrer sa femme.

— Pendant que vous allez la voir chacun votre tour, dit-il aux siens, je vais aller à la comptabilité pour savoir ce qu'ils veulent.

Il descendit au rez-de-chaussée et se fit indiquer le service de la comptabilité. L'employée de la perception des comptes, une grosse dame aux lunettes épaisses, ne perdit pas de temps. Dès qu'elle sut de quel patient il s'agissait, elle sortit un dossier d'une filière et l'ouvrit devant elle sur le comptoir qui la séparait du visiteur.

— Votre mère possède-t-elle une assurance pour couvrir ses frais d'hospitalisation ? demanda-t-elle sans préambule. Son compte s'élève déjà à près de trois cents dollars.

— Ça, il faudrait le lui demander, lui conseilla le bossu. Moi, je suis pas au courant.

— D'après vous, sera-t-elle en mesure d'acquitter sa facture, si elle a pas d'assurance ?

— J'en doute.

— Dans ce cas-là, elle entre dans la catégorie des patients nécessiteux, dit la dame sans manifester la moindre émotion.

— Est-ce que ça veut dire que vous allez la mettre dehors à moitié morte ? demanda Étienne, en élevant un peu la voix.

— Mais non, monsieur. Ayez aucune crainte. On va continuer à la soigner. Par contre, on va l'installer dans une salle commune dès qu'elle quittera les soins intensifs. Lorsqu'elle recevra son congé de l'hôpital, on prendra des arrangements avec elle pour qu'elle acquitte les frais.

Étienne n'hésita qu'un bref instant avant de dire à la préposée :

— Vous mettrez ma mère dans une chambre semi-privée. Si elle peut pas payer, je vais payer pour elle.

Là-dessus, il lui laissa ses coordonnées avant de retourner rejoindre sa femme et ses enfants aux soins intensifs. À son arrivée dans le département, il les trouva déjà prêts à partir.

— Qu'est-ce qu'il y a ? demanda-t-il en les voyant en train de remettre leur manteau.

— On est tous allés voir ta mère, les uns après les autres, lui répondit Françoise, mais on est restés juste une minute. Elle dormait. Je pense que la garde-malade aime mieux qu'on soit pas là.

Étienne fit quelques pas jusqu'à la porte de la chambre où reposait sa mère et vit que le rideau entourant le lit avait été tiré.

— Je pense qu'on est aussi ben de s'en aller, dit-il à regret.

— Oui, acquiesça sa femme. On va téléphoner demain pour savoir si elle a pris du mieux et s'ils l'ont transférée dans une chambre ordinaire.

Quelques minutes plus tard, les Fournier se retrouvèrent de nouveau dans le hall de l'hôpital.

— Ça tombe mal, dit Françoise. Juste au moment où on commence les sucres.

— On va s'arranger pour venir la voir pareil, répliqua Étienne.

— Je viendrai tous les jours après mes cours, proposa Gilles. Je pourrai vous donner des nouvelles par téléphone quand vous pourrez pas venir.

Lorsqu'ils quittèrent le stationnement de l'institution, la neige avait cessé. La Dodge suivit durant de longues minutes un camion de la voirie en train de répandre du calcium et du sel sur la chaussée. Le retour à Saint-Jacques-de-la-Rive se fit dans un silence presque total.

Chacun était abîmé dans ses pensées. Étienne se demandait si cette attaque cardiaque allait laisser sa mère très diminuée et il essayait d'évaluer jusqu'à quel point les frais d'hospitalisation allaient écorner ses maigres économies.

Catherine, se rappelant à quel point on avait fait grand état de sa ressemblance avec sa grand-mère l'automne précédent, s'interrogeait avec un frisson d'appréhension. Ressemblerait-elle un jour à cette vieille femme au teint plombé qu'elle venait de visiter?

Pour sa part, le cœur de Françoise oscillait entre la compassion et l'indifférence. Bien sûr, elle plaignait cette femme seule et âgée sérieusement hypothéquée par la maladie. En même temps, elle ne parvenait pas à oublier à quel point elle avait toujours méprisé son fils, jusqu'à le rendre si malheureux. Lorsqu'elle avait vu sa belle-mère étendue et inerte sur son lit d'hôpital, elle avait éprouvé de la pitié. Pourtant, en approchant du lit, elle avait cru voir l'unique œil ouvert de la patiente se fermer brusquement, comme si elle ne voulait pas voir la visiteuse.

— Elle fait semblant de dormir, s'était dit Françoise. Ça, c'est du Gabrielle Fournier tout craché.

Puis, elle s'était raisonnée en se disant que c'était impossible. La mère de son mari était sûrement trop malade et trop faible pour manifester volontairement son indifférence habituelle.

En ce début de printemps, la nature sut se montrer généreuse. Dès la première semaine d'avril, le temps se fit résolument plus doux le jour et le soleil se mit à briller de mille feux. Les cernes au pied des arbres et des piquets de clôture s'élargirent et le murmure des eaux de fonte au fond des fossés s'amplifia. L'eau d'érable se fit d'autant plus abondante que le gel revenait encore régulièrement la nuit.

Les cheminées des cabanes à sucre disséminées sur les terres à bois du rang Sainte-Marie laissaient échapper de la fumée presque jour et nuit. Les cultivateurs recueillaient tellement d'eau d'érable durant la journée qu'ils devaient la faire bouillir tard dans la nuit. Par conséquent, les gallons de sirop blond et sucré s'entassaient dans les réserves, pour la plus grande satisfaction des propriétaires d'érablière.

Gabrielle avait finalement quitté les soins intensifs. On l'avait installée dans la chambre 304 depuis une douzaine de jours. Dès le second jour, on l'avait astreinte à de la rééducation en physiothérapie et en orthophonie. Même si sa jambe droite demeurait paralysée, la malade retrouvait progressivement l'usage de sa main droite et la paupière de son œil droit se relevait maintenant à moitié. Les progrès étaient beaucoup plus lents en ce qui avait trait à la parole.

Gilles avait tenu sa promesse et rendait visite à sa grand-mère pratiquement chaque jour. À deux ou trois reprises, il avait téléphoné à sa mère pour lui rendre compte de l'état de santé de la malade. Cet après-midi-là, le jeune homme avait encore pris la peine de s'arrêter à l'hôpital Saint-Joseph pour une brève visite après avoir donné ses cours au cégep.

— Je suis allé voir grand-mère Fournier tout à l'heure, m'man, avait-il dit au téléphone à sa mère qui venait de rentrer de la cabane à sucre. Elle dormait encore, même si on était à la fin de l'après-midi. Je l'ai pas réveillée, mais j'ai parlé à son infirmière. Elle m'a dit à mots couverts que grand-mère était pas une patiente facile. Il paraît que la femme qui partage sa chambre a demandé deux fois cette semaine d'être changée de place.

— Est-ce qu'elle t'a expliqué pourquoi ? avait demandé Françoise, à peine étonnée.

— Non. Mais je lui ai demandé si c'était normal que grand-mère dorme tout le temps comme ça. Elle a eu l'air surprise qu'elle dorme encore. Selon elle, elle venait de se réveiller dix minutes avant.

— Elle était peut-être fatiguée, avait hasardé sa mère, sans trop y croire.

— En tout cas, il paraît qu'ils vont la laisser sortir dans une dizaine de jours.

Chaque fois que leur fils avait téléphoné pour donner des nouvelles, Françoise s'était empressée de les communiquer à Étienne. À deux reprises, le couple avait même renoncé à faire bouillir durant un après-midi pour se rendre à l'hôpital. À chacune de ces occasions, Gabrielle avait à peine marmonné quelques mots durant leur visite, ne manifestant aucun plaisir à les voir arriver. La plupart du temps, elle s'était contentée de les fixer de ses yeux bleus inexpressifs. Son œil droit à la paupière à demi fermée lui donnait un drôle de regard, comme si elle était furieuse contre ses visiteurs. Elle avait l'air d'attendre leur départ avec une impatience mal déguisée.

Pour sa part, Catherine n'avait pas demandé à ses parents de remettre leur visite en soirée pour lui permettre de les accompagner.

— Je veux pas être méchante, m'man, avait-elle dit à sa mère, mais même si c'est ma grand-mère, je l'aime pas. Je trouve que la mère de p'pa a l'air mauvaise.

— Dis donc pas ça, l'avait réprimandée sa mère. Tu la connais même pas.

— Je pense que j'aime autant pas la connaître, avait tranché la jeune fille sur un ton péremptoire.

Instinctivement, Catherine faisait de sa grand-mère paternelle la victime de la froideur et de l'indifférence que cette dernière avait toujours manifestées envers autrui.

～

Quelques jours plus tard, au milieu de l'après-midi, la paix du village fut troublée par une série de bruits assourdissants qui en firent sursauter plusieurs.

— Ça y est, fit Carl Boudreau, de passage au magasin général. Les glaces viennent de lâcher sur la rivière.

— Il fallait ben s'y attendre un jour ou l'autre, rétorqua Jean-Paul Veilleux en surveillant du coin de l'œil le travail de Colette Beaulieu qu'il avait engagée pour remplacer Lucie la semaine précédente.

— J'espère qu'il y aura pas d'embâcle à la hauteur du pont, dit le fromager avant d'empocher la monnaie que lui tendait la jeune caissière.

— Il y a pas de raison, le rassura Veilleux.

— Ouais. On dit ça. Mais il y a trois ans, j'ai perdu quinze pieds de terrain quand on a eu un coup d'eau à cause de l'embâcle. Tu peux être certain que depuis, je surveille la rivière.

Aussitôt que le fromager eut quitté le magasin, Jean-Paul se dirigea en claudiquant vers l'entrepôt. Lorsqu'il aperçut son fils en train de s'allumer une cigarette, debout devant une tablette à demi vide, la tête tournée vers la jeune caissière, il ne put s'empêcher de le houspiller avec humeur.

— Grouille-toi un peu! T'es pas pour mettre tout l'après-midi pour garnir deux ou trois tablettes. Il y a de l'ouvrage à côté.

Le jeune homme sembla sortir brusquement de sa rêverie et se remit au travail. Il ne vit pas le sourire aguicheur de l'aînée d'Alcide Beaulieu. Si Claudette n'avait pas piqué une sainte colère la semaine précédente, la jeune fille n'aurait jamais été engagée.

Deux semaines après le départ de Lucie, sa mère s'était rendu compte qu'elle ne pouvait tout simplement pas être caissière à temps plein au magasin, prendre soin de son foyer et cuisiner. Elle avait osé quelques allusions à son mari qui avait d'abord fait la sourde oreille.

— Jean-Paul, avait-elle fini par lui déclarer tout net, à bout de patience, je suis pas capable de tout faire ! Il va falloir que t'engages quelqu'un pour remplacer Lucie.

— Je suis pas capable, avait rétorqué son mari.

— Comment ça ?

— J'ai pas les moyens de payer deux salaires. J'arriverai plus si je fais ça. Au cas où t'aurais oublié, Claudette Hamel, je paye un salaire à René. Il a beau être notre garçon, il travaille pas pour rien.

— Je le sais, mais tu payais aussi Lucie.

— Presque rien, avait reconnu Jean-Paul. Si on engage une étrangère, je vais être obligé de la payer presque le double.

— Bien, tu le feras ! avait explosé sa femme. Moi, je t'avertis, je lâche. Je peux remplacer de temps en temps à la caisse, mais je peux pas être là toute la journée. Est-ce que c'est assez clair pour toi ?

Devant un tel ultimatum, le propriétaire du magasin général n'avait pas eu le choix. À contrecœur, il s'était résigné à engager la fille d'Alcide Beaulieu, au chômage depuis plusieurs mois. Sans l'avouer ouvertement, l'homme craignait beaucoup plus de laisser la caisse enregistreuse entre des mains étrangères que de devoir payer un salaire supplémentaire. Enfin, libérée depuis peu de la servitude de la caisse, Claudette s'était levée très tôt ce matin-là et s'était habillée avec soin après le déjeuner.

Quand son mari l'avait vue apparaître dans le magasin, vêtue de son manteau et prête à partir au moment où il déverrouillait la porte, il sursauta.

— Où est-ce que tu t'en vas, arrangée de même?

— À Montréal.

— À Montréal! Qu'est-ce que tu vas faire là?

— On a une fille qui reste là, au cas où tu l'aurais oublié, avait sèchement répondu Claudette.

— En plein samedi, la plus grosse journée de la semaine…

— T'as René et Colette pour t'aider. J'ai préparé le dîner. Il est dans le frigidaire. Vous aurez juste à le faire réchauffer. Je devrais être revenue pour le souper.

— Et comment tu vas te rendre à l'autobus?

— Clément et Céline Tremblay s'en vont faire des commissions à Pierreville. Ils vont me laisser au terminus.

Sur ces mots, sa femme l'avait planté là et était sortie du magasin sans attendre qu'il ait consenti ou non à sa sortie.

— Ma foi du bon Dieu, elle est rendue aussi folle que sa fille! explosa Jean-Paul en lançant son trousseau de clés sur le comptoir.

Claudette Veilleux sonna à la porte de l'appartement du boulevard Saint-Joseph un peu après onze heures. Même si le ciel de la métropole était gris, l'air était doux et il n'y avait plus de neige sur les trottoirs. Déjà, les employés municipaux nettoyaient les rues. C'est une Lucie en robe de chambre qui vint lui ouvrir.

— M'man! s'exclama-t-elle, surprise de trouver sa mère debout sur le palier. Qu'est-ce que vous faites en ville?

— Si tu me laisses entrer, je vais pouvoir te l'expliquer, répondit sa mère en esquissant un sourire heureux en revoyant sa fille pour la première fois depuis son départ de la maison.

La jeune fille s'effaça pour laisser entrer sa mère et l'aida à retirer son manteau avant de l'inviter à venir boire une tasse de café en sa compagnie dans la petite cuisine de l'appartement.

— Je viens juste de me lever. Le samedi, je fais la grasse matinée. C'est le seul matin où je suis pas obligée de me lever de bonne heure pour aller travailler.

— Et France ?

— France travaille jusqu'à six heures aujourd'hui.

— Vous êtes pas mal ici-dedans, dit la mère en tournant la tête dans toutes les directions pour examiner les lieux.

— C'est sûr que c'est pas aussi grand qu'à la maison, mais on a juste assez de place pour deux. On a chacune notre chambre, un salon et une cuisine. C'est bien assez grand à entretenir… Mais vous m'avez toujours pas dit ce que vous veniez faire à Montréal. Où est p'pa ?

— Ton père est resté au magasin. Moi, je suis venue voir comment tu allais.

— Il y a pas de problème. J'haïs pas mon ouvrage aux archives et j'arrive avec mon salaire.

— T'es-tu trouvé un docteur ? finit par demander Claudette en constatant que sa fille n'allait pas aborder d'elle-même le sujet de sa grossesse.

— Oui. Un docteur qui a son bureau à deux rues d'ici.

— Comment ça se passe ?

— J'ai un bon quatre mois de faits, d'après lui.

— Ça paraît pas trop encore, surtout si tu portes pas des robes ajustées, laissa tomber Claudette, l'œil critique.

Lucie se contenta de jeter un long regard à son ventre qui commençait à peine à s'arrondir. Sa mère proposa de dîner au restaurant et d'aller faire quelques emplettes avant de prendre l'autocar qui la ramènerait à Pierreville en fin de journée. La mère et la fille retrouvèrent cet après-midi-là leur vieille complicité.

Claudette rassura sa fille sur l'impossibilité de voir son père débarquer chez elle un beau matin tant il lui gardait rancune de son départ précipité. Par ailleurs, juste avant de monter à bord de l'autocar, elle chercha à savoir si le père de l'enfant porté par sa fille s'était enfin manifesté.

— Si jamais il est revenu à Montréal, m'man, sa logeuse a dû lui dire que je le cherchais. Il a dû se douter de quelque chose parce qu'il est disparu. À cette heure, je me suis faite à l'idée. Je courrai pas après lui. Je vais me débrouiller toute seule.

Devant l'air déterminé de sa fille, Claudette n'avait pas osé insister ni montrer sa déception.

À son retour à Saint-Jacques-de-la-Rive, la mère de famille entra dans le magasin où une demi-douzaine de clients effectuaient des achats. Elle les salua en passant avant de s'esquiver dans l'appartement familial où son mari la rejoignit quelques instants plus tard.

— Puis? se borna-t-il à lui demander.

— Elle va bien et elle aime pas mal sa nouvelle *job*. Elle s'entend bien avec France. Elle m'a pas donné l'impression de vouloir revenir vivre à Saint-Jacques.

En entendant ces paroles, Jean-Paul eut une grimace comme s'il venait de mordre dans un citron.

— Bon. Je retourne dans l'entrepôt. On est loin d'avoir fini, dit-il sur un ton sec.

— Je mets le souper au feu et je vais aller donner un coup de main à Colette, fit Claudette, comme si elle n'avait pas remarqué sa mauvaise humeur.

Ce soir-là, un embâcle se forma à la hauteur du pont reliant Saint-Jacques-de-la-Rive à Saint-Gérard, en face du garage de Côme Crevier et du magasin Loiselle et frères. Les pires craintes évoquées par Carl Boudreau semblaient se réaliser.

En moins d'une heure, l'eau monta de quatre pieds à la hauteur du village. Les énormes blocs de glace poussés par le fort courant vinrent frapper les berges et les minèrent avant de venir se chevaucher autour des piliers du pont. L'eau se répandit surtout aux environs du pont, à l'endroit où la rive était la plus basse, et submergea bientôt la plage que les jeunes de la municipalité aimaient tant fréquenter durant l'été.

En quelques minutes, les glaces envahirent la route, coupant toute communication entre Pierreville et Saint-Jacques-de-la-Rive. À la vue de l'eau qui montait inexorablement en direction de son garage pourtant situé de l'autre côté de la voie, le maire de la municipalité prit sur lui de trouver immédiatement quelqu'un capable de dynamiter l'embâcle sur la rivière Saint-François. Ensuite, il téléphona chez Clément Tremblay pour alerter Hervé Loiselle qui se préparait à aller veiller chez sa petite amie.

— Il vient de se former un embâcle sur la rivière proche du pont. Ça me fait rien, prévint-il le jeune gérant, mais l'eau risque de monter pas mal dans ton entrepôt et dans ton magasin. Elle traverse déjà la route. Si t'as quelque chose à mettre à l'abri, je pense que t'es mieux de le faire au plus coupant. J'ai fait venir quelqu'un pour dynamiter la glace, mais je sais pas quand il va arriver à débloquer tout ça.

— Merci, monsieur Crevier. Je m'en occupe, dit le jeune homme avant de raccrocher.

Hervé reprit le combiné et contacta les Fournier pour leur décrire la situation et s'excuser du contretemps auprès de Catherine. Puis il quitta la maison de Clément et Céline Tremblay d'un pas alerte pour sauter dans sa voiture afin de se rapprocher le plus possible de son commerce. Le spectacle qu'il découvrit alors à la lueur des phares de son véhicule le laissa pantois. Devant lui, à perte de vue, miroitait un grand lac parsemé ici et là d'îlots de glace qui occupaient non seulement la route, mais une bonne partie des terrains voisins de l'entrée du pont.

Le jeune gérant dut immobiliser sa Pontiac à environ trois cents pieds avant l'entrée du pont en face duquel était situé son commerce. Pour tout arranger, une petite pluie froide se mit à tomber au moment où il quittait sa voiture. En jurant, de l'eau à mi-jambes, il traversa tant bien que mal le terrain du garage Crevier. Il ne fut à pied sec que lorsqu'il arriva à une vingtaine de pieds de son magasin dont il déverrouilla rapidement la porte pour se mettre au travail aussitôt.

Hervé n'en revenait tout simplement pas. Lorsqu'il avait fermé les portes pour la fin de semaine, à midi, les glaces descendaient paisiblement le courant. Il avait ramené Catherine chez elle avant de revenir dîner chez les Tremblay. Sept heures plus tard, c'était la catastrophe. Il n'avait jamais pensé que l'endroit choisi par son frère pouvait être inondable.

Quelques minutes plus tard, la vieille Dodge des Fournier vint s'immobiliser derrière la Pontiac. Étienne, Françoise et Catherine en descendirent, accompagnés de Louis Tremblay. Appuyés contre la voiture d'Hervé, une demi-douzaine de badauds discutaient de la profondeur probable de l'eau et des dégâts qu'elle allait causer si elle continuait à monter ainsi.

Plus loin, les nouveaux arrivants aperçurent le maire, debout près des pompes à essence de son garage. Il était en compagnie de son fils Alain. Les deux hommes avaient déjà les pieds dans l'eau, mais ne semblaient pas s'en soucier. Ils fixaient la rivière en contrebas. Avec mille précautions, Louis et les Fournier se dirigèrent dans leur direction en contournant prudemment les blocs de glace. L'eau continuait à monter inexorablement.

— Qu'est-ce que tu regardes comme ça, Côme? lui demanda Étienne en arrivant près du maire.

— Maudit barnak! jura le maire, hors de lui, j'attends que Perreault se décide à faire sauter l'embâcle. Ça fait trois quarts d'heure qu'il taponne proche du pont et il se passe rien. Veux-tu ben me dire ce qu'il niaise là? Est-ce qu'il attend qu'on ait un pied d'eau par-dessus la tête pour se réveiller?

— Pas Ubald Perreault? demanda Louis.

— T'en connais un autre, toi, capable de faire sauter un embâcle? demanda le garagiste sur un ton rogue en tournant vers le petit homme un regard mauvais.

L'ancien mineur retraité vivait à Saint-Gérard, le village voisin. Maigre comme un jour sans pain, l'homme d'une soixantaine d'années avait la réputation d'être aussi maladroit que vantard. Bien peu de gens de la région le croyaient quand il disait avoir été un spécialiste du dynamitage durant les trente dernières années.

— Non, j'en connais pas, avoua Louis. Mais Perreault est ben capable de faire sauter le pont avec l'embâcle.

— Inquiète-toi pas. Je lui ai dit de faire sauter les glaces loin des piliers. J'ai pas pris de chance... Mais où est-ce que vous allez comme ça? s'informa le maire, soudain intrigué de les trouver tous les quatre en train de patauger dans l'eau à ses côtés.

— On va aller donner un coup de main à Loiselle au cas où l'eau entrerait dans son magasin, répondit Louis.

Là-dessus, Catherine, sa mère, son père et son oncle quittèrent le maire et son fils, et poursuivirent leur route jusqu'à la porte de Loiselle et frères. Leur entrée dans l'édifice fit sursauter Hervé, occupé à vider la première tablette d'une longue étagère.

— C'est pas vrai ! s'écria-t-il. Vous avez pas marché dans l'eau froide pour venir m'aider ! Ça a pas de bon sens. Je gâche votre samedi soir.

— On n'avait rien à faire d'utile à la maison, le rassura Françoise. Dis-nous ce que tu veux qu'on fasse, ajouta-t-elle.

Plein de reconnaissance, Hervé leur expliqua que le plus pressé était de déplacer ce qui était sur les étagères du bas, mis à part les chaudières et les gros contenants en plastique. Si l'eau montait plus haut, il avait l'intention de ne mettre à l'abri que les livres de comptes et les produits les plus coûteux. Pour l'entrepôt, il n'y avait apparemment pas de problème puisque la moulée et les engrais étaient ensachés dans du plastique.

On ne travaillait dans le magasin que depuis une quinzaine de minutes quand une série d'explosions se fit entendre. Tout le monde s'arrêta immédiatement pour se précipiter à l'extérieur. L'eau n'était plus qu'à quelques pouces de la bâtisse. Encore quelques minutes et elle s'infiltrerait dans le bâtiment, salissant tout et causant de sérieux dégâts.

— Perreault a fini par allumer la mèche, se moqua Louis. On va ben voir si c'est les glaces ou le pont qui va partir en premier.

— Le bonhomme est ben capable de s'être fait sauter avec ses charges, ajouta Étienne. On va attendre pour savoir ce qu'il va avoir à dire s'il revient. D'ici, il fait trop noir pour voir quelque chose sur la rivière.

Les spectateurs n'eurent pas à attendre bien longtemps. Presque aussitôt, Ubald Perreault apparut. Chaussé de cuissardes, il se déplaçait lentement. L'homme s'arrêta devant le maire et son fils, sous l'unique lampe qui éclairait les pompes à essence. Hervé, Étienne et Louis pataugèrent à leur tour pour se rapprocher et entendre ce que le spécialiste avait à dire.

— Ça a marché numéro un, déclara le grand type maigre au maire. Les charges étaient juste assez fortes. Ça a ouvert un chenal. Les glaces commencent déjà à descendre. Dans une dizaine de minutes, vous allez voir l'eau baisser.

— T'es sûr de ça? demanda Côme, sceptique.

— Attends, tu vas ben voir, dit l'ancien mineur d'une voix assurée. En attendant, j'en ai assez d'avoir les pieds dans l'eau. Même avec des bonnes bottes, c'est pas ben chaud. Je retourne chez nous. Si t'as un autre problème, tu me téléphoneras.

Et sans faire plus de manières, l'homme tourna le dos au groupe et se mit en marche en direction du pont sur lequel il avait laissé sa camionnette.

— Si c'est vrai ce qu'il a dit, fit Alain sur un ton décidé, je vais prendre la charrue, p'pa, et commencer à pousser la glace qu'il y a sur la route sur le bord du chemin.

— C'est correct. Vas-y. Nous autres, le mieux qu'on a à faire, c'est d'attendre un peu pour voir si Perreault a vraiment fait sauter tout l'embâcle, précisa son père en se tournant vers les autres.

Le mineur retraité n'avait cependant pas menti. Quelques minutes plus tard, l'eau commença doucement à baisser et finit par quitter la portion du rang Saint-Edmond qu'elle avait envahie. Hervé et ses bénévoles replacèrent sur les tablettes ce qui en avait été retiré. Le gérant en avait été quitte pour une bonne frousse.

Finalement, l'eau en crue n'avait causé aucun dommage à son commerce. Par contre – et cela, on ne le découvrirait que le lendemain matin, à la clarté du jour – les glaces, poussées par un fort courant, avaient emporté quelques pieds de terrain chez certains villageois dont la demeure était établie sur les bords de la rivière.

Encore une fois, la débâcle des glaces sur la rivière Saint-François marqua la fin des sucres chez les cultivateurs de Saint-Jacques-de-la-Rive.

Pendant plusieurs jours, une pluie fine et froide tomba et l'eau d'érable prit une saveur si âcre qu'il était inutile de la faire bouillir. On rangea donc les chalumeaux et les seaux, tout de même satisfaits de la quantité appréciable de sirop produit durant la toujours trop courte saison des sucres. L'intérieur des cabanes fut rangé et nettoyé et on cadenassa les portes jusqu'au printemps suivant.

⁓

Dans son bureau du presbytère, le curé Savard venait de s'interrompre dans la rédaction d'un rapport destiné à l'évêché. Il était incapable de se concentrer plus longtemps. Il laissa brusquement tomber sa plume sur son bureau et se leva dans l'intention de marcher de long en large dans la pièce.

Le prêtre était mécontent de lui et de ses paroissiens. Depuis des semaines, il vivait dans une morosité qui le minait. Rien ne fonctionnait normalement. Tout baignait dans une grisaille déprimante.

Clémence, de plus en plus silencieuse, se déplaçait d'une pièce à l'autre tel un fantôme. Elle n'avait jamais été aussi grincheuse. Le vicaire lui-même, habituellement si enjoué, paraissait préoccupé depuis quelque temps. Il ne souriait plus et il lui semblait même que le jeune prêtre ne présentait plus l'amabilité et la courtoisie que les paroissiens appréciaient tant. De plus – et c'était cela le plus important –, il sentait une atmosphère malsaine envahir sa paroisse en ce début de printemps.

— Tout va de travers! dit le grand prêtre au teint maladif en s'arrêtant un instant de déambuler dans son bureau pour se moucher dans le large mouchoir qu'il venait de tirer de l'une de ses poches.

Le pasteur de Saint-Jacques-de-la-Rive pensait au carême qui avait pris fin la semaine précédente. Cette période importante de l'année liturgique n'avait suscité que bien peu de ferveur chez ses paroissiens. Malgré ses invitations pressantes, il y avait eu si peu de gens pour assister à la retraite des hommes puis à celle des femmes, que les prédicateurs invités l'avaient prévenu qu'ils ne reviendraient pas prêcher l'année suivante. En outre, les cérémonies des jours saints n'avaient attiré qu'un nombre assez restreint de fidèles. L'église s'était peut-être remplie à pleine capacité le matin de Pâques, mais cela ne signifiait rien.

Ses rapports avec le conseil de fabrique étaient toujours aussi tendus, même si cela faisait maintenant plus d'un an qu'il occupait la cure de Saint-Jacques-de-la-Rive. À la moindre de ses remarques, le mécontentement grondait chez les marguilliers. Déjà, Étienne renâclait à l'idée du grand ménage de l'église qui avait pourtant été accepté en principe au début de l'hiver. Le président du conseil prétextait un manque de fonds pour limiter le tout à un grand lavage des murs et des planchers.

Le tableau n'était guère reluisant si on ajoutait à cela que la paroisse n'avait toujours pas trouvé d'organiste pour accompagner la chorale, qu'il y avait eu deux départs chez les Enfants de Marie et que la présidente des Dames de Sainte-Anne n'était pas parvenue à recruter un seul nouveau membre depuis le début de janvier.

En somme, le curé de Saint-Jacques-de-la-Rive avait la vague impression que le monde autour de lui s'était soudainement figé, en attente d'un événement majeur pour redémarrer normalement... Et c'était cela qui le mettait mal à l'aise.

Pourtant, mai arrivait. Le prêtre ne pouvait se laisser abattre et attendre lui aussi. Non. Le lendemain, à l'occasion de la messe dominicale, il allait tenter de persuader les gens de venir réciter le chapelet en sa compagnie, chaque soir, à l'église, durant le mois de Marie. Il demanda à Dieu de l'inspirer et de lui faire trouver les paroles justes et les mots rassembleurs, capables de convaincre ses paroissiens de venir prier en grand nombre avec lui.

Chapitre 22

L'heure des décisions

Mai arriva avec ses premières chaleurs. À Saint-Jacques-de-la-Rive, des volées d'oies blanches s'étaient abattues sur les champs dans un bruit assourdissant. Ici et là, des hirondelles travaillaient sans relâche à la construction de leurs nids dans des arbres parés de leurs premières feuilles. L'air charriait les riches effluves de la terre et bruissait partout de l'activité humaine.

Dans le rang Sainte-Marie, on pouvait voir, en ce mardi matin, des femmes en train de laver leurs fenêtres, de retourner la terre de leur jardin ou de planter des fleurs dans leurs plates-bandes. Derrière quelques maisons, de grands draps blancs achevaient de sécher au soleil en claquant, tels des drapeaux agités par la brise. Plus loin, au milieu des champs, c'était le ballet incessant des tracteurs. Certains cultivateurs finissaient de vérifier l'état de leurs clôtures tandis que d'autres, plus diligents, en étaient déjà au ramassage des pierres que le dégel avait fait remonter à la surface.

Au village, certains avaient commencé leur grand ménage de printemps. Le bedeau achevait de ramasser les feuilles mortes et les papiers qui avaient hiverné sous la neige dans le cimetière paroissial. L'unique employé municipal s'activait à ranger les bandes de la patinoire extérieure dans la remise située entre le parc et l'école. À l'autre extrémité du village, un mélangeur à ciment de la compagnie Demix venait de reculer sur le terrain voisin de Loiselle et frères. Son conducteur s'apprêtait à couler le solage de la future maison d'Hervé Loiselle qui, debout à bonne distance, observait avec fierté le chantier en cours.

Le jeune homme s'était finalement décidé à faire bâtir sa maison sur le terrain acheté à Côme Crevier l'automne précédent. Il avait longuement hésité après avoir été témoin des dégâts causés par l'embâcle quelques semaines auparavant. La crainte que sa résidence puisse être inondée l'avait paralysé jusqu'au moment où Catherine lui avait suggéré avec beaucoup de bon sens :

— Si t'as si peur que ça de l'eau, pourquoi tu bâtis pas en haut d'un talus ?

— Le terrain est planche comme ma main, avait rétorqué son amoureux.

— La belle affaire ! T'as juste à faire venir de la terre, c'est pas ce qui manque par ici. Si tu fais construire sur un talus, il y a pas un coup d'eau qui va toucher à ta maison.

Après réflexion, Hervé avait fait venir Gustave Favreau, le constructeur de Pierreville, pour lui demander son avis. L'homme lui avait garanti que la constitution d'une butte de six pieds de hauteur sur laquelle s'élèverait sa maison prendrait moins d'une journée. De plus, après avoir examiné les plans du *bungalow* que le gérant de Loiselle et frères désirait faire bâtir, il l'assura qu'il lui faudrait moins d'un mois pour achever les travaux. Le futur propriétaire ne tergiversa pas plus longtemps et confia le travail à celui qui avait construit son magasin et son entrepôt moins d'un an auparavant.

Le *bungalow* en pierre et brique, sans être luxueux, allait offrir toutes les commodités désirées. Hervé, étrangement peu sûr de lui dans ce domaine, avait consulté

Catherine à de nombreuses reprises avant d'accepter les plans définitifs de sa future maison.

— C'est pas moi, c'est toi qui vas rester là-dedans, lui avait répété son amie plusieurs fois.

— Oui, je le sais, reconnaissait le jeune homme, mais moi, j'ai pas d'idée. J'ai toujours habité chez mes parents ou en pension. Ton grand-père m'a conseillé de demander l'avis d'une femme là-dessus. Il dit qu'une femme voit mieux ce qui est nécessaire dans une maison.

— Il a peut-être raison.

— Je demanderais bien l'avis de ta grand-mère ou encore de ta mère mais…

— Non. Laisse faire. Je suis capable de t'aider, s'était empressée de lui dire Catherine.

~

Cet après-midi-là, Gilles Fournier s'arrêta à l'hôpital Saint-Joseph et se rendit immédiatement à la chambre 304. Il n'avait pas rendu visite à sa grand-mère depuis trois jours.

La porte de la pièce était à demi fermée et le jeune homme frappa doucement avant d'entrer pour s'assurer qu'il ne dérangeait pas sa grand-mère ni la jeune femme qui partageaient la même chambre depuis quelques jours. Une voix claire l'invita à entrer. Il poussa la porte et se retrouva, tout surpris, devant deux inconnues.

— Excusez-moi, dit-il confus. Ils ont changé ma grand-mère de chambre et je le savais pas.

— Non, monsieur Fournier, fit la plus jeune, qui avait partagé la chambre de Gabrielle Fournier. Elle est partie. Elle a reçu son congé lundi matin.

479

Gilles remercia et referma la porte derrière lui. Il parcourut tout le couloir avant de s'arrêter devant l'ascenseur. Au moment où les portes s'ouvraient devant lui, il réalisa soudainement qu'il ne connaissait toujours pas l'adresse exacte de sa grand-mère. Comment pouvait-elle se débrouiller seule, dans son état ? C'était impossible. Son bras droit n'était même pas assez fort pour lui permettre de manipuler son fauteuil roulant. Il devait à tout prix s'assurer qu'elle ne manquait de rien. Mais pour se rendre chez elle, il lui fallait savoir où la trouver. Peut-être avait-elle laissé son adresse aux infirmières qui l'avaient soignée ?

Le jeune homme fit demi-tour et se rendit au poste de garde où une infirmière entre deux âges l'accueillit avec le sourire qu'elle réservait probablement aux visiteurs qu'elle rencontrait souvent dans son département.

— Excusez-moi, madame, mais je viens d'apprendre que ma grand-mère, madame Fournier, a reçu son congé lundi.

— C'est exact, confirma l'infirmière, après un bref moment de réflexion.

— Je sais que ça va avoir l'air bizarre, mais j'ai pas son adresse exacte. Est-ce que vous pourriez me la donner si vous l'avez dans vos dossiers ?

— Le dossier de votre grand-mère est déjà descendu aux archives. Vous savez, même si je savais son adresse, j'aurais pas le droit de vous la communiquer. La seule place où vous auriez la chance de l'avoir, ce serait à la comptabilité, mais là encore je doute qu'on vous la donne… Ah ! attendez donc, fit-elle plus vivement au moment où le jeune homme s'éloignait. Je viens de me rappeler. Votre grand-mère est pas retournée chez elle. Elle a été transférée à l'hospice Sainte-Élisabeth.

— Ah oui ? Pourquoi ?

— Ça, je le sais pas, monsieur.

Gilles remercia l'infirmière et quitta l'établissement sans plus attendre. De retour à l'appartement qu'il partageait avec Valérie, il s'empressa de téléphoner à sa mère.

— Quand est-ce que ça s'est fait? demanda Françoise à son fils.

— Lundi matin.

— Bon. Je vais dire ça à ton père, conclut-elle après avoir invité son fils à venir les voir.

Lorsqu'Étienne rentra à la maison après avoir répandu du fumier dans ses champs durant tout l'après-midi, sa femme le mit au courant de la nouvelle.

— C'est drôle pareil, ne put s'empêcher de faire remarquer le bossu. On est allés la voir dimanche après-midi et elle nous a jamais dit qu'ils la laisseraient sortir lundi matin.

— Tu sais bien qu'elle a toujours été pas mal cachottière, lui fit remarquer Françoise d'une voix acide.

— Ça fait rien, poursuivit-il, l'air mécontent. C'est pas normal pantoute qu'elle soit placée dans un hospice, comme quelqu'un qui a pas de famille.

Sa femme se garda bien d'émettre le moindre commentaire, mais un frisson désagréable la secoua. Elle eut soudain une vision prémonitoire de ce que deviendrait sa vie et celle de sa famille si... «Ah non! Tout, mais pas ça!» se dit-elle. Elle espéra du fond du cœur que ce n'était pas ce à quoi songeait son mari à cet instant précis.

— Après le souper, on va monter à Trois-Rivières et aller voir de quoi a l'air cet hospice-là, trancha Étienne d'un air résolu.

— Tu sais bien que tous les hospices se ressemblent, tenta de le raisonner Françoise.

— Ma mère a juste soixante-huit ans, rétorqua son mari en s'assoyant dans sa chaise berçante. C'est pas encore une petite vieille à la veille de mourir.

— Je le sais, dit sa femme d'une voix volontairement apaisante, mais elle est bien mieux là que toute seule dans son appartement. Là, ils peuvent prendre soin d'elle.

— Ils ont pas à la soigner, répliqua son mari. Si l'hôpital l'a laissée sortir, c'est qu'elle est guérie.

Sa femme renonça à poursuivre la discussion et monta à l'étage pour aller déposer des vêtements fraîchement lavés sur le lit de sa fille.

Après le souper, le couple prit la route et se rendit à Trois-Rivières. Au bout de quelques minutes de recherches, Étienne parvint à repérer l'hospice Sainte-Élisabeth situé dans une rue étroite de la vieille ville.

Le bâtiment en brique rouge de deux étages ne payait pas de mine. Il était vétuste et poussiéreux. Ses fenêtres sales ouvraient sur un mince ruban de gazon mal entretenu. Sur le côté, quelques vieilles balançoires vertes en bois avaient été prises d'assaut par des vieillards aux vêtements démodés. Tout dans cet endroit sentait la misère et l'abandon.

Étienne et Françoise ne s'attardèrent pas très longtemps à l'extérieur. Ils allèrent sonner à la porte de l'institution. Une dame d'une cinquantaine d'années les accueillit, retranchée derrière une vitre épaisse. Après leur avoir fait remarquer l'heure un peu tardive de leur visite, elle leur indiqua l'escalier intérieur sur leur gauche et les invita à monter au deuxième étage.

À leur arrivée à l'étage, une forte odeur d'urine mêlée à d'autres effluves indéfinissables les saisit à la gorge. Le hall était encombré de chaises berçantes, toutes occupées par de vieilles femmes dont plusieurs parlaient à tue-tête en essayant de couvrir le son du téléviseur allumé dans un coin de la pièce. La cacophonie qui régnait mettait les nerfs à rude épreuve. Une petite religieuse boulotte à l'air affairé se déplaçait rapidement au milieu de toutes ces femmes en portant un plateau sur lequel étaient posés des médicaments.

Françoise l'intercepta pour lui demander où elle pourrait trouver sa belle-mère.

— Deuxième porte, à gauche, dit la religieuse après une brève hésitation.

Sous les regards curieux des bénéficiaires, le couple se dirigea vers la seconde porte qui s'ouvrait sur un long couloir mal éclairé. Même si elle était entrouverte, Étienne et sa femme frappèrent avant d'entrer. Ils se retrouvèrent alors dans une pièce sombre, aux murs verdâtres, encombrée par huit lits étroits séparés par d'antiques tables de nuit.

— Il fait ben chaud ici-dedans, murmura Étienne.

— Les deux fenêtres sont fermées, lui fit remarquer tout bas Françoise en cherchant à habituer ses yeux à la pénombre.

Le regard des deux visiteurs fit lentement le tour de la pièce. Bien qu'il fût relativement tôt, trois lits étaient déjà occupés. Au moment où les Fournier se demandaient si la religieuse ne les avait pas mal renseignés, ils découvrirent Gabrielle, assise dans un fauteuil roulant, près du dernier lit, au fond de la pièce. Même si elle les avait vus, elle ne leur avait adressé aucun signe de reconnaissance. Vêtue d'une robe fleurie un peu démodée, elle était tassée dans son fauteuil, les mains crispées sur les bras de son siège.

— Bonsoir, m'man, fit Étienne en s'approchant de sa mère et en l'embrassant sur une joue.

— Bonsoir, répondit-elle, sans manifester aucun plaisir de revoir son fils et sa bru.

Elle avait la bouche un peu tordue du côté droit. Cependant, malgré une élocution un peu lente, elle avait retrouvé l'usage de la parole. Il était aussi évident que la physiothérapie lui avait fait beaucoup de bien, surtout si l'on portait attention à sa main droite.

— On a été surpris de plus vous trouver à l'hôpital, dit Étienne, ne semblant pas remarquer la froideur de l'accueil.

— Ils avaient plus besoin de me garder, se contenta de dire Gabrielle qui n'avait pas bougé d'un pouce, coincée entre son lit et celui de sa voisine.

— Est-ce que ça veut dire que vous êtes guérie, m'man ?

— À peu près. Ils m'ont donné des exercices à faire.

— Pourquoi vous êtes pas retournée chez vous si tout est correct ? demanda sa bru.

— Il paraît que je peux pas encore me débrouiller toute seule.

— Ils auraient dû vous garder à l'hôpital d'abord ! s'insurgea son fils.

— Au prix que ça coûte de rester à l'hôpital, j'étais aussi bien de sortir de là, rétorqua vivement Gabrielle. Avant de partir, j'ai payé ma facture. Ça a vidé mon compte de banque.

— Pourquoi vous avez fait ça, m'man ? Je m'étais entendu avec eux autres pour qu'ils m'envoient le compte à la maison.

Françoise avait sursauté en entendant son mari. Il ne lui avait pas dit un mot à propos de cette entente.

— J'ai pas besoin de ton argent, répliqua Gabrielle sur un ton farouche.

— Mais ici, à l'hospice ?

— Les sœurs me chargent le montant de ma pension de vieillesse, se contenta de dire la vieille dame.

— Qu'est-ce qui est arrivé avec votre appartement ? lui demanda Françoise, en faisant un effort pour montrer un certain intérêt pour le sort de sa belle-mère.

— Je l'ai perdu. De toute façon, je pouvais plus monter jusqu'au troisième étage, arrangée comme je suis là.

— Mais vos meubles ? Vos affaires, m'man ?

— L'appartement était loué meublé. Toutes mes affaires sont ici. J'ai pas grand-chose : une valise et deux boîtes de carton pleines.

— Aimez-vous ça, ici, au moins ? demanda Étienne.

— Je suis peut-être infirme, mais je suis pas devenue folle, répliqua sèchement sa mère. Toi, est-ce que t'aimerais ça vivre dans cette odeur-là, avec tous ces vieux qui attendent juste de mourir ?

— Ben non, m'man…

— J'ai juste soixante-huit ans, pas quatre-vingts, laissa tomber Gabrielle d'une voix soudainement misérable.

Pour la première fois depuis qu'elle la connaissait, Françoise crut voir les yeux de sa belle-mère se remplir de larmes. Le fait était si inusité qu'elle en fut désarçonnée durant un bref instant. Au moment où elle allait ouvrir la bouche, la religieuse apparut près d'eux.

— Je dois donner quelques soins à madame Fournier et aux personnes qui sont alitées, leur dit-elle. Pourriez-vous sortir quelques minutes ?

— Bien sûr, ma sœur, accepta Françoise.

— Après, si vous le voulez, vous pourrez rester encore une dizaine de minutes, mais pas plus. Il est presque neuf heures.

— Craignez rien, on restera pas plus longtemps que ça, la rassura Étienne que la vue de sa mère enfermée dans cet endroit avait bouleversé.

Le mari et la femme sortirent du dortoir et allèrent se réfugier à l'extrémité du couloir, loin du bruit du hall où le téléviseur jouait toujours à tue-tête. Durant un long moment, ils demeurèrent silencieux, l'un en face de l'autre. Françoise se doutait bien du projet qui trottait dans la tête de son mari et elle le redoutait. Elle ne fut donc pas surprise de l'entendre dire, en regardant partout autour de lui :

— Ça a pas de maudit bon sens !

— Qu'est-ce qui a pas de bon sens ?

— De la laisser ici. C'est vieux, c'est sale et ça sent mauvais.

— Et tu penses à quoi ?

— Ben. Peut-être qu'on pourrait la prendre avec nous autres un bout de temps…

— Je le savais ! ne put s'empêcher de s'exclamer sa femme, les dents serrées. Pendant vingt-quatre ans, on n'a pas existé pour elle. Elle venait chaque année à Saint-Jacques, mais elle a jamais fait un petit détour pour venir nous dire bonjour. Elle voulait même pas nous voir. On aurait pu être morts et ça aurait fait la même chose. Puis là, elle est tombée malade et nous v'là tous à ses genoux. Elle peut mettre notre vie à l'envers, c'est pas grave ! Tu promets d'abord en cachette de payer son compte d'hôpital, puis tu veux qu'elle vienne s'installer chez nous ?

— Il y a rien de décidé encore, se défendit mollement le bossu en lui jetant un regard attristé. Je disais ça comme ça.

— Oui, comme ça ! Si elle mettait les pieds dans ma maison, je deviendrais sa bonne et sa garde-malade, je suppose. Pendant que tu travaillerais dehors, je l'aurais sur le dos toute la sainte journée !

— Ben, on…

— Bien sûr, on serait obligés, en plus, de lui donner notre chambre en bas parce qu'elle est pas capable de monter en haut avec sa jambe ! Je laverais son linge et je la nourrirais !

— OK… On n'en parle plus, dit son mari, l'air malheureux.

Lorsque la religieuse sortit de la pièce, Étienne jeta un coup d'œil à sa montre avant d'ajouter :

— On va aller lui dire bonsoir et on va s'en aller. Il est déjà pas mal tard. On n'attendra pas que les sœurs nous jettent dehors.

Le couple se mit silencieusement en marche vers la seconde porte du couloir. Juste avant d'entrer dans le dortoir, Françoise saisit le bras de son mari.

— C'est correct. On va la prendre avec nous autres un petit bout de temps. Mais je t'avertis que si elle est trop malcommode, sa valise va être vite faite et elle va revenir ici.

Étienne lui adressa un sourire plein de reconnaissance et lui céda le passage pour la faire entrer devant lui. Ils retrouvèrent Gabrielle Fournier déjà vêtue de sa robe de nuit et assise dans son lit.

— M'man, Françoise a pensé à quelque chose, lui annonça son fils en donnant un léger coup de coude à sa femme.

Gabrielle tourna vers sa bru un regard interrogateur.

— Madame Fournier, qu'est-ce que vous diriez de sortir d'ici et de venir vivre à la maison avec nous autres?

La belle-mère ne répondit pas immédiatement et aucun sourire ne vint illuminer son visage impassible.

— Vous seriez bien avec nous autres, m'man, ajouta Étienne. On vous donnerait notre chambre pour que vous ayez pas à monter l'escalier. Vous seriez pas enfermée entre quatre murs à la journée longue, comme ici. En plus, je suis sûr que vous mangeriez pas mal mieux.

— Merci, finit par dire la vieille dame, comme si ce seul mot lui avait demandé un terrible effort.

— Est-ce que ça veut dire oui ou non? demanda Françoise, qui regrettait déjà son beau geste.

— C'est correct, mais je veux payer une pension, fit sa belle-mère, comme si elle acceptait à contrecœur l'offre qui venait de lui être faite.

— On n'a pas besoin de votre argent, dit Étienne.

— En tout cas, madame Fournier, ne put s'empêcher d'ajouter Françoise, qui avait saisi la réticence un peu hautaine de sa belle-mère, pension ou pas, si ça vous plaît pas chez nous, vous pourrez toujours demander qu'on vous ramène ici. Ce sera pas un problème.

— OK.

— Si c'est comme ça, fit Étienne, heureux, je vais revenir vous chercher demain, à la fin de l'avant-midi.

Après avoir embrassé la vieille dame sur une joue, le mari et la femme quittèrent l'hospice Sainte-Élisabeth et rentrèrent chez eux, perdus, l'un et l'autre, dans leurs pensées. En pénétrant dans la maison, Françoise s'empressa d'apprendre à sa fille l'arrivée de sa grand-mère, le lendemain, en fin de matinée. Catherine ne manifesta aucune joie en entendant cette nouvelle.

— Ton père et moi, on a décidé de l'installer dans notre chambre et d'aller coucher dans la chambre jaune, en haut.

— Voulez-vous que je vous donne un coup de main pour monter vos affaires ? proposa la jeune fille, sans trop d'enthousiasme. Demain avant-midi, je travaille au magasin. Je pourrai pas vous aider.

— Laisse faire, soupira Françoise, épuisée autant par sa journée de travail que par toutes les émotions vécues durant la soirée. Ton père et moi, on va s'en occuper demain matin, après le déjeuner.

Le lendemain midi, Gabrielle Fournier revint s'installer dans la demeure qu'elle avait fuie vingt-quatre ans auparavant, peu de temps après le suicide de son mari. Ses affaires furent rangées dans le placard et dans les tiroirs du grand bureau en chêne qui occupait tout un mur de la chambre à coucher où elle avait mis au monde ses deux enfants. Lorsque Catherine rentra pour dîner, elle sembla trouver normal que sa petite-fille ne manifeste pas une très grande joie de la revoir.

À de nombreuses reprises durant le repas, Françoise remarqua les regards inquisiteurs que sa belle-mère lançait à sa fille. Elle se doutait intuitivement que Gabrielle se revoyait à son âge tant Catherine lui ressemblait physiquement. Heureusement, là s'arrêtait la ressemblance. La jeune fille était chaleureuse, généreuse et ouverte aux autres… tout ce que sa grand-mère n'avait jamais été.

Ce soir-là, Étienne présenta Hervé Loiselle à sa mère. Comme à son habitude, ce dernier se montra extrêmement poli. Il s'informa de sa santé et lui souhaita la bienvenue à Saint-Jacques-de-la-Rive avant de suivre son amie de cœur au salon.

— Comment vous trouvez l'ami de Catherine ? chuchota Étienne en se penchant vers sa mère, assise dans son fauteuil roulant.

— Je l'aime pas, laissa tomber Gabrielle en esquissant une grimace. Il parle trop bien et, en plus, je le trouve pas beau.

Françoise, debout près de l'évier, fusilla son mari du regard avant de dire à mi-voix :

— C'est pas bien important que vous l'aimiez ou pas, madame Fournier. L'important, c'est qu'il fasse l'affaire de Catherine.

Chapitre 23

Les départs

Les beaux jours de mai filaient rapidement. Le soleil se couchait de plus en plus tard. Il dorait la peau et commençait à faire lever les semences dans les champs. Les parterres se paraient de leurs plus belles fleurs et une odeur entêtante de lilas se mêlait à celle du gazon fraîchement coupé. Au village, on pouvait entendre les voix excitées des écoliers par les fenêtres ouvertes de l'école. Bientôt, le va-et-vient quotidien des autobus scolaires prendrait fin. Déjà, les jeunes comptaient les jours qui les séparaient des grandes vacances estivales.

Le dernier jeudi après-midi du mois, Françoise était occupée dans l'étable à nettoyer les bidons de lait vides quand elle aperçut soudainement devant la fenêtre au-dessus de la cuve le visage aux traits accusés de son fils. Sa chevelure châtain clair était ébouriffée. Elle frappa à la fenêtre pour lui indiquer où elle était. Gilles poussa la porte du bâtiment et vint l'embrasser.

— Sainte bénite! s'exclama sa mère avec un rien de reproche dans la voix. Ça doit bien faire trois semaines que t'es pas venu.

— J'aurais bien voulu, m'man, s'excusa le jeune homme, mais on était en pleine période de préparation des examens. Mais je vous ai téléphoné souvent, par exemple.

— C'est vrai, reconnut-elle en esquissant un sourire. Puis, là, est-ce que les examens sont finis ?

— En plein ça. J'ai plus affaire au cégep avant le mois de septembre. Je suis en vacances.

— T'es bien chanceux. Pour nous autres, l'ouvrage manque pas.

— C'est pour ça que je suis venu vous donner un coup de main, dit Gilles sur un ton joyeux.

— Je pense pas que ton père refuse ton aide. Surtout qu'il a autant d'ouvrage sur la terre que dans son atelier. Imagine-toi donc qu'il a accepté de faire un *set* de chambre, un *set* de cuisine et un *set* de salon pour l'ami de ta sœur.

— Pour Hervé ?

— Oui. Tu sais que sa maison au village va être prête dans une semaine. On va lui prêter une couple de vieux meubles qu'on a dans le haut de la remise en attendant que ton père ait eu le temps de lui fabriquer ses meubles neufs.

— C'est tout un contrat.

— As-tu vu ta grand-mère avant de venir à l'étable ? demanda Françoise en sautant du coq à l'âne. Je t'ai pas entendu arriver.

— Oui, je suis entré lui dire bonjour, mais elle dormait dans la chaise berçante. Je l'ai pas réveillée.

— T'as bien fait. C'est quand elle dort qu'elle est la plus agréable.

— Voyons, m'man ! Elle est pas si pire que ça, protesta doucement son fils.

— Tu penses ça, toi ! Hier, j'ai été obligée de me fâcher pour de bon. Ça fait deux semaines et demie qu'elle est ici et elle arrête pas de faire des caprices et de me faire étriver. Ou elle parle pas pendant des jours ou elle critique tout ce que je fais de son petit air à vouloir cracher sur le monde. Hier midi, j'ai perdu patience quand elle m'a dit que je cuisinais mal et que ma soupe était pas mangeable.

— Elle a pas dit ça!

— Oui. Là, j'ai vu rouge. Je lui ai dit que si elle était pas contente, elle avait juste à pas la manger. Si elle aimait mieux ça, on pouvait la ramener tout de suite à son hospice.

— Qu'est-ce qu'elle a dit?

— Rien, comme d'habitude. Elle est allée s'enfermer dans sa chambre sans dîner. Je me mettrai pas à genoux devant elle, c'est pas vrai! Si elle aime pas ce que je cuisine, qu'elle se lèche la patte... Bon. On a assez parlé d'elle, ça me met de mauvaise humeur. Si tu veux voir ton père, il est au bout du champ d'avoine avec le tracteur. Je l'ai vu tout à l'heure en train de parler à ton oncle Louis.

Gilles ne rentra en compagnie de son père qu'après avoir sorti les vaches de l'étable après le train. Comme sa grand-mère occupait sa place habituelle à table, il s'assit auprès de sa sœur qui venait de rentrer du travail. Le jeune homme avait le visage un peu rougi par le soleil. En appétit, il se servit largement du jambon et des pommes de terre présentés dans des plats sur la table.

Gabrielle, le visage fermé, répondit à peine aux questions de son petit-fils qui s'informait de sa santé. Elle se contenta de manger du bout des lèvres le peu de nourriture qu'elle avait déposé dans son assiette. Au moment du dessert, Étienne demanda à son fils s'il désirait rester à veiller quelques heures avec eux. Gilles accepta l'invitation avec plaisir.

Après le repas, les deux hommes sortirent s'asseoir sur la galerie pendant que Françoise et sa fille rangeaient les restes et lavaient la vaisselle. Pour sa part, Gabrielle se réfugia dans le salon et alluma le téléviseur. Quelques minutes plus tard, Françoise vint rejoindre son fils et son mari pour profiter de la douceur de la brise qui venait de se lever.

— C'est de valeur que tu sois obligé de retourner coucher à Trois-Rivières, dit sa mère en humant avec un plaisir évident l'air embaumé par ses lilas.

— Je suis pas obligé, laissa tomber le jeune homme.

— Mais ta blonde aimerait pas ça, lui fit remarquer son père, sans sourire.

— Elle dirait rien, fit Gilles. Je pense même que ça ferait son affaire, ajouta-t-il dans un souffle.

Françoise lança un regard intrigué à son mari.

— Qu'est-ce qui se passe ? demanda Étienne.

— Elle est partie pour quinze jours en Gaspésie avec des amis.

— Puis ? fit Françoise, osant à peine croire ce qui arrivait.

— Avant de partir, elle m'a fait clairement comprendre qu'elle m'avait assez vu, ajouta Gilles sans manifester une peine trop évidente. Je pense même qu'elle serait pas mal soulagée si j'avais débarrassé le plancher avant qu'elle revienne.

— Tu sais que t'as toujours ta chambre ici, lui offrit Françoise en cachant mal sa joie.

— Merci, m'man. Si ça vous dérange pas, je reviendrais bien passer l'été avec vous autres. Au mois de septembre, on verra bien ce qui arrivera quand je recommencerai à enseigner.

— T'as juste à revenir, fit Étienne, aussi heureux que sa femme.

— Dans ce cas-là, demain avant-midi, je vais aller chercher mes affaires à l'appartement. Ça dérangera rien. Le bail est à son nom.

Au moment de se mettre au lit deux heures plus tard, Étienne ne put s'empêcher de dire à sa femme :

— Tu vois ben que tu t'es énervée pour rien. Ton gars revient à la maison.

— Il reste ta mère…

— Qu'est-ce qu'elle a encore fait? demanda son mari d'une voix excédée.

— Rien. Aujourd'hui, j'ai rien à lui reprocher. Elle m'a juste fatiguée avec son idée de payer une pension. Mais je pense avoir trouvé la solution.

— Quoi?

— Demain, je vais lui dire qu'au lieu de nous payer une pension, on aime mieux qu'elle fasse sa part dans la maison. Tu vas voir que je vais l'occuper assez que, le soir, elle va se coucher fatiguée. D'après moi, elle est capable d'aider à faire la vaisselle, à repasser et même à faire la cuisine. En tout cas, pendant qu'elle va travailler, elle va arrêter de chercher des moyens d'être encore plus détestable.

— Fais à ta tête, se contenta de dire Étienne en se penchant pour l'embrasser avant de s'étendre à ses côtés.

Deux jours plus tard, une Oldsmobile noire vint s'immobiliser au milieu de l'après-midi dans l'allée asphaltée, à gauche du presbytère de Saint-Jacques-de-la-Rive. Un jeune prêtre vêtu en *clergyman* descendit précipitamment du lourd véhicule pour venir ouvrir la portière arrière à son évêque, monseigneur Conrad Pichette.

L'évêque du diocèse de Nicolet était un petit homme grassouillet à l'air débonnaire à qui il ne restait qu'une étroite couronne de cheveux gris. Mais ceux qui le côtoyaient apprenaient rapidement à ne pas se fier au sourire chaleureux qu'il affichait la plupart du temps. L'homme d'Église possédait une volonté de fer et pouvait être extrêmement désagréable et cassant quand on allait à l'encontre de ses directives.

Le prélat sortit du véhicule sans se presser et, précédé par l'abbé Charlebois, son secrétaire, se dirigea vers le large escalier extérieur qui menait à la porte d'entrée du presbytère. Le jeune prêtre sonna. Clémence Savard, le visage toujours aussi peu avenant, vint ouvrir la porte aux visiteurs.

— Bonjour madame, la salua le secrétaire. Je suis en compagnie de monseigneur Pichette. Est-ce que monsieur le curé est ici ?

— Oui, monsieur l'abbé.

Clémence adressa un sourire contraint aux deux ecclésiastiques et s'empressa de les conduire au salon. L'évêque n'avait pas encore ouvert la bouche. Il se contenta de s'asseoir dans l'un des fauteuils de la pièce pendant que la ménagère allait chercher son frère à l'étage. Il y eut un bruit de pas précipités dans l'escalier et le curé de Saint-Jacques-de-la-Rive apparut sur le seuil de la pièce, l'air confus.

— Je m'excuse, monseigneur, de pas avoir été là pour vous accueillir.

— Il y a pas de faute, répondit Conrad Pichette en se levant. Vous pouviez pas savoir que j'arrêterais vous voir en passant. Je l'ai fait pour éviter de vous convoquer à l'évêché la semaine prochaine.

— Je vous en remercie.

Immédiatement, une vague d'inquiétude submergea le grand prêtre. Pourquoi aurait-il été convoqué à l'évêché la semaine suivante ? Une convocation de l'évêque n'était jamais bon signe, quel que soit le diocèse où on œuvrait. C'était rarement pour vous féliciter que votre évêque vous faisait venir.

— Est-ce que ma ménagère pourrait vous servir quelque chose ? offrit-il d'emblée à ses deux visiteurs.

— Merci, monsieur le curé, répliqua son supérieur, mais j'ai pas beaucoup de temps. Où est votre vicaire ?

— Il devrait être à la sacristie.

— Envoyez-le donc chercher par votre cuisinière, ordonna Conrad Pichette. En attendant, nous allons passer dans votre bureau, si vous le voulez bien.

— Avec plaisir, monseigneur.

L'évêque de Nicolet tendit la main en direction de l'abbé Charlebois qui, comprenant la signification du geste, lui remit le mince porte-documents qu'il n'avait pas lâché depuis qu'il était descendu de voiture.

— Vous pouvez nous attendre ici, l'abbé. J'aurai pas besoin de vous. Quand l'abbé Lanthier arrivera, vous le ferez attendre. J'ai à lui parler.

Le secrétaire se contenta de hocher la tête et attendit que les deux hommes quittent la pièce avant de s'asseoir dans l'un des fauteuils du salon. Philippe Savard ouvrit la porte capitonnée de son bureau généreusement éclairé par deux larges fenêtres et s'effaça pour laisser entrer son supérieur qui se dirigea tout de suite vers le fauteuil placé derrière le lourd meuble en chêne.

— Assoyez-vous, monsieur le curé, dit l'évêque d'une voix coupante après que ce dernier eut demandé à sa sœur d'aller chercher l'abbé Lanthier.

Le fait que Philippe Savard était plus grand que lui de plus d'une tête semblait l'agacer prodigieusement. Le curé prit place en face de son évêque comme s'il était un simple visiteur dans son propre bureau.

— Bon. On perdra pas de temps inutilement, déclara d'entrée de jeu Conrad Pichette en chaussant des lunettes à monture de corne qui lui donnaient l'air d'un hibou.

Il ouvrit le porte-documents qu'il avait déposé sur le bureau et en sortit deux minces chemises cartonnées. Il en ouvrit une et consulta brièvement les notes qu'elle renfermait.

— Je vois que vous avez fini par compléter votre conseil de fabrique et que tout est rentré dans l'ordre de ce côté-là.

— Oui, monseigneur.

— Les finances de votre paroisse semblent en assez bon état.

— On arrive de justesse, se sentit obligé de préciser Philippe Savard.

— C'est ce que les chiffres disent. Voyez-vous d'autres problèmes, monsieur le curé? demanda l'évêque en le dévisageant par-dessus les verres de ses lunettes qui avaient légèrement glissé sur son nez court.

— Je vois pas, dit Philippe Savard d'une voix légèrement hésitante.

— Vous voyez pas! fit l'évêque dont la voix venait de prendre un ton sarcastique.

Le visiteur se laissa alors aller à frapper le meuble d'une main impatiente.

— Alors, il y a quelque chose que je comprends pas, monsieur! s'exclama-t-il avec une certaine retenue. Comment se fait-il qu'on n'arrête pas de recevoir toutes sortes de lettres de vos paroissiens? Je vous prie de croire que ce sont rarement des lettres élogieuses à votre endroit. Et là, je mentionne pas les coups de téléphone.

Le visage du curé de Saint-Jacques-de-la-Rive avait soudainement viré au gris.

— J'ignore pourquoi certains de vos paroissiens vous apprécient pas, mais le fait est là, ajouta Conrad Pichette en jetant un coup d'œil à l'une des feuilles qu'il venait de tirer de la chemise placée devant lui. On a eu des plaintes à propos du cimetière et de votre façon d'accueillir vos paroissiens au presbytère. Beaucoup ont pas l'air d'aimer le ton de vos homélies. D'autres vous trouvent trop dur quand vous leur parlez ou vous reprochent d'être à couteaux tirés avec tout le monde. On vous blâme même de pas surveiller d'assez près votre vicaire.

— C'est nettement exagéré, finit par dire Philippe Savard sur un ton outré. C'est bien connu que certains aiment dénigrer leurs prêtres à coups de médisances et de calomnies. Comme dans toutes les paroisses, il y a des mécontents à Saint-Jacques. La seule différence, monseigneur, c'est qu'ils font plus de bruit ici qu'ailleurs.

— Peut-être, admit l'évêque sans trop y croire, mais vous devez reconnaître que vous avez pas rempli le mandat que je vous ai confié le printemps dernier en vous nommant à la place du curé Marceau. Je vous avais demandé de ramener de la ferveur et de la vitalité dans une paroisse qu'un curé malade avait plus la force de diriger.

Philippe Savard baissa la tête d'un air coupable.

— Il sert à rien de se mettre la tête dans le sable, monsieur Savard. Ça va pas du tout dans votre paroisse. Vous êtes au centre de trop de conflits. Par conséquent, j'ai pris la décision de vous déplacer. L'abbé Paul Lemire vous remplacera ici. Le décès du curé Proulx vient de libérer la cure de Saint-Bonaventure. Vous prendrez la relève dès lundi prochain. Je vous confie là une bonne paroisse où tous les organismes fonctionnent admirablement bien. J'espère que vous saurez continuer l'œuvre de votre prédécesseur, qui était un homme hautement apprécié par tous ses paroissiens.

— J'obéirai, monseigneur, dit humblement Philippe Savard, bouleversé.

— Est-il besoin de vous rappeler, reprit l'évêque sur un ton plus cassant, que vous devez apprendre à être plus souple et plus humain avec les paroissiens que je vous confie? De plus, si j'ai bonne mémoire, vous avez demandé l'an dernier à votre évêque un changement de diocèse après avoir vécu une expérience aussi désagréable que celle que vous venez de connaître à Saint-Jacques-de-la-Rive.

— Mais…

— Je vous préviens, reprit monseigneur Pichette d'une voix cinglante. Saint-Bonaventure est la dernière cure que je vous confie. Suis-je assez clair?

— Oui, monseigneur.

— Donc, demain, vous ferez vos adieux à vos paroissiens et lundi, vous serez attendu dans votre nouvelle paroisse.

— Très bien.

— En passant, le presbytère de Saint-Bonaventure est déjà pourvu d'une excellente ménagère. Il est pas question qu'elle rende son tablier à votre arrivée. Pour être plus clair, j'aimerais que votre sœur trouve un emploi dans un autre presbytère que le vôtre. Si votre remplaçant désire la garder à son service, ici, il pourra toujours le faire.

— J'ai compris, monseigneur, dit Philippe Savard dont le teint était devenu encore plus cireux.

— Bon. Si votre vicaire est revenu, envoyez-le moi, s'il vous plaît, déclara Conrad Pichette en ne faisant pas mine de se lever.

Philippe Savard, ainsi congédié par son supérieur, se leva et quitta la pièce.

— L'abbé, monseigneur a affaire à vous, dit-il à Robert Lanthier du seuil du salon où son vicaire discutait paisiblement avec l'abbé Charlebois en sirotant un verre de limonade.

Sur ces mots, le prêtre fit demi-tour et parcourut tout le couloir. Il vit sa sœur se tourner vers lui quand il passa devant la porte de la cuisine, mais il lui fit signe de ne pas bouger. Encore sous le choc, il sortit à l'extérieur et se mit à faire les cent pas sur la galerie qui ornait la façade du presbytère. Le large avant-toit le protégeait de la pluie qui s'était mise à tomber. Tout recommencer à neuf un an à peine après son arrivée à Saint-Jacques-de-la-Rive était pour lui une épreuve qu'il allait avoir du mal à traverser.

L'abbé Lanthier frappa discrètement à la porte du bureau et attendit que son évêque lui crie d'entrer avant de pénétrer dans la pièce. Retranché derrière le meuble massif, Conrad Pichette fixa d'un œil inquisiteur le jeune prêtre souriant qui venait d'entrer.

— Bonjour monseigneur. Je suis heureux de vous voir, salua le vicaire de Saint-Jacques-de-la-Rive, toujours aussi aimable.

— Bonjour monsieur l'abbé. Assoyez-vous, lui ordonna sèchement l'évêque sans lui rendre son sourire. Je serai bref, ajouta-t-il en regardant sa montre.

Robert Lanthier rougit légèrement devant un accueil aussi froid. Il avait déjà rencontré son supérieur à deux ou trois reprises par le passé et, chaque fois, ce dernier s'était montré d'un commerce agréable. Le ton qu'il adoptait ce jour-là déclencha immédiatement chez lui un signal d'alarme.

— Je n'irai pas par quatre chemins pour vous dire ce que j'ai à vous dire, déclara l'évêque, l'air sévère, en retirant brusquement ses lunettes à monture de corne. Votre curé a dû vous informer à la fin de l'été dernier des lettres que nous avions reçues à l'évêché à votre sujet. J'ai même envoyé l'abbé Charlebois, mon secrétaire, en parler avec lui.

— Oui, monseigneur.

— C'est parfait. Vous êtes donc au courant des accusations qui pesaient contre vous.

— Oui, monseigneur, répondit l'abbé Lanthier en rougissant encore plus.

— Votre curé nous a affirmé qu'après en avoir discuté avec vous, il avait conclu qu'il ne s'agissait que de rumeurs malveillantes.

— C'est vrai, monseigneur, mentit le vicaire, craignant de voir son supérieur tirer la preuve du contraire de la chemise placée devant lui, sur le bureau.

Le jeune prêtre venait soudain de réaliser que Lucie Veilleux avait bien pu se décider à se venger de lui en le dénonçant à l'évêché de Nicolet. Si elle avait écrit qu'elle attendait un enfant de lui en donnant certaines précisions sur leurs rencontres secrètes à Montréal, on avait pu interroger le curé Savard pour voir si ses absences de la paroisse ne coïncidaient pas avec les dates avancées par la jeune fille. Dans ce cas, il était perdu. Il ne lui resterait plus qu'à défroquer et à faire face à la honte. Sa vie serait à jamais gâchée.

— Je vous cacherai pas, l'abbé, que j'aime pas du tout ce genre de bruits autour de mes prêtres. Quand ils se produisent, je cherche jamais midi à quatorze heures. Le seul coupable est habituellement le prêtre. Même s'il a rien fait de répréhensible, il est coupable de pas avoir été assez prudent quand son ministère l'amenait à côtoyer des jeunes femmes.

— Oui, monseigneur, dit Robert, soulagé au-delà de toute expression de constater que Lucie ne l'avait pas dénoncé.

— Je pense que c'est votre cas, l'abbé, dit sèchement l'évêque. Des rumeurs courent encore à votre sujet et vous prêtent toutes sortes d'aventures. Ces rumeurs-là, je peux pas les tolérer plus longtemps. On va donc y mettre fin.

— Oui, monseigneur, dit le vicaire d'une voix mal assurée, incapable de deviner ce que son supérieur avait en tête.

— Vous resterez en poste à Saint-Jacques jusqu'à vendredi prochain pour aider le nouveau curé de la paroisse à se familiariser avec le milieu.

— Avec plaisir, monseigneur, répondit le jeune prêtre, tout humble.

— J'espère que vous aimez la grande nature, monsieur Lanthier? lui demanda Conrad Pichette, à brûle-pourpoint.

— Oh! oui, monseigneur! mentit le vicaire de Saint-Jacques-de-la-Rive, incapable de savoir ce que son supérieur entendait exactement par « grande nature ».

— Ça tombe très bien parce que vous allez être appelé à poursuivre votre ministère dans la paroisse Sacré-Cœur.

— La paroisse Sacré-Cœur, monseigneur? demanda l'abbé Lanthier, surpris. Je savais pas qu'on avait une paroisse de ce nom-là dans le diocèse.

— Cherchez pas, l'abbé, le prévint Conrad Pichette en esquissant un mince sourire. C'est une petite paroisse de la Côte-Nord perdue en pleine nature. Monseigneur Pelletier se plaint depuis quelques années de manquer de prêtres. J'ai décidé de lui prêter vos services. Il m'a dit au téléphone que Sacré-Cœur avait pas de prêtre pour la desservir depuis un an. Quand vous le rencontrerez à Sept-Îles à la fin de la semaine prochaine, il vous expliquera en quoi consistera votre nouveau ministère. Comme serviteurs de Dieu, nous sommes tous appelés à servir là où Il a besoin de nous. Mon secrétaire, l'abbé Charlebois, entrera en contact avec vous pour les derniers détails, conclut l'évêque en se levant pour signifier la fin de l'entretien.

— Bien sûr, monseigneur, acquiesça le jeune prêtre, la gorge serrée.

Robert Lanthier se leva à son tour.

Une affreuse angoisse venait de s'emparer du jeune prêtre. Qu'est-ce qu'il allait faire si loin de la ville ? Il allait y mourir d'ennui. À ses yeux, la punition était disproportionnée. Il ne méritait pas un tel châtiment. Il était un citadin. Il avait vécu toute sa vie à Nicolet et à Sorel. Il se sentait même passablement à l'aise à Montréal depuis que ses parents y avaient emménagé cinq ans auparavant. Déjà qu'il avait éprouvé toutes les difficultés du monde à s'habituer aux paroisses rurales depuis son ordination ! Et pourtant, elles étaient voisines de grandes villes où il pouvait se rendre durant ses quelques jours de congé.

Dès sa sortie du bureau du curé Savard, monseigneur Pichette se dirigea vers la porte d'entrée. Son secrétaire était déjà debout dans le couloir. L'évêque lui tendit son porte-documents. Au même moment, Philippe Savard rentra dans le presbytère.

— Vous soupez pas avec nous, monseigneur ? offrit-il du bout des lèvres.

— Je vous remercie, monsieur le curé, mais nous sommes attendus.

Le curé de Saint-Jacques-de-la-Rive et son vicaire accompagnèrent tout de même le prélat et son secrétaire à l'extérieur.

— Allez pas plus loin, leur conseilla Conrad Pichette en se tournant vers eux, debout sur la première marche de l'escalier. Il pleut. Inutile de vous faire mouiller.

Les deux ecclésiastiques demeurèrent donc sur la galerie pour voir l'évêque du diocèse de Nicolet s'engouffrer dans son Oldsmobile noire. Son secrétaire ferma la portière arrière du véhicule et s'empressa d'aller se glisser derrière le volant. La voiture s'ébranla lentement. Les prêtres n'attendirent pas qu'elle eût disparu de leur vue pour se décider à rentrer dans le presbytère.

— Entrez donc dans mon bureau une minute, l'abbé, fit Philippe Savard d'une voix blanche en se tournant vers son vicaire.

Robert Lanthier, pas encore remis du choc qu'il venait de subir, suivit son curé qui se planta debout devant l'une des fenêtres. Ce dernier demeura si longtemps silencieux que le jeune prêtre dut se résoudre à lui rappeler sa présence dans la pièce.

— Vous vouliez me parler, monsieur le curé ?

— Ah, oui ! répondit Philippe Savard, comme s'il émergeait d'un songe. Je voulais vous dire que monseigneur a décidé de me confier la cure de Saint-Bonaventure. Comme je dois partir après-demain, vous aurez seul la responsabilité de la paroisse durant quatre ou cinq jours, le temps que mon remplaçant vienne occuper son poste.

— Vous savez probablement déjà, monsieur le curé, que je quitte, moi aussi, la paroisse ?

— Non. Je l'ignorais. On dirait que nous étions appelés, l'un comme l'autre, qu'à faire un bref passage à Saint-Jacques.

— Malheureusement, ne put s'empêcher de dire le vicaire, sur un ton désolé. À propos, monsieur le curé, connaissez-vous votre successeur ?

— Non. Monseigneur a mentionné un nommé Lemire, mais je le connais pas.

— Paul Lemire ?

— Je crois bien que c'est ça. Vous le connaissez, vous ?

— Il a été mon meilleur ami durant toutes mes années passées au séminaire, fit le prêtre, tout heureux.

— Comme ça, il est pas mal jeune, dit le curé, un peu amer d'être remplacé par un ecclésiastique probablement sans expérience.

— Il a quand même quelques années de plus que moi, précisa l'abbé, la mine soudainement plus sombre.

Robert venait de réaliser combien il aurait été agréable de vivre et de travailler en équipe avec Paul Lemire, un homme jovial aux manières simples et directes. S'il n'avait pas eu la malchance de tomber amoureux de Lucie Veilleux, il serait demeuré en poste à Saint-Jacques-de-la-Rive.

— Bon. Demain, à la grand-messe, j'annoncerai mon départ aux fidèles sans préciser quel jour je quitterai la paroisse, conclut Philippe Savard. Je voudrais pas avoir à subir la petite fête d'adieu habituelle. Je vous demanderais donc d'être discret à ce sujet, s'il vous plaît.

— Bien sûr, monsieur le curé, le rassura le vicaire.

— Il va de soi que je mentionnerai pas que vous êtes appelé à partir, vous aussi, dans quelques jours. Je vous laisserai l'annoncer vous-même quand vous le jugerez bon.

Philippe Savard lui fit signe que l'entretien était terminé et pendant que le jeune abbé quittait la pièce, il prit place derrière son bureau. Au moment où il allait commencer à écrire le texte de sa dernière homélie à Saint-Jacques-de-la-Rive, sa sœur frappa à la porte.

— Entrez, dit-il, agacé d'être dérangé.

Clémence pénétra dans la pièce et referma doucement la porte avant de se planter devant le bureau derrière lequel son frère était assis.

— Qu'est-ce que monseigneur voulait? T'avais l'air tout à l'envers quand t'es allé le reconduire dehors.

— Il me change de paroisse.

— Encore! s'exclama la cuisinière. Où est-ce qu'il nous envoie?

— Où est-ce qu'il m'envoie, tu veux dire? rétorqua son frère avec humeur.

— Où?

— À Saint-Bonaventure.

— Où est-ce que c'est?

— Un village proche de Drummondville, si je me souviens bien.

— Quand est-ce qu'on part?

— Ça, c'est un autre problème, fit Philippe Savard d'une voix plus douce. Je pars après-demain, mais tout seul.

— Tout seul? demanda sa sœur, craignant d'avoir mal compris.

— Monseigneur veut plus que tu sois ma ménagère. Il veut que je garde celle qu'il y a déjà au presbytère de Saint-Bonaventure.

— Voyons donc! s'écria Clémence, sidérée par la nouvelle.

— C'est comme je te dis.

— Et moi, qu'est-ce que je deviens dans tout ça?

— Il a dit que tu pouvais toujours rester ici comme ménagère, si ça te plaisait.

— Est-ce que j'ai le choix? dit la grande femme, proche des larmes. J'ai cinquante et un ans et j'ai pris soin de papa jusqu'à sa mort, il y a dix ans. Après, j'ai toujours été ta ménagère. J'ai pas d'argent. Si j'en avais, je pourrais toujours rester dans une petite pension, mais…

— Écoute, c'est pas la fin du monde, l'interrompit son frère. Reste ici et essaie de t'habituer au nouveau curé. Si t'es pas capable, je t'aiderai à te trouver une autre place.

— C'est correct, consentit Clémence, déjà à demi résignée à son sort.

⁓

Lorsque les fidèles se présentèrent à l'église pour la grand-messe en ce premier dimanche de juin, il faisait déjà assez chaud pour que le bedeau laisse les portes de l'église grandes ouvertes durant l'office. Les chants entonnés par la chorale, toujours privée d'organiste, s'entendaient loin dans le village.

Après la lecture de l'Évangile et une brève homélie, Philippe Savard annonça à ses paroissiens d'une voix dépourvue de toute émotion son prochain départ pour une autre cure, sans préciser laquelle. Cette nouvelle provoqua la surprise dans l'assemblée et engendra de nombreux chuchotements.

À la fin de la messe, les habitants de Saint-Jacques-de-la-Rive, debout sur le parvis de l'église, commentèrent longuement ce départ imprévu. Pour sa part, Étienne, à titre de président du conseil de fabrique, se promit de s'informer dès le lendemain auprès du vicaire de la date exacte du départ du curé. On organiserait pour l'occasion une petite fête pour souligner le départ du curé Savard, comme cela s'était toujours fait dans la paroisse. Il avait beau n'avoir jamais beaucoup aimé le pasteur, ce n'était pas une raison pour le laisser partir sans lui montrer un peu de reconnaissance. Les autres marguilliers, rapidement consultés, partageaient son opinion.

— C'est drôle à dire, dit Françoise à son mari en prenant place dans la Dodge pour rentrer à la maison, mais ce départ-là me fait pas de peine pantoute.

— À moi non plus, renchérit Catherine, assise sur la banquette arrière aux côtés de son frère. J'espère que le prochain aura l'air moins bête et sera plus parlable.

Étienne ne dit pas un mot, mais Gilles, pour sa part, aurait préféré que ce soit l'abbé Lanthier qui quitte la paroisse.

Le lendemain, le bossu n'eut pas à téléphoner au presbytère pour connaître la date du départ du curé Savard. Au milieu de l'avant-midi, il chargea dans une remorque, avec l'aide de son fils, de vieux meubles tirés de sa remise. Il s'agissait des meubles qu'il avait promis de prêter à Hervé Loiselle pour lui permettre d'attendre, sans trop d'inconfort, la livraison des meubles neufs que les Fournier avaient entrepris de lui fabriquer. Le jeune homme devait emménager dans sa nouvelle maison durant la semaine. Après la livraison, Étienne s'arrêta un bref moment au magasin général pour acheter du tabac à pipe. Au moment où il allait pénétrer dans le magasin, il croisa l'abbé Lanthier. Les deux hommes se saluèrent.

— Justement, monsieur l'abbé, j'allais vous téléphoner cet après-midi.

— Ah oui ! Qu'est-ce que je peux faire pour vous, monsieur Fournier ? offrit aimablement le jeune prêtre.

— Ben, je voulais savoir quand monsieur le curé est supposé partir, histoire de lui préparer une petite fête, s'empressa d'ajouter le président du conseil de fabrique.

— J'ai bien peur que ce soit un peu trop tard. Monsieur le curé est parti ce matin, tout de suite après le déjeuner.

— Voyons donc ! fit le bossu, surpris par tant de précipitation.

— Comme je vous le dis, monsieur Fournier. Vous l'avez manqué de peu. Vous savez, nous, les prêtres, nous faisons vœu d'obéissance et nous faisons ce que nous ordonne notre évêque. Par exemple, moi aussi, je quitte la paroisse à la fin de la semaine pour aller remplir une autre mission, ajouta le jeune prêtre avec un rien d'amertume dans la voix.

— Dites-moi pas qu'on va avoir un nouveau vicaire en plus d'un nouveau curé !

— J'ai bien peur que les marguilliers trouvent que ça va leur faire pas mal d'ouvrage de dresser deux prêtres en même temps, dit le vicaire en retrouvant un peu de sa bonne humeur.

— Pas nécessairement, plaisanta Étienne avant de prendre congé du jeune abbé. Il y a peut-être des prêtres qui ont la tête moins dure que d'autres. C'est pas obligatoire qu'on ait toujours les plus têtus.

Les deux hommes se quittèrent sur un éclat de rire. Quand le cultivateur apprit la nouvelle aux siens, Françoise fut la seule à déplorer le départ du jeune vicaire. Gilles et Catherine se contentèrent de se regarder un bref moment sans faire aucun commentaire. Ils se rappelaient trop bien la scène où Robert Lanthier enlaçait amoureusement Lucie Veilleux.

La nouvelle du départ précipité de leur curé ne surprit nullement la plupart des paroissiens. À leurs yeux, Philippe Savard était parti comme il était arrivé, sans faire de bruit. Cependant, on parla beaucoup du fait qu'il avait laissé derrière lui sa sœur Clémence et certains habitants de Saint-Jacques-de-la-Rive se mirent à parier sur le nombre de jours que tiendrait le nouveau curé avant de la flanquer à la porte avec armes et bagages.

Deux jours plus tard, une vieille Coccinelle bleue un peu rouillée vint s'arrêter près du presbytère et un jeune homme athlétique vêtu d'une chemisette blanche et d'un pantalon noir s'en extirpa. Il s'empara de deux grands sacs en toile déposés sur le siège arrière avant d'aller sonner à la porte du presbytère. Clémence vint lui ouvrir.

— Bonjour, je suis Paul Lemire, le nouveau curé de Saint-Jacques, fit-il en repoussant doucement la porte avec l'un de ses sacs pour entrer.

La ménagère en resta bouche bée. Il lui semblait impossible qu'un homme aussi jeune et dans cette tenue puisse être le remplaçant de son frère.

— Vous êtes notre nouveau curé ? prit-elle la peine de demander avant de s'effacer.

— Eh oui, madame, de par la volonté de monseigneur Pichette, précisa le jeune prêtre avec bonne humeur. Vous êtes madame ?

— Madame Savard, votre ménagère, monsieur le curé, fit Clémence en s'efforçant de lui adresser un sourire de bienvenue.

— Je suis content de vous connaître, madame Savard. Voulez-vous me montrer où se trouve ma chambre ? Je vais y transporter mes bagages. Le reste va suivre cet après-midi.

À cet instant précis, une porte claqua à l'étage et Robert Lanthier dévala les marches de l'escalier. En apercevant son ancien confrère et ami, il se précipita pour lui serrer la main et lui souhaiter la bienvenue. Les retrouvailles furent chaleureuses entre les deux hommes et le vicaire se proposa pour aider le nouveau curé à transporter ses affaires.

— Ne me dis pas que tu vas être mon vicaire ? dit Paul en déposant les sacs qu'il avait transportés sur son lit.

— Malheureusement non, répondit Robert, sincèrement peiné. J'aurais bien aimé, mais monseigneur m'a prêté à monseigneur Pelletier, sur la Côte-Nord.

— C'est pas vrai !

— C'est pourtant ça. Je reste jusqu'à samedi matin pour te mettre un peu au courant des affaires de la paroisse. Après, je dois aller me présenter à mon nouvel évêque.

— Tu parles d'une malchance ! dit Paul. En plus, je trouve pas mal étrange que ce soit toi plutôt que mon prédécesseur qui soit resté pour me faire connaître la paroisse.

— Il paraît que c'était important qu'il aille remplacer tout de suite le curé de Saint-Bonaventure, se contenta de répondre son vis-à-vis.

— Comme on peut rien y changer, on va mettre à profit les quarante-huit heures qui restent pour que tu m'expliques tout ce que je dois savoir, dit le nouveau curé.

Lorsque les deux prêtres se retrouvèrent près de la Coccinelle en piteux état, le vicaire s'écria :

— Mon Dieu! Quand tes nouveaux paroissiens vont t'apercevoir dans cette affaire-là, c'est sûr qu'ils vont donner pas mal plus à la quête du dimanche.

~

Au début de la semaine suivante, Louis s'arrêta un matin chez sa sœur Françoise. Il déposa quelque chose sur la galerie avant de se présenter devant la porte moustiquaire de la cuisine d'été. Il trouva la pièce plongée dans le silence. Françoise et sa belle-mère étaient occupées à éplucher les pommes de terre qui seraient servies au dîner.

— Bonjour, les deux madames Fournier, dit le cultivateur avec bonne humeur à travers la porte moustiquaire.

— Entre, Louis, l'invita sa sœur.

Gabrielle n'avait pas dit un mot. C'est à peine si elle jeta un coup d'œil au voisin. Louis, habitué à son air peu aimable, fit comme si elle n'était pas dans la pièce.

— Veux-tu boire quelque chose? offrit Françoise.

— Non, merci. Où sont les hommes de la maison? Je les ai pas vus nulle part.

— Gilles est en train de nettoyer l'étable et je viens de voir Étienne prendre le chemin. Il doit être allé chez mon oncle Gérald. Hervé Loiselle est arrivé à lui vendre un silo et ses hommes commencent à le monter à matin.

— Blasphème ! jura son frère. Je voudrais ben savoir comment mon oncle s'y est pris pour décider Bertrand à dépenser autant.

— C'est facile à deviner, dit Françoise. Il a dû lui dire que les Veilleux, à côté, en avaient un depuis un an. Tu sais bien qu'il y a pas un sacrifice que notre cousin ferait pas pour pas se laisser dépasser par eux.

— J'avais pas pensé à ça, reconnut son frère.

— Francine va bien ? demanda Françoise. Ça fait une dizaine de jours que je l'ai pas vue.

— Elle est en pleine forme. Elle est en train de faire un grand ménage de la chambre du petit.

— Pourquoi ? Est-ce que vous l'attendez ? fit-elle, curieuse.

— Tu peux le dire qu'elle l'attend, rétorqua son frère avec bonne humeur. Les Pellerin ont accepté qu'il vienne passer tout l'été à la maison. Il arrive la semaine prochaine. T'imagines un peu comment est Francine. Depuis qu'elle sait ça, elle compte les heures.

— Et toi ?

— Je pense que je fais la même chose qu'elle, reconnut Louis avec franchise. Bon. Il faut que j'y aille. Tu diras à Étienne que je lui ai rapporté les outils que je lui avais empruntés samedi passé. Je les ai laissés sur la galerie.

~

Le samedi suivant, quelques minutes avant l'heure de fermeture du magasin, Hervé profita d'un moment où les employés étaient occupés dans l'entrepôt pour quitter son bureau et s'approcher de Catherine en train de vérifier les livraisons qui devraient être effectuées le lundi suivant. Le jeune gérant, la tête tournée vers la vitrine de gauche, jeta un regard satisfait au *bungalow* neuf qu'il habitait depuis quelques jours. L'idée de le bâtir sur une butte avait été excellente. Sa façade en pierre et ses larges ouvertures en faisaient l'une des plus belles maisons du village.

Catherine leva la tête au même moment et saisit le regard de son amoureux.

— Ta maison est pas mal belle, dit-elle doucement. Quand le gazon va avoir poussé, ça va être encore mieux.

— C'est vrai, reconnut Hervé, mais elle est pas mal grande pour une seule personne.

— Tu le savais pourtant quand t'as choisi les plans, lui fit remarquer son amie. Là, elle a peut-être l'air grande parce que t'as presque pas de meubles. T'as juste les vieilleries que mon père t'a prêtées. Mais quand tes meubles neufs vont être installés, tu vas t'apercevoir que c'est pas si grand que ça.

— Avec trois grandes chambres, une cuisine et un salon, ce sera toujours trop grand pour moi tout seul, insista Hervé. Sans parler que je pourrais faire aménager le sous-sol. Au fond, c'est le genre de maison qu'on a quand on veut avoir une famille.

Catherine ne releva pas l'allusion, se contentant de fixer son patron d'un œil interrogateur.

— Est-ce que tu pourrais pas faire un effort pour me faciliter l'ouvrage? finit-il par lui demander sur un ton légèrement exaspéré.

— De quel ouvrage tu parles?

— J'essaye de te faire comprendre depuis dix minutes que j'aimerais ça que quelqu'un vienne rester avec moi dans cette maison-là, dit Hervé en pointant le doigt vers sa nouvelle maison.

— Qu'est-ce qui t'en empêche?

— Toi! s'écria-t-il.

— Comment ça? demanda la jeune fille, surprise.

— Bon. Je recommence, fit-il en exagérant son impatience. Je te demande si t'accepterais de venir rester avec moi.

— Il en est pas question, Hervé Loiselle! s'offusqua la jeune fille. Pour qui tu me prends?

— Non. Tu m'as mal compris. Tu viendrais rester avec moi après qu'on se soit mariés, évidemment.

— Ah! C'est une demande en mariage? dit Catherine en riant.

— On le dirait, non? Bon. Est-ce que c'est oui, non ou peut-être?

Catherine prit un air réfléchi et se mit à examiner longuement son amoureux, de plus en plus mal à l'aise devant son regard inquisiteur.

— Puis? demanda-t-il, la voix légèrement altérée.

— À bien y penser, je crois que je vais me laisser tenter. Au fond, t'es pas un si mauvais parti que ça… même si tu viens de la Beauce.

Sur ces mots, elle se rapprocha du jeune homme et l'embrassa avec passion.

— À cette heure, dit-elle après s'être un peu éloignée de lui, il te reste à convaincre mes parents de te laisser leur voler leur merveille.

— Quelle merveille?

— Moi, fit-elle en éclatant de rire.

— Sans blague, quand est-ce que tu penses que je devrais demander ta main à tes parents?

— À ta place, je le ferais à soir, répondit la jeune fille. Si t'attends demain, je risque d'avoir changé d'avis.

— Vas-tu au moins les préparer un peu avant que j'arrive? fit Hervé, redevenu sérieux.

— Non. J'aime mieux que tu leur fasses toi-même la surprise.

Ce soir-là, un peu après sept heures, Hervé arriva chez les Fournier au volant de sa Pontiac. Étienne était assis sur la galerie en compagnie de sa femme et de sa mère. Après cette chaude journée de juin, tous les trois prenaient le frais. Catherine, assise dans la balançoire installée sur le côté droit de la maison, sous un érable centenaire, se leva à son arrivée et alla à sa rencontre.

— Sacrifice ! lui murmura son amoureux en refermant la portière de sa voiture, toute la famille a l'air de m'attendre de pied ferme.

— T'as raison, dit la jeune fille en souriant. Il manque juste mon frère qui vient de partir pour aller chez les Martineau, à côté. Danielle l'a invité pour la soirée.

— Aie un peu pitié de moi, la supplia Hervé à voix basse. Oblige-moi pas à demander ta main à ton père dehors, devant ta grand-mère.

De bonne grâce, Catherine accepta de ménager son prétendant en l'invitant à passer au salon après qu'il eut discuté quelques instants avec ses parents. Une demi-heure plus tard, elle revint seule sur la galerie.

— P'pa, m'man, Hervé aimerait vous dire deux mots au salon, si ça vous dérange pas trop.

Étienne questionna sa femme du coin de l'œil avant de se lever et de rentrer dans la maison avec Françoise. Ils pénétrèrent dans le salon à la suite de leur fille. Hervé, l'air embarrassé, s'empressa de se lever pour demander officiellement la main de Catherine.

— Madame Fournier, monsieur Fournier, je sais que je fréquente votre fille seulement depuis six mois, mais je pense bien la connaître. On s'aime. Je lui ai demandé ce midi si elle voulait bien devenir ma femme, elle a pas dit non. Elle m'a juste dit de demander sa main à son père. C'est ce que je fais.

Il y eut un bref moment chargé d'émotion dans la pièce avant que le bossu se décide à consulter sa femme du regard. Cette dernière hocha la tête.

— Même si on trouve ça un peu vite, on est ben prêts à te la donner, finit par dire Étienne en serrant la main de son futur gendre avant que ce dernier embrasse Françoise sur une joue.

— Il faudrait peut-être pas que tu prennes l'habitude d'embrasser ma femme, par exemple, dit Étienne en feignant se fâcher.

— C'est correct, monsieur Fournier. Je vous promets de vous demander la permission chaque fois que je pourrai plus me retenir.

— Bon. À cette heure, quand est-ce que vous aimeriez vous marier ? demanda le père de famille, redevenu sérieux.

— On a pensé qu'on pourrait faire ça à la mi-novembre, p'pa, dit Catherine. Au magasin, c'est le temps le plus calme de l'année.

— Pour moi, c'est parfait. Je vais avoir le temps de finir vos meubles avec Gilles pour ce temps-là.

— Et vos fiançailles ? fit Françoise.

— Quand vous voudrez, madame Fournier, répondit Hervé.

— Qu'est-ce que vous diriez de la fin juillet ? On pourrait organiser une petite fête et inviter ta mère et tes frères.

— C'est une bien bonne idée, répondirent les amoureux en même temps.

— Est-ce que ta mère est au courant ? demanda Étienne.

— Je lui ai téléphoné la nouvelle cet après-midi, monsieur Fournier.

— Et? demanda Françoise.

— Ma mère a jamais été une femme bien bavarde. Tout ce qu'elle m'a dit, c'est qu'il était temps que je fasse une fin. Elle m'a aussi dit qu'elle avait bien hâte de connaître Catherine. Elle reste chez mon frère Fabien à Saint-Georges et vous pouvez être certain qu'on va la voir arriver bientôt.

— Parfait. Ça va me faire plaisir de la connaître. Bon. On vous laisse jaser, dit Françoise en entraînant son mari à sa suite hors du salon.

Tous les deux sortirent rejoindre Gabrielle, demeurée seule sur la galerie.

— Vous savez pourquoi l'ami de Catherine voulait nous parler, m'man? lui demanda Étienne, encore tout remué par l'émotion.

— Non.

— Hervé vient de nous demander la main de Catherine. Ils veulent se marier l'automne prochain.

La nouvelle sembla d'abord laisser la vieille dame indifférente. Mais un instant plus tard, elle dit à mi-voix sur un ton sarcastique:

— Pauvre fille! Une autre qui pense que le bonheur c'est d'être la servante d'un homme toute sa vie.

Françoise se contenta de hausser les épaules en affichant un air désabusé. Pour sa part, Étienne alluma sa pipe et tourna ostensiblement la tête vers l'ouest pour regarder le soleil en train de se coucher dans un flamboiement extraordinaire.

Chapitre 24

Comme leurs grands-pères

Le lundi matin, l'autobus scolaire venait à peine de laisser monter à bord Hélène et Paul Veilleux que leur père sortit de sa chambre, cravaté et vêtu de son costume du dimanche.

— Ma foi du bon Dieu, veux-tu ben me dire où tu t'en vas habillé comme ça? ne put s'empêcher de lui demander sa mère en train de desservir la table du déjeuner.

— C'est vrai, ça, reprit son père. Ça fait deux ou trois fois en deux semaines que tu lâches l'ouvrage en pleine semaine pour aller courir on sait pas où.

— C'est une surprise, se contenta de répondre le petit homme.

— Bon. Qu'est-ce que tu vas encore nous sortir? fit Jérôme, un peu inquiet, en finissant de boire sa tasse de café, assis dans sa chaise berçante.

— Vous allez le savoir avant la fin de l'avant-midi, promit André.

— Si je comprends ben, intervint de nouveau son père, je vais être pogné pour réparer la porte de la grange tout seul.

— Je serai pas longtemps parti, le rassura son fils avec une étrange bonne humeur. Vous allez voir que ça va avoir valu la peine.

Sur ce, le cultivateur sortit de la maison. Un instant plus tard, on le vit passer à bord de sa camionnette rouge prenant la direction du village.

— Veux-tu bien me dire ce qui se passe ? demanda Colette à sa bru.

— Prenez patience, vous allez le savoir tout à l'heure, madame Veilleux, répondit Lise avant de monter à l'étage pour vérifier si ses deux adolescents avaient bien rangé leur chambre, comme elle le leur avait demandé.

André revint à la ferme un peu après dix heures trente. Lorsqu'il rentra dans la cuisine d'été, il trouva sa femme seule, en train de préparer le dîner. Il arborait une mine réjouie qui la rassura immédiatement.

— C'est fait, lui dit-il sur un ton triomphant en lui montrant une large enveloppe beige.

— Parfait. À cette heure, il te reste juste à le dire à ton père et à ta mère.

— Je vais aller me changer avant.

Quand André revint dans la pièce, son père et sa mère étaient rentrés dans la maison, curieux de connaître ce que leur fils avait préparé en cachette.

— Puis ? fit son père.

— Est-ce qu'on va finir par savoir ce que tu mijotes ? lui demanda sa mère.

— Tenez vous ben, les prévint André. J'arrive de chez le notaire.

— Pour quoi faire ? lui demanda Jérôme.

— J'ai acheté à Martineau l'ancienne terre des Hamel.

— Hein ! Quel Martineau ? De qui tu parles au juste ? fit son père, abasourdi.

— Voyons, p'pa. Je parle du comptable de Montréal qui a acheté la terre des Hamel l'année passée. Le voisin des Fournier. Lui, tout ce qui l'intéresse, c'est la maison.

Il s'en sert comme chalet. Ça fait que je suis allé le voir un soir il y a quinze jours pour parler affaires.

— Si je comprends bien, tu voulais surtout arracher à Bertrand Tremblay la terre qu'il a louée l'été passé, dit sa mère.

Il était évident que Jérôme Veilleux cherchait à contrôler la colère qui montait en lui. Il s'assit lourdement sur la chaise au bout de la table en jetant un regard furieux à son fils.

— Puis? demanda-t-il d'une voix rageuse.

— Martineau était pas pantoute intéressé à me louer sa terre cet été. Il disait qu'il pouvait pas faire ça à Tremblay qui avait toujours été ben correct avec lui. Il voulait d'abord lui en parler pour savoir s'il voulait encore la louer cet été... Ça fait que je me suis jeté à l'eau...

— Ça veut dire quoi, ça? fit sa mère qui venait de prendre place à table à son tour.

— Ça veut dire, m'man, que je lui ai offert de lui acheter sa terre. On a discuté un bon bout de temps et finalement, il s'est laissé tenter par l'argent. Je l'ai débarrassé d'un trouble. Il aura plus à chercher à la louer tous les ans.

— Tu l'as payée combien? lui demanda Jérôme d'une voix blanche.

— Douze mille piastres. À ce prix-là, je lui laisse la maison, la petite remise qui lui sert de garage et le terrain entre la grange et la maison. La semaine passée, je suis allé voir à la Caisse populaire si je pouvais emprunter dix mille piastres. Le gérant a accepté. Ça fait qu'à matin, on est passés chez le notaire. Tout est fait.

— Maudit torrieu! explosa son père. T'as fait tout ça dans notre dos, sans nous en parler. T'as oublié que la terre est pas juste à toi, mon garçon! On est associés! Il y avait pas assez qu'on a dû emprunter l'année passée pour construire ton maudit silo qui a presque pas servi, v'là que cette année, tu nous cales un peu plus en achetant une terre qu'on n'aura même pas les moyens de cultiver !

— Cherches-tu à nous mettre dans le chemin ? lui demanda sa mère aussi mécontente.

Lise, le visage fermé, écoutait ses beaux-parents sans dire un mot. Elle se gardait d'intervenir, sachant très bien que son mari allait servir à ses parents les arguments dont il lui avait longuement parlé depuis quelques jours.

— Whow ! finit par s'écrier André. Là, on va mettre cartes sur table. Cette terre-là, c'est de la bonne terre que j'avais pas l'intention de laisser à Bertrand Tremblay. Je l'ai eue à un maudit bon prix. En plus, laissez-moi vous dire que j'ai mis deux mille piastres de mon propre argent et que le reste, je l'ai emprunté en mon nom, pas en celui de notre association. Si cette terre-là vous intéresse pas, je vais la garder pour moi tout seul pour cultiver des céréales. Ce sera pas un problème. L'argent que j'en tirerai ira dans mon compte personnel.

Ces derniers arguments semblèrent soudainement calmer la grogne de ses parents.

— C'est pas ça, le problème, finit par dire Jérôme d'un air contraint. On n'arrête pas de s'endetter pis...

— Arrêtez donc de vous inquiéter de ça, p'pa. Aujourd'hui, vous le savez aussi ben que moi, tous les cultivateurs sont obligés de s'endetter, mais ils finissent par s'en sortir. Cet argent-là, ils le dépensent pas, ils le mettent sur leur terre.

— As-tu pensé comment Bertrand va prendre ça ? lui demanda sa mère.

— Je lui ai rien volé, m'man, prétendit le petit homme avec une mauvaise foi évidente. Il avait juste à l'acheter cette terre-là s'il la voulait. Il a voulu être proche de ses cennes, comme d'habitude. Tant pis pour lui. Je braillerai pas sur son sort.

— Il va être enragé noir quand il va apprendre ça, poursuivit son père.

— Ben, tant mieux! s'écria André. Il a voulu faire le cochon, l'année passée, quand les Hamel sont partis. Tant pis pour lui! Il a eu les vaches et il a loué la terre. Nous autres, on n'a rien pu avoir. Cette année, c'est à notre tour et je vous garantis que ça va durer plus longtemps qu'un an, promit-il en retrouvant le sourire.

— Ouais, fit Jérôme, l'air peu convaincu.

— Bon. Est-ce que vous vous associez avec moi pour la terre ou ben si je la garde? demanda André.

Jérôme jeta un coup d'œil à sa femme avant de déclarer sur un ton résigné:

— C'est correct. Je vais mettre six mille, mais tu te débrouilleras avec l'emprunt que t'as fait à la Caisse populaire.

Le dîner se prit tout de même dans un certain climat de rancœur. Il était évident que le sexagénaire acceptait mal que son fils, trop ambitieux, lui ait encore forcé la main. C'était dans des circonstances semblables qu'il se demandait sérieusement s'il n'était pas préférable de lui vendre sa part de la ferme familiale pour s'établir au village. Il enviait son frère Jean-Paul qui avait eu la sagesse de demeurer le seul maître de son affaire. René n'était qu'un employé. Bien sûr, il hériterait un jour d'une partie du magasin général, mais en attendant, le père de famille demeurait le roi et maître des lieux.

Après le repas, Jérôme se retira dans sa chambre pour une courte sieste, sans se préoccuper de son fils qui avait l'habitude de l'imiter en s'installant sur une partie de la galerie ombragée par le feuillage de l'un des gros érables plantés devant la maison.

André quitta la cuisine en laissant le rangement de la pièce à sa mère et à sa femme.

À l'extérieur, l'air était comme immobile, à peine troublé par le vrombissement des insectes. Le ciel s'était lentement couvert et il régnait une douce chaleur en cette belle journée de juin. De l'autre côté de la route, les vaches des Beaulieu paissaient tranquillement dans le champ. On entendait un tracteur au loin.

Durant quelques minutes, le jeune cultivateur tenta vainement de dormir, étendu sur une chaise longue. Il était trop excité par son achat pour trouver le sommeil. Finalement, il se leva, s'alluma une cigarette et descendit de la galerie.

Durant un court instant, il sembla hésiter sur ce qu'il allait faire. Puis il sortit de la cour et se mit en marche sur la route. Sans se presser, il longea l'un de ses champs, la ferme des Tremblay puis celle des Fournier avant de pénétrer sur ce qui était encore, quelques heures auparavant, la terre des Martineau. Au passage, il jeta un coup d'œil à la maison et à la remise du comptable montréalais. Il poursuivit son chemin jusqu'à la grange et l'étable qui, maintenant, lui appartenaient.

Il entra dans l'étable. Le bâtiment n'hébergeait plus les vaches de Bertrand Tremblay depuis quelques semaines déjà. Elles paissaient avec les autres bêtes de leur propriétaire dans un champ – un de ses nouveaux champs – un peu plus loin.

— Toi, tu vas avoir une maudite surprise tout à l'heure, mon gros Bertrand ! dit André, tout guilleret.

Un coup d'œil à la grange lui confirma ce que lui avait dit Martineau le matin même. Elle ne contenait plus une seule balle de foin. Bertrand Tremblay les avait toutes utilisées pour nourrir ses bêtes.

À sa sortie de la grange, ses pas le portèrent vers l'arrière des bâtiments et il se mit à marcher sur sa nouvelle terre en évaluant ce qu'il allait pouvoir en tirer.

Au même moment, la moto de Constant Bélanger ralentit un court instant à la hauteur de la ferme des Martineau avant de reprendre de la vitesse jusque chez les Tremblay. Tit-Beu descendit de son engin, vérifia son « coq » du bout des doigts et se dirigea tout droit vers la remise où Bertrand et son père étaient occupés à réparer une herse.

— Bâtard, Tit-Beu, ça t'a ben pris du temps pour aller chercher ces vis-là au magasin général ! s'exclama le jeune cultivateur. Y es-tu allé à pied ?

— Ben non, se défendit l'employé, en lui tendant le sac de vis qu'il venait d'aller chercher au village.

— Bon. C'est correct. Tu peux aller continuer à chauler la porcherie, lui ordonna Gérald.

— OK, monsieur Tremblay. Ah ! J'ai vu quelqu'un dans votre champ, dit Tit-Beu au moment où il sortait de la remise.

— Attends une minute, lui commanda Bertrand. Dans quel champ ?

— Celui où on a travaillé samedi.

— C'est correct. Va travailler, dit Gérald. C'est probablement Martineau.

— C'est pourtant pas dans ses habitudes d'aller marcher dans les champs en arrière des bâtiments, même s'ils sont à lui, dit Bertrand, comme s'il réfléchissait à haute voix.

Sans rien ajouter, il déposa la clé anglaise qu'il tenait dans une main et sortit de la remise pour marcher jusqu'à la route dans l'intention de voir s'il apercevrait la voiture grise du comptable stationnée dans sa cour. Mais il était trop loin et la maison des Fournier l'empêchait de bien voir.

— Ça me surprendrait que Martineau soit ici en pleine semaine, dit-il en revenant vers son père demeuré dans le bâtiment. Ça me fatigue, cette affaire-là. Je vais aller jeter un coup d'œil.

— Tu vas là pour rien, le prévint son père. Cet innocent-là a dû se tromper. Il a sûrement vu Étienne ou Gilles dans leur champ.

— Ça fait rien. J'en ai pour cinq minutes avec le *pick-up*.

Bertrand monta à bord de la petite camionnette bleue stationnée près de la remise, la mit en marche et se dirigea vers la sortie de la cour. Il tourna à gauche, longea la ferme des Fournier et vira chez les Martineau. Le fils de Gérald Tremblay fut un peu étonné de constater qu'il n'y avait aucun véhicule dans la cour. Il descendit de la camionnette et entreprit de contourner l'étable à pied. Il arriva alors face à face avec André Veilleux qui sursauta en l'apercevant.

Si les deux hommes se ressemblaient par leur ambition démesurée, ils étaient fort différents physiquement. Bertrand était lourdement charpenté et dépassait d'une demi-tête son voisin, petit, sec et nerveux.

— Ah, c'était juste toi ! s'exclama Bertrand en le reconnaissant. Mon homme engagé vient de me dire qu'il avait vu un écornifleux dans mon champ, en passant.

— Ben oui, c'est juste moi.

— Cherches-tu quelque chose ou ben c'était juste pour voir si j'avais ben ramassé toutes les pierres ce printemps ? demanda Bertrand, goguenard.

— Ni un ni l'autre, répondit André en savourant pleinement le piquant de la situation. Je suis seulement venu jeter un coup d'œil à mes nouveaux champs. J'allais justement te téléphoner pour te demander quand est-ce que tu pensais venir chercher tes vaches…

— Quoi ? Qu'est-ce que tu viens de dire là, toi ?

— Voyons, sacrement! Es-tu devenu sourd? lui demanda André, sarcastique. Je viens de te dire que je suis venu voir mes nouveaux champs.

— Pour moi, t'es tombé sur la tête, Veilleux, se moqua Bertrand. Ces champs-là, je les ai loués à Martineau.

— Oui, je le sais. Tu les as loués l'année passée, mais pas cette année.

— Es-tu en train de me dire que tu m'as coupé le cou et que tu les as loués pour cette année? rugit le gros cultivateur qui commençait à perdre le contrôle de ses nerfs.

— Pantoute, dit André avec un sourire désarmant. Je les ai pas loués, j'ai tout acheté. La terre et les bâtiments. Tout!

— C'est pas vrai! s'insurgea Bertrand, hors de lui, en s'approchant dangereusement de son voisin. C'est pas possible! Martineau peut pas avoir fait ça sans m'en avoir parlé avant...

— Eh ben! J'ai des petites nouvelles pour toi, mon Tremblay, fit André, incapable de dissimuler plus longtemps son air triomphant. On a passé le contrat pas plus tard qu'à matin chez le notaire, à Pierreville. C'est réglé.

— Ah ben Christ, par exemple!

— Tu sais ce que ça veut dire? lui demanda son voisin.

— ...

— Ça veut dire que tu vas me faire le plaisir de sortir tes vaches de mon champ pas plus tard qu'aujourd'hui. En plus, t'as plus d'affaire dans ma grange et dans mon étable. Je suis allé voir, il y a plus rien là qui est à toi.

Ces dernières remarques furent de trop.

— Ah ben, mon écœurant! rugit Bertrand. Ça fait trop longtemps que j'ai envie de t'en sacrer une! C'est aujourd'hui que tu vas l'avoir!

Les deux hommes se jetèrent l'un sur l'autre comme des enragés. La différence de poids entre eux fit qu'André se retrouva rapidement sous l'autre qui se mit à le marteler avec rage.

Le hasard voulut qu'Étienne Fournier soit occupé non loin de là, en train de redresser une clôture séparant son champ de celui des Martineau. Il avait entendu involontairement une partie de l'échange verbal entre les deux voisins. Quand il vit qu'ils en venaient aux coups, il cria à son fils de venir l'aider.

— Aïe ! Aïe ! leur cria Étienne en accourant sur les lieux. Vous allez arrêter ça, ces folies-là !

Gilles le rejoignit au moment où André, poussé par la peur et la rage, venait de faire basculer son adversaire et lui remettait avec usure les coups que l'autre lui avaient donnés.

— Êtes-vous devenus fous, tous les deux ? s'écria Étienne en empoignant Bertrand qui voulait encore se ruer sur son ennemi.

— Calmez-vous, monsieur Veilleux, ordonna Gilles à celui qu'il retenait avec difficulté tant il se débattait pour chercher à se libérer.

Bertrand Tremblay fut le premier à se maîtriser. Il se rendait compte que le mari de sa cousine avait une poigne solide et qu'il ne le lâcherait pas tant qu'il n'aurait pas abandonné toute velléité de reprendre le combat.

— Bon. Je pense, Bertrand, que t'es mieux d'embarquer dans ton *truck* et de retourner chez vous, lui conseilla Étienne.

Sans dire un mot, le fils de Gérald Tremblay s'épousseta et se dirigea vers sa camionnette. Il saignait du nez et un peu de sang coulait de l'une de ses arcades sourcilières. Il démarra et rentra chez lui.

— Es-tu un peu calmé, André ? demanda Étienne en se tournant vers celui que son fils venait de lâcher à son tour.

— Ouais. L'enfant de chienne, il m'a cassé mes dentiers. Il…

— Laisse faire, vos histoires me regardent pas, l'interrompit le bossu. As-tu besoin d'aide pour rentrer chez vous ?

— Non. Je suis correct.

— Bon. OK. Nous autres, on va y aller, déclara Étienne en faisant signe à son fils de le suivre.

Ils laissèrent sur place un André Veilleux au visage passablement tuméfié et à la chemise déchirée. Les Fournier virent passer leur voisin sur la route une dizaine de minutes plus tard. Étienne ne dit rien, mais il surveilla le passage d'André Veilleux pour s'assurer que Bertrand Tremblay ne soit pas posté à l'entrée de sa cour, prêt à se jeter encore sur son adversaire.

Dès qu'André posa le pied sur la galerie, son père apparut derrière la porte moustiquaire.

— Torrieu ! Veux-tu ben me dire où t'étais encore passé ?

Le jeune cultivateur pénétra dans la cuisine sans rien dire. Son père vit dans quel piètre état il était.

— Ah ben, maudit ! Qu'est-ce qui t'est arrivé ?

— L'enfant de chienne de Bertrand Tremblay, répondit André d'une voix rendue sifflante par l'absence de prothèses dentaires.

Colette et Lise entrèrent à ce moment-là dans la pièce et le découvrirent à leur tour.

— Mon Dieu ! s'exclama Colette.

— Avec qui tu t'es battu ? lui demanda sa femme, sans trop manifester de compassion pour son compagnon.

— Je viens de le dire, sacrement, Bertrand Tremblay ! s'emporta son mari de la même voix sifflante.

— Bon. Arrive dans la salle de bain que j'essaye d'arranger ça un peu, avant que les enfants reviennent de l'école, lui ordonna Lise sans perdre de temps à s'apitoyer sur son état.

À l'aide de diachylon et de mercurochrome, elle parvint à réparer les dégâts. Quand le jeune cultivateur revint dans la cuisine, sa mère lui tendit une tasse de café.

— Naturellement, t'as pas pu te retenir d'aller faire enrager le voisin, lui dit son père d'une voix cassante.

— Là, t'es content, je suppose, reprit sa mère. Toute la paroisse va savoir que vous vous êtes battus comme des chiens enragés. C'est un bel exemple pour les jeunes.

— Ah! il y a pas à dire, poursuivit sa femme. C'est toute une journée payante. Une chemise gaspillée et des nouveaux dentiers à acheter.

— Là, lâchez-moi, j'ai pas le goût pantoute de me faire achaler! s'écria André en se dirigeant vers la porte.

Dans la maison voisine, le retour de Bertrand, ensanglanté, causa toute une commotion à sa mère.

— Qu'est-ce qui t'est arrivé pour l'amour du saint ciel? s'écria-t-elle en l'apercevant, le visage couvert de sang.

— Je suis tombé sur Veilleux, se contenta de dire Bertrand en se dirigeant vers l'évier.

— Attends que je te donne un linge propre et des *plasters*, lui ordonna sa mère.

— Quel Veilleux? fit son père.

— Le fou. André.

— Qu'est-ce qui s'est passé?

— Vous le croirez pas, expliqua Bertrand pendant que sa mère nettoyait ses plaies. L'écœurant a acheté la terre des Hamel au voisin. Il est venu m'écœurer en me disant qu'il fallait que j'aille sortir mes vaches de son champ avant la fin de la journée.

— C'est normal. Il est chez eux, à cette heure, déclara sèchement sa mère en posant un diachylon sur l'arcade sourcilière fendue de son fils.

— Il était pas obligé de prendre son petit air fendant pour me le dire, par exemple. C'est ben clair, je l'aurais tué. Une chance que les Fournier sont venus le sauver, le bâtard !

— Puis là, vous avez l'air fin, tous les deux, dit sa mère, subitement en colère. Deux voisins qui se battent, c'est intelligent.

— Ça, je m'en sacre, déclara Bertrand avec humeur. Ce qui m'enrage le plus, c'est que Martineau m'ait pas dit un mot qu'il voulait vendre sa terre. On l'aurait achetée, nous autres.

— Ben oui, reprit son père, sarcastique. On aurait juste eu à imprimer un peu plus d'argent. Parle donc avec ta tête, pour une fois, baptême ! On vient de s'endetter pour ton maudit silo. Où est-ce qu'on aurait trouvé de l'argent pour ça ?

— À la même place que les Veilleux.

— En attendant, ça va être le *fun* d'aller parler à Colette, reprit sa mère. Même si vos maudites chicanes nous regardent pas, ça va jeter un froid entre nous deux.

⁓

Évidemment, la nouvelle de la violente altercation survenue entre André Veilleux et Bertrand Tremblay se répandit dans la paroisse comme une traînée de poudre. Colportée de l'un à l'autre, la bagarre avait même pris des dimensions épiques assez inquiétantes lorsqu'elle arriva aux oreilles de Côme Crevier au début de la soirée.

Le maire abandonna immédiatement son garage où il était occupé à réparer un tracteur avec l'aide de son fils.

— Continue tout seul, dit-il à Alain. Il faut que j'aille au magasin général. Il manquerait plus que cette maudite affaire-là fasse repartir la chicane entre les Veilleux et les Tremblay.

Moins de dix minutes plus tard, le garagiste poussa la porte du magasin général. Même si Jean-Paul Veilleux s'apprêtait à fermer ses portes, Gérald et Clément Tremblay ainsi qu'Elphège Turcotte, appuyés contre le comptoir, discutaient de ce qui s'était produit cet après-midi-là chez Lucien Martineau.

— Est-ce qu'il y a quelqu'un qui va m'expliquer ce qui s'est passé exactement entre André et Bertrand? demanda Côme après avoir salué brièvement les personnes présentes. Beaulieu vient de me raconter une affaire qui tient pas debout. Qu'est-ce qui lui a pris à ton gars, Gérald?

Gérald Tremblay jeta un regard embarrassé au propriétaire du magasin général avant d'avouer:

— Je le sais pas trop. J'étais pas là.

— Et toi, Jean-Paul? Le sais-tu ce qui a pris à ton neveu de se battre avec Bertrand?

— Pantoute, Côme, s'empressa de dire Veilleux. Pour moi, c'est une affaire de jalousie entre jeunes.

— Tiens! Comme c'est arrivé pour leurs grands-pères, intervint le vieux Turcotte en allumant sa pipe.

— Pourquoi tu dis ça, Tit-Phège? demanda Clément en donnant un coup de coude d'avertissement à son frère aîné.

— Aïe! Penses-tu qu'on se rappelle plus dans la paroisse comment Ernest Veilleux et Eugène Tremblay se sont haïs toute leur vie? Ton père et le père de Jean-Paul pouvaient pas se sentir. Voyons, Clément, as-tu déjà oublié leur chicane? En tout cas, je peux te dire que ben du monde de Saint-Jacques se sont demandé pourquoi ils s'haïssaient tant, ces deux-là.

— Ah ça, on l'a jamais trop ben su, avoua Gérald.

— Ben, moi, je le sais, dit Jean-Paul en rangeant sous le comptoir un carnet de commandes. Quand je suis revenu de la guerre, blessé aux jambes, je suis resté chez Jérôme une couple de mois. Un soir que mon père avait un peu trop forcé sur le caribou, il s'est mis à me raconter pourquoi il haïssait tant votre père.

— Puis? demanda Clément.

— À le croire, il y avait là-dedans une histoire de blonde volée par ton père…

— Et aussi une histoire de terre à bois, ajouta Gérald. J'en ai entendu parler par mon père.

— Whow, les jeunes! s'écria Elphège Turcotte. Vous êtes en train de déterrer des affaires qui se sont passées en 1900 et même avant.

— Il faudrait prendre le temps de raconter tout ça, conclut Jean-Paul Veilleux, l'air songeur. Si je me fie à ce que j'ai entendu dans la famille, il y aurait même eu une drôle d'histoire d'amour entre votre oncle Rémi et une tante de ma femme…

— C'est ben possible, admit Clément.

— Ben. Si ça vous fait rien, ce sera pour une autre fois, déclara le propriétaire du magasin général. Là, il est huit heures et demie et je ferme. J'ai même pas encore soupé.

Le maire, Elphège Turcotte et les Tremblay quittèrent le magasin sans se presser, suivis de près de Jean-Paul Veilleux qui verrouilla la porte du magasin derrière eux.

Le quinquagénaire demeura un long moment debout derrière la porte, apparemment pour regarder s'éloigner les quatre hommes. Sa jambe blessée le faisait légèrement souffrir. Il allait rentrer vers la maison où sa femme l'attendait pour le repas du soir quand il remarqua le curé Lemire saluant de la main l'un de ses paroissiens.

— Maudit! On dirait que tout va de travers depuis quelque temps, dit-il à mi-voix. Le curé Savard et l'abbé Lanthier sont partis et on sait pas trop ce que va faire le curé Lemire. En plus, comme si c'était pas assez, il a fallu que ces deux insignifiants-là trouvent le moyen de se battre comme s'ils étaient des enfants et...

— Jean-Paul, tu vas manger froid si tu te décides pas à venir souper, lui cria Claudette après avoir entrouvert la porte de communication entre la maison et le magasin.

— J'arrive, laissa-t-il tomber avec un certaine impatience.

Il en était venu à détester les repas pris en famille. Il avait la nette impression qu'on ne respectait plus le chef de la famille chez les Veilleux, et cela, il ne pouvait l'accepter. René ruait dans les brancards à la moindre occasion. Claudette n'en faisait plus qu'à sa tête et Lucie... La place vide laissée à table par sa fille lui apparaissait chaque jour comme un reproche. Mais il n'allait pas plier! Ce n'était pas à lui de faire les premiers pas! Elle avait décidé de vivre en ville, qu'elle y vive! pensa-t-il, débordant d'amertume.

~

À la mi-septembre, Lucie Veilleux accoucha difficilement d'une petite fille à l'hôpital de la Miséricorde. Sans le moindre remords apparent, la jeune femme confia l'enfant en adoption avant de revenir vivre à l'appartement de sa cousine. Quelques jours plus tard, elle reprit son travail aux archives de l'hôpital. Toute douceur semblait avoir disparu de son visage, mais elle paraissait bien décidée à prendre un nouveau départ dans la vie.

— As-tu l'intention de descendre bientôt à Saint-Jacques pour voir tes parents ? finit par lui demander France Labbé quelques semaines plus tard.

— Pourquoi j'irais là ? rétorqua sèchement Lucie.

— Pour ton père et ta mère, insista l'infirmière.

— Si ma mère veut me voir, elle sait où on reste. Mon père, lui, a rien fait pour moi quand j'avais besoin de lui. Je vois pas pourquoi je descendrais à Saint-Jacques pour le voir.

À suivre…
Novembre 2005
Sainte-Brigitte-des-Saults

Table des matières

Chapitre 1   Le visiteur 11
Chapitre 2   Des changements 33
Chapitre 3   Une bien mauvaise surprise 47
Chapitre 4   Les voisins 63
Chapitre 5   Une nouvelle politique 87
Chapitre 6   L'arrivée des citadins 109
Chapitre 7   Le début des vacances 127
Chapitre 8   Les premières récoltes 149
Chapitre 9   Un drôle de mois d'août 161
Chapitre 10   Une conduite dangereuse 173
Chapitre 11   La fin de l'été 199
Chapitre 12   La visite paroissiale 221
Chapitre 13   De nouvelles voies 233
Chapitre 14   L'épreuve 253
Chapitre 15   L'intrigante inconnue 267
Chapitre 16   Novembre 289
Chapitre 17   Promotion et accomplissements 309
Chapitre 18   Les fêtes 355
Chapitre 19   Janvier 401
Chapitre 20   Le coup de tonnerre 413
Chapitre 21   Gabrielle 445
Chapitre 22   L'heure des décisions 477
Chapitre 23   Les départs 491
Chapitre 24   Comme leurs grands-pères 519

Achevé d'imprimer en février 2010
sur les presses de l'imprimerie Transcontinental-Gagné,
Louiseville, Québec